玉昭词

典藏版

时久 著

上册

青岛出版社
QINGDAO PUBLISHING HOUSE

图书在版编目（CIP）数据

玉昭词:典藏版/时久著.—青岛:青岛出版社,2020.12
ISBN 978-7-5552-8102-3

Ⅰ.①玉… Ⅱ.①时… Ⅲ.①长篇小说－中国－当代 Ⅳ.①I247.5

中国版本图书馆CIP数据核字（2020）第230485号

书　　名　玉昭词（典藏版）
著　　者　时　久
出版发行　青岛出版社
社　　址　青岛市海尔路182号（266061）
本社网址　http://www.qdpub.com
邮购电话　18613853563　　　0532-68068091
责任编辑　李文峰
特约编辑　龚雅琴
校　　对　耿道川
装帧设计　千　千
照　　排　梁　霞
印　　刷　三河市良远印务有限公司
出版日期　2020年12月第1版　　2020年12月第1次印刷
开　　本　16开（710mm×980mm）
印　　张　33
字　　数　400千
书　　号　ISBN 978-7-5552-8102-3
定　　价　68.00元（全2册）
编校印装质量、盗版监督服务电话　4006532017　0532-68068638

目录【上册】

目录【下册】

楔子 马嵬

汉皇重色思倾国，御宇多年求不得。
杨家有女初长成，养在深闺人未识。
天生丽质难自弃，一朝选在君王侧。
…………
姊妹弟兄皆列土，可怜光彩生门户。
遂令天下父母心，不重生男重生女。
…………

天宝四载，于杨昭而言，是他一生运势的转折点。

他此前的三十年，概括起来不过八个字：落魄流离，放浪潦倒。素未谋面的父亲在他出生前便已离世，母亲带着他改嫁杨氏，寄人篱下，冷暖炎凉都是寻常。十四岁，他离开杨家投身行伍，此后只回去过一次，便是为母亲奔丧，算起来有十余年未与杨氏来往了。

“你那个从祖堂妹当上贵妃了，你还不知道吗？昨日发的黄榜便是昭告此事，礼制与皇后相同呢！宫中的后座空了有二十来年了，这贵妃便和皇后一样！来日若再生下皇嗣，母仪天下也未为可知。”与他往来甚密的蜀地富户鲜于仲通一听到消息立刻来找他，“杨贤弟，这可是天赐良机啊！愚兄早就说过，贤弟定非池中之物，这便是你的大好时机！”

堂叔杨玄璬过世后，堂妹玉环投奔洛阳的叔父杨玄珪，被武惠妃相中聘为寿王李瑁的妃子，这事杨昭是听说过的。十多年没见，王妃却成了贵妃。这事落在寻常人家是乱伦扒灰，落在帝王家就是风流佳话了。

鲜于仲通将他引荐给剑南节度使章仇兼琼。章仇兼琼因与宰相李林甫不睦，一直发愁没有门路在朝中打点，当即拨予杨昭巨资筹措春彩蜀锦，托他入京献给杨氏族亲，让杨氏族亲为自己在皇帝面前美言几句。

他从蜀中入长安，取道普安、河池、扶风一线，蜀路车马难行，他走了一个多月终于到扶风郡境内。眼看距长安只有一两日的脚程，天公却不作美，下起连绵细雨。蜀锦贵重不能淋雨，一行人困在这叫作马嵬驿的简陋驿站已有十余天了。

护送的脚夫都是杨昭混迹市井时结识的三教九流之辈。马嵬驿简陋无趣，成日只能玩些樗蒲斗虫的玩意消遣，这些人便有些焦躁。这一日，雨稍稍细了，几个人溜出驿站去寻乐，不一会儿跑回来眉飞色舞地对杨昭道：“国舅哥哥，今日有的耍了！南边来了个美貌的小道姑，带着她爹，正朝驿站来呢，老远就能闻到她的身上香喷喷的！”

一众人皆挤眉弄眼地相视而笑。时下有许多女道观、尼姑庵，名义上供女子出家修行，实则行狭斜门户之道，在外行走闯荡的美貌道姑就更不用说了。还有人淫笑道：“只有一个小道姑，如何够我们这么多人分？可惜她带着的是爹，若是老母风韵犹存，那也勉勉强强受了！”

杨昭对什么美貌道姑并无兴趣，只说：“别弄出事端来。”随后，他便回库房清点春彩有无受潮损坏。

谁知没过多久，又有人跑回来找他，这回是慌慌张张的：“不好了杨大哥，他们几个在驿站门口打起来了！”

杨昭以为是手下人为争抢小道姑而内斗，心里暗骂一句“成事不足败事有余”，空着手赶到驿站门外，却见几个同伴伤筋动骨地倒在地上，剩余的人围住正中间一道素白人影。那人身姿矫健翩若惊鸿，手中握一把精钢长剑，长剑闪着寒光，七八个人都近不得身。

有人躲避不及被剑尖划伤，忍着痛叫唤道：“这小道姑好生厉害！”那“道姑”一脚将人踢出圈外，怒斥道：“你才是道姑！”语声清亮，雌雄莫辨。

杨昭才看出那人一身素色道袍，头发以同色发带束成髻，分明是男子打扮，却被这群好色之徒认作是女扮男装的道姑。

众人在驿站门口打架，引来驿丞又是麻烦。他低声道：“住手。”

伙伴们听他号令欲退，那不知男女的道士却不听他的，剑光过处又有几人受伤，哀号着倒在他的脚下。同伴自然要回头相助，一群人又打成一团。道士喝道：“杨氏狗奴，尚未得势就敢如此嚣张横行、欺男霸女，将来还了得！”

杨昭没有带剑，左右一看，路边树丛下躲着一灰袍老道，怀抱行李吓得瑟瑟发抖，大约就是同伴口中小道姑的老父。

杨昭一仰下巴向左右示意，立刻有人过去抓住老道的衣领一把将其从树丛下揪出来，夺走他怀中紧抱的包裹。

老道惊惶地喊道：“别动我的东西！那里面有……”自觉失言，立即住口，又不敢伸手去抢。伙伴一听这话，以为里面有了不起的值钱物什，自然撕开包袱搜查了起来。

老道焦急又无可奈何，冷不防地脖子一凉，后衣领被杨昭揪住，一把锋利的匕首架在老道的颈中。老道双腿发抖，惊骇大叫：“菡玉救我！”

被称作“菡玉”的年轻道士回头见他挟持了老道，剑尖指向他道：“卑鄙小人，欺辱老翁算什么本事！”

杨昭不耐烦地转了转匕首。老道腿软站不住，扒住他的手臂不敢动，也不敢叫唤。

“我说了，住手。”他语声不高，却让老道遍体生寒。所有人都止住动作，一瞬间四周变得极其安静，只有沙沙的细雨声。

菡玉只迟疑了片刻，便将手中的长剑当啷掷在地上：“此事因我而起，有什么都冲我来，莫伤阿翁。”

雨势比方才大了，天地间烟雨茫茫似织满了细密的网，绵绵不绝。

那人自烟雨缭绕处向杨昭走来，冰雪似的一张脸，乌黑的发丝被雨打湿，粘在额角鬓边，衬得面色如莹玉生辉，那玉上还凝着点点水珠；一双眼更像水洗过一般澄澈，似有光亮，目光穿透混沌蒙昧的时光，仿佛来自黄泉岸边、奈何桥畔的惊鸿一瞥。

但是他们一定没见过，倘若见过，杨昭不可能不记得。

一丝奇异的香气飘入杨昭的鼻间，若有若无，被雨势遮盖。菡玉走到近前，杨昭才觉那香气浓烈。那不是脂粉香，是开在黄泉彼岸的往生莲。

身边有人哧哧地笑，察觉过来时，杨昭已经丢开老道，向菡玉伸出了手，似要触碰那前世的容颜。菡玉面上露出嫌恶的神色，杨昭脸色一沉，手向下扼住了菡玉的咽喉，以此掩饰那一瞬间的失态。

菡玉的肌肤凉而滑腻，他几乎盈握不住。他指尖扼住的是菡玉喉间的血脉要害，却感觉不到她的脉搏。菡玉目光冷厉地瞪着他，即使被制也不甘示弱，却因为喉间一个吞咽的动作暴露了紧张。

菡玉柔润的皮肤下，一颗圆润的硬物划过杨昭的掌心，那是菡玉的喉结。

杨昭离得近了，才看出菡玉身形高挑瘦削，虽然比自己矮一些，却也是男子的身量。素白道袍被雨淋湿贴在菡玉的身上，平胸宽肩一览无余，绝非女子的蒲柳体态。

他真的是男人，不是女扮男装的道姑。

不知为什么，这个认知让杨昭愈感恼怒，手下扼得更紧。

老道被杨昭推在一边，不敢上前劝解，只是跪地连连求饶："郎君手下留情，我这小师叔天生体质弱，若有得罪之处老朽替他赔罪，切莫伤他性命！"老道比菡玉年长许多，却叫菡玉师叔。

这时，一旁抢了老道包袱的同伴突然叫了一声："咦！杨大哥，你看。"接着，同伴递过来一封拆开的书信。

老道和菡玉顿时都看向那封信。杨昭松手放开菡玉，接过信来察看。

信封是平常人家用的简陋黄纸，里面的内容却不简单，抬头竟是"太子殿下台鉴"。信中，书信者称赞自己的师弟菡玉才高志远、品洁身正，有未卜先知之能，请太子殿下念在旧日情谊代为照拂，落款是"长源"。

同伴凑在他的耳边道："杨大哥，这两个道士的来头好像不小呢，还跟太子有关联。"

杨昭把信折起放回信封内，也不还给道士，拿在手中问："长源是谁？"

杨昭看着菡玉，后者没有回应，倒是老道抢先说："长源乃我师伯李泌尊字。李师伯幼居京兆，七岁即被陛下召见，誉为神童，宰相张九龄都和他是忘年好友呢。李师伯与太子为布衣之交，太子常谓之先生，二人情谊非同一般。郎君手里拿着的就是李师伯写给太子殿下的举荐信。"

杨昭淡淡地道："哦，这么说倒是我有眼不识泰山，冲撞了二位尊驾。"

老道见他态度倨傲并无歉意，不敢在他面前招摇："郎君说笑了，都是误会，误会罢了。"

同伴却不懂宫廷朝堂之事，笑道："你们是太子的朋友，我们是贵妃的亲眷，那就是一家人了，大水冲了龙王庙呀！"

菡玉终于正眼看向杨昭，眼神中带了一点儿疑惑之色："你是……杨昭？"

杨昭的身姿样貌在这一群市井之徒中显得鹤立鸡群，格格不入。狂徒自称贵妃亲眷，自蜀地入长安献蜀锦，仔细一想不难判断他的身份。

杨昭侧着脸看着他："你认得我？"

菡玉退后两步，揉了揉被杨昭扼痛的颈项，冷笑道："天下谁人不识君。"

他这话未免说得蹊跷。杨昭蹙额不语，老道却恍然大悟，大喜过望地凑上来："郎君便是贵妃的堂兄杨、杨……哎呀！郎君之命格贵不可言，草民不敢直呼郎君名讳哇！老朽真是有眼无珠，郎君这样的人品相貌，自然只有倾国倾城的贵妃家中兄弟才有了！小师叔年轻气盛，冲撞了大驾，都是一场误会，老朽给您赔不是，郎君莫怪！莫怪！"

一旁受伤的同伴揉着肩道："老头还算识相！我这哥哥是当今贵妃的堂兄，堂堂国舅爷，又得剑南节度使赏识，自然是贵不可言的！"

老道谄媚道："区区国舅，郎君之前程何止于此！剑南节度使更不足道，将来他还要靠郎君提携呢！"

杨昭问："此话从何说起？"

老道见他接了自己的话头，更加殷勤："不瞒郎君，草民名叫史敬忠，归心三清，从道修行，略窥得天机命数。贫道掐指一算，便知郎君十年内……哦不，五年内便可位极人臣、权势滔天哪！"

菡玉眉头深蹙，唤了一声："阿翁！"菡玉对他如此巴结杨昭似有不满。

杨昭对谄媚之语并不相信："有何凭据？"

史敬忠一心想攀附这根高枝，接着说："贫道法力低微，但我的小师叔却是天赋异禀，有神算之能，对未来大事了如指掌，贫道虚长这些年岁也只能做他的晚辈徒孙！"又劝菡玉："师叔且说一件三月内将会发生的大事向杨国舅证明。"

菡玉不理会史敬忠的眼色，哼道："我为何要向他证明？"

杨昭却来了兴致，扬了扬手中的信封，说道："若你能证明，今日之事便就此作罢，互不追究，自放尔等离去。"

菡玉看了看前后左右围拢的人，有些已回驿站取来兵器，自己赤手空拳恐怕无法抵挡。最重要的举荐信又在杨昭手里，没了信，他进京如何立足？他略一思索，答道："左相李适之年后将遭贬。"

杨昭向前一步，嗤笑道："这么大的事……又与我何干？"

菡玉离他仅三尺，见他逼近，忍不住后退了一步。史敬忠圆场道："三月太短，郎君甫入京，还未及一展长才呢！菡玉，你不如算一算杨国舅的命理。"

菡玉垂目道："公诞辰六月十四，午时正刻日当天中之时，贫道算得可对？"

杨昭道："正是。素昧平生而知我生辰，算你有些本事，但这对我并无用处。"

菡玉抬头见他正面带微笑、目光灼灼地盯着自己，不由得心生不快，恶语续道："忌日也是同一天，这算有用吗？"

史敬忠吓得连忙制止："菡玉！休要胡言！"

杨昭却未发怒，又上前一步："看来山人已经算出我寿可及几了。"

两人相距不过盈尺，离得这么近，菡玉需仰面才能与杨昭对视。他索性直言道："阿翁说得没错，十年之内，你必位极人臣权势滔天，享尽荣华富贵。但是十年之后，阳寿即尽，你将毙于乱刀之下，死无全尸。"

菡玉抬起头，正好看到杨昭的头顶上，驿站辕门上三个新漆的鲜红大字：马嵬驿。

菡玉继续对杨昭道："就在此处，你将被乱刀分尸，头颅悬于辕门之上。今日叫我在此地遇见你，想来是天道轮回，报应不爽。"

最后，杨昭还是放那两人走了。伙伴气愤不过："哪来的牛鼻子道士，一开口全是晦气，呸呸呸！认识太子又怎么样，了不起啊？依我说就该狠狠地揍一顿，揍到他改口为止！"

另一人边劝边嘿嘿笑道："国舅哥哥其实是看人家小道姑貌美如花、细皮嫩肉的下不了手吧！"

"什么小道姑，分明是男的，还有喉结呢！你们几个是什么眼神？幸好没真把人绑进来，不然……想想都腌臜！"

“嘻嘻，这你就不懂了，小道士有时候可比小道姑还灵呢！”

“要比男子相貌，杨大哥对着镜子照照自己便够了，何必去看别人？”

杨昭不禁抬手摸了一把自己的咽喉，完全不一样的触感。

可惜那是个男人……否则，杨昭就不放他走了。

不过，他们带着信进京去投奔太子，以后说不定还能跟杨昭遇上吧？

道士走后不到半个时辰，雨居然停了。当空烈日不多久就将驿站外的石板路面晒干，仿佛这十几天的雨不曾下过一般。众人不由得啧啧称奇，感叹那两个道士兴许当真有非凡的来历。

一场连绵淫雨，或许只是为了让杨昭滞留此地，遇见那个人。

天宝四载，是杨昭一生的转折点。

因为他的堂妹被册为贵妃，满门荣耀，杨氏一族的命运就此改变。

也或许是因为在那一年，他遇到了吉菡玉。

第一章 莲香

京兆司录参军韦谔甫上任便摊上了一件麻烦事儿。在他当值的这天夜里，新兼御史大夫的范阳平卢二镇节度使、皇帝贵妃面前炙手可热的大红人安禄山，在鸿胪寺客馆遇刺了。

当时韦谔正巡值到客馆附近，客馆内外皆是高大威武的胡兵，守得如铁桶一般，远远看到京兆府的衙役还不耐烦地轰他们速速离开。安禄山麾下的精兵比京兆衙役精锐不知凡几，韦谔就绕开客馆没有巡逻，免得下属和那些言语不通的胡人起冲突，那样吃亏的肯定是自己。

后来韦谔回想，若当时坚持巡视一圈便好了。

韦谔离开鸿胪寺两条里坊，便听见那边吵闹了起来。夜里有宵禁，万籁俱寂，稍有一点儿动静都传得很远。韦谔立即带着下属十余名衙役赶过去，听得那些胡兵咋咋呼呼，间或有一两个汉人大喊："有刺客！保护大夫！"

一听说有刺客，韦谔立时亮出腰刀。那几个汉人原是鸿胪寺的掌客，见到京兆府巡夜的衙役，长安城里的贼盗宵小衙役们自然都管得，掌客方带路让韦谔等人进了鸿胪寺客馆。

馆内里三层外三层都是剑拔弩张的胡兵，盾墙似的围住当中三人。当先那名头顶髡发、身着狐裘、腰圆膀阔、腹大成围的胡人便是安禄山，身后是体魄雄武不输其父的安禄山次子安庆绪，手里还握着铮亮的弯刀。

除他父子二人，还有一名身着锦衣便装、身量颀长的男子，站在这群粗野狂放的胡人之中显得十分醒目。那张杨家人特有的出众面容，任谁见过一次就不会忘记，韦谔自然也认得，那人正是贵妃的堂兄、侍御史杨昭。

韦谔一看见杨昭，头就大了。不管是安禄山还是杨昭，对他来说都意味着：一、不好惹；二、惹不起。

韦谔不由得暗暗佩服那名刺客，敢来惹这两位尊神，而且似乎竟还从这守卫森严的客馆里逃脱了。

安禄山看上去并未受伤，反而是杨昭一只手垂在身侧，衣袖上沾了斑斑血迹。韦谔上去自报家门，询问道："大夫可否将遇刺情形详说一遍，以便卑职追查缉拿刺客？"

安禄山对他这小小的参军不屑一顾："刺客我自己会拿，不用你京兆府插手。"安禄山向左右示意，便有佩刀的胡兵要来将他们轰走。

韦谔好不尴尬，正要告辞退出，杨昭却对他道："韦参军不必费心追查了，大夫与我已知刺客身份，明日便入宫请陛下圣裁。那刺客身形细瘦、体带异香，定是太常少卿吉菡玉无疑。"

韦谔大吃一惊。菡玉是他的好友，平日在太常寺占占卜、祭祭祀，闲时观观星、为陛下炼炼丹，虽说性情耿直，与安禄山、杨昭不是一路人，但也不至于来刺杀堂堂的节度使、御史大夫吧？菡玉入仕前在衡山道观修行，而安禄山是北方胡人，首次奉诏入朝，朝中许多官员都从未见过他，两人何来的恩怨瓜葛？

安禄山埋怨道："舅舅与旁人说这些做什么？走漏了消息反而会让那刺客提前逃窜，明日便不能杀他个措手不及。"

韦谔听安禄山称杨昭为舅，不由得疑惑。他只是京兆府的官吏，自然不知道方才宫宴上安禄山认贵妃为母的闹剧。安禄山比贵妃年长整整十六岁，只要能博得皇帝欢心宠幸，尚能睁眼说瞎话叫贵妃母亲，叫杨昭一声舅舅又有何难。安禄山新领了御史大夫之职，远在范阳遥领京官，自然需要心腹内应，杨昭在御史台任侍御史，两人正好一拍即合。

杨昭道："眼下证据不足，若刺客听到风声心虚逃匿，正好坐实了罪名。入夜，城门早已关闭，里坊宵禁，他又中了令郎一刀，能逃到哪里去？"

安禄山道："你我二人亲身经历，还不是铁证？陛下难道会偏信一个小小的太常少卿而不信你我之证词？”

韦谔抬头看向杨昭，见他眼梢微挑，似乎乜了自己一眼，嘴角带着含义不明的笑。菡玉与安禄山有无恩怨韦谔不清楚，但是和杨昭，那真是结了数不清的梁子。听闻杨昭此人心胸狭窄、睚眦必报，今日菡玉被他抓到由头，他定是打算借题大做文章，就算菡玉是冤枉的也要被他扒层皮。

韦谔心里暗暗替菡玉捏把汗。这次他的麻烦是真的惹大了，恐怕自己还浑然不觉。韦谔早就劝过他不要和杨昭这种人针锋相对，招惹杨昭吃亏的是自己，菡玉总是不听。

从客馆出来，韦谔便直奔太常寺公舍，打算去警示菡玉。途中路过平康坊，韦谔想起另一好友李岫就住在这里，他或许比自己有办法，论亲疏他和菡玉的关系还更亲近，不如先去问问他。

李岫虽然只是掌管土木工匠修缮宫室的将作监，但他爹是当朝右相李林甫。若说朝中除了皇帝还有谁让安禄山畏惧，便只有这位大权独揽的宰相了，杨昭也是得李林甫看重提拔才在御史台这种实权衙门捞得官职。

韦谔与李岫时常往来，熟门熟路地找到宰相府邸的偏门，着门童去请李岫来。所幸李岫尚未就寝，提了一盏风灯出来见他：“二郎，何事紧急夤夜造访？”

韦谔将安禄山遇刺之事说了一遍。“远山，菡玉与安禄山并无过节儿，怎会平白去行刺？此事定是杨昭从中挑唆，仅凭刺客与菡玉一样身带异香就想栽赃陷害，明日一早便要安禄山帮着他一起到陛下面前诬告。幸好我今夜当值还能四处走动，你与我一同去见菡玉，合计一个应对之策。”

李岫听他叙说，眉头却越蹙越深：“二郎有所不知，菡玉与安禄山……也有过节儿。”

韦谔一诧：“何时的事？”

“就是刚才。”李岫叹了口气，“刚才陛下在勤政楼设宴，百官包括父亲都列座楼下，唯独安禄山赐座在御座东间的金鸡障内。席间，安禄山欲认贵妃为义母，陛下命菡玉卜算吉日，菡玉看了安禄山的生辰八字之后……说他命犯宫阙，将来会举兵造反，倾覆我大唐的江山。”

“他就当着安禄山的面这样说？倘若安禄山并无异心，难免记恨；若真有异志，更要视菡玉为眼中钉，除之而后快。”韦谔倒吸一口凉气，“难怪安杨二人如此一致，菡玉这回是真的惹上大麻烦了……昨日在陛下面前进言安禄山有反心未成，义愤之下破釜沉舟前去刺杀，为社稷剪除祸患，情理上也说得过去……”

两人不禁对视了一眼。这不仅情理上说得过去，而且非常像吉菡玉的做派……

韦谔支支吾吾地道：“远山，万一，我是说万一，菡玉真的被安禄山和杨昭构陷入狱，你能不能求求令尊救他一命？杨昭那厮心狠手辣，手下有‘罗钳吉网’一干酷吏，屡兴推事牢狱，多少人熬不过大刑死在狱中，菡玉那身板怎么扛得住？！”

李岫道：“父亲看重杨昭有掖庭之亲，十分器重他，我的话都未必比他有分量。许久之前父亲就不听我劝了……还是先去找菡玉商量吧，希望不会走到那一步。”

韦谔有京兆府令牌，自可无视宵禁一路畅行。二人不多时便来到太常寺公舍前，这里住的是暂无私邸寓所的低级官吏和客卿。菡玉虽当了好几年太常少卿，但依然一穷二白、两袖清风，在京也没有亲眷，一直借住此处。他是这里面官职最高的，单独住一进小院。

李岫、韦谔等了许久，菡玉才匆匆出来迎接。菡玉显是被人从睡榻上叫起来的，头发也来不及梳，随便用发巾绾在脑后，衣带也系歪了，看见他俩连连低头致歉：“不知二位兄台造访，小弟未及梳洗，失礼失礼！”

韦谔平时见他，他都穿戴得一丝不苟，从未见过他如此随性的模样，尤其是一头青丝半散半束地垂在耳边，透出些平日没有的慵懒妩媚，难怪常有人将他误认作女子……

韦谔不由得脸红了一红，偷偷觑一眼李岫，却见李岫的神色也不自若，咳了一声道：“菡、菡玉，愚兄等深夜不告而来，实在是有要事相商，我们进去细说。”

菡玉将二人让入中厅，掌灯围坐。李岫把韦谔所闻所见又说了一遍，问韦谔：“二郎，可还有其他遗漏补充？二郎？”

韦谔回过神来：“你说什么？”

李岫发现他一直盯着菡玉的衣襟，不由得皱眉问：“你在发什么呆？”

韦谔支吾道：“我、我看到菡玉的衣带系歪了……你也知道我素来有此怪癖，看到不整齐的东西便会觉得浑身不自在……”

菡玉向他颔首致意，转过身去单手解开衣带重新系上。他只用一只手，系得便有些慢。韦谔发现从进门到现在他的右手一直垂在身侧，心中一动，问："菡玉，你的手怎么了？"

菡玉不答反问："我的手哪里怎么了？"菡玉背对着韦谔缓缓将右手抬起放在襟口，韦谔看不清他手上的动作。

韦谔想起杨昭提过一句刺客中了安庆绪一刀，追问道："菡玉，你实话和我们说，刺杀安禄山的是不是你？"

菡玉此时已将衣带重新系好转过身来，烛光下面色淡然："当然不是。"

李岫不满地道："二郎，你为何这么问？难道你也怀疑菡玉？"

韦谔道："没有……菡玉说的话我自然相信。"

李岫道："二郎在鸿胪寺客馆看到了哪些痕迹物证？细细说来，看哪些对菡玉不利，我们一一设法化解。"

韦谔道："客馆里到处都是安禄山麾下的胡兵，我哪能看到物证，在院子里说了几句话就被赶出来了。"

李岫问："那你怎么知道证据指向菡玉？"

韦谔道："是杨昭说的。"韦谔把杨昭和安禄山的对话复述了一遍。

李岫觉得不对："杨昭为何要告诉你这些？他岂不知你和菡玉私交颇深，一定会将此事告知菡玉？心虚逃匿之语，不过是他搪塞安禄山的罢了。他素知菡玉刚正磊落，即使真是刺客，也不会为了保命而丢官亡匿。"

韦谔吃惊地道："你的意思是他故意透露这些给我，借我之口转告菡玉？他定是设计好了圈套，等着菡玉往里头钻！"

李岫皱眉道："可是有什么圈套是菡玉不知道不会中、知道了反而会中计的呢？"两人思来想去，也猜不透杨昭的葫芦里卖的什么药。

菡玉听他二人猜测推断，一直默然不语，此时却突然插话道："二位兄台着实多虑了，没人要设圈套害我。"

韦谔转过头来："杨昭狡猾多诈，不可不防！"

李岫也道："他有意为之，不是想害你，难道还是好心提醒不成？"

菡玉听了这话却把脸偏开："我自有铁证自证清白，不怕安禄山诬陷。"

李岫、韦谔当然要追问："什么铁证？"

菡玉道："明日见了陛下才能拿出来。兄台只管放心，小弟既长于卜算，岂不知自己有此一劫？我早已想好对策。夜深了，二位请早些回去吧。公舍人多耳杂，免得被人说我们狎昵结私。”不管二人如何追问，菡玉都不肯直说，将他们送出公舍，告辞作别。

韦谔有些不悦：“菡玉怎么如此见外，还神神秘秘地兜着不肯告诉我们，亏得你我大半夜的心急如焚来找他！”

李岫道：“刚才说了相信他，此刻怎又怀疑起来？菡玉这是不想牵连我们。他得罪的人是什么秉性？平素最好株连推事，因为一点儿小事被他连根拔起的朝中要员还少？我有父亲大人在上还好，你呢？不怕因此连累了令尊？”

韦谔没话说了。他的父亲韦见素是吏部侍郎，为人和雅，靠的是中庸之道在朝中立足，哪里惹得起安禄山、杨昭这样有权势得宠信的弄臣。“那……就这样了？”

李岫想了想道：“明日安、杨二人告到陛下跟前，陛下必会召鸿胪寺目击者听取证词，你也随他们一同进宫，见机行事。”

第二日安禄山果然进宫面圣，以杨昭、安庆绪等为证人，指证太常少卿吉菡玉谋刺朝廷命官。

韦谔随鸿胪寺众人一同进入甘露殿时，正看到安禄山跪在御座前，涕泪横流、唱做俱佳地向皇帝哭诉。

“陛下，吉菡玉一定是嫉妒臣受到陛下爱重，昨日诬陷臣谋反，被陛下看破，愤恨之余竟想将臣暗杀，实在是凶狠不法！望陛下为臣做主，不然臣往后的日子都过不安生了！刺客身带异香，除吉菡玉外不作第二人想。昨日杨御史恰好在馆中做客，还与刺客交过手，被刺客斩了一剑，可以为臣做证！”

皇帝问杨昭：“杨卿被刺客伤了？要不要紧？”

杨昭拜谢：“多谢陛下关爱，只是一点儿皮外伤，已经找医署看过了，休养几日便可痊愈。”

皇帝吩咐：“给杨卿看座。”待杨昭坐下才又问：“卿昨日和刺客交手，可能确认刺客确如禄山所料，就是吉菡玉？”

杨昭迟疑了一下：“臣不敢妄言欺瞒陛下。刚与刺客碰面时，臣见那人骨架细瘦、声音清脆，身手敏捷但力道不足，以为是个女子。后来经御史大夫提醒，才觉得像吉少卿。刺客身上异香浓郁，应该就是吉少卿了。”

皇帝道："众卿只凭气味判定刺客，似乎不太妥当啊，可还有其他证据？"

安庆绪奏道："臣将刺客的右臂砍伤，陛下召吉菡玉前来，一验便知。"

皇帝准奏，派内侍召菡玉进宫问话。菡玉刚下朝，尚未离开皇城，不多久便召至御前。他看一眼安禄山、杨昭等人，并不惊慌，反而是看见韦谔混在证人之中略微皱了下眉，上前拜过皇帝："不知陛下急召臣进殿，是否有要事相商？"

安禄山哼道："还在陛下面前装模作样！"

皇帝道："昨晚有刺客潜入鸿胪寺行刺禄山，此事重大，所以朕召几位卿家来商议。听说昨夜吉卿很晚才回太常寺，可有此事啊？"

菡玉答道："昨日臣在宴席上醉酒失态，承蒙杨御史一路护送，回到住舍大约戌时，杨御史可以为臣做证。"

韦谔听得此言不由得略感意外。原来菡玉是和杨昭一道回去的。杨昭哪来的好心"护送"他，看押还差不多。这么重要的事，昨日菡玉为什么不说？

皇帝道："杨卿，吉卿所言属不属实？"

杨昭回道："昨天臣的确一路将吉少卿送回了太常寺公舍，回返途中路过鸿胪寺，顺道拜访了御史大夫。"

安禄山质问菡玉："你和杨御史分别后，可有外出？"

菡玉冷然道："原来大夫怀疑我是刺客。昨日杨御史说京师有盗贼出没，辛苦护送我回去，我谨遵杨御史的劝告不曾外出，一直在屋内读书，直到亥时。"

安禄山追问："谁能做证？"

菡玉道："我独居一院，并无证人。"

安禄山道："夜间独处无人做证，正好潜入客馆行刺！"

菡玉反驳道："昨晚长安城里夜间有空、无人做证的人多了去了，大夫怎能单凭这个就断定我是刺客！"

"刺客身带荷花香气，不是你还能是谁？"

"仅凭一点儿香气就下定论，大夫未免太过武断。虽然昨日席间我对你多有冒犯，你也不能因此对我存了偏见，认定我刺杀你！莫非大夫被我说中，想借机除我灭口不成？"

安禄山不和他争辩，转向皇帝奏道："陛下，这吉少卿无凭无据又在这里血口喷人！刺客的右臂被我儿砍伤，臣见吉菡玉入殿至今右臂始终不曾抬起，惹人疑惑，陛下请让吉菡玉现出右臂，一看便知真相！"

菡玉对皇帝一拜："臣问心无愧，看就看吧！请陛下恕臣御前失仪之罪！"说完菡玉撸起袖子，露出完好无损的右臂。

安禄山、杨昭、安庆绪都吃了一惊。菡玉的右臂光滑如玉，哪里有半点儿刀伤的影子？任谁也不能在一夜之间养好那么大一道伤口，菡玉的嫌疑顿时洗脱。

韦谔暗暗松了口气。原来菡玉所说的铁证就是这个，只是……昨夜自己似乎并未提起安庆绪砍伤刺客一事，李岫也不知晓，菡玉却为何那时就言之凿凿？

皇帝道："这——"他拖长了语调，看着安禄山等人。

安禄山正思量，杨昭抢上前道："陛下，这只是一场误会。御史大夫夜间遭袭受了惊吓，一时气急失察，陛下莫怪。当时在场之人中，只有臣与刺客打过照面，交手最多。臣早就怀疑，刺客形貌纤秀，身上又带香气，恐怕是个女子，实不该不对大夫言明，误了审案的方向。"

皇帝道："卿情有可原，切勿自责。当务之急是把刺客捉拿归案。"

正在这时，一名宫女进来禀报："陛下，贵妃新排了一曲歌舞，邀陛下移驾贵妃院中观赏。"

皇帝虽然想见贵妃，但这时也不好撇下案子去看歌舞，挥挥手道："朕知道了，稍后便去。"

宫女应声退下，杨昭却突然怒声喝道："大胆女贼，行刺御史大夫未果，还敢大摇大摆地到这里来放肆！"

宫女不知所以，吓得扑通一声跪倒。皇帝诧异地道："杨卿，这是贵妃身边的女使。"

杨昭道："这女使身上有荷花香气，又是女子，不正好和刺客相符？"

众人仔细一嗅，果然闻到殿中有宫女带来的荷花香气。宫女大骇，连忙辩道："陛下，冤枉啊！这香粉是贵妃赐给我们的，人人都有，长安街头随处可见，我真不知道什么刺客！"

皇帝道："贵妃院中的女使怎么会是刺客，你平身退下吧。看来荷花香粉流行于长安女眷中，无法凭此断案了。"

杨昭拜倒："臣鲁钝，只想快些为大夫找出真凶，急于求成，竟然说出如此荒唐之语冒犯了贵妃，请陛下降罪！"

皇帝令他平身："杨卿也是偶尔糊涂。"

被杨昭这么一搅和，事态完全偏离了预先约定的计划。安禄山父子互相对视一眼，神情都有些讪讪。

杨昭于是请求道："陛下，刺客真人唯有臣和大夫父子见过，臣请求将功补过调查此案，定会为大夫拿回真凶，讨还公道。"

皇帝乐得丢掉这个麻烦好快些去见贵妃，便准了。

杨昭又道："大夫与吉少卿一场误会，臣斗胆请求陛下准许吉少卿与臣一同追查，真相大白之际，也是安、吉二位冰释前嫌之时。"

菡玉未料到他会如此提议，正想找借口拒绝，皇帝已经开口道："杨卿此议甚好，朕准奏！就委托杨卿负责调查此案，吉卿辅助，所需人力只管向金吾卫调度，那也是杨卿旧部，熟悉好办事。"

看安禄山略有不满，皇帝又道："客馆鄙陋又不安全，禄山不如进宫来住些时日，正好陪伴你的母妃。"

安禄山大喜，连忙跪地谢恩。皇帝正要去贵妃院里欣赏新排的歌舞，便让安禄山随驾前去观赏。

杨昭带了一队金吾卫兵，和菡玉一起往鸿胪寺去查案。皇帝体恤杨昭身上负伤，赐他车辇代步。

"吉少卿是准备和将士们一同步行吗？他们都腿脚健捷，吉少卿恐怕跟不上呢。这天寒地冻的，吉少卿不如与下官同乘一车，也好暖和暖和。"杨昭站在车前，笑着邀菡玉与他同乘车辇。

菡玉拒绝道："杨御史身上有伤，还要辛劳查案，还是快快上车免得受寒。我腿脚还算麻利，必不会拖累御史的行程。"

"可是下官还有很多此案的疑点要和少卿商量，这样一个车里一个车外，说话颇不方便呀。"

菡玉看向他，杨昭将右手放在肩上，有一下没一下地揉着，脸上的笑意叫人琢磨不透。菡玉低下头来，轻声道："多谢御史照顾，您请先行。"

车厢里烧了炭炉，暖烘烘的。两个人并排坐略有些挤，菡玉靠紧了厢壁，还是和杨昭的身体相触，他不悦地暗暗皱眉。炭烧得很旺，不一会儿菡玉的后背颈间就烘出了汗，蒸得他身上的香气越发浓郁，弥漫在车内的狭小空间里。

菡玉有点儿尴尬，后悔自己上了车，和另外一个人同处于这样狭窄密闭的地方，挨得这么近，而那人还是杨昭。

“咯……还真有些热呢。”杨昭似乎也不适应这种干热，声音略带喑哑。他清了清嗓子：“下官的左手行动不便，吉少卿帮我把外头的衣服脱下来好吗？”

菡玉坐在杨昭的左侧，车厢狭窄不能转身，杨昭又比他稍高，他只得微微站起，双手绕过杨昭的肩膀去脱杨昭右半边的衣服。

杨昭看着眼前素白的颈项，有片刻的愣怔。如此细腻柔美的肌肤，连女子也要羡慕。这样靠近，杨昭能闻到菡玉身上的香气不同于远处所感，除了荷花香，还别有一丝若有若无的气息，在鼻尖上缭绕着，让他的心绪有些浮动。菡玉圆润的喉结像被丝缎包覆的珠子，随着吞咽的动作而上下滚动。不知为何，这景象看在他的眼中却很是碍眼。

他眯起眼，冲菡玉的喉间呼了一口气。

菡玉大惊，放开他往后退开，撞到了厢壁。菡玉一手捂住自己的脖子，瞪大双眼惊骇地看着杨昭。

杨昭笑问：“怎么，你的脖子里有什么东西，碰不得的？”

菡玉把手放开缓缓坐下，不搭理他。

杨昭甩一甩右手，把脱了一半的大氅甩下：“车里这么暖和，少卿穿得好像厚了一点儿，不嫌热吗？”他把手搁在菡玉的肩头，捏了一把肩上厚实的衣物。

“别碰我！”菡玉失色，肩一抬，把他的右手甩了出去，撞到他左肩上的伤口，他绿色的官服上立刻洇出暗红的血迹。

杨昭吃痛，倒吸一口冷气，居然还笑得出来：“不就是穿得厚一点儿，又不是藏着什么东西，怕什么？”

菡玉只当不懂，别过头去：“你的伤口裂了。”

杨昭看了看肩上的血迹：“是啊，好深一道口子呢，是昨夜那个刺客留下的。都怪我太自负，还以为他不会忍心下手伤我……”

“你替安禄山挡刀，刺客没连你一并杀了已是手下留情。”菡玉冷冷地说道，从衣兜里掏出一瓶药来，“这是伤药，你先敷上。”

杨昭接过药瓶放在手里把玩，又闻了一闻：“是一夜就能让伤势痊愈的灵丹妙药吗？”

菡玉正色道：“杨御史如此反复试探，难道还怀疑我是刺客？”

“下官不敢，只是觉得那刺客十分眼熟。”杨昭盯着菡玉的双眼，“那双眼睛，任何人看过都不会忘记。”

菡玉避开他的眼光：“方才在殿上御史也看到了，我的臂上并无安庆绪所说的伤口，陛下也赦我无罪，杨御史怎可单凭蒙面刺客的眼睛就妄加揣测？”

“你又没看见过那个刺客，怎知他蒙面？”

菡玉话语一滞：“刺客若没有蒙面，还不早被抓起来了。”

“如果是陌生面孔，被他逃了也未必能抓回来。难道你知道这人我们都认识？”

菡玉一再被他抓住口风，索性闭口不说话。

杨昭笑了一笑：“其实除了臂上的那道伤口，刺客的身上还有一处伤痕，只是安氏父子未曾留意，不知那刺客回去之后有没有想起来。”

菡玉的神色突然一变，身子不由得僵住。

“我用剑柄砸了刺客的后背一下，未伤筋骨，过一会儿就不疼了，又是背后看不到的地方，他逃脱之后一定只想着臂上的刀伤，忘了背上还有一块瘀青。”他笑如春风，瞥一眼菡玉的后领，“吉少卿如果真与此事无干，应该不介意让下官看一下你的后背吧？”

菡玉被他问住，一时不知如何搪塞应对，只下意识地抓住了衣领。

“还不认？”杨昭冷笑道，直接动手猛地抓住他的后领用力地往下一扯。

菡玉不意他根本不按常理出牌，骤然做出此等突兀无礼之举，衣领都被他扯歪，露出半边肩头。菡玉吓得惊叫一声，推开杨昭，向后咚一声撞到车厢壁上，双手紧紧地揪住领口，连声道：“我认！我认了！你别乱来！”

杨昭也未料到他的反应如此激烈，宛如被非礼的小娘子似的。杨昭举在半空的手握起收回，板着脸哼了一声。

杨昭方才从他的领口好像看到一点儿……是什么？

韦谔混在鸿胪寺的官员中出了殿，远远看见菡玉站在车边。他正要赶过去与菡玉打招呼，却被杨昭抢先一步。那两人不知说了什么，一同上车去了。

菡玉居然会和杨昭同乘一车，这让韦谔有些诧异。车厢看来并不宽敞，坐两个人定然十分拥挤。韦谔骑马跟在车后，看不清也听不见车内的动静。

一直到鸿胪寺客馆门前，车马停下，杨昭先行大步跨下车来，神色狠厉、目光阴冷，把韦谔吓了一跳，连忙下马到车前掀开布帘。只见菡玉瑟缩在车厢一角，一副被欺辱的模样，冷风吹进去时还打了个寒噤。韦谔忙问：“杨昭对你做什么了？”

菡玉看到他后略回神，却不肯回答，步下车来对他说：“快进去吧。”随后，菡玉跟在杨昭的身后走进客馆。

昨日刺杀事发后，杨昭已让金吾卫将客馆封锁。此刻他快步走进馆内，吩咐手下的军士：“把昨晚在这里伺候，来过这里的女仆、女伶、艺伎通通带过来，我要审问。”

韦谔跟上问道：“杨御史打算如何审问？”

杨昭冷声道：“陛下将此案交由我和吉少卿负责，韦参军只是证人，如果没有异议就听我的安排。”

韦谔只好后退一步看向菡玉，菡玉却全不作声，只是将目光投向杨昭被大氅遮盖的左肩。韦谔想起昨天杨昭的这只手也受了伤，似乎还流了不少血，见杨昭走动之间左半个身子都僵着，可见伤得不轻，不禁生出些幸灾乐祸的心思。但是，菡玉看杨昭的眼光……

片刻，馆内女眷尽数集结到杨昭的面前。杨昭扫视一周，也不问话，只吩咐军士道：“查查谁的身上有荷花香粉的气味，拎出来站到一边。”

军士一一照办，从十余名女子中找出身带荷花香味的五名，单独出列。五名女子中有三名是平康坊请来的娼妓，另两名是馆中的侍女，都长得有几分姿色。

杨昭命令：“把右臂伸出来。”

几个女子还不太清楚究竟要查什么，只大概知道和安禄山遇刺一事有关，凄凄切切地挽起袖子。其中一名身穿粉色衣裳的年轻侍女的胳膊上正有一道狰狞的伤痕，血痂新结。杨昭喝道：“原来是你！拿下！”

粉衣侍女花容失色，争辩道：“我没有作奸犯科！这伤口是今……”

杨昭喝断她：“我问你话了吗？掌嘴！”

军士不由分说，举起手打了粉衣侍女十个耳光，当即让她面颊青肿、齿落血喷，说不出话来。

杨昭这才问其他侍女：“犯妇与御史大夫有甚过节儿？知晓的尽数招来，若有隐瞒，与犯妇同罪！”

几个女子吓得瑟瑟发抖、嘤嘤哭泣，其中一名年纪较大的回答：“启禀御史，犯妇吴四娘曾经向我等求助，要我们帮她……帮她毒害御史大夫！”

吴四娘连连摇头，血肉模糊的口中呜呜有声，被军士摁住动弹不得。

杨昭问："御史大夫不久前刚进京，和她有什么仇怨，以至于要害人性命？"

年长的侍女道："大夫见四娘貌美，曾让四娘伴他入寝。四娘已定亲事，夫家听说后退了婚约。我猜想她是因此对大夫怀恨在心。"

杨昭问："吴四娘一介女流，也敢有害御史大夫之心？"

那年长的侍女回答："四娘本是武夫之女，会些拳脚，胆子比一般女子都要大。她曾向我诉说想刀杀大夫，怕把握不够又想出毒杀之计，但被我等拒绝。"

杨昭又问其他侍女："她所说的是否全部属实？"侍女们连连点头，话也说不完整。

杨昭宣道："犯妇吴四娘，刺杀范阳平卢节度使、御史大夫安禄山，罪证确凿。先拉下去杖责一百以示惩戒，再送刑部发落。"

菡玉无法再坐视不理，制止道："杨御史如此断案未免太过草率……"

杨昭冷眼看他："我是此案的主审，吉少卿若有意见可以向陛下申诉，但今日还是我说了算。"

"你……"

韦谔将菡玉拦住，微微摇了摇头。连他都看得出来，杨昭这是在帮菡玉。

杨昭不予理睬，对军士道："先拖下去，打。其余闲杂人等带下去好生看守，等候刑部传唤。"

菡玉眉头紧锁，几次欲开口干预，但碍于身边有韦谔在，只得三缄其口。

吴四娘被两名金吾卫一左一右拖走，满口鲜血淋了一地，仍不住地回头向菡玉呜呜求救。

菡玉不忍，对杨昭道："陛下既命我协助御史查案，下官不可袖手旁观，接下来这监督用刑一事便由我来吧。"又对韦谔小声道："二郎，此间事毕，与你无干，速速离开回府衙吧。还有远山兄，叫他也不要插手了。"

韦谔看他和杨昭双双往客馆后院而去，心中疑惑不解，又有些莫名地不是滋味。明明自己与李岫才是菡玉的至交好友，杨昭是菡玉的死对头，怎么在这件事上仿佛他俩有许多不可告人之秘，反而把自己和李岫排斥在外。

他瞧着那两人的神色不对，悄悄跟过去，果然见他俩到了无人之处，立即翻脸了。

菡玉道："你这是滥杀无辜、草菅人命！弱质女子如何受得了如此重刑，一百杖会要了她的命！”

杨昭讥诮道：“不要了她的命，难道留着活口去翻案？”

“可是她根本没有……”

“我当然知道她没有。你想站出来认罪，替她洗脱冤屈吗？”

菡玉顿时失了锐气，哑口无言。他低下头沉思片刻，仍坚持道：“杨御史，我不知你为何要帮我隐瞒掩饰，但一人做事一人当，我不能惜命而让别人做我的替罪羊枉死。”

他转身欲追着吴四娘而去，却被杨昭扣住肩头。菡玉回身一掌劈向杨昭，杨昭仍不放手，只把头一偏，那掌便落在杨昭受了伤的左肩上。杨昭闷哼一声，右手牢牢地握住菡玉的胳膊硬不松开，反将菡玉扣住拉向自己。二人四目相对，鼻尖相距不过寸许，从韦谔的方向看去就像杨昭将菡玉拥在怀里。

“不知我为何帮你？”杨昭贴近菡玉，逼得菡玉不得不往后仰。

菡玉的后脑磕到墙壁，他无处可退，只得侧开脸躲避：“下官自认手无实权、背无靠山，恐怕对杨御史并无任何助益之处。”

杨昭道：“非得对我有用我才能帮你吗？”

菡玉反问：“不然呢？”

杨昭冷笑一声：“随你怎么想，你只需知道此事我已经管了，那便要管到底，由不得你说要或不要。”

菡玉皱眉正想反驳，杨昭又道：“你良心上过不去想自寻死路也随便你，但是那个女人今天一定会死，就看你想让她白死还是死得有点儿价值。”

“你！”菡玉气结，又拿他没有办法。

杨昭盯着他近在咫尺的面庞：“你该明白，不杀一个人，安禄山不会善罢甘休。娄子捅了出来，就要有人承担后果。而你，你当然不能死，我也不会让你死。要想达到目的，总得付出点儿非常代价，吴四娘的命、我的手臂，都是如此。”

杨昭放开他，左臂软软地垂在身侧，鲜血顺着他的指尖滴到青砖地面上。

“正如你曾预言，我将位极人臣权势滔天，但也必须付出性命为代价，命不长久死无全尸，都是一样的道理。”

二人对视良久，终究还是菡玉气势稍短，再加心中愧疚，低了头小声问道：“你、你的手怎么样了？一直在流血……”

杨昭也柔了语调："生来的毛病，不上药止不住的。你放心，昨天那样我都扛下来了，这么一会儿撑得住。"

韦谔看不下去了，转身就走。

李岫担心菡玉，早早离开将作监到京兆府衙去找韦谔，却听说韦谔去了鸿胪寺一直没回来。他在府衙等了许久，等到衙门都闭门了，韦谔才姗姗归来，一副心事重重的模样。

李岫以为事态不妙，急忙问他："二郎，你可有入宫？菡玉、菡玉怎么样了？"

韦谔垂首道："菡玉安然无恙，此刻应当回太常寺了吧。"

李岫喜道："我就说此事肯定与菡玉没有干系，没事就好，没事就好。"

韦谔却叹了口气，把李岫拉到僻静处，小声道："远山，我现在明白你说的菡玉不想让你我牵扯其中了。昨日夜袭安禄山的刺客，恐怕真的是他。"

李岫自然吃惊不小，忙也压低声音："怎么回事？他怎么会……那他如何脱的身？"

说到这个，韦谔的语气更加沉重："杨昭指鹿为马，找了个侍女替他顶罪了。"

这简直比菡玉刺杀安禄山更让李岫震惊："你说什么？杨昭？！他设计为菡玉脱罪？怎么可能……他、他定是有用心更险恶的图谋！"

韦谔道："你也觉得他肯定是对菡玉有所图谋对不对？"

李岫想了想："可是杨昭能图菡玉什么呢？菡玉一无权势二无资财，在朝中更是举目无亲。我数次向父亲举荐，他都嫌菡玉位卑言轻，不值得笼络。"

韦谔哭丧着脸："是啊，菡玉无权无财，杨昭能图他什么？恐怕也只有一张……"

李岫没听清，追问道："只有一张什么？"

韦谔却不回答了，低头沉默了半晌，突然问："远山，你常在宫中走动，可知杨昭有无妻室？"

李岫道："你问这个做什么？"经不住韦谔催促，只得回答，"他都三十多岁了，哪儿有这个年纪还不娶妻的……啊！"李岫忽然想起一事，"确实没有！前几日新平公主召我去询问修缮公主府之事，似乎是她瞧中了杨昭，有意让陛下做媒赐婚下嫁。那杨昭肯定是没有妻室了。”

“三十多岁还不娶妻……”韦谔简直要哭了，“那侍妾呢？他有没有侍妾？好不好女色？”

李岫道：“我跟他并不相熟，哪知他的家宅私事。你是京兆府参军，长安户籍全都在你们这里，去查一查不就知道了？不过你为何关心起杨昭的私事来？这与菡玉、安禄山有关吗？”

韦谔全然没在意他的后半句话，嘴里自言自语着：“对对对，去查查户籍就知道了。”韦谔当真丢下他直奔府衙内户籍存档之处，李岫只得跟上。

官员的户籍找起来并不麻烦，韦谔又催得急，户曹很快找出杨昭的户籍来给他。杨昭果然未曾娶妻，户籍上只登记了一名小妾裴氏，也无子女，奴仆倒是有一大群。

李岫见惯了自己的父亲和朝中大员们妻妾成群，看到杨昭的籍册有些诧异：“看不出来这等弄权逐利之人私底下倒十分清寡，只有一房小妾，应当不算好女色吧。”

韦谔却道：“有小妾当然是好女色了！”

李岫不明所以，又听他松了口气，喃喃自语道：“有小妾就好，好女色就好……”

“二郎，你能把事情缘由说清楚吗？愚兄都被你弄糊涂了。”

韦谔看了他一眼，复又垂首叹气：“让我从何说起呢……远山，我觉得菡玉恐怕真的是惹上甩也甩不掉的大麻烦了。”

第二章　莲　争

韦谔在京兆府任职，统辖长安城内大大小小百余里坊和城郊县郡，时常会碰上些稀奇古怪的事。下属来报说城郊有个朝中大员的祖墓发生异象，园中的草木流血，十分吓人，那家人都不敢对外声张。

韦谔正要去找菡玉，心想菡玉以前是道士，对这些怪力乱神之事或有办法，正好可以问问他。

太常寺位于皇城最南端，从安上门一出来就正对着菡玉居住的务本坊。是以菡玉平日都是步行上朝，连车马都不蓄养，朝中四品以上的官员找不出来比他更穷酸的了。

韦谔看时辰将近，就在安上门外候着，望见菡玉下值从皇城内出来，上前刚和他打了个招呼，就看到杨昭被几个御史台的人簇拥着也从安上门内出来。这个时辰，皇城门外都是官员们的车马奴仆，熙熙攘攘挤了不少人，杨昭目光一扫，径直向菡玉这边看来。

韦谔看见他那眼光心里就发虚，下意识地挡到菡玉的面前。杨昭却露出嫌恶的神色，原本朝着他们走来，也故意折返了方向往另一边而去。

这态度让韦谔琢磨不透了，韦谔一边过朱雀大街往务本坊走一边问菡玉："最近杨昭有没有找你的麻烦？"

菡玉道："没有，自从上回……这几个月都未接触过。"

韦谔立即道："没有接触最好，那种人你应付不来，离他越远越好。"

菡玉点头同意："正是。"

韦谔想起找他的正经事，问："菡玉，今日我的部下遇到一件奇事，有人家中的墓园内草木流血，异象频生，你听说过这种事吗？"

"草木流血？"菡玉想了一想，"是否为朝中的达官贵人？"

韦谔不由得惊讶道："说你料事如神还真不假，确实是位大人物，乃是户部侍郎、御史中丞杨慎矜。"

杨慎矜和杨昭一样，都是以度支敛财起家，而后巴结依附李林甫在台省混得要职，加上杨慎矜的表侄王𫟹，一干人沆瀣一气帮着李林甫排除异己、巩固权势，说他们是李林甫的鹰犬爪牙也不为过。但这些弄权夺势的野心家岂会甘居人下，一旦爬上高位手中有了权柄，关系便渐渐微妙起来。比如李林甫开始忌惮杨慎矜权重，而杨慎矜和王𫟹虽是表叔侄，二人同为御史中丞平起平坐，杨慎矜却还把王𫟹当后辈，揭王𫟹微寒时的短处嘲笑贬低，惹得王𫟹心存不满。

菡玉似恍然想起什么，沉声道："二郎，此事大凶，非你所能及，千万莫要参与其中。"

韦谔问："大凶？你是指有……厉鬼冤魂之类的作怪吗？"

菡玉摇头，正要解释，却瞧见坊内另有一人向他招手而来。菡玉立即止住话头迎上去："阿翁，你来找我？"

韦谔也认得那灰袍老翁，是当初和菡玉一起来长安的道士史敬忠。论师门辈分，菡玉算史敬忠的师叔，却一直对他客客气气，称之为"阿翁"。史敬忠下山入世为的是谋求富贵，在韦谔看来，他趋炎附势、阿谀谄媚，但凡遇到个有权有势的人都想巴结攀附一下，可惜身无长才、时运不济，一直没有抱上有分量的大腿。

说来也奇怪，菡玉明明是个眼里容不下沙子的刚直脾气，却总和一些连韦谔都看不上的人有瓜葛，譬如史敬忠，譬如……杨昭。

史敬忠凑上来问："你们在说什么厉鬼冤魂作怪？菡玉，这不是你我的看家本领吗？"

韦谔也道："菡玉，我听说你道法高深能通鬼神，所以向你求助。此事真有这么凶险，连你也没有把握？"

菡玉道："此事凶险非关鬼神，而是……二郎，你莫不是不知道，杨侍郎是隋炀帝的玄孙，他家的祖墓出现异象，这事往大了去可就没边了。我猜杨侍郎对此事也是秘而不宣，正暗中寻求解决之道吧？"

他这么说韦谔岂能不懂利害，立刻点头道："我明白了，这就去嘱咐同僚，只当不知道这回事。"

史敬忠却插嘴问："你们在说杨慎矜杨侍郎？他家的祖墓有异象？"

韦谔草草应了一句，叮嘱他俩莫声张，告辞回京兆府衙去了。菡玉知道韦谔为人谨慎，提醒过了自然不会再生枝节，也就没将这事放在心上。

谁知过了半个多月，杨慎矜却使人来请他，说有私事相邀过府一叙。

菡玉觉得不妙，待那杨府下人领着他七拐八弯地从偏门绕进杨慎矜的家中，看到史敬忠赫然在座，对他讪讪而又讨好地一笑，他才明白过来。定是史敬忠听说杨慎矜被灵异怪事困扰，主动上门毛遂自荐，临阵上场又发现自己摆不平，才把他这个师叔抬出来求助。

骑虎难下，事到如今菡玉难道还能当着杨慎矜的面指责他？菡玉暗暗叹了口气，神色不动，上前去拜见杨慎矜。

杨慎矜请他入座，一旁侍立的婢女送上杯盏。那婢女姿容明丽、衣锦着绣，可见十分受宠，看见陌生的青年男子也不害羞，反而一双翦水妙瞳滴溜溜地盯着他看了许久，看得菡玉晕生双颊转过脸去。杨慎矜哈哈大笑，史敬忠也跟着赔笑。

婢女抿唇一笑退开，对杨慎矜道："先前听山人说他的师叔道法高明，还以为会是鹤发百岁的仙翁，没想到如此年轻。"

"还长得这般清俊潇洒，对吧！"杨慎矜丝毫不觉得婢女僭越，谑笑道，"这位可不是山人，乃太常寺吉少卿也。"

婢女对菡玉行礼："原来是吉少卿，明珠失礼了。"婢女嘴上这么说，眼睛却更大胆地瞄他，显有爱慕之意。

杨慎矜道："今日请吉少卿来是有事相求，少卿若能为我解忧，就将我这颗珍藏的明珠赠予少卿为谢！"

明珠面露娇羞，但并无惊慌不悦之色，显然心中也是愿意的。

菡玉只得推托道："不敢当侍郎所谢，敢问侍郎为何事烦恼？"

杨慎矜烦恼的当然是他家祖墓里的草木枯萎、流血不止之事。过了两日，菡玉得空随史敬忠到西郊墓园去查看，园子里确实有些风水突变的迹象，但已被史敬忠作法一一修正化解，按理不该有异象了。

他围绕墓园巡视了一周，仔细检查那些沾血的树木枝叶，心中便有数了，对史敬忠道：“园子这么大，回去请杨侍郎寻九九八十一名年轻壮汉，围在园外日夜轮番值守，守上十天半月，异象便可解除了。”

史敬忠不解道：“这是何方法术？是以壮汉之阳气化解此间阴戾吗？”

菡玉道：“这不是法术，化解的也不是阴戾怨气，只为防宵小进园而已。”

史敬忠吃惊道：“你是说这草木流血并非异象，而是有人故意作弄？”

菡玉道：“阿翁，上回我已经对韦二郎说过此事凶险异常，你为何非要插手进来？杨慎矜是什么人物，你想想作弄他的又会是谁，你我在他们的眼中不过蝼蚁，沾上一点儿便万劫不复。”

史敬忠讷讷地道：“你二人语焉不详，我一个山野草民哪里知道其中的利害，只以为你们说的是鬼神之事……何况富贵险中求，我若能帮杨侍郎化解这番劫难，不就可以一步登天……”

菡玉无语，只道：“阿翁听我一句，性命比富贵要紧，此事了结后莫再与杨侍郎往来了，他……将有大祸临头，自身难保。”

史敬忠连连点头答应，却又吞吞吐吐地道：“菡玉，还有一件小事，对你只是举手之劳，可否顺道帮我一手？”

“何事？”

“就是上回杨侍郎说墓园事毕会将他那美婢明珠送给你……”见菡玉果然皱眉，他立刻道，“我知道你肯定不想要，但也别拂逆了杨侍郎的好意，不如带回来之后再转送给我，如何？”

明珠色美，史敬忠早就垂涎于她，但明珠受杨慎矜宠爱，难免自矜，哪看得上史敬忠这样的衰朽老翁。前日见明珠爱慕菡玉年少俊俏，史敬忠便想出了这个曲折的法子。

菡玉自然不愿意，也不好直言驳斥他，只说：“阿翁想要美人，只管向杨侍郎求罢了。”

史敬忠道：“那美人眼高于顶，她哪里看得上我！”

菡玉道：“男女之事讲究个你情我愿、水到渠成，强扭的瓜不甜，既然人家不情愿，阿翁就莫强求了。”

史敬忠道："一个婢女而已，有什么情愿不情愿，也就是杨侍郎把她捧在手心里，宠得她不知主仆尊卑了！即便如此，还不是想把她送给谁就送给谁！"

蔺玉蹙额道："恕难从命。"

史敬忠放软语气："蔺玉，我是真心喜爱明珠，不然何至于拉下老脸来求你？你也说了，杨侍郎将遭大难，自身难保，覆巢之下安有完卵？届时明珠一个无依无靠的奴婢，又有那等惹眼的姿色，境况能好到哪里去？只怕将来侍奉的主子还未必有我疼惜她呢！你就当发善心救她一命，顺便了了老朽这一桩枯木逢春的心愿吧！"

蔺玉经不住他反复相求，只好说："倘若明珠始终不肯委身于阿翁，我自当放她离去，阿翁不可强求阻拦。"

史敬忠道："你放心，我一定待她如珠如宝，让她心甘情愿地跟我！"

二人回到长安城内杨慎矜宅邸，史敬忠将所谓的破解之法告诉杨慎矜。杨慎矜大喜，当即设宴款待二人。

明珠打从他俩一进大门，眼睛就在蔺玉的身上滴溜溜地打转，发现他的袖口上沾了血迹，便道："吉少卿可是受伤了？"

蔺玉看了一眼袖子："无妨，只是沾了一点儿园中污物罢了。"

明珠道："少卿衣袍染血，请随明珠来换一套干净衣裳。"

史敬忠也说："怎么不小心沾到血了？蔺玉你快去吧，这样赴宴可就对杨侍郎失礼了。"

蔺玉跟着明珠去后院更衣，经过园中的空阔地时，看见一名身材瘦削的白衣青年在场中舞剑。蔺玉略通武艺，草草扫过几眼，便看出这青年剑术超群，远胜自己，非常人所能及。他忍不住驻足多看了一会儿，寻思这青年是何身份，杨慎矜的家中怎么会有这样一位剑术高手。

白衣青年五感敏锐，很快发现有人在看自己舞剑，回剑收势便要离开。他掉头时和明珠打了个照面儿，明珠对他福身行礼，口称："九娘万福。"

蔺玉吃了一惊。"九娘"似乎有些怕生，半低着头，只对明珠点了点头便转身匆匆离去。

蔺玉以为自己听错了："明珠，你刚才叫他……"

明珠了然道："这是侍郎庶出的第九女，其母屡盼生男而不得，一直将她当男儿养，大家都心照不宣罢了。她从小就寄养在道观里，年前刚回来的。"

菡玉道："难怪有机缘习得如此精妙的剑术。"

明珠道："少卿也觉得九娘剑术精湛？府里的人都笑话九娘的母亲疯癫糊涂，笑话九娘不男不女，我倒觉得一个女子能有机会学到这么高强的本领，可比那些终身待在深宅大院里的妇人幸运多了。"明珠的神色间颇为向往。

菡玉诧异于她的想法，第一次仔细审视这名婢女。她倒是个有主见的姑娘，难怪托付的良人也要自己选定。他想到史敬忠的打算，越发觉得有些对不住明珠。

明珠回过神来，见他盯着自己，又羞红了脸变成怀春少女的模样："白日做梦，让少卿见笑了。我们快去快回吧，侍郎该等急了。"

杨慎矜了却了一桩心头大事，自然对史敬忠和菡玉盛情款待，之前的许诺也作准，当天晚上就把明珠送给了菡玉，让他带回家去。

"郎君，外头寒冷风大，你坐在窗边会受寒的。"才从杨慎矜家出来，明珠就换了称呼，俨然以自家人自居了。

"我素不畏寒，这点儿冷风不算什么，你坐里头去别吹着就好。"菡玉把视线从车窗外收回来，见明珠含羞带怯、含情脉脉地望着自己，而史敬忠则面色古怪地望着明珠。

菡玉有些坐不住了："前面东市尚未打烊歇业，我去跟车夫大哥说一声，绕道行走。"说完，菡玉便逃也似的出了车厢。

车夫也听到里面的对话，问："少卿，要绕过东市吗？这条路最近，绕一圈要远许多呢。"

菡玉在辕位上坐下，双脚悬在空中："还是绕路吧，远就远一些，总比堵在路上进退不得好。"

车夫应声好，扬起马鞭左转到东市南侧的安邑坊大街上。天寒阴沉，街上几乎没有行人，马车一路畅行无阻。

车夫道："吉少卿穿得这么单薄，还是进车里去吧，外头可冷呢。"

菡玉笑道："我天生不怕冷，三九天也只穿这么多。车厢内不如外头开阔舒爽，还是坐在这里好。"

车夫也笑，看到前方的宣阳坊牌楼，手下挥鞭的动作忽然缓了下来，让马徐徐小跑。

菡玉问："是我坐在这里妨碍大哥赶马了？"

车夫答道："非也，少卿只管宽坐。前面是秦国夫人的宅第，我们轻车缓行，别扰了秦国夫人的清净。"

秦国夫人因贵妃缘故而受皇帝恩宠，被赐予豪第，宅门被特许直接开在坊墙之外。贵妃的二兄三姐，杨氏五家隆宠无比，朝中谁也不敢得罪。杨家人骄横，连家奴也仗势欺人、凶悍非常，寻常人遇到他们都得躲着走。

菡玉虽有不忿，但心想多一事不如少一事，便依了车夫，准备静悄悄地过去算了。到了秦国夫人宅前，菡玉见临街的高楼上已经挂起灯盏，街上亮如白昼，时不时可见来来往往的人影。其中最前方的栏杆旁站了一人，居高临下向街上观望。那人是秦国夫人吗？又不太像，看姿态身形应该是个男子。

菡玉也不知自己为何突然好奇，眯了眼去细瞧那人，正巧那人也向他看过来。

杨昭？

菡玉的心里蓦地一慌，他转身就要进车厢，不料明珠正好出来，手里拿了件大氅，不由分说抖开从后头为他披上，抱怨道："外头寒冷，郎君出来怎么也不加件衣裳。"明珠双手绕过他的颈项到身前为他系上带子，菡玉整个人都落进她的怀抱中。

菡玉越发窘迫，不知该推开她还是不推开，眼睛却不由得往远处的楼上看去。杨昭的身边多了一名盛装女子，应是秦国夫人。两人说着话，一同向这边看来。秦国夫人面带微笑，姿态雍容，杨昭却神情莫测，无端地让人觉得压迫。

绕过转角到了正门前，马车忽然被秦国夫人的家奴拦住。车夫有些慌张，正要去赔礼，家奴却问："车上坐的是太常寺吉少卿吗？我家夫人请少卿赏脸携眷上楼一聚。"

菡玉回头，那厢楼上栏杆边的人已经不见了。他犹豫着想拒绝，车夫悄悄对他耳语："吉少卿，秦国夫人骄纵蛮横、颐指气使，稍有不称心便挟怨报复。少卿若无不便，还是不要拂逆她的心意了。"

菡玉吃不准秦国夫人为何邀他，先前与她未曾接触过，听车夫这么说，决定上楼去弄个明白。二人无冤无仇，秦国夫人又是客气邀请，当不至于是鸿门宴。菡玉于是把史敬忠和明珠也叫出来，三人一同随家奴往秦国夫人所在的高楼而去。

楼上四面无墙，屋檐下挂轻纱为帐，夏日里必是个乘凉的好去处。时下天气仍寒冷，高楼四周摆了数十个温火炭炉，冷风吹进来被炭火一熏，到楼里已是悠悠暖风。凌空取暖，一冬不知要烧掉多少炭薪，杨氏果然奢侈靡费。

楼上摆了宴席，秦国夫人和杨昭都在席中坐着。秦国夫人打量明珠，杨昭半眯着眼，神情慵懒，辨不出他在看谁。

菡玉上前见礼，秦国夫人招呼他入座。秦国夫人居主位，杨昭坐右首，菡玉便在左首就座，史敬忠坐菡玉的下首，明珠侍立菡玉的身后。

秦国夫人含笑瞧着明珠，问道："这位美人是谁？好生俏丽。"

菡玉回答："是下官的婢女。"

秦国夫人道："这样娇滴滴的美人，怎么忍心叫她站着呢。那边还有一个座位，小娘子也坐下吧。"秦国夫人指了指杨昭下首的空位。

明珠迟疑，看向菡玉。菡玉谢道："下官蒙娘子厚爱得来拜访，犹觉惴惴，明珠只是婢女，主仆有别，又怎能与夫人、杨御史同坐一席。"

秦国夫人笑道："原来叫明珠，真是人如其名，珠圆玉润，让人忍不住想捧在手心里爱护。"

菡玉见秦国夫人如此看重明珠，便对明珠道："既然夫人抬爱，你便遵命吧。"

明珠谢过秦国夫人，到杨昭身旁的席位坐下。秦国夫人频频看明珠，笑容满面，像是十分喜欢。明珠惴惴不安，菡玉也不解，正打算询问秦国夫人邀请他们的目的，秦国夫人却先道："吉少卿一定疑惑妾为何唐突起意请少卿上楼，不瞒少卿——"她看了看明珠和杨昭，缓缓开口，"妾是想为我兄长求少卿割爱。"

菡玉吃了一惊，抬头看向对面的杨昭。他还是慵懒地握着酒杯，眼睛半眯着，不知在看何处。菡玉低下头去："下官愚鲁，夫人可否明示？"

秦国夫人笑道："方才我兄长在楼前观景，正好看见吉少卿车中美人，一见倾心，因此让妾身出面邀请少卿上楼求此美人。不知少卿能否割爱，成全一段良缘？"

明珠大惊失色，又不敢妄自开口，焦急地望着菡玉。菡玉心中说不上是什么滋味，低头看自己面前的酒杯，只觉对面投来两道如炬的目光，让他如芒在背，又喉头发涩，一时什么话也说不出来。

原来杨昭刚才在楼上看的是明珠，而明珠为自己披衣，状态亲密，惹得他心生醋意，所以自己才会觉得他的目光分外冷厉，远远地像要把人刺穿一般。

秦国夫人催促道："少卿意下如何？"

菡玉仍然低头不语，明珠急了，出席对秦国夫人拜道："夫人，明珠只是一个小小的奴婢，身份卑微，实在无法匹配杨御史！"

秦国夫人道："傻丫头，有什么配不配得上，我兄长看中你，就是你的福气呀。"

"但是、但是……明珠已经是郎君的人了，我对郎君心意坚决，今生今世都愿跟随郎君，请杨御史体恤成全！"她向杨昭跪下磕头请求。

杨昭并不看她，身体前倾盯住菡玉，眼中怒意一盛："吉少卿，你怎么说？"

菡玉心中百折千回，许久后才开口对明珠道："明珠，我身无立锥之地，你跟着我只会受苦。杨御史年轻有为前途无量，且对你倾心，你跟了他不比跟我强上百倍……"

秦国夫人喜道："少卿这样说，我便当少卿答应了。来人，带明珠去厢房安置。"

两名侍女上前来拉明珠，明珠甩开，对菡玉喊道："郎君！"菡玉却别开脸。明珠心道，吉少卿一则迫于秦国夫人和杨昭的权势不得不答应；二则本就不喜欢她，勉强收下了，心里却十分不情愿。这会儿杨昭向他要人，说不定他正暗自松了口气。

明珠又怒又伤心，泪流不止，哀哀泣道："郎君，你志在四海心怀天下，难道就容不下我区区一个女子吗？"

菡玉一震，抬头见明珠悲恸欲绝，杨昭阴沉莫测，心中闪过一丝不安和疑虑，起身制止："且慢！"

明珠泪眼婆娑地道："郎君……"

杨昭缓缓开口道："吉少卿，你想反悔吗？"

菡玉直面他道："杨御史，我只有明珠一个妾侍，以杨御史的权位，要什么样的美人没有，何必棒打鸳鸯夺人所爱？"

杨昭瞳眸紧缩怒而站起，大步跨过面前的案几走到明珠的面前，一手捏住她的下巴，硬把她从地上拽了起来。案上的杯盘被他踢翻，滚了一地。

"真是个难得一见的美人呢，怪不得吉少卿要拼力相护。"他扫了一眼明珠的脸，又转过去面对菡玉：“你可知要取回这颗明珠，需要拿什么来交换吗？”

菡玉凛然道：“在所不惜。”

“即使赔上你自己？”杨昭手上的力道又加重几分。

明珠痛得落下泪来。杨昭扣住她下巴的手青筋毕露，如铁钳一般几乎要把她的骨头捏碎。近在咫尺，明珠看不见他的面容，仍能感觉到他身上勃然的怒气。

她忽然明白自己根本就不是这场争夺的中心，只不过是一个借口、一个幌子。而杨昭究竟想要什么，她隐隐有所察觉，又无法明确地在脑中成形。但无论如何，郎君和他作对，只会对郎君不利。

她打断菡玉将说出口的话：“明珠愿意追随杨御史尽心伺候，请御史不要为难我家郎君！”

菡玉惊愕地道：“明珠……”明珠泪如雨下：“郎君，杨御史英伟不凡，明珠对他也一见倾心。郎君就当明珠趋炎附势、喜新厌旧，莫再惦着明珠了！”

秦国夫人笑着插话：“如此说来，明珠与我兄长是两情相悦、佳偶天成。”

杨昭未见欢喜，脸上的怒气愈盛。

菡玉对明珠满怀歉疚，不知该说什么安慰她，见杨昭始终捏着明珠的下颌，她白玉般的肌肤上已映出青紫瘀痕，不由得怒道：“杨御史既然属意明珠，就该对她体贴怜爱，怎还施以暴力？你这样不知怜香惜玉，叫我怎么放心把她交给你？”

杨昭回首看明珠，哼了一声，撒手放开她。明珠虚弱地摔倒在地，一旁的两个侍女将她扶起，半搀半拖地带下楼去。

菡玉眼看她从面前消失，怒视杨昭道：“杨御史，希望你得了这颗明珠，日后好好珍视对待！”

杨昭瞪着他一言不发。秦国夫人道：“吉少卿尽管放心，明珠是妾开口向少卿讨的，妾也算半个媒人，兄长若不善待明珠，我还不答应哩！来来来，坐下坐下，妾敬少卿一杯，就当是祝贺我兄长与明珠之喜。”

菡玉道：“多谢夫人美意，下官还有事在身，日后再回敬夫人，告辞。”菡玉说罢离席，经过杨昭身边时顿了一顿，冷冷地看他一眼，大步离去。

一旁始终不敢说话的史敬忠也连忙告辞，跟着菡玉离开。

两人下楼出了秦国夫人的宅第，车夫还在门外候着，见三人进两人出，讶异地道：“吉少卿，这么快就出来啦？那位小娘子呢？”

菡玉神色颓丧，史敬忠在他身后朝车夫使眼色，车夫会意不再多问。两人上了车，史敬忠长呼一口气，想把车帘拉开，被菡玉制止。

菡玉颓然道："阿翁，我是不是太胆小懦弱了？"

史敬忠安慰他道："菡玉，杨家有权有势正得宠，你争不过他们的。与其不自量力以卵击石，不如韬光养晦。你方才顶撞杨昭，阿翁着实为你捏了把汗。要说胆小懦弱，我才是连大气都不敢出一声，可怜明珠……"眼睁睁看着快到手的美人被蛮横地夺走，那人还半点儿得罪不起，史敬忠比菡玉更沮丧，垂着头不住地叹气。

二人都不再说话，马车疾驰而去。

一旁的高楼上，站在围栏前的人目睹马车离开视野，双手握紧了栏杆。

秦国夫人款款走到他的身边，看一眼街道尽头的马车，冷冷地开口："六哥，方才你可是有些失态呀，不是都说好了吗？"

他望着远处漆黑的夜幕，闭口不言。

秦国夫人又问："那个明珠你准备怎么处置？"

"明天带她进宫。"他转身下楼，"以后，随你。"

在千步廊迎面碰上秦国夫人和杨昭时，菡玉正陪同皇帝游园。皇帝称他上次进献的丹药效力非凡，让他再多炼些呈上来。

老远他就看见了杨昭，以及……杨昭身边的明珠。明珠也看见了他，深深地低下头去，紧随秦国夫人。今日明珠盛装打扮，步摇金簪为饰，看起来艳丽逼人。如果不是跟了杨昭而是跟了自己，此时她应是素面荆钗，哪能有这样的富贵？

菡玉一时愣怔，呆呆地望着明珠娇艳的面容，直到旁边两道冷厉的目光将他逼回。

菡玉收回视线，装作没看到他们，想要告退。皇帝倒先看见秦国夫人和杨昭了，撇下他向他们那边走去，菡玉只得跟过去。

秦国夫人和杨昭过来参见皇帝，行了君臣之礼。皇帝果然注意到了明珠："八姨，这美人是你新收的侍女吗？以前好像不曾见过。"

秦国夫人道："陛下好记性。她以前是杨侍郎府里的婢女，昨天才跟了臣妾。"

菡玉暗暗皱眉。明珠明明是被杨昭要去做妾，秦国夫人怎说她是自己的侍女？难道明珠不合杨昭心意，才过了一晚杨昭就把她转送给秦国夫人为婢了？

“杨侍郎？”皇帝语带疑惑。

秦国夫人道：“是户部侍郎、御史中丞杨公。”

菡玉心中惊疑。秦国夫人怎么会知道明珠原是杨慎矜的婢女？是明珠自己说出来的吗？他隐约感觉到有些不妙。

皇帝讶异：“八姨与杨卿交情甚好，竟得他以此美人相赠。”

秦国夫人道：“臣妾哪有福分结交杨侍郎，是杨侍郎将此女赠予术士史敬忠，臣妾恰巧碰见，十分喜欢，便厚颜讨过来带在身旁。”

“术士？”皇帝显出不悦之色，“杨慎矜为何要以美人馈赠术士？”

“臣妾也不太清楚。”秦国夫人转对身后的明珠道：“明珠，你且将前后因果对陛下道来，莫有隐瞒。”

明珠也不清楚其中的利害关系，见皇帝似乎不太高兴，便草草地将杨慎矜的祖墓园中草木流血、史敬忠设道场克制解除、杨慎矜将她送给史敬忠、路过秦国夫人楼下等事叙述一遍，只依秦国夫人的吩咐，略去菡玉未曾提及。她聪慧伶俐，已大致明白这不是一件好事，秦国夫人故意不提菡玉，要挟之意不言自明。

皇帝听完眉已深皱：“杨慎矜竟私下与术士往来，弄些怪力乱神之事！”

秦国夫人劝道：“先人墓园中的草木流血实在可怖，换作是臣妾，也会当是祖宗有夙愿未成，心中生怨，找个道士来设坛作法了却祖宗的心愿。杨侍郎此举也是合情合理的。”

皇帝听完非但眉头不展，反而郁色更深。旁人的祖宗有什么夙愿都不要紧，偏偏这杨慎矜，他可是前朝遗脉、隋炀帝杨广的子孙。隋朝亡国皇族的怨念还能是什么？皇帝心中恼怒，但隐而未发。

秦国夫人提议去见贵妃，正合皇帝的心意，便摆驾往贵妃的院中去，菡玉趁机告退。明珠欲行又止，无奈杨昭在她的身后，她想回头看一眼也不行。菡玉望着她的背影，不由得惑从心生，又有些惋惜愧疚。

说来说去，还是要怪杨昭。

菡玉呆立原地出神许久，皇帝一行人的身影早没在梅树丛中，直到身旁的小黄门提醒他才回过神来。从千步廊出来池台错落，曲径通幽，他徐徐而行神飞天外，不知怎么竟走岔了路。

他越过一道花树围墙，靠近承庆殿，忽闻宫墙那侧传来一阵窃窃私语声，好像是两名男子在低声交谈。菡玉的耳力较好，又听其中似乎有秘密，便听了一下。

其中一人问道：“杨御史，你所言当真？”声音压得极低，听来有些耳熟。

另一人回答：“下官怎敢欺瞒王中丞。这是刚刚发生的事，这会儿陛下还没走到贵妃院里呢，下官立马就赶来告诉中丞了。”

这个声音菡玉再熟悉不过，正是杨昭。听他称另一人为“王中丞”，菡玉才分辨出另外那人是御史中丞王鉷。

听杨昭这口气，说的难道是……

王鉷笑道：“杨御史告诉我这个又有何用呢？”

杨昭道：“坊间流传杨侍郎乃隋炀帝玄孙，此番陛下听闻杨侍郎与术士往来动及祖墓，心有不悦。下官听说王中丞与杨侍郎私交甚密，特来告知中丞此事，中丞也好提醒杨侍郎啊。”

王鉷道：“是极是极，杨侍郎与我父乃表兄弟，我少时与表叔甚亲近，得入御史台也多亏表叔引荐。多谢杨御史提点，我自会提醒表叔注意言行。”

杨慎矜和王鉷是表叔侄，以前交情不错，杨慎矜也对王鉷有荐举之恩。但杨慎矜自恃是长辈，王鉷升至与杨慎矜同样的职位后，杨慎矜见了他仍然直呼其名，抢夺王鉷的职田，并屡次向旁人提起王鉷的母亲身份卑贱，贬低嘲弄其母，王鉷早就对他心存怨恨，二人貌合神离。这回杨昭弄出明珠的事端来，还故意告诉王鉷，难道杨慎矜就是因此……

菡玉猛然醒悟，心中暗叫声糟，掉头转过一个弯，差点儿和迎面来的人撞上。他急忙顿住脚步，抬头就见杨昭似笑非笑的脸。

杨昭笑着摸摸自己的耳朵：“我说呢，刚刚怎么耳根子一直发痒，原来是隔墙有耳，更没想到还是吉少卿。”

菡玉见他说破，也不和他打官腔了，沉下脸道：“杨御史，我以为你是真心喜爱明珠，才忍痛将她让给你，没想到你别有用心。御史台要查办、弹劾谁我无权过问，但你未免太不光明磊落，把主意打到一个弱女子的头上，真是无所不用其极！”

杨昭笑问：“吉少卿何出此言？我不图明珠的美色，还能图她什么？吉少卿也说她只是区区一介弱质女流，和查办弹劾云云有何关系？”

菡玉冷笑道："杨慎矜往来术士谋复祖业，明珠可是重要证人，她当面对陛下抖出此事，一般的证人还做不到呢。"菡玉向后退了一步，却触到背后的院墙。

"吉少卿真是敏锐，什么事都瞒不过你的眼睛。"杨昭轻笑，一步步向菡玉的方向逼近，"人说少卿上窥天机卜算极准，要不要帮杨侍郎算一算，看他能否吉人天相、化险为夷？"

菡玉被他逼得无路可退，整个人落入他的"包围"中，一弯腰从他架在墙上的左臂下倏地钻了过去。杨昭也不慢，左手就势一捞，抓住菡玉的胳膊又将他拽了回来。

菡玉斥道："杨御史这是什么意思？"

杨昭敛起玩笑之色："明人不说暗话，你也知道杨慎矜将有一劫。你最近与他往来频繁，为免被牵连，不如先找个安全隐秘的地方避一避风头。"

菡玉怒道："杨昭，就算你们有铁证在手，未经陛下的批准就擅自囚禁朝廷命官，也是越权重罪！"

杨昭还想劝说，菡玉趁杨昭开口猛一转身，未受制的那只手握成拳直向杨昭的面门袭去。杨昭一扭头便避过，身子后仰，拉住他的左手，同时用另一只手抓住菡玉，用力将菡玉的左手扭到背后。只听咔的一声脆响，菡玉的左肩被杨昭扭脱了臼。

菡玉吃痛闷哼。杨昭不意自己手上刚使了这点儿力气就叫他胳膊脱臼，急忙松了手，更没料到菡玉一手已脱臼居然还能飞身而起，转身一脚踢中杨昭的面颊，把杨昭踢倒在地。待杨昭爬起身时，菡玉已跑得不见踪影。

杨昭摸了摸受创的脸颊，一碰便钻心地疼，嘴里也尝到了浓重的血腥味，看来伤得不轻。他望着菡玉消失的方向，不由得苦笑起来。

菡玉逃出皇城，直奔东郊史敬忠借住的道观。史敬忠正在观中给花草浇水，见菡玉急匆匆地跑进来，模样十分惊惶，放下水斗问："菡玉，你这是怎么啦？是刚下朝吗？朝堂上出什么大事了？"

菡玉沉声道："阿翁赶快整理行装离开长安吧。"

史敬忠走近了发现菡玉的左臂软绵绵地垂在身侧，惊道："你的手！"

菡玉这才想起左胳膊被杨昭拉脱臼了，轻描淡写地说了一声："没事，脱臼而已。”说罢菡玉用右手握住左臂往上一送，嘎嘎几声便将断臂接好了。

史敬忠惊讶地张大嘴。他早知菡玉的体质非同常人，意志也十分坚忍，但胳膊脱臼后还能一路跑来而不知觉，自己摆弄摆弄接回去，眉头也不皱一下，他当真要怀疑菡玉是不是凡人了！

菡玉催促道：“阿翁快去收拾行装，我去安排车马。”

史敬忠回过神，边走边问：“到底出什么事了？要离京避难吗？”

菡玉将杨慎矜之事粗略地说了一遍。史敬忠听得惶惶不安：“菡玉，你的预见向来准确，杨侍郎这回是不是……在劫难逃了？”

菡玉坦言道：“我原就知晓杨侍郎终有一日举家倾覆，只是没想到这么快，还累及阿翁。我急着回来催促阿翁离开，谁知被杨昭察觉，欲将我灭口，争斗中被他伤了一臂。”

史敬忠动容道：“菡玉，我这个不成器的老师侄下山入京后一直蒙你照顾庇护，这回还弄得你得罪了权贵，我……”

菡玉道：“阿翁年长我这么多，师门关系既远，就莫再提师从辈分了。幼时常听家父提起，阿翁对他颇多照顾，关系亲厚。菡玉如今无亲无故，阿翁就是我的长辈亲人。”

史敬忠问：“令尊是？你姓吉，啊……早年我与洛州河南吉姓一族往来颇多，不知你是哪一脉？”

菡玉道：“说来话长，以后再与阿翁叙旧，先离开这里再说。”

史敬忠依他所言回观内收拾随身细软，菡玉自去准备车马。此时已过午时，菡玉颇费了一番周折才弄到两匹马和一辆篷车。史敬忠不会赶车，菡玉只得又雇了一名车夫。

菡玉回到道观，远远就见门口层层叠叠铁桶似的围满了官兵。车夫一见这阵势吓得掉头赶马就想走，马匹咴儿咴儿的叫声惊动士兵，士兵立即围拢而上将二人拿下。

菡玉望见院中领头的两名官员，当场惊愕，竟忘了反抗，任由士兵将他双手反剪绑缚押到那两人的面前。

其一自然是杨昭，而另一人居然是大理寺法曹吉温，与酷吏罗希奭并称“罗钳吉网”的就是他。吉温因擅长刑讯逼供，手段狠辣，不久前被杨昭从地方提拔到大理寺任职。

吉温看到菡玉，双目陡然睁圆，径直瞪着他眨也不眨，那样子仿佛极其惊异，又仿佛怀着千言万语，一时不知从何说起。杨昭见他举止有异，心生疑窦，转去看菡玉，菡玉竟难得地低着头，不复往常面对自己时的那般正气凛然、针锋相对，好像也怀了心事。

杨昭叫了两声“吉法曹”，吉温才回过神来，指着菡玉问：“这、这就是太常少卿？”

杨昭睨着他，又瞥了一眼菡玉：“没错，吉少卿与吉法曹还是同宗呢。”

吉温见菡玉被捆得动弹不得，脖子处的一道麻绳勒得他脸色都青了，斥责士兵道：“既是朝廷命官，定罪之前岂可轻侮？还不快快松绑！”说完，吉温自己上前一步欲给菡玉解开绳索。

二人侧身相错时，菡玉抬头看他，四目相对，吉温不由得愣住，盯着菡玉的脸挪不开视线。

此时史敬忠被士兵五花大绑从道观里推出来，迎面看见吉温，仔细辨认后大喜过望，没想到大祸临头居然偶遇故人绝处逢生，冲吉温呼喊道：“七郎！吉七郎！是我呀，我是你的老丈史敬忠哇！小时候我还抱过你呢，你还记得我吗？”

吉温皱了皱眉，似乎很不情愿在这种情形下与他认亲。

史敬忠病急乱投医，看到吉温和菡玉站在一处，还帮菡玉松绑，又对菡玉道：“菡玉，你是不是也认得七郎？你帮我说说，我真是冤枉呀！”

“我……”菡玉语塞，不知为何首先想到的竟是去看杨昭。

杨昭一伸手拨开吉温手中的绳索，不着痕迹地推开菡玉，站到两人之间，问：“吉法曹与史敬忠也是旧识吗？”

吉温忙道：“许多年不曾来往了。况且法理面前何谈人情，此案关系社稷安危，纵使家中至亲涉案，吉某也当大义灭亲。”说罢，吉温看也不看史敬忠，命士兵以镣铐铁链锁其手足颈项，布袋蒙头，关入押解重犯的囚车中看管。

史敬忠目瞪口呆，没想到他如此绝情，撇得一干二净。

杨昭又道：“吉少卿与案犯杨慎矜、史敬忠等人过从甚密，今日又恰巧出现在案犯的藏身之地，恐怕与此案也脱不了干系。”

史敬忠被士兵蒙着头从他们身边押走，听到这话还不忘为菡玉开脱：“御史明鉴，草民与吉少卿同奉三清，只交流修身炼丹之术。今日少卿恰巧来访，御史高抬贵手，千万莫要冤枉少卿！”

菡玉动容，唤了他一声："阿翁！"

杨昭道："少卿对一个布衣术士呼之为'翁'，看来关系匪浅，到底是从犯还是无辜，带回去一审便知。"

一旁车夫看情势不对，连呼冤枉："御史、明君诸公在上，小人只是受雇的车夫，刚刚被这位郎君从市集雇来，这边的事一概不知，求诸公放过小人！"

杨昭道："吉少卿好好的雇车马做什么？"又问车夫："他雇你去哪里？"

车夫颤声回答："他给了小人不少银钱，让小人即刻送他出、出长安往东去！"

杨昭冷笑道："看来吉少卿不是恰巧来访，是有备而来。我等若再晚来一步，本案的重犯就要被吉少卿带出京师了。"

菡玉只觉得他狠狠地盯着自己，目光乖戾，但转头去看他时，他却飞快地挪开了视线。菡玉有些诧异，似乎从来没见过杨昭有不敢与人对视的时候。

吉温的职位比杨昭低得多，他不敢拂逆杨昭："暂且委屈少卿，待回到大理寺禀明御史、大卿，自会还少卿一个清白。"又对杨昭道："吉少卿并非通缉要犯，又有官职在身，镣铐加身恐怕不妥。"

杨昭转回头，脸上的戾气已消，皮笑肉不笑的，让人猜不透他的心思："也是，吉少卿的官阶可比咱俩都高，怎可无礼？"他走近来为菡玉除去身上的绑缚，手指贴着菡玉的脊背掠过，生生让菡玉起了一身鸡皮疙瘩："不过，少卿精通武艺，为防万一，请少卿与我同乘一车。少卿如果问心无愧，应当不会反对吧？"

菡玉极不愿与他靠近，但也没有办法："听凭杨御史处置。"

史敬忠被押上囚车，一行人打道回城。

天色已经不早了。菡玉坐在窗边，车马的颠簸让他视野晃荡，看不真切远处的景物。这一队士兵有百来人，拉出数十丈长的队伍，只在转弯的时候，前头已经转过去了，方可见前方的兵士。

吉温的背影夹杂在最前头一群马上戎装的将领中，隔着阴晦的雾气，灰蒙蒙的，与周围昂藏的武官的身条儿相比，显得格外萧索落寞。菡玉默默地遥望着，那道身影渐渐与他遥远记忆中另一个模糊的背影重叠。他的眼前便好似这湿冷的天气，聚拢起薄薄的雾气。

一只手忽然伸到他面前，扯下马车的帘幕，将他的视线隔断。思绪被打断，他微恼地转过头来，瞪着近在眼前的面容。那张脸上蓄着隐忍的不悦，面颊上有一块青紫瘀痕，眼神恶狠狠地盯着菡玉，让菡玉与他对视一眼后便失去了所有的勇气。菡玉并不畏惧那眼神中的怒气，然而这怒气中蕴藏的别样意味却让他莫名地害怕、退缩。

“杨御史，车厢里气闷，我开窗透透气可以吗？”

杨昭阴沉着一张脸：“你是嫌这马车的帘子挡风不透气，还是嫌它阻了你的视线？”

菡玉一怔，杨昭随即说道：“你也知道右相锱铢必较，这回不仅和杨慎矜有交情的都进了监牢，连史敬忠平素往来的官员也被牵扯了进来。少卿不喜结党又无亲眷，独善其身也就罢了，还要搭上无关的人吗？”

菡玉沉默片刻，放下车帘：“我在京城举目无亲，独自住在太常寺公舍，亲近者不过阿翁和诸位道友。这些杨御史都知道，还望御史为我做证，莫再牵连无辜。”

这个回答似乎仍不能让杨昭满意：“是吗？少卿和我又不亲近，我哪里知道你跟谁交情好跟谁交情不好。”

菡玉被他弄得莫名其妙，实在不知道他的葫芦里卖的是什么药，索性坐正身子面朝车壁，不再说话。

这时马车停了下来，前面有人喊道：“停步休整！”

此地离城门尚远，天色将暮，应该速速赶路才对。菡玉忍不住探出头去想看个究竟，远远听见外头传来一声哀求：“求求你们，给我一张……”后面的话菡玉听不清了，只分辨出是史敬忠的声音。

菡玉担心史敬忠，看了一眼杨昭，见他似乎并不想阻拦，便自行跳下车去。

菡玉远远看见史敬忠坐在一棵桑树下，手足颈项上锁着铁镣，头脸仍用布蒙着，逢人经过便苦苦哀求。一名士兵走得近些，被他抱住双腿连声哀求道：“请给我一张纸吧，求求你！”

那士兵被他缠住挣脱不得，无可奈何地道：“你别管我要了，我哪里来的纸？就算有，我也不敢违抗法曹的命令啊。”

史敬忠抓紧他的衣摆：“那你叫吉法曹过来，就说我向他求纸。”

士兵无奈，托同伴把吉温请过来。史敬忠转而抓住吉温求道：“七郎，给我纸笔，我一定照实陈述，穷我所知！”

吉温先是不应，史敬忠又哀求许久，吉温这才吩咐下属摘去史敬忠头上的布，取纸笔来给他。史敬忠立刻把纸摊在自己的膝上，唰唰地书写起来。

菡玉疾步走过去，见史敬忠所写的都是与杨慎矜往来、帮助杨慎矜谋划恢复祖业之事。菡玉握住他的手不让他写下去："阿翁，杨侍郎并无此类行径，你为何要做假证诬陷他？"

史敬忠推开菡玉，笔却被菡玉抢去，史敬忠哭求道："菡玉，你就给我一条活路吧！七郎跟我说，杨慎矜已经俯首认罪，不过缺我一句证词定案。若到前方温汤，过了时辰，就算我愿意招供也没有用了。时候不多，你快把纸笔还我，不然我只有死路一条！"趁菡玉发愣，史敬忠夺过笔继续书写供词。

菡玉默然，一旁的吉温走上前来："此事与少卿无干，少卿还是快点儿回车上去吧，免得牵扯其中。"

菡玉甩开他冷笑道："吉法曹，你忘了幼年时阿翁时常抱你玩耍，他待你如同亲生，冬夜里抱你入睡，你生病他为你奔波求医吗？这些你不是还拿来教育晚辈，口口声声说受人滴水之恩当以涌泉相报的吗？如今阿翁有难，你非但不帮还落井下石，恶待威逼，恩将仇报，当真令人齿冷。"

吉温脸色难看至极，却不加辩驳。众人都道他被人当众揭穿心虚气短，吉少卿又与他同姓，说不定有什么亲缘知道他的底细，看来所言非虚。一时间，私语议论声四起。

这时史敬忠已写满三张纸，跑过来递给吉温，又劝菡玉道："七郎他也是情非得已，你不要怪他了……"

"阿翁，到这时你还护着他！"

史敬忠摇头叹气。吉温收起供状，对史敬忠拜道："七郎多有得罪，丈人勿怪！"吉温说罢掉头而去。

菡玉气恼不过，史敬忠拉住他道："菡玉，你莫再为我抱不平了。小老儿只求活命，别的都不管啦。你果然也与七郎相熟吗？当着众人的面揭他旧事，若是他因此怀恨在心，阿翁不是又连累了你？"

菡玉一愣，支吾道："也算相熟……我一向敬他，没想到他竟然……"

史敬忠叹道："七郎为官严酷，与罗希奭并称'罗钳吉网'，你没听说过吗？他如此待我已是顾念往日情分。你既然与他相熟，该明白他的为人，还有什么好气愤的呢？"

“我与他……多年未见，一直挂念，不想再见面却变成这般情形……”菡玉心里委屈感伤，眼中竟浮起泪光，“阿翁，这其中的曲折外人是无法明白的……”

史敬忠愣怔。方才听菡玉斥责吉温，说起吉温少时的故事，又见两人姓氏相同年纪相近，他以为菡玉是与吉温同族的兄弟。现在看菡玉这副黯然神伤、泪盈于睫的模样，他忽地冒出一个念头，觉得菡玉这情状仿佛遇人不淑、伤透芳心的女儿家一般。

这个念头只是一闪而过，他随即将之抛到脑后。菡玉是个堂堂男儿，有泪不轻弹，纵然为时过境迁、物是人非而伤怀，又怎能和女子相比？拍一拍菡玉的手背，他指指不远处一直观望、面色不豫的杨昭：“你出来好些时候了，快点儿回去吧。”

菡玉这才发现杨昭就在近旁，刚才的经过想必全都落入了他的眼中。菡玉想起他在车上的警告，收神敛容走回车上。杨昭跟着菡玉上车，神情阴郁却一言未发。

第三章 莲狱

有了史敬忠等“凶人”的证词，杨慎矜及其兄弟皆下大狱。他的罪名是“妄称图谶，谋复祖业”，众人的供词中也都有杨慎矜与之论谶书之辞。但这最重要的证物——谶书，却一直没有找到。

没有证物如何定案？李林甫有些着急，责成刑部、大理寺、御史台三司共同鞫查。御史台侍御史杨昭、卢铉参与会审，要尽快找出谶书来。

重刑之下，便有人胡乱嫁祸给他人，说曾听某某人与杨慎矜论谶，那人必然知道。辗转诬陷指摘，最后的矛头都指向一个人：吉菡玉。

别人都招了，再供不出新鲜玩意儿来，就吉菡玉安然无恙，不指吉菡玉指谁？何况他和头号证人史敬忠关系亲密，就算不知道谶书在哪里，也必然知道些别的，赖给他总没错。

吉温是有名的酷吏，下手狠毒，犯人落在他的手里没一个能熬得过去，甚至有在刑讯中送了性命的。但是轮到菡玉，吉温却迟迟不动手，反而多加袒护，一直没有拿到吉菡玉的供词。

“吉法曹，今日右相又催审案结果，说陛下也颇为焦急。再这样拖下去，惹怒右相是小，触怒龙颜是大啊。”侍御史卢铉在李林甫那里吃了责骂，回头来压吉温。

吉温推托道：“卑职多次审问吉少卿，他确实不知有谶书，更不用说藏在何处，卑职也没法儿无中生有地问出来呀。”

卢铉道：“不给点儿苦头尝尝，谁会自己承认自己犯法有罪。吉法曹向来铁面无私，怎么这回对吉菡玉手下留情、久不严审？莫不是顾念他和你同姓同宗本是一家，因此不忍对他用刑？”

一旁的杨昭冷冷地插话：“如此说来，杨慎矜与我还是同姓呢，我是不是也该放他一马？”

卢铉道：“既然吉法曹顾念同宗之谊拉不下这个面子，不如由我和杨御史来做这个恶人。法曹但作壁上观，既不用愧对吉菡玉，也不必延误审案，如何呀？”

卢铉支使狱卒从牢中提出菡玉来审讯。吉温想要阻止，但见卢铉蛮横、杨昭阴鸷，他二人都是御史台官，职权远高于自己，只能眼看菡玉被狱卒架着从他的面前拖过去。

卢铉单刀直入地讯问：“吉菡玉，有证人证实杨慎矜曾与你谈论谶书，你可知他将谶书藏于何处？”

菡玉一口否认：“绝无此事。”

卢铉厉色道：“多位证人证实此事，杨慎矜自己也认了，不容你不承认！快快招来，免受皮肉之苦。”

菡玉抬头直视他：“那些证人的证言，卢御史就是这样问出来的吗？”

卢铉大怒：“大胆！看来你是不见棺材不掉泪。来人，上刑具！”

杨昭始终冷眼旁观，闭口不言，任卢铉审问。

吉温暗自心急如焚，面上又不能拂逆杨、卢二人，看到抬上来的刑具大惊失色：“卢御史，吉少卿骨轻体弱，恐怕经不起这等大刑，不如、不如改用拶子，不伤性命，也一样能惩戒。”

原来卢铉选的刑具是以木枷夹住犯人的头脚反向拉伸，若不是身骨强健之人，骨节碎裂事小，说不定还会被生生地拉成两截。而吉温提议的拶子是用来夹手指的，常对女子使用，十指连心剧痛无比，但不会危及性命。

杨昭见吉温竟提议对菡玉用对付女犯的刑具，眉头微蹙。

菡玉本无畏无惧，见此刑具也变了脸色。他身子单薄，痛楚可以忍耐，却不一定抵得过这霸道刑具拉伸的力道。万一身子当众被拉断了……

卢铉看菡玉的神色，心想这回是找准了他的命门，喝道："不给他点儿颜色瞧瞧，他怎么知道厉害？！"

吉温见劝说卢铉无效，转向一旁的杨昭："杨御史，吉少卿只是证人，目前还未定他的罪。他一直深受陛下的信任，若有个三长两短，我们无法向陛下交代啊！"

杨昭的地位比卢铉高，卢铉也停下等杨昭的指示。杨昭盯着菡玉，后者惨白着一张脸，目光却盈盈地落在吉温的身上。杨昭的心头突生一股无名之火，他沉声道："用刑！"

菡玉猛地转过头，讶异而惊惶地看他，但很快被狱卒拉起送上刑具。刑具绷紧拉起，菡玉的身子被抬到半空，手脚被木枷缚住，身子拉得笔直延长数尺，腰细欲折。他咬住牙关，哼都不哼一声。

杨昭看他受刑，心中既有不忍，又夹着报复的快意，更多的是莫名的酸涩，搅在一起五味杂陈。

吉温急道："吉少卿，你就招了吧，平白受苦也于事无补啊！"

菡玉咬住下唇忍耐，唇上渗出血丝，就是不开口。

卢铉道："我倒要看看是你的嘴硬还是我的棍子硬，再收！"狱卒又转了几圈木棒，绳索收得更紧，竹木与绳子间咯吱有声。菡玉终抵不过木绳的力道，只听嘎嘎几声脆响，手足各处关节尽数破碎脱臼。经此酷刑，菡玉居然没有痛昏过去，仍不肯开口。

狱卒见状也不敢再加力了，平素用这刑具对待犯人，都要加到第六、第七圈时才会断骨，有时碰到身强体壮的，八九圈兴许都没事。这吉少卿外表柔弱，身子骨比女人还不经折腾，四圈就骨节全断了。

吉温急忙对杨昭道："杨御史，吉少卿已不堪负荷，再用大刑怕是要闹出人命了！"

杨昭急对狱卒道："快放他下来！"

狱卒撤去刑具，菡玉的手足已不能使力，他软绵绵地瘫倒在地。杨昭上前欲伸手，却被吉温抢先一步。

吉温抱住菡玉，一回头就见杨昭正怒气腾腾站在他身后。他顾不得太多，低头道："吉少卿受了重伤，不能答话了，卑职先把他、把他拖下去好生看管，容后再审。"吉温说是拖，实则两手一抄将菡玉横抱了起来。菡玉此时已不太清醒了，昏昏沉沉地靠在吉温的肩头。

杨昭立在原地，眼神阴郁，盯着两人的背影消失在走道尽头。卢铉疑惑地看他一眼，不敢多话。

天刚蒙蒙亮，大理寺的正门还没有开，后院的侧门悄悄开了一道缝，一名狱丞探出头来，将在门外等候多时的人放了进去。

“二郎久等了，可有冻着？快进屋来暖暖。”

韦谔举袖拭去眉上的白霜：“不了，趁着天色尚早人都还未到，赶紧进去吧。一会儿要是叫人看见，怕又给你惹麻烦。”

狱丞带韦谔往关押人犯处走去：“台官们还要个把时辰才会来，二郎莫急，多说会儿话无妨。”

大理寺关押的都不是一般人物，牢房也与寻常不同。牢内桌椅床凳一应俱全，收拾得干干净净，门墙用精铁锻铸以防越狱劫狱，相邻牢房之间隔以厚重石墙，禁止人犯交谈，以免串供。

“就是这里了。”狱丞带他到最西边的牢房，“昨日杨御史对少卿动了大刑，听说手足都断了，少卿是被人拖回来的。”

韦谔恨道：“杨昭真是歹毒！”心想之前自己以为他对菡玉……莫非是自己看错多想了？否则杨昭怎会下得了如此狠手，公报私仇整去菡玉的半条命。

他顺着狱丞所指的方向来到菡玉的牢房前。只见石榻上的被子裹成一团高高耸起，里面似乎有人，头脸都叫被子蒙住了。

“菡玉，是你吗？”韦谔小心地探问，见榻上人不动又加了一句，“我是韦二郎呀。”

榻上之人这才掀开被褥露出脸来，正是菡玉。他看见韦谔喜形于色，掀被下榻，奔到牢门前来笑道：“原来是二郎，你怎么会来这里？”

韦谔看他行动利落安然无恙，没有半点儿刚受过大刑的样子，问：“我听狱丞大哥说昨日……他们对你用刑了，你还好吗？”

菡玉笑着揉一揉肩膀：“不妨事。”

韦谔听他这么说，确认他是受了大刑。但狱丞说他手足皆断，怎么一晚上他就恢复了？难道菡玉果然不是凡人，有神力护体？

他见菡玉一直揉肩膀，便解开自己的外衣：“菡玉，你身上有伤，这里阴寒湿冷，正好我今日穿了一件新羊皮袄，贴身短小又暖和，你若不嫌弃就穿上，也不易被人发现。”

菡玉道：“这里虽是牢狱，器具倒还不差，被子也很暖和。我天生抗寒，冬日里也穿得单薄，多谢二郎美意，倒是不用。”

二人正说着话，狱丞忽然跑过来道：“外头有人来了，似乎是御史台的人。二郎赶紧避一避，叫他们撞见就不好了。”

韦谔讶道：“没想到这些苛官酷吏也如此勤勉，这么早就来衙门办事了。”韦谔说完跟着狱丞避入耳房内。

牢里顿时静了下来，就听门房外一阵响动声，狱卒引进几个外人来。其一是个须发皆白、佝身偻背的老翁，身后跟着一个背着药箱的小童，老远就闻见药膏的气味，看来是医馆医生。

一行人从耳房前走过，韦谔认出那老翁是西市回春堂的医生，姓张，治跌打损伤是其拿手绝活。京兆府的人捉贼缉盗受了伤，常去他的医馆医治。御史请他进来难道是来给菡玉治伤的？韦谔想想又觉得不太可能，那些酷吏哪会这么好心？

狱卒将张翁带往西面的牢房，问：“昨天刚用的刑，双手双脚都被拉断了，还能医好吗？”

张翁道：“要看了人才能下定论。这些官人也真是，既然是重要的人物，干吗动大刑呢？老朽活这么大把年纪，还是第一次给受了刑的犯人疗伤呢。”

旁边有官差提醒他道：“老丈莫多言朝廷命官的是非。”

张翁笑道：“小老儿随口调笑，哪算是非，官人又怎会和我一个老头子斤斤计较。”

这时已走到菡玉的门前，张翁诧异地道：“咦？就是这个人犯吗？差大哥可别拿老儿寻开心。”

狱卒往牢里一看，菡玉正盘腿坐在榻上吐纳调息。狱卒瞪大了双眼，口中讷讷说不出话来。

张翁哈哈大笑：“看来没老朽的事了，今天白拿一份赏金。回头交差领钱去！”说罢，张翁就要打道回府。

韦谔见没有旁人，从耳房内出来开口叫住他：“张翁，敢问是哪位官员让您来治伤的？”

张翁认出了他："韦参军，你怎么在这儿……"张翁止住话头，摆摆手道，"哎，这我可不能说，那位官人特意叮嘱了，不可透露他的姓名。"

韦谔道："我想知道是谁如此侠义，心中钦佩，望老丈告知。"

张翁捋捋胡须，朗声笑道："可是杨御史叮嘱了的，让老朽千万不要说出他来，老朽怎么敢违抗呢？"

菡玉也听到了张翁的话，眉头一皱。杨御史……菡玉以为会是吉温。

韦谔不敢置信，追问："哪个杨御史？"

张翁打个哈哈："老朽要去领赏金了，参军保重，后会有期啊！"说罢不管韦谔如何挽留追问，张翁径自离开。

韦谔恨道："杨御史？装什么好人！前脚动刑后脚救人，安的什么心？！"

张翁已出了监牢大门，韦谔隔老远还能听到张翁和官差的对话。官差埋怨道："杨御史特意叮嘱不可透露他的姓名，你怎不听？惹恼了御史，可有你好看的！"张翁笑答："差大哥，这你可就曲解杨御史的心思了。他嘴上说不许让别人知道是他叫我来医那位俊俏的小哥儿的，其实心里头巴不得别人知道哩！你且看着，我这回不但不会受罚，肯定还要多拿赏金呢！"

韦谔闻言，心里一阵说不出的别扭。什么俊俏的小哥儿，什么心里头巴不得别人知道，这老丈说得还真是……韦谔觑向菡玉，只见菡玉双手抓着铁栏朝外观望，神情十分尴尬，扭头避进牢内。

这时天光大亮，下朝的大理寺卿带回了杨慎矜等人的处决旨意。据说，昨晚杨昭自杨慎矜府中搜出了谶书，罪证确凿，皇帝赐杨慎矜三兄弟自尽；史敬忠杖责一百，流放岭南；其余从犯党羽流放的流放，贬谪的贬谪，总共有数十人因此而获罪。

狱卒巡视牢房时，看到菡玉背靠石墙坐在地上，面前摆着几颗小石子，不知在推演计算什么，便悄悄对新来的同伴说："看，就是他，在深山里修仙的山人，昨天刚被杨御史打了三十棍，我架着他回来的，今天他就能坐起来了。有事没事别招惹他，知道吗？"

菡玉见有人经过，把石子拢到手中，等狱卒走远了才重新摊开。他入狱已有数月了，杨慎矜案的涉案人等都已判决，或出狱或流放，只有他好像被遗忘在推事院的监牢里，迟迟没有消息。

当然，也有人没忘了他，时不时会出现一下寻点儿他的事头，比如昨天那位故意为难他打了他三十棍的杨御史。

杨昭这段时间不断加官晋爵，谏官如给事中，度支如户部度支郎中，据说已经身兼十五个职务之多。他一面以聚敛取悦皇帝，另一面以兴狱讨好李林甫，才会升迁得这么快。

其实以自己所知所见所闻，早就能断定杨昭是什么样的货色了，他这等行径一点儿都不出人意料。纵使他曾经救过自己，也未必是出于好意。

菡玉和衣躺到石榻上，正想小憩片刻，忽然听到围墙外街上一阵嘈杂喧闹，有官兵凶悍地呼喝道："宰相路过，快快让道！"这是李林甫要从此经过，金吾卫在为他肃清道路。

在李林甫之前，宰相都以德行处事辅佐君王，不因位高权重而骄矜炫耀，出行时扈从不过寥寥数人，民众也不必特意回避让道。李林甫与人结怨无数，出外怕遇刺客，每次必带百余名士兵保护自己，并让金吾卫提前清道，前后百步之内不许闲人靠近。

片刻之后，就看到几名侍卫簇拥着李林甫进了后院牢狱。陪在李林甫身旁的正是杨昭，边走边向李林甫诉说，脸上的表情似乎是十分为难。菡玉眼尖，看到他的左手活动不甚自如，僵直地垂在身侧。

他受伤了？他昨天明明还好好的，指挥狱卒杖责菡玉时就是用那只手扔下的令牌。

菡玉还想探出去看清楚一点儿，李林甫一行人却往这边走来，菡玉急忙退回去坐下。李林甫盯着菡玉上下打量，菡玉起身对李林甫行礼。

杨昭道："右相请看，他昨日刚受了三十棍，今早便康健如初，定是有神明护佑。"

李林甫观察一阵，转问看守的狱卒："夜间你也在此看守吗？他是如何在一夜之间伤愈的？"

狱卒回答："禀右相，昨夜他一直睡在牢中，以被褥覆面，今晨出来便是这副模样了。"

李林甫扬眉道："蒙于被中不敢示人，定是暗里做了什么手脚。我倒要看看他用了什么妖法，能屡杖不死！"说罢命令杨昭："把他拖出来再打三十棍，就陈在外头，看他怎么疗伤愈合！"

杨昭犹豫着不动，李林甫催道："杨御史，怎不行动？"

杨昭道："回右相，下官不、不敢。"

"不敢？"

杨昭勉力举起受伤的左手："不瞒右相，自从发现吉菡玉不死不伤，下官一直心中不安。昨日吉菡玉对下官出言不逊，下官将他杖打三十。夜里，下官梦见有仙人示警，说吉菡玉乃半仙之体，交流人仙两界，下官不但不予尊奉还屡次恶待，仙人不满，要对下官施以惩戒。"

李林甫道："不过是个梦而已，杨御史怎会因此畏首畏尾？"

杨昭继续道："当时下官告饶未果，仙人劈了一道雷电将下官的手臂灼伤，下官醒来后发现左臂果然有焦痕。下官这才忆起昨日下令行刑时，正是用左手掷下令牌，吉菡玉还怒目瞪视下官的左臂许久。下官一定是因此触怒了神灵。"说罢挽起左边的袖子，只见臂上尺余长一段焦黑的痕迹，皮肉焦烂，正如被雷电劈中一般。

菡玉大为吃惊。他当然不会相信什么仙人惩戒之说，但这灼伤又是从何而来？

李林甫年事已高，为迎合上意多与道士接触，自己也渴慕起长生之道，对神仙鬼怪之说相信得很。菡玉以道术灵丹而有宠，先前便传得玄乎其玄，这回见他屡杖不死、杨昭臂上的伤痕可怖，李林甫心下也忐忑起来。

杨昭又道："仙人告诫，若再冒犯居士，定严惩不贷。下官此番伤一手臂，再对居士不敬惹怒仙人，只怕性命堪虞！"

李林甫问："那依杨御史之见，该如何处置吉菡玉？"

杨昭惶恐低首："下官位分低微，若处置不当，仙人仍要怪罪。还请右相指示。"

李林甫大骇，连连摆手："这怎么使得？！"又看了菡玉一眼，推托道，"居士所涉案件一直由杨御史一手操持，还是你自己拿主意吧。只要不亏待他，仙人自然不会怪罪。"说罢，李林甫借口有事要办匆忙离去。

杨昭追着喊道："右相，这难题可叫下官怎么办好？"杨昭挽留不及，李林甫已上舆轿离开。

菡玉看杨昭左手有伤行动不便，心里颇不是滋味。

此时正逢群臣为皇帝上尊号，大赦天下。李林甫暗示杨昭销了菡玉的案卷，借大赦之机将他放了出来。

菡玉几个月不出来，外头的街面都变了模样。原本这条街上车水马龙，自从置了推事院，从这里走的人便少了，大约是觉得不吉利。

推事院门前是个丁字路口，有左中右三条大道。菡玉出了大门，忽地茫然起来，不知该往哪条路上走。如今他算是举目无亲，出了监狱连个去处都没有。

菡玉自嘲地一笑。

“居士怎么驻步不前了？难道是太久不出门，忘了该往哪里走？”杨昭的话从菡玉的身后传来。他的胳膊用绷带包扎了，藏在袖子里。

菡玉看着面前的三条岔路默不作声。杨昭走到他的身侧，右手指向正中的道路：“居士，你该走这边。”

菡玉转首看他：“为何我要走这条？”

“从中间走，去宫城最近。”

“杨御史怎知我要去宫城？我现在可是无官无职一介布衣。”

杨昭也转过来盯着他，不答反问：“难道居士不想入宫吗？”

两人对视片刻，杨昭忽然一笑：“即使居士不想入宫，今日也要劳烦居士走一趟。陛下听闻居士有不死不伤、神明庇佑之异能，特命下官带居士进宫。”叫亲随把他的车马带过来，“居士请上车。”

菡玉本不愿意，看到杨昭的伤臂忽地心软下来。两人一同上车，并排坐着，菡玉不由得想起正月里也曾和他一同乘车。那回，他的左肩上吃了一剑，这回左臂又被灼伤，都是因为救自己。不管杨昭此人与自己是否投契，他救命的恩德自己却是抹杀不了的。

菡玉低头看他搁在膝盖上的伤臂，轻声道：“多谢。”

“谢我什么？”杨昭明知故问。

菡玉不答，抓过他的手臂来卷起袖子，小心地解开绷带，只见伤口处焦黑与血水混在一起，模样狰狞可怖。“你没看医生吗？怎么弄成这样？”菡玉问道。

杨昭抽回胳膊放下袖子挡住伤口：“一点儿皮外伤，医生一诊便知缘由。李林甫狡诈奸猾、疑心又重，还是谨慎些好。”

“可是你不加医治，这么大片的烫伤若是腐烂化脓就难以收拾了。你不想要这条胳膊了？”

杨昭挑眉看他：“你这是在担心我吗？”

菡玉不自在地扭过头去："你为救我出此下策，实在是……犯不着。若是因此让你残废，我岂不是要欠你一个天大的人情，负疚终身？"

"值得的。"

菡玉心下浮动，不知如何应答，杨昭却笑了："一条胳膊换一条人命，还是很划得来呀，何况只是伤了一点儿皮肉。"他的语气轻松得好似在说笑，"而且，菡玉，你忘了吗？你可是曾经差点儿把我这整条胳膊都砍下来。那时我也是为了救你，可没见你有半点儿内疚。"

菡玉默然不语。外头市集喧闹，他掀开车帘问车夫："这位大哥，我们是要从西市穿过去吗？劳烦在松韵居门前停一下。"

车夫应下。杨昭问："松韵居，我记得是卖古玩的？你现在去那里做什么？"

菡玉道："也卖花鸟盆景。"菡玉却不回答去松韵居的目的。

不一会儿马车进了西市，车夫在松韵居门口停了车。菡玉对杨昭道："我去去就来，你稍等片刻。"说完菡玉下车进了松韵居，一盏茶的工夫便回来了，手里抱了一盆绿色的盆栽。盆是粗糙简陋的瓦盆，可见并不是什么值钱的东西。盆内种了一棵尺把高的碧绿植株，形状有些像未开的兰花，颜色较浅，叶子尖长且异常肥厚。

杨昭问："这是什么东西？从未见过。"

菡玉道："据说是昆仑奴从极南极西的酷热之地带来的，因此叫作'奴会'。非常难得才能扦插成活一棵，不过长得其貌不扬，养的人不多。"

杨昭失笑道："你特意来松韵居就是为了买这个？做什么用？"

"不是买，是赊的。我现在口袋空空半文钱没有，连个胡饼都买不起。"菡玉折下奴会的一段叶片，撕开表面，肥厚的叶子里蓄着浓稠的汁液，"把胳膊伸出来。"

杨昭头一次听菡玉这般和颜悦色地和自己说话，语气中还带着几分顽意，杨昭看菡玉唇角微弯眼中含笑，不由得失了神。菡玉连唤数声，他才神思回转，挽起袖子露出左臂上的伤处。菡玉小心地将叶中汁液涂在他的伤口上，清清凉凉的，令他十分舒服。

"奴会的汁水医烫伤烧伤十分有效，以后你每天涂一遍，兴许还能不留疤痕。"难得菡玉有玩笑的心思，"我听说西方的女子还用它来养护肌肤呢。"

菡玉低垂着头仔细涂抹。杨昭居高临下，正看到他颈后柔软的绒发从冠巾中漏了出来，顽皮地打着卷儿。他的发下是细致如瓷的肌肤，散发着幽幽的荷花香气，延伸进微敞的衣领中。

杨昭一开口却发现喉咙干哑，清了清嗓子，用轻松的语气戏谑道：“莫非你这一身光滑细腻如羊脂白玉的肌肤就是靠它养出来的？连女子也鲜少有人比得上。”

菡玉放开他退后些许，神情有些尴尬：“御史莫拿小人开玩笑了。”菡玉对杨昭的称呼也变了。

杨昭见他不悦，有些懊悔，便转开话头：“对了，说到疗伤，我倒想起陛下召你进宫之事了。这东西真能医治疤痕吗？”杨昭指了指那盆怪草。

菡玉道：“新伤用可以防止留下疤痕，旧伤就不知道了。这与陛下召见我有何关联？”

杨昭顿了一顿：“其实这回不是陛下要见你，而是贵妃。”

“贵妃？”

“贵妃前日游园时不慎摔倒划伤了玉臂，留了一道浅疤。她自负美貌，哪能容忍自己的身上有这样丑陋的疤痕，为此连舞衣也不肯穿了。这时听到你在狱中受刑无数竟然毫发无损的奇事传闻，贵妃料你必有疗伤秘术，便命你进宫觐见。”

菡玉愣住，脸上的表情除了失望无奈，还有几分尴尬。

杨昭知他清高自矜，轻声劝道：“菡玉，这是你的好机会。你讨得贵妃的欢心，陛下必有重赏，届时官复原职也不是难事。”

“我知道……”菡玉半低着头，视线所及正是杨昭受伤低垂的左臂，心绪浮动，许多从未对人说过的话便忍不住说了出来，“你不必把我想得太过清高，如果你知道当初我是凭什么进宫得宠，就该明白贵妃所求于我只是小事一桩。”不等杨昭应答，他继续道，“长生药、房中术、助情花，陛下常和美人一并赏赐给宠臣，你一定也得过吧。”

杨昭想也不想立即撇清：“我没有。”

菡玉转过头来讶异地看着他。

“我是说……陛下的确赐过助情花给我，但我没有用过。”

菡玉的神情越发不解。

杨昭脸色微红，转而道：“居士不必以此为耻，炼丹献药总比我因善樗蒲而得宠要光彩。大丈夫能屈能伸，只要最终能得偿所愿，中间的些许委屈何足道哉。居士决定出山入世之时，这些事应该都想过了。”

“多谢杨御史提点，我心里有数。”话虽如此，他的笑容却有些勉强。他说完便转过头去，杨昭只看到他轻轻咬了咬下唇。

杨昭看着他唇上的齿痕，心思却荡漾开了。原来那助情花是他献给陛下的，难怪香气有些熟悉。杨昭不着痕迹地凑上前一些，嗅了嗅菡玉身上的气息，敏锐地捕捉到荷花香味中夹杂着一丝若有若无、撩人心魂的幽香，只一点儿便让人心旌摇荡难以自抑，连忙坐正转头避开。

助情花的味道……他的身上怎么会有？

不多时马车在宫墙外停下，两人下车步行入宫门。朱漆大门，宫墙四立，还和菡玉第一次见时一模一样。那时他独自一人跨进这道高高的门槛，前途未卜，心里忐忑不安；如今他跨过这道门槛时依然忐忑迷惘，未来依然难以预料，但是身边，却多了一个人。

他转头看向身边的杨昭，后者回以微笑：“你随我来。”

菡玉低下头：“好。”

如果菡玉能就这样一直跟着他走，也未尝不好。这个似曾相识的念头在菡玉的脑中闪了一瞬，随即湮灭。

纵然偶有交会，菡玉和杨昭，也始终不是一条路上的人。

第四章　莲　露

来年正月，安禄山受封东平郡王，再次进京献俘。这是李唐开国以来第一次封异姓王，一时安禄山恩幸冠绝于朝野。皇帝亲自驾幸东郊望春宫迎接，还命将作监在亲仁坊为他建造宅邸。

“果然是天家手笔，咱们家的陋舍小院跟这一比就寒酸了。”秦国夫人隔着轻纱车帘看向已初具规模的安禄山的新第，不无羡慕地赞叹。入夜，宅院四周依然人来人往急着赶工，一名将作监的小吏正扯着嗓子支使工匠把家具器皿从车上搬下来：“小心一点儿！这两座金银平脱屏风可是陛下御赐的宝贝，价值连城，蹭掉一点儿你都赔不起！”

金银平脱就是在漆器上镶嵌金银薄片以为装饰。当时中原金银极其稀有，金银器都十分贵重。秦国夫人远远瞅一眼那两座蒙着布的金银平脱屏风，长宽都足有两人多长，不由得赞道：“这屏风少说也有一丈四五尺见方，镶满金银，陛下一下子就赐了两座，安禄山好大的气派！”

一旁的虢国夫人道：“一个蛮夷胡人，不过靠陛下一时的欢心得了几件赏赐，有什么好羡慕的？你要是喜欢这金银平脱的屏风，明儿我找人做两座送你。”虢国夫人性豪奢，看不得别人比自己阔气。

“三姐出手果然大方，不过我记得你家里的那座银平脱屏风，也只有——”

秦国夫人抬手在自己的头顶处比了比，“这么高吧？”

虢国夫人正要发怒，被坐在两人之间的韩国夫人止住：“你们俩吵什么，亲姐妹还为了一个胡人攀比斗气？还不快坐下！这马车的帘子薄，叫外头的人听见看见，岂不嘲笑我们杨家？”

韩国夫人身为长姐，两个妹妹当然不能不听她的，于是各自哼了一声，坐下不再争吵。这时纱帘外出现一个骑马的人影，问道：“前方有灯树，三位夫人要出来观看吗？”来人正是与她们一同出游的杨昭。

三人顺着他指的方向看去，果然见远处有一棵十来丈高的大灯树，上面缀满各式彩灯，远看火树银花十分绚丽。秦国夫人索性掀开帘子去看，无奈那灯树还在远处，被亭台楼阁阻挡，只能看到树梢。她催促杨昭：“六哥，那灯树在哪里？我们快点儿走近些去瞧瞧。”

杨昭道：“灯树在西市南面，我们正朝那边去呢。三位夫人先观赏远景，也别有一番意趣。”

“远远地看个树梢有什么意思？”秦国夫人探出头看了看前方拥挤的车马人潮，不由得皱眉，“今日都十六了，怎么还这么多人？”

杨昭笑道：“昨日灯会隆盛，今日余热未了仍这般热闹，足见京师繁荣兴盛。三位夫人只管在车上坐着看景，这开路的任务就交给小弟和二位兄长吧。”

前方贵妃的两个哥哥杨铦、杨锜策马并行，杨昭在后护着马车，杨氏五家一行人浩浩荡荡地往西市行进。路人看这阵仗知道是达官贵人，纷纷避让。到了西市东口，马车却突然受了阻碍，迟迟不得进。

秦国夫人等得不耐烦，探出头去张望，只见前面一大群人围在一起，把西市门都堵住了。秦国夫人问车旁的杨昭：“六哥，前面出什么事了？怎么停滞不前？”

杨昭答道：“两路人马同时要过西市门，谁也不让，争抢起来了。”

车内虢国夫人撇嘴道：“谁这么大胆子敢和咱们家抢道？赶到一边去。”

杨昭道：“是广平公主，不好冒犯。”

虢国夫人道：“广平公主？前几日还送礼贿赂我，托我帮她表妹在陛下面前美言，这会儿倒逞起威风来了。叫前头的人让一让，我来会会这个公主。”

虢国夫人一向盛气凌人说一不二，前方的家奴立刻让开一条道，马车直行到西市门前和广平公主扈从相遇。那一边广平公主也和驸马等人骑着马怒气冲冲地要来理论。

杨昭远远看见广平公主一行四人四马，左边领头的两骑是公主和驸马程昌裔，右边跟随有两名年轻男女。他望着那衣着鲜亮的一男一女，蹙起双眉。

车里，秦国夫人轻声问韩国夫人："广平公主身后的那个年轻的小娘子是谁？好生水灵哩！"

韩国夫人道："你就知道看水灵的小娘子！那是广平公主的舅家表妹，也是陛下赐了封号的县主呢。"

虢国夫人冷声道："想来广平公主求我美言的就是这位县主表妹了。事情还没办成就忘了根本，耀武扬威起来，她还真当这个仪宾是囊中之物了？"

"仪宾？"秦国夫人仔细看公主身后的那名年轻男子，"那不是吉少卿吗？难道广平公主相中的妹夫就是他？看不出吉少卿的桃花运这么旺，他到哪里都有美人倾心。上回还只是个婢女，这回就来了个县主，不知下回来的是不是郡主、公主？"

秦国夫人转头去看杨昭，却发现他面色阴沉十分不悦。她想起上回杨昭强夺吉少卿的婢女明珠一事，又见杨昭露出这般神色，戏道："六哥，这回你是不是又想把人家的妻妾夺过来？妹妹我可没有那个本事帮你求到一名县主呀！"

韩国夫人和虢国夫人也从秦国夫人那里听说过杨昭夺人妾侍之事。听秦国夫人戏谑他，韩国夫人只是一笑："六弟，你和那吉少卿有什么深仇大恨，非得夺人家的妻妾？"虢国夫人则沉着一张俏脸一言不发。

秦国夫人见虢国夫人的模样，添油加醋地道："六哥，上回只是个婢女，县主怎么着也能当吉少卿的正妻。六哥若是中意她，小妹去向陛下说说，反正六哥现在也正室虚悬，陛下必定答允，如何呀？"

虢国夫人脸色冰冷："吉少卿本就不愿结这门亲事，六弟夺过来不正好称了他的心意？再说六弟连新平公主都看不上，何况一个小小的县主？"

韩国夫人见两个妹子又较上劲了，忙打圆场："你们俩胡说什么呢！说得好像六弟真是故意和吉少卿过不去，强抢他的妻妾似的！六弟，你别理她们俩的胡言乱语。"

杨昭却不说话，神色镇定下来，策马向前。那边公主亲自出马，杨氏家奴仍不肯让道，公主大怒，挥鞭打马就要硬闯，鞭子扫到好几名杨氏家奴。虢国夫人见状怒由心生，支使车夫道："跟我用强的？我们也冲过去，看看是她一匹马厉害，还是我四匹马厉害！”

车夫听虢国夫人这么吩咐，立即赶着四马大车往前冲，前方人员纷纷避让。公主金枝玉叶，任性惯了，哪容得下别人对自己这般无礼，不顾身旁驸马、县主的劝阻，策马往西市门内直奔，一边挥鞭乱打。

车夫毕竟是下人，不敢以牙还牙鞭打公主的坐骑，回头正看到杨昭骑马与自己并行，便问：“侍郎，这该如何是好？”

杨昭抬手，冲公主身后的县主指了指。

车夫会意，扬起鞭子朝县主的马招呼过去。那马被打得脑袋一晃，马上的县主身子不稳向右侧倒去，她身旁的菡玉急忙伸手搀扶，县主正倒在他的怀中。

杨昭骂道：“蠢货！往那边打！”杨昭又指了指左侧的公主。

车夫得了主人的命令，肆无忌惮，鞭子向左横扫过去。驸马侧身保护公主，被县主的马一撞，二人双双跌下马背。马儿受了惊又叫又跳，公主和驸马在马蹄下连连闪躲好不狼狈，驸马还挨了几下鞭子，直到周围的随从赶过来制住惊马才得以脱险。公主一让，杨家的车马便占得西市门的道路，扬长而去。

菡玉一开始便看到了杨昭指使车夫鞭打县主的坐骑，杨昭从他的面前经过时，眼光似乎并不是在看他，而是含着恶意地盯着他身边的县主。菡玉心里忐忑，下意识地护住县主，直到队伍全过去了才抬起头来，老远还看见杨昭回头朝县主这边观望。

公主、驸马从马蹄下逃生，早已衣衫不整狼狈不堪，驸马还被鞭打。公主哪里咽得下这口气，当下掉头直奔兴庆宫，向皇帝哭诉杨家仗势欺人以下犯上。

广平公主毕竟是皇帝的亲生女儿，金枝玉叶，皇帝立即传杨氏众人入宫觐见。皇帝一见三位夫人便立即满面笑容，令内侍为其赐座，公主、驸马等人却一直立在阙下。

与三位夫人寒暄一阵，皇帝才开始问话：“三姨，方才广平夜游经过西市门，与你们的车马冲撞，是否有此事？”

虢国夫人故作惊讶地道：“原来刚才在西市门口与我们撞到一起的是广平公主，我还以为是哪家小门小户，争了一阵便给我们让开道了。哎呀公主，你这模样是……难道是我家手下的家奴不知轻重，在混乱中冒犯了公主？真是罪该万死，虢国给公主赔罪！”虢国夫人说着就要起身向公主行礼。

皇帝制止道：“既是家奴冒犯，三姨何罪之有？不必行此大礼。”

虢国夫人转向皇帝盈盈下拜："家奴失礼也是臣妾管教无方，罪在臣妾。"

皇帝道："家奴中也有桀骜不服管教之人，犯错了怎能都算在主人的头上？如此说来，天下百姓皆朕子民，百姓犯罪岂不都要算朕一份？"

虢国夫人再拜道："臣妾失言，陛下勿怪。"

皇帝微微一笑，令虢国夫人回座。公主见皇帝如此袒护虢国夫人，想起先前听到的关于他二人的一些风言风语，心想自己这回是白吃一个哑巴亏，别指望出这口气了。

皇帝虽然帮虢国夫人撇清了关系，但也得给公主一个说法："朕的公主千金玉体，小小家奴竟也敢冒犯，这样的不驯之徒留在三姨的身边也只会给三姨添乱，三姨就将他交由公主处置吧。"

虢国夫人道："当然当然，胆敢冒犯公主，该判他一个死罪！就算公主不处罚，臣妾也要杖毙那大胆恶奴给公主出气！臣妾回头就把那恶奴绑缚送到公主府上，要杀要剐听凭公主处置！"

公主心有不甘，但知道父亲徇私偏袒，也不好多说。倒是那年少的县主新来京城，不知虢国夫人深受圣宠，气愤地道："陛下！公主受惊堕马、驸马挨鞭，就拿一个小小的家奴问罪，臣妾不服！"

皇帝道："家奴冒犯公主，他也只有一条命，还能怎样重罚？"

县主愤然地指了指杨昭："家奴斗胆也是有主人撑腰！妾随公主出游，亲眼看到这恶人指使家奴鞭打臣妾的坐骑，马儿受惊撞到驸马，驸马牵连公主堕下马去，险些被马蹄所伤！"

"这位是当朝的兵部侍郎，不是什么恶人。"皇帝道，"依卿所言，原来是驸马未保护公主周全，反而将公主拉下马，并非杨氏奴鞭及公主。"

县主见皇帝对她的话避重就轻，非但不责怪杨昭，还挑她的话头怪罪驸马，气愤不过，上前一步道："陛下！妾所言句句属实，绝不是诬蔑这个兵部侍郎！他指使家奴行凶，这、这……"她忽地指向菡玉，"吉少卿一直在妾近旁，也是亲眼见到了的，可以做证！"

菡玉本默默地低头站在人后不说话，被她一指，人人都向他看来。他一抬头，正看到杨昭眯着眼看自己，冷冷的眼神中夹杂着恼怒、威胁、等待和观望。他心里一沉，又低下头去。

皇帝问："杨卿怎会指使家奴鞭及公主？吉少卿，你当时在场，就把所闻所见说出来，好为杨卿洗清冤屈。”

菡玉讷讷不言，县主拉着他催促道：“少卿，你快说呀！这兵部侍郎目无尊上冒犯公主，一定要治他的罪！”

菡玉沉默良久，终于低着头回答道：“县主，你一定是看错了。杨侍郎堂堂四品命官，与公主无冤无仇，怎么会意图对公主不利？杨侍郎定是指挥家奴赶马，家奴失手才伤及县主的坐骑，波及公主、驸马更是意外。”

县主又惊又怒，指着他道：“少卿！你、你……”话没说完，县主便委屈地落下泪来，感慨自己识人不清，竟将一腔真情托付给此等见风转舵的懦弱男子。

皇帝道：“杨氏家奴伤了公主，罪无可恕；驸马守护不力，致使公主堕马受伤，也有责任。驸马都尉，以后你可要好生照顾公主，莫再失职。”

驸马程昌裔战战兢兢地叩首领旨。

事后虢国夫人把车夫绑缚至公主府，公主将一口恶气全出在家奴的身上，将那家奴活活杖毙平愤。第二日，皇帝竟下旨罢免了程昌裔的官职，让他闭门在家“好好照看公主”，对杨氏一门的宠幸偏爱竟到如此地步。而太常少卿吉菡玉与公主表妹的婚事，当然也不必再提了。

安禄山搬入亲仁坊新宅后，接连几日宴请群臣，夜夜笙歌好不快活。宅邸是将作监所建，李岫也在邀请之列。安禄山得知李岫是李林甫的儿子，对李岫格外热络。修缮中涉及风水堪舆之术，李岫请了菡玉来。安禄山见到菡玉有些不快，但看在李岫的面子上，便没有和菡玉翻脸，宴请时也捎带请了菡玉。

李岫以为菡玉必不肯来，谁知赴宴那日他却先行来找自己，约自己一同前往亲仁坊。

去年安禄山遇刺一事，菡玉始终语焉不详，不肯以实相告，其中种种都是李岫和韦谔的猜测，并无实据。李岫怕菡玉又有打算，便试探他道：“菡玉，你曾与安禄山交恶，如不愿敷衍应酬，愚兄代你祝贺几句也就罢了。”

菡玉却笑道：“远山是怕我又做出不当之举吗？今日之菡玉已不复当年轻狂。若说交恶，初入朝堂时我也曾对令尊出言不逊，远山会否因此而不愿向令尊举荐我呢？”

那时还是天宝五载初，菡玉刚在太常寺谋得一个从九品下的卜正职位。李林甫和左相李适之争权，故意把华山有金矿一事透露给李适之，李适之向皇帝建议开采，李林甫又说自己早就知道华山有金矿，但因华山是陛下龙脉所在，一直令地方不得采矿伤及龙脉。皇帝自然觉得李适之办事疏率，急功近利不可靠，而李林甫是真心爱护自己，欲罢李适之的宰相职位。幸而菡玉以风水之术为李适之巧妙开脱，李适之才免于被贬。李林甫未能成功扳倒李适之，当然对这个凭空冒出来的绊脚石心生厌恶，后来李岫多次在父亲的面前称赞菡玉，李林甫都不愿用他。

这事李岫还是与菡玉交好之后才听别人提起的，说的人当然是存了点儿挑拨离间的心思。李岫听完一笑置之："这确实像菡玉的为人。"

当初那个一身正气、两袖清风、遗世独立的清正少年郎，如今也渐渐学得圆融了，懂得韬光养晦、投人所好，连父亲也对他改观。

李岫道："菡玉如今哪还需要我的美言，自从你在推事院受刑不伤、对杨昭施以小惩，父亲便笃信你身怀神通了。"

菡玉想说那不是我惩治杨昭，想想还是没开口。

二人并辔而行，不多时就到亲仁坊前。安禄山宅第被特许将大门开在坊墙之外，此时正有几人在门前下马，安禄山亲自出来迎接，相携入内。李岫一看，那不正是贵妃家的三兄弟——杨铦、杨锜和杨昭？

看到杨昭和安禄山，李岫不禁又想起去年之事，悄悄觑着菡玉。菡玉却洒脱地笑道："看来今日东平郡王还请了贵宾，你我不过是陪客，稍后寻个理由便可提前离席了。"

李岫听他这么说便放心了。

席间，安禄山果然只顾着与杨氏兄弟觥筹交错，其他宾客也纷纷上前恭维敬酒，李岫和菡玉坐在不起眼的角落里，倒没人来打扰他们。酒过三巡，李岫打算告辞，菡玉却起身说要去更衣，让他稍待片刻。

菡玉这一去就去了半刻钟，李岫等得着急，也离席去找菡玉。出去寻了一圈，李岫才在接近后院处找到菡玉。菡玉一见他先道："远山，幸好遇见你了，东平郡王府这么大，我都找不到回去的路了。"

宅院是李岫监工建造的，他自然比菡玉熟，一边领菡玉往回走一边道："破土动工、立柱上梁时你不都来过吗，图纸你也看过，怎么出去一趟还能迷路？"

菡玉笑道："工事半成时与现在区别甚大，而且我天生便不认路，让远山见笑了。"

二人回到花厅，天色已晚，厅内却并未掌灯点烛，只看到点点彩光晦暗不明。两人还没看清，背后突然拥过来一大群华服美人，嬉戏笑闹着将他二人推入厅中，门窗也就势关起。

宫灯高挂，梁柱上垂下纱帐，屋内彩光缭绕朦朦胧胧。美人们穿得清凉，手里各执两盏七彩琉璃宫灯起舞，五颜六色幻彩交叠，映着玉面冰肤，很是旖旎。宴中众人多是男子，又喝了不少酒，在此氛围之下纷纷露出异样的神色来。

菡玉和李岫回到角落席位，对视一眼，都觉得尴尬。李岫拿起杯子，发现面前的酒盏已经换过了，自斟了一盅慢饮，掩饰不自然的神色。

安禄山大笑道："平康坊内最美艳的歌伎舞娘今日都齐聚于本王府中了，众位小娘子可得好生招待我的这些贵宾，务必让他们尽兴而归！"

美人们齐声道："遵命。"美人们将琉璃灯挂起，就近往席中宾客的身边靠去。

菡玉一口酒还未来得及咽下，突然被两名美人一左一右地抱住，让他登时呛得咳嗽连连。

"郎君呛着了？来，奴家帮你揉揉。"左侧的美人娇声道，伸手便要往他的胸口揉去。菡玉大骇，惊跳起来避开那美人的触摸，又撞到右侧的美人，把桌子也撞翻了，桌上的东西呼啦啦地倒了一片。

其他人见他这副狼狈的模样，明显是个没见过世面的雏儿，都哈哈大笑。安禄山有意看他出丑，对美人道："听闻吉少卿以前在山中出家修行，如今也没有妻妾，想必还是先天纯阳童子身，两位美人可要温柔些待他呀！"

左侧美人故意说："呀！那我们姐妹二人今日便不能收郡王的馈礼了，该我们反赠少卿才是！"

又是一阵哄堂大笑。菡玉尴尬无比，待众人嬉笑转开不再看他，右侧的美人小声道："这年月如此洁身自好的少年郎去哪里找？郎君莫惊慌，各人自有各人的品格与坚持。郎君洁身自爱，此次必是身不由己，我们姐妹俩绝不会为难你。"美人的神色间颇有些倾慕。

菡玉心下感激："小娘子深明大义，下官感怀在心。"

安禄山身为主人，环视厅中见人人迷醉，身边的杨昭却心不在焉，被三名美人环绕眼睛却还看着别处，脸上的表情阴晴不定，于是问道："舅舅，是这些美人不合心意吗？怎么软玉温香在怀还无动于衷呢？"

杨昭收回视线，漫不经心地回答：“郡王见笑。”

安禄山对在旁边伺候的鸨儿斥道：“我听闻你郑九妈家的群芳阁艳名远播，在长安城内首屈一指，才花大价钱把你家的女娘全请来招待各位贵宾。没想到却是这般不济，无法让客人满意，还敢夸口是京城第一？”

郑九妈急忙赔笑：“郡王息怒，这不是才开场吗？好戏还在后头呢！”郑九妈说着便招呼几个龟奴过来低声吩咐了几句，那几人领命下去安排。

菡玉与两位美人说说笑笑，那二人身在风尘却有着侠义心肠，见识不凡，三人相谈甚欢。可说着说着，两名美人的动作却渐渐迟缓，身子也坐不稳了，软绵绵地贴在菡玉的身上，媚眼如丝脸泛潮红。

菡玉心下疑惑，眼光扫向周围，发现四周早已一片狼藉，淫声浪语充斥耳际。有些猴儿急的忍耐不住，当场就欲宽衣寻欢，一边纠缠着一边被龟奴扶走，衣衫不整仪态尽失。他凝神一闻，嗅到空气中飘浮的异样香气，端起酒水来抿了一口，味道也不对。

他想起李岫，回头一看，李岫已经不在座位上了。菡玉心中大叫糟糕，李岫为人品格高洁，发妻过世后一直没有续弦纳妾，倘若着了鸨儿的道做出淫乱之事，清醒后必悔恨万分。他推开身边两名扒住他的美人，起身去寻李岫。

龟奴特意把大半灯盏灭了，屋梁下又垂挂轻纱，菡玉在纱帘中绕来绕去，终于在靠近主座的屏风旁找到李岫。李岫满脸通红，神志有些不清醒了，却死死地抱住一根柱子，以免自己失控做出不当之举。

菡玉钦佩他的自爱坚决，过去拉他：“远山，你松手，我带你走。”

李岫回头迷迷糊糊地看他一眼：“菡玉，是你呀，你扶我一把……”

菡玉伸出手，李岫一搭正好扣在他的手腕上，触手只觉菡玉的肌肤细致如玉，比那些美艳女娘的还要滑腻。李岫扶着菡玉站起来，脚下不稳，身子一歪靠在菡玉的肩上，含混地咕哝了一句：“菡玉，你的身上怎么这么香……”李岫不由自主地往他的脖子里嗅去。

菡玉知道他是中了迷药神志不清，皱眉稍稍一让，正要扶李岫站直，突然伸过来一只手，拽住李岫的衣领就把他甩到地上。菡玉急忙弯腰去扶，方才那人却双臂一揽，从背后抱住了菡玉。

“你还真是男女通吃荤腥不忌。”身后的人在菡玉的耳边低声道，喑哑的声音里似含怒气，但更多的是浓烈的欲念。

这声音是……菡玉一愣，未及起身就被那人搂在怀中。那人将菡玉的身子翻过来后，抓住他的肩膀往面前的桌几上一摁，高大的身躯向他压上来，张口咬住了他的脖子！

“杨昭！”菡玉惊骇大叫，“你干什么？！快放开我！”菡玉手足乱舞，却怎么也推不开身上的沉重身躯。

郑九妈没想到会出这样的意外，吓得脸色都白了，带着几个龟奴冲上来把杨昭拉开。杨昭被迷香药酒迷得失了神志，硬扯着菡玉的衣带不肯松手。郑九妈拿出醒脑的解药给他闻了，他才渐渐清醒过来。

安禄山急忙离座过来查看情况。杨昭半昏半醒，眼神迷离地盯着菡玉。菡玉又羞又怒，胡乱地整了整衣衫，对安禄山道：“郡王，恕下官不能奉陪，日后再向郡王赔罪！”说完，菡玉愤愤地拂袖而去，走到门外才想起来李岫还在厅中，又掉头回来把他扶起来搭在背上，飞奔离去。

杨昭死死地盯着菡玉的背影，郑九妈讨好地凑过来赔礼，被他恶狠狠地推到一边：“滚开！谁要你多事的！”

安禄山却听出了弦外之音，凑近了试探道：“吉少卿容貌秀美赛过女子，也难怪舅舅把他误当作美人儿想要一亲芳泽。”

杨昭微露懊恼之色。安禄山又道：“怪不得舅舅对那些庸脂俗粉不屑一顾，吉少卿若生作女子，她们哪一个能比得上？”

杨昭抬头看他，却不反驳。安禄山笑道：“舅舅难道还对我见外吗？”见杨昭仍不答话，指了指外头，“吉少卿刚离开，想必还没走出多远，现在派人去追还来得及。”

杨昭这才展颜一笑：“郡王若能让我得偿夙愿，必定感激不尽。”

李岫喝了不少加料的酒，被杨昭推在地上后又撞了额头，浑浑噩噩地被菡玉拖出东平郡王府，被外面的冷风一吹，只觉得眼冒金星、头痛欲裂。

马肯定是骑不了了，菡玉左右一看，门口停着几辆赴宴官员的马车，遂对其中一辆的车夫道：“此乃右相之子、将作大监，你将他送到平康坊右相府上，定有重谢。”

车夫道：“可是我、我家主簿还未出来……”

菡玉不知他的主人是哪个衙门的主簿，但职位定然不高，便说：“你家主簿今晚要在东平郡王府留宿了。从此处去平康坊不过两条街，你为右相家办事，你家主人知道了也会嘉奖你的。”

车夫一听有理，与菡玉一起把李岫扶到车上躺着。李岫稍稍清醒，一把抓住菡玉的手问：“菡玉，你不与我一道走吗？”

“远山放心，我自然要护送你到府上。”菡玉低头看了一眼被他攥紧的手腕，“你先放开我，我下车骑马。”

李岫的脸更红了，他烫着似的把手缩回来：“好，你还是骑马吧。”等菡玉下了车，又自言自语道：“确实太香了，还是不要同车的好……”随后李岫昏昏沉沉把眼睛闭上。

车夫赶马在前，菡玉跟在后面照应。刚转出亲仁坊大街，车夫听见后面有数匹马追上来，回头一看，是东平郡王府的家奴截住了那位郎君，其中两个还是人高马大、黄发虬髯的胡人。看到他回头，胡人将眼一瞪，吓得车夫打了个哆嗦。

菡玉向家奴说了句什么，上前来对车夫小声道：“我有事先行一步，你自行将大监送回相府。大监若问起，就说我半途与你分道扬镳，自回务本坊了，不要提遇到过东平郡王家奴，明白吗？”

车夫连连点头，不敢多话。将车赶出去数十丈远，他未听见马蹄声跟上来，又好奇地回头悄悄瞅了一眼，正看到家奴们围住那名郎君，一个胡人掏出一只一人多高的麻布口袋，将郎君整个套住扛在肩上策马而去，吓得他连抽鞭子一路狂奔，不敢再回头多看一眼。

安禄山听胡奴回来禀报，称吩咐的事情已经办妥了，回头见杨昭还半眯着眼倚靠柱子坐着，懒洋洋的没什么精神，时不时地挪动身子，显得焦躁不安，是刚才中的迷香药酒的劲头还没有过去。

他过去笑着对杨昭道：“舅舅一定是累了，到内院去歇息吧。东厢第三间，甥儿让下人备好了软褥温床，请舅舅移步。”

杨昭霍地站起，身子晃了一晃才站稳。“东厢第三间……”他急匆匆地大步朝外走去，甚至忘了同安禄山客套。

路上碰到一名郡王府的小厮，杨昭走得摇摇晃晃的，差一点儿和小厮撞上。那小厮扶住杨昭问道：“杨侍郎这是要往哪里去？小的送您过去。”

杨昭模模糊糊地道：“郡王……寝卧……”

“郡王不是在花厅宴客吗？您要去郡王的寝卧？”小厮转念一想，东平郡王称杨侍郎为舅舅，或许对他比一般宾客更客气，让他睡在主人院中也说不定，便扶着他欲往北面的内院走，“郡王住在那边。”

接近内院，杨昭却又道：“东厢第三间、第三间……”

“东厢？您来的那边就是啊。”

杨昭推他一把：“东厢第三间，郡王给我准备了好东西呢……我这就过去……”说着，杨昭踉踉跄跄几个大步，直往北边而去。

“您走错方向了，东厢房在这边呢！”小厮追上去拉住杨昭，把他扶到东厢第三间房前，“就是这里了，侍郎请进。”

杨昭止住他：“你不许进去，去给我拿点儿热水来。”末了又神神秘秘地对小厮一笑，“拿来就放在门口，速速离开，可别趁机偷看！”

小厮应声退下。

杨昭推门进去，迎面而来的是扑鼻的浓郁香气。他掩住口鼻，关了门来到睡榻前，见红纱帐后被子高高隆起，掀开来却是两只枕头。他四处看了看，未发现异样，蹲下身在桌底搜寻了一番，从榻下拉出一团衣物来，正是菡玉的绯色官服。他凑到鼻前一闻，那浓烈刺鼻的香气让他急忙转过头去，把衣服塞回榻下。

“下了这么重的药还动得了，菡玉啊菡玉，你究竟是定力超群，还是根本就不是寻常人？”他想起刚才厅中香气弥漫时菡玉镇定自若的模样，摇头苦笑，转身把门从里面闩住，从窗子跳出去，将那窗子虚掩着，借着夜色悄悄往北边而去。

杨昭藏身于围墙旁的树丛中，远远地看见内宅院门，就听那边人声忽起、一片嘈杂，仆役家奴全跑了出来，乱糟糟的“抓刺客”“保护郡王”的呼喊声响起。他身后不远处的围墙外也很快有士兵聚集起来，动作轻巧有序。

安禄山果然谨慎，随身也带这么多卫兵。杨昭从树丛中站起，贴墙往前去一段，眼见一道纤细的黑影从内宅飞奔过来欲翻墙逃走。他中途将那黑影截住，昏暗中双方看不清彼此，黑影扬手一剑向他刺来。

“住手，是我！”杨昭闪身避开，低声喊道。

那黑影停了手，却不说话。

杨昭又道：“墙外有士兵守卫，从这里出去只会自投罗网，回东边去！”

黑影握着剑，既不说话也不移动。

杨昭不由得气恼地道："你还怕我认出你？我若不知道你是谁，还会在这里候着？还不快跟我走！"

黑影这才开口问道："墙外有多少人？"正是菡玉的声音。

"拿下你绰绰有余了。"杨昭不由分说，拉着他绕道沿来路往东厢那边撤。追兵眼看刺客往西墙的方向逃窜，未料到他会回头往东走，一时还没有人追到东厢这边来。

菡玉似乎受了伤，行动不太利落，杨昭半扶半抱着他潜回东厢房，从窗外跃进房内。杨昭进屋借着烛光才发现菡玉的左肩上挨了一刀，菡玉穿着黑衣看不清流了多少血，但从衣服上那条一尺多长的口子可以想象出伤口有多大。

杨昭皱眉道："这么重的刀伤，必须先止血。"他上前欲察看伤口，却被菡玉避开："不碍事，我自己来。"

杨昭的手举在半空，伸也不是收也不是。菡玉撕下衣角草草地包扎了一下，提起剑道："此处非久留之地，他们迟早会搜到这边来的，还是趁现在人都在西面，赶紧出这个院子。"

"出这个院子？难道你刚才没看到四周全有士兵把守吗？安禄山入京带了数百精兵，陛下派同等禁卫值守王府，四面全有守卫。"

菡玉一愣："我……是被蒙着头掳回来的。"

杨昭冷笑道："连退路都不想好就贸贸然地来行刺？"

菡玉咬牙道："我没打算要逃脱。"

"倒是视死如归，但你也不想想安禄山是什么人，怎会连这点儿自保之力都没有？别说他和李林甫这样惹人忌恨、仇家众多的重臣，便是我，遇上的刺客两只手也数不清了，哪一个不比你武艺精湛？他们可有一个行刺成功的？"

菡玉无言以对，低头道："是我太过轻敌，这会儿说什么也没用了，当务之急是赶紧想办法脱身。"

二人正说着就听见外面有了响动，兵刃碰撞、火光摇晃，必是士兵在西边没抓到刺客，往东边搜过来了。

菡玉持剑起身，被杨昭按住："你现在有伤在身，出不去的。"

菡玉问："不出去，难道在这里坐以待毙？"

杨昭道："这是我的房间，你就留在这儿，我自会保你无恙。"

菡玉仍要起身："你与此事无干，我不能无端牵累你。"

“谁说我会被你牵累？”杨昭按住他的肩，“你记住，我俩原本就在这房中，从未离开过，也不知道北边发生了什么事。你依我说的去办，自可以化险为夷，好过硬拼硬闯白白送命。”

菡玉问：“你有什么办法？”

杨昭拿过他的剑塞进榻下角落，又把他藏在榻下的官服拉出来，一边撕一边吩咐：“把你那身夜行衣脱下藏起来。”

菡玉依言脱下衣服，团起来也扔到榻下的角落里。他仅着一件素白中衣，左肩处还开了口子，淡红的血水洇湿染红了白衣。

杨昭把他的官服撕得七七八八，零零碎碎地抛在床榻前的地下，又把自己的外衣也脱下来扔在地上。菡玉跟在杨昭的身后问：“到底是什么办法？我该做什么？”

杨昭道：“原本该做什么就做什么。”一指红纱帐后的睡榻，“到榻上去，把衣服脱了。”

菡玉下意识地护住胸前：“什么叫原本该做什么就做什么？你想怎样？”

杨昭挑眉看他：“你被下了药送到我的房里，你说咱俩这会儿原本应该在做什么？”

菡玉立即道：“不行！”他想起方才在花厅里被杨昭“非礼”的经历，仍觉心有余悸。那时杨昭定已有所察觉，故意在安禄山的面前演了一出戏，现在与菡玉一应一合瞒天过海。

“小声点儿！”杨昭伸手来拉菡玉，“只是装装样子，不会真的那样……噢！”他的手腕被劈了一掌，吃痛地缩回，他怒瞪菡玉，“我是在想办法救你的命，不是跟你玩闹！”

菡玉见他气势汹汹地向自己逼近，后退几步，竟转身想要逃跑。杨昭伸手一抓，正抓住他受伤的肩膀。菡玉身子一软就被杨昭抓了回去，被硬拽着往榻上去。

菡玉拼命挣扎，大叫道：“不行！放开我！”

“不许叫！有人来了！”杨昭一手攥紧他的胳膊，一手捂着他的嘴，把他拖到榻前，任凭他手舞脚蹬就是不放。菡玉的手碰到榻沿，死死地扒住不肯上去。可他身子单薄，杨昭双手一提就把他举了起来，面朝下往榻上一扔，摁住他的肩背，腿压住他的后腰，菡玉动弹不得，只余手脚凌空乱挥。

“我这张脸是别想要了！”杨昭也累得气喘吁吁，气急败坏地骂道。菡玉还在左摇右晃地挣扎，杨昭索性也爬上榻去，两腿跨坐在他的身上，把他压得严严实实的。随后，杨昭才一手按住他的肩膀，一手抓了他的后领，欲将他的上衣扒下来。

杨昭怔了怔，忽然意识到他们正以多么亲密的姿势紧贴着。此刻被他坐在身下的是仅隔一层薄布的纤细腰身，再往后，那微微凸起的柔软……他有片刻的心神恍惚。

屋外走廊上传来由远及近的脚步声。

菡玉是真的慌了，完全失了平时的镇定，话也说不利落：“杨昭，杨昭，这样不行，求求你放开我，你住手……”

刺啦一声，菡玉单薄的中衣从中间一分为二，露出其下的雪白肌肤和——

两人同时僵住。

那圈缠住菡玉身子的白布，缠得那么紧，边缘都陷进肌肤中。虽然菡玉此刻面朝下趴着，但谁都能猜出那圈布是干什么用的。

菡玉闭上眼，四肢无力地垂下。他——不，应该说是她——苦苦保守多年的秘密，竟然就这样，被一个她最不愿意让他知道的人，揭穿了。

身后的人忽然轻笑一声，接着，一根手指伸进她背心的凹陷与白布的缝隙中，轻轻向上一挑，带来的疼痛让她的身子一颤。然后，他的两只手同时伸了进去，用力一扯，短暂的紧绷之后是无比的轻松畅快。久被束缚的胸腔乍一解缚，仿佛周围的空气都争相往她的胸中涌。

她不禁仰起头，深吸一口气。

外头有人敲门：“杨侍郎！杨侍郎在里面吗？是否安然无恙？”

杨昭俯下身，在她的耳边低声道：“记住你现在还是男人，千万别转过身去。一会儿我……开始了之后，你配合着些。”

菡玉还未答应，他便覆了下来。她闭紧了双眼，双手紧紧地抓住褥毯，试图忽略背上那滚烫湿热的触感。然而这触觉向来迟钝的身子，此时却分外敏感，每一下触碰、每一丝轻拂都给她带来身体最深处的战栗，她越想忽视，那种感觉就越清晰。

她这具用助情花撑起来的身体，终究还是有这样的缺陷啊……

也许只是片刻，但对她而言却仿佛永恒一般。她听不见外面的声音，却可以清楚地听到杨昭刻意隐忍的喘息声。覆在她的背上的身躯传来惊人的热度，她想起席上他的失态，他那迷蒙的眼中藏有的欲念，不禁感到害怕。她忧心这样下去他会不会假戏真做，更忧心他一手引导的这场戏中有几分真、几分假。她甚至希望门外的人快些闯进来，好尽早结束这种折磨。

砰的一声，门外持刀拿剑的卫兵撞开门闯了进来。杨昭忽然咬住她背上的一片肌肤，菡玉吃痛地咬住下唇，忍不住逸出一声呻吟。

闯进来的人见撕碎的衣裳被扔得到处都是，又隔着纱帐看到榻上纠缠的身影，这声呻吟听在他们的耳中自然万分暧昧，不用想也知道榻上那两人在做什么。但闯都闯进来了，卫兵们一时尴尬得不知如何是好。

杨昭披衣起身，拉过锦被盖住菡玉，掀开纱帐走出来，脸色阴沉得像要把这群人吞下去。

这种时候被人打扰，任谁也不会有好心情。带兵搜查的队正自知理亏，心虚地低头对杨昭道："卑职并非有意冒犯，只是方才突现刺客谋刺郡王，卑职敲门不见侍郎回应，怕侍郎遭遇危险才斗胆闯进来，打扰侍郎还望恕罪！"

杨昭怒道："我这里没有什么刺客，只有一群惹人厌的不速之客！"

队正道："侍郎息怒，卑职也是例行公事。事关郡王安危，卑职不敢疏忽！"

杨昭道："那你现在看清楚了？看清楚了就快滚。"

待客用的厢房里只有一张榻和一副桌椅，一目了然。队正迟疑了一下："那榻上躺着的人是……"

杨昭大怒："多管闲事！问你家郡王去！"

队正还要再问，身旁的副队正却悄悄扯了一下他的袖子。队正不明就里，仍道："刺客身形纤细，恐怕是名女子，妥当起见对女子要严加盘查。卑职也是为了侍郎的安危着想，若刺客乔装混在女娘乐伎中，甚至与侍郎同床共枕，侍郎岂不危险？"

杨昭脸色铁青："你怀疑我窝藏刺客？"

队正忙道："卑职不敢，卑职只是提醒侍郎，刺客的左肩上吃了郡王一刀，侍郎碰到这样的女子一定要避开以策安全。"队正一边说一边朝帐内瞥去，正巧榻上之人翻了个身，锦被滑落露出左边的香肩，隔着红纱仍能看出那半边肩膀完好无损，哪有半点伤痕的影子？

队正连忙后退，抱拳道：“不打扰侍郎了，卑职这就往别处去巡查，侍郎请多小心。”

杨昭冷哼一声，众人退出后重重地把门关上。走出几步，副队正才低声道：“你这下可和杨侍郎的梁子结深了，我一直提醒你，你还追着他问。他屋里的那个不是女人！”

队正大吃一惊：“不是女人？！那难道是……”禁不住额上冷汗直下，队正心中懊悔不已。

杨昭听外面的人声远了，回到榻边。菡玉已经起身，无衣可穿，只得用锦被裹住身子，左边半个肩膀还未盖牢，春光乍泄。

方才她当众露出左肩，杨昭这会儿真切地看见她的左肩上果然完好无瑕，不由得疑惑道：“你的伤……”杨昭一边说一边伸手往她的肩上探去，想试一试是否果真如所见的一般完好无损。

菡玉往后一退避开，杨昭伸出的手碰到她裹身的锦被。薄被本就是松松垮垮地搭在菡玉的肩上，被他一带便滑落下来，这下不但她的左肩挡不住，半边身子都露了出来。菡玉双颊通红，咬住嘴唇死死地按住盖在右肩上的被子护在胸前，神色间除了窘迫还有些许忍耐克制。

杨昭道：“你莫怕，他们已经走了，暂时不会回来。”他拾起垂在她身侧的薄被替她盖好，“早知道你有瞬时让伤口愈合的异能，我就不需费那么多心思，还……”他清清嗓子，止住不说了，搁在菡玉的肩上的手紧了紧薄被。

菡玉却脸色发白，闷哼一声，身子向下倒去。

杨昭连忙抱住她，掀开被子只见她的右肩上有一道尺余长的刀伤，从肩膀上延至胸前，伤口深可见骨，伤处皮肉翻卷，分外可怖。他心下疑惑，明明听护卫说刺客伤在左肩，回想起带她回来的途中，她的确是左肩受伤，握剑的右手还对他挥剑相向，怎么这会儿伤口就变到右边去了？

菡玉此时还挣扎着不让他碰，揪着被子努力掩住胸前的春光，扭动身子欲挣脱他的怀抱。杨昭被她闹得心头起火，一把扯开那麻烦的被子扔到床榻里边，吼道：“别动了，是你的伤重要还是不被我看见重要？反正刚才都……”后半句话被他生生地吞回肚里。

菡玉此时身无寸缕，只能靠双臂遮掩，虽怒火填膺也不敢直视他，把脸侧向一边咬牙道："你、你出去！我能把伤口从左移到右，自然有办法把它弄掉！"

杨昭气得七窍生烟，心想两人如此生死与共了一回，才脱险却又被她当作陌生人一般避开，她还真会过河拆桥！他瞪着她怒骂道："这种紧要关头你还拘泥于男女之防，脑子里在想什么乱七八糟的东西？就你那干巴巴没几两肉的芦柴身子，别说是这会儿性命攸关的紧急时刻，就算是平日我有兴致的时候，送到我面前，我也不会多瞄一眼……"

菡玉的脸色红一阵青一阵，她羞怒交加又反驳不得，只好闭紧双目，眼不见为净。杨昭骂着骂着，自己的脸上也烧了起来。眼前这具纤弱的女体无所覆蔽，一览无余，也许是因为天生细瘦，也许是被束缚得太久，她比起时下的丰腴美人确实没有那么丰润艳丽，但仍然……娇媚得很……

他转开视线背过身去坐于榻沿，定下心神："你有把握在他们搜完所有房间之前把伤口除去吗？上回你手臂上的那道刀伤一夜愈合，你花了多久？"

菡玉冷冷地回答："我自有分寸。杨侍郎，恕我疗伤时不欢迎他人观看。"

杨昭压下心头火，侧耳听了听外面的动静："这边就几间房子，搜不了多久，他们定会卷土重来。我出去应付，你只管在屋里待着。万一有人闯进门来，你就用刚才的那招，注意小心应对。"

菡玉也稍稍冷静，勉强道："我知道。"

杨昭整好衣冠走到门口，菡玉忽然开口叫住他："杨……侍郎，你有匕首之类的短小利器吗？"

杨昭问："你要匕首做什么？"

菡玉却不回答，只道："请借一用。"

杨昭从袖中的暗袋里掏出匕首来给她，虽然疑惑但也未多问。他出门看见远处有大队人马举着火把、灯笼往这边走来，领头的正是安禄山，急忙迎过去。

菡玉用左手握着匕首，侧过脸只能勉强看到右肩上的伤口，皮肉都翻在外头。她咬紧牙关，挥刀切下。

片刻后，她收拾妥当，听见门外传来脚步声。咣当一声，好像什么东西被踢翻了，接着安禄山问道："这是什么？怎么会有个水壶在这里？"

一个怯懦而颤抖的声音回答道："回禀郡王，这是杨侍郎吩咐小人送来的。

小人的动作慢了些，拿来时侍郎已经、已经歇下了，小人便放在了门口。”

另一人气势汹汹地问：“你怎知他歇下了？他叫你放门口的吗？”菡玉听出那是安禄山的长子、太仆卿安庆宗的嗓音。

下人回道：“是杨侍郎吩咐小人放在门口，莫要打搅的。小人见房门都闩上了，不敢打扰，就把水壶放在门口先行退下了。”

安禄山道：“那杨侍郎应该是一直在房中未曾离开了。”

安庆宗急道：“父亲！我的确在内院看见杨侍郎了，肯定是他，不会有错！”

杨昭道：“大卿难道怀疑下官行刺郡王？”

安禄山斥责儿子道：“休要胡说，舅舅怎会对我不利？就算舅舅去了内院，也和刺客搭不上干系。舅舅身形高大英俊威武，与那形貌猥琐的小贼岂可同日而语？！”

这父子俩一唱一和，想必是故意冲着她来的。菡玉把匕首藏起，静候其变。

果然，安庆宗接话道：“孩儿当然不是这个意思，杨侍郎怎么会是刺客。刺客藏匿于院中，熟门熟路，可见是内贼，这院中之人都有嫌疑。侍郎虽然身正不怕影斜，但也未必能料到身边是否有人欲对父亲不利。侍郎一离房间，难保不会有人趁机潜入内院行刺父亲！”

杨昭提高音量道：“说来说去，大卿就是怀疑我的房内藏了刺客！方才卫兵已来搜查过，屋内并无与刺客的特征相符之人！”

“隔着纱帘，烛光昏暗，一时看错也有可能！”

杨昭的语气中已带怒意：“大卿的意思是要再搜一次，亲眼见证后才肯相信？你带着这么多人闯进我的房间里搜查，把里头的人揪出来，后果你担得起吗？”

安庆宗一口应下：“任何后果都由下官一力承担！”

杨昭问安禄山：“郡王以为呢？”堂堂太常少卿被人从兵部侍郎的床榻上揪出来实在有损体面，何况那牵线搭桥的还是安禄山。

安禄山迟疑道：“这恐怕不太妥当吧，有舅舅担保决不会出差错，我们还是到别处搜查……”

安庆宗道：“父亲顾念同僚情谊、罔顾自身安危，孩儿却不能眼睁睁地看着刺客潜伏在父亲的身旁！今日就算开罪各位，下官也要搜查清楚，宁可错判，不可疏漏放过！”说着安庆宗竟不顾安禄山的阻拦，撞开房门冲了进去。

安禄山喝道：“逆子！竟敢对长辈如此无礼！”又无奈地对杨昭道：“舅舅，你看这……”父子俩配合得一丝不差。

杨昭只得说：“就让他看个仔细，免得一直心存疑虑。”杨昭一个箭步跟着安庆宗进了屋，半挡在安庆宗的前面，不让他再往前。

安庆宗看到纱帐内有人，正想越过杨昭前去一探究竟，那人却开口问道：“昭郎，是你吗？外头都安置妥当了？”

众人都是一惊。那声音虽然柔媚，但清朗沉稳，显然出自一名男子。

杨昭也略一愣怔，乍听那称呼，很不习惯。昭郎……

红纱帘子一掀，走出一个人来，头上发髻松散，身上只围一条薄薄的被单，肩颈手臂都露在外头，但见肌肤胜雪、白璧无瑕，若不是身量高挑，又梳着男子发式，还真会让人以为是个绝代佳人。这人不是太常少卿吉菡玉又是谁？

安庆宗见她这副模样出来，当即傻了眼。她的左右两肩都好好的，更让他哑口无言。他得父亲授意，认定菡玉就是刺客，才唱了这出双簧，不顾杨昭的颜面硬闯了进来，却发现菡玉根本不是刺客，这可怎么下台才好？

菡玉一看进来的人不止杨昭，还有安禄山父子及后头一大帮人，低呼一声后退躲进纱帐内的角落里。不过这会儿，谁都看清了她的肩上的确完好无损。

杨昭面有怒色，瞪着安庆宗：“大卿看清楚了？我这里有刺客吗？”

安庆宗白着一张脸不知所措。安禄山屏退随从，才笑着对杨昭道：“舅舅，都是误会，误会！小儿冲动鲁莽不听劝告，真是该罚，回头我一定好好教训他！我早就说了，舅舅的房中哪会有刺客，不仅没有刺客，连半个人影儿都看不见哩！”说着沉下脸对安庆宗道：“无知小儿！还不过来给舅公赔礼！”

安庆宗对杨昭弯腰鞠躬：“小子冲动，只知父亲安危，冒犯之处还望舅公恕罪！外头那些人都是家丁奴仆，我一定会严加叮嘱，不让他们出去乱说，舅公请放心。”

杨昭哼了一声：“郡王家教严格，希望不会再出意外。”

安庆宗唯唯应下，与安禄山一同出了厢房，再到别处搜查。

杨昭等他们走远了才松了口气，步入帐中，盯着菡玉的肩膀看了许久，才相信她肩上的刀伤的确没了，不由得叹道：“菡玉，你果真不是肉体凡胎吗……”

菡玉从床褥下抽出匕首递给他：“这个还你。”

杨昭接过匕首，刀上并无血迹，刃口处却留着一点儿浅色的粉末，用手摸一摸，还有点儿潮湿。他把刀凑到鼻前闻了一闻，隐约有一丝清爽的气味，但被屋内弥漫的香气盖住，辨不出是什么。

菡玉讷讷地道："杨侍郎，你能不能……再帮我一个忙……"

杨侍郎，又是杨侍郎，刚才她叫的那声……

杨昭回身问道："要我帮什么？"

菡玉微窘，低头看了看围在身上的锦被。

杨昭会意："你稍等片刻，我去找一身衣服来。"

杨昭说着便转身往外走，脚下一滑险些摔倒。他低头去看，榻前的地面上有一片白乎乎的东西，被他踩过，留下一道摩擦的痕迹。他俯下身去察看，那也是些浅色的粉末，有些潮湿，气味清爽，和刀刃上的正是同一种东西，看来是用刀子刮什么东西而落下的，又不像木屑。

杨昭站起身，指尖沾着那些浅色的粉末问："这是什么？"

菡玉低头不答。

杨昭仔细看她，觉得不太对劲。这样从侧面看去，他总觉得她和平时不太一样，显得特别单薄……

他上前一步，伸手扣住菡玉的右肩。那里刚刚还有一道深可见骨的刀伤，此刻已恢复如初——不对，没有恢复如初！和左肩相比，右肩明显要细瘦得多，杨昭都能看出两边的厚度不一样。

一个念头突然在他的脑中一闪而过："菡玉，你究竟用什么方法把伤口消去的？你的身子……"

菡玉往后缩了缩："侍郎请不要再问了，我、我不便奉告。"

杨昭看着她低垂的头顶以及疏远见外的姿态，苦笑道："不愿说就罢了。你先在这儿等一等，我去给你找衣裳。"

杨昭出去向下人要来一套简单的衣物，回到帐中递给菡玉。看着她那在薄被间半隐半露的香肩，杨昭的脑中不由得浮现出刚才所见的旖旎春色，他耳根微红，忙转身跨出纱帐。身后传来窸窸窣窣的穿衣声，明明是极轻微的，听在他的耳中，却仿佛裂帛声一般刺耳。

"杨侍郎，我已经换好了，你……可以睁开眼睛了。"

杨昭松开在衣袖下紧握的拳，睁眼只见面前的人衣冠整齐，全身都被衣裳遮住，只从衣领里隐约可见秀美的锁骨。

“杨侍郎？”菡玉又叫了一声。菡玉穿好衣服过来看到他背着身也把眼睛闭着，想起自己之前恶意揣测他，不禁有些悔意。他只是为救自己而不得不演戏，在那种情形下，他的表现已经算非常镇定自持了，反倒是自己定力不足，胡思乱想。

杨昭轻咳一声：“那我们尽快离开这里吧。”

菡玉问：“现在离开不会引起安禄山的疑心吗？”

“早一刻离开就少一分隐患，刚才安庆宗那么一闹，我们正好可以借此告辞。至于以后的事，我会安排人处理的，你就别插手了。”杨昭把榻下藏着的凶器和撕碎的夜行衣翻出来，又仔细检查了一遍屋内有无可疑的痕迹，“你等我一起走，我去把这些东西处理了。”

菡玉心知外头全是搜寻的卫兵，他若被发现将百口莫辩，叮嘱道：“小心！”

杨昭看她一眼，点一点头，打开后窗确认屋外无人后，侧身搭着屋檐，借力上了屋顶。菡玉先前只知道他出身行伍，武艺和力气都比自己强，没想到他的轻身功夫也如此了得。眼看他的身影消失在夜色中，院子里四处都是火光，菡玉不由得心里惴惴不安，当真是度时如年。

菡玉忧心忡忡地等了片刻，杨昭又从窗口处进来，手里已经空空如也。他拍一拍手道：“行了，我们走吧。”

菡玉跟着他，忍不住追问：“你究竟准备怎么办？”

杨昭道：“还能怎么办？你闯下的祸端总要有人去扛。菡玉，每次你捅了娄子都要我来替你善后，我真是上辈子欠你的。”

菡玉想起上次自己行刺导致侍女吴四娘冤死之事：“我……又要连累无辜的人替我顶罪了是吗……”

“早知如此，何必当初？”杨昭皱眉道，“菡玉，难道你决心去行刺时就没多想想后果？就算你杀了安禄山，不管逃脱与否，都免不了让一大干人受牵连。你怎么早些没想着连累无辜，这会儿失败了才想起担心他们？”

菡玉无言以对，良久才道：“若能杀了安禄山，拼上几条人命我也认了。”

杨昭叹道：“上回我就警告过你，不想你还是执迷不悟、不知反省。吃一堑长一智，这回你明白了？单凭你一人之力不但杀不了安禄山，还会让无辜的人因此枉死。如果你真为达成此事不顾一切，就更应该好好想想，别总做些没脑子的傻事。”

菡玉道：“除了这样我还有什么办法？就凭我，在公在私都不是他的对手。”

“你斗不过他，不代表别人也不行。”

菡玉抬头看他：“你、你是让我借刀杀人？”

杨昭道：“这不叫借刀杀人，只是各为其利。安禄山手握重兵，在朝中又得陛下隆宠，被破例封王。一个胡人竟有如此待遇，朝中看他不过的人岂止你一个？你如今身为太常少卿，又懂奇门异术，名声在外，想要结交这些人易如反掌。朝中有实力与安禄山一较高下的，说少也不少，必定会……有人愿意帮你。”

借刀杀人，各为其利，这样的话从他的嘴里说出来就好像家常便饭一般寻常。菡玉颓然，低头不语。

杨昭道：“先不说这个了，日后再从长计议，还是先离开这里要紧。”

菡玉也不说话，垂着头任他带着自己出去。杨昭向安禄山辞行，安禄山小心赔礼不敢多留，而菡玉这副瑟缩的模样，正像极了被人发现隐私、颜面丢尽的情态。不多时，两人安然出了郡王府，到外面才看见里三层外三层，铁桶似的围满了士兵。

第二天正是安禄山的生日，皇帝和贵妃为这个“儿子”大庆寿诞。安禄山一时无暇理会刺客之事，交给京师官吏查办。

负责调查此事的是酷吏吉温，杨昭暗中向他授意此案关乎菡玉，吉温下手更加严酷。吉温断言刺客为院中女子，当夜满院熏香，卫兵疲乏，才让刺客有机可乘，便说刺客是与郑九妈家联合起来做的手脚。他又从内院的池塘里搜出刺客的凶器、血衣，以为铁证，把一干女流尽数捉拿，严刑逼供。那些弱质女子哪里吃得住大刑，纷纷屈打成招，或杖或死或流放至荒蛮之地。

“听说那新任的河东留后判官张通儒，不过是在东平郡王过门槛时扶了他一把，就此抱上了这条大腿。我怎么就没有这样的好机会呢？”朝前一名七品文官候在太极宫大殿前，看着远处宫门外停下的东平郡王的车马，忍不住感叹道。

“东平郡王炙手可热，自张通儒之后，每次过门槛都有人抢着上去给他垫梯凳，哪里还轮得到你！”一名同僚不无讥讽地朝安禄山的方向努努嘴，“东平郡王正要上台阶，垫不了门槛，垫台阶也是一样的。”

“垫台阶也轮不上我。”七品文官遗憾地摇头，“他身边的那个人比一帮人的分量还要重，我哪敢去和他抢？”

同僚仔细一看，陪着安禄山上台阶的人正是兵部侍郎杨昭。杨昭身为贵妃的堂兄，也很得陛下的赏识宠信，时常出入禁中，连安禄山自己都甘居后辈叫他一声“舅舅”。

“郡王小心脚下！”杨昭和安禄山并肩走入偏殿，过门槛时见安禄山只看前方险些碰上门槛，忙拉了安禄山一把。安禄山三百多斤重的肥胖身躯往他的身上一靠，差点儿把他也撞倒下去。

“多谢舅舅提醒，瞧我这一身痴肉，过个门槛也要舅舅帮扶。”安禄山嘴上这么说，却未谢绝杨昭搀扶，倚着他进了殿。

殿中已有几人在等候休息，见安禄山进来纷纷起身向他行礼。安禄山也不客气，大大咧咧地走到正中的位置坐下。

过了一会儿，外头又来了一群人，中间簇拥着的正是右相李林甫。安禄山看到其他人是理也不理，甚至对主动来拜见他示好的都傲慢地不应，但是见李林甫进来，稍稍一迟疑，还是站起来迎接，把正中的主位让给了李林甫。

若说这朝中除了皇帝还有什么人让安禄山畏惧，那就只有权势遮天的宰相李林甫了。王鉷与安禄山同为御史大夫，每次见了李林甫，王鉷都唯唯诺诺地任其驱使，安禄山便也有些忌惮李林甫。安禄山又听说李林甫心胸狭窄，为相近二十年，不是没有其他人才名隆盛可为宰相，而是那些人全都被李林甫打压下去了。安禄山心想自己在朝虽然深受皇帝宠爱，但回了范阳天高地远，万一李林甫忌恨自己，在皇帝面前进谗言，这老儿口蜜腹剑老奸巨猾，那真是防不胜防，不如对他恭谨些。

杨昭的目光在随李林甫进来的人群中一扫，发现菡玉赫然在列，站在李岫的旁边。他本以为她只是因私交和李岫同行，但不一会儿李岫离开自回将作监、都水监那群人中去了，她却还与李林甫的门生亲党立在一处。

整个朝议过程中，杨昭一直在注意菡玉。不知是因为被他识穿了身份还是别有原因，菡玉始终不曾看他，连进殿时迎面碰到也飞快地低下头去，只当没看见他。

杨昭正寻思着，忽听王铁奏道："监察御史孟汉告老辞官，所督河北道无人接管，臣荐太常少卿吉菡玉替之。"

杨昭没料到王铁会突然举荐菡玉，有些惊讶。监察御史隶属御史台，掌分察百僚巡按州县，是监督地方的实差。河北道，那不正是安禄山的地面？

皇帝道："太常少卿掌管礼乐祭祀，怎么让他去监察地方呢？"

李林甫进言道："吉菡玉公正严明，有监察之才，内为陛下分忧，外亦可监督地方严正司法，让他兼任此职可使人尽其用。"

皇帝见宰相也为菡玉说话，且菡玉担任的不过是个小小的八品监察御史，就准了。

菡玉出列领旨谢恩，感觉人群中有一道冷厉的目光投在她的脸上，让她觉得背上一凉。她并不回头，只是平静地走到殿中对皇帝叩拜谢恩。

议毕退朝，李岫立即过来向她道贺："菡玉，我就说父亲如今对你信任有加，定会委以重任的。监察御史虽非显职，却有实权，你一步一步慢慢来，他日定有机会一展报国之志。你看父亲倚重的这些重臣要员，哪一个不是从御史台起来的？"

是啊，杨慎矜、王铁，还有……杨昭，都是由李林甫提拔为御史，而后步步高升直至高位。

想到这里，她忍不住抬头环顾，一眼就在人群中看到杨昭，却发现他也远远地盯着自己，不知看了多久，她忙又转回去与李岫交谈。

李岫想起一事："对了，前几天父亲托你占卜之事，可有眉目了？"

菡玉心不在焉地问："哪件事？"

李岫道："就是他屡做噩梦那件。昨晚父亲又梦见那名面白无髯、长身魁伟之男子将他逼入绝地，紧黏于身推搡不开，噩梦惊醒后却又想不起那人的面貌。为此父亲夜难安寝，精神也差了许多。"

菡玉道："这是右相忧虑过重，总担心有人的功名胜过他，欲取代其宰相之位。"

李岫道："父亲正是担忧这个，认为梦中的男子将逼其位。可惜我只懂土木营缮，对占卜解梦一窍不通，不能为他分忧。"

李岫是个孝子，平日也只专注于新修的宫室是否结构牢固百年不塌、是否气势磅礴细处华美，并不涉足朝堂之争。菡玉却明白李林甫找她占卜是认为真有此人，欲预先将那人找出来，在其得势之前斩草除根，是以一直搪塞推托。

李岫自言自语着，发现菡玉久久不搭腔，望着远处出神。他顺着她的视线望去，宫门处杨昭正弯腰上车。杨昭身量颀长，即使乘坐高厢油壁车也得弯腰低头才能入内。

李岫突然灵光一现："面白无髯、长身魁伟，父亲梦中人的样貌倒是有些像杨侍郎，莫非确有其事？"

菡玉听得这话回过神来，立即反驳道："当然不是他！"

李岫疑惑地看她。菡玉支吾着争辩道："面白而身长者岂、岂止杨侍郎，你看那……"她往四周扫视搜寻，忽然看到一人，急忙伸手指着道，"裴尚书！你看裴尚书不也是此类形貌？！"

李岫一看，她指的是户部尚书裴宽，外貌确实与杨昭相若。他想了想道："也对，宰相除了治国辅弼之才，还需以德服人，杨昭何以为相？恐怕百官都不会服他。反倒是裴尚书素有盛名，拜相也未为不可。"

菡玉暗暗地松了一口气。两人走到皇城门外，李岫上马与她作别，菡玉则照旧步行回公舍。

菡玉刚出安上门穿过朱雀大街，还未进坊，忽然一辆双马油壁车飞快地从她的身边经过，车身一横把她堵在路边。车帘掀开，传出一声低喝："上来！"

菡玉料到他定会找上自己，看着车中紫色袍服下的皂靴，一言不发，乖乖地上了车。菡玉在朝上就发现他看自己的眼神不对了，领旨谢恩时，背后的那双眼睛里的怒火几乎将她的后背烧出一个洞来。

紫袍覆着的手狠狠地一甩，将幕帘放下，密闭的狭小空间里又只剩他们两人。车马起行，车轮声掩住了菡玉身旁之人急促的呼吸声。菡玉只是低头默默地坐着，等待他的指责质问。

"你这是什么意思？"

菡玉平静地道："不是你教我的吗？杨侍郎。"

"我是教你不要一个人孤军奋战，找一、一些同路的、有能力帮你的人合力而为，不是要你去攀附那个行将就木的老头子！"

菡玉无暇理会他对李林甫语出不逊之事，只道："难道杨侍郎说的人不是右相？朝中除了右相还有谁能和安禄山匹敌？"

杨昭一顿："现在虽然没有，但是……有人只要愿意，也可以的。"

菡玉只当听不懂他的暗示：“右相权势隆盛，安禄山又颇为忌惮，哪还有比右相更好的人选？”

杨昭不想跟她多费唇舌，索性直言道：“菡玉，初次相见，你说我十年内将位极人臣权势倾天，如今已过六年，期限将至，我可以帮你。”

菡玉道：“你纵然位极人臣，也不过到右相今日之地位。右相忌安禄山受宠有心削之，我又何必再假他人之手？你不用蹚这潭浑水，正好可以置身事外免受牵连。你且听我一言，能与安禄山交好就不要和他作对，否则……”

菡玉的话未说完就被他打断：“我为何要蹚这浑水，菡玉，先前你不明白也就算了，如今你还不明白吗？”

菡玉忍不住抬头去看他，触到他炽热的目光，又心虚地躲开。杨昭沉默片刻，转而问道：“你让我不要和安禄山作对，否则如何？”

“否则……”菡玉想了一想又摇头，“如果我办成了，就没有这个否则……总之对你不好，你还是远离这场是非吧。”

“可是我已经卷进来了。”杨昭拉住她的手，“菡玉，自那次在东平郡王府之后，我以为我们已经是……生死之交了。你非要坚持，我又怎能置身事外？”

菡玉试图挣开他：“你不必如此……我是为你好，你就听我一次……”

“为我好？”杨昭提高音量倾身向前，“说得真是冠冕堂皇！在你眼里我就是那洪水猛兽吗，非得离我远远的你才安心？”

菡玉不语，更深地低下头去。

菡玉许久都不闻头顶上方的人说话，他因愤怒而紊乱的呼吸也恢复平静，细微不可闻。她微感诧异，抵着她的手却突然收回，从她的腮边一滑而过，勾住了她的下巴，他道：“吉少卿，认识你这么久，我竟从未怀疑过你是女儿身。一个如花似玉的美娇娘，我却一直认作男儿汉，真是识人不清啊！”

菡玉被他扣住下颌，躲避不开，皱眉问：“你想怎样？”

勾着她下巴的手在她的腮边流连，杨昭脸上笑着，却语气阴狠地道：“本朝有则天皇后、上官昭容在先，就算陛下知道你女扮男装入朝为官，也不会取你性命。”手指在她的颈间画着圈，在那凸起的喉结周围盘桓不去，“不过，你这个监察御史是别想当了，回闺阁弹琴绣花相夫教子，都不错啊。”

“杨昭！”她急道，“你别逼人太甚！”

“到底是谁逼人太甚？”画圈的手指忽然一收，拈住那枚假喉结，将它整个提起捏在手中。那只是一颗椭圆的珠子，藏在肌肤之下，与骨节并不相连。她为了冒充男子入朝，居然在皮肤下埋了一颗珠子。

菡玉的颈部受迫，脸不得不抬高，后脑抵住了身后的厢壁。他的脸近在咫尺，眼睛直直地盯着她，让她无处可避。那双眼中熊熊燃烧的不知是怒火，还是其他莫名的复杂情绪。

菡玉鼓起勇气看着他：“杨侍郎，你就只会用我的女子身份来要挟？如果你仅仅是这点儿手段，与右相实在无法相提并论，就不能怪我弃暗投明、择木而栖。”

杨昭却缓缓松开手，变捏为抚，手指在她的颈中摩挲，半晌低声问：“埋这么个东西……平日里不难受吗？”

菡玉被他摸得毛骨悚然，后退避开：“早已习惯了。”

杨昭的手便举在半空，面色不悦，他问：“除了我还有谁知道你的身份？”

菡玉不答。

杨昭又追问：“李林甫的儿子知道吗？”

菡玉不喜他咄咄逼人的态度，皱眉问：“这与杨侍郎何干？”

杨昭冷笑一声：“那就是知道了。我说怎么这么多年你都没攀上李林甫，忽然之间他就对你态度逆转，是李岫出的力吧？监察御史，权力可不小，你用什么回馈他呢？”

菡玉道：“远山举荐并非为贿赂馈赠。”

“什么都不图？呵，你还真是淳朴。”

菡玉的眉头越皱越深：“我与远山知交多年，恐怕和杨侍郎的交友处世之道并不相同。”

杨昭哼道：“是，你们俩志同道合、意趣相投、君子之交，当然和我这种唯利是图的小人不一样了。”

菡玉被他看得如坐针毡，又后退一点儿道：“侍郎还有别的吩咐吗？无事请恕下官先行告退。”

“菡玉，李林甫那老儿已是风烛残年，活不了多久。他好歹也提拔过我，原本我不打算和他作对的。”他眯起眼，缓声细语说话时反而让人更觉不安，“可你非得逼我。”

菡玉低头不语。若论权谋才略，杨昭未必及得上李林甫，她只要能赶在右相油尽灯枯之前……

马车咯噔一声猛地停下，紫色袖子覆着的手猛地掀开车帘，接着是一声低喝：“下去！”

然后那辆油壁车像来时一般，从她的面前扬长而去。

第五章　莲　谋

夏六月，因兵部侍郎杨昭的奏告，刑部尚书萧炅、御史中丞宋浑贪污事发，被削职流放。萧、宋都是李林甫党羽中的重要人物，杨昭暗中使人探伺，求得其罪，奏而逐之。李林甫眼见下属贬谪流放而不能救，始与杨昭有隙。

两月后，剑南节度使鲜于仲通上表自陈能力低微无法平定南诏，奏请杨昭在京遥领剑南节度使。此前李林甫就于年初遥领朔方节度使，杨昭又领剑南节度使，与李林甫一南一北遥遥相对，恰如两人之间隐约浮动的敌对之势。

朝臣们已经能觉察出右相和国舅爷之间不对劲了，都犹豫着若他二人当真决裂，自己该站哪一边好。右相权势虽大，但年岁已高且一直身体抱恙，不知哪天就会驾鹤西去；杨昭正当盛年，又有贵妃掖庭之亲，深得陛下宠信，将来取右相而代之也不是不可能。朝臣们一时举棋不定，纷纷作壁上观。

杨昭，是真与李林甫杠上了吗？

退朝后菡玉走出太极殿，看到李岫走在前头，追上去问："右相又抱恙卧床了？情况如何？"

李岫道："不是什么大病，但父亲年高体虚，偶染风寒也需卧床数日。"叹了一口气，又说，"父亲实在是年纪大了。"

菡玉道："远山不必担忧，右相自会吉人天相。"

李岫道："菡玉，你跟我还说这种客套话。医生都说了，父亲放在心头的事太多太重，身体不堪重负，只怕、只怕春秋不长了。"

李林甫心胸狭窄、计较太多，晚年还沉迷声色，身体一日不如一日。菡玉劝道："那远山更该心宽，坚信右相必能康复。不然右相为疾病所苦，见周遭人都面带忧愁，岂不更郁郁不得痊愈？"

李岫这才展开笑颜，道："言之有理。父亲为心事所累，我若能让他心情畅快，他的病情必能好转。"

菡玉虽然这么劝他，自己心里却也惴惴不安。李林甫的寿数也就这年余了，如果自己不能除去安禄山，等李林甫一倒，谁还有此能耐？杨昭？但菡玉是决计不能让杨昭和安禄山作对的……

两人一边走一边说话，半途又听身后有人喊道："远山、菡玉，等等我们！"

李岫和菡玉回头。呼喊的人是韦谔，身边带着王府司马韦会。李岫、韦谔都出身名门望族，而韦会则是中宗定安公主之子，这些世家子弟自小便有交情。

李岫当即招呼他们同行，四人谈笑风生。韦会问："莲静居士，为何你总称远山、二郎为兄？我记得远山是比你年长两岁，但二郎和你同年，论生辰似乎还是二郎小一些。"

莲静是菡玉的道号。韦会慕道，早在菡玉入京之初就与她论辩过，二人也算旧友，韦会至今见她仍习惯以道号相称。

李岫笑道："还不是我们俩面老，有为兄之相。菡玉，你的面相实在显得年少，光看容貌谁会相信你和我年岁相近？菡玉分明像二十出头的模样！"

韦谔也戏她："明明我年齿最幼，菡玉还老是二位兄台、二位兄台地把我和远山放在一起叫，都把我带着叫老了！"

菡玉笑道："三位见笑了，生得这副模样也不是我自己愿意的呀。明明都已到而立之年，别人却当我少不更事。俗语还说'嘴上没毛，办事不牢'呢！"

三人都哈哈大笑。韦会谑道："莲静居士以前在深山中清修，师从高人，是否有什么常葆青春的养生之道，也传授我们一些呀！"

菡玉正要回答，忽然身后有人不冷不热地插话进来："韦司马，吉少卿这是天生丽质，哪是一般人说学就能学到的？"

四人回头一看，来人是王鉷之子、卫尉少卿王准。这王准仗着父亲，目中无人、横行霸道，对同僚多加侮慢。众人虽有怨言，但王铁掌控御史台大权，王准又手段毒辣好记仇，因此都对王准能让就让。

一时四人都闭口不言。王准眼珠一转，对李岫道：“听说你的老婆死了好几年，你一直没有续弦，是不是真的呀？”王准的语气言辞无礼之至。

李岫面不改色，回道：“这是下官的家事，不劳王少卿费心。”

王准道：“也是，这哪需要我操心哪！你爹养了那么多美人，个个年轻貌美，等他一蹬腿，可不就随你挑选了？哈哈！”

菡玉道：“王少卿，右相乃当朝首辅，不可轻慢无礼。”

王准笑道：“怎么，吉少卿生气啦？你是气我对右相无礼，还是气我给你的远山哥哥安排了那么多美人呀？”

李岫、菡玉相视一眼，都觉尴尬，立刻转开。王准又道：“许久不见，吉少卿越发出落得亭亭玉立、姣美可人了。你尽管放心，右相的那些美人，能和你相比的恐怕也找不出几个……”

李岫忍无可忍，开口斥道：“王少卿！吉少卿他堂堂男儿顶天立地，你如此形容作比，置他于何地？”

王准啧啧叹道：“平时我说你十句百句，你也不会回一句话，怎么一说到吉少卿，你就忍耐不住了？我说他天生丽质、亭亭玉立、姣美可人，难道你不爱听？”

李岫面带怒色，既不好说是，也不好说不是。菡玉面色不豫，偏偏王准还火上浇油：“吉少卿这般容貌当真是世间少有，怪不得李远山有了你，其他的美人全都不要了，换了我也看不上啊……”王准说着竟轻佻地去摸菡玉的脸蛋儿。

就在王准的手即将碰到菡玉的面颊时，凌空突然甩过来一条马鞭，啪的一声抽中王准的手背。王准痛得缩回手，手背被粗糙的鞭子蹭破一层皮，立时红肿起来，渗出血珠。王准哪被这样对待过，回头看在马上挥鞭打他的人，怒吼道：“杨昭！你竟敢用马鞭抽我？！”

杨昭横眉怒目，喝道：“无能鼠辈！你那靠山老爹也不敢当面直呼我名讳，你竟然放肆！”杨昭回手又是一鞭，比刚才那下更快更狠，抽中王准的脸面，将他打翻在地。

王准唇角流血面颊高肿，恼羞成怒；杨昭目光如冰，居高临下冷冷地睨着他。杨昭虽然只比王准大十来岁，却是和他的父亲王铁平起平坐的人物，更不是李岫、韦谔这些好欺负的善类。王准终不敢和杨昭直面冲撞，愤愤地啐出一口血水，恨声道：“你等着瞧！”说完，王准便夹起尾巴灰溜溜地走了。

韦会等人这才回过神来。李岫拉过菡玉问：“方才鞭子有没有扫到你的脸？”李岫欲伸手碰她的面颊察看。

菡玉瞥一眼杨昭，急忙避开：“我没事，没有碰到。”

韦会对王准十分不满，见杨昭鞭打斥骂王准，替他们出了一口恶气，上前抱拳一揖：“多谢杨侍郎仗义相助！”

杨昭却不予理会，只将马鞭指着他，看着菡玉问：“他刚才叫你什么？莲静居士？”

菡玉低头不答，李岫不明所以，韦会则笑道：“莲静是吉少卿修行时的道号，杨侍郎不知道吗？”他本是随口一说，不料杨昭向他扫来一眼，目光冷厉，让他不由得噤声，笑容也收了起来。

杨昭又看向菡玉：“你从来没告诉过我。”语气是淡淡的陈述，却带着责难，好似他不知道菡玉的道号还是菡玉的错一般。

菡玉低头道：“下官入世多年，从前的道号只有旧友故交偶尔称呼，杨侍郎何须知道呢？”

杨昭唇角一抽，眯起双眼；菡玉越发低垂脑袋，看着地面；李岫、韦谔看着两人的模样，都面色异样、若有所思；只有韦会不明就里，看看这个、看看那个，也没有人理睬，不知他们几个葫芦里卖的什么药。

这个……气氛有些不对啊……

许久，只听杨昭冷哼一声，掉头打马绝尘而去。韦会这才舒了一口气，打趣道：“无能鼠辈，杨侍郎骂得真是贴切，大快人心！看那鼠辈以后还怎么耀武扬威！”他自己哈哈大笑，却无人接茬。

韦会同母异父的兄长王繇是永穆公主的驸马，时常在公主府内举办游园诗会，汇集京师才子切磋诗赋，李岫也常在宾客之列。这一日王繇又来邀请，恰巧菡玉也在，李岫就拉着她一同去游玩。

菡玉自认文采平平，只在一旁观听。围坐行令的人群中爆发出一阵掌声，大概是哪位才子又作了妙句，博得众人喝彩。

李岫道：“今日韦司马不在，气氛比平常冷清了许多。”

菡玉问："韦司马为何没来？"韦会与王繇关系密切，为人又豪放，最喜欢这种诗酒集会，按理说他不该不来。

李岫道："刚才问过驸马了，驸马说韦司马前日还答应了要来的，不知为何爽约。平素但凡有诗会，他总是第一个应约的。"

刚说到这里，韦会就急匆匆地赶来了，见他两人在人群外坐着，凑近来对李岫说："远山，你去帮我把驸马叫出来，我有事找他。切莫惊动其他人。"随后，韦会就着树丛掩住身形，不让那边的人看到。

李岫问："为何不能让其他人知道？是什么要紧事？"

韦会有些焦急："我还有急事，被他们看见就脱不了身了。"

李岫依言到人群中去把王繇叫来。韦会一见王繇，把他拉到一边急道："阿兄，听说你在西郊新置了一座别院，十分隐蔽，还没有几人知道，可否借我暂住几日？"

王繇问："你去京郊住做什么？"

韦会道："不是我要去住，是我的一位友人无处安身。只是暂住一段时日，等过了风头就会另觅他处……"

"过了风头？"王繇捉住他的话头，"过了什么风头？"

韦会支支吾吾："犯了点儿事……避过这阵就好了……"

王繇正色道："你倒是古道热肠，可知这是窝藏人犯，要与犯人同罪的！你那友人是谁？他犯的什么事？"

韦会急忙解释："山人不是犯案，只是得罪了权贵，怕有人要害他，所以找个地方先避一避。"

王繇听到"山人"二字顿时勃然大怒："又是那个任海川，你还和他往来！我告诫过你很多次了，自杨慎矜一案后，陛下更加厌恶朝臣与术士来往，你怎么总不听？那任海川多与朝臣交游，居心不良，这回又生出事端，你还是别跟他有牵扯为好！"

菡玉听到"任海川"的名字也吃了一惊。这任海川算是史敬忠的同宗师弟，也曾来投奔过她，适逢杨慎矜案发，任海川怕受牵连，火速逃离京城，不知所终。这回他竟又回京师来，还结识多名朝臣，想来是想谋取富贵，却一不小心得罪了其中哪一位。

韦会急道："我和山人相交一场，怎能眼看山人有难而不出手相助？既然驸马不肯帮忙，那我还是自己想办法吧！”韦会说完转身离去，王繇连声唤他，他头也不回径自走了。

王繇摇头道：“瞧他这冲动的性子，迟早得吃亏！”

菡玉起身对王繇道：“驸马，我去劝劝他。”菡玉向韦会离开的方向追去。

菡玉追出大门，见韦会正要上一辆马车，急忙喊住他。韦会停住脚步拉下车帘，问：“居士，你出来做什么？”

菡玉也不回答，只问：“车上坐的就是山人吗？”

韦会不说话，菡玉又解释道：“我与山人师从同门，山人的师兄是我的长辈，也算旧识了。”

这时车内人发话问道：“是莲静师叔吗？”

韦会见菡玉所言不虚，才道：“上车说话。”

两人上了马车。车内已坐了一名五十来岁的青衣术士，正是史敬忠的师弟任海川。菡玉问：“你这回究竟遇上了什么事，如此着急？”

“不瞒师叔，我这回是碰到大麻烦了。”任海川压低声音，“和史师兄上回那事……差不多，恐怕会有杀身之祸。”

菡玉脱口而出：“王鉷？”

任海川有些惊讶：“师叔怎么知道？难道王氏兄弟真的……有反相？”

“我也是随口一猜，如今朝中地位可比当日杨慎矜者，唯有王鉷。”菡玉敷衍道，“难道他也……”

任海川道：“大夫为人谨慎，不至于有大逆不道的念头，但大夫的弟弟王銲和儿子王准都是蛮横凶险之徒，日前王銲竟问我、问我他是否有王者之相。”

菡玉大惊：“这可是谋逆的大罪啊！”

任海川道：“正是，我怎能为虎作伥？但王銲既然已经这么对我说了，我不帮他，怕要被他灭口。”

韦会插话道：“山人尽管放心，我一定会为你找一个安全的地方躲避。王大夫既无反心，就凭王銲一个小小的户部郎中能成什么气候？”

任海川道：“韦司马太小看王銲了。他伙同凶徒刑縡妄图谋杀右龙武将军，夺其兵作乱，杀左右相及杨昭。这样的事他都敢做，要杀我还不是小菜一碟？”

“杨昭？”菡玉惊道，“他还要杀杨昭？”王銲杀左右二相还可说是为其兄夺权，但杨昭此时的权势还不如王鉷，王銲为何要杀他？

任海川道："王锝本只想除左右二相，杨昭是王准加上的。"

难道是因为上次杨昭当众鞭打他？王鉷这一弟一子果然凶险不法、心狠手辣，为了一鞭之怨竟要伤害人命来报复。任海川若落到王锝的手上，必然只有死路一条。

任海川又道："师叔，我已经把我所知全数相告了，这回我只怕是凶多吉少，你一定要救救我这条小命啊！"说着任海川竟欲对菡玉下拜。

菡玉急忙托住他："既是同门，我绝不会见死不救。只是我官轻势微，不能护你周全，你唯有速速出京方能避祸。"

任海川道："出京也未必能逃过王锝的捕杀。师叔，你虽然不敌王氏兄弟，但是我听说你在右相的手下做事，颇得信任……王锝妄图谋害右相，只要向右相告发，右相定可以提前拿下凶徒，也保我安然无恙。"

菡玉一口回绝："此事不能让右相知道。"

王鉷权势日盛，以李林甫的心胸，也开始对王鉷心存忌恨，但王鉷对李林甫恭谨顺从，处事小心翼翼，才没有步杨慎矜的后尘。倘若被李林甫知道王鉷之弟竟想作乱杀他，恐怕到时候遭殃的就不只王锝一人，而是王氏一门上下了。

任海川忧道："那依你之见，该如何是好？"

菡玉想了想道："王锝所谋拼的是个出其不意、一击制胜，若事先走漏消息，他必不敢再有动作。朝中局势错综复杂，你还是离开京师远避他乡，这边就交给我和韦司马吧。"

任海川仍犹豫道："不能密告右相吗？或者左相和杨侍郎……"

菡玉明白他的思量。他到京城来多方结交官员，就是想图个荣华富贵，此次若得到右相的信任，必能平步青云。她劝道："王鉷深得右相的信任，杨昭的权势又不如王鉷，都不能保万全。留得青山在不怕没柴烧，还是身家性命要紧。"

任海川权衡再三，终是放下富贵先求保命，依了她的对策。

为避人耳目，菡玉和韦会在一处偏僻无人的街角下了车，目送任海川坐车离开。

韦会问："居士，接下来我们要怎么做？是放出风声去恫吓王锝吗？"

菡玉看着马车渐远，淡淡地道："什么都不用做，王锝这事成不了。"说完，菡玉掉头回公主府。

"成不了？"韦会赶上她追问，"我都被你弄糊涂了，你怎么知道这件事一定成不了？”

菡玉道：“左右二相和杨侍郎命中的寿数都不止于此，王銲怎么可能图谋成功呢？方才我对任海川所言，只是为了劝他离开而已。”

韦会与术士往来甚密，对相术相信得很，听她这么说也就放宽了心。

菡玉并未将这件事放在心上，接下来的一段时日朝中风平浪静，她几乎把这事给忘了。直到有一天朝后，韦会突然怒气冲冲地找上她，才让她又拾起警惕之心。

“居士！你不是说姓王的成不了事，山人不会有恙吗？”韦会满面怒容，在皇城大道上就拦住她责问。

王繇正跟在韦会后头，急忙过来劝解：“二弟，出什么事了？怎么对吉少卿发怒呢？有话好好说。”

菡玉看韦会的怒容中带着伤悲，情知不妙：“难道……”

“山人被王鉷抓了回去，说他以巫术行骗，他在狱中被杖毙了！”

菡玉目瞪口呆，说不出话来。

王繇皱眉道：“二弟，你怎么还惦记着那个术士？我早说了别和这样的人来往，他这不就犯了事，被王大夫正法了？”

“什么正法？根本是杀人灭口！”韦会怒道，“还不是因为山人知道了他们谋逆的罪状！”

王繇大惊失色，冲上去捂住弟弟的嘴：“光天化日，休得胡说！”王繇连忙看四下有无人经过听到。

韦会挣开王繇的手：“山人都跟我说了，王銲包藏祸心，妄图夺龙武将军的兵作乱，还问山人他有无王者之相。王鉷包庇弟弟，怕事情走漏，竟然借其他事把山人杖杀了！王氏一家果然歹毒狠辣、心怀不轨！”

王繇低声斥道：“你这样在大庭广众之下大叫大嚷，是想让王家兄弟知道任海川把他们的底细都告诉你了，好让他们也来对付你吗？”

韦会执拗地道：“我就不信他御史大夫能一手遮天，害我王府司马！你们怕他，我可不怕！”韦会说完，愤然甩袖而去。

王繇叫他不应，回头对菡玉赔礼道：“这小子的脾气就是这样，他冲动起来口不择言，少卿可别放在心上啊。”

菡玉道："当然不会。不过驸马最近还是小心些为好，尤其是韦司马他……"

王繇连忙说："我一定会看好他，不让他惹是生非。"

接下来又过了几日，韦会果然没再生事，大概是被王繇牢牢地管着看着，有几天竟接连告假在家，连朝会都不来了。

韦会一次两次不出现，还可说是王繇小心谨慎，但总不来就有点儿不对了。菡玉偶然看到王繇，见他总是低眉顺眼、行色匆匆，迫不及待地赶回家去，想要问他一句都找不着机会。

接连十多天没看到韦会，菡玉心里也有些惴惴不安。一日她候在王繇回府必经的路上，趁王繇经过时将王繇拦下询问："好久不见韦司马了，他近况如何？"

王繇垮着脸哀求道："吉少卿，你就别管这件事了，让我过点儿安生日子吧。"

菡玉急忙追问："又出了什么事？"

王繇连连摆手，神情惊惶如同惊弓之鸟："没有没有，什么事都没有，好得很！"

菡玉还想再问，王繇已拨开她夺路而逃，不一会儿就跑得不见了人影。菡玉心中疑惑，觉得事情不妙，转头往韦会家去。

韦会宅前挂着白纸灯笼，匾额上缀黑绢，竟是刚办过丧事。门童报太常少卿来访，韦家人竟紧闭大门，说守丧期间不便待客，不肯见她。

菡玉问门童："贵府这是……哪位高寿白喜？"

门童黯然道："哪算得白喜，是我家郎君，年纪轻轻地就去了。英年早逝，膝下连个送终的儿女都还没有呢。"门童说着悲从中来，抬起袖子抹泪。

"韦司马！他……"菡玉大惊，"他一向身体健朗，怎么突然就撒手去了？"

门童泣道："是郎君自己想不开，寻了短见。"

韦会性子豪放，怎么会轻生？

"他为何想不开？可有留下什么遗言？"

门童抹了抹眼泪："那天长安尉突然带了官差来抓郎君，说他犯了案，要索去审问。郎君拒捕，被官兵强行抓走，当天夜里就在狱中……悬梁自裁了，官府说是畏罪自尽的。可怜家中娘子，平白就没了良人，最后连句诀别的话都没说上。”门童说着说着，眼泪又止不住地流下来。

好一个畏罪自尽！王𫟹这回是铁了心地要把事情给强压下来？他杀一个术士也就罢了，连公主之子、王府司马也敢下毒手？

任海川和韦会之死居然都是王𫟹下的手，让菡玉颇感意外。如果是王銲怕事情泄露而杀人灭口，也许他会就此作罢了；偏偏是作为他靠山的哥哥动用权势帮他把问题解决了，王銲还会不会就此束手，不再图谋作乱？

如果月前她听了任海川的建议把他引见给右相、密告王銲所谋，任海川绝不至于落得如此下场，韦会也不会因此枉死。现在知道这件事的只有她和王繇，看王繇的模样是决计不敢再多说话了。如果她也不说，王銲是不是还会依计划行事，那左右相和……杨昭，岂不是都有危险？

光凭“命数”二字，能保杨昭安全吗？如果能够，那安禄山不就……

突然而生的不安让她心头一震。

杨昭，他现在只是她身边一个真实存在的普通人，肉体凡胎，随时都可能生病、受伤，甚至——死亡。

“菡玉。”

菡玉猛一抬头，正看到一辆三骥马车停在自己面前，车帘掀开，露出一张冷冰冰的面庞，目光中却带着与表情不协调的柔和。

“上来吧。”杨昭向她伸出手。

她驻足原地，没有挪动。

“难道你在这里逡巡，不是在等我吗？”他冷冷地道，“上来说话。”

菡玉脸一红，低下头道：“只是有一件事要告诉你，几句话就好。最近……”

“上来再说。”杨昭突然站起身往前一探，抓住她的手，不由分说地把她拉上了车。菡玉还未来得及推辞，马车已经跑起来了。她只得坐下。

她缩着身子靠紧厢壁坐着，仍免不了半边身子和杨昭紧密相触。怎么他官越升越高、权势越来越大，坐的车却始终这么狭小？

沉默片刻，他突然问：“你的本名是莲静，还是菡玉？”

菡玉道："莲静是师父赐的号，菡玉是我自己想的，两个都不是。"

"那你原本叫什么？"

菡玉没有吱声。

他眉梢扬起，语气变得尖酸："怎么，又是只有你的故交旧友才能称呼，不方便让我知道吗？"

菡玉嗫嚅道："不是……只是太过女气，现在不好再用了……"

这个回答终于让他语气稍缓："我只是想知道，你的家人亲朋……都是怎样唤你的。"

她低声道："我很小的时候就没有亲人了。"

杨昭一手按上她的肩："以后会有的。"

菡玉心头一动，他又问："那你喜欢亲近的人叫你什么？莲静、菡玉，还是玉儿？你喜欢哪个？"

菡玉低头往后一退："下官还是习惯杨侍郎称我为'吉少卿'。"

搭在她肩上的手一紧，扣住了她的肩头。明明隔着厚重衣物，那与他相碰触的地方却平白要比别处热上许多，炙着衣下的肌肤。

她定住心神，打破沉默："我找你是想提醒你一下，最近这段时日，出入往来时多带些护卫，小心防范。"

杨昭拿开手，语气恢复平素的淡漠："难道有人想害我吗？是谁？"

菡玉道："反正……你多加小心就是了。"

"是王准吗？"

她吃了一惊，抬头却看到杨昭的脸上带着不屑的笑容。

"你已经知道了？"

"我不知道，只不过我上次因为你和他起了冲突，使他对我怀恨在心。"杨昭笑得像是自嘲，"若不是害我的人和你有关、因你而与我生隙，你怎么会来好意提醒我当心呢？我想想自己得罪过的人，和你有关的也就这一个，不是他还能是谁？"

并不是因为这个……菡玉直觉地想要反驳，但终究没有说出口，只道："王准集结了一干凶徒，目标不只在你，并非宵小乌合，你别掉以轻心。"

"目标不只在我，听起来似乎还有比我更大的鱼？既然有王准，当然不会对他爹下手，那朝中的大鱼……就是宰相了？"

菡玉暗暗吃惊，又不好否认。杨昭继续道："凶徒并非宵小乌合，那就是训练有素的士兵。王准不过是个靠斗鸡得宠的卫尉少卿，他哪来的兵力？莫非是结交了什么军营中人，或者，想要夺兵作乱？"

菡玉讶道："你是不是早就知道？"

"明明是你自己透露口风给我，我侥幸猜对而已。"

菡玉道："不管你是猜到还是事先察觉，只要你有所警惕，我便放……我也不枉今日之行。"

他笑得轻蔑："区区一个王准，我还不放在眼里。"

菡玉正色道："杨侍郎，此事非同儿戏，王准不过是个跟班，切不可因他而轻敌。"

杨昭止住笑，但那抹轻蔑还挂在眼梢唇角："菡玉，你是又要给我提示让我猜吗？那我就继续猜一猜。我听说王大夫有一弟一子，王銲、王准，都是蛮横凶狠之人，时常一同捣乱生事，让王大夫十分头疼。这回的事情不小，肯定少不了王銲一份。这王銲交游甚广，与军中将士、官府衙役、地头混混都有交情，定是他出谋划策、牵线搭桥找的人。只要去查一查最近他和什么人往来密切，就知道有哪些人参与了。"

菡玉皱起眉："你真的事先一点儿都不知道？"

杨昭斜睨她："你又不是不知道我的脾性。我要是事先知道，还能优哉游哉地坐在这里等他上门来杀我？他早就下去投胎了。"

菡玉盯着他："那你对王大夫的家事知道得还真不少啊。"

"怎么说王大夫也是如今朝中举足轻重的人物，我多留心一些他的事情，不是应该的吗？"杨昭轻描淡写地带过。

菡玉隐约觉得有什么地方不对，但又理不出个头绪来。

这时候车马一顿，是杨昭府邸到了。菡玉道："既然杨侍郎如此神机妙算，万事都了然于胸，下官也就不再多言。侍郎小心，下官告辞。"说着想要下车。

杨昭拉住她的手："都到大门口了，不进去坐坐？"

他的手大而有力，将她的一只手完全包覆在内。热力从他的掌心传来，让她冷不防地心头一颤。菡玉急忙挣脱他："都是杨侍郎自己推断出来的，下官怎敢居功？侍郎太客气了，下官受之有愧，今日仓促无礼，改日再登门拜访。"

杨昭就势松了手，淡淡地道："那你请便吧，不送。"

菡玉先他一步下了车，沿来路走回去。

杨昭也走下车来，远远看着她的背影，唇角慢慢勾出一丝微笑。

仆人杨昌过来接他："侍郎今日有什么开心事吗？瞧您一脸喜气。"

"杨昌，今儿个连你也这么关心起我来了。"他笑着摆摆手，把帽子脱下给杨昌拿着，自己大踏步走进大门去，步履轻盈，可见心情十分畅快。

杨昌回头瞧一眼那已走远的人影，快步跟上他进门去。

菡玉感觉背后有人看着她，一直不敢回头，心里却觉得这事情有些不对。就算杨昭脑力过人推测精准，也不能知道得如此分毫不差吧？而且他听说有人要作乱杀他，好像一点儿也不担忧恐慌，这么胸有成竹吗？

她揉了揉脑袋，有种不祥的预感。

很快，杨昭就让她知道了。

第二天朝上，难得下了病榻的右相李林甫半月来第一次上朝，便苦兮兮地向皇帝哭诉，说自己为国操劳，积劳成疾、命不久矣，居然还有凶徒想要取他性命，连这最后一段日子都不让他好好过。

皇帝见右相摆出如此可怜的模样，而李林甫所说的凶徒刑縡等人妄想谋害的名录中更有左相陈希烈、兵部侍郎杨昭，当然不能坐视不理，当即下令逮捕刑縡。

杨昭奏道："刑縡为故鸿胪少卿之子，有功名在身，当由御史台拘捕鞫查。"随后看向一旁的御史大夫王铁。

王铁还未说话，菡玉抢上前奏道："刑縡勾结市井凶人妄图作乱行凶，该由地方官捉拿查办才是。"

杨昭侧过脸看她："王大夫兼任京兆尹，不管是御史台还是长安地方，都在王大夫的权职之内。"

菡玉道："若只是一干市井凶徒，何须京兆尹亲自出马？由长安尉逮捕归案即可。"

皇帝对王铁道："既然都在王卿的职权之内，那就由王卿派人去捉拿吧。"

王铁却道："凶徒目无法纪、胆大包天，居然妄想对宰相和兵部侍郎不利，定要严加处置。臣请亲自带兵捉拿凶徒，保宰相和侍郎周全！"

王铁自己都请求亲自出马，菡玉还能说什么，只能瞥了杨昭一眼，退回列中。

王铁遂召长安尉贾季邻、京兆司录参军韦谔、监察御史吉菡玉等人，带百名金吾卫士兵前往金城坊刑宅捉拿刑縡等人。

时制规定，调兵十人以上须经兵部批准。菡玉跟着杨昭到兵部领许可调兵的牒文，看左右无人，关了门问他："侍郎今日行为似乎与昨日言行有悖，莫非又有什么打算？"

杨昭慢腾腾地拿出笔墨："有人要杀我，我先发制人以求自保，有什么不对？"

"若只求自保，为何要告诉右相，闹到陛下面前？"

杨昭抬头看她："刑縡想谋害的是左右相，加上我不过是王准挟私报复而已。这等关乎性命的大事，难道不该如实禀告右相？"

"要是能禀告右相，我早就去了。我不告诉右相而只告诉你，为了什么，难道你不明白？"

"息事宁人、大事化小，那是你的作风。"他眉头一挑，"不是我的。"

菡玉气结："就算你不想息事宁人、大事化小，也不必借题发挥大做文章呀！"

"我哪有借题发挥？我说了，只是求自保而已。"

菡玉质问道："那你把王大夫牵扯进来又是何用意？右相只道刑縡勾结凶徒图谋不轨，并未提到王焊、王准，你却非得扯上王大夫……"

杨昭哧地一笑："菡玉，你当右相是傻子吗？刑縡是什么人，无名鼠辈，值得右相到陛下面前哭诉？右相故意不提王焊、王准，不就是要看王铁如何反应？而王铁，你也看到了，是他自告奋勇地要亲自去捉拿贼人，还不是知道他的弟弟和儿子必然和刑縡在一起，只有他一手接管这件事才能将此事压下来？"

菡玉无言以对，垂首道："原本知道这件事的人就只剩我一个了，我若不是担心、担心刑縡万一真会得逞，伤害左右相和你的性命，根本不必向你告密。你就念在我也是一片好意，不要把这件事闹大。不然，我这算、算什么呢！"

杨昭放下手中的笔，绕过案几走到她面前："菡玉，你一片好意，到底是对左右相的好意，还是对我的好意？"

菡玉往后一退："左右相身为当朝宰辅，如有差池，必会引起轩然大波，令朝野动荡……"

他自嘲地一笑："所以我只是你顺便捎带的，是吗？那我自己想办法自保，你又来充什么救命恩人的口气教训我？"

菡玉敛容问他："你到底想做什么？"

他转身走回案前："接下来你自然会知道。"

菡玉跟过去，隔着桌案与杨昭相对："右相年事已高，没有多少日子了，他之后自然就是你的天下，你还想怎么样？"

"照现在的形势，在他之后，还轮不到我。"他的语气变冷，"菡玉，不是你说的吗？十年之内我将位极人臣权势滔天，我只是在顺应天命而已。"

菡玉被他噎得无话可说："你……"

"而且，我现在知道了，"他的目光从她的脸上扫过，"有些东西，的确是必须站在最高处才能得到的。"

说罢，他低下头，一心一意地写调兵文书。不一会儿，他书写完毕，盖上兵部印鉴后，把调兵令收起，纳入袖中。

菡玉道："请杨侍郎将调兵令交与下官，下官好去向大夫复命，调遣兵卒。"

杨昭回道："我会亲自去调遣金吾卫兵交给他的，你这么回复就是了。"

"你也要去？"

杨昭扬眉扫她一眼："这么重大的事，京师内调动数百士兵，怎么能少得了兵部的人坐镇？我当然要去。"

"你去干什么？"

"我说去看热闹你信吗？"

菡玉质问的话还未出口，又被他打断："大夫还在等少卿的回音，我已经给了你交代，你是不是该去向大夫复命了？"

菡玉看他没有离开的意思，问道："大夫等着兵力到手前去捉拿凶犯，杨侍郎只催我去复命，怎么自己倒不行动呢？没有侍郎调来的金吾卫兵，我空给大夫一个回复有何用？"

杨昭冷笑道："总得给王大夫一点儿时间把准备做好了呀。这会儿就算我给了他兵卒，他也不能立刻出发，何不给他个台阶下？"

"此话怎讲？"

杨昭扬了扬眉梢，不作回答。

菡玉无奈，只得空着手回去向王铁复命。王铁听说杨昭前去调兵，一时半刻无法到达，反倒松了一口气似的。众人等了半个多时辰，百余名士兵才调集完毕，由王铁、杨昭带领着，前往金城坊的刑绛住所捉拿凶人。

贾季邻带县府衙役先行，王铁领金吾卫兵在后。贾季邻走到半路碰见王銲，王銲想必是从他的兄长那里得了消息，刚从刑绛家回来。

王銲见到贾季邻，有恃无恐，笑着对贾季邻说："我和刑绛有故交，今日我兄长前去缉拿他，他必然对我怀恨在心。到时候要是他胡说八道污蔑我兄弟，您可别听信他啊！"

贾季邻道："王郎中只管放心，下官当然不会听信贼人妄语。若他敢污蔑王大夫，只会罪加一等。"

贾季邻是王铁的亲信，韦会就是由他捉拿后在狱中缢杀的，当然会全力帮王氏兄弟隐瞒。菡玉看他两人一眼，也不多话。

不多时众人到达金城坊。刑绛大概是刚刚才得到的消息，还没来得及逃跑，只把大门紧闭。贾季邻所带人手不多，不敢轻举妄动，先将刑宅四周的出路看住，等候王铁、杨昭的金吾卫兵到来。

菡玉勒住马，越过围墙向院内楼台观望，不期然看到围墙上隐蔽的一角有人躲在树丛中向外张望，好像在观察贾季邻的人马的布置情况。他看到菡玉向他的藏身之处望来，脑袋一缩退了回去。

菡玉心叫不好。贾季邻带的衙役不过三四十人，对付这批亡命凶徒未必能有胜算。后头的金吾卫兵不知为何行动缓慢，还不见踪影。如此安排，打草惊蛇，主力却迟迟不至，不是给了刑绛大好的机会逃跑吗?

她正焦急地引颈盼望后头的金吾卫兵，就听守在前面大门口的衙役几声惨叫，倒下一片，原来是院内的人爬上围墙开始向外放箭。

紧接着一阵轰响，大门洞开。刑绛带着二十多名凶徒，手持刀剑兵刃，在墙头弓箭手的掩护下企图突围而出。

贾季邻虽然在每处出口都布置了人把守，却分散了人力，大门口的衙役又被弓箭手所伤，难与刑绛对抗。刑绛等人边战边走，转眼就突出了数丈。

贾季邻一看凶徒都持刀拿剑，见人就砍凶狠非常，吓得掉头就跑。

菡玉拔出佩剑，策马冲上去阻拦刑绛。刑绛等人都是徒步，菡玉快马奔入人群，仗着马上的优势左突右奔，连连刺翻几人。

墙头的弓箭手一看有人骑马冲过来，纷纷对她放箭。菡玉的右臂上中了一箭，她也不去理会，把剑换到左手，催马向已跑到坊前大街上的刑绛冲去。

乱箭从背后追来，呼啸着从她的身旁飞过。一支羽箭射中马腹，马吃痛受惊，长嘶一声前蹄抬起。菡玉单手握着缰绳，当即被马甩了下来。

周围凶徒见她落马，纷纷举刀向她砍来。菡玉连滚数下躲开攻击，无奈自己落在贼圈中，避无可避，眼看就要被乱刀砍中，突闻数声骏马长嘶，一匹矫健的黑马从斜地里直冲过来，打乱了众凶徒的阵势。

马上武士身穿黑衣劲装，手执一杆粗如儿臂的银枪，舞起来虎虎生风，横枪向众凶徒扫去。枪杆劲力雄浑，刃上寒气逼人，当即把几名凶徒扫飞了出去。菡玉本倒在地上，周围的人都站着，这么一扫便把菡玉身旁的人全都扫开，她却安然无恙。

菡玉认出那匹黑马是皇帝赐给杨昭的，以前还见他骑过，这马上的武士想必是杨昭家的护卫——黑马跃过时她看见了那武士的脸，吃了一惊。

那分明是菡玉在杨慎矜家中见过的“九娘”。杨慎矜举家获罪，她怎么会成了杨昭的护卫？杨昭知道她是女子吗？还是……

菡玉心中闪过无数疑惑，只是眼下情势危急，不容她多想。

众凶徒被银枪所创，一时无心再顾菡玉，纷纷避走。另一匹马趁机突入人群，从菡玉的身旁掠过，骑马人弯腰向下探出手。菡玉抓住借力，纵身一跃跳上马背。骏马几下奔突跑出混战圈子，直到后方安全处才停下。

“你不要命了吗？”菡玉的身后传来气急败坏的怒斥。一双手从她的腰侧伸过来，握住她中箭的手臂查看伤势，将她整个人圈在怀中。

菡玉一赧，企图掰开他的手：“一点儿小伤不要紧的，我自己来……”

“这还叫一点儿小伤？”杨昭按住她不让她乱动，又不敢下手去碰她的伤处。那支箭力道极强，竟把她的右臂射了个对穿，箭头从另一面透了出来！想起刚才的惊险之状，他还心有余悸，如果他晚到一步，是不是就只能看到她被乱刀砍得支离破碎的尸首了？

那一瞬间他突然想起她说过的“毙于乱刀之下，死无全尸”。那是二人第一次见面时她对他下的预言，他从未当回事，也根本不在乎将来自己是何死法，直到看见那些刀斧向她砍下去，才觉得这几个字如此残酷血腥，令人胆寒。

“你当你是铜头铁臂刀枪不入吗？一个文官跑去乱逞什么强！刀剑无眼，你知不知道你刚才差点儿没命了？”

“没什么大不了……”她嘟囔道，看了看手臂上的箭，“我单手使不上力，你帮我把这箭尾折断好吗？”

杨昭抓住那箭，箭杆硬实，强行用力掰断难免会牵动伤口，他有些下不去手。菡玉道：“你只管折吧，我不怕疼的。”

杨昭咬一咬牙，猛一发力把羽箭的后半段折下来，只剩半截光杆留在外头。菡玉翻过手臂，抓住另一边的箭头把穿在她的手臂里的断箭抽了出来。她微微皱了一下眉头，仿佛只是挑出肉里的一根刺。

杨昭倒吸一口冷气，连忙握住她的右臂。只见中箭处留下一个血窟窿，有淡红的血水从里面泛出。“你……”他心中又怒又痛，偏偏又不知该骂她什么，只能狠狠地瞪着她。

“我不怕疼的，这点儿小伤真不算什么。你又不是没见我中过刀，明天就会好了。”她胡乱撸了撸袖子把伤口遮住，“好了杨侍郎，你能放我下去吗？”

这时韦谔骑马靠近过来，焦急地问：“菡玉，你刚刚被贼人围住了？可有受伤？”

菡玉道：“多亏杨侍郎及时赶到打退凶人，就是马中箭受伤了而已。”

韦谔看了一眼坐在菡玉身后与她同乘一骑的杨昭，转头对一旁骑马的京兆衙役道：“给吉少卿重找一匹马来。”

衙役立刻把自己的马让出来。杨昭无奈，只得放开菡玉。

刑縡手下连墙内的弓箭手一共大约四五十人，金吾卫兵百余人，还要留一些在后头保护官员，人数优势并不明显。刑縡等人只想立刻突围逃命，铤而走险，都是狠下杀手见人便砍；而金吾卫为求活捉未免有所顾忌，一时无法将凶人拿下，刑縡等也无法突围，双方僵持着。

这时忽听另一条街道上传来隆隆的马蹄声。先头一骑手执令旗飞奔而至，边跑边高声喊道：“骠骑大将军带飞龙禁军前来增援！”

一听这消息，双方都是大惊。这时正巧有一名弓箭手失手将箭射到后方远处，落在王𫟹身旁。王𫟹立即大喊：“凶徒狗急跳墙，要杀朝廷命官！负隅顽抗者，就地格杀正法！”

菡玉看那羽箭到王𫟹面前时已是末势，根本不可能伤得到他。王𫟹如此下令，是想趁高力士的飞龙禁军到来之前把刑縡杀了灭口？刹那间种种思量转过心头，她不知该上前阻止还是驻足观望，心思纷乱之间，不由得看向身边的杨昭。杨昭亲自前来不就是想盯着王铁，理应不会眼看着王铁将刑縡灭口吧？

谁知杨昭安然坐在马上一动不动，也不开口。

金吾卫兵畏首畏尾，伤亡远比凶徒严重，听王铁如此吩咐，立刻放开手脚格杀凶徒。刑縡大怒，遥指王铁骂道："姓王的浑蛋！我念在和你弟弟的情分上让手下不要伤你，你却落井下石妄想杀我！"

这时高力士带四百飞龙禁军赶到，将凶徒团团围住，凶徒插翅难飞。圈中金吾卫兵有了增援，更加痛下杀手，不一会儿四五十名凶徒就死伤大半。

刑縡这时已杀红了眼，知道自己今日是在劫难逃了，当真狗急跳墙，指挥弓箭手道："给我杀了那个姓王的！杀了那个忘恩负义的王八蛋！"

弓箭手听他指挥，纷纷向王铁放箭，但哪里伤得到远在射程之外的王铁？刑縡没有弓箭手辅助掩护，形势更加恶劣，身旁只剩几个人保护他。

杨九策马冲向刑縡，银枪所到之处又撂倒两人。刑縡敌不过她武艺高强，被枪尖刺中脚踝，血如泉涌，跪倒在地。他仰天长啸："我犯了什么罪？你们竟要对我下此杀手！"

菡玉心里咯噔一下，脱口喊道："留他性命！"

但为时已晚，杨九反手一枪将刑縡撂倒，旁边一名士兵手起刀落，斩下了刑縡的首级。

众凶徒见刑縡毙命，顿时树倒猢狲散，乱作一团。飞龙禁军得令而上，将一干人等尽数擒下。此时刑縡的人马只剩十多人了，其余都在混战中毙命。

王铁见刑縡已死，稍稍松了口气，令贾季邻绑了被擒的凶徒，就近送往县衙大牢关押。杨昭却道："刑縡妄图刺杀大夫，当然不能当作一般凶徒处置，其党羽应送往刑部候审。"

高力士也道："如此穷凶极恶之徒，聚众作乱拒捕生事，居心叵测，的确该由刑部发落。"

高力士带了四百飞龙禁军，局势完全由他掌控，凶犯又被禁军逮捕，王铁无可奈何，只得把凶犯交由禁军押往刑部。

杨九收起银枪退回杨昭身边，杨昭朝她微微点了点头。这个动作旁人没有看见，却落入了一直盯着杨昭的菡玉的眼中。

一连串的事件在菡玉的脑中霎时全部串联起来。杨昭当众鞭打王准，使王准对他怀恨在心；任海川亡匿，向她透露王铧野心及刑绛密谋；任海川、韦会被王铁灭口；她向杨昭示警，杨昭仿佛早就知道，毫不在意，却透露给右相，让右相对王铁发难；王铁欲杀刑绛，刑绛恼羞成怒，临死呼冤……

种种迹象无不指向同一个真相。

怒意一点儿一点儿袭上心头，菡玉不由得咬住牙关，怒视不远处那泰然自若、仿佛一切尽在他掌握中的人。从头到尾都是杨昭在设计，而她担忧他的安危、透露风声让他小心防范，竟也成了他诡计中的一环。

菡玉觉得自己真是愚钝，明明是个圈套，还一头往里钻。杨昭哪需要她来关心、她来提醒？整件事根本就是他在一手操纵。他满不在乎，是因为他知道自己根本不会有危险，他并不是刑绛等人谋害的目标，只是借着与王准的小过节儿误导别人这么以为而已，根本没有人要杀他。

菡玉当时心中百般挣扎，在救他和不救他之间摇摆取舍，最终抵不过对他的担忧，宁可做一回小人去告密示警。而这一切对他来说根本毫无意义，他只是在等一个告密者，让他可以在李林甫面前援引其言，不必由他自己把事情揭露出来，让他可以没有嫌疑，扮成一个无辜的事外者。

凶犯被禁军带走，金吾卫兵留下清理善后。杨昭策马四处巡视，却见菡玉不曾随韦谔一同离开，骑马立在街角无人处，一双眼隐含怒火，又似失望。他心中有数，缓缓踱到菡玉面前："菡玉，你怎么还不走？是等我一起吗？"

菡玉道："不敢，侍郎这样的城府算计，靠得太近，指不定哪日就做了你的马前卒、垫脚石，恐怕连自己怎么死的都不知道。"

杨昭听她如此冷语嘲讽，心里极不是滋味，倒宁可她义正词严地怒斥自己。他放缓语气道："菡玉，你和别人不一样，我永远都不会害你。"

"我哪里值得侍郎费心思去加害呢？最多利用一下罢了。"她不想再多说，"事已至此，我也无话可说了，只希望你能就此罢手，不要再打什么歪主意。否则，我就……"

"否则你就怎样？"

菡玉说不出来，只好怒目瞪着他。

"你就替天行道去告发我，是不是？"他冷笑一声，"反正你都知道了，你可以去告发的呀，说这一切都是我的预谋。到时候我被砍头问罪，其他人自然就能安然无事。你只管去说罢了！"

菡玉咬牙："你、你料定我……好，你有本事，你智计过人，我斗不过你，我躲着你走行了吧！"

她愤而转身，打马飞驰而去。

杨昭立在原地，看着她飞奔而去的身影，不禁苦笑。

刑绛等人妄图谋害左右相及兵部侍郎，持械拒捕，临场又出现刺杀御史大夫之事，可谓罪大恶极，连皇帝都亲自过问此案。但是第二日皇帝召朝臣入两仪殿密议，却没有召入王鉷，只因左相陈希烈参了王鉷一本，说王鉷必定也参与谋乱了。

刑绛党羽证实王鉷之弟王銲与刑绛过从甚密，言行多有犯上不敬之处，但并无证人见过王鉷与刑绛有直接来往。皇帝素来信爱王鉷，王鉷处事又以谨慎谦恭著称，皇帝不相信他会有谋逆犯上之举。

李林甫生性多疑，这回王鉷之弟谋害他，让他对王鉷的信任大打折扣，但又拿捏不准，怕自己误折了王鉷，少了这个得力助手，以后在朝中的势力恐怕要大减。

他看了一眼一旁的杨昭和左相陈希烈。

陈希烈是李林甫起用的，就是看在陈希烈柔顺易制，朝中大事都听李林甫决断。但最近因为李林甫身体欠佳，时常不能理事，陈希烈做主多了，对李林甫渐渐不再低眉顺眼唯命是从，屡次和李林甫唱反调。

而兵部侍郎杨昭，和王鉷一样都是他提拔起来的。杨昭有贵妃当后台，不像王鉷那般对他百依百顺，李林甫当然偏爱王鉷。从去年起，杨昭就多次与他作对，除去了他两员心腹爱将，后来更是和陈希烈一个鼻孔出气，处处和他为难。这回他若是再没了王鉷，凭自己这把老骨头，只怕要被他们排挤下去，取而代之。

于是他上前奏道："王銲为嫡出，而王鉷为庶出，王銲自幼受父母宠爱远甚众兄弟。如今王鉷身居要职，陛下信爱宠遇有加，王銲因为兄长的缘故才得了一个户部郎中的职位，对王鉷心存嫉妒。王銲凶险不法，屡次被兄长责罚，还闹出过分家的事来，王鉷怎会和他同谋呢？"

杨昭趁机奏道："王銲往来凶人图谋不轨已是罪证确凿，不如让大夫亲自定王銲的罪，若大夫不曾与谋，必能大义灭亲。"

李林甫一想，这样正能检验出王鉷是否对自己有二心，于是也同意杨昭的提议。陈希烈当然附议。

皇帝不信王鉷有逆心，但他三人都这么说，只好同意。于是，皇帝令杨昭私下授意王鉷，让他自己上表请求治王銲之罪，则可饶他免受株连。

然而，王鉷与他这个不争气的弟弟王銲间的感情却很好。王鉷自幼失恃，由嫡母抚养长大，对嫡母十分孝顺。而王銲为嫡母独子，王鉷对王銲自然宠溺庇护有加，不然以王銲的横行无忌哪能安然活到现在？任海川、韦会都是王鉷为保弟弟安全，动用自己的权势灭口的。

皇帝朝下召左右相入两仪殿密议。王鉷明白他们是在商量如何处置自己，也十分焦急，候在殿外等消息。杨昭一出来，就看见王鉷匆忙跑过来问：“陛下怎么说？”

杨昭直言相告：“陛下的意思是……要大夫大义灭亲。”

王鉷沉默不语，皱眉思索。

杨昭又道：“大夫，这次主谋刑縡已被禁军正法，陛下亲自过问此案，令弟的罪名是不可能洗脱了。若大夫表请罪之意，尽归其咎，大夫就可安然度过一劫，不必被他牵连；否则陛下必以为大夫知情不报故意隐瞒，大夫就要替令弟担下罪责，因此耽误了大好前程，何其不值！”

王鉷本来还有些犹豫，听杨昭这么一说，立刻正色道：“弟为先人所爱，先母临终时以幼弟托付于我。如今他犯下这等大逆不道之罪，都是我这为兄的管教不严，本已有愧先人嘱托；若再为了保住自己的荣华富贵反咬一口加罪于弟，日后到了泉下还有什么面目去见先人？”

杨昭劝道：“先人已去，哪管得了那么多？弟弟的命毕竟是别人的命，哪有自己来得重要？”

王鉷被他一激，怒道：“杨侍郎，如此不孝不义的话你竟也说得出来！卖弟求荣，我是决计不会做的！”

杨昭道：“大夫如此固执，就别怪下官没有好言相劝。”说罢回两仪殿向皇帝复命。

果然，皇帝一听王鉷居然不知好歹，不肯治他弟弟的罪，龙颜大怒。李林甫本来就对王鉷存了芥蒂，听到这个消息越发怀疑他，也不帮他说话了。

王鉷向杨昭一番慷慨陈词后，自知必会惹怒皇帝，准备回家等候降罪旨意。

还没走出宫门，王铁就见陈希烈带了一队禁卫从后头追赶上来，将他团团包围。几名禁军上前摘了他的顶冠，将其五花大绑拿下。

王铁惊问："陈相公，这是何意？"

陈希烈道："罪臣王铁与凶人合谋造反，大逆当诛。陛下已下令撤去你的一切职务，即日交由三司问罪。"

王铁一听他说自己的罪名是合谋造反，和杨昭说的不同，大呼："冤枉！陛下，臣没有谋逆造反！"但此时身处内苑的皇帝哪里还听得到？

李林甫和杨昭一同在陈希烈之后出来，王铁急忙对李林甫喊道："右相！右相救我！我有话要对陛下申诉，请右相代为传达！"

李林甫摇头道："晚了。"说罢头也不回，出宫回府。

隔日，皇帝正式下了诏书，撤去王铁的所有职务，由陈希烈、杨昭共同审问查办。

刑縡一干党羽早就尽供所知，接下来要审问的只有王铁、王銲兄弟了。第一天升堂，先审王銲。除了陈希烈、杨昭和刑部、大理寺的官员，司录参军韦谔、监察御史吉菡玉和长安尉贾季邻因当日曾参与缉拿凶犯，也一同在列。

王銲此时身陷囹圄吃了点儿苦头，靠山又倒了，早不复平日的气焰，垂头丧气地跪在堂前。杨昭问道："凶人刑縡聚众作乱，听说你和他私交甚密，你可知道此事？"

王銲低着头，模糊不清地嗯了一声。

杨昭一拍桌子喝道："到底是知道还是不知道？"

王銲身子一抖，抬起头来清清楚楚地回答："知、知道！"

"知道为何隐而不报？莫非你是他的同谋？"

这事早就是众所周知的了，刑縡党羽都予以证实，王銲也不否认，又低下头不说话。

杨昭又问："除你之外，还有哪些同谋？"

王銲回道："就我和刑縡二人，没有其他同谋了。"

杨昭喝问："单凭你二人集结一帮乌合之众就想谋逆作乱？是谁在背后支持你们？供出主谋，你作为从犯可从轻发落。"

王銲明白杨昭是想让自己供出哥哥王铁，只一口咬定再无同谋。

此时忽闻外头有人击鼓喊冤。大理寺非同县衙，并不受理民间诉讼，怎么会有人到这里来鸣冤？大理寺卿眉头一皱，就要派人去驱赶。杨昭耳尖，听到外头喊冤的人在叫“王氏兄弟”，吩咐将喊冤者带进来问话。

鸣冤者竟是驸马都尉王繇，一身缟素，带着几个披麻戴孝的妇人，被狱丞带进来，跪了一地又是哭又是闹的，直喊冤枉。

杨昭问：“驸马有什么冤屈，为何要到大理寺来鸣冤？”

王繇道：“吾弟王府司马韦会被人害死，含冤莫白，非大理寺不能缉此凶徒！”

一旁的长安尉贾季邻一听王繇说出韦会的名字，脸色一白。这韦会正是他奉王𫓩之命暗中处死的，本来他就在担心王𫓩此案会不会牵连自己，这时王繇又出来揭发韦会之事，更让他心惊胆战。

杨昭顺着王繇的话问下去：“是谁害死韦司马的？”

“御史大夫王𫓩！”王繇咬牙切齿，指着跪在地上的王焊道，“都是因为这个逆贼！他往来术士意图不轨，问术士任海川自己是否有王者之相，术士惧而亡匿。王𫓩怕事情泄露，将术士杖杀灭口。吾弟与此术士有私交，心有不平私下抱怨，不想又被王𫓩知道，王𫓩竟诬陷吾弟犯案，将其逮入狱中缢杀！”

一旁的妇人泣道：“我夫君不曾犯案，都是长安尉陷害夫君，还说夫君是畏罪自杀！”她抬起头来，怒指贾季邻：“就是你！就是你害死我夫君的！你说，我夫君到底犯了什么案？你说清楚！”

陈希烈和杨昭一同看向贾季邻。贾季邻吓得满头冷汗，扑通一声跪下：“下官、下官也是听命于人，身不由己！是大夫……是王𫓩怕韦司马把王焊之事泄露出去，才诬陷韦司马，杀他灭口的！”

王焊大惊失色，指着贾季邻骂道：“你胡说八道，血口喷人！”

杨昭喝道：“铁证如山，由不得你狡辩！你与术士往来，妄语图谶欲为王者，还敢说没有主谋？”

王焊辩道：“我能招的都招了，就是我和刑縡共谋，哪里还有主谋！”

“没有主谋？”杨昭站起身来，厉声道，“你欲为王，谁人为帝？”

陈希烈一听此言也吃了一惊，随即问王焊：“王𫓩可曾参与你们的阴谋？”

王焊呆在原地说不出话来，没想到他们居然给哥哥扣上这么大的罪名。这罪他要是认了，可是要祸及满门的！

杨昭上前一步，咄咄逼人：“王𫓩参与否？”

一旁的菡玉忽然上前来，对王銲斥道："陛下因大夫之故加你五品户部郎中，你不但不思大夫恩惠，还与凶人往来行凶作恶。大夫为保你性命，不得不做出不义之事。你为臣不忠，为弟不义，难道现在还要陷害大夫，让他做你的替罪羊吗？"

杨昭转头看向她，菡玉丝毫不惧，双眼直直地与杨昭对视。杨昭收回视线，改了语气，对王銲缓缓道："王鉷若是参与共谋，不可隐瞒；若未参与，也不可诬赖他。"

王銲急忙道："我兄长不曾参与！都是我自己想要谋求高位，酒醉妄言，意图、意图像东平郡王、陈相公一般封王拜相、位极人臣！"东平郡王安禄山是以将帅封王，王銲以他作比，意欲为王就算不得谋逆了。

那句"像东平郡王、陈相公一般"说得陈希烈很是受用。王銲、刑縡谋害宰相，王鉷包庇其弟，杀术士任海川、王府司马韦会灭口，这些罪名已经够要王氏兄弟的命了。陈希烈看了一眼杨昭："杨侍郎，你看这……"

杨昭道："但凭左相决断。"

陈希烈于是命衙役锁了贾季邻，与王銲一同带下去画押，王繇等人也被领去写下供词。王鉷一案，就此尘埃落定了。

不多日，皇帝下诏将王銲杖死，王鉷赐自尽，其子王准、王偁等俱流放岭南，家产抄没充公。王鉷生前所领的御史大夫、京畿关内采访使等总计二十多个职位，全都由杨昭接任。至此杨昭一人同时领三十余要职，权势可谓倾动朝野，真正与李林甫分庭抗礼，宰相也撼动不了杨昭了。

第六章 莲起

李林甫因猜疑被杨昭釜底抽薪，自断其臂剪除了王鉷这一得力干将，此后便一路滑坡，在与杨昭的争夺中屡屡失利。

年初安禄山发兵讨伐契丹，奏请朔方节度副使李献忠带兵助战。这李献忠原是突厥首领，本名阿布思，降唐后皇帝赐他汉名，加官晋爵。李林甫想借李献忠牵制安禄山，替李献忠在皇帝面前说了不少好话，擢升其为朔方节度副使，李献忠因而对李林甫感恩戴德，二人关系十分亲厚。

安禄山奏请李献忠出兵，李献忠怕安禄山趁机害他、夺他兵力，借故推托未得准许，索性率领部下大肆掠夺后叛逃回漠北老家。李林甫为与他撇清关系，只得自请解除朔方节度使一职，手中便没了兵权。

李林甫主动解权示弱，杨昭却并未因此见好就收，不但举荐安思顺取代李林甫的心腹为新朔方节度使，而且落井下石，密奏李林甫与王鉷兄弟、李献忠都有私交，其心可疑。皇帝也因此对李林甫疏远起来。

而最重要的一点是，李林甫风烛残年疾病缠身，连家门都出不了，何谈朝堂争斗？杨昭趁机指使术士进谗言，说李林甫身染恶疾，八字与皇帝相冲，皇帝见他会沾染晦气，因此皇帝连圣驾也不让李林甫见了。

而另一边，杨昭正值春风得意，如日中天。李林甫病重不能理事，杨昭虽不是宰相，权势却胜过左相陈希烈，内有贵妃相助，上有皇帝隆宠，可谓贵震天下，连李林甫原先的亲党也纷纷见风转舵、投靠巴结。

菡玉觉得自己兼任太常少卿和监察御史就有些分身乏术了，杨昭一人兼领三十多个大权在握的重职，他真能忙得过来吗？

菡玉望着数丈之外百官列首的杨昭，他满面笑容，远看去神采飞扬。她已有数月不曾见他，刚看了一眼，他就好似侧面也长着眼睛，把目光投向她，向她这边走来，经过她身边时突然叫了一声："陛下——"

菡玉本是低着头不看他，听他喊陛下，以为皇帝到了，不由得翘首去看。这么一闪神儿的工夫，杨昭就转了身在她身边站定，转过头来冲她笑了一笑："——怎么还没来？"

菡玉懊恼地抬头看他，蓦然发现他和几个月之前相比有了一点儿变化，他的眼角出现了细密的纹路，一笑起来，就像刀刻似的掩也掩不住。他那凤目的尾梢本是飞扬跋扈地向上斜掠而起，如今却显出了倦意，眼下透出淡淡的青黑色。他今年好像有……三十七岁了？

"岁月不饶人。"他好像知道她的心思，突然开口，"吉少卿看我是不是老了很多？哪像少卿，虽然劳心劳力，这些年来还是一点儿都没变。"他转头盯着菡玉的面庞细瞧，目光在她的脸上打转，看得菡玉浑身不自在起来。

杨昭自顾自地说着："我记得初见你时，你看起来就比实际年纪小，二十出头的模样；而今又过七年，竟然还是没有变样。吉少卿，你实话实说，是不是有什么养生秘方能使青春永驻？"

菡玉瞥他一眼："大夫很怕老吗？"

"我不怕老，我只是怕……比你老这么多。"杨昭轻道，菡玉闻言正忐忑，他又笑了出来，"原本以我的年纪样貌，群臣中也找不出几个比我年轻的，我还小小地得意了一回。但是少卿一出来，立刻就把我给比下去了。我明明只大你六岁，看起来却像大你十几岁似的，亏我还一向自负相貌不差。吉少卿，你说我这心里头能安稳吗？"

菡玉道："大夫是太操劳了。"

杨昭道："我也不想如此，可是没有办法。王鉷现在不在了，我一个人要忙以前两个人的事，真是焦头烂额。"

菡玉听他说起王鉷，心中微恼："大夫如此不甘不愿，难道是谁逼你的？"

他侧过身来，在菡玉的耳边轻声说：“你说，是谁逼的？”

她明知该气他得了便宜还卖乖，心下却莫名地慌张，只好别过脸去，看向远处渐近的皇帝銮舆仪仗：“陛下到了。”

他淡淡地瞅她一眼，站直身子，出列上前去迎接，带皇帝巡视左藏库中堆积如山的财帛金玉。

天宝八载皇帝就参观过一次左藏库，盛赞杨昭富国有术，逾制赐其三品紫衣金鱼。如今他身为御史大夫，名正言顺的正三品大员，一身簇新的绛紫官服，腰间鱼袋金光闪闪，无不昭示着他在朝中无与伦比的权势地位。

菡玉垂目看他腰间的金鱼袋，不期然被旁边的一块玉佩吸引住视线。那是一块质地上乘的羊脂白玉，晶莹通透，不见一丝杂色，只是形状有些奇怪。常见的佩玉大多琢成环状，好穿丝线，或者雕出鱼纹水纹，以求吉祥。杨昭腰里缀的那枚玉佩却是半圆的形状，平口朝上，圆弧朝下，如同一只碗的侧影，还有些不圆润的凸角，但实在隔得远，看不清上头的花纹，不知是何造型。

国库满盈，皇帝自然龙心大悦，此次伴驾的众人都得了不少赏赐，满载而归。

杨昭当然获赏最多。皇帝赏了他新绢千匹，随行的几个家奴都拿不回去，但圣上的赏赐又不能不要，杨昭只得再去调派车马人手来运送。

皇帝銮舆已远，百官渐次退走。杨昭守着一堆绢，百无聊赖地打了个哈欠。几千匹绢对他来说实在算不上大数目，家中的库房里堆满了这些东西，让他一看见就厌烦。人一旦有了权势，钱财便滚滚而来，挡都挡不住。他并不爱财，反正以他现在的身份，要什么不是伸手即来，囤那么多财帛做什么呢？生不带来死不带去，遇上天灾人祸也不能当饭吃，还得多造房子去存储。

他倚在绢堆上，一手无意识地抓起腰间的玉佩把玩，倦意慢慢地袭上眼睑。昨晚他终于难得地早早睡下，却做了一晚的梦，醒来后梦里那人、那情景还总在眼前晃动，让他一天脑子都不清明。

他一抬头就看到了那人，跟在人群之末，从他面前目不斜视地经过，他的目光就黏在了她的身上。

菡玉知道他在看自己，不由自主地侧过脸去躲避他的视线，不经意间却瞧见绢堆背面不知是谁悄悄伸过来一只手，从绢堆里抽走了一匹。

那堆绢本是一一相压堆起，抽走一匹顿失平衡，一人多高的绢堆哗啦啦一下子塌了下来。

菡玉眼看绢匹从后方向杨昭的头顶砸下，情急之中飞身扑过去挡住。一匹绢砸中她的后背，力道让她闷哼一声，身子向下一顿，贴到身下的人。忽地天旋地转，他竟翻身过来把她压住，那些绢匹便乒乒乓乓全砸在了他的身上。

"杨昭！"菡玉惊呼，"你别……"话没说完，她就看到上方接连四五匹绢一同掉下来，正对着他的后腰。她抬起右脚一蹬，脚底抵住那最下面一块，其后的便都被那匹绢挡住，横七竖八地架在他俩上方。

两人一上一下地躺在一堆乱绢中，夹在中间一点儿空隙里，动弹不得。

黑压压的一大堆绢匹，密密麻麻的只有些微空隙可以看见上方的天空，全都靠她的一条腿撑着。她咬紧牙关，脸涨得通红，那条腿还是忍不住打起战来。

杨昭看她满面通红表情扭曲才回过神来，忙问："菡玉，你有没有受伤？"

菡玉从牙缝里憋出一句："我快要撑不住了……"右腿一软，又是一片响动，上方互相支撑的绢匹失去平衡，再次向两人压下来。

杨昭双手撑直，用背架住下落的绢匹。菡玉的腿也伸不直了，她只能抬起双手，帮他承担一部分重量。两人就这样你撑着我两耳侧的地面，我撑着你两耳侧的绢匹，面对面地僵持着。

菡玉这才意识到两人的姿势有多尴尬，又见他直直地盯着自己，不由得脸红了，眼光挪向别处，看到他的额角上青了一块，嗔怪道："你怎么那么不自量力，反倒来给我挡。我是不怕被砸，你可是会受伤的呀！"

杨昭反问："难道你就不会受伤？"

"我不怕外伤……"

他叹了口气："菡玉，当时我看到那绢砸中了你，哪还想得到你怕不怕外伤？我只知道绝不可让它再砸到你……"

菡玉被他看得发怵，转开话头道："绢堆是有人故意弄塌的。"

"是吗？"他盯着她心不在焉地问，"你看到是谁了没有？"

菡玉答道："只看到一只手，袍袖是绯色的。"她心想以他睚眦必报的脾性，回头查出来是谁想害他，必定会百倍报复。

谁知杨昭却说："四品五品皆服绯，这倒是难找了，不然我真得好好谢谢他。"

菡玉不敢看他，眼睛盯着自己的鼻尖，双颊上两片绯红，映着白玉似的面庞，娇艳欲滴。气氛有些微妙，二人近在咫尺，连对方呼吸中的每一丝悸动都听得清清楚楚。她只觉得口干舌燥，咳了一声，贝齿悄悄咬住下唇。

这动作终于击溃了杨昭的理智，他忍不住俯身相就。但他的身子刚向下沉，背上一大片绢便发出嘎嘎的警告声。菡玉惊呼了一声，只觉得两只手臂上的重量突然加倍，差点儿让她支持不住。杨昭只得立即又直起腰来，顶住那些绢帛。

这时外头传来人声，是还未出库门的官员和卫兵赶到，七手八脚地扒开绢堆。有人喊道："大夫在下面！小心别弄塌了，伤到大夫！"

"还好有人及时发现，要不然咱们俩就这样被一堆绢活埋在一起，还真冤枉呢。"菡玉故作轻松地笑道，看到上方的空隙中露出天光，长长地呼了一口气，"终于可以出去了。"

杨昭的脸背着光，她看不清他的神色。

杨昌听说自家大夫在左藏库里被绢匹砸了，出来时脸色十分难看，额头上有一个巨大的肿包，整张脸都泛着青黑。直到杨昭回府就诊之后，杨昌小心翼翼地给他上药时，那青黑色还未完全褪去。

菡玉到相府拜访，发现李林甫居然还住在上次她来探望时住的那间屋内。以往李林甫怕被刺客袭击，每天都会换地居住，有时连家人都不知道他在哪里。但这回他在同一间屋内连住了十多天都没有搬，看来他的身体已经经不起搬动的劳累了。昨天突然变冷，李林甫肺疾加重呼吸困难，十几个京师名医会诊也没诊出个所以然来。

走廊上仆人们正端着各种物什进进出出，另一边是李林甫的书斋。菡玉往那头走时，李岫和司勋员外郎崔圆一同从书斋里出来，手里拿着一份锦皮奏折。

崔圆在李林甫的众多党羽中本排不上号，但如今李林甫的旧部纷纷做墙头草，崔圆就算是剩下的里头地位较高的一个了。李岫和他说了几句话，把手里的奏折递给他，崔圆点点头，捧着奏折从另一边走了。

菡玉疑惑，走过去想要询问。李岫看见菡玉，也朝她走了过来，问她："菡玉，你是来找父亲的吗？他今日恐怕不能见你了。"

菡玉见他愁眉不展，也不好问崔圆之事，遂道："右相现在如何了？"

李岫道："医生正在里头看着呢，只说是天候关系，也没有什么办法。"

右相病入膏肓，寿命到了，华佗再世也回春乏术。菡玉拍拍李岫的肩膀安慰道："远山，你不必担心，右相他……尽人事听天命，你尽了自己的心意，也就无愧了。"

"唉，只怪我这为人子的没本事，不然何至于让父亲落到这般田地？"李岫悲从中来，"三个月前父亲的身体本有所好转，可他不顾自己的病体，坚持要上朝理事，受气郁郁，这才病情加重，一发不可收拾。若是我们兄弟有经世之才，能帮父亲分忧，他就不会积劳成疾了。"

菡玉道："这也不是你的责任，右相权势隆盛，朝中早就有人虎视眈眈，便是右相本人也难以应付，何况是你呢？"

李岫忽然厉色道："都是那个杨昭！"

菡玉的手一抖，忙从他的肩上拿开。

"都是杨昭！他弄出这诸多事端还不是为了夺父亲的权？父亲的病情转恶也是被他气的！他年富力强，而父亲已春秋不长，那些迟早都是他的，他何至于逼人至此？"李岫恨到极处，一拳捶在廊柱上，"我不管他权势多大，只要能让父亲好起来，让父亲最后的这段日子能过得舒心些，做什么我都在所不惜！"

菡玉忙问："远山，你意欲何为？"

李岫道："菡玉，南诏寇边，剑南军屡击不退。杨昭领剑南节度使，蜀人已多次要求他赴蜀督战了。如果我们借机奏请遣他赴边，定能将他赶到蜀地去……"

菡玉立即道："不可！"

"有何不可？杨昭离开京师，父亲眼不见为净，就不必再为他而生气了。而且，"李岫咬了咬牙，"南边战乱，杨昭到了战场上，若是……正好一举除去这个祸害！"

菡玉劝李岫道："你想得到，杨昭会想不到吗？他这人最擅长的就是倒打一耙。远山，你且听我一言，多一事不如少一事，杨昭不来找我们的麻烦就是万幸了，你千万别去招惹他。"

李岫道："剑南有战乱，他身为节度使自然应该前去平乱退敌，无可非议，如何倒打一耙？我刚才和崔员外商量过了，他也赞同我的做法。"

菡玉想起刚才看到崔圆拿走了一本奏折，连忙问："刚才崔员外拿走的就是奏请遣杨昭入蜀的奏章？"

李岫道："崔员外说他正要进宫，我就让他代为传达了。"

"代为传达？难道不是崔员外上的奏章，而是你上的？"

李岫道："我不过是个内廷将作监，哪能上这样的奏章？崔员外也说我等人微言轻，陛下必不会当回事，还是以父亲的名义上奏才有效。"

这个崔圆，他到底是给右相办事，还是给杨昭办事啊？菡玉一边心里暗骂崔圆，一边对李岫说："这奏章千万不可递上去，快去把崔员外追回来。"

李岫道："崔员外刚刚就是往宫里去的，这会儿只怕已经到宫城了。"

李林甫的宅邸离皇宫很近，算算时间，崔圆已经见到皇帝也说不定。菡玉拔腿就往外跑。

菡玉赶到皇宫，果然晚了一步，崔圆已经把署着李林甫名字的奏折递给皇帝了。更巧的是，李岫想要赶到蜀地去的人，正好就在皇帝的身边。

菡玉走在太极宫前，正好看见杨昭从两仪殿出来。崔圆跟在他身后听他嘱咐，唯唯诺诺，连连点头，迎面见着菡玉，急忙退后两步装作跟杨昭毫不相干的模样。

杨昭看见她却不回避，笑盈盈地迎上来："吉少卿，你来得正好，陛下正有旨意要传达给你。"

菡玉不意自己竟也牵连在内，问："陛下有何旨意？"

杨昭道："陛下命我三日后出发前往剑南督战，贵妃夫人们不宜出城相送，陛下怜我孤苦冷清，特意让少卿持仪仗到西郊为我饯行呢。"

菡玉皱眉："大夫若想要人热闹地送行，不必让陛下下旨，只需随便露个口风，只怕满朝文武都会去相送，何须下官？"

"剑南山水险恶遍地瘴疠，又逢战乱，此去还不知能不能活着回来呢。"杨昭低下头凑近来，"菡玉，你真不想去送送我？"

菡玉不禁后退一步："明知凶险，你还要去？"

"右相所奏，我又身为剑南节度使，如何推辞呢？"他扬了扬手中李林甫署名的奏章，"右相这是真想要我的命啊。"

这话在别人面前说说也就罢了，菡玉还不知道他的禀性？菡玉遂问："陛下许了你什么好处？"

"菡玉，还是你了解我。"杨昭笑得眉眼弯弯，"陛下说待我平定南诏，还当入相。"

李林甫还没死，皇帝居然就承诺杨昭宰相之位。李岫被杨昭和崔圆合起来摆了这么一道，李林甫在皇帝心中嫉贤妒能、心胸狭窄、私利高于国事的印象只怕更加深了，虽然李林甫本来也是这样的人。

这不就是杨昭的惯用伎俩？他从不平白生事构陷，而是借题发挥、煽风点火，诬陷也跟真的一样。

杨昭赴蜀的消息一传开，果然立即有无数官员请求为他送行，甚至有自告奋勇要和他一起去的，都被他一一谢绝。只有菡玉一人带了少许仪仗，奉旨前去送行。

“菡玉，来，再饮一杯。”杨昭执起白瓷酒壶，把菡玉刚刚饮毕的酒盅重新斟满。

菡玉端起酒杯浅抿了一口，辛辣的酒液滚入喉间，烧得胸口从内而外泛出一团热气，伴随着烈酒的气味从鼻子里透出来。她打了个酒嗝，皱起眉头，不太喜欢这酒的味道。

忽一阵北风卷地吹来，扬起满地尘沙。亭阁四面没有遮挡，风沙便吹进席间，案上毫无热气的菜肴上都覆了一层薄薄的沙土。菡玉低头看自己喝了一半的酒杯，几粒灰尘落进杯中，沙粒沉淀下去，薄灰便漂在液面上荡漾。

菜都凉透了，他准备吃到什么时候？饯行而已，不就是举杯意思一下，他还真当筵席似的吃了？

她放下酒杯：“大夫，送君千里，终须一别。”

他右手握着空杯，玩了一阵，放下来去拿酒壶，另一只手却始终放在桌下不曾拿上来。“时候还早呢，你急着回去吗？再陪我喝两杯。”杨昭说着又要往菡玉的杯中斟酒。

菡玉用手盖住杯口：“大夫，下官已不胜酒力了。”

“是吗？”他笑着抬头，看到她的脸颊上有两片淡淡的红晕，“今日一别，不知何时才能再与你把酒共酌了。”

菡玉道：“大夫智勇双全，蜀军有大夫坐镇指挥，不日便可制胜退敌。陛下不是说了吗？要屈指等待大夫还朝呢。”

杨昭问：“回来之后，还能这样与你共坐一席，开怀畅饮吗？”

菡玉恭恭敬敬地回答：“大夫得胜班师回朝时，庆功宴上，下官必也会与诸位同僚一道敬大夫一杯。”

目光一闪，他放下酒壶，突然问道：“吉少卿既有报国之志，又正当盛年，想不想在沙场上施展抱负建功立业，成就一番作为？”

菡玉一愣，说：“若是为社稷民生，下官义不容辞。”

杨昭盯着她，眼中有一丝异样的光彩：“那……不如你跟我一同走吧？”

菡玉惊愕地望着他。蜀地边陲战事正开，她没有皇帝的任命，哪是能说去就去的？何况她还只是个给皇帝占卜祭祀、炼丹制药的太常少卿。他怎么突然起了这种荒诞不经的念头？

菡玉还没说话，他就笑了出来：“说个玩笑，少卿不必惊慌。南疆蛮荒之地战火频仍，哪是少卿这样的人去的地方呢？”

菡玉含糊地道：“南疆确实混乱……”然后便不知该怎么接续下去，索性低下头不说话。

过了一会儿，菡玉听到杨昭轻轻唤了一声：“菡玉。”她抬起头来，见他正直勾勾地盯着自己，眼中波光晶亮如夜光杯中琼浆玉液的流彩。她心里一慌，急忙又转开视线。

“我就要远行，去那蛮荒战乱之地，难道你没有话要跟我说吗？”

她心中更加纷乱，如同沙子落进酒中，轻的慢慢地漂开，重的慢慢地沉下去。她抬头看向远远避开的卫兵仆从，他们大概是在冷风中站得太久，身姿都僵硬了，队尾一人却稳如青松、坚如磐石，瘦削的身形在风中纹丝不动。

菡玉想起这件事来，问：“你要带她一起去？”

杨昭顺着菡玉的目光看过去：“你说杨九？她武艺非凡，紧要时或可护我周全。”

菡玉斟酌着问：“你知不知道她是……杨慎矜的……”

“女儿？”他接过话去，“当然知道。杨慎矜子侄都获刑流放，只有女眷和幼子没籍为奴，可以留在长安。”

菡玉扬眉：“你知道还留她在身边，做你的贴身侍卫？”

杨昭却笑了起来：“我带一个贴身女侍卫去剑南，你不高兴了？”

说着正经的事突然被他调笑，她皱起眉头，脸色却还是不由得一红。

杨昭收起玩笑之意，又道：“你放心，我救了她的弟弟，又除去王𫟹帮她报了家仇，她会舍命保护我的。”

“可是你也……”

杨昭当然知道菡玉想说什么：“杨慎矜的事我也有份，不过彼时我也只是走卒罢了。何况朝中除了我，还有谁会护她姐弟周全呢？”

菡玉道：“因为情势所迫、利益所逼而为你效力者，一旦你权势倾塌，真到了性命攸关的时刻，就未必会对你忠贞不贰了。这样的人不适合当护卫。”

杨昭不以为然：“天下熙熙皆为利来，我手下的那些人，谁不是因为利益交关才追随我的？树倒猢狲散、墙倒众人推本是人之常情。权势倾塌……真有那一天的话，回天无力，何必在乎区区一个护卫忠不忠心？”

他就是这样的人，唯利是图是他的本性，在他眼里别人也是如此，他并不讳言。菡玉不想和他争辩，站起身道：“大夫真的该启程了。”

杨昭手握酒杯仰头看菡玉：“真没有别的话要跟我说了？”

她点点头，又摇摇头。

“没别的话，那我可走了。”他忽然站起，对守在远处的随从大喊一声：“时候到了，启程！”

菡玉抬头，杨昭从她的面前疾步走出亭阁。随从听到他的命令迅速集结过来，牵来他的马。菡玉追出亭去，他正好跨上马背，双腿一夹就要纵马跃出。菡玉急忙喊道：“等一等！”

杨昭勒住马，居高临下地看着她：“吉少卿，你还有什么事？”

菡玉没料到他突兀地说走就走，脱口而出叫他停下，现在他问起来，她又真没有什么话可以说。马背几乎有一人来高，她站在马前，平视只能看到他绛紫官服下玄色的裤腿和长靴。腰间的金鱼袋正垂在他的左手旁，一根丝绦穿进他掌中，又从下方穿出来。那丝绦上系的玉佩，被他牢牢地握在掌心。

她小声说：“万事小心……早点儿回来。”话一出口，她只觉得脸上发烫，腹中的烈酒仿佛又烧了起来，腾起一团一团的热气。

“菡玉，你终于说了一句我想听的话。”他看着她低垂的脑袋，脸上的寒霜渐渐化开，融成一泓春水。突然他一旋身从马背上跳了下来，拉起她便往回走。二人走出十余丈，等远处的人听不见他们说话了，他才停下来。

菡玉匆匆一抬眼，瞥到他眉眼间尽是笑意。她想要抽回手来，却被他紧紧地握着，挣脱不得。

“我不会有事的。”他掰开她的手，把一样东西放到她的掌中，“等我回来，很快。”

他说完转身大步走回原处，上马离去。

玉佩上还带着他身上的温热，润润地熨着她的手心，花纹因为长久的摩挲而变得光滑。她紧紧地攥着，凸起的尖角硌痛了她的手掌。她的手心里出了一层薄汗，她的手臂僵在身侧，竟没有勇气抬起来。远处的背影越来越不清晰，奔马扬起的尘灰终将它掩盖。而那模模糊糊的烟尘中，她似乎还能看到他盈着笑意的眉眼，这让她不敢再眺望了。

“吉少卿，大夫已经走了，我们也回头吧。”随行的差役撤去酒馔，向她请示。

“走了……”她睁眼远望，长路的尽头，扬起的飞尘也平息下去，人已远走不见踪影，但她的耳边分明还回响着他轻柔却笃定的语调：“等我回来，很快。”

她张开手心，一朵玉雕的莲花，在她的掌中静静绽放。

十月皇帝驾幸骊山华清宫，李林甫也搬到骊山脚下的宅第养病。他听说皇帝许诺杨昭回京师后拜相，气得咳了血，之后便一日不如一日，到十一月里已经是昏睡的时候多、清醒的时候少了。一开始还有官员来探望李林甫，慢慢地客人也少了，兄嫂们又忙着在长安争家当，只有李岫守在病榻前。

这日菡玉去探望时恰逢李林甫醒了过来，李岫扶着他喂了一点儿稀粥。李林甫勉强喝了半碗，全都吐了出来，吐到最后，黄胆水里竟现出丝丝红色。

李岫强忍住眼泪扶父亲躺下。李林甫迷迷糊糊地叫了一声：“陛下。”

菡玉连忙接道：“陛下刚派人过来探望右相，见您正歇着就没有打扰。陛下还赏赐了数十盒珍贵药材，都堆在这里呢。”菡玉随手往旁边一指。

李林甫哪有力气抬头去看她指的地方，听说皇帝派人来看他，脸上显出一丝喜色，说话也有了一点儿力气：“陛下的赏赐怎么能就堆在这儿？远山……”

李岫忙应：“是的父亲，我这就叫人仔细收起来。”

李林甫又问：“陛下有没有带什么话来？”

菡玉道：“陛下说要右相放下心好好养病，他在华清宫为右相新备了一汤，还等着右相前去君臣同欢呢。”

李林甫的眼中泛出一丝笑意，他缓缓道：“陛下有这份心意，老臣就知足了……”多说了几句话他已感疲倦，慢慢地眼睛就合上了，又陷入昏睡。

李岫再也忍耐不住，跑出门去小声地抽泣。

菡玉安慰李岫道：“远山，你别伤心，右相他、他一定会好起来的。”

李岫泣道：“父亲都这个样子了，还有什么办法让他好起来呢？爹，他、他不会再好了！”那语气竟似无助的孩童。

菡玉忽地想起许久以前一个冬日的黄昏，也是这样寒冷的天气，幼小的女孩子指着父亲远去的背影，委屈而气愤地喊道：“爹，他、他不会再来了！”而孩子的母亲只会垂泪。

菡玉心神一恍惚，不知自己怎么突然想起那么久远的事。那情景从她的脑海里一闪而过，她的心头就已被划痛。

她轻轻地按了按心口，回头看病榻上昏睡的李林甫。他忽然动了动，嘴唇嚅动一下，含含糊糊地又叫了一声：“陛下。”

李岫道：“你看他，整日就知道念着陛下，连睡着时的呓语也都只有这两个字。可是他再也不能看到陛下了。”

菡玉道：“若右相能见陛下一面，或许真能好转。”

李岫抬头看她。菡玉又道：“右相在位近二十年，和陛下君臣一场，陛下也许还会念多年情分。我去求一求陛下试试。”

李岫摇摇头，愁眉不展。

菡玉说做就做，直接上山往华清宫去面圣。皇帝还真的被她说动，愿意见李林甫一面。但是因为李林甫有肺疾，皇帝左右那些杨昭留下的心腹纷纷落井下石地劝诫皇帝不要去。众人商议一番后，决定让皇帝登上骊山山腰的降圣阁，让李林甫在自家院子里远远地看皇帝一眼。

李林甫听说皇帝要见他，病情果然略有好转，但他仍下不了地，只能由仆人将他的床榻抬到庭院中。他今日精神很好，甚至能称得上是神采奕奕。李岫和菡玉还没注意，他就指着远处喊道：“陛下！陛下！”

两人顺着他所指之处看去，只见山腰的降圣阁凸出于山岩之上，只有香炉大小，那香炉盖似的屋檐下隐约有几道人影，其中一人手持一块红巾朝这边挥动。满山都是灰黄墨绿，这一点儿鲜红便格外惹眼。

李林甫老泪纵横，挣扎着要起身拜皇帝，但身体实在虚弱，还没下榻便差点儿晕厥过去。李岫忍住眼泪道：“父亲，还是由孩儿代您拜谢陛下吧。”

李林甫无力地倒回榻上，只得同意。李岫便代替父亲向远处的皇帝行了三跪九叩的大礼。皇帝那边见他们回拜了，不一会儿就离开了降圣阁。李林甫远远地望着兀立于山腰、空荡荡的降圣阁，又呆了许久，还不肯离去。

李岫劝道："父亲，陛下已经回宫了。外头冷，您也回房去吧。"

李林甫瘦得形销骨立，脸上蜡黄的面皮软塌塌地覆着骨头，皱在一处，已看不出表情，哭笑都是愁苦的模样。他疲惫地闭上眼不再说话，李岫便示意仆人轻手轻脚地把他抬回房去。

此后李林甫的身体每况愈下，他每日清醒的时辰越来越短，有时甚至整日整夜地昏睡不醒。到十一月下旬，他已完全是一副油尽灯枯的样子，若不是还剩最后一口气，真要让人以为这躺在病榻上的枯瘦老人是一具干尸。

李岫也曾问菡玉："父亲还有什么心愿未了？"

菡玉也不明白。她以为李林甫就是想见皇帝一面，见着便可安心了，谁知他又撑了十多天。他想见皇帝时日夜念叨，这会儿却什么都不说，也许并没有什么执念，只是时日未到罢了。

这日李林甫突然一反常态地早早醒来，自己坐起了身，还喝了满满一碗粥，说话也十分利落。李岫见他面色泛出异样的潮红，双眼亮得吓人，明白他是大限将至回光返照，只得强忍悲伤，事事都顺着他的意思去办。

李林甫说："今日有贵客临门，快去把门面收拾干净，院子里那么脏，全是枯枝败叶，像什么样子？！收拾好了就都在门口候着，别失了我堂堂宰相的体面！"把一干仆人全遣到外头去张罗。

李岫疑惑，问是什么贵客，他却不答，只问："衣服呢？我的衣服呢？"

李岫以为他怕冷，拿过棉衣来想帮他披上，他却推开："不是这件。"

菡玉会意，取来他的紫袍玉带。李林甫喜笑颜开，连道："对对，就是这件，就是这件。"

李岫为他穿上官服，戴帽子时，他突然摸了一下脑袋："哎呀，怎么头发都成这样了？"

李岫不会梳头，便要唤仆人进来，被李林甫制止："客人就要来了，让他们快点儿把外头收拾好。叫你媳妇来给我梳头。"说着一指菡玉。

李岫微窘，菡玉却泰然自若地走到榻前，拿起梳子来细细地帮李林甫梳好白发，戴上幞头。李林甫还不放心，命她拿来镜子照了照，才满意了。他又说自己脸上脏，让菡玉给他擦了一把脸。

李岫十分过意不去，趁菡玉端着面盆走到一旁来，小声致歉道：“菡玉，对不起，父亲他……”

李岫一句话还没说完，就听李林甫喊了一声：“远山，过来！”声音十分洪亮。

菡玉道：“他现在已经认不清旁人了，只认得你，你去陪着他吧，我出去把洗脸水倒了。”说完端了铜面盆出门。

她刚出房门到院中，就见李林甫派出去的仆人跑过来，急急忙忙地说：“杨大夫来了。”

菡玉一愣，未反应过来他说的是谁，走廊那头噔噔的脚步声便近了，一群仆人侍卫拥着一名紫衣官员快步向这边走来。她看到正中的杨昭，手突然一抖，铜盆哐当一声掉在地上，水泼了一地。

杨昭也看见了她，乍然惊喜，随即蹙起双眉面露愠色，疾步走到她的面前。她蹲下身去捡铜盆，却被他一把握住手腕提了起来。

“你怎么在这里？他没有儿女下人伺候了吗？要你做这种事！”

“不是……”她挣扎着俯下身，另一只手向铜盆探去。杨昭抬起一脚把那铜盆踢飞，铜盆撞到廊柱，又哐当哐当地滚下台阶。

屋里的李林甫听到响动，问：“远山，外头出什么事了？是不是你媳妇把东西打翻了？”

杨昭怒色愈炽：“媳妇？”

她连忙小声解释：“右相脑子不清楚了，认不得人。”

“菡玉，出了什么……”李岫走出来查看，出门一抬头就看到杨昭，脸色一沉：“你来干什么？还嫌我父亲被你气得不够吗？”

杨昭这才松开菡玉，挑眉看着李岫：“我刚从蜀地回来，听说右相病重立刻赶来探望。我一片好意，你就这么待客？”

李岫道：“对不速之客还讲什么待客之道？”

菡玉低唤了一声：“远山！”李岫看她一眼，才住口不语。

这时李林甫又说：“远山，是不是杨大夫来了？快请他进来。”

李岫这才让开一步，也不说请，只是面无表情地站在门旁。杨昭回头看一眼李岫身边的菡玉，举步走进房中。

李林甫穿戴得整整齐齐地坐在榻上，竟还有几分原先的威仪，见杨昭进来，笑道：“大夫果然来了，一早我就知道今天必有贵客登门。”

李岫才明白父亲口中的贵客指的就是杨昭，愤愤地别过脸去。

杨昭心中暗暗诧异。他十多天前接到圣旨从剑南回来，今日刚刚抵达昭应。他本来是要先去拜见皇帝的，路过李林甫宅，听说李林甫在这里养病，已近弥留，临时起意进来看一看。之前他自己都没这个打算，李林甫怎么会知道？又看李林甫皮包骨头的脸上深陷的眼窝和突出的眼珠，眼中异样的神采，他忽然明白过来，李林甫是大限到了。一想到此，他原本准备讥讽嘲弄李林甫的话也说不出来了。

李林甫道：“大夫一路辛苦了。”

杨昭客气地道：“比不上右相在朝辛苦。”

“我天天歇在家里，动都动不了了，还辛苦什么。”李林甫直言不讳。

李岫喊道：“父亲！”以往李林甫最忌讳别人说他病重，如今却自己说出来，果真是事到临头，自己也通达透彻了。

李林甫摆摆手，又对杨昭道：“我是不成了，我死后陛下必定以大夫为相，以后的事可就全靠大夫了。”

杨昭听他如此说，再也不能马虎应付，郑重地跪在李林甫的榻前，道：“右相如此重托，下官愧不敢当！”

李林甫说出这话舒了一口气，好似完成了一件大事，浑身的气力都被用尽，挺着的肩背也垮下了。他挥挥手想让杨昭起来，话没说出来，一开口却喷出一大口暗紫的浓血，身子一晃就往后倒去。

“父亲！”“右相！”

李岫和菡玉冲上去一左一右地扶住李林甫，慢慢让他躺下。李林甫只抓着李岫的手，吃力地喊着：“远山，远山……”

李岫咬着牙忍住眼泪：“爹，爹，我在这儿呢，一直在这儿呢……”

李林甫喘了几口气，呼吸稍稍平稳了些。他转过头来看着菡玉，又认不清人了：“闺女，你多大了？看上去像只有二十岁……我家小妹要是活着，就该是你这般模样……你是不是我家小妹，来接爹爹了？”他说着，混浊的泪珠涌出来，溢满了他深凹的眼眶。

菡玉扑通一声跪倒，泪如雨下。杨昭跪在她的右后方，只看到她颤抖的双肩，如寒风中的秋叶。

杨昭赢了，从明天起，他将是朝中最有权势的大臣，一人之下万人之上，他将得到作为一名臣子所能得到的最高权力。正如七年前二人初遇时她所预言的，他将位极人臣、权势滔天，如今已经应验。

然而他并没有胜利后的喜悦，那些他最想要的，依然是天边遥不可及的海市蜃楼。他伸出手去似乎就要触到了，握紧时却又水一般悄悄地从他的指间滑出去，只余手心里残存的触感，柔润而冰凉。

第七章 莲没

李林甫死后三日，皇帝下敕书，任命御史大夫、兵部侍郎杨昭为右相，兼任吏部尚书。至此，杨昭自侍御史至宰相，共领四十余职。

杨昭一上台，稳定人心后，便开始大肆提拔自己的党羽心腹。他先是以司勋员外郎崔圆为剑南留后，再征魏郡太守吉温入京为御史中丞，并荐太常少卿、监察御史吉菡玉补崔圆之缺。这三人原先都为李林甫所用，此举无疑是宣告他们早已反水投靠到杨昭的旗下。

菡玉听说杨昭举荐自己到吏部任职，首先想到的竟是，杨昭是吏部尚书，以后他们岂不是低头不见抬头见……她上表固辞，皇帝非但没有同意，不知又听杨昭说了什么，反而将她擢升为吏部郎中。

而吉温，虽然原先在朝的职位不高，“罗钳吉网”的名声却是尽人皆知，至今还有人用他和罗希奭的名头吓唬孩童。杨慎矜案后，李林甫提拔他为魏郡太守，两年外任重回长安，就从法曹摇身一变为督察百官的御史中丞，朝中官员无一不觉得脊背凉了一凉。

吉温抵达那天，杨昭亲自出京十里前去迎接。其时菡玉刚到吏部，杨昭还状似无意地随口问她要不要同去，菡玉急忙拒绝了。

其实……她还是去了。

菡玉立马于山头，望着山下缓缓移动的长龙。吉温在外为官近两年，这回返京举家搬迁，家眷和行李箱笼满满的十多辆大车，浩浩荡荡拉出数十丈。

队伍最前方，八名佩刀带剑的士兵骑马领头；其后是两辆带厢的载客马车，前者华贵富丽，后者简单朴素；再往后就是装行李的大车，用油布裹得严严实实；仆役不多，和护卫并行于车辆两旁，疾步行走。

车队过了两山之间的垭口，到开阔处停了下来。菡玉向前方望去，只见旌节仪仗密密匝匝如云蒸霞蔚，簇拥着宰相，迎着车队过来了。

远远地看不清脸面，那姿态她却极熟悉，紫衣的、绯衣的，都是她再眼熟不过的身影。只是一个是鲜活的，强横地冲进她的视野，那样耀眼夺目，逼得她不能忽视；另一个却已陈旧，蒙了一层经年的尘埃，纵使她极力想留住，还是无可挽回地离她渐远。

富丽的马车上又下来两个人，其一富态婀娜，是个妇人，手中牵一幼童，缓缓行至前头，朝那紫衣的官员盈盈下拜。

菡玉对那妇人的印象不深，模样与记忆中的合不上，差点儿认不出来。妇人行完礼便依在夫君的身旁，幼童一手牵着母亲，一手牵着父亲，俨然一幅和乐融融的美满画面。

他们一家三口……那她呢？

菡玉盯着那富丽堂皇的马车许久，都不见再有人出来。直到吉温一家重新上车，车队继续移动，也没有人再下来。

华车挪走，其后的人跟上。应该是这辆，这朴素平常的马车，坐的应该是有些地位的仆人，管家、奶妈、大丫鬟等等。她……也只能坐在这样的车上吧？

菡玉恍惚还记得少时，自己就是在这样简陋的马车内，和婢女、老妈子坐在一起。只要她好奇地掀开帘子向外张望，身旁的人立刻就会喊：“别开！冷！”接着，她连忙把帘子放下。其实只搭了一层布做遮盖物的车，就算不掀窗帘也关不住冷风，冷风嗖嗖地从下方、从缝隙里钻进来。车内冷得像冰窖，人和人紧紧地挨着挤着，互相取暖。她呆呆地面对一车挤挤攘攘的人，心里头却是遗憾。她遗憾到了新的地方，周遭仍是原样，不曾有半点儿变化。

马车上蒙着一层篷布，随着底盘的颠簸而摇摇晃晃，篷布的末端在车后甩来甩去。这薄薄的一层布，就是千山万水、廿载光阴，隔着这一头和那一边，重重不能相见。

腊月是一年中最忙乱的一个月，年前堆得满满的事要了结，日子像流水一般哗哗地过去，事情却好像总也做不完。冬日天暗得早，除夕这天又阴沉沉的，酉时刚到天色便黑透了。

侍御史裴冕借着最后一点儿天光把手头的卷宗整理完毕，长长地舒了一口气，穿上外衣大氅准备回家去。御史台的官员这几天几乎已经全散了回家休息，眼看已是除夕夜，台院中哪还有人，黑灯瞎火的一片。

院子里地上覆了一层薄薄的雪片。他伸手到廊下接了一阵，觉得雪似乎还不大，决定不打伞就这样走回去。

走到廊下，他忽然见不远处的一间屋子里亮起了灯。裴冕讶异这时候居然还有人在，点了灯就是准备继续待下去了。他举步往那间屋走去，想看看是哪位同僚这么尽心。

“吉少卿，果然是你。我就知道这会儿还留着干活的，除了你不作第二人想。”

菡玉回过头去，正看到裴冕推门进来，帽子大氅都穿戴好了。她笑道：“裴御史也忙到这么晚，还不回家吃年夜饭吗？”

裴冕道：“母亲大人使人来催了好几回，这不，一把事情弄完就立刻赶回去，再晚老人家该生气了。”

菡玉道：“令堂也是盼着你快点儿回去，哪有人大年夜还忙到天黑不回家的。”

裴冕笑道：“你还说我，你不就是吗？”

菡玉道：“我是一人吃饱全家不饿，也没人管着我，早上起来吃夜饭都不要紧。”

两人都是大笑。裴冕道：“吉少卿，一个人也是要过年的。吃顿年夜饭，图的就是来年平平安安。”

菡玉道：“公舍的厨子说今晚会有牢丸，一会儿我去向他讨一碗吃。”她至今仍住在公舍中，没有私邸。

裴冕不忍她如此孤寂，但过年也不兴到别人家里吃年夜饭，便对她说：“那你早点儿回去，和同僚们聚一聚，也热闹一些。”

菡玉点点头，裴冕整理好衣服准备走了。菡玉道：“裴御史，外头雪大，我这里有雨伞油衣，你拿去用吧。”

裴冕道：“外头雪还不是很大，雪片也是干的，不打紧。”说完又叮嘱了菡玉两句，便出门走了。

菡玉走到窗边，刚推开窗，风雪便呼啦啦地灌了进来，吹得桌旁的灯盏灭了大半。她急忙把窗关上，胳膊上却已落了几片雪花，足有小指甲盖大小，被屋里的热气一熏，很快就融成了水珠。

她心想，外头风雪变得这么大，裴冕可怎么回去？正想着，身后门便被推开了，她笑道：“裴御史，我说外头雪大你还不听，走不动了吧？”

她一回头，笑容便僵在了脸上。

屋里只有桌案旁的几盏油灯亮着，四周昏昏暗暗的。门口那人隐在暗影里，深绯的官服如同染了墨，与暗影融为一体，那人仿佛在，又仿佛不在，虚幻似影。油灯发出啪的一声轻响，爆出一朵灯花，又立刻暗淡下去。

菡玉的眼前又浮现另一个画面……

母亲忽然指着门口喊：“你爹！快看，你爹来了！”孩子大喜，朝门口看去，果然见一道模糊的人影。孩子惊喜地扑过去，却只撞到坚硬的门板。

那人关上门，一步一步朝她走来，没在阴影中的面孔逐渐清晰。那张沉在她记忆最深处的容颜，一点点浮现，昏黄的灯光如水一般从他的脸上滑开。那不是虚影，不是幻象，是真真切切的人，发、额、眉、眼、鼻、唇，眼神、呼吸、姿态，都是活生生的。

她抵着桌角，一张纸的边角正触到她的手。她抓住那张纸，指甲抠破了纸面，纸一点点地被她揉进掌中，和着她手心里的汗水，被揉成软烂的一团。

还好那人先开了口：“吉少卿，还没回去？”

她深吸一口气，缓缓呼出，心头才稍微平静些：“还有一些事没做完，不想拖到明年。吉中丞怎么也还留着呢？”

吉温道：“下官初来乍到，右相又委此重任，不一一检查妥帖了哪放心离开？这御史台院里若还有一个人留下，那也应该是下官啊。”

菡玉是太常少卿，单论品级要比御史中丞稍高些，当然论实权地位那菡玉就差远了。吉温倒不看她在御史台只是个监察御史，还客气地以“下官”自称。

菡玉道：“下官只想着把事情结了省心，没想到反而拖累中丞不能回家团圆。”

吉温道：“今年的事本就不该拖到明年去，都怪我新任不熟，疏于职守。少卿这么晚还不回家，家里人怕要着急了。”

菡玉道：“我无亲无眷，孤身一人住在公舍中，不要紧。倒是中丞……”话说出来她就有些后悔。

果然，吉温追问道：“少卿也年过而立了吧，怎还没有成家呢？家中没有其他人？”

菡玉含糊地应了一声。

沉默片刻，吉温又道：“‘吉’这个姓可不常见呢。两年前初见少卿时我就觉得少卿有些面善，与我的一位故人十分相像，下官兴许能和少卿攀上些亲缘。”

菡玉勉强笑道：“我初见中丞也觉得中丞十分面善，和我的一位亲友很是相像，或许我们真是远亲呢。可惜我幼失怙恃，身奉三清后与家中亲眷也断了来往，怕是追溯不上了。”

吉温道：“哦，倒是可惜了……下官祖辈皆居洛州河南，不知少卿原籍哪里？”

菡玉回道：“下官原籍衡州，少时便在衡山山中奉道修行。”

吉温问：“这么说入朝为官之前，少卿不曾离开过故里了？”

菡玉点头称是，谁知吉温却突然逼问：“那少卿是如何得知我与史敬忠是故旧的呢？”

菡玉一凛，支吾道：“是、是阿翁自己告诉我的……”

吉温继续问：“我与史敬忠也许多年不通音信了，他乍见我也十分意外，为何会提前与你说起？”

菡玉辩解道：“阿翁因我姓吉，问我是否出自洛州吉氏，因而说起……中丞不也说了吉姓少见，阿翁难免会作此联想。”怕他再追问，岔开话头道，“这屋里可真暗，我去多点几盏灯来。”

她转身端起灯架上一盏亮着的油灯去引燃其他的灯。那油灯是铜做的底盘，烧了许久，底座都烧烫了，她这样贸贸然地去抓，手指当即被烫了一下。她吸气缩手，就着灯光见食指指腹上已烫出一道红痕。

“烫到了吗？”身后的人一个箭步跨上前来，不由分说地拉过她的手来查看，眉心紧紧地蹙起，“怎么还是这么不小心？”他低下头，轻轻去吹她手指上的伤处。

她心头好似忽地被什么陈年的思绪击中了，又酸又软，险些落泪。恍惚间，她记起了那对相依为命的母女，守着一盏如豆的油灯。孩子顽皮地去挑灯花，玩着火焰，手指在火上掠过来掠过去，为自己摸着了火却没有被烧到而得意。手的速度越来越慢，火焰终于灼到了皮肉，她哇地哭开了。母亲连忙放下手里的活计，抓过她的手来细细地吹着。母亲的动作那么温柔，凉风丝丝拂过伤口，她竟不觉得那么疼了。母亲说："以前你爹就是这么……"母亲的目光突然黯淡下去，话语湮没在唇边。

突然砰的一声巨响，门被人一脚踢开，撞到两侧的墙壁。狂风挟着雪片卷了进来，门口只见翻飞的雪花。风又吹灭了几盏剩余的油灯，屋内更昏暗了。

菡玉一转头，只看到进来的那人腰间金光一闪。她飞快地把手抽回来缩到背后，退开两步。

等了许久，杨昭却一句话也没有说。离了这么远，菡玉连他的呼吸声也听不见。随从杨昌跟他进来把门关好，又转到菡玉的身旁点亮油灯。屋内顿时亮堂起来，更让她觉得无处可避，惶惑不安。

吉温见杨昭踢门进来，脸色阴晴莫辨，拿不准他怎么想，一时不敢随便开口说话。杨昭却忽然笑了一声，说："吉中丞还在台院里忙啊，大过年的，还不回去吃团圆饭？"

吉温松了一口气，谢道："右相鞠躬尽瘁，除夕尚不止息，下官又怎能不以右相马首是瞻、恪尽职守呢？"

杨昭笑道："中丞家有娇妻幼子，哪能像我这老光杆儿似的，过年还在外头晃荡？我这个做御史大夫的平时忙东忙西，把御史台的担子都压在中丞的身上，也难为中丞了。中丞快快回还，叫嫂夫人久等，我也过意不去啊！"

吉温听杨昭说到自己的妻儿，回头看了一眼菡玉，见她脸色微微一变别过脸去。吉温拜别杨昭，向外头喊了一声："来人！"

候在门外的老仆应声而至，恭敬地问道："阿郎要回去了吗？车马已经备好了。"

那老仆已有些年岁，头发花白，背微驼，身上穿一件青色的旧棉袄，落了一身半化的雪花，肩背袖子上都洇潮了，冻得瑟瑟发抖。加上他毕恭毕敬地垂首而立不敢抬头，整个人都快缩成一团。

菡玉心头一震。这佝偻的身影，笑起来像菊花一般的面庞，如果不是今日偶然遇见，她都快要遗忘了。那时若没有他……

吉温举步向外走，老仆跟在他身后。吉温走到门口，菡玉突然喊了一声：“请稍等！”

菡玉感觉到旁边投来的视线突然一盛，如刀一般凌厉。

吉温以为菡玉是在叫自己，止住脚步，老仆也跟着顿住。菡玉拿起屋角自己的油衣，走到老仆的面前递给他：“老伯，外头雪大，这件油衣给你挡一挡风雪吧。”

老仆受宠若惊，不敢伸手去接，只好看向自家主人。菡玉解释道：“老伯身上的衣服都湿了，今天的雪这么大，他一路走回去非冻坏不可，油衣好歹能挡一些雪水。”

吉温虽然疑惑，但当着杨昭的面也不好问出来，只道：“那就多谢吉少卿了。”老仆一直低着头，也跟着说：“多谢吉少卿！”

两人出了门去，脚步声渐渐远了，又被风雪声覆盖。

屋里就剩菡玉、杨昭和杨昌，安静得能听到外头雪花簌簌地落在屋顶上的声响。偶尔灯花一爆，发出轻微的啪的一声响。

她以为杨昭会大发雷霆，但是过了很久，他都没有出声，也没有要发怒的征兆。她正要开口打破沉默，他突然道：“大过年的，就算只有一碗牢丸，也要吃这顿年夜饭的。你快回去吧。”

她吃了一惊。他从什么时候就来了，居然连这个也被他听去，那为何直到刚才……她嗫嚅道：“除夕之夜右相都不回家，下官怎能不以右相马首是……”她忽然觉得这话很是耳熟，急忙住口。

“叫你走你就走！”他骤然抬高声音。

她连忙应下：“下官告辞！”转身就往门外走去。

她刚走到走廊转弯处，就听到身后传来哐的一声巨响，好像是她出来时没有关门，那门被大风吹得撞到墙上发出的轰响。她不敢多留，也没回头去看，径直走了。

年头上风平浪静，这个年过得还算安稳。可是上元节一过，杨昭就向故相李林甫发难了。

李林甫提拔的朔方节度副使李献忠——即突厥首领阿布思——叛唐回漠北之后，受到回纥和安禄山两方的夹击，吃了几次败仗，安禄山俘虏了阿布思的几名部将。李林甫为相时，安禄山惧其狡诈奸猾，对他畏服不敢造次；李林甫一死，安禄山顿觉心头上少了一块大石头，出了长久以来的一口闷气。恰逢杨昭欲攻李林甫之短，安禄山便与杨昭勾结在一起，由安禄山指使被俘虏的阿布思部将入京，诬告李林甫与阿布思曾结为父子。

李林甫撒手归西，党羽便作鸟兽散，这回被人诬告，连个出来帮他说话的人都没有。更有甚者反咬一口，以讨好杨昭谋取富贵。李林甫的女婿、谏议大夫杨齐宣怕受李林甫牵连毁了前程，便附会杨昭之意做证。杨齐宣既是亲眷又是心腹，杨齐宣说亲耳听见李林甫与阿布思以父子相称，那当然就是铁证了。

皇帝听说李林甫和叛臣结为父子，龙颜大怒，令杨昭严加追查。此案本就是他授意发起的，审案者又是他自己，哪还有李家人的出头之日？

菡玉一进大理寺监牢就听到震耳欲聋的孩童哭声，狱卒恶语威胁喝骂也无济于事。狱卒索性把门一关，躲得远远的耳不闻为静。菡玉走进牢中，里头竟没有狱卒值守。

李林甫有子女四五十人，其中大多是他晚年的姬妾所生，年纪尚幼。牢里男女分开，男童都和哥哥们关在一起。李岫正忙着哄几个年幼的弟弟，一手抱一个，腿上坐一个，身边还有几个哭得涨红了脸的等着他抱，弄得他手忙脚乱焦头烂额。

“远山！”菡玉隔着铁栏唤他。

李岫只顾哄孩子没有听见，一旁他的哥哥太常少卿李屿却听见了。李屿睁眼见是菡玉，眼睛一亮，急忙推李岫：“八弟，快看快看！有人来找你了！”

李岫看见菡玉也面露喜色，把手里的两个孩子放下，对李屿说：“六哥，你先帮我看一下弟弟们，我去和菡玉说几句话。”

李屿皱眉道：“还管这些小鬼呢？快去快去！”

李岫只得把孩子先放在一旁。李屿拉住他小声叮嘱道：“八弟，听说这吉少卿现今在右相的面前正当红，你好好巴结他，他说不定能帮咱们说说好话，救咱兄弟一命呢！”

李岫不好斥责兄长，只走到门前，隔着铁栏对菡玉道：“菡玉，你怎么来了？不要紧吧？”

自从李林甫一门获罪入狱，人人都避之唯恐不及，只有对李林甫特别死心塌地的赞善大夫崔昌和虞部员外郎卫包来探望过，但他们不久也被杨昭罗织名目牵涉进案子里，一同进了监狱，从此更无人敢来探监。

菡玉道：“无妨……对了，二郎也想一起来看你，我劝住了，没让他来。”

李岫道：“你做得对，他有父亲大人在朝，还是杨昭的直系下属，理应谨言慎行。菡玉，你们有这份心意就足够了，你还是快快离开吧，别让杨昭的眼线窥见，以免步崔大夫、卫员外的后尘。”

菡玉尴尬，又不好解释，只说：“没事……”

李岫还想相劝，李屿却过来插话道：“八弟，你多操什么心哪？吉少卿是什么人，右相保他、宠他还来不及，怎会像对崔大夫、卫员外那样对他？”

李屿说这话本是想拍菡玉的马屁，恭维她得杨昭青眼，但菡玉听在耳中只觉得别扭，竟像是讽刺她一般。她又不会给人脸色看，只好任李屿说去。李岫听哥哥说得暧昧，想起以前的疑虑，菡玉又是一脸尴尬，心里有些明白，便闭了口不再继续说这个话题。

李屿又对菡玉道：“吉少卿得右相爱重，右相对少卿可谓言听计从。想我父亲在世时与少卿也有过系属之谊，八弟也是少卿好友，我呢，还忝与少卿同在太常寺共事。父亲尸骨未寒，家里就遭此横祸，我们几个大人是不指望了，少卿就当可怜可怜这些没爹的孩子，帮他们在右相面前美言几句，讨个活路。”说着一指身后啼哭的孩童，就要抹泪。

李岫道：“六哥！杨昭气死父亲，又设毒计陷害我们一家，你竟要菡玉去求他放过我们？我宁可引颈就戮来个痛快，也不要靠他施舍活命！”又对菡玉道：“菡玉，你千万别让杨昭知道你和我们还有来往，更不可去求他。若因此连累了你，我就算死了也难以安心！”

李屿道：“八弟还真是有骨气，为了你的一口气，就把咱们一家百来口人的命全搭上？这些弟弟妹妹都还这么小，你忍心让他们和咱们一起送命？”

菡玉也劝道：“远山，你就算不为自己想，也要为年幼的弟妹们想想。”

李岫无奈地道：“菡玉，我当然也想救弟弟妹妹，但是……杨昭是一心要将我家赶尽杀绝。你原先为父亲办事，能保全已是不易。杨昭他固然、固然看重你，但这官场上的事关乎切身利益，他是重利还是重义，不好说啊！”

菡玉摇摇头：“远山，你且放心，我一定会想到办法的。”

一旁的李屿一听，不等李岫发话，连忙接道："那我在此代幼弟幼妹先谢过吉少卿的救命之恩了！"说着便屈膝下拜。

李岫喊道："六哥！"李岫制止不及，菡玉已受了李屿一跪，急忙隔着铁栏将李屿扶起。

菡玉从大理寺出来，天色还早，步行至吏部使院，还在辰时。这么早六部院中就没什么人了，菡玉找了一名同僚询问右相何在，得知右相已经回家去了。

她讶道："这才辰时，就回去了？"

那名吏部官员道："右相处事精敏果决，半日便可把一日的事做完，是以早早地回府了。"

菡玉心中想道，他再怎么处事精敏，朝政上那么多事，大事全要他拿主意，也不能这么快就全处理妥当了。她辞别同僚，准备明日再找杨昭。

这时忽有一人上前来，问她："吉少卿是要找我家相爷吗？"

菡玉回头一看，是杨昭的家仆杨昌。杨昌又道："相爷知道吉少卿要找他，特意吩咐我在此等候。相爷正在家中静待少卿大驾，车马也已经准备好了，少卿请。"杨昌欠身指向门外。

他派人监视她？他知道她去了大理寺探监，回头肯定会向他求情？她心中恼怒，又无可奈何。

于是她跟着杨昌出了吏部，上了他准备的马车，往杨昭家中行去。

这是菡玉第一次进杨昭的府邸，以前只远远地见过。杨昭宅第与虢国夫人宅相邻，高门大院开在坊墙外，站在门口就见墙内重重亭台楼阁，鳞次栉比，绿树掩映，一眼都看不到尽头。进门后在院子里绕来绕去，她走了大约半刻钟才将整个院落收入眼底，只觉得富丽奢华之处，比李林甫旧宅有过之而无不及。

穿过花园，杨昌指着园边一座被花草簇拥的楼阁道："相爷正在花厅中歇息，少卿这边请。"那楼阁周围尽是各色花木，眼下还未开春，也能看得出一团团一簇簇开得热闹，可以想见百花盛开时是怎样的如火如荼、繁花似锦。

花厅大门半敞着，菡玉从侧面的廊檐走近，未到门口，忽闻厅中传来一声柔媚的女声："相爷是乏了吗？今儿个一直心不在焉的。"语气中颇有些嗔怪之意。

菡玉一怔，停住了脚步。

男子回道：“外头事情多。”语调淡淡的，正是杨昭。

女子又道：“妾新请了一批舞姬，都是平康坊的红牌调教出来的，排了几个节目，演来给相爷解解乏？”

杨昭笑道：“平康坊的舞姬你也敢弄回家里来，不怕我看上其中哪个吗？”

女子娇声道：“在相爷的眼中，妾的气量有那么小吗？”

杨昭大笑：“女人嘛，偶尔吃一吃醋，才更惹人怜爱呀！”

女子嗔道：“相爷，就知道你又拿我取笑了！”接着是一阵打闹的声音，伴着他爽朗的笑声。

两人闹了一会儿，渐渐止息，又听杨昭道：“好了好了，我既然应承了你，定会信守承诺，不再纳任何姬妾。”

女子低声道：“相爷从不曾让妾失望。”声音娇羞婉转，柔情无限。

那女子是杨昭的姬妾？他地位卓然，年近不惑仍未娶妻已是惊世骇俗，怎会没有几个爱姬美妾伴随身旁，明珠不就被他强要去纳为妾室了？

但是现在菡玉又听他许诺那女子不纳其他姬妾……对了，菡玉好像听韦谔提起过的，杨昭的户籍上只有一名从蜀地带过来的裴姓妾侍，想来他在男女之事上是个念旧长情的人……

那自己算什么呢？她竟然还以为他……先前的那些暧昧场景，在他对另一个女子的承诺面前，显得如此荒唐可笑。她的心尖上仿佛滴了一滴滚烫的蜡烛油，她还未来得及感觉疼痛，便已麻木了。

杨昌悄悄瞥了菡玉一眼，高声唱了一句：“吉少卿到访——”然后才带了她步入厅中。

屋内两人早已整肃仪容正襟危坐。杨昭坐正中主位，身旁坐着一名美貌妇人，年约三十岁，体态丰腴，妩媚妖娆。此时她正努力地摆出端庄雍容的姿态，但仍掩不住骨子里透出来的风流媚态。

杨昌上前道：“相爷，吉少卿到了。”又对那妇人一躬身：“裴娘子。”

菡玉低头一揖：“下官见过相爷，见过娘子。”

裴娘子笑逐颜开，说：“吉少卿太客气了，快请坐。”朝右首座位比了个手势，又对一旁的侍女道：“快给吉少卿看茶。”言谈举止间完全是一副当家主母的做派。

侍女正要奉茶，杨昭突然道：“我有要事与吉少卿相商，你们都下去吧，没我的吩咐不用进来伺候。”

裴娘子听说他们要商谈政事，立即唤过厅中侍女一齐退出去了。杨昌走在最后，识趣地把门关上。

杨昭道：“过来，坐。”指指裴娘子方才坐的位置。

菡玉立着不动，回道：“下官只有几句话，说完了就走。”

他却坚持：“过来。”

菡玉一抬头，触到他冷冷的目光。她心中瞬间腾起怒火，但又立即按捺下去，重新低下头走到他身边，在空地上坐下。

“地上冷，为什么不坐在垫子上？”

“下官不怕冷。”她漠然地看着前方。妇人浓郁的脂粉香还残留在周围，氤氲浮动。

他忽然轻笑了一声：“是因为她刚刚坐过吗？”

菡玉抿着唇不说话。

他笑得更深，一手勾起她的下巴，把她的脸转过来面对自己：“会吃醋的女人，才像女人嘛。”

她有片刻的尴尬，垂下眼避开他的直视，正看到他近在眼前的下颌上还残留着一抹嫣红的胭脂痕迹。那抹痕迹仿佛蜡烛油一滴一滴地滴到她的心头，那细微的一丝松动便又被重重裹住，结成厚厚的硬壳。

“男女有别，下官怎敢对娘子逾越无礼。”

“男女有别？”他笑着抚弄她光洁的下巴，手指流连于那滑腻的触感，“你，和她？”

菡玉忍着怒意没有推开他的手，只微微侧过脸去：“相爷，我乃当朝太常少卿，官居四品，请相爷自重。”

他仍不放手：“我若不答应呢？”

她霍地站起身：“那就没什么好说了，下官告辞！”

杨昭眯起眼，脸上的笑容敛去：“吉菡玉，到底是你来求我，还是我求你？”

她咬住牙关，胸口上下起伏着，怒意仿佛随时都要冲破胸腔的束缚冲出口去。然而终究还是没有，她的胸膛被一层一层结实的布条紧紧地绑缚着，她连呼吸都不能自由，何况是发怒。

“当然是……下官有求于相爷。”

“那就坐下好好说。”

她这才坐下，他也规矩了，不再触碰她。两人干坐了许久，他打破沉默道：“好了，你说吧。”

菡玉低声道：“相爷，求你……放过故相一家。”

杨昭眉毛一挑：“我以为你会先开出条件给我。”

她忍着意气低眉顺眼地回道：“从今往后，下官会一心一意地效忠相爷，全力辅助相爷，为相爷尽犬马之劳。”

“还有呢？”

她想了一想，又补充道：“下官当事事以相爷马首是瞻，依照相爷的指示办事。”

“还有呢？”

“下官愿听凭相爷差遣，赴汤蹈火在所不辞。”

“还有呢？”

菡玉抬头看他，只见他双眼微眯，冷冷地盯着自己，仿佛对她刚才所说的不屑一顾。她咬牙道：“下官身无长物，唯一命耳，全都付与相爷，死而后已！”

“你倒真是豪情万丈啊。”声音冷淡，他直起身来凑近她，“菡玉，我想听的，你偏不说给我听；我想要的，你也偏不肯给我。”

他的脸近在咫尺，气息吹到她的面颊上，拂着她鬓边的发丝。他想听什么，他要什么，她当然明白，但是……他的脸上还留着胭脂的红痕，脂粉的香气冲进她的鼻间，那胭脂好似一抹刺目的讥讽嘲笑，让她无地自容。

他已有姬妾，即使并非明媒正娶之妻，却是早在认识她之前就已有过情意的女子。己所不欲、勿施于人，她怎么可以……他又怎么能一边对别人许下终身，一边又来对她……

她捂住了面庞，只觉得这些年与他的一切都仅仅是一场幻梦，什么情义、什么相许，都成了笑话。

“好了，菡玉。”他终于还是忍不住、舍不得，想掰开她捂着脸的手，却被她挣开，“你要救李林甫的家人，我马上就去改罪状，保他们不死；你要除去安禄山，我也帮你，行不行？只要你、你别……”

他以为她哭了，急切地想要安慰她。她却忽然长吸一口气，拿开了手，脸上木然了无痕迹，连语气也是干巴巴的，不带任何情绪。

“多谢相爷。下官一定会言而有信，尽心为相爷办事，报答相爷。”

二月癸未，故相李林甫与突厥阿布思约为父子之事坐实，然而察李林甫并未与阿布思共谋叛逆之事，仅以包庇之罪削去李林甫的官爵，子孙流放到岭南和黔中，财产充公。当时李林甫尚未下葬，杨昭又命人剖开其棺，取出口中所含珠玉，脱掉金紫冕服，换了一口薄棺以庶民礼下葬。

开春三月，吏部开始大批调选官员。杨昭召左相陈希烈及给事中、诸司长官聚集于尚书都堂，唱注选人。菡玉兼领吏部郎中，自然也要到场听候差遣。

“哎哎，吉少卿，帮一下忙！”

吏部侍郎韦见素捧着两尺来高的一大摞卷册，跑得太急，上头几册掉了下来。他无法弯腰去捡，又怕一动弹掉得更多，见菡玉正好从旁边经过，急忙叫她来帮忙。

韦见素是韦谔的父亲，菡玉去拜访韦谔也见过多次，都是以长辈尊礼相待，如今二人倒成了同僚。她把地上的几册书捡起来放回去，又帮韦见素扶好倾斜的卷摞，才问道：“韦侍郎怎么不在都堂内主持唱注？”反倒像个普通的主事一般，在外头跑腿搬东西。

韦见素道：“有右相在，哪还需要我呀。”

菡玉道：“可是按制……”

韦见素哂道：“右相事必躬亲，我们这些做下属的不是正好乐得清闲？往年一到这个时候，忙得哟，腰都直不起来，如今总算可以松一口气了。”

按照旧制，吏部、兵部尚书如果兼任宰相，就不能过问文武科举选才之事。杨昭以吏部尚书兼任宰相，却还一手掌握选人，把堂堂吏部侍郎当小吏一般差遣。

菡玉也不再多说，只道：“韦侍郎一人搬这么多卷册，行动不便，下官帮忙分担些。”说着伸手去取韦见素手里上半摞的卷册。

韦见素往旁边一让：“这怎么使得！叫右相看到……”他忽地住了口。

菡玉的手僵在半空。韦见素也觉得说漏了嘴尴尬，打个马虎，急急忙忙地走了。

同僚之间流传的风言风语，她并不是不知道。李林甫旧部贬的贬、流放的流放，她以前和李林甫父子交往甚密，杨昭却毫不追究，反而破格提升她，将她收在身边担任要职，形影不离。这其中原因不由得让人猜度疑惑，最为人津津乐道的说法大约就是吉少卿生得唇红齿白貌赛潘安，令右相起了断袖分桃之思，两人有些不清不楚的关系云云。

她看着韦见素匆匆离去的身影，本准备去都堂的，也改了主意，转身往别处去了。

午间在公厨用餐，菡玉从杨昭的身边经过，他突然叫住她问："怎么一上午都没见你？"

她恭敬地回答："都堂内唱注选人，事关重大，下官不敢冒昧。"

他皱起眉："你是吏部郎中，怎能不到场？"

她的语气中不由得就带了讥讽之意："两个侍郎跑腿打下手还不够吗？"

他脸色一沉，将手里筷子往桌上一拍。这一拍，满堂的人都抬起头来，见吉少卿站在右相身边，右相面色不豫，便都识趣地低头吃饭，只当没有看见。

菡玉被大家的怪异眼神暗暗地觑着，偏还不能为自己辩解，只得低下头去。

杨昭道："你过去吃饭吧，下午别再缺席。"

下午的两个时辰当真比两天、两年还难熬。吏部侍郎韦见素、张倚跑腿打杂，她这个郎中却坐在右相的身边勾画标记。偶尔杨昭还会问她的意见，只要她说一句某个仕子的优点，杨昭即予以录用；而她若略加批判，杨昭就立刻将那人的名字划去。在旁人眼中，这无疑是右相将要提拔重用她的讯号，连陈希烈都对她笑脸相迎。评点勾选了数人之后，她再也不敢多言。

好不容易挨过了一下午，到未正二刻就全部唱注完毕。以往吏部选人，三注三唱，再送与门下省审查，从春至夏方能完毕，这回却仅用了一天。杨昭道："今日左相、给事中都在座，等于已通过门下省的审核了。"他所定下的名阙也就成了最后的结果。

菡玉走出省院大门，正碰到杨昭也站在门口不远处，与新任京兆尹鲜于仲通一起。见她经过，杨昭挥手道："你等一等。"

菡玉站住，杨昭却回过头去和鲜于仲通说话。鲜于仲通一边不断地点头，一边指挥手底下的差役和民夫抬过一块大石碑来。那碑足有两人多高，洁白如玉，美轮美奂。

菡玉心想在尚书省大门口，京兆尹抬石碑来做什么？她以为是要刻碑记录什么重大事件，走近一看碑上的文字，满篇都是鲜于仲通对杨昭的阿谀谄媚之辞，把杨昭夸成了天上有地下无、古往今来的宰相第一人。这鲜于仲通在剑南挑起了南诏叛乱，连吃败仗，被杨昭调到京师来混了个京兆尹的官职，不去履行他京兆尹的职责，就知道拍马奉承，连刻碑的事儿都想出来了。

“相爷，下官撰写的颂词，陛下还亲自改定了几个字。您看，就是这几个。”鲜于仲通指着碑上几处文字对杨昭道，“陛下果然是文采风流，令我等臣子望尘莫及，您看这几个字改得多精妙啊！”

杨昭笑道：“是极是极。”转过头来看着菡玉。

菡玉被杨昭那眼神盯着，不由得反讽道：“既然是陛下亲自改定的字，又如此精妙，犹如画龙点睛，怎能与旁的字一样对待呢？我看不如用金粉把这几个字填上，好让旁人也知道这几个字是陛下御笔亲题，非同凡响！”

谁知那鲜于仲通竟拊掌道：“吉少卿说得太对了，下官怎么就没想到呢！”又对官差指挥道：“听到没有，就依吉少卿所言，让石匠把陛下改过的那几个字用金粉填上！”

菡玉被他气得哭笑不得，拂袖欲走。杨昭忍住笑叫她：“菡玉，你去哪里？”

菡玉停住脚步回道：“天色还早，我去御史台那边。”她还兼着监察御史的职位，最近一直在吏部，已经许久不去理事了。

“别去了，跟我回家。”

菡玉一愣，杨昭已走到门口准备上车，见她不动，催促道：“快点儿过来。”

她看他一眼，低了头跟他上车。这时正好有两名吏部的官员出来，看到他们俩同乘一车，交头接耳地指指点点。杨昭走在前面没有看见，菡玉硬着头皮钻进车厢里，甩手把帘子放下。

两人默默地并排坐着，只听到马车发出辘辘声。半晌，杨昭缓缓道：“以后，御史台那边就别去了。”

她乖顺地回答：“是，下官明日就递表请辞，全力料理吏部事宜，辅助相爷。”

“不用，那职位你还留着。”他的语气轻缓，“留着，但不去了。”

她不想也无法违逆他，只回答：“下官遵命。”

他又道："还有，你一个女儿家住在公舍中，人多眼杂颇多不便。我家里的客舍正好还有几间房子空着，你以后就搬过去住，行事也方便，如何？"

她低头拜谢："多谢相爷体恤，下官这就回去收拾行装。"

"我已经派人去把你的东西全搬过来了。"他想想又补上一句，"是可靠的人，不用担心。"

他早就自己拿定了主意，一出门就拉她一同乘车，让她跟他回家，先斩后奏，那还来问她做什么呢？她再拜道："让相爷费心了。"

一路上两人都不再说话，不多时就到了宣阳坊杨昭宅邸。两人下车，杨昌已候在门口，向二人行礼："吉少卿的住处已经安置妥当了。"

杨昭道："那就一同过去吧。"

杨昭的家中也住了一些投奔他的门客亲眷，在前院的两侧，家眷自住的内宅则要远些。菡玉跟着他到了自己的住处，是一进单独的院子，三间正房两间耳房，她一个人住十分宽敞。

她看了看周围，心里咯噔一下。这小院旁边一墙之隔，穿过一道月洞门就是杨昭的书斋，与其他客舍反倒隔了一片小竹林。小院背后紧邻花园，远远可见上次她见他的那座楼阁，此时门前一丛丛的迎春已经开了，一片喜气的金黄。

进了门去，主屋与她原先住的公舍的格局竟然一模一样，行李物品都按她的习惯摆放，除了地方更大些，她乍一看还以为他是把公舍整个搬过来了。

杨昭道："以后你就住在这边，隔壁院就是我在家理事览阅之处，你有事找我的话，来往都很方便。"

她低头道："嗯。"

杨昌十分识趣，说一声："不打扰相爷和少卿商议正事。"退了出去。

沉默了一阵，杨昭问道："这地方你可还满意？"

她规规矩矩地回答："相爷如此厚待，下官受宠若惊。下官定当鞠躬尽……"

"我不是要听你说这些。"

她敷衍道："这院子比公舍强上百倍，下官当然满意。"

"杨昌会指派婢女仆役给你，以后你有什么需要的只管跟他说，他办事牢靠。"见菡玉没有反应，杨昭忽然想起一件事来，拉她走到窗前，推开窗户。窗外就是花园，园中有一片小小的池塘。杨昭指着那池塘道："再过一段时日天气热起来，就可以种莲藕了，到了夏天一开窗就可以看见满塘荷花，你喜不喜欢？”

菡玉这才抬起头，朝窗外看了一眼。这个季节还没有莲花浮萍，只有几朵石雕的芙蓉，衬着出水而立的石鹤，惨淡地盛开在碧波间。

杨昭突然问：“我给你的东西呢？”

她半低着头，正看到他腰间孤零零的金鱼袋。他的玉佩还在她这里，她还没有还给他呢……

二人相对着，近在咫尺，然而菡玉的思绪却飘到远处去了。菡玉记忆中的那一对母女，也总是这么默默地相对着。孩子红着眼眶，赌气闷头绣花，尖利的绣花针刺破了她细嫩的指尖，血珠滴在歪七扭八的花纹上。她说：“娘，我替你重绣一个，重绣一个给爹爹，叫他回心转意。”母亲呆呆地看着她，只喃喃道：“我绣给你爹的荷包，他落在这里了，我还没有给他呢。”母亲的手里攥着那个旧荷包，裂口处的丝线一团一团地卷起来，花开并蒂，都成了断线。

他见菡玉不说话，又问：“还在吗？”

她恍惚道：“在。”

“拿出来。”

菡玉脸色微变：“我、我收在一个隐秘的地方了，待我找出来再归还相爷。”

他追问：“什么隐秘的地方？现在不能拿出来吗？”

她闪烁其词：“如果相爷现在执意要看……请相爷先出去一下，我这就找出来还给相爷。”

杨昭起了好奇心：“你究竟把它藏在什么地方了，这么神神秘秘的，还要我出去才能拿出来，不能让我看见？”

她只好搪塞道：“行李刚搬过来，只怕不好找，翻箱倒柜的……”

她话未说完，他忽然欺身上来，手往她的脑后探去。她慌忙躲避，却被他的手臂箍住，逃脱不得。他的手指伸进她的衣领里，贴着颈后的肌肤轻轻一勾，就把脖子里挂的丝绳拉了出来。

“原来你一直带在身上，还骗我说藏起来了，原来是藏在了自己的衣服里。”杨昭笑着抚弄丝绳上系着的莲花玉佩。再熟悉不过的纹理，每一道每一缕都被他摩挲过千百遍，即使他闭了眼也能在脑中勾画出它的模样。

“你总是这样，非得藏着掖着不让别人知道。”

被他当面揭穿，菡玉尴尬地转过身去，看向窗外。

花园里一队婢女侍候着领头的娘子在园中闲游，或许是从窗户里远远地看见了他们，那领头的娘子本是朝着这边来的，又掉头折返避开了。

裴娘子，菡玉记得的，单字柔，蜀郡人，杨昭从剑南来京后三个月就把她从蜀地接过来了，以妾室名义登记在籍。

这些是菡玉在杨昭家中首遇裴柔后去找韦谔查阅籍册所得。籍册上还记录着裴柔原是贱籍。菡玉偶然问起在剑南任过职的同僚，同僚说十几年前裴柔曾是艳名远播的蜀中名妓，风尘侠义传为美谈。

她不知道自己为什么要去打听这些，知道了又有什么意义呢？

杨昭并未看见裴柔，握住菡玉的肩将她扭回来，含笑盯着她道：“事到如今，还不能对我开诚布公吗？你说，为什么将我送给你的玉贴身戴着，嗯？”

“贴身戴着……只是怕丢罢了。”她微不可见地冷笑，脱下脖子里挂的玉佩递给他，“相爷的东西贵重，还是物归原主吧。”

他看了一眼那玉雕的莲花，并不伸手去接：“你也戴了很久了，喜欢的话就留着吧。”

她僵硬地回答：“我不喜欢。”

“口是心非。”他倚到窗边柔声戏道，“这块玉是去年我特意找人琢的，当然是为了你。菡玉，也只有你和它最相配。”

她握着系玉佩的丝绳晃了两圈：“相爷既然打算把这玉送给我，可是任凭我处置？”

“你要怎么处……”

杨昭话没说完，菡玉突然一扬手把那玉雕莲花扔了出去。他阻拦不及，玉佩直飞到水池中，击中石雕的莲花瓣，发出叮的一声脆响，高高弹起又落入水中，打了一个晃，缓缓沉入水底。

第八章 莲伏

一夜疏风骤雨过后，满池的荷钱便都喝饱了似的伸展开来，仿佛娇嫩初绽的少女，羞涩而亭亭地出落于水面之上。

几名婢女围着池塘，将镰刀绑在长竹竿上，瞅着池中新绿的荷叶，镰刀朝叶下一伸一钩将茎秆割断，再把荷叶慢慢拖到岸边来，一层一层铺平收起。这些叶子正当鲜嫩，用来煮粥、蒸点心、入菜，都是极好的材料。

“你们几个，在忙什么呢？”

领头的婢女红颖抬头一看，远远地见花园那一边，裴柔带着几个侍女施施然地朝这边走来了。她放下手里的活计，迎上前去拜了一拜：“裴娘子。”

裴柔指着在池塘边上忙活的婢女问：“这是在做啥子？新长出来的荷叶就摘了，如何开得好花？”

红颖回道：“是厨房的人要荷叶做材料。园丁说这荷花种得密，打掉一些还能长得更好。”

裴柔问：“荷叶也能做菜？”

红颖道：“裹着糯米、鲜肉蒸熟，里头的东西便会自带一股荷叶的清香。厨房的人上回用这方法做了一道小点，相爷赞不绝口呢！”

只要是相爷喜欢的，裴娘子总会尽力投其所好讨他的欢心，出主意的人也会得到嘉奖。果然，听红颖这么说裴柔便改了语气，只吩咐道："既然要给相爷入菜，务必弄得干净些。这法子是谁想出来的？"

"上回吉少卿随口说了一句，相爷一直记着，特意吩咐厨房为少卿做的。"一个女子的声音插进来。红颖转头一看，是在吉少卿院里伺候的婢女芸香。红颖向芸香使了个眼色，芸香却不予理睬。

裴柔挑起眼角瞥了芸香一眼，并不想多理会她，指着芸香身后的生面孔问红颖："那个小丫头，是前几天相爷刚刚买回来的？"

芸香抢着回答："是吉少卿在路上碰到的，看她可怜，相爷转头就派人把她买下来了。这不，正好少卿院子里人手不够，相爷便把她派给我管教，先帮着忙。"说着还叫过那小丫头来："小鹃，过来给娘子见礼。"

小丫头初来乍到，也不清楚相府里的人事规矩，看裴柔穿得华贵，过来便跪下磕头，口中说道："小鹃见、见过娘子……"

裴柔只是点点头，对身后的侍女道："我们继续往那边去。"领着一群侍女往花园另一头去了。

红颖看她走远了，才对芸香道："你这张嘴呀，就不能别那么厉害？她好歹也是管着大家的，得罪了她，对你可没好处！"

芸香道："一个女户出身的娼妓而已，不过是趁着相爷屋里没人才鸠占鹊巢掌了权。这风水轮流转，我看她也威风不了几天了，怕什么？"

红颖瞪芸香道："这话你可不能乱说！"

芸香笑嘻嘻地凑过去，朝红颖眨眨眼："你知道相爷都多久没去她那边过夜了？"伸出手来比画了一下。

红颖惊道："这么久了？那相爷是怎么……"话一出口才觉得自己着了芸香的道，羞红了脸啐芸香一口，"你这蹄子胡说八道，把小孩子都教坏了！"朝一旁的小鹃努努嘴。

小鹃年纪还小，根本不懂这回事，疑惑地看着她俩，不明所以。

芸香和红颖忍俊不禁，两人凑近了咬起耳朵。红颖问："你在那边当差，天天伺候来去，可有……真见过？"

芸香道："这倒没有，他藏得可谨慎哩，卧房里都不让我随便进去的，相爷也没有留宿过。不过大伙儿都这么说，准是真有那回事。你看相爷那巴巴的模样儿，像是对下属的态度吗？"

红颖斥道：“怎么对相爷说出这样不敬的话来？不过，倒是贴切得很。”

两人笑作一团。一旁的小鹃一头雾水，只听红颖说到芸香当差，插嘴问道：“芸香姐，你们是在说吉少卿吗？”

芸香转头捏一下她的面颊：“这丫头还不算太笨。”

红颖笑道：“她还小嘛，什么都懂才稀奇呢。回头你一样一样仔细说给她听，免得她捅出什么娄子。她可不像你，一转一个心思，这张嘴还跟刀子似的。”

小鹃战战兢兢地说：“红颖姐，我需要懂什么，会捅出娄子来吗？我什么都不知道呀，你们可一定要教我！”

红颖道：“那便先跟你说说方才看到的那位娘子吧，免得你以后见她说错话。裴娘子只是相爷的妾，相府没有女主人，你知道吧？”

“我还以为娘子就是……”小鹃点头道，“我明白了！”

红颖继续道：“虽然不是主母，但实际上行的也是主母的职责，所以对她还是要恭敬些，毕竟裴娘子与相爷有十几年的情分。相爷来京城之前原在蜀地从军，任满后一度虎落平阳，幸得裴娘子仗义相助才渡过难关。相爷进京后就把裴娘子也带过来了，本准备娶她为妻，不知为何耽搁了。再后来相爷得到陛下的赏识，官越做越大，有了身份地位，更不能娶她了。所谓良贱不婚，人言可畏，相爷只能将她纳作妾室。但是相爷一直念着旧日恩情，将家里的事都交给裴娘子掌管，自己也没有再娶妻纳妾。”

小鹃连连点头，对裴柔的印象大为改观，想着这段故事，不由得生出羡慕之意来：“相爷对裴娘子真好。”

红颖见小鹃这么认为，便不再说后头的事。芸香却又接过话头来：“相爷对裴娘子自然是好，为了她还拒过陛下的赐婚呢！啧啧，那可是金枝玉叶的公主啊，放着驸马不做——”

红颖瞪芸香一眼：“不说两句风凉话你就闲得慌。”

芸香嘻嘻一笑：“不过那是外头传的，其实可不是这么回事。那回相爷触怒了陛下，幸亏贵妃为他求情才平息事端。贵妃是什么人物，能为了一个……”她不屑地挥了挥手，“去向陛下求情吗？”

小鹃被她挑起了好奇心，问：“那是为什么？”

“其实呀，是为了隔壁的虢……”芸香故意逗小鹃，又顿住不说了。

小鹃着急地追问："虢什么？"

芸香大笑："你都不认识，告诉了你你也不知道是谁啊！等你把周围弄熟了，我再一件一件说给你听！"

小鹃懊恼地叹了一声，嘟起小嘴。红颖笑斥芸香道："你这张嘴真是没遮没拦，背后什么人都被你说尽了！"

"流言蜚语、道听途说，说来就是凑个乐子嘛。要不然天天闷头干活，死气沉沉的，多没意思！"芸香嬉皮笑脸地指指荷塘那边的小院，"说隔壁其实我也不太相信，要说是这院子里的，我倒敢把脑袋都赌上！"

小鹃看芸香所指的正是两人侍候的院子，插上一句："那不是吉……那谁嘛！"

红颖、芸香都被她逗得笑了出来，小鹃红着脸，自己也觉得好笑。

芸香拉过她头挨头地低声说道："小鹃，我告诉你，你这回分到这个院子里，可是走大运了。那谁呀，才是相爷心尖尖上的人！"

小鹃有点儿不敢相信，试探地问："心尖尖上……是哪种呀？"

"小妮子蔫儿坏，明明都懂了还装糊涂。"芸香戳一记她的脑门，"还能是哪种？就是陛下把贵妃放在心尖尖上的那种呗！"

"可、可是吉少卿他、他是男的呀！"小鹃张大了嘴，被芸香一把捂住，小鹃连连拍自己的心口，"两个男的……怎么可以嘛！"

芸香道："如今长安风气开放，什么样的事情没有？听说这种事在达官贵人们中间平常得很。再说吉少卿长得那么俊俏，等闲女子都比不上，相爷对他动心也不奇怪啊。"

小鹃想起第一次看见吉少卿，心里头还怦怦乱跳，生平头一次看到这么俊的男子。后来她被分到他的院子里做事，芸香还取笑过她，半真半假地警告她可别对吉少卿起非分之想，原来……

她突然灵光一闪，开口问道："相爷不肯娶公主，会不会就是为了他呀？"

红颖、芸香都是一愣，面面相觑。

小鹃接着说："要说不能娶，吉少卿才是真的不能娶呢，因为他是男的呀！"

红颖看看芸香，芸香突然一笑："这小丫头，有时候脑子比咱们还灵光，我都没想到这一层。"

红颖道："可那都是好几年前的事了……"

"据说相爷刚进京的时候就和吉少卿认识了，都八年啦！"芸香想了一想，冷笑一声，"怪不得相爷突然改了主意，不娶裴娘子了呢。"

红颖忽然朝她递了个眼色，芸香立刻噤声，转头一看，见吉少卿站在自己身后不远处的小径上，不知听到了多少她们的谈话。

芸香倒也处变不惊，堆起笑来对菡玉福身作礼："少卿今日回来得这么早。红颖姐这边正好缺人手，就把我和小鹃叫来帮忙，不想怠慢了少卿，我们这就回去伺候。"

菡玉道："无妨，我那边也没什么事要做，你们晚些回去不要紧，别耽误了红颖姑娘的活计。"

红颖也对菡玉行礼："多谢吉少卿。"

菡玉勉强点一点头，匆忙转身走了。

红颖道："吉少卿真是好说话，刚才那些，他准全听在耳朵里了。"

芸香吐吐舌头："好说话才敢说他嘛，要是换了别人，还不刮掉咱们一层皮？"

红颖啐道："欺软怕硬！别嚼舌根了，快去做事！"

芸香拿起镰刀，却见身旁的小鹃还愣愣地看着吉少卿离去的方向，拍了她一下："看什么看，再看也轮不上你！"

小鹃回过神，红着脸道："我才没有呢，我只是……哎！吉少卿身上真香呢，就像荷花一样！"

芸香失笑道："大惊小怪，你又不是头一次见他。"拿起镰刀塞进小鹃的手里，"干活去干活去！"

小鹃看着满池的新荷，挠一挠头，自言自语道："相爷喜欢吃用荷叶蒸的点心，是不是也因为他呀？"

菡玉漫无目的地在花园里踱步，转了两圈，越转越觉得烦闷，索性在树下的石凳上坐了下来。日头西斜，疏散的阳光从枝叶的缝隙里透下来，投在她的身上。风从树丛间穿过，带上了微微的凉意。

这就初夏了呀，一转眼，她到相府已经两月余了。

她轻声一叹，脑中倏忽一闪，却是小鹃清脆的声音："相爷不肯娶公主，会不会就是为了他呀？”俄而又听芸香冷冷地说：“怪不得相爷突然改了主意，不娶裴娘子了呢。”

杨昭虚悬正室，年近不惑而不娶，是为了她吗？

一片落叶从她面前飘飘悠悠地飞下，轻轻落在她的膝头上。她心中一动，伸手去拿那片叶子。身子刚一动，落叶便滑下了她的膝，飘向地面，与其他枯枝败叶混在一处。

他是为了她？那裴柔又算什么？还有隔壁的虢国夫人……

杨昭与裴柔的旧事，在相府内无人不知。这两个月来她不知听了多少遍，听得耳朵都起了茧，听得心都麻痹了。

裴柔原是蜀中名妓，艳名远播、红极一时。多少王孙公子为她千金买笑，她却因爱杨昭少年英俊，让他做了入幕之宾。那时杨昭正当潦倒，全靠裴柔接济勉强度日。二人情浓之时也曾海誓山盟，非君不嫁非卿不娶。后贵妃得宠，杨昭得蜀地富商资助，入京献彩谋取官职——便是菡玉在马嵬驿初遇他之际。裴柔抛下声名富贵，学那文君红拂，追随杨昭至长安，只盼从此长相厮守。杨昭曾许诺她，到京城寻得安身立命之所，立即娶她为妻。然而他身为贵妃兄长，又得到皇帝青眼，一步登天，却不能再兑现自己的承诺。裴柔出身风尘，良贱不婚，就算是普通人家也无法娶作正室，何况他是堂堂国舅爷。他迫于人言不能给她名分，唯有终身不娶以示坚贞。为了她，他甚至冒死违忤圣意，拒绝皇帝的赐婚。这么多年来，他始终只有这一名妾侍，只为当初的一句诺言。

这些话都是裴柔手下的人传出来的，或许有几分夸大，但杨昭听在耳里也从未辩驳过，大致是八九不离十的。如果在刚遇见他时听到这样的故事，菡玉或许还会对这个臭名昭著的外戚权臣生出一点儿私德上的敬佩，但是现在……它终究成了一个笑话。

而隔壁的虢国夫人，是杨昭的从祖堂姐，实际二人并无血缘关系。杨昭少时寄居在堂叔家中，便和未出嫁的虢国夫人有了私情，二人直到虢国夫人出嫁才分开。时过境迁，十多年后在长安重逢，杨昭依然未娶，虢国夫人已经守寡，二人旧情复燃、藕断丝连。据说杨昭能在皇帝的面前得宠并非全然借助贵妃之力，而首要该归功于虢国夫人，甚至连两家府邸都隔墙而建，只为了方便他们暗通款曲。裴柔只是杨昭的一个妾，哪比得虢国夫人盛势隆宠，对他们的悖伦丑事也只能睁一只眼闭一只眼。

不管事实究竟如何，传言是否扭曲，她们与杨昭初相识都在菡玉之前，再相交都在她之后，以致她的横插一脚显得格外讽刺和可笑。

菡玉仰起脸，看着头顶上疏落的树冠，发现心头依然有些悲伤。

到底曾有一些瞬间，她以为自己对他而言是特别的。

手下意识地往衣襟里探去，摸索了半天什么都没有摸到，她才猛然回过神来。那块玉，那朵玉雕的莲花，已经被她扔进花园的池塘里了。

习惯真是一个可怕的事物。那块玉她只戴在身上五个月，却养成了和他一样的习惯，每当心绪不宁有所思量时，都会无意识地摩挲那玉。在失去它之后，她依然无法改掉这个习惯，只有摸来摸去摸不着它时，才想起它已经离去，不再属于她了。她的心口少了一块东西，空空荡荡的，仿佛有什么与那块玉一起，也被她丢弃寻不回来了。

菡玉抽出手来，想起自己带着的另一样东西，从袖子里摸了出来。

那是一管碧玉雕琢的短笛，玲珑剔透，系着一条白色的流苏。笛子的尾梢上沾了一点儿灰褐的污迹，年代久远，已辨不出是什么了。她擦了擦笛身，又凑到唇边试了一个音。她许多年不曾吹笛，技艺有些生疏，第一下吹哑了。她试了几遍，渐渐找准了音调，回想了一下，吹出一支简单的小调。

笛音本应该是活泼明快的，但因为笛身上裂了一道口子，音色有些暗哑低沉。她缓缓地吹着，轻缓的笛声一丝丝一缕缕，好像绕进了她的心里去，把那些烦恼、忧愁、郁闷统统缠绕起来，又旋绕着带了出去，不留一点儿痕迹。

“原来吉少卿还会吹笛，果真是多才多艺的风雅之士。”

菡玉放下玉笛抬头一看，只见裴柔带着几个婢女，捧了一束暗香盈怀的栀子，袅袅娜娜地朝她走来。

以己度人，如果今日易地而处，换作她在裴柔的位子，哪能忍得了这几个月？或许她早就气得拂袖而去远走高飞了。她只觉得心底一阵阵地酸楚，站起身来向裴柔行了一礼：“娘子过奖。”

裴柔道：“吉少卿好雅兴，不过怎么独自一个人在花园里吹笛子？妾略通音律，但只擅丝弦而不熟管乐，倒是相爷的笛箫都吹得好，少卿可与他切磋切磋。”

她在相府寓居数月，连婢女都私下议论她和杨昭的关系，裴柔怎会毫不察觉？但是裴柔对她非但没有针对排斥的敌意，反而常有一些疑似撮合之举。

菡玉大概能猜到裴柔的用意。出身卑贱的妾，哪有资格置喙如今贵为宰相的夫君的喜好举止？她唯有尽力讨好逢迎，即便他看上了别人，也要贤惠地帮他得偿所愿。别说裴柔只是一个妾，富贵高第门当户对明媒正娶的当家主母，不也常有这样的无奈之举？

然而裴柔越是这样委曲求全，越让菡玉觉得心中有愧，无地自容。

“是吗？”菡玉木然地站着，目光斜视地面应道，“倒不曾听相爷提过。”

菡玉的耳边忽然响起一个清脆稚嫩的声音，委屈而愤怒地问：“娘，为什么爹还要再娶亲？为什么我要叫她大娘？为什么你还要向她下跪？你和爹才是夫妻啊！”而母亲泪水涟涟：“孩子，你不懂，聘为妻，奔为妾……”

聘为妻，奔为妾。纵使当时满腔热情，过后，母亲却只得这样凄惨的下场。单凭一时的爱恋、几句虚妄的诺言，一旦人心变了，便什么都没有了。

菡玉抬头看一眼裴柔，那一双勾魂摄魄的桃花媚眼，强颜欢笑之下是否也隐藏着恶毒的怨愤？她想起那时，每次远远看着那个女人的背影时，都希望自己的目光能变成一千把一万把刀子，把那个女人切成碎片。而远处那个女人突然一回头，那张脸，赫然竟是自己！

菡玉惊骇，往后退了一步。

“菡玉，刚才那笛声是你吹的吗？怎么突然停……”身后的树丛那边传来杨昭轻快的声音。他绕过树丛来，看到裴柔也在场，敛起笑意淡淡地道：“你也在这里。”

“西园的栀子开了，我想采一束回去养，不想在园中听到吉少卿的笛声，也和相爷一样不由自主地循声而来。”裴柔捧着栀子花向他欠身，“妾先告退了，不打扰相爷和少卿谈论国事。”

杨昭道：“等一等。”他从裴柔的怀里抽出一枝栀子来，放在鼻下轻嗅，这才让她走了。

栀子香气袭人，他摘下花拈在指间道：“栀子别名玉荷花，倒是比莲花更与你的名字相称。”他伸手到菡玉的耳后，想把花簪在她的发上。

菡玉窘迫地往后一退：“相爷，我现在并不是……簪花雅趣，相爷还是与裴娘子共赏吧。”

他不悦地蹙起眉：“她刚才跟你说什么了？”

菡玉低下头，手在袖中抚着笛身上的那道裂纹：“没说什么，裴娘子也是游园路过，刚打了个招呼，相爷便来了。”

“菡玉，”他叹了一口气，“凡事忍让、太好说话，就会有人敢骑到你的头上来。你不愿与人争口舌，别人还道你好欺负。”

这些话他应该教给争宠的姬妾吧？她心里略堵，口中还是端正地回答：“府里上下对下官都礼遇有加，下官只觉得受之有愧。”

他看着菡玉头顶上淡青色的束发冠巾，冠下是柔软的绒发，梳得仔细，但还是有一些微绒的碎发顽皮地冒出头来，泛着细软棕黄的光泽。她的脸低垂着，完全被发冠遮住，只能看到额头一角。这几乎已经成为她面对他的唯一姿势，他甚至想不起上一次清清楚楚地直面看她是什么时候的事了。

两个多月了，她一直这样冷淡疏离，他早该习惯了啊，只是……

他暗暗叹息，一低头注意到她手里的玉笛，问道：“刚才那支曲子是你吹的？”

菡玉点一点头。

“这支笛子是从哪里得来的？”

她微讶，不意他忽然问起笛子的出处：“是……友人所赠。”

“我也有一支碧玉雕琢的短笛，和你的这支十分相像，也是白色的穗子。”他伸过手来拿那管玉笛，她便松了手，任他拿去察看，“不过看上去要比你的这支新，音色也要亮一些。”他翻转笛身，看到那道裂纹，“原来是裂了，怪不得声音低沉。好好的笛子怎么弄裂了呢？”

“友人赠予我时已经裂了，我也不知。”

他本想追问赠她笛子的友人是谁，终究还是忍住了，把笛子还给她：“方才你吹的那支小曲，再吹一遍给我听。”说着在石凳上坐了下来。

她便在石凳的另一头坐下，重新吹了一遍。曲调是极简单的，像孩童传唱的童谣，任何人听一遍就能哼唱出来；却又是那么与众不同，任何人只要听过一遍就再也不会忘记。简简单单的调子，仿佛率直得不带弯儿，又好似带了太多的弯儿，以致觉察不出来了。他一边听，一边用手在膝盖上轻轻地击着，只觉得心境豁然开朗起来，方才的愁思都烟消云散了。

一曲终了，过了许久，他才开口问：“这曲子叫什么名儿？”

她略一迟疑：“叫作……《镇魂调》。”

“《镇魂调》？好奇怪的名字。”他想了一想，随即微微一笑，“不过，倒是很贴切。一听到它，心里头再多的烦躁怨愤全没了，整个人都平静下来，可不是有‘镇魂’之效？”

她默默地坐着不说话。

杨昭又道：“以前我也喜爱吹笛子，后来事情一多，就没那个闲情逸致了。我的那管玉笛也不知在箱底压了多少年，我许久不温习，只怕都吹不响了。”他轻轻地哼了一小段她刚刚吹奏的《镇魂调》，觉得自己记得差不多，向她伸手道，“笛子借我一用。”

菡玉依言把笛子递给他。碧玉微凉，吹孔处结了一排细小的水珠，是她吹奏时呼出的气凝结而成的。他缓缓地把笛子抬到唇边，下唇贴着那温凉的玉，一时只想着，刚才她也是这样，触碰了这一块地方。

太阳已经落下山去了，东边的天空暗沉沉的，西侧却是一片绚丽灿烂的晚霞。树冠投下的暗影将两人笼罩其中，她看不清杨昭的表情，只听到悠扬的笛声从他的指下一丝一缕地飘荡出来，宛如氤氲的薄雾。他吹得一手好笛子，比她这只学了点儿皮毛的半吊子要强上许多。那婉转的曲调由他演绎出来，格外动人心魂。

刹那间，她仿佛回到了很久很久以前，第一次听这曲子的时候。她看着他模糊昏暗的侧影，忽然觉得他吹笛的姿态，和这笛子的原主人竟有那么几分相像。

那时……

她悚然一惊，从迷思中回过神来，他的笛声也刚好结束。

“对了，昨日听相爷说哥舒将军攻破吐蕃城池，收服了九曲部落，不知此事可有后续进展？”

杨昭惨淡地一笑，恋恋不舍地放下笛子，愣怔片刻，才掏出汗巾来把那笛孔上的水珠细细地擦拭干净了，递还给她：“菡玉，你可真会挑时候打岔。”

她默默地把笛子收起，他接着道：“我已奏表陛下，请以哥舒翰兼任河西节度使。”语气恢复为谈论公事时的肃然。

菡玉便也收敛心神，道：“有了哥舒将军制约，安禄山便不至于横行无忌。”

叛逃回漠北的阿布思被安禄山所破，其精锐骑兵尽归安禄山，加上原先的范阳、平卢、河东三镇兵力，禄山精兵天下莫及。朝中不断有人进言安禄山有反状，但皇帝就像吃了迷魂汤似的，对这个贵妃的干儿子深信不疑、宠爱有加，根本听不进去。杨昭厚交哥舒翰，不仅是看中哥舒翰隆宠日盛，手下兵力雄厚，也因为哥舒翰与安禄山有隙，他们正好可以相互制约。

杨昭道：“哥舒翰此番大败吐蕃，陛下龙心大悦，有意要赐爵封王。”

菡玉讶道：“封王？陛下要封哥舒将军什么爵位？”

“草拟为西平郡王。”

“西平……郡王……”菡玉缓缓地念出那四个字。安禄山为东平郡王，这回哥舒翰被封为西平郡王，便是明着把他俩放到同等的地位上去了，两人的争夺对峙也由暗处转到明处。

让哥舒翰去和安禄山正面硬碰硬，总比让……菡玉瞥了杨昭一眼，天色已暗，他的脸在几尺之外也看不真切了，只有一个黑黢黢的剪影。

她轻轻地点了点头。

说到底，她还是有一些私心的。

六月，皇帝再次驾幸骊山华清宫，杨氏众人自然也随行。杨昭此时身为右相，今非昔比，其余五家都以他马首是瞻。出发前，三位夫人及杨铦、杨锜都先到宣阳坊相府前会合。

杨氏素来豪奢，此次出行必定也极尽奢华，菡玉早料到了，但当她随杨昭走出大门时，还是被门外的阵仗吓了一跳。

相府前足以四马并辔行走的宽阔大街，此时挤挤攘攘塞满了车马仆从，两边都望不到尽头。杨昭以剑南节度使旌节仪仗领于五家之前，其余五家的家奴各穿一种颜色的锦绣衣袍，灿若云霞光华夺目，五色合成一队绵延数十丈。远远看去，队伍犹如天际虹霓一般绚丽，当真是炙手可热的富贵盛势。

到了朱雀大街，百官多已到了，待皇帝乘舆从承天门出来，再过皇城朱雀门，便浩浩荡荡地出发了。队伍一路向东，从东边的春明门出长安，骊山就在五六十里之外。如此绵长的队伍，用不着半日也就能到了。

城内沿路都有百姓夹道，杨氏五家经过时引起了一阵骚动。本是在路旁围观的百姓竟然围拢过来，有些胆子大的还猫腰钻进队伍的空隙里。

菡玉听到后头有骚乱之声，回头去看，只见一名少妇和一中年妇人各执一片锦缎的两端，互不相让地拉扯。再往后不时有几个人一拥而上，弯腰去捡地上的东西，为此争抢相斗的也不在少数。

原来是杨氏家奴身上带的锦绣珠玉掉落在地，队伍前行又不得停下去捡，围观的百姓看到这些值钱的东西掉在路上，便纷纷争抢。

菡玉看这样的情形不由得皱眉，队伍行过都能掉落一地的珠玉锦绣，杨氏竟奢靡到如此地步。

杨昭看她策马回头，也转过头去看，见两旁百姓争抢遗落的财物，忍不住玩心大起，对身边的扈从道："叫后面的人把身上带的值钱物什都扔下去，人人有份，免得他们抢个头破血流。"

菡玉忍怒劝道："相爷此举非但不能止住争夺，反而会造成更大的骚乱。望相爷三思，否则他们就真要抢得头破血流了。"

杨昭道："人为财死鸟为食亡，头破血流也心甘。"

菡玉恼道："贪财好利之心人人皆有，相爷以此取笑玩弄，令他人丑态毕露，觉得很好玩吗？相爷今日富贵腾达，自然可以视钱财如土，倘若换作为衣食所累的普通百姓，不也像这些庶民一般汲汲营营？"

杨昭道："人与人本就不同。菡玉，不是人人都会像你这样设身处地地以己度人的。"

菡玉反驳道："相爷也曾窘困落魄，倚仗他人接济度日，如今发达富贵就忘记旧日困境了？君不见李林甫、王铁、杨慎矜等都是以满盈招祸，前车之鉴，相爷一点儿也不惧吗？"

杨昭脸色微变，旋即又笑道："没错，我本寒家，缘椒房之亲而有今日地位，不知以后会有什么结果，终究也不会留下什么好名声，说不定还会遗臭万年，还不如今朝有酒今朝醉，及时行乐。"

菡玉听他如此自嘲，也觉得刚才的话说得太重，无礼至极，略感后悔，轻声道："相爷何出此言……"

杨昭道："菡玉，不是你说的吗？我活不过四十岁，下场也不怎么好。"

她心中一动，抬头只见他侧着脸看着自己，神色冷漠淡定。

这已是天宝十三载的年中，如果一切都不曾改变的话，他离四十岁的大限真的不远了。

扈从见两人都不说话了，迟疑地问："相爷，真要叫后面的人丢东西吗？"

杨昭忽然一笑，转头对他道："开个玩笑而已，你还当真了？下次我叫你把库房里的绢帛全拿去烧火，你去不去？"

扈从退后，不再多言。菡玉看着前方杨昭走远的背影，忽然想到，若哪天他真下令把库房的绢帛全拿出去当柴烧，也一点儿都不奇怪。

午时抵达骊山华清宫，皇帝劳顿这半日有些乏了，下午便休整调息，晚间摆开筵席大宴群臣。

一场豪宴，从酉时一直举行到戌时还没有结束。笙歌燕舞，直叫人心神麻痹。菡玉端起酒杯浅啜一口，脑中却不时闪过日间所见道路两旁的百姓争抢财物的情景，只觉得难以下咽。她放下杯来，默默地坐着。

园中廊檐台阁都缀满宫灯，不远处的温汤也清晰可见。她望着池中石莲，忽然想起天宝四载初入京时，自己第一次随驾来华清宫，当时还只是集贤院的客卿，并无官职，就被赐坐在这块地方，从这个角度看池中石雕的莲花。

那回……似乎是她第二次见杨昭吧？

当时她并没有太在意，只觉得这个人与自己道不同不相为谋，不屑与他攀谈。再往后，二人同朝共事数年间有过少许几次接触，针锋相对，被他欺压的时候居多，却不知从何时开始，他竟生出了那样的心思……

她现在回想起来，当时与他说的话突然就从记忆深处冒了出来，犹在耳畔，仿佛不曾忘却。

“莲花出于污秽而保清净，姿态娇怯却有傲骨，无怪乎山人以莲为名，实是相称，还有人说你是莲花精气所化的仙骨呢。”

她是怎么回答的？

“既出污秽，必有所染；茎叶娇弱，其傲有限。莲高洁输于菊，风骨不比梅，唯心素淡，虽苦犹清。”

一转眼就八年过去了，她失了高洁、折了风骨，却还是一事无成。

“在想过去的事吗？”

菡玉回过头，杨昭已坐到她的身边，手里还端着酒杯，脸色微红，身上带了淡薄的酒气，笑着又问了一句：“是想起第一次来华清宫时的情景了吗？那是天宝四载的十月，我还记得，当时你就坐在这个位置上。不过桌子不是这么摆的，要转一个方向。”他伸出空着的那只手，比了个旋转的手势。

菡玉讶于他竟然能记得这么清楚。这么多次伴驾饮宴，她只能大概记得那回是坐在这附近的，更不用说桌子朝什么方向。

杨昭看出她的惊奇，玩着手中的酒杯，笑道：“我记得的还有很多。我问你，那天你的脚上穿的是什么颜色的靴子，你还记不记得？”

菡玉一想，那时自己没有官职，以布衣方士的身份赴宴，当然穿的是素衣素袍素靴，便答道：“白色。”

“不对，”他得意地笑了起来，“那天你的脚上沾了黄泥，所以是黄靴。”

她一点儿都不记得了，勉强一笑：“相爷真是好记性。”

“我也不是因为记性好，而是……”他定定地看着她，微带酒意的眸子光华流转，“菡玉，和你有关的事，我样样都记得。”

她别开眼，低头看面前的酒杯。

杨昭仰起脸，自顾自地回忆起来：“我记得第一次看到你时，你和我的人刚动过手，毫发无损，右边衣角的下摆却被削掉了一截；那回你翻墙进……肩膀后背上蹭了一抹墙灰，衬着黑衣非常显眼，你自己都没有注意到吧？捉拿史敬忠回来，我和你共坐一车，每次你闭目小憩，都会靠着窗边那条绿色的布帘子；你从推事院出来，我带你去见贵妃，你买了一盆奇形怪状的盆栽为我治灼伤，折的是左边从下往上数第三片叶子；还有那次在东平郡王府，你贴身的那件小衣服，侧面一共有九个绳结……”

菡玉出言打断：“相爷！”

他放下手里的酒杯，用力地眨了眨眼，迷离的眼神才变回清明：“这酒的后劲真大。”他自我解嘲地笑道，“喝的时候不觉得，这会儿脑子却有点儿迷糊了。”

她顺势说道：“酒多伤身，为了朝政社稷，相爷也该保重身体。”招过侍立在一旁的侍女来给他上了杯浓茶。

杨昭喝了茶，稍稍清醒了些，精神却还亢奋，突然问道：“菡玉，你那靴上的黄泥是怎么沾上的？”

菡玉无法回答。她连自己的靴上有没有沾泥都不记得了，怎会知道是怎么沾上的？

他想了一想：“我记得那段时间天气干燥得很，接连一个多月都不曾下雨，有湿泥的地方，只能是水边了。华清宫中的温泉全都用石头铺底围栏，从宫中至山下也都是青石路，没有泥地。难道你去了野外？”

被他这么一说，菡玉倒想起来了。那是她第一次见温泉，又见骊山风景秀丽，便独自一人到山上游览，看到一眼野泉，在泉边戏耍了些许辰光。她猜自己定是那时沾到的湿泥，于是将经过缘由说给他听。

杨昭好像起了兴致，脸泛红光：“山上还有别的温泉？在哪里？”

菡玉道：“当时信步乱走，不知怎么碰到的，早就记不得了。”

他抬头看了看天：“今晚的月色真好，是个亮星夜呢。”

菡玉也随他抬头往天上看去。这日正是十一，月亮已有七分圆，亮堂得如一面银镜。四周华灯璀璨，但仍能看到满天星斗如珠如玉，一粒粒嵌在深蓝的天幕上。

“不如我们出去走走，看能不能找到那眼温泉？”

菡玉推辞道：“相爷，这里可不是长安，出去就是山林，夜黑路滑恐有不测。而且现在陛下驾幸骊山，到处都有守卫，可不好瞎撞瞎闯。”

“我自有办法。”他说着站起身，也不顾她的阻拦，摇摇晃晃地往皇帝那边走去。菡玉看他醉得厉害，不放心地跟过去。

杨昭走到御前，皇帝正和贵妃坐在一处，已有些意兴阑珊。杨昭凑近了低声向两人不知说了什么，贵妃立即喜笑颜开，拉着皇帝要他准奏。皇帝见贵妃高兴，便下旨说宫外夜色甚好，要出华清宫去夜游。

此言一出，百官哗然。龙武大将军陈玄礼进谏道：“华清宫外就是旷野，安能不备不虞？陛下若一定想要夜游，请回长安城内，臣为陛下开道肃清以保安全。”

杨昭略有不悦，对陈玄礼道：“宫外虽是旷野，也应是遍布岗哨。陛下驾幸骊山，难道陈大将军还不曾将全山肃清，确保陛下的安全吗？”

群臣中有人本想附议陈玄礼，劝诫皇帝以安全为重，见右相发话责难陈玄礼，便住了口，静观其变。

陈玄礼道：“山间不比城阙，坡陡路狭，又是夜晚，陛下若有半点儿差池，右相担得起这个责任吗？”

杨昭恼怒，挥手一指陈玄礼，还未开口，自己的身子倒晃了一晃。菡玉急忙上前扶着他，对皇帝道：“陛下，右相有些醉了，请陛下恩准他退席休息。”

杨昭一手搂着她的脖子，身子的大半重量都压在她的肩上，侧过脸看了她一眼，醉眼蒙眬。

菡玉又道：“山林夜间阴森，要看景致还是白天阳光明媚时更好。陈将军一心为陛下着想，望陛下三思而行。”

皇帝有些犹豫，看向贵妃。贵妃向来安于后宫不和朝臣争执，看杨昭许久也不开口，只好讪讪地道：“陈将军、吉少卿言之有理，请陛下保重龙体，日间游山更为合宜。”

贵妃如此一说，夜游之事只能作罢了。此时已是戌时过半，皇帝也觉得困倦，便下令散席。

杨昭借着醉意，一路搂着菡玉不肯松手。菡玉想把他交给杨昌，他却发起酒疯来，空着的那只手直挥，像赶蚊子似的不让杨昌近身。

杨昌为难地道：“相爷实在醉得厉害，走路也走不稳，又不让我扶他。吉少卿，你看这……”

菡玉无奈，只得说：“反正回程不远，就由我来搀扶相爷吧。”

好在杨昭在山上山下都有皇帝赐的宅邸。山势陡斜抬不得肩舆，菡玉只好一路扶他回去。

走到一处转弯，杨昭突然指着树丛道：“路在这里呢，为何拐弯？”

菡玉道：“相爷，那是踩出来的小路，正路在这边。”

他却道：“我就爱走小路，我们走这边。”不管菡玉愿不愿意，拉着她便朝树丛中走去。

菡玉急道：“相爷，那边是树林了。”

他嘻嘻一笑：“那不正好，咱们这就去找你说的温泉。”

菡玉看他醉糊涂了，半哄半劝道：“夜间林中危险，又看不清路，明日白天我们再去找那温泉好不好？”

“你别怕，我会武艺，有事我保护你，而且我们这么多人呢。”他虎着脸往后一挥手：“你们都听好了，好生跟着保护我们，可别怠忽职守跟丢了！”

杨九提剑欲跟紧他们，却被杨昌拉住，杨昌向她使了个眼色，对杨昭道：“小人会一直护着的，相爷请放心。”说完，杨昌和他俩拉开距离，远远地跟着。

菡玉暗暗叫苦，知道和醉酒的人说不通，只好依着他往林中走去。二人走了一段，树木渐渐稀疏起来，出现一片数丈不长草木的裸露山石。

菡玉被杨昭压得疲惫不堪，走到山石中央放他坐下，他的手却还不肯放开，把她也拉下去坐在自己的身旁。

她连喘了几口大气，颈后热出了汗，以手作扇连连扇着。他坐过来一些，手又不规矩地伸过来搂住她的脖子，另外一只手捏起她的下巴，惋惜地摇头叹道：“啧，如此灵秀的人儿，闭月之貌，怎么会是男子呢？”

她没有拂去他的手，只压低声音道：“相爷，你当真醉得太厉害了，连人都不认得了吗？菡玉本就不是男子。”

“我当然认得你，就算你化成了灰，我也认得……”他打了个酒嗝，迷迷糊糊地道，“我也知道你不是男子，这是遇到你之后最让我欢喜的一件事，我怎么会忘记呢……菡玉，菡玉……”他喃喃地唤着，脑袋歪在她的肩上，呼出的热气中带着淡淡的酒味。

她的颈上突然传来一点儿温热的湿意，似乎是他将唇印在她的颈中，轻轻地吸吮。菡玉吓得不轻，惊跳了起来，又被他搁在她背后的手带住。她越发慌张，胡乱推了他一把起身跑开。杨昭醉得头重脚轻、昏昏沉沉，被她用力一推，后脑勺咚的一下撞在背后的大石上。

那声音又闷又响，把林子那头的杨昌都惊动了。几人急忙赶过来，又不敢贸贸然地接近，只借着几棵树掩住身形，抬高嗓门问道：“相爷、少卿，没出什么事吧？”

菡玉不知如何作答，杨昭却自行坐起身来，摸着后脑勺沉声道：“叫他们过来。”他语气平顺，一点儿都不像酩酊大醉的样子，只是隐含恼怒。

难道他刚刚是借酒装疯？她背上一阵发凉，忍不住往颈中摸去，只摸到一片细密的小水珠，原来是他呼出的热气在夜里凝成了水，沾在她的脖子上。菡玉微窘，偷偷瞥他一眼，觉得他似乎也瞄了自己一眼，颇为无奈。

杨九欲上前来替换菡玉，又被杨昌拦住，杨昌另寻了两个身强体壮的家奴背杨昭。菡玉跟在后头照应，看着前方家奴背上烂醉如泥的人，暗暗地皱起了双眉。

他是有心还是无意，真不好说呢……她该怎么办才好？

第九章 莲笺

第二日杨昭一直睡到日上三竿才醒，又被宿醉带来的头痛折磨了一下午，便又在骊山逗留了一日，第三天才返回长安。他醒来后仿佛完全不记得酒醉后发生过什么了，菡玉只好装傻，当作什么也没发生。

回长安之后，因为皇帝不在京中，杨昭需处理的事情变得更多了，也不天天坐在吏部盯着菡玉，菡玉甚至有过两三天不见他的身影。这总算让她暂时松了一口气。

自从兼任吏部郎中，菡玉除了料理吏部事务，还多出许多额外的是非来。吉少卿从今年三月起借居相府，受右相宠信看重，已是满朝皆知的事，甚至暗地里也全是关于她和右相不清不楚的流言蜚语。右相高不可攀，想巴结也未必巴结得上，便有人把主意打到她的头上来。这段时间每回她独自回去，总会在路上被这样那样的人用各种借口拦住，想尽办法通过她请托右相。

钱权总是相伴，杨昭身居要地，家财岂止万贯，外头风传他家中堆积的绢帛达三千万匹。三千万或许有些夸大，但是后院库房里堆满的财帛，菡玉也是见过的。除了参观左藏库时，她从来没有见过这么多的财物。

她伏案写明日的奏章，心中一直想着这些事，一不小心竟写错了。写给皇帝看的奏章又不能涂改，她只好扔了重写。

婢女芸香在一旁伺候笔墨，菡玉把写坏的奏章递给她，让她拿下去处理掉。芸香接过来捧在手里，颇惋惜地说：“这么好的纸，扔掉了多可惜啊。”

递给皇帝的奏章，纸张当然是极精致的，外封锦皮。菡玉道：“不小心写坏了，只能扔掉。”

芸香看着奏章上工工整整的楷书，赞道：“少卿的字写得真好，写坏了还这么漂亮。”

菡玉不由得笑了：“是内容写坏了，不是字写坏了。”

芸香道：“既然没用了，少卿不如赏给我吧。我正在学写字呢，正好可以拿来临摹。”

菡玉听她说想学写字，也很高兴，说：“你要摹我的字？我写得不好，绵软无骨。你要是想学，我给你找几本字帖；或者摹相爷的字，他比我写得好。”

芸香道：“我才不要学相爷的字呢，硬邦邦的，哪有少卿写得好看？”

菡玉一想，芸香女儿心思，当然喜欢娟秀的闺阁字体而不爱台阁体，自己幼时也曾摹过名姬帖，便说：“也好，你要是想学我的字，我另给你写一些。这本是给陛下的奏章，不便流传出去，芸香见谅。”

芸香喜笑颜开，连声道：“我有纸，我这就去拿纸！”欢欢喜喜地跑回自己房里取了纸来。藕色的笺纸印制得很是素雅精美，还散发着淡淡的荷花香气。

菡玉不由得一怔。这荷花笺……

芸香瞅她两眼，问：“少卿，这纸能写吗？”

菡玉回过神来，笑道：“当然能，只是用它来做字帖实在太浪费了，合该题上诗词做诗笺，才不会暴殄天物。”于是换了一支细狼毫，忖度着写什么好。

芸香看她思索，叮嘱道：“少卿，你可别写些什么国策方略、豪情壮志的给我呀！”

菡玉问：“那你想要我写哪种？”看芸香粉面含春欲语还休，又看看这秀雅清香的花笺，她心里登时明白过来，笑道，“我给你写首诗好了。”提起笔来，用娟秀的簪花格题了一首《采葛》。

芸香凑过来，拣着自己认识的字读出声：“采……兮……一日不见，如三月……”这句话的意思浅显直白，芸香当然明白，当即羞红了脸，却欢喜得很。

菡玉笑问：“写得可还中你的意？”

“少卿！”芸香羞得满面通红，“我、我去收起来！”一把抓起那诗笺跑了出去。

菡玉笑着放下笔，准备继续写她的奏章，却发现桌上落下了一张空白的荷花笺。她拿起笺纸凑到面前闻了一闻，还是那熟悉的香味，比新鲜荷花的香味略浓郁绵长。她翻过笺纸来，果然见笺纸的背面印了一朵淡雅的荷花。

这么多年了，没想到她还能见着这种荷花笺……

小小的孩童擅自拉开母亲的抽屉，翻出母亲旧日的诗笺，摇着头晃着脑，卖弄地念出自己认识的字，不认识的字胡乱猜着念："皮采草分（彼采葛兮），一日不见，如三月分（兮）；皮采花分（彼采萧兮），一日不见，如三秋分（兮）；皮采艾分（彼采艾兮），一日不见，如三岁分（兮）。"她大声地问母亲："娘，这个是什么意思啊？什么叫一日不见，如三岁分（兮）？"母亲苦笑道："就是一天看不到，就好像过了三年那样久。""我知道！就像娘想看见爹……"孩子突然住了嘴，小眉头皱了起来，扔掉那张诗笺换了另一张，"我出东门方（游），角后（邂逅）、角后（邂逅）……田（思）君……房……衣巾……"太多不认识的字让她读得磕磕巴巴的，诗又太长，她索性跳到最末尾，"自……失……泪下如连丝！啊，这个我认识！泪下如连丝！"孩子开心地发现了一句自己能认全字的诗句，咧开嘴抬头向母亲炫耀，却见母亲面颊上两行晶亮的泪水。

"泪下如连丝……"菡玉喃喃地重复着这一句，欲放下的笔重又拾起，在花笺上写下那久违的诗句。

"爱身以何为，惜我华色时。中情既款款，然后克密期。褰衣蹑茂草，谓君不我欺。厕此丑陋质，徙倚无所之。自伤失所欲，泪下如连丝。"

她郁郁地甩开笔站起身来，抓起那张花笺想揉作一团丢弃，窗外忽然传来一阵悠扬的笛声。那笛声欢快清越，如同黄莺出谷、百灵展喉，音色比她那管裂了一道纹的玉笛要明亮许多。

这曲子是《镇魂调》。

她从来不知道《镇魂调》还可以用这样欢快的节奏吹出来，不仅心中的怨愤烦闷一扫而空，还生出些许喜悦。

她忍不住走到窗前，推开窗往外看去。正是盛夏花草最繁茂的时候，池中荷叶密密实实地铺满水面，放眼望去遍地是浓绿。聒噪的蛙虫似乎也被这小调迷住了，一时齐齐停了鸣叫，园中出乎寻常地安静。隔着重重交错的枝叶，菡玉远远地看见一道淡青色的人影，手中执一管玉笛，面朝她这边悠悠地吹着。

除了杨昭还能是谁？这支曲子她只告诉过他，而他也恰好有一管碧玉笛子。

他看见菡玉开了窗，停止吹奏向她走过来，刚走到窗前丈余远处，另一边也传来一阵脚步声。菡玉探过去一看，竟是虢国夫人和几个侍女，菡玉连忙退后。虢国夫人来得突然，菡玉连窗户都来不及关，忙侧身闪到窗边，贴着墙壁。她斜着从窗子里看过去，只能看到杨昭，还有虢国夫人的左手。

杨昭瞥了菡玉一眼，随即对虢国夫人展开笑颜：“天气如此炎热，三姐还有兴致到我的家中来游园？”

虢国夫人却不答话，对身边的侍女道：“你们先都退下。”

侍女应声退走，虢国夫人突然上前一步，握住了杨昭的手：“昭儿，刚才是你在吹笛子吗？”

杨昭听她叫出自己幼时的称呼，又抓住了自己的手，脸色一变，眼光扫向屋内墙边的菡玉。菡玉只是低着头，贴紧了墙壁。

虢国夫人又道：“好多年不曾听你吹笛了，乍一听到，不禁又想起少年的时光。那时候你总能编出各种各样的新曲子吹给我听……刚刚那支小调也是你自己编的吗？听着好亲切呢。”

杨昭道：“许久不练，技艺早就生疏了，又让三姐笑话。”

“三姐三姐的，听着多生分，这里又没有旁人。”虢国夫人嗔道，往前一步偎到杨昭身边，背对着窗户，“以前你是怎么叫我的，你都忘了吗？”

杨昭心里一急，视线又被虢国夫人挡住，看不见窗内的菡玉的状况。虢国夫人抓着他的胳膊柔声道：“我要你还像以前那么叫我，叫我瑗瑗。”

屋内忽然传来哐当一声响，虢国夫人一惊，回头去看，只见身后的屋子内窗户敞开着，屋里空无一人。她蹙起秀眉。

杨昭趁机道：“三姐，这里毕竟是相府，旁边就是客舍，人多耳杂。”

虢国夫人却会错了意，笑道：“那你去我家，我家里没有外人。”虢国夫人嫁与裴姓人家，丈夫早已过世，如今独自寡居。

杨昭推辞道：“今日多有不便，改日再上门拜访。”

虢国夫人道：“那好，我本来也准备回去了，正好听到你的笛声才转过来看看。你说好了可不许赖，我等着你。”

杨昭勉强一笑，目送她款款离去。

虢国夫人前脚刚走，菡玉便从窗后闪了出来，伸手就要关窗。杨昭把胳膊往窗户里一伸，架住窗户不让她关，快速地解释道：“菡玉，那是二十多年前的旧事了。”

菡玉沉着脸一语不发，使劲推窗，但拗不过他的力气，一松手掉头就走。杨昭推开窗，一手撑住窗台跃进房中，追上去几步把她拉住。她挣脱不得，就任他抓着，背对着他看向别处。

“自从她嫁了人，我就再未与她有过私弊。”

菡玉深吸一口气，冷冷地开口：“相爷，你不需要向我解释。既然都是以前的旧事了，相爷如今行得正坐得端，我自然会当什么都没看到，决不会去向裴娘子搬弄是非，也不会告诉其他人，相爷只管放心。”

他与虢国夫人的私情，她早就听说过，原来确有其事。但是从别人的嘴里听来和亲眼见证，毕竟还是不一样……

她偏过头去，看向桌上的荷花笺。爱身以何为，惜我华色时。自伤失所欲，泪下如连丝。自伤失所欲，泪下如连丝……心头的种种滋味混杂难解，是愤、是怨、是妒、是怒，她自己都分不清楚。

两人正僵持着，大门突然被推开。芸香跑了进来，笑嘻嘻地喊着“吉少卿”，一进门看两人的姿势，目瞪口呆地愣在当场，不知该进去还是退后。

杨昭忙放开菡玉，把手负到背后摆出宰相的架势来，装模作样地问道：“除了刚刚说的那两件事，你还有什么要禀报的吗？”

芸香看看两人，小心翼翼地对杨昭屈身行礼：“相爷和少卿商量要紧事，那芸香先告退了，一会儿再来伺候。”说完转身欲走。

“好。”“等一等！”

两人同时开口，芸香顿住脚步，不知该听谁的。菡玉抢先道：“今日劳动相爷大驾，下官着实有愧。朝政大事还是去相爷的书斋商议吧。”

杨昭点头道：“也好，那走吧。”

菡玉对他一拜，道：“下官暂无他事禀报，恭送相爷。”

杨昭心生恼怒，不想她居然用这种方法下逐客令。他回身瞪她，她却深深地弯下腰去，恭敬地向他拜别。他碍于芸香在场不好发作，只得吃个哑巴亏，出门走了。

杨昌站在书斋门口，看到相爷黑着一张脸从隔壁院里出来，就知道又发生什么事了。自从吉少卿搬到相府，这样的场景可真是屡见不鲜。

杨昌乖乖地低头立在门边，在相爷走到门前时伸手为他推开门，接着跟随他走进书房，右手横伸在他身后，接住他扔下来的外袍挂到一旁的架子上，然后在他喝出“出去”之前自觉地退出去，并将书房的门关好。

屋里沉寂无声，杨昌心下思量：要是相爷每回生气时能发发脾气、摔几样东西，说不定还好些。可相爷偏偏强忍着，一个人关在屋里不知道做些什么，总叫人担心。

天色渐晚，一会儿到了晚膳时分，裴柔派侍女来请相爷到厅中用饭。杨昌道：“相爷有要事处理，就在书房用膳了。”相爷时常在书房里独自一人用餐，侍女也不多问，十分顺利地被打发走了。

杨昌命厨房做了几样简单的小菜送到书房来，可杨昌刚进门去就听到杨昭冷冷的声音：“我在忙，出去！”

杨昌也不作无用的劝解，又把饭菜端了出去，准备拿回厨房去放在蒸屉上热着。一会儿等相爷气消了自然知道肚子饿了，总会吃的。相爷就爱自己生闷气，偏偏又忍不住这口气，吉少卿从不向他道歉，总是他自己慢慢消了气，回头又巴巴地贴上去。

但总这样憋着不得纾解，相爷迟早会忍不住的。杨昌摇了摇头，实在是有心无力、帮不上忙。两人都是死心眼的主儿，叫外人如何插手呢？

“杨大哥，相爷又不肯吃饭了吗？”

杨昌端着食盘刚走到廊下，就见芸香从隔壁院中走过来。他哂笑道：“相爷不是刚从你那边回来吗？”

芸香和杨昌两个人各伺候一边，早有了默契。芸香笑道：“我这不是一有了消息立刻就跑过来了，就怕相爷窝着一口气又吃不下饭，弄坏身子。”

杨昌问：“什么消息？”

“当然是能让相爷胃口大开的好消息！”芸香嘻嘻一笑，卖个关子不肯告诉他，过来接了他手里的托盘往书房那里走去。

杨昌有些不放心，跟着她追问：“到底是什么消息？相爷正在气头上呢，你要是没有十足的把握，可别进去捋老虎毛。”

芸香白他一眼：“你也不想想我是伺候谁的，不信我，也该信我上头的那位啊！”

杨昌脚步一顿，芸香已推门进去了。杨昌觉得有些纳闷，吉少卿和相爷闹了这么多次别扭，从来没见吉少卿主动低头过，就算派个婢女来也是件了不得的大事了。或许是吉少卿想通了，两人就此有了转机也说不定。杨昌如此想着，便放下心来。

杨昭正坐在书案前提笔书写，听见有人推门进来，头也不抬，不耐烦地斥道："不是说了我有事在忙吗？别来烦我！"

那人却不退开，反而一步一步朝他走来。他正当烦躁，怒从心生，抓起手边的碧玉笔搁就冲那人扔了过去，喝道："滚出去！"

他本以为进来的是杨昌，随便一闪就能躲过去。谁知那人却不避不闪，玉雕的笔搁正砸中额头。芸香痛得低呼一声，手里托盘一晃，硬是忍住没有松手。

杨昭听到是女子的声音，抬眼去望，发现竟是菡玉院里的侍女，忙站起身来走到她的面前说："怎么是你……刚才没有砸痛你吧？"

芸香道："谢相爷关心，我没事。"

杨昭看到她的一瞬间心头已转过百种思绪，竟有些紧张，问道："你、你来做什么？谁让你来的？"

芸香跪下，高举托盘道："请相爷用晚膳。"

杨昭哪里还有心情吃饭，挥手道："我不饿。你不是应该在……吉少卿的身边伺候吗，到我这边来做什么？"

芸香却不答，固执地举着托盘："相爷请用膳吧。相爷生气不肯吃饭，要是饿坏了身子，不怕少卿心疼吗？"

杨昭挥出去的手就落在芸香举着的托盘上，忘了收回。

芸香低头道："相爷和少卿两个，明明心中都万分不舍对方，为何一定要互相怄气、互相让对方担忧呢？"

杨昭接过托盘随手放到一旁的桌子上，拉起芸香来问道："这些话是、是她跟你说的吗？"

芸香摇头道："是我自己察言观色琢磨出来的。少卿的脾气相爷也清楚，要是他能这样直抒胸臆，哪怕是对旁人，也不会是如今这样了。"

杨昭有些失望，放开芸香的手："原来只是你自己的猜度。"

芸香连忙道："相爷，婢子绝不敢妄自揣测、凭空捏造，我是有凭有据的！且不说我跟随少卿数月，见微知著，单就是这次……"她从怀里掏出一件东西来，“相爷请看，这是少卿刚刚写的……”

杨昭接过来一看，发现那是菡玉写的奏章，建议改进吏部的一些办事步骤，都是些很细枝末节的琐事，只是在那奏章的末尾落款处，居然写了大半个“昭”字，只差最后一笔没有封口。

芸香解释道：“相爷走了之后，少卿就坐下来写这个。我看他一直心不在焉，写着写着就把这道奏章给我，说是写坏了，让我去扔掉。婢子看最后那个字似乎是相爷的名讳，就私自藏了下来。婢子猜测是少卿写的时候走神，把心中所想写出来了……”

她又拿出另外一样东西来：“然后少卿又写了这首诗……”

杨昭还未拿过来看，就闻到那藕色花笺上淡淡的荷香。他恍然忆起刚刚在菡玉的房中，似乎确曾看到她的书案上有这种花笺，上面题了几句诗，但他没有看清楚。

他心神一荡，急忙接过来。只见荷花笺上用娟秀的簪花小楷写着：彼采葛兮，一日不见，如三月兮；彼采萧兮，一日不见，如三秋兮；彼采艾兮，一日不见，如三岁兮！

“少卿的心意，相爷这下可都明白了吧？少卿并非故意要惹怒相爷，他或许也是有苦衷……”

“我明白，我都明白！我从来都不怪她……”杨昭握着那张小小的花笺，手不听话地微微发颤。

芸香小心翼翼地道：“相爷，这是我趁少卿不在从屋里偷偷拿出来的，既然相爷已经明了，就请物归原主。不然少卿发现了，又要责怪我多事……”

杨昭道：“这诗笺我要了。你放心，只当是我自己拿来的，她绝不会怪到你的头上。”

芸香道：“谢相爷关照，刚刚我出来时，少卿仍是愁眉不展、黯然神伤，一会儿相爷见了少卿，可要多多包涵。婢子也是希望相爷与少卿能尽释前嫌，千万不要让婢子弄巧成拙了才好。”

杨昭对她展颜笑道：“怎么会呢？这回你可是立了大功——对了，你叫什么名字？”

杨昭平时要摆宰相的威仪，即使在家里也是板着脸严肃的时候多，芸香见他时多是与菡玉一起，他更是没什么好脸色。他这样面对面地一笑起来，才让人恍然惊觉他也有着不输贵妃和虢国夫人的好相貌，即使已经不年轻了，却仍有一番动人心魄的气韵。

芸香一时看得呆住了，直到他又问了一遍才回过神来，结巴地答道：“回、回相爷，婢子名叫芸、芸香。”

芸香红着脸低下头来。听说他的舅舅是武则天的爱宠张易之，论色相未必比贵妃差呢……俗语说外甥似舅，难怪相爷如此……外人都道是相爷贪图吉少卿的美色，其实吉少卿也就在年纪上占点儿优势而已，若都是风华正茂的少年郎，只怕吉少卿还要被相爷比下去。这么一想吉少卿真是铁石心肠，怎么能做到对着相爷如此面容、一片痴心还无动于衷？

“芸香，好，好。”杨昭重复一遍，向外喊了声：“杨昌！”

杨昌应声而至。杨昭道：“带芸香到账房领锦缎百匹、钱百缗，以作嘉奖。”

芸香大惊，扑通一声跪下，道：“相爷，如此丰厚的赏赐芸香怎么敢当？”

杨昭笑道：“你今日功劳不浅，理当褒奖。”

芸香道：“我只是不忍相爷伤心伤身，一时脑热才做出今日之事，能让相爷展颜就是对我最大的奖赏了。”

杨昭将她扶起，拍拍她的手说：“难得你如此为我着想，不赏你还赏谁呢？”不等芸香说话，又对杨昌道：“去吧。”

杨昌恭敬地颔首：“遵命。”

杨昭举步欲往外走，芸香忽然道：“相爷，入夜外头凉，披件衣服吧。”说着自行走到衣架前取下外衣来递给他。

杨昭道：“芸香，你真是体贴入微。”心想有这样忠心护主又细致周到的婢女在菡玉的身边伺候，他也放心。他伸手去接外衣，芸香却转到他的身后，双手举起外衣替他披上。杨昭被人伺候惯了，也未拒绝，任她帮自己系好衣带便迫不及待地大步跨出门去。

杨昌狐疑地睨着芸香：“你可真有本事啊，到底跟相爷说啥了？你院里的那口子还真能有好消息传出来？你可别对相爷耍心眼儿。”

“相爷是什么人物，我还能在他面前耍心眼儿？”芸香一抬下巴，“去账房吧，杨大哥。”

杨昭闯进菡玉的院中，屋里却是空荡荡的，不见她的踪影。笔墨纸砚都还摊放在桌上，镇纸下压着一张荷花诗笺。他取过来一看，只见诗笺上写着“爱身以何为”等句，字体是和那首《采葛》同样的簪花格，确实是菡玉的笔迹。

自伤失所欲，泪下如连丝。这是她的疑虑，还是……他想起芸香说“或许也是有苦衷”，略感疑惑，心头有什么模糊的念头一闪而过。但他此刻一心只想找着她，也未多加思量，把那诗笺压回镇纸之下，出门继续寻找她。

一出房门，他正好看到旁边的耳房内出来一个小丫头，便叫过来问道：“吉少卿人呢？”

小丫头战战兢兢地回答：“少卿去花园散步……”

这么晚了，她去花园散步？他转到屋后的花园中去寻找，夜色晦暗，园中只有亭台廊阁下挂了灯盏，其余地方都是黑漆漆的。他几乎将整个花园寻遍，才在离菡玉的院子最远的东北角听到低缓的笛声。

杨昭心中一喜，顿住脚步，分辨出那声音就在数丈之外。隔了一片树丛，笛音断断续续，低沉幽远，如泣如诉，却是那支《镇魂调》。他取出自己的玉笛想和上一曲，笛子到了唇边，他想想又放下了，怕惊动了她，于是手中拿着那管玉笛，轻手轻脚地向树丛那边走去。

他还未看清她在哪里，笛声戛然而止，一团耀眼的白光突然从声音的来处向他袭来。那白光速度之快，竟让他来不及躲避，刹那间便到了跟前。白光暴涨化作巨大的光团，他的眼前瞬间一片亮白。他被刺得睁不开眼，什么都看不见了，只觉得手中的热度急速升高，手像被投进了熔炉一般。他被烫得缩手，啪的一声，笛子掉在了地上。白光骤然熄灭，消失于无形。他一时适应不了光线的剧变，眼前仿佛还有一团一团的银白色光晕在忽闪。

他闭上眼缓了一阵，才慢慢恢复过来，睁眼就看到菡玉急匆匆地跑来，惊魂未定地喘着气，焦急地问：“相爷，你怎么样？要不要紧？伤到哪里没有？”

他心里一暖，忍住右手手心里传来的钻心的灼痛感，若无其事地说：“没事，就是手被烫了一下。刚刚那团白光是怎么回事？”

她不回答，执起他的手来查看。黑暗中看不清楚，她正好碰到他被灼伤的手心。他痛得闷哼一声，又立刻咬牙忍住。

“相爷，你的手……”她小心地抬起他的右手来，四周实在太暗，什么也看不清，她便拉着他往旁边有灯的长廊走去。

“我的笛子。”杨昭拽住她，一边蹲下身去捡掉在地上的玉笛。

“我来。”菡玉抢先一步捡起笛子，谁知碧玉雕琢而成的短笛竟滚烫如烙铁，手一触到便立刻被烫伤。她低呼出声，急忙缩回手来，把烫痛的手指放到唇边。她还未来得及吹，他也蹲下身来，抓过她的手凑到唇畔。

黑夜里看不清楚，他一时情急动作大了，嘴唇撞到了她指尖上的伤处，让她再次惊呼了一声，想从他的手里把手抽回来。他不知自己是怎么想的，也许是关心则乱，也许是不情愿就此放开，竟然张嘴把她的手指含住了。

菡玉身子一晃，几乎站立不住。她全身的毛孔好像一下全闭合了，她的身子紧紧地绷着，皮肤却冰冰凉的，甚至感觉不到衣料的触碰。她屏住呼吸，用力地屏住，心口紧得仿佛绞到极限的绳索，再紧一分就要崩裂。

然而不管她如何努力，指尖向来迟钝的触觉现在却灵敏得仿佛紧绷的琴弦，任何一点儿触碰都能带来深远的回响。他口中温暖柔软的肌肤贴着她，那伤处不因灼烧而麻痹，反而好似脱去了坚硬的外壳，热得仿佛要烧起来，脆弱敏感得让她直想尖叫逃跑。他的动作极尽轻柔，他的舌尖从她的指腹缓缓滑过，却仿佛最强力的磁石，牢牢地将她吸住，简直要将她整个人都吸进去、吃进去。

去年的除夕夜，也曾有人温柔地抚慰她烫伤的手指，但是那和现在完全不一样……吉温和杨昭，相似的行为举止，带给她的却是截然不同的感觉……

“相爷……”她艰难地开口，声音却虚弱得像是告饶，“我没事……你放、放开……”

杨昭这才慢慢松口放了她。不知是有意还是无意，他是抿着唇将她的手指一点儿一点儿地抽出来的，舌尖似乎还在她的指腹上绕了一绕。她觉得半边身子都麻了。

菡玉缩回手，探到腰间去取汗巾，探了好几下才摸到。她用汗巾把那滚烫的玉笛包了，两人一同走到廊下的灯亮儿处。

“这笛子……”他一开口发现嗓子又干又哑，咳了一声才继续问，“这笛子是怎么回事，怎会突然变得这么烫？还有刚刚的那团白光，你看到了吗？”

她含混地摇摇头，捧着他的右手凑到灯下去看。他的手掌心几乎全被烫伤了，通红得好似烧熟了，直接碰到笛子的地方更是被灼得不成样子，指根处和四个手指的指肚最为严重，仿佛稍微一碰就能带下一块皮肉来。

菡玉看着都觉得揪心，对他说：“必须立刻就医才行。”

杨昭却没看自己的手，只是低头看着她："没事的。"

"这还叫没事？"她忧心如焚，拉着他往南面的厅堂去，"你先去屋里歇着，我立刻去找医生来。"

"等等，"他拖着她不让走，"菡玉，等一会儿再走。"

她拉不过他的力气，气急败坏地道："还等什么？难道你不想要这只手了？"

他坚持说："我……不想去别的地方，就想在这儿待着。"

她气得跺脚，道："那你在这儿等着，我去找医生来！"说着放开他就要走。

他向前跨了一步，左手一抄揽住了菡玉的腰，将她拉了回来，就势搂进怀里紧紧地抱着她，再不肯放开。宽大的披风将两人都包住，围成一方小小的天地，只有他和她，两个人的世界。

"你干什么？放手，我要去请医生！"她扯开嗓门嚷道，生怕声音太小了底气不足会发抖。

"不放。"

她不知说他什么好，又不敢去掰圈在她腰上的手，也不敢挣扎，只怕自己一用力，他的手又要伤得更重。

"菡玉，"他埋首在她的肩上，嗅着她发上、颈间的馨香，那香味如梦似幻、氤氲飘浮，就像这动人的夜晚，美好得太不真实，"我只是不敢相信这是真的，你居然会这么关心在乎我……我怕我只是身处梦境，一觉醒来就什么都没了，一切还是原样。这梦太美，我不愿醒，不敢改变梦里的场景，只想让它停留得久些，再久一些。"

她几乎脱口说出安抚的话来，到嘴边又生生地咽了下去。既定的事实、她已经定下的决心，不会因为他手上的这一点点烫伤而改变。

"就算是梦，我也心满意足了。"他贴着她的发，双手搂得更紧了些。

"相爷不顾惜自己的身体，不肯疗伤。"她低着头，伸出手来，"可我也是伤员，请相爷容许我去就医。"

他瞪着她指尖上的那一点儿红痕。菡玉又道："好疼。"

杨昭无奈地道："好吧，我这就派人去请医生。"

两人一起出了花园，先到了杨昭的书斋。杨昌正在那里候着，一看相爷的手伤成如此模样，连忙使人去请医生来。很快消息就传了出去，裴柔也赶了过来，看到杨昭的手，简直就像天塌了似的，弄得全府一阵忙乱。

不一会儿医生到了，见宰相伤得严重，不敢疏忽，诊了又诊才开出药方。内服的外用的、早上的晚上的、伤口处用的愈合后用的，林林总总有十来样药。而菡玉不过是手指上烫红了一小片，连个水泡都没起，医生便给了她一盒药膏让她自己回去涂抹了事。

堂前堂后内外都是人，菡玉拿了自己的药便悄悄退了出去。杨昭当着这么多人的面不好开口挽留，只得眼看着她离开。

一直忙乱到亥时，杨昭把汤药喝了，遣散众人只留杨昌在身旁伺候，才终于重获清静。

他坐在榻上想着今晚发生的事，还觉得自己身在梦中，不敢置信。他了无睡意，又把藏在怀里的荷花笺拿出来，看了又看。

一日不见，如三岁兮。从明天起，他还是去吏部坐班吧……

他把这荷花笺反反复复地看了无数遍，又让杨昌找来锦囊把它收在其中，贴身放着。

而那管玉笛，菡玉放在了他身边的案几上，玉笛上还包着她的汗巾。他拿过那管玉笛来查看，当时脱手掉在了石板路面上，不知可有摔坏。

笛子带孔的一面完好无损，翻过来却有一道细长的裂痕，从中段延伸到末尾。他试着吹了吹，笛音低沉，不复原本的清亮，就像菡玉的笛子一般……

他恍然想起，她的那管玉笛，背面也有这样一道从中间延至末尾的细痕。

“菡玉，你的那支笛子呢？”

菡玉手一抖，笔尖一滑，手底下的笔画就写歪了。她连忙补了几笔修正过来，但那字也失了形状。只能这样了，礼部裁定的明经科中选的名册，只此一份，总不能因为她写坏一个字就叫别人重递一份上来。

杨昭又问了一句：“你的笛子呢？”

她回过神，答道：“下官平时不带在身上，留在居处了。”她举起手中审阅完毕的名册，吹了吹未干的墨迹，恭敬地双手递上，“相爷，都按您的意思一一批过了，请过目。”

他挥挥左手，说：“不必看了，盖上印，换下一个。”

他的右手伤得严重，表面的一层皮肉几乎全部被烫坏，要等新的长出来还得一些时日。此时他的整只右手都被纱布包得严严实实如粽子一般，动弹不得，写字当然是不能了，只得让别人代笔。这些天菡玉便一直跟随在他的身侧，按照他的指示批阅各类文书。

以前她总不明白，杨昭身为宰相日理万机，还身兼四十多个职务，如何忙得过来。这次她跟着他，帮他处理事务，才知道他的确不负精明强干之名，任何事一听完他便能拿出主意，办事之迅捷令人咋舌，她只作书记还总觉得跟不上他。

但再怎么能干，他一个人也不能当四十个人用。他的手又受了伤，假以他人做事毕竟不如自己利落，是以这几日他每天都要忙到天黑透了才能回去，最晚时甚至在尚书省院中留到亥时。

大概是事情实在太多太忙，虽然两人成日相对，他倒也没有任何逾越，一心处理政事。菡玉更是心无旁骛，唯恐自己手慢了会耽误要事，恨不得生出三头六臂来。每日她都累得肩酸背痛，因为写了太多的字，又写得太急，一歇下来就右手僵硬，甚至握不住筷子，喝汤时都会手抖洒在自己的身上。才十来天，她手指上的茧就厚了一层。

天光渐渐暗了。她放下手里刚批完的案卷，趁着他没说话的空当，一边放下笔来甩了甩酸痛的手腕，拇指轻轻抚着被笔杆磨红的无名指节，一边去拿下一册。

"今日就到这里吧，剩下的明天再说。"杨昭忽然开口道。

"可是……"菡玉看了看桌上堆积如山的案卷，"还有这么多……"

"反正今天肯定弄不完了，明日我多找几个人来，你也可以不必如此辛苦。"

她歉然道："下官手拙，耽误了相爷办事……"

"这么多事，一个人的确忙不过来，都怪我一时……"他突然停住，"好了，我也乏了，就这样吧。"

菡玉也不多话，把手里的事料理完了，和他一同回去。杨昭宅第位于宣仁坊，就在皇城东南角外，不多时二人便到了。

门房看到相爷回来，递过来一张请柬。杨昌先替杨昭看了，才递与他："是御史台吉温吉中丞即将过寿，邀请相爷莅临赏光。"

菡玉本跟在杨昭的身后，听到"吉温"二字，步子不由得一滞。

杨昭瞥她一眼，接过请柬来翻看：“哦，吉中丞做寿，自然是要去的。”又转过来对菡玉道：“你也随我一同去吧。”

她脸色一变，低首拜道：“相爷，廿九那日有吏部考功集议需要相爷主持。月底事多，相爷日理万机，吉中丞又不是做大寿，相爷何必亲临？”

杨昭眉梢一动。向来做寿都是逢十，吉温今年三十六岁，的确算不得大寿，只能算个吉利点儿的庆生宴；吉温寿诞是本月廿九，定于那日中午摆席宴客，邀请他前去。这些只写在请柬上，菡玉并未看到，他和杨昌也没有说出来，她却都知道。

她和吉温是故交，他早就知道，但究竟是什么故交、到什么程度，他却不太清楚。以前他是故意不去过问，但是现在……他忽然想起那日在她房中看到的诗笺：“爱身以何为，惜我华色时。中情既款款，然后克密期。褰衣蹑茂草，谓君不我欺。厕此丑陋质，徙倚无所之。自伤失所欲，泪下如连丝。”这内容怎么看都像是……

他皱起眉道：“吏部考功集议由考功少卿主持，侍郎到场即可，未必非得我去。我身上有伤，又接连忙了这些时日，正好趁着这个机会歇一歇。吉中丞这大半年里代我主持御史台事宜，劳苦功高，于情于理我都不该不给这个面子。”

菡玉低头道：“相爷言之有理。”

杨昭却不让她打马虎眼，一边进门一边吩咐：“记着那天跟我一起去，可别忘了。”

她脸色微微发白，推辞道：“下官非比相爷精敏，只怕还有很多事来不及做完……”

“就你那点儿事，我会帮你处理。”

她仍作无谓的挣扎：“吉中丞又没有邀请下官……”

“你跟我一同去，谁还能不让你进门？恁多借口！”他停住脚步回过身来，“你到底是不想去，还是不敢去？”

这句话让她即刻镇定下来，她低声道：“下官只是谨遵相爷之命，不敢造次。”菡玉刚搬来相府时他曾命令她不许再去御史台和吉温见面。

“我既然允许你前去，你就只管去。”

允许？他这是强逼吧？

菡玉转念一想，吉温邀请了宰相，寿筵上必定还有其他的官场同僚，家眷未必会出来，就算出来也轮不到……而杨昭，他再怎么精明聪慧，也不可能猜得到自己与吉温的关系，自己百般推辞反而会叫他起疑。于是菡玉便答应下来。

吉温的这场寿筵可谓做足了排场。朝中五品以上的官员到了不少，五品以下的能接到邀请，自然更是喜出望外、受宠若惊，哪有不来之理。这是吉温入京任御史中丞以来第一次大宴宾客，一来大伙儿碍于他这个实际上的御史台主事者的威势，不敢不赏脸——御史台干的本就是督察弹劾官吏的行当，谁敢得罪？二来右相都于百忙之中抽空莅临，与吉温的关系岂止一般，他们就算不给吉温面子，也得给右相面子。

杨昭抵达吉温府邸时宾客已经到得差不多了。吉温偕女眷亲自站在庭中迎接宾客，听说右相到了，迎出门去，第一眼看到的就是杨昭身旁的菡玉。他未料到菡玉也会来，愣了一下，还是杨昭先和他打招呼，他才急忙上前见礼。

杨昭只穿了便装，笑得一脸喜气，挥挥那只裹满绷带的手说：“吉中丞寿诞，我是以友人的身份前来祝贺的，今日只叙私谊不论公事，中丞不必拘礼。”叫过杨昌来奉上寿礼，“这是我和吉少卿的一点儿心意，区区薄礼不成敬意。”

吉温见他和菡玉一同前来，还送同一份礼，脸色便有些微妙，垂首拜道：“相爷太客气了，下官如何敢当，相爷肯赏脸光临就是给下官最好的寿礼。”说着稍稍别了一下头，吉夫人便会意，上前亲自一件一件地从杨昌的手里接过礼品，再递给仆人收好。吉夫人先前见过杨昭，与杨昭不算生疏，落落大方地对杨昭行了礼：“多谢相爷、吉少卿美意，两位里边请。”

杨昭还了一礼，举步往庭中走去。他跨出两步发现菡玉没有跟上来，回头去看，只见她面色阴沉地立在原地，似乎是在盯着吉夫人。再看吉温，神色有些闪烁不定。

“菡玉。”他轻唤了一声。

菡玉还没回神，那边吉夫人一直低着头，听杨昭这么一喊不禁抬起头来，正看到菡玉盯着自己。她突然看到菡玉的面容，菡玉又是阴沉的脸色，吓得惊叫一声，眼睛一翻就向后晕倒过去。

吉夫人身后的婢女家仆登时炸开了锅，几个人连忙把她扶住，吵吵嚷嚷乱成一团。吉温也赶过去，抱着她躺下来，连掐了好几下人中才把吉夫人掐醒。吉夫人像是受了极大的惊吓，虚弱得两个婢女一人架着一边也站不直身子，举起袖子遮在面前，不敢再看蓠玉。

吉温面如死灰，对杨昭谢罪道："内子体虚不胜劳累，失礼于相爷，还望相爷海涵。"

杨昭道："娘子定是为中丞今日寿筵操劳所致，还是快快回去歇息吧。"

吉温对婢女挥手道："扶娘子下去休息。"

吉夫人浑身虚软，一直举袖遮着脸，连向杨昭致歉的话也不说了，一心只想立刻离开。两个婢女扶着她往厢房那边走出几步，突然听得一男童脆声喊道："阿娘！你怎么了？"一个八九岁的男孩儿从后宅院门蹿出来，疾奔到吉夫人面前，抓住她的衣襟连连摇晃。

一旁的婢女道："小郎君，娘子没事，就是累坏了身子，歇一下就好了。"

那孩子满脸焦急，眼珠一转，正好看到庭中央的杨昭等人，双眼一瞪，指着蓠玉嚷道："小玉姐姐！又是你装鬼吓我阿娘的，是不是？"

吉温大惊失色，喝道："你胡说什么！这里有客人，别来胡闹！还不快回后院去！"

那孩子却不依不饶："阿耶，你别偏心袒护她！上次阿娘在花园里遇鬼吓出病来，就是她装的！我都知道呢！"

杨昭的目光在那孩子和吉温的身上一转，之后落在蓠玉的脸上。

吉温强自镇定，对儿子呵斥道："这位是太常少卿，朝廷命官，你懂什么，净会胡说！还不过来给吉少卿赔礼！"

孩子这才分辨出眼前这人和他所说的小玉姐姐的差别，嘟着嘴不情不愿地走过来，学着大人的模样对蓠玉拜了一拜。吉温道："吉少卿，犬子无状，胡言乱语冒犯少卿，都怪下官教子无方，还望少卿恕罪。"

蓠玉也发现杨昭在盯着她，缓声道："童言无忌，本官怎会与孩童计较。"

吉温道："多谢少卿宽宥。内子犬儿一再于相爷、少卿面前失礼，下官实在是万分歉疚。请两位移驾厅中，下官已摆好筵席，且容下官敬二位几杯谢罪。"说着欠身欲引他们入厅。

蓠玉也礼让，杨昭却不应他二人，蹲下身对吉温之子招招手，把他叫到身边来。孩子乖巧地依着杨昭，杨昭问："你说的小玉姐姐，是谁呀？"

吉温大惊失色，厉声道："不可对相爷无礼！还不快退下！"

杨昭斜睨吉温一眼，说："令郎活泼乖巧，我很是喜欢，跟他说两句话，不知可不可以？”

吉温忙说：“难得他有如此福分。”又对儿子道：“相爷问你话，好好回答，可别又像刚才似的信口胡说！”

孩子看出父亲很怕面前这个对自己笑眯眯的人，而这个人又说喜欢自己，胆子立刻大了，回答道：“小玉姐姐就是我的姐姐，不过……”他凑到杨昭的耳边，拢住嘴巴不让别人听到，“她是坏女人生的野种！她可坏了！”

杨昭点头，悄悄指了指菡玉，低声问：“那你刚才为什么说她是你的小玉姐姐假扮的？难道她们俩长得很像吗？”

“对啊！他们俩可像可像了，就像是一个人！”孩子用力地点头，“不过小玉姐姐没有这个人这么高，也没有这个人这么老，而且小玉姐姐是女的……”

吉温和菡玉听不清他俩在说什么，各自心里焦急万分。杨昭不知对孩子说了什么，孩子突然转身往后院里跑去了。吉温叫他，他也不回头，吉温只得向杨昭致歉道：“小儿无知，竟如此无礼，相爷……”

“哪里哪里。”杨昭笑着站起身，“令郎真是有趣，聪明伶俐，吉中丞有此佳儿，真是羡杀我这无儿无女的老光杆儿了。”

吉温摸不准杨昭的意思，心里又有自己的思量，只能先接着他的话头谦虚了一番。吉温正要请他入席，忽听孩子跑走的方向又传来噔噔的脚步声，只见孩子急急忙忙地朝这边跑过来。

男孩儿催促着：“你快点儿跑嘛，有个比阿耶还大的官要见你呢！”

一个女孩儿回道：“臭皮蛋，你又想怎么作弄我？什么大官，怎么会有当官的要见我？你就是想拉我到外头，叫客人们看看我这穷酸的样子，让我出丑是不是？我告诉你，要出丑也是你耶娘出丑，我还怕你们不成？！”

吉温、菡玉听到那女孩儿的声音俱是大惊失色。菡玉后退一步，只想拔腿就跑，手却被杨昭攥住。她越是挣扎，他就握得越紧，眼看那边男孩儿露出头来，手里牵着一段白色的衣袖。她挣脱不得，只得闭上眼听天由命。

许久，也不见有任何动静，她只听耳边不远处杨昭轻轻地唤了一声：“菡玉。”

菡玉睁开眼，眼前是一个十多岁的小女孩儿，长得又瘦又小，比旁边小她几岁的男孩儿还要矮上半个头。小女孩儿穿着一身破旧的布衣，袖口和裤管都短了一截，因为穿得太久，衣服已经污了，隐约可辨原来是素白的。一把枯草似的头发胡乱地编了个小辫蜷在脑后，又不听话地戳出来，像个滑稽的小尾巴。而她的脸，虽然横一条竖一条地染满了污迹，面颊瘦得深凹下去，但那眉眼五官，那眼中倔强执拗的神采，跟菡玉就像互照镜子，是菡玉再熟悉不过的容颜。

男孩儿悄悄捅了捅女孩儿的胳膊，说："你看那个穿白衣服的，是不是长得很像你？说不定是你外婆家的亲戚呢！"

女孩儿狠狠地瞪他一眼："我外婆家的人都死绝了！要是他们还活着，看见我这个样子，还不拆了你耶娘的骨头？！"

吉温看了一眼菡玉，她面色如土，一句话也说不出来。

这时一个老妈子追了出来，一边跑一边喊："哎哟我的小姐哟！你穿着那身衣服可不能出去见人……"看到庭院中站了不少客人，立刻噤声。

吉温清清嗓，对那个老妈子道："吴妈妈，带他们俩到后头去玩，看着他们点儿，别又玩得一身都是泥。"

吴妈妈连声道："是，我这就带小姐去换身干净的衣裳。"说着来拉那两个孩子。

女孩儿却不依，打掉吴妈妈的手叫嚷道："我才不要换什么新衣裳，我就只穿我阿娘给我缝的衣裳，别的我啥也不要！你们家的东西我啥也不要！"

吉温沉下脸："什么你家我家，这儿不就是你的家吗？成天野得跟个疯丫头似的，弄成这副模样！还不快去换衣服！"

女孩儿犟着不肯走，拽不动吴妈妈，索性破口大骂："呸！我才不要那个臭娘儿们的东西！让我穿她买的衣服，我宁可去死！"

"没规矩的野丫头！"吉温大怒，扬起手来就想给她一个耳光。

"我就是野丫头，没耶没娘的野丫头！"她昂起头来，把脸伸到父亲的手下，"你打啊，打啊！最好一掌打死我，省得让我活在这世上遭罪，还碍着别人的眼！"

"你！"吉温恼怒不已，又下不去手，不自觉地向菡玉这边看了一眼。只见她面上极力忍耐，别开脸去不看那个小女孩儿，眼神却是凄楚无比。他的胳膊就像灌了铅似的抬不起来了，慢慢地沉了下去。

"你们都欺我是个没耶没娘的野丫头，我只是没耶，才不是没娘！"女孩儿咬着牙，泪水在眼眶中打转，女孩儿用力睁大眼不让眼泪掉下来，直盯着面前朝思暮想的那张脸，"我阿娘才没有死，她只是走了，不屑跟你们这些人为伍！总有一天她会回来找我，会把我也带走。我知道她一定会回来的，我一直在等她，一直在等她……”

菡玉反手握住杨昭的手，他的手心温热，熨着她冰凉的肌肤。但那温热是别人的，不是她的。她扣紧了他的手，指尖深陷进去，又被他握住，却始终汲取不到他的温暖，手依旧是冰凉的。

寿筵前的小小意外很快被众人忽略。有杨昭在，吉温这个寿星兼东道主反倒成了陪衬。宰相大人说要不拘礼数、宾主尽欢，自然没人敢拘谨，至少要表现得落落大方些。杨昭只要使一个眼色，甚至不用找借口，敬酒的人就会自觉地干杯；倘若他去敬别人酒，当然更没有人会推辞，受宠若惊地连干三杯方显敬意。杨昭因此灌倒了好几个，连吉温也被他敬酒敬到头重脚轻。杨昭自己酒量本就好，也没喝多少，眼神还清明，只双耳微微泛红。

菡玉酒量很浅，虽然有杨昭帮她挡着只喝了少许几杯，还是上了脸，双颊彤红，眼睛迷迷糊糊地睁不开。厅中弥漫着一股酒气，被暖炉一熏，热烘烘的，让她有些透不过气来。趁着杨昭被几名官员围住，她悄悄退席，准备到外头转转，透透气。

杨昭却眼尖得很，还是瞥见了，打断身旁人的话问她：“你去哪里？”

此言一出，几个人都向她看来，数道目光同时投在她的身上，尤其是正中间的杨昭，目光中带着洞悉一切的了然，让她觉得自己无所遁形。她原本只有些微的念头，在他的逼视下，竟仿佛成了心心念念的思量，这让她不由得心虚起来。

“下官去……更衣。”

他点点头，收回视线。其他几人对视一眼，都心知肚明，只当什么都没发生，继续方才的话题。

菡玉微恼，酒气上涌醉意愈浓，脚底下有些虚浮。她勉强走出大厅，被外头的冷风一吹，昏沉的脑袋又隐隐作痛起来。她深吸一口气，凉意从鼻端一直冲进胸腔，在心口一阵翻搅。她急忙捂住嘴，奔进园中扶着一棵树，张嘴欲把那翻涌之物全部吐出来。

然而什么也没有，这具身子毕竟不同于常人。她不怕冷，不怕热，不会生病，甚至不会死，当然也不会呕吐。她现在的感觉只是因助情花而产生的假象罢了。

以前身子正常时，她似乎很少胃肠不适，仅有的几次恶心欲呕也都用那个方法止住了……

一块白色的手绢递到她的面前。她未及道谢，先接过来卷成长条往左手手掌上一缠，右手手指连绕几圈，绕到最紧，右手的拇指从布条的缝隙里卡进去，掐住虎口。她整只左手又酸又痛，但心口翻涌的感觉却压下去了。

一双手突然从身后伸过来抱住了她。她身子一僵，手里缠紧的手绢便松了，无力地垂荡下去。

“阿娘……”

孩子的双手只能够到菡玉的腿，紧紧地抱住她。孩子的脸贴着她的后腰，隔着薄薄的衣衫，泪水瞬间便透过去，冰凉的泪珠沾湿了她的肌肤。

孩子很小的时候，总是这样趁母亲不注意突然冲过去抱住母亲的腿，咯咯笑得开心，乐此不疲。每回母亲都会转身把她抱起来，亲她的小脸蛋儿。她渐渐地长大了，长高了，可以够到母亲的小腿了，可以够到母亲的膝盖了，可以够到母亲的大腿了。她想，总有一天她可以够到母亲的腰，够到母亲的背，够到母亲的肩，可以像父亲一样抱着母亲，这样母亲就不会再伤心了。可是有一天，有一天，她发现自己又变矮了，比第一次这样抱母亲时还要矮，矮得举起双手也只能够到母亲的脚踝。

“我……”菡玉忍着泪说，“我不是你阿娘。”

“阿娘……”孩子固执地唤着，既不改口也不松手，“你是我阿娘，你就是！只有娘才知道这样把手绢缠在手上，是她教我的，她只教过我！”

“小玉，”菡玉扣住身旁的树干，“其实你都知道的，你娘……她已经死了。”

“没有！没有！她只是走了，只是走了！”孩子抽泣着，吃了冷风，一边哭一边打嗝，“她走了，却留我一个人在这个地方，留我一个人……”孩子转到菡玉的面前，揪住了菡玉的衣角，仰起头看菡玉的脸，“虽然那时候我只有四岁，可是我还清清楚楚地记得她的模样。她身上有荷花的香气，很香很香；别人都说我长得很像她，我和她就像一个模子里刻出来的。你看看我，看我像不像她？像不像她？”孩子举起袖子，胡乱地擦拭脸上的泪水和污迹。

菡玉终于还是忍不住，蹲下身去抱住了她：“像，很像，小玉和阿娘长得几乎一模一样。”

孩子破涕为笑，搂住菡玉的脖子："阿娘！你、你带我走吧！我再也不要留在这里了，我要和你在一起！"

"小玉，我真的不是你阿娘……"菡玉轻轻拍着她的背，"而且我现在……"

"我懂！我都明白！"孩子放开菡玉，擦干眼泪，努力摆出一副严肃的样子，"我知道，你现在在朝廷当官，是男人，你不是我阿娘，我明白的！"

菡玉也扯出笑容，眼泪却在眼眶中打转："小玉真乖。"

"那你能不能……经常来看看我？"孩子可怜巴巴地哀求，转而又摆摆手，"还是不要了，会叫别人怀疑的。我偷偷溜出去找你，好不好？"

菡玉不禁莞尔："你是不是又想从西墙的那个破洞里钻出去？"

"你怎么知道？"孩子惊讶地瞪大双眼，"那个洞是我前两天刚掏出来的，我都拿草盖严实了，还以为不会有人发现呢！"她有些沮丧。

"你……我还不是从小就这么顽皮！"

孩子害羞又得意地笑了出来，忽然脸色一变，放开菡玉蹲下去，手在土里摸了一阵，又往自己的脸上一涂，整张脸又变成刚才脏兮兮的模样，盖住了泪痕。然后她做出一副老气横秋的样子，拍拍菡玉的肩膀道："你们这些当官的呀，没事就喜欢吃吃喝喝，酒量不好就别喝这么多，知道不？"

菡玉觉察不对，回头果然见杨昌站在廊下，看见了她，正往这边走来。

小玉趁他还没到跟前，飞也似的跑开，一边跑一边喊："以后别再喝这么多酒了，记着我刚刚跟你说的办法！要记得哦！"

记得她们要再见面的约定吗……菡玉忽然想起，她还没有告诉小玉自己住在哪里。

杨昌走过来，看到菡玉微红的眼眶，讶道："少卿，你怎么了？"

菡玉别开脸揉了揉心口，说："没事，许是喝多了，刚才差一点儿吐出来。多亏了这位小姑娘，还没来得及向她道谢呢。"

"那不是吉中丞的千金吗？一会儿向中丞道个谢就是了。"杨昌也不多问，"相爷看少卿久不回还有些担心，因此派我来看看。少卿，你可好些了？"

菡玉摇摇头道："没事了，我们回去吧。"

两人回到厅中，杨昌过去对杨昭说了几句话。杨昭一边听，一边盯着菡玉，那眼光说不出是什么含义。好在他看了一会儿就回过头去了。他既然不问，菡玉也就当什么事都没有发生，自行坐下。

就她出去这么一会儿的工夫，又有几个人醉得不省人事。年纪大的和酒量不济的，得了杨昭的允许都先行退席了。吉温不知又被杨昭灌了多少杯，倚着柱子昏昏欲睡。连杨昭自己也没刚才那么清醒，脖颈泛红，说话时嗓门明显大了许多。

一场午宴进行了快两个时辰，眼看就要结束。菡玉一心想着还没有告诉小玉她的住处，小玉只是个孩子，也不知道她的化名，如何去找她？她心不在焉，不时四处观望，只想找个机会出去找小玉。无奈杨昭的那双眼睛不管看向哪里，总好像有一道余光投在她的身上，让她抽身不得。

又有几名醉酒的官员告辞，厅中疏疏朗朗不剩几个人，寿星又醉得糊里糊涂，都意兴阑珊想要散了。菡玉眼见时候不多，索性硬了头皮对杨昭道："相爷，下官暂且失陪。"

他挑了挑眉："你又不舒服了吗？可别再一个人乱跑。"说着就要叫杨昌过来陪她出去。

菡玉道："下官只是去更衣，恐有不便。"

杨昌止住脚步，建议道："那让杨九护着少卿去吧。"

杨昭和杨九皆转过头来古怪地看着他。杨昌轻咳一声，低头退下。杨昭道："这里到底是别人家，你快去快回，别走岔了道。"

菡玉一出宴厅便飞奔去找小玉。府中奴仆众多，菡玉却不能询问，只得凭借模糊的印象去找，碰到了人还要假装在寻茅厕。她好不容易才绕过众人的耳目，寻到了小玉的住处。

小玉一个人住一进小院，也没有下人伺候，里面冷冷清清的。菡玉走进院子里，院中一株白紫薇开得正盛，树有些年头了，粗糙如石的斑驳树干上冒出新发的枝条，蓬勃的绿叶白花与老朽的枝干极不相称，不似夏花，反有几分冬梅的韵致，宛如一幅淡彩水墨。她脚步一滞，在那株紫薇前停住片刻，又立即掉头步入房中。

屋内窗户都关着，光线暗淡，透着一股长年不开门窗而生的霉湿气，阴寒湿冷。这屋子里的一桌一椅、格局摆设，甚至这股潮湿的霉味，都和菡玉记忆中的一般无二。她一边轻车熟路地绕过地上的那些杂物走进里间，一边小声唤道："小玉？"

身后忽然传来一阵窸窸窣窣的帘布声响，她停住脚步，那声音也立刻止住了。她暗暗一笑，故意不回头去看。

孩子喜欢和母亲玩捉迷藏，喜欢藏在被子里、桌椅下、门背后以及任何能藏住她那小小身躯的地方。她最喜欢躲在长及地的帘子里，抓住一端转几圈，帘子就把她整个裹在里面，裹得严严实实的，任谁也看不见她。她躲在帘子中，屏息听外面的动静，听到母亲叫她的声音，听到母亲从她面前走过去了，再突然把帘布一甩从帘后跳出来，抱着母亲的腿大笑，得意于自己又一次赢了游戏。

“好了，别玩啦，我知道你肯定又躲在那里，出来吧。”她忍着笑，朗声说道。

她背后的帘布一动。房门开着，天光透进来，把她身后的人影投在面前的地上，拉得老长。那影子猛地向前一扑，菡玉不避不闪，任她来抱自己。

然而这回，来人抱住的却不是菡玉的腿。

浓烈的酒气从菡玉的身后传来，高大的身躯紧贴着她，不同于孩子双手尚不能完全圈住她的搂抱，而是双臂在她的身前交叠，将她整个人都抱进怀中。

这样的怀抱啊，她既陌生而又熟悉，多少年不曾触及，留在记忆中的只是遥远而模糊的印象。那时他的手的位置似乎要更高一些，从她的肩上垂下来，手里拿着书本或是别的什么玩意儿；他的下巴抵着她的头顶，在他说话时轻轻地磕她的脑袋；每每惹得她笑出声来，他便会板起脸，假装生气地拧她的耳朵……

“素莲，是你，真的是你……”吉温埋首在她的肩上，呼吸中带着酒气，吹进她的脖子里，“那回、那回你撇下我和小玉，我沿着那条河一直找一直找，却发现它居然流到了我们当初相遇的地方。素莲，你是故意这样惩罚我吗？自从你离开我，你可知道这些年我都是怎么过来的？他们都说你死了，可我总觉得你还没死，或许是我自欺欺人，不敢相信这辈子再也见不着你了……还有小玉，她也说你没死，盼着你回来。你走的时候她才四岁，转眼就快十年了……你看到她了吧？她越长越像你，我每次看她就好像看到了你。她始终不肯原谅我，我不敢看她那张脸，她和你那么像，每次她用愤怒的眼神看着我，我就想起最后见你的那次，你也是那么看着我，然后你就……可是我又舍不下，如果可以再见到你，如果你可以回到我身边，就算你这辈子都恨我，我也心甘……”

他从来没有一次说过这么多话，尤其是、尤其是他娶妻之后，每次来，都是默默地坐着，然后又默默地离去。再后来，二人便是连面也很少见到了……

“没想到你还活着，素莲，你居然真的还活着。那次在城外的道观见到你，我只以为自己是在做梦。我始终不敢向你挑明，怕你不肯认我，更怕只是我思念太深，把一个相貌和你相似的人误认成是你，而你其实已经不在了……”他低低地诉说着，每一言每一语，都是刻骨的思念。

以前她一直以为是他负心，背弃了盟誓另娶他人。她看到他们一家三口和乐的模样，以为他过得很好，早已忘却了旧人。谁知他却一直还想着念着，她的那些愤怒怨恨便都落了空。

他们是血脉相连的亲人，她没有办法改变这件事。世上也只有他和小玉，不管他们做过什么，她都会原谅吧？

“素莲，你为什么不开口？你真的那么恨我，连一句话都不肯跟我说吗？你说如果那棵被雷劈了的紫薇能再活过来，你就原谅我。你看到没有？我把它救活了，它开花了，年年都开，每搬一次家就移植一次，可它一直活着。但是你，你还是不肯原谅我……还是这只是我在做梦？我知道了，一定又是我在做梦……”

他摇摇头垮下肩，身子有些不稳，抱着她的手也松开了。菡玉连忙转过身去托住他的胳膊，他因势一收双臂，又把她搂进怀里去，头搁在她的肩上。

“素莲，素莲……我做梦也盼着你能再来见我一面，哪怕是在梦里；盼你能再看我一眼，再叫我一声七郎……”他喃喃地吐出模糊的字句，声音渐渐低下去。

“七……郎……”她停顿了一下才叫出来，还是觉得别扭，后面那个“郎”字轻得似听不见。许久都不见回应，她才发现他已然醉倒睡过去了。

菡玉低叹一声，想扶吉温去找地方休息，稍稍一动他便滑倒下去。她只得伸手抱住他的腰，以此支撑他的重量。菡玉越过他的肩正看到敞开的房门，微弱的光线从那里照进来，突然有什么东西出现在门口，把门框挡住了大半，屋里立刻昏暗下来。

她悚然一惊，连忙推伏在自己身上的人，喊着：“吉中丞，快醒醒！”见他毫无反应，又喊，“七郎！”

吉温醉得实在厉害，感觉到菡玉在推自己，非但不松手，反而扒得更紧，嘴里嚷着：“素莲，别离开我……别走……”

菡玉挣脱不开，亲眼看着门口的人影快步向他俩冲过来，一把抓住吉温的衣领往后拉去。吉温抱紧了菡玉，杨昭第一下没有拉开吉温，反把吉温的衣领扯破了。杨昭索性双手抓住吉温的肩膀，使劲把他扳倒在地，大步跨过他横在地上的身子，向菡玉逼来。

菡玉伸手不及，眼看吉温倒了下去，脑袋磕在了墙角转弯处。他居然还没有醒，就那么歪着脖子昏睡着。菡玉担心他撞晕了，想蹲下去看他，那边杨昭已到了面前，抓着她的胳膊把她提了起来，又推到背后的墙上。

杨昭欺身上来压着她，她的身后是坚硬冰冷的墙壁，令她动弹不得。背着光，她看不清他的表情，只闻到淡淡的酒气，挟着他的怒焰扑面而来。杨昭的双眼被酒和怒气烧得血红，昏暗中亮晶晶的两点，让他看上去如饥饿凶狠的狼。

“你心心念念出来就是为了来这里和吉温幽会！”他的双手扣紧了菡玉的肩膀，她从未见他用过这么大的力气，十指仿佛要把她的骨头捏碎，“你们俩背着我到底干了些什么！”

菡玉的心怦怦地跳着，这样的杨昭让她害怕，让她手足无措，她只想逃避。她努力保持镇静，声音却仍忍不住地微微发抖：“相爷，下官与、与吉中丞只是偶遇，并没有做什么……”

“偶遇？偶遇会遇到这偏僻的小院子里来？没做什么，那刚才你们是怎么回事？他为什么会抱着你？”

地上的吉温翻了个身，手正好搭到菡玉的脚边，抓住她的衣袍一角不肯松手，一边迷迷糊糊地呓语：“素莲，你别走……我想你想得好苦……”

杨昭怒火中烧，听到这话无疑更是火上浇油，抬脚踢在吉温的手背上，怒道：“滚开！不许你碰她！”他穿着厚底硬靴，一脚下去踢断吉温的手骨也不足为奇。

菡玉眼见吉温被杨昭踢翻过去歪在墙边，心中不忍，急道：“你别动他！”

“你心疼了？”杨昭越发嫉怒，“这样你就舍不得了？你信不信我随时可以叫他死无葬身之地？！”

菡玉连喘数口气，逼自己鼓起勇气直视杨昭：“相爷，你贵为右相，一人之下万人之上，我一向对你景仰有加。但你这样以权势要挟公报私仇，不顾别人的意愿强取豪夺，未免太不讲道理！”

“强取豪夺？不讲道理？你是迫于我的权势才留在我的身边，其实你心里根本不愿意，巴不得从我的身边逃走是吗？”杨昭咬牙切齿，一手伸进怀里，摸了好几下才掏出要拿的东西来，“那这算什么？你这算什么意思！”

菡玉隐约看出他掏出的是个锦囊，里头露出藕荷色的一角，散发出淡淡的荷花香。露出的地方只看到“三岁兮”等字，那分明是她为芸香写的诗笺，不知为何会到了他的手里，还让他误解。

“这是我写给芸……”话到嘴边她又吞了回去。她看到他盛怒到失了理智的模样，这时候不管她说出谁来，那个人都会成为他迁怒的对象，她不能因此连累了芸香。

“写给谁的？”

菡玉略一迟疑道：“反正……不是写给你的。”

“不是写给我的，难道是写给他的？”杨昭愤愤地一指地上的吉温，“吉菡玉，你到底当我是什么？！”

菡玉垂下眼，说：“您是当朝右相，是下官的顶头上司，下官对右相一向敬重爱戴，不敢有半分轻……”

杨昭怒声打断她：“什么右相，什么顶头上司，我在你的眼里仅仅就是这样而已？我要你的敬重爱戴做什么？我要的是、要的是……”他突然放开她的肩膀，双手转而捧住她的脸，低头便向她覆去。

菡玉大惊失色，想要挣扎，可是身子被他压在墙上，双臂也被他的手肘抵住使不上力。他的力气那么大，连他那只包着绷带的手都仿佛铁钳一般，紧紧地箍住她的脸，让她移动不了半分。

他轻而易举地攫取了她的唇，是酒后带着怒意的掠夺，粗鲁而狂野地侵占了她。他弄痛了她，又或是故意要弄痛她，让她无法忽视自己的存在。开始时她还挣扎，渐渐地动作就平息了下去。她不怕痛，宁可他以这种泄愤的方式来对待自己，她只怕……

他的舌尖突然从她的唇上一掠而过，蜻蜓点水般。然后，他敏锐地捕捉到她的身子因此而起了一阵轻微的战栗，如水面下的暗涌。她本能地贴近他，又立刻向后退去。他放柔了动作，手下却丝毫不松懈，双手伸到她的背后将她抱住。

“这样，你还能只当我是右相，是你的上司吗？”他贴着她哑声道，灵活的舌刷过她敏感的唇瓣，挑开她紧闭的牙关，缠住了她。

荷花的幽香悄然隐退，另一种奇异的香气升腾起来，丝丝缕缕、缠缠绵绵，挑动人心底最深处的欲念。是助情花，满山遍野的助情花，浓绿的藤蔓、艳红的花朵，疯狂地滋长，汇成一片海洋。花藤像毒蛇一般缠上她的四肢，缠上她的身躯，缠上她的脖子，让她无法呼吸。她觉得四周一片混沌，只有一团团花球，红得如心口滴出来的鲜血，又像……

她的视野突然一晃，模糊了，红的花荡出一道道绯色的影。那红色的痕迹是胭脂，是他下巴上残存的那一抹胭脂。

过去那么久了，她却依然清晰地记得那幅画面。他淡青色的下巴上沾了一道胭脂痕，仿佛被利刃划出的血迹，生生地撕碎她仅有的一点点隐秘的心绪。

菡玉睁开眼，只看到面前杨昭放大模糊的脸，隐约是餍足的表情，仿佛是在品尝人间至极的美味。他是不是也曾这样吃过那胭脂，也曾这样对裴柔、对虢国夫人……

她怒由心生，趁他放松了手上的力道，猛地一把推开他，格开一臂的距离。他还不满足，又要欺上来，她挥起一拳击中他的脸，将他打得跌倒在地。

"菡玉！"他痛得嘴都歪了。

菡玉对他怒目而视："你内养裴柔、外通虢国，如花美眷左拥右抱还不够吗？还来招惹我作甚！"说完举起袖子狠狠地抹了一下嘴唇，转身大步走出房去。

杨昭捂着被她打肿的脸，手正碰到地上睡着的吉温。他冲吉温举起拳头，又苦笑着放下，只觉得自己比这烂醉如泥沉在醉梦里的人，还要不如。

第十章　莲决

杨昌搓着手在书房门前来来回回踱了几十圈，始终下不了决心推门进去，好几次向门把伸出了手，又缩了回来。

这事……他不好开口啊！

他摇摇头，后悔自己不该一时大意接下这个烫手山芋。本来他一个贴身伺候的仆人，只管相爷的生活起居，相爷在外头的事情他完全可以拒绝插手的。这回被相爷派出京去调查的人也知道这消息必然会使右相震怒，耍心眼地对杨昌说查的是私事，让他代为传递，自己抢先溜了。那确实是私事没错，但……

这消息就算是吉少卿本人来告诉相爷，也准会让相爷火冒三丈，何况是其他人。

今儿是八月十五，家住城南归义坊的远房表舅邀他去共度佳节，这也是他在世上仅有的亲眷了。不知道他说完之后，还有没有机会去见表舅一家。

杨昌一只手悬在门把前，犹豫了半天还是下不了手去推门。

手正举着呢，门突然打开了，他来不及缩手，手就那么定定地举在半空。

开门的人淡淡地道：“怎么在门口徘徊这么久都不进来？有什么事要禀报吗？只管说来。”

杨昌见他已经察觉，索性硬起头皮道：“相爷，前几日派去吉中丞故里的人已经回来了。”说着从袖子里掏出一卷纸来。

杨昭眉梢一动，接过那卷纸，一边转身往屋里走，一边道：“进来说话。”

杨昌低着头跟他进了书房，回手把门关上，眼见他一边走一边打开了那卷纸，坐到书案前，才看了两眼眉头便皱了起来，越看神色越是不豫，到最后整张脸都泛出铁青色。杨昌不敢看他，又不敢离开，低头垂手立在书案旁，背上的冷汗不禁滚滚而下。

“开元十年五月生？”许久，杨昭才缓缓问出一句。

杨昌低着头，以为他问自己，便答道：“是，今年正好是三十二岁……”

“要你多嘴！”杨昭勃然大怒，站起身就把手里的那卷纸揉成一团朝杨昌扔了过来，“我自己不会算吗？”

杨昌连忙捡起那团纸，照原样抚平了。打探消息的人还请人画了像，虽然粗糙，但还是看得出画中之人和吉少卿十分相像。画像旁详细叙述了画中人的生平经历：“温故妾韩氏，小字素莲，生于开元十年五月……淫奔至家，大人颇有言，另聘良家女为温妻……韩氏既失恩，大人不喜，正室不容，屡轻生，皆未果……天宝三载投水而死，尸骸漂流遍寻不得，温以衣冠葬之……”

开元十年生，和吉少卿同岁啊……杨昌还记得，今年五月相爷曾给吉少卿庆过一次生辰。而天宝三载，那不正是相爷和吉少卿入朝为官的前一年……

他默默收起那卷纸来，大气都不敢出一声，唯恐又成了相爷发怒的导火索。

“我让你们去查与吉温同宗的女子，你们查他死了的小妾干什么？！没用的东西！”杨昭怒火正炽，一掌拍在桌子上，震得那笔墨砚台都蹦了起来。

杨昌急忙掏出袖中的另外几卷递过去：“相爷，凡与吉中丞家里有过来往的堂表姊妹远近亲属，年龄在二十以上、五十以下的女眷，统统都在这里，一个也不漏。”

杨昭劈手夺过，哪还有心思细看，随便翻了几下，不小心扯破了好几张纸。他狂躁不安，索性扔了那些纸大步走出门去。他出门左拐，转向菡玉居住的小院。

杨昌看他那架势，吉少卿身边的那两个丫头肯定挡不住，都得挨罚，连忙追上去道：“相爷请止步，吉少卿她不在此处。”

“不在？这会儿她不待在屋里，跑去哪里了？”

杨昌暗暗叫苦，回道：“少卿半个时辰之前出门去了，听说是有人来访……”

“有人来访？”杨昭咬牙切齿，也不管菡玉究竟是出去见谁，已自行将那人认定为吉温。杨昭到门房一问，对方却说是个十来岁的小女孩儿，菡玉见了她之后，便和她一同走了。

听门童的描述，那小女孩儿必是吉温之女小玉无疑。虽然不是吉温本人，但他的女儿……

杨昭想着吉温寿诞那日菡玉和小玉相见时的场面、吉温和菡玉在偏院幽会的情景、刚才看的那卷资料，以及前前后后的一些线索，心里的怒火逐渐被凉意取代。

如果，她真的是……

他摇摇隐隐作痛的头，问门童：“她可有说要去哪里？”

杨昌连忙道：“已经派人跟着她们了。”接着吩咐下去：“备车。”

车马准备好，杨昌也得到了消息，来人把菡玉和小玉一路的行程都报告了回来，说她两人出门后先去了东市，后又去西市，一直在街上找还开着门的店铺，转了许久，先后进了一家成衣铺、米面铺和一家酒坊，目前还留在酒坊里。

那家东升酒坊只是一家简陋的小店，卖酒兼营打尖住宿，位于深巷之中，七拐八弯，若不是有人引导还真难找到。店面不过一进屋子，摆了四五副桌椅，高矮不一、缺角少腿儿。店内此时无人用饭，凳子都倒扣在桌上，屋内还是有些拥挤。这家店住宿价格便宜，住了不少穷困的外乡人，店堂就是掌柜的家，因此中秋晚上别人都已打烊回家团圆了，只余这家没有关门。

杨昭下车进门，店家看他的穿着，只道他是位有钱的贵客，热情得很，一边往里头迎一边说着吉祥话。杨昭不理睬店家，进门环顾一周，便问：“人呢？”

杨昌道：“在后院二楼天字号房。”

杨昭举步便往后院走。店家一看不对劲，急忙过来阻止：“哎，这位客官，天字号房已经被一对母女订下了……”

杨昌眼看相爷听到“母女”两个字时神色一厉，赶紧拉过店家来，对他耳语嘱咐了一番。杨昭便径直步入后院，上到二楼。

天字号房是二楼的第一间，就在楼梯旁。杨昭走在楼梯上，就听到房中传来小女孩儿清脆的笑声，小女孩儿一边笑一边谑道：“阿娘，你是太久不穿女装，都忘了怎么穿吧？这个带子应该这么系，你那么系会抽成死结的啦！”

接着是菡玉带笑的声音："小玉，你别那么大声，外头有人呢。"

"为什么不能大声？"小玉笑得得意，"我要大声告诉所有的人，我又有阿娘了！我有阿娘了！我有阿娘啦——"她扯开嗓子大叫大嚷起来。

杨昭正上楼，一脚踏空，一个趔趄往前扑去。他神思恍惚，都忘了伸手去撑面前的阶梯，幸亏身后的杨九眼明手快，及时将他拉住。

杨昌追上来说："相爷……"

杨昭摆摆手道："我没事。"一脚抬起，跨了两级台阶，身子晃了一晃才站住，已到了二楼。

屋里的笑闹声戛然而止，变成了窃窃私语，她们大约是听到了外头的动静。杨昭在门口站了一会儿，稍微平静了些，便上去敲门。

开门的是小玉。她今日穿戴整齐了，脸也洗得干干净净的，面容越发酷似菡玉，只是嘟着嘴气鼓鼓的，语气也十分不善："你怎么在这里？跟踪我们的那个人是不是你派来的？"

菡玉跟着她出来，低斥道："小玉，不可对相爷无礼。"她低头看看自己的装束，还是抱拳行了一礼："参见相爷。"

她新换了一件浅色襦裙，上襦素白，藕荷色的下裙，头发绾了个简单的发髻，没有戴任何首饰。时下女子的衣裙越来越豪放，菡玉买的这件成衣领口也开得很低，虽然外头罩了罩衫，仍露出些许姣美的曲线。她举手投足还保留着男子的做派，但不经意间还是流露出一些女子的柔媚，尤其在这身女装的衬托下，更是女态毕露，姣美动人。

这是杨昭第一次看到菡玉着女装的模样，一时有些愣怔。他曾无数次在脑中构想她换回红装时的样子，但是从来没有想过，她会是在这样的情况下，为了另外一个人而恢复女儿身。

"我……今日是中秋团圆日，我听说你不在家，不放心，所以找出来……"

菡玉拱手一揖，道："多谢相爷关心。"

小玉挨着菡玉，朝天翻个白眼，表情分明是要逐客。菡玉牵着小玉的手，低头默默无言，只等着他离开。他喉咙发干，咽了一口唾沫，只觉得满口都是苦味，又舍不得就这样走了，问道："你们俩这是要干什么？怎么跑到这种地方来？"

菡玉回道："小玉要我陪她一起过节，做她爱吃的胡饼，我那院里又没有厨房，只能出来找店家借地方了。”

“哦，你们打算自己做胡饼？什么味道的？”

小玉不耐烦地插嘴讥讽道：“我阿娘做的是葱花鲜肉的咸口胡饼，只有我爱吃。宰相大伯经常吃宫里贵妃爱吃的那种又甜又细又风雅的月饼，肯定吃不惯咸的吧？今天贵妃肯定又赏了月饼，大伯不回去陪着夫人们吟风弄月共度佳节吗？”

杨昭却道：“鲜肉咸胡饼，听来就觉得滋味不错，我还从来没有听说过呢，今日定要尝一尝。”

小玉没想到他真会答应，吃了个哑巴亏，气呼呼地嘟着嘴，噔噔噔地往楼下跑去。

菡玉和杨昭随其后一同下楼，菡玉突然想起一事，摸了摸脖子，对杨昭道：“相爷，我还有些事要去料理，劳烦暂等片刻。”

“我跟你去！”小玉回头也要跟着上楼。

菡玉按住她：“你待在这里别乱跑，我去去就来。”

杨昭道：“我替你看着她。”

菡玉点一点头，上楼回了房间。小玉转身恶狠狠地瞪他一眼，杨昭心头起火，真想一掌拍死这臭丫头，但目光一触到她那张酷似菡玉的脸，就什么火气都没了。她们那么像，就好似从一个模子里刻出来的，让他恨不起来，虽然她也许是菡玉和别人的孩子……

小玉冲他一龇牙，压低声音说：“别这么不知趣好不好！她是我阿娘，我是她女儿，我们母女两个至亲一起过节，你和我们算什么关系，非要来插一脚，真不拿自己当外人！”

他眉毛一挑：“胡说，她不是你阿娘。”

“至少今天是！她都许我今天这么叫她了，还穿了裙子，你没看到吗？”

“今天？”他笑了起来，“只有今天而已？”

小玉讪讪地撇嘴：“她有不得已的苦衷，我都明白。就算她只能当我一天的阿娘，我也心满意足了。一天也是一天啊，总比——”她上上下下打量他，眼神很是轻蔑，“一天都没有强！”

杨昭被她激起怒火，把手别到身后，生怕自己一时控制不住，真的一掌朝这死丫头挥过去。小玉也不甘示弱，昂起下巴瞪他。

两人对视半晌，杨昭突然觉得自己很可笑，居然跟个孩子似的，和一个十几岁的黄毛丫头赌气。他轻笑一声：“好，就让你得意一天。也就一天而已，明日这个时候，她还会是原来的样子。”

小玉脸色一变，噘着嘴转过脸去。

明日这个时候，她还会是原来的样子，还会只是吉菡玉吗？他自欺欺人地想，只要明日她仍是原来那样，仍是他的菡玉，不管今天发生什么，他都不在乎。

菡玉下楼来，就看到这一大一小的两人气哼哼地背对背站着，谁也不理谁。她也不多说，拉了小玉道：“走吧，我们去厨房。”

本来她俩只是租借店家的一眼灶用，到了厨房，却见偌大的灶间一个人也没有，菜、肉、面等材料都摆好了，收拾得整整齐齐。原来杨昌早已打点好一切，为了三人方便，索性将整家店都包了下来。店家得了财帛，当然尽心。

“郎君娘子，小人先行告退，有什么需要的尽管吩咐。有道是家和万事兴，中秋一家人在一起赏月吃胡饼，一生一世都安康喜乐、美满团圆！”店家说着吉祥话，一低头见小玉瞪着自己，似乎不太高兴，对她赔起笑脸，“我这店里难得见到郎君娘子这般的相貌人品，郎才女貌佳偶天成，难怪小千金也长得如此可爱……”

小玉骂道：“胡说八道什么！谁是他的……”

菡玉忙拉她一下：“小玉，过节别说不吉利的话。”被店家认作夫妻，菡玉自己也觉得尴尬，看了杨昭一眼。他却很是受用，笑意挂在唇边。

厨房里就他们三个人，一同忙着和面做饼，真如同一家人一般。小玉人虽小，一双手却灵巧得很，揉面拌馅样样都干得利落；菡玉许多年不下厨房，技艺都有些生疏了，只能给小玉打下手，烧烧水、拣拣菜；杨昭哪里会这些，被小玉呼来喝去地使唤，净干些粗活，做不好还要被小玉嫌弃。

“宰相大伯，这个柴这么粗，灶眼里都塞不下，怎么烧啊？柴上面还全是毛刺，刺到我阿娘的手怎么办？”

“哎呀，小心点儿！一桶水都叫你洒掉半桶啦！弄得地上都湿了，真是的！要是我阿娘踩到滑倒了，看你怎么收拾！”

“你真笨，剁个肉馅都不会，剁这么粗怎么吃啊？还要我阿娘再剁一遍，还不如我们自己来呢，你只会帮倒忙！”

“亏你还是宰相，用面皮把馅包起来再压扁这么简单的事都不会，笨死了！真不知道你这宰相怎么当上的！你在旁边歇着，我和阿娘来就好，你就等着吃吧！”

杨昭被一个小孩子这样吆喝，若是平常早就大发雷霆了。今儿他心情却好得很，不跟她计较，劈柴挑水干得甚欢。

菡玉唯恐小玉惹怒他，趁杨昭出去打水，小声道：“小玉，他到底是宰相，你这样无礼，要是惹得他发怒，我可救不了你。”

小玉不屑地撇撇嘴：“有阿娘在，他才不敢凶我呢，讨好我们还来不及！”

菡玉脸上一红：“小玉！”没想到小丫头还有这份玲珑心思。

“好好，是我说错话啦！”小玉嘻嘻一笑，轻拍了一下自己的嘴巴，又耷拉下脸来，“不过，娘，就算你要给我找后阿耶，也不要找他吧？”

“你胡说什么……”菡玉的脸更红了，“什么后阿耶，你阿耶还在呢！”

“那就好。”小玉叹了口气，“我也不知道为什么，明知道他对你好，比阿耶要好上百倍，可是我就是不喜欢他。他一定是个大坏蛋，从我第一眼看到他就非常非常讨厌他，他肯定是个奸臣！”

菡玉一愣，想起自己以前对杨昭的观感和态度，似乎也不比小玉好……

两人正说着，杨昭提着一桶水进来了，看了看案板上的胡饼说：“都做这么多了，是不是可以烧水先蒸一锅了？”说着把桶里的水倒入锅中，就要往灶眼里塞柴去烧火。

小玉白了他一眼，无奈地道：“宰相大伯，你什么时候吃过蒸出来的胡饼？”

杨昭愣了一下，疑惑地说：“不是蒸的？难道下锅煮吗？”

小玉朝天翻白眼，说：“算了，你只管坐着休息就好，烧火和烘饼都由我们来吧。你就那么把柴火往灶膛里一塞了事，塞死了灶眼生不起火来事小，万一把锅底戳破了，咱这顿饭就别想吃啦，还得赔人家的锅！”

“小玉！”菡玉低斥她，又转向杨昭，道：“相爷，君子远庖厨。我们这边弄得差不多了，你坐一会儿，马上就好。”

他欣然应允，乖乖放下刚抓起的柴，不再添乱，坐到桌边看她俩忙活。他生平头一次下厨做饭，与他一起的人还是……他看着那两个在灶间忙碌的身影，不由得想道，如果真能如那店家所说，郎才女貌佳偶天成，一世喜乐团圆美满，便是让他认了那臭丫头做女儿，他也甘愿。

杨昭从吉府出来回到车里时，菡玉已经把原来的衣服换上了。简便利落的小翻领胡服，比长裙要爽利许多，但也让她失了那份妩媚俏丽。他略感惋惜，瞧着她已被衣服遮得严严实实的前胸，眼尖地发现她的喉间还是柔润光滑的，并无凸起。

她是怎么做到将那枚假喉结收放自如的？好几次他想问，都忍住了没有问出口。现在这样很好，他们若能一直这样就好了。

杨昭在她的身侧坐下，吩咐车马起行。

“小玉她没有受罚吧？”

“当然没有。我送她回去的，他们不敢罚她。”虽然他很想借吉温夫妇之手好好教训那臭丫头一顿，但怕菡玉担忧，只得作罢，还帮小玉说了好话，“你不用看我，鲜肉胡饼的味道不错，就当是我对她的回报。”

菡玉微微一笑，道：“那我就代小玉谢过相爷了。小玉年纪还小，脾气又坏，对相爷多有冒犯，难得相爷如此宽宏大量。”

他不以为意地挥挥手，说：“这孩子秉性不坏，只是身世不好，有娘生没耶教，才落得这样一副尖牙利嘴的模样，想必是小时受了很多欺负，吃了些苦头。”还不忘趁机贬损吉温一番。

菡玉笑道：“是啊，小玉从小孤苦伶仃，的确可怜。都怪我这做阿娘的……”

杨昭不悦地打断她：“她已经回家去了，你也换回了男装，你们俩今天这个游戏就算做完了，还说什么娘啊女儿的……”

菡玉抬起头来看着他：“相爷，这不是游戏。小玉她本就是……”

他心头一颤，喊了一声：“菡玉！”

然而她已说了出来：“她本就是我的女儿。”

杨昭愣住了，呆呆地盯着她的脸。真相犹如痈疽，无论他愿不愿意相信，它都一日一日地成长，一日一日地变得明显。而他只是固执地自欺，只要它不破，就当它不存在，就当自己是好好的。但是它长熟了，她轻轻巧巧的一句话，就像锋利的刀刃一下子将它划开，那内里腐坏的脓血便喷涌了出来，一塌糊涂，不可收拾。

菡玉重重地长吐一口气，像是下了很大的决心一般，郑重地开口："相爷，其实有件事我一直瞒着你，我从一开始就对你说了谎……"

"我不介意！菡玉，你不用说了……"

菡玉睁大双眼直视他，说："相爷，我根本不是什么道士，也从来没有在深山中修炼过，只是粗看过几本奇门术法的书，略懂皮毛，大多是信口胡诌欺世盗名罢了。我是天宝四载来的京城，在那之前我就住在新丰县，根本没有去过衡山。那时七郎在新丰任县丞……"

"菡玉，你别说了，以前的事不要再说了……"

她却不管杨昭愿不愿听，自顾自地说下去："我本是洛州富户之女，外出游春偶遇七郎，两心相许。彼时七郎虽有个当过武周宰相的伯父，父亲却因冒犯了一位官员而遭贬，家境败落。我父母不允这桩婚事，我不顾家中亲人的反对，奔投郎君私订终身。但七郎家规严苛，大人以私奔之由不肯让七郎娶我做正妻，我只得屈居妾室之位。大人不久又为七郎另聘了良家女为妻。她是个厉害的女子，且为七郎生下子嗣，而我仅有一女，公婆更是偏爱她母子，家中渐无我的立足之地。而我与七郎纵有百般情深、山盟海誓，也在重重的折磨和压制之下消磨殆尽。恩爱已断，不容于家，活着还有什么盼头，于是我起了轻生之念。一次与七郎争吵之后，我一怒之下离家出走，投水寻了短见。谁料天不亡我，我竟被阿翁——就是史敬忠——救了起来。阿翁好言相劝，并携我离乡上京，从此我女扮男装改头换面。我本以为七郎对我已经恩断义绝，才下决心入朝为官，谁知他……还有小玉……"她不禁黯然，垂下眼去。

"谁知他还对你念念不忘，小玉也一心一意地盼着你回去，所以你就改变主意不想做官了，想回他身边去重续鸳盟，是不是？"

"当然不是！"菡玉矢口否认，抬头触到杨昭迷乱的眼神，那眼光中蕴着的伤痛叫她不忍直视，她重新低下头去，"我既然入了官场，哪还能再拾原来的身份？"

"那你告诉我这些做什么？告诉我你已经嫁过人，还有一个十二岁的女儿，就是为了让我死心吗？既然你不会再回吉温的身边，你嫁没嫁过人、有没有过孩子，又怎么样？我才不管！"他转过身来，扣住了她的肩。

"相爷，我和七郎纵然无法破镜重圆，但也改变不了我已是有夫之妇的事实。我先前欺瞒了相爷，令相爷有所误会，实在是不该，只希望现在亡羊补牢，为时未晚……”

“晚了！你以为这么几句话，就能把我彻底拒之门外？”他怒极反而冷笑出来，“有夫之妇，哼，有夫之妇又怎么样？陛下还能抢了自己的儿媳做妃子，我怕什么！”

菡玉惊愕地瞪大了眼，道：“相爷！你怎可这样说陛下和贵妃？他二人是两情相悦，才不顾世俗之见结成良缘，长相厮守。而我们……”

“他二人是两情相悦，我们俩难道不是？”杨昭紧抓住她的肩膀，眼中有着狂乱而异样的神采，“如今世风开放，女子改嫁司空见惯，谁也不会多说什么。菡玉，只要你愿意，我什么都可以不顾！吉温若是敢难为我们，我就叫他永远地闭上嘴！”

菡玉变了脸色，道：“你想把他怎么样？你不能对他……他要是有个三长两短，我、我决不与你善罢甘休！”

“说来说去，还是你对那姓吉的仍旧恋恋不舍，情丝未断！吉菡玉，吉菡玉……”他反复念着她的名字，想起她曾对他说过，菡玉也不是她的本名，伤痛到极处，竟笑了出来，“好个吉菡玉！你为什么不索性叫吉韩氏算了！”

菡玉吃了一惊，但立即平静下来，别过脸去：“原来相爷早就知道了。”

“我不知道，我宁可什么都不知道……”他颓然地垂下头，枕在她的肩上，“你为什么不早说？为什么要等我陷得这么深了，你才来告诉我，你早已是别人的妻，我这一生都没指望了……可是我已经抽不了身，我出不去了……”

菡玉推起他，稍稍退后，说：“相爷的厚爱我无福消受，我这辈子都还不了相爷的恩情了。就算我欠着你的，下辈子我做牛做马，再来报答。”

“我不要下辈子，下辈子还那么远，我只要现在……”杨昭不顾她的推搡，强行摁下她的双手，侧身过去把她压在厢壁上。

菡玉整个人都被圈在他的包围中，无处躲避，只得道：“相爷，使君有妇，罗敷有夫，请相爷守礼。”

守礼，他甚至还没有碰到她，就已经算是逾矩了。他想起很久之前在东平郡王府他们所演的那场戏，他看了她的身子、碰了她，从此就有了奢想；那次在左藏库，两人被压在绢堆下，他们曾离得那么近，他只要稍微再往下一点儿就能触到她；还有半个多月前，在吉府那间偏僻的小院，他终于尝到了梦寐以求的滋味，那样美好，让他沉醉流连。然而这些都不能让他满足，他要的不仅仅是这些，他想要她，要她的全部。

但是那永远都不可能了。她是别人的妻妾、别人孩子的母亲，他不能碰。从今往后他都只能远远地看着她，不能碰……就像现在，她明明就在眼前，明明就在他的臂弯里，他却不能抱她，不能碰她……

为什么不能？她就在这里，就在他的面前，就在他的怀中，他为什么不能？

他猛地一收双臂将她搂进怀里，低头急切地向她的唇上探去，幻想着这一刻她还是他的，他还可以恣意放纵一回。

“相爷！”菡玉慌乱地躲避推拒，他侧着身双手都使不上力，竟被她躲开。

“菡玉，这是最后一次，就这一次，求你别……”他满心里只余绝望，胡乱地揪住她的衣襟。

菡玉毫不留情地将他推开：“有一次就会有一百次，长痛不如短痛。相爷向来果断，连这点儿决心都下不了吗？”

这时马车忽然停下，他手一松，她便逃脱开去，迅速地下了车。

杨昭坐在原处，背靠着厢壁，浑身虚软没有半丝力气，站也站不起来了。车里少了一个人，立刻显得空荡起来。自从她自己备了车马，就再也没有和他同乘过，今日是第一回，也是最后一回了。

算上这回，她一共和他同乘过四次，每一次他都记得清清楚楚。她总是坐在他的左边，车厢里两个人坐有些挤，难免会有所触碰，他不由自主地向她那边靠去，希望可以贴她更紧一些。他从侍御史一步步坐到宰相高位，这辆车却始终没有换过，他私心里总想留着这辆车，兴许还能与她像当初一样同乘此车，在狭窄的车厢里还能与她紧紧挨着。

但是以后再也不会有这样的机会了，这辆车里，完全只有他一个人了。他看着另半边空着的坐凳，那是她刚刚坐过的地方，还留着她的体温。他把双手覆上去，整个人都覆上去，只希望能留住这余温，再多留一会儿。

杨昌见菡玉独自一人下车走了，而相爷迟迟不出来，心中疑惑，掀开帘子去看，就见他闭了眼躺在坐凳上，脸贴着那凳上的软垫，好似抱着世上最珍贵的宝贝。

“相爷？”杨昌试探地轻唤了一声。

杨昭缓缓地睁开眼，看见是他，又懒懒地闭上，说：“我想再待一会儿，别打搅我。”

杨昌道："夜里凉，车里还没备暖炉，待久了可是要受寒的，相爷还是……"

"冷吗？"他摸着那已经凉透的软垫，坐起身来，"那就给我拿壶酒来暖暖身，要劲头大一点儿的。"

菡玉回到自己的院里，早早地睡下了。一路上她都心情平静，躺在卧榻上也没有再想关于杨昭的事，就算跟他彻底了断了。

然而觉却睡得不安稳，她迷迷糊糊的，不知道自己是什么时候睡着的，睡着了之后又连着做噩梦。那梦就好似自己以前的经历一般真实，却又乱七八糟地串在一起。

许多年前曾暗暗恋慕过的人，她几乎已经将他淡忘，竟到了她的梦里来。他叫什么？哦对了，卓月。她连他的姓名都快遗忘了。

起初她叫他恩公，后来叫他卓兄。他长什么模样？她从未见过他的正脸，只记得他用一袭黑长的斗篷遮住全身上下，来去如风、行踪不定，所以在梦中他就彻底成了一抹黑影。

她悄悄地仰慕着他，如兄、如父、如师长，还有一些少女隐秘的悱恻情怀，或许都称不上是男女情爱。他救了她的命，带着她在战乱中艰难求存，最后甚至牺牲了性命将她送来这里，天宝四载，歌舞升平、皇皇盛世的大唐长安……

倏忽之间，她终于看到了他斗篷遮盖下从未见过的脸，赫然竟是杨昭。惊鸿一瞥，在她的视野中一闪而过，又变成一片模糊的暗影。

梦里的一切都好像蒙了一层薄薄的雾气。他从人世间消失了，她依然感到悲伤，那悲伤也是朦胧的，辨不真切。

这梦做做停停，她也不知道自己什么时候是身处梦境，什么时候又是真实的。半梦半醒之间，她好像听到一点儿动静，迷蒙地睁开眼，看到榻前不远处站了一个人在翻衣柜，似乎是芸香，也或许是小鹃。

菡玉半眯着眼问了一句："在找什么呢？"

那人回道："少卿这件白衣上染了一点儿污迹，我拿去洗一洗。"

她仍没听出那人到底是芸香还是小鹃，只道："都这么晚了，明天再说吧。"

那人道："现在才戌时，还不晚。就脏了一小块，搓一搓就好，不用全洗，一夜肯定就干了。”

菡玉这才听出那是芸香，想跟她说句话，眼皮却沉重得抬不起来。她脑子里刚刚想着，才戌时呀，就又睡过去了。

这回的梦境变了模样，不再是朦朦胧胧的。她梦见自己又回到了当初独自一人流落在外的时候，兵荒马乱，风餐露宿，时时刻刻都得提防着。她的耳边始终萦绕着各种各样的声响，有风声，有马嘶声，有哭泣声，还有许多声音混在一起，十分嘈杂，让她睡不安生。到后来那嘈杂声越来越响，夹着打骂和女子的哭喊，就像真在耳旁一般。

“少卿！你快醒醒！快醒醒！”

菡玉正被噩梦折磨，忽然觉得有人推她，喊声带着哭腔。她这才醒了，睁眼就见小鹃站在榻边，脸都哭花了，一边抽噎一边推她。

菡玉回过神来，听到屋外传来打骂哭喊的声响，竟不是梦中的幻觉，忙问：“出了什么事？”

小鹃抹一把眼泪，泣道：“少卿，你快去救救芸香姐吧，她快要被裴娘子打死了！”

菡玉大吃一惊，连忙披衣下地，和小鹃一同出门去。动静是从院墙那边传过来的，而墙的那边就是杨昭的书房。菡玉不及多想，匆忙赶了过去。

书斋大门敞开着，门口站着几名裴柔身边的侍女，还有数名家丁，探头探脑地往书房里观望。阵阵哭叫声就从书房里传来，还伴随着杖责的闷棍声。那哭喊声正是芸香的声音，到后来就变成了惨叫，她嗓子都喊哑了，撕心裂肺、分外可怖。

“住手！”菡玉拨开门口围观的众人冲进书房，只见芸香披头散发地趴在青砖地上，衣衫零落破烂，两名家丁各持一根手腕粗的棍子对其责打，芸香的腰下已被打得皮开肉绽、血肉模糊。周围站了一圈人，都是裴柔带来的。屋里弥漫着一股浓烈的酒气，淡淡的血腥味夹杂其间。

持杖的两名家丁看到菡玉进来，都不由得住了手。芸香已经奄奄一息，叫也叫不出来了，伸出手去抓住菡玉的脚踝，握着再不肯放手，嘴里含含混混地哀求：“少卿救我……”

裴柔搬了一把小胡床坐在房间的正中，优哉游哉地摇着团扇：“谁让你们停了？继续打，打死为止。”

那两名家丁不知该听谁的，面面相觑，一时没有动手。

菡玉上前道：“娘子，芸香她向来本分规矩，做事也尽心尽力，这回究竟犯了什么错，竟要受此重责？”

裴柔冷笑一声，道：“吉少卿倒是好心，还帮这贱婢说话，气量果然非我等女流可比。她做了什么对不起少卿的事，你倒是自己问问她看？”

菡玉见他们在杨昭的书房里这般闹腾，本就心存疑惑，听裴柔这么一说，不由得向地上的芸香看去。芸香本是握住菡玉的脚踝哀哀地望着她，这会儿也放了手，默默地偏过头去。

忽听得人群之外一个糊里糊涂的声音喊了一声：“菡玉……”

菡玉听到那声音，心下一颤，转身看向声音的来处。

四周围着的人立刻让开。书房的最里面，坐榻上躺着的烂醉如泥、衣衫不整的人，正是杨昭。坐榻四周扔了一地的空酒壶，还有一些零散的白色碎布片。他抓住近旁一名素衣婢女的衣襟，嘴里含混地嚷着：“菡玉，玉儿，你别走……”

菡玉的脸色唰的一下白了。芸香的身上染满血污，破烂不堪的白衣被扯得只剩了半件，但菡玉还是认得出，那是自己的衣服。芸香穿了她的衣裳，他们……

“先扶相爷回房。”裴柔也听见了杨昭喊的什么，当着这么多人的面，连忙叫来几个身强力壮的家丁把杨昭抬走。她转而对菡玉道：“吉少卿，这贱婢趁相爷酒醉妄想李代桃僵勾引相爷，你说她该不该打？”

菡玉背对房门，听着那模糊的喊声渐渐地远了，深吸一口气转向裴柔，道：“娘子，芸香纵有千般不是也罪不至死。反正她图谋未果，也已经受了责罚，娘子就饶她一条性命，将她赶出府去罢了，免得在喜庆佳节闹出人命来，沾染晦气。”

菡玉开口为芸香求情，裴柔不好不答应。裴柔从芸香的身边经过，嫌弃地踢开芸香伸在外头的血迹斑斑的胳膊，低头似对芸香说，又似说给旁人听：“这相府里任何时候都以相爷为大，他让我掌管府中杂事，我自然不能让人胡来，坏了上下尊卑的规矩。相爷若是喜欢谁，我不会妒悍不逊，自当成全美事；但是有不本分的自己妄想投机取巧飞上枝头，甚至算计蒙骗相爷，那就别怪我下手不客气。”说罢款款地莲步轻移，跟在杨昭的后头送他回后宅。

菡玉蹲下身，芸香却别过脸去不肯看她，泣道：“芸香没脸再见少卿了。”

菡玉道：“芸香，你……”又不知该如何安慰她，自己也是心乱如麻，便不再多说，站起身来对那两名家丁道：“芸香伤重，劳烦二位担待帮衬着些。”说着掏出荷包来。

那两名家丁也心知肚明，连忙推辞：“芸香平时与我们都有交情，只是迫于娘子的命令才对她下此重手，心里头过意不去得很。少卿请放心，我们一定会把她妥当地安置好的。”

菡玉谢过，叫来小鹃把荷包递给她：“你拿着这些钱，去请个医生。”

小鹃点点头。那两名家丁找来一块门板把芸香抬出去，小鹃在一旁扶着。从菡玉的身边经过时，芸香突然伸手抓住了菡玉的衣袖，嘴巴动了一动。

菡玉忙半蹲下去，耳朵凑到她的面前。芸香道：“少卿，这次都怪我，是我自作聪明妄想攀上高枝，做出对不起你的事。相爷并非有意，他完全是把我当成了……”

菡玉脸色一变，握住她的手道：“好了，你别多说话，好生歇着。”

芸香哽咽道：“少卿也许会觉得我矫情，但我看相爷如此痛不欲生地糟践自己，的确是心有不忍。他那么一位高高在上的人，可惜我无法让他……少卿，你连我都能宽容，不计较我犯的错，袒护相助；相爷对少卿用情至深，少卿却为何要这样伤他，不肯给他活路呢？”芸香落下泪来，放开菡玉，便被家丁抬走了。

菡玉呆呆地看着他们远去，许久才挪动步子，独自一人慢慢地走回自己的小院。她出门的时候着急，忘了关门，风吹进房里，把书桌上零散的纸片吹了一地。她关好门窗，只点了一盏灯，就着微弱的灯光把地上的那些纸片一一捡起。

不期然闻到一股绵远的香气，她握着那张荷花笺，虽看不清上头的字，脑中却不由得闪过那些诗句：爱身以何为，惜我华色时。中情既款款，然后克密期。褰衣蹑茂草，谓君不我欺。厕此丑陋质，徙倚无所之。自伤失所欲，泪下如连丝。

芸香说杨昭用情至深，她也明白，这一生也许都不会再遇到这样用心对待自己的人了。她在乎他吗？当然是有一些在乎的。她想起多年前自己曾懵懂地思慕过一个，那个人永远地离开了她，她那时的悲伤甚至都没有现在浓烈。

然而一个“情”字，并不是人生的全部。裴柔对他，难道用情就不深？在她之前，他对裴柔、对虢国夫人，难道就没有情？

纵使罗敷不曾有夫，使君，也已有妇。

她拈起那张荷花笺，凑到灯上点着。轻薄的笺纸极易燃，火光一闪就将它吞没了，火光又即刻暗淡下去。火苗舔上她的手指，将残存在她指间的那一小片页角也烧成了灰烬。她抬头望着空旷昏暗的屋舍，任它烧着又熄灭，并没有知觉。

杨昭宿醉，第二天直到中午时方才清醒过来，又身子不爽利，头疼脑热了十多天也不见好。他便索性告了几天假在家休养，来拜访探望的客人都被挡在外头，他一概不见。

菡玉这几天也没见着杨昭的面，不知他如今是何态度，心里头忐忑不安。弄到这等地步，她是没法儿再和他住在同一个屋檐下了，但又不能贸贸然地离去，总还要向他知会一声。她默默地收拾行装，又拖了几日，这天晌午硬着头皮去向杨昭辞行。

刚出自己的小院，她就见往东边书房去的路上堆了一堆砖木石材，几名家丁和外头请来的民夫正在忙活，把路都堵住了。家丁见她要过去，几个人一阵搬移才勉强腾出一条走道来。

菡玉随口问道："这是要做什么呢？大兴土木。"

一名家丁回答："吉少卿，小的奉娘子之命给这月洞门加两个门扇而已，算不得大兴土木。"

菡玉脸色微变，一旁另一名家丁抬起胳膊肘搡了同伴一记，说："娘子只是张罗人手，加门扇是相爷的意思。"

先前的那名家丁会意，连声附和："对对，是相爷的意思，相爷的意思。"

菡玉勉强一笑，转身继续往书房那边走。书房的门关着，她举手敲了敲，也没人应。身后修门的家丁扬声道："吉少卿是要找相爷吗？相爷这两天都没来书房，在裴娘子那边呢。"

以前他总在书斋里，里间有床榻，他经常在这边留宿。她每次找他都只来书房，每寻必中，脑子里竟有了定势，以为他一直都会在这里。

菡玉对那家丁致了谢，想想还是一鼓作气地把这件事了结得了，叫裴柔知道也没什么大不了，还能让裴柔定定心，于是便改向后院裴柔的居处行去。

她名义上是寄居相府的幕僚，当然不能随便出入女眷住的后院。走到后宅的院门前，她正好碰上杨昌。杨昌先问她："少卿来找相爷？"

菡玉道："不知现在可方便？劳烦通报一声。"

杨昌迟疑道："相爷尚未起身……"

时近中午，他居然还没起来？这可不像他平素的作风。菡玉突然明白了，心下有说不出的滋味，强自忍耐下来，说：“那我过些时候再来。”

杨昌道：“少卿请留步。相爷差不多也该起来了，我去看一看。外头风大，少卿请先到暖阁中稍候片刻。”

菡玉点一点头，跟着杨昌进了厅堂旁的暖阁，坐下候着。这才九月，前几日北风突起有了寒意，暖阁里这就烧起了炭炉。菡玉待了一会儿觉得有些热，额上渐渐冒出汗来。

她大约等了半刻钟，杨昌来回话了。没过多久杨昭出来了，由裴柔伴着。两人看来都是刚起身不久，没穿戴齐全，里头只穿一件单衣，外头披了挡风大氅，到暖阁里就脱了。

裴柔穿了一身薄纱长裙，绯红色的上襦，水色的披帛，领口开得极低，隔着薄纱朦朦胧胧、若隐若现。她粉面含春，娇怯地依在杨昭的身侧。

杨昭本也是面色柔和，进门一看到菡玉，神色立刻变得凌厉。他先是醉酒伤胃，后又发热头痛，病了好多天，这会儿脸色泛着憔悴的蜡黄，越发衬得一双眼锋芒毕露、咄咄逼人。

菡玉起身来行礼，杨昭在主位坐了，开口便问：“有什么要紧事，这时候来找我？是日前布置的人手有动静了吗？”

菡玉一愣，没想到他会突然问起这事。上个月他做过一些人事调动，贬谪调任了一些官员，又把潼关的驻军调了几千人到京师来，说是年初增强京师治安之需。她不在兵部任职，便没有多问，也不曾插手管这件事。

“你这些日子都干什么了？我抱恙告假在家，你就也不管外面的事了？”他冷哼一声，“陛下降旨召安禄山正月入朝，旨意已经传到范阳，安禄山准备提前一个月动身，说明他带的人手肯定不少。你还没得到消息？”

杨昭奏请皇帝召安禄山进京获准，菡玉是知道的，但安禄山何时动身、带多少人，她却没有消息来源。杨昭手底下的人只为他办事，她在吏部做个小小郎中，哪里有自己的人脉眼线，全都要靠他，离了他便什么也做不了了。

菡玉沮丧地垂下头，心下犹疑起来，但是，也不能让他……

裴柔见他俩议论起政事，起身准备回避。杨昭却拉住她说：“你别走。”

他的手冰凉而微微发抖。裴柔问：“相爷，你还是不舒服吗？”

杨昭点点头，放开她道：“还有些不适，你在一旁伺候着，不妨事。”

裴柔在他的身边坐下来，见他微有虚汗，取来热手巾为他擦拭。杨昭等她擦完，才对菡玉道：“我正要召集大家商议，这事待会儿再说。你来找我所为何事？”

菡玉心里犹豫不决，抬头正见裴柔瞥了她一眼，与她视线相触后又淡淡地别开眼去。

她小心地说：“下官寓居相爷府上已有半年余，多有叨扰，如今觅得一处合适的住所，离省院也近，因此特来向相爷辞行……”

他突然一拍桌子怒道：“谁准你走了？”

菡玉不意他竟会发怒，低首道：“下官以前贫寒无依，叨扰相爷，心中一直愧疚不安。如今略有盈余足以自立，所以……”

“我堂堂宰相府，还供不起你？”

菡玉忙道：“相爷息怒，下官不是这个意思，只是、只是……大丈夫三十而立，我也到了成家立业的时候，不能总倚仗相爷……”她胡乱找着借口，自己也觉得牵强。

裴柔忽然道：“是呀，吉少卿这般人品，放在外头，做媒的早就把门槛都踏破了。现今住在相府里，一般人畏惧仰望相爷的威势不敢登门，可是耽误人家了……”

杨昭冷冷地瞥裴柔一眼：“我只让你在一旁伺候，可没让你多嘴。”

裴柔便不多说，端过茶水来递给他，柔声道：“妾知错了，相爷息怒。来，喝口水润润喉。”

杨昭喝了几口茶，慢慢地心绪平静了些，把茶盅放回去，坐正身子道：“倒不是我故意耽误吉少卿，只是你既然为我办事，我就得保你万事无虞。让少卿居于险地，我哪能放心？”

知道得越多的人越危险，被对手窥伺危险，有人掌握自己的命脉把柄也危险，总之菡玉不能脱离自己的掌控。菡玉虽然不是什么交关紧要的人物，但杨昭一直对她推心置腹，她知道得确实不少。单论公事，杨昭也不会让她飞出他的掌心。

菡玉吃不准他是否真的只是出于公事上的考量，但只看了他一眼，一触到那炯炯的双目便不敢再视。无论如何，她心知这回是走不了了，便低头拜谢，不再多言。

杨昭道："好了，正事还是去那边商量吧，我叫了几个人来，这会儿兴许又有新消息传回来了。"摆摆手站起身来。

裴柔道："相爷要去书斋吗？外头风大寒冷，可不能就穿这点儿衣服出去，吹了冷风病更难好了。"

杨昭点点头，裴柔对菡玉赔笑道："吉少卿请稍候片刻，我到后头去为相爷加件衣裳。"

菡玉道："相爷身体要紧。"

裴柔吩咐婢女去取来杨昭的衣物，两人转到里间更衣。菡玉坐在外面等候，隐约可以听见里头的声响。

裴柔的语气似有些恋恋不舍："相爷这就又要去忙了吗？身子还没养好，可别太劳累。"

"我身子如何，你不是最清楚？哪有那么严重。"杨昭轻笑一声，"舍不得我走就直说好了，何必拐弯抹角。"

裴柔嗔道："谁舍不得你走了！人家是真的担心你，你还取笑！"

"这可是你说的，那我真走了。"

"哎！"裴柔连忙阻止，换来他戏谑的笑声。里面接着传来一阵窸窸窣窣的响动，菡玉渐渐听不见说话声了，只隐约听到女子嘤咛的一声娇喘，又归于沉寂。

菡玉坐得端端正正，双手放在膝上，目不斜视。她背上方才热出的汗已经凉了，衣服半湿贴着肌肤，背心里冰凉一片。

裴柔忽然娇声道："好了，外头还有人呢……相爷不是还有要紧事要忙？"

杨昭道："那我忙完了就来找你。"

裴柔问："白天能忙完吗？晚上我等你一起用膳？"

杨昭道："不一定，到时候再说吧。"话音刚落，人就从里屋走了出来。裴柔跟在他的身后，双颊泛红，眉目含春。

菡玉只当什么都没听见，起身对杨昭行了一礼。裴柔往她的方向一瞥，若无其事地上前来扯了扯杨昭的衣领，把最顶上的扣子扣好。菡玉本面对着杨昭，急忙转过脸去。

杨昭道："走吧。"

菡玉就势转身，朝门口一伸手，道："相爷请先。"

两人一前一后出门，刚步出房门，杨昭突然脚步一顿，急问道："杨昌人呢？还有杨九，都上哪去了？"

菡玉低头跟在他身后，猝不及防，差点儿撞上他的后背。这么一顿，屋里的裴柔就跟了出来，小跑到他的身边，柔声道："相爷，那我送你过去好了。"

杨昭轻舒了一口气，笑着挽住她说："好。"

菡玉默默地跟在他俩后头，低头只看到两人并排的脚步。他们俩这算是和好如初了吧？这不正是她所希望的吗？

她勾起唇角勉强一笑，眼前模糊了那么一瞬，即刻又清晰明朗起来。

己所不欲，勿施于人，小时候娘亲就教过她。这样才是对的。

三人从花园里抄近路穿过去，经过奴仆房，里头又传来叫骂声和哭泣求饶声。菡玉听到这声音，首先就想到了芸香。但她转念一想，芸香已经被赶出府去了，奴仆房里住的都是做粗活的仆役，和芸香搭不上关系，大概是哪个下人做错了事被管事的教训了。相府里的家务事她也不好多管。

可那哭泣求饶声越来越大，外头也听得清楚了，是个嗓音娇柔的年轻女子，让人听得分外揪心。她边哭边告饶："求求你别赶我走，我以后一定小心做事绝不犯错，求求你让我留下来……"

赶人的管事无奈地道："你揪着我也没用，这又不是我拿的主意。我也知道你一直安分没犯什么错，可谁叫你长了这么张脸呢？当家的命令我不敢不从，得罪了。"管事刚说完，里面就传来砰的一声响，接着是那女子惊叫的声音。

杨昭听得心烦，停下脚步问裴柔道："又出什么事了？三天两头鸡飞狗跳的。"

裴柔歉然道："都怪妾管理不力，还叫相爷烦心。妾一定好好反省，回头严加管教，让相爷没有后顾之忧。"

杨昭叹了口气道："这么多人你管不过来也正常。我不是责怪你，你别往心里去。"

裴柔微笑道："谢相爷体谅。"

三人继续前行，刚走了几步，又听到围墙那边一声暴喝："拦住她！把她抓回来！"

三个人不约而同地掉头去看，只见一名头发披散、衣衫破旧的婢女从奴仆房里飞奔出来，身后跟了几名追她的家丁。那女子深一脚浅一脚，哪里跑得过那些强健的家丁，不一会儿便被追上，几个人按住了她，要把她拖出去。

那女子犹不甘心，看到杨昭在近旁，也不顾他身边的裴柔了，大声喊道：“相爷！相爷救我！求相爷不要赶我走，我是明珠啊相爷！”

杨昭皱着眉，似乎想不起来明珠是何等人物，对她的哀求无动于衷。菡玉方才听她的声音觉得有些耳熟，待她说出自己的名字才想起来，失声道：“住手！”

家丁停下脚步，手里仍抓着明珠的胳膊。明珠这时也看到了她，哭喊声戛然而止。菡玉疾步走到她的身旁，只见她娇容枯瘦满脸脏污，衣衫单薄破烂，手肘脸颊都擦破了。菡玉握起她的手来，触到她满手都是皴裂粗茧，可见是常年做粗活的。

“郎君……”明珠轻唤了一声，多少辛酸心事尽化作这两个字，两串泪珠不由自主地滑了下来。

菡玉怒由心生，霍然而起对杨昭斥道：“相爷当初曾允诺我会爱护明珠，我才忍痛将她让给你，你就是这么善待她的吗？”

杨昭早想不起明珠是谁了，听菡玉这么一说才回忆起来，这明珠是他从菡玉的身边强抢过来的侍妾。杨慎矜案了结后他就把明珠忘得一干二净，没想到这些年她一直在自己的府里，还被菡玉碰到。

菡玉又道：“你自称一见倾心，求得这颗明珠却不体贴爱护，让她一个娇滴滴的女儿家做最粗最累的活，现在又要将她赶出去，始乱终弃令人寒心！早知如此，当初我真不该让她跟你！”

明珠小声道：“郎君，相爷他没有……”

杨昭转向那几名家丁问道：“明珠犯了什么事，要赶她出府？”

几名家丁讷讷不敢言，偷偷地觑着裴柔。裴柔也不紧张窘迫，只道：“明珠一向麻利能干，大约是有什么误会。都怪我有眼无珠，以为她只是个在杨慎矜抄家时被卖出来的寻常婢女，不知道原来是相爷的爱宠，否则怎敢怠慢呢？”

菡玉心下了然。并非杨昭欺压明珠，他从未将明珠放在心上，而是裴柔见明珠美貌有意为难。这回明珠被赶出去大概也是这个原因，裴柔吃了芸香一堑，便想把府里有些姿色的年轻婢女全都遣走。昨晚就有几个婢女来跟小鹃道别说要回乡去了，原来是这个缘故。

杨昭忽然道：“你做得没错。”

裴柔不明所以地望着他，他却看向菡玉，又道：“她就是寻常婢女，不是我的什么爱宠。”

菡玉微微皱了皱眉。

明珠对着裴柔扑通一声跪下，哀求道：“娘子，求求你让我留下吧！我对相爷、娘子绝无二心，只求能留在吉少卿的身边，哪怕是做牛做马，我也甘愿！求娘子成全！”

菡玉心酸不已，蹲下去扶着她柔声道：“明珠，都是我不好，叫你吃了这么多苦。”

明珠道：“明珠本以为此生无望，谁知竟能再见到郎君，明珠死也无憾了。”珠泪滚滚而下。

裴柔听她俩的对话已大约明白是怎么回事，上前扶起明珠，笑道：“正好吉少卿的院里只有一个小丫头，还缺个主事的。明珠聪慧伶俐，又和少卿是故交，不如你就到少卿那边去伺候吧。”

明珠大喜过望，连忙叩谢：“多谢娘子！”

裴柔道：“都怪我任人不周，让你吃苦受累了，此番就当是补偿。你不会怨我吧？”

明珠道：“娘子对明珠恩同再造，明珠感激不尽！”说着又要拜，被裴柔托住。

明珠依着菡玉，喜不自禁，一改方才的愁容，连枯瘦苍白的脸庞也现出光彩来。菡玉对她满心歉疚，哪里还管明珠在自己的身边会不会有所不便，只想着她可以不再受苦，也十分欢喜。

裴柔一箭双雕，满意地回到杨昭的身边，说：“相爷不用担心吉少卿留在咱们家里会耽误终身了，说不定还能因此成就一段良缘呢。”她偷偷瞧杨昭的脸色，却见他不动如山毫无表情，不由得疑惑，心想他该心生醋意才对，难道他真的跟那姓吉的一刀两断了？

裴柔遣人带明珠下去收拾东西搬到菡玉的院里去，又赐了明珠一些布匹衣裳。

不多时三人到了书斋。杨昌已在门口候着，见到杨昭禀报道：“阁老们正在前厅用茶，已经派人去请了，不一会儿就到。相爷先进去歇息片刻。”

杨昭点头。裴柔道：“那不妨碍相爷了，妾先告退。”

杨昭见有杨昌在场，便放她走了。他与菡玉前后走进书斋，两人干坐着，谁都不说话。菡玉心平气和坐得端正，杨昭却有些心浮气躁，拿起桌上的书卷来翻阅，看了几眼又放下，换了别的也一样看不进去，把东西往桌上一扔，怒道：“怎么还不来，还要我等他们？”

这才多一会儿的工夫，换个鞋都来不及啊。杨昌暗忖，瞥了一眼杨昭，低首道：“那我再去催一催。”说着便要告退。

杨昭却又抬手叫住杨昌：“不用了，你留下，等就等吧。”

杨昌看他心神不定的模样，心中明了，又道：“那我去给相爷沏碗茶来。”

杨昭抬高声音道：“叫你留下就留下，乱跑什么！”

杨昌应了一声，乖乖站着不动，心想：所谓自相矛盾，大概就是相爷现在这个样子。

杨昭又沉默了片刻，见只有一个杨昌在场，终究还是忍耐不住，开口问：“吉少卿，这回安禄山入朝，你有何看法及对策？”

这话问得如此笼统，她要是能直接答上来，今天他也不必找这么多人商议了。她想了一想，还是把心中斟酌已久的事说了出来：“相爷，其实你并不需要和安禄山对……”

她的话还没说完就被他打断：“你以为我为什么针对他？吉菡玉，你未免太看得起自己了，无利可图的买卖我是不会做的。一山容不得二虎，宰相边将不能俱重，我和他不过是权力之争，和你有什么关系？！”

菡玉闭口不再多言。

所谓不打自招、自欺欺人，大概就是相爷现在这个样子。杨昌心里挣扎着，出去是成全相爷，不出去也是成全相爷，到底要不要出去呢？

第十一章 玉 离

正月初三，安禄山应召入朝，初四抵达华清宫觐见皇帝。这倒是出乎杨昭的意料。杨昭屡次进言安禄山有反状，二人水火之势昭然若揭，他年前更是调集潼关兵马入京，将长安城内的大半兵力掌控于手中。他料想安禄山必不敢进京，因此向皇帝进言说，若试召之入朝，安禄山必不会来。

菡玉大抵知道杨昭的打算。杨昭在京盛势以待，若安禄山生惧不来，那当然就落了心虚有鬼的话柄，杨昭告安禄山谋反便有了凭据；若安禄山敢来，杨昭索性一不做二不休，趁这机会把他除去。

皇帝听了杨昭的奏议，下旨令安禄山入京。谁知安禄山丝毫不惧，立刻奉旨进京，让杨昭的这招一上来就落了空。

安禄山在皇帝、贵妃面前一向示以愚鲁痴顽之态，骗取他们的怜爱欢心，这回面对杨昭的两面夹逼，也不像常人一般费尽心思地去明争暗斗，而是直接对皇帝痛哭流涕地诉苦，说自己因功高而为右相所不容，这次进京到了右相的地盘上，恐怕要被右相害死。

皇帝本就不信谋反的说辞，见安禄山慨然进京，越发对他深信不疑，见他如此情状，不由得对这“禄儿”更加心生怜爱，将他留在身边常随左右。朝臣再有进言指斥安禄山有反心的，皇帝都不听了。

这日菡玉忙完了吏部的琐事，天色已晚，准备独自步行回去。走到院中，她往尚书都堂那边看了一眼，屋内掌上了灯，似乎是要挑灯夜作了。她犹豫了片刻，还是转身往院门走去。

她刚出门口，斜里突然蹿出一人，帷帽遮面形迹鬼祟，把她拉到墙角的僻静处，口中小声道："吉少卿，碰见你就好了！"

菡玉仔细一看，认出那人是高力士手下的一名小黄门，时常来传话的，忙问："大官，陛下有什么旨意下达？"

小黄门道："这倒没有，陛下正在两仪殿为东平郡王论功行赏，无暇分身。"

皇帝这时候本应在后宫用膳休养，却突然跑到两仪殿去给安禄山行什么赏赐，得亏高力士暗地里派人来通知杨昭，皇帝定是要绕过右相决议什么大事。不知陛下又想给安禄山加什么职权？还要瞒着杨昭？

小黄门又道："小的不便在此行动，劳烦少卿转告右相一声，时间紧迫，小的得赶回去复命了。"

菡玉道："我这就去禀报右相，有劳大官了，路上小心。"

小黄门看了看四周，拉好帽子急匆匆地走了。菡玉立即掉头回省院去告知杨昭。她一心想着这是公事，未觉得有什么不对，径直闯进尚书都堂里间。

书案前的杨昭抬起头来，冷冷地看着她："吉少卿，你知不知道这是什么地方，是你说来就来的吗？未经通报擅闯，该当何罪？"

菡玉一愣，到嘴边的话就噎住了。屋里其他几个人一看情况不对，纷纷借故离开。

生疏的气氛扑面而来。她站在门边，只见他冷淡疏离的目光从她的脸上一扫而过，又落回到自己面前的卷册上。但他手里的笔却提着，不耐地晃动，不落下去。

她差点儿忘了，她已经……不再有在他身边任意行走的特权了。

菡玉盯着他手里晃动的笔杆，喉间像塞了一团草，吞不下去又吐不出来，塞得满满的，也不能言语。她的心里头却空落落的，寻不到一个实处，好似所有的东西都化作了那团草堵住喉口，隔绝了内外。

杨昭终于不耐烦地把笔扔在砚台上，抬起头来问道："有事？"

菡玉定定心神，走上前去毕恭毕敬地垂首作揖，答道："禀相爷，高大将军刚刚派人来传话，请相爷务必立刻进宫一趟。”

“高力士？”他皱起眉，“知道是什么事吗？”

“说是陛下在两仪殿计议如何为安禄山加封赏。”

“哼！”杨昭一甩袖站了起来，“陛下还真是宠这个干儿子，上次是封王，这次是不是该拜相了？”

安禄山如今身兼数职荣宠无比，富贵享之不尽，放眼朝野内外能让他看得上眼的，除了皇帝的宝座，大概也就只有这宰相之位了。

杨昭绕过书案往屋外走，走到门口，一只脚都跨出了门槛，回头见菡玉还低垂着头不动，不悦地道：“跟我进宫，动作快点儿。”

菡玉应了一声，跟上他的脚步。外头起了风，一打开门，冷风呼呼地刮进来。菡玉看他衣衫单薄，大氅还挂在里间的衣帽架上，杨昌又不在近旁，忙去取来。

“相爷，外头冷，把外衣穿上吧。”她双手拎住衣领一抖，往他的肩上披去。

“我自己来。”他一旋身避开她披过来的衣裳，自己伸手接住穿好。

菡玉尴尬地缩回手，低头不再作声。

两人出了省院大门，杨昌已迎了上来：“相爷忙完了？马车就在那边候着。”

杨昭摆摆手：“还有事，往北边去。”

三省六部等官署位于皇城之内，往北去就是宫城。杨昌讶道：“这么晚了，相爷还要入宫？”

杨昭正往车上走，闻言回头看了他一眼。杨昌自觉多嘴，转口道：“那我使人回去知会裴娘子一声，免得她等得着急。”

杨昭道：“不必了，她知道我忙。”

杨昌应下，见菡玉只是站在车旁，问道：“少卿，小人去把您的车夫招过来？”

菡玉道：“今日风大天冷，早上我就让他回去了，本准备走回去的。”

“这……总不好叫少卿跟我们这些下人一起走路。”杨昌迟疑道，一边把眼光扫向自家相爷新置换的四马油壁车，那车并排坐三个人也绰绰有余。

杨昭却不回应，冷冷地瞥他一眼，自顾自地上车去了，关上车门。

杨昌颇觉尴尬，菡玉笑道：“不妨事，我脚程快，不会拖你们后腿的。宫里有急报，还是快走吧，别耽误了相爷的要紧事。”

一行人疾步往宫城正门赶去。车马进不了宫门，杨昭便在承天门外下车，和菡玉一起步行进去。守卫见是右相，便没有阻拦。二人走到两仪殿前，果然见里头亮着灯。

门口侍卫看见杨昭大惊失色，连忙上来阻拦，一边高声道：“右相……”还没来得及出言提醒，杨昭已强行推开他，推门入内。

殿中除了皇帝和内侍，还有左相陈希烈、刑部尚书张均和其弟太常卿张垍。张氏兄弟二人皆为翰林院待诏，为皇帝起草诏书。此时张垍的手中就拿了一份诏书的草本，他正念给皇帝听，刚念到“功勋卓著，兹特加尔同平章事”，杨昭就闯了进来，生生将他打断。

皇帝一见杨昭，知道杨昭已经得了消息，露出笑容：“右相来得正好，朕刚想去传召卿入宫商议呢。”

杨昭拜过皇帝，顺水推舟道：“不知陛下召见微臣所为何事？”

皇帝道：“就是刚才太常卿念的，东平郡王安禄山镇守东北护卫河山，立下无数战功，对社稷可谓功不可没。朕想加他同平章事，入朝为相，也好为卿分劳。翰林已草拟了诏书，正好让右相也看一看，文辞有无不妥。”

杨昭从张垍的手中接过草拟的诏书，看了两眼却不评价，转身递给菡玉道：“吉少卿，你觉得呢？”

以菡玉的官阶，她跟着杨昭夜闯两仪殿已经是逾越，这里皇帝和左右相、两位翰林待诏商量让安禄山拜相，杨昭怎么还问起她的意见来？一时五双眼睛全都盯到了她的身上，她接也不是，不接也不是。

皇帝笑道：“吉卿精通卜算，看看也好，集思广益。”

菡玉应声“遵旨”，接过诏书来。张氏兄弟的遣词造句自然不会有问题，菡玉看过一遍，双手捧上，回道：“陛下英明，臣请立即将此诏书公示天下。”

杨昭连夜赶进宫，无非是想阻止皇帝封安禄山为相，他的跟班却说出这样的话，让其余几人都十分诧异。皇帝问：“吉卿难道无异议吗？”

菡玉道：“臣并无异议。”

皇帝顿了一顿，才道：“朕还记得卿初为太常寺卿官时，曾多次进言说东平郡王有不臣之心，天象预示其命犯华阙，想来是当初观测有误了。”

菡玉道："安禄山据守藩镇拥兵自重，手下都是强兵猛将，倘若其揭竿而反，将使天下大乱；但若征他入朝在京为相，解了他手中的兵权，就算他有谋反之心也无谋反之力了。陛下此举正为朝廷除去此心腹大患，一劳永逸，臣岂能不额手称庆？"

菡玉之言句句为社稷安危着想，字字在理，皇帝虽然心中不悦，但也不好斥责她，只道："东平郡王为朝廷征战沙场多年，立下无数汗马功劳，吉卿空口无凭，单凭自己卜算就咬定他心怀异志，未免太过武断。"

菡玉也不想再强行进谏，顺着皇帝的话语道："如果安禄山真如陛下所言这般忠贞不贰，陛下封他为宰相，入朝常伴圣驾左右，他必然乐意之至；如果他存了异心，有意拥兵自立，则不会轻易就此罢手，乖乖放弃手中的兵权。待陛下将这任命的诏书颁布下去，看他的反应就知其心意了。"

皇帝转向杨昭问："右相以为如何？"

菡玉知道自己人微言轻，又拂逆皇帝的心意，必然说不动皇帝。见皇帝转问杨昭的意见，菡玉忍不住也抬头看去，只希望杨昭不计较安禄山抢他宰相权柄之事，和自己同一阵线，将安禄山召进京来消弭祸端以绝后患。但眼光触到杨昭冷冷的视线，她又不禁心里一虚，别开眼去。

杨昭转过脸去看着张氏兄弟道："张尚书伯仲满腹经纶学富五车，怎么不好好学以致用报答陛下，反而把才学都用来睁眼说瞎话、蒙蔽圣听？东平郡王虽有军功，但出身胡人目不识丁，领兵打仗也就罢了，怎可为相？流传出去，岂不让四方周边的蛮夷都嘲笑我天朝枉为礼仪之邦，竟然让一个白丁当宰相？尔等却在诏书中极力称赞安禄山之才，试问一个连自己的名字都不会写的人，何来的才？"

皇帝也被他问住，思索良久，才又开口问道："那以卿之见，该怎么赏禄山才妥当？"

杨昭道："陛下要封赏，不必一定要以宰相之衔。反正如吉少卿所言，东平郡王是不会愿意放权入朝的，陛下还是留他在范阳，另加高职厚禄吧。"

菡玉抬头，只见他双眉深锁，神色却是冷淡无波。杨昭既然要阻止安禄山入朝为相，当然得强调安禄山在外的好处，也不会使自己的私心那么明显。但杨昭却毫不避忌，既不让安禄山进京抢他的权势，也不会因此帮安禄山说半句好话，最后还不忘戳上一刀，自己的利益半分也不相让。

皇帝想了想，最后还是道："禄山质朴粗豪，长于武而短于文，宜在外为将，不宜入朝为相。拜相一事暂且搁下，朕再作思量。"

陈希烈、张均、张垍三人闻言，脸色俱灰败颓丧，又不敢出言反对顶撞杨昭。这件事是他们三个在背后撺掇的，意图瞒过杨昭先斩后奏，不料被杨昭撞破功亏一篑，不但日后再难有机会，恐怕也会因此受杨昭记恨，今后的日子要不好过了。

菡玉随杨昭出来时天色已经黑透了，风从高空刮过，呜呜作响。殿前有内侍持了灯笼来为他俩引路，菡玉向他索要灯笼，只道自己提着就好，不劳烦他。那内侍也识趣，告了歉便将灯笼递给她，自己走了。

灯笼被风吹得明灭摇晃，只能照见脚前一小块地方。两人并排走着，暗夜里一点儿微弱的灯光，四周是空旷辽阔的宫城，脚步声在四周围墙之间回响。远处的殿宇檐下挂着灯，勾出巍峨的轮廓，其余都是黑黢黢的，如藏在夜幕中的巨兽。

远远地看见灯火明亮的宫门了，杨昭忽然停住脚步道："快到了，有什么话就赶紧说。"

菡玉听他声音冰冷，越发觉得自己实不该再说什么，质问都噎在喉咙口，只问出一句囫囵的话："在相爷眼中，到底是荣华富贵重要，还是黎民苍生重要？"

"原来你和安禄山的恩怨还是关乎黎民苍生的大事呢。"他冷哼一声，"吉少卿，你不用扣这么大的帽子来压我。我答应和你合作，互惠互利，可没答应为了你的事把我自己搭进去。"

"相爷！"她激动起来，"区区富贵权势，值得如此锱铢必较吗？你可知道你为这一己之私，断送了大好的机会……"

"区区富贵权势，你说得倒轻巧！我不计较富贵权势，还能计较什么？你倒是给点儿别的让我计较计较？"

菡玉被他问得一滞，还好天色昏暗，她看不清他的神色。

"可是这样一来……"

"够了。"他不耐烦地打断她，"我该做什么不该做什么，不需要你来教。你要是觉得我误了你的事，咱们大可以一拍两散，各走各路互不干扰。"

菡玉没料到他居然说出这么决绝的话来，不由得愣住。他的脸没在夜色中，表情神色都不可见，黑漆漆的一团，她什么也看不到。她是离不了他的，但他无所谓，他手下有那么多人，她只是其中无足轻重的一个。以前他若不是因为……现在，那唯一的理由也没有了，她于他，彻底成为一个可有可无的附庸。

她抬起手按住了心口，四周寂静得只听得到她微微紊乱的呼吸声。他伫立不动，也不开口，似乎在等着她的答复。

她深吸一口气，把手拿开。冷风冲进胸腔中，让她不由得打了个寒噤："相爷行事必有自己的道理。是下官僭越了，一时失态，还望相爷海涵。"

杨昭从鼻子里哼出一声，转身撇下她自行往宫门而去。她提着那盏昏黄明灭的灯笼，看着他的背影逐渐模糊远去，融进漆黑的夜幕中。

他本就是一切以自身利益为上的人，他自己也从不讳言。从前他也许违背本心为她做了很多事，多到她险些就以为那是理所当然的。然而一旦那支撑他的理由和目标没有了，他像对其他人一样对她，她才知道他的本性有多自私冷漠。

这样一想，他对裴娘子真的算很不错了，也许那才是世上他最亲近信任的人吧。

她觉得自己好像看透了他的心思，但又好像什么都没看透，不明白他到底在想什么，只知道他离自己越来越远了，就像这夜幕中的背影，看不透、看不清、看不见了。

安禄山未能拜相，赏赐封禄却一样都没少。正月初九，皇帝下制加封安禄山为左仆射，赐他的两个儿子一人三品官、一人四品官。因太宗曾担任过尚书令，后世臣子都避而不任此职，左右仆射实际就是尚书省的最高长官，安禄山倒成了杨昭的上司。

杨昭也不甘示弱，指使幕下群臣上奏美言，请求晋升他为司空。司空与太尉、司徒合称三公，皆为正一品，辅佐天子安邦定国，无所不统。

安禄山对左仆射之职仍不满足，自己向皇帝要求担任闲厩、群牧等使。闲厩、群牧都是管理战马的署衙，安禄山正可利用权力之便为自己搜罗良马充实军力。

菡玉屡次上书劝阻未果，反而惹恼皇帝。杨昭不出面，她一个人势单力微，说的话毫无分量，眼睁睁地看着安禄山得逞却毫无办法。

不过让她吃惊的是，安禄山同时还荐举了御史中丞吉温为兵部侍郎。吉温原在河东任魏郡太守，与安禄山有过接触。他由杨昭一手提拔上来，后来在杨昭那里碰了壁，便索性投靠安禄山和杨昭作对，在朝堂上也敢公然顶撞杨昭。

菡玉远远望着百官列首的那两人，心底无奈地叹了口气。

杨昭最近的脾气越来越不好，动不动就对她发作，还常常当面斥责其他官员，甚至在朝堂上撸起袖子来喝骂，被人鄙称为毫无宰相威仪。

其实他的脾气本来就不好，只是他原先一直对她包容忍让而已。

自她因安禄山拜相一事和他有了分歧、被他厉言呵斥之后，两人就没再好好说过话。她也曾请求他进言阻止安禄山兼群牧等职和为部下请功，但他不为所动。一夕之间，他对安禄山的态度大为改变，仿佛有所忌惮，只要安禄山不动摇他的地位，其他的他可以忍让一些。

菡玉低下头去，两人的争吵声远远传来，听在耳中嗡嗡地响，她却辨不清他们说的是什么。杨昭与吉温为何决裂，她最清楚不过，她似乎是这其中最重要的环节，然而最终还是成了最无关紧要的一环。

“好了，二位卿家不必再争了，此事牵涉甚广，二位所说都有道理，待朕慢慢想来，日后再作商议。”皇帝的一句话，终于让剑拔弩张的两人止息了。皇帝也倦乏了，宣布散朝回宫。

杨昭与吉温对视一眼，彼此眼中都掩不住敌意，只是杨昭毫不掩饰地表现出来，吉温却还保持着恭敬的姿态。百官纷纷退出太极殿，吉温朝杨昭虚行了一礼，先走了。

从菡玉身边经过时，吉温微微一顿，看了她一眼。菡玉眼光一扫，便看到他眼中的痛楚与不舍，千言万语脉脉不得诉。她不忍多看，避过他走上前去，对杨昭揖道：“相爷，百官都散了，为何相爷还在此滞留？”

“这么着急？你想走就走，又没人拦着你！”

菡玉一怔，心想自己是看他停留驻足，不好一人先走了，客气地过来请示一声。但菡玉又想到他还在气头上，说话口气重一点儿很正常，自己身为下属受着便罢了，于是低头弯腰静候他的回音。

过了片刻，杨昭语气稍平，问：“你也回省院？那就一同走吧。”

“是，相爷请。”菡玉欠身礼让，让他先行。

两人才走到承天门下，杨昭突然道：“等一等，有件要紧事忘了请示陛下。”转身回行，准备绕到太极殿后皇帝上下朝休息的两仪殿去。

菡玉道：“相爷既有要事，下官先行告退。”

杨昭却道：“待会儿还有事要你去办，你随我一同走。”

菡玉应道：“是。那下官就在此处等着相爷。”

杨昭却沉下脸：“这地方有那么好？叫你跟来就跟来！”

菡玉一抬头，见他神色中已有怒色，不知自己这几句话又哪里惹到了他，只得跟他往两仪殿走去。二人转过太极殿墙角，她不经意地看到离自己之前所站的地方不远处，一胖一瘦两个身影正在宫门前话别。胖的那个是安禄山，而瘦的那个……

她急忙转回头，惴惴地思忖杨昭是不是也看见了。刚转过去，她又看到杨昭正回头看自己，怒色愈深，不由得心里一慌，脚步也停滞住。随侍引路的小黄门走在她的身后，不意她突然停步，走得急就撞到她的背上去了，哟地叫了一声。

菡玉正走神，突然和人撞了，回身便朝那小黄门作揖赔礼。小黄门忙道：“吉少卿你可别，是小人不留神撞了你，小人给你赔礼才是。”

这么说着，菡玉已经弯下腰去了，只觉得右手肘突然被人托了一把，身子就被掀了起来。那力道之大让她往后一个踉跄，背撞到宫墙才站稳。

“你就这么不想走，步子都迈不动了是不是？你想留就留吧，就站在这里，爱怎么看就怎么看，哪也别去了！”

小黄门吓傻了，连忙道：“不关少卿的事，全赖小人走路不长眼，竟然撞了少卿……”还没说完，前头杨昭愤愤地一甩袖径自走了。小黄门也闹不清右相怎么突然对吉少卿发那么大的脾气，愣愣地看看菡玉。

菡玉扯出一个笑容，勉强解释道：“右相着急面圣，必是有机密要事，闲杂人等是该回避。我就在此处等候相爷吧，大官请自便。”

小黄门实在摸不着头脑，便顺着她道：“那小人先告退，吉少卿有事尽管吩咐。”

菡玉站在太极殿的墙角处，其前的广场和承天门、其后的两仪殿都看得真切。杨昭走到两仪殿前，殿门只开一道小缝，让他一人进去了。

另一边安禄山与吉温说完了话往内廷走，看到杨昭进两仪殿便也跟了过去，却被侍卫拦在外头。两人争执了一会儿，那侍卫丝毫不肯松口，安禄山只得作罢，讪讪地绕向月华门往后廷去了。

菡玉瞧着安禄山肥胖的身躯消失在月华门内，忽听身后传来轻微的脚步声。她正要回头，就听见耳后一声低唤：“素莲。”

那声音近在咫尺，可以想见此时她若转过身去，那张脸就在面前。

菡玉抬头看了看紧闭的两仪殿的大门，深吸一口气，往前悄悄挪了一步才转身：“原来是吉侍郎，怎么还没回去呢？”

吉温上前一步握住她的手说：“你别怕，这会儿百官都下朝离宫了，陛下也在后头，这里没人。”

菡玉被他抓住了手，心里一慌，脸上的笑容也挂不住了：“侍郎有什么要紧事要和下官说吗？何必在此……”她试着把手抽回来。

吉温握得更紧，目光炯然地逼近她道：“这招我当初找到你家时你就用过了，还想故技重施？那天我是喝醉了酒，但我都记得。你既然认了我，就休想再装作陌路人。”

菡玉心头纷乱，不知该如何向他解释好。突然又听到两仪殿的方向传来开门声，她忍不住回头去看。出来的是一名内侍，径自从另一边走了，身后的大门却未关上。

菡玉心里着急，眼睛直瞄那半开的殿门，生怕又有人出来看见他们。吉温不肯放手，她没能挣脱，只得道：“我不是不肯认你……”

吉温向前一步，视线挪向两仪殿那边：“是因为他吗？”

菡玉垂首不答。吉温追问道：“是杨昭逼迫你，让你有家不能回、有女儿不能认吗？”

菡玉摇头道：“吉侍郎，其实并非……”

吉温软语打断她：“你叫我什么？怎又这样生分起来？”

菡玉叫得结结巴巴：“七、七郎……”

“我明白你的难处。”吉温放缓语调，另一只手也覆上她的手背，“你暂且忍耐一段时间，用不了多久的，你等着我！”

菡玉吃了一惊：“你要做什么？他并没有……”

“你别说了，我怕我会忍不住。”吉温别过脸去深吸一口气，“他对你安的是什么心思，我会看不出来？你还住在他家里……”吉温一拳捶在面前的殿墙上，太阳穴上一条青筋突突地跳着，是怒极的征兆。

“那都是以前的事了……”她黯然一笑，见他还欲开口，制止道，“七、七郎……你且听我一次，投靠安禄山绝非良策，还是快快与他划清界限吧。”

吉温道：“我也不想如此，但眼下杨昭权势滔天，单以我个人之力哪能撼动他分毫？”

菡玉摇头道：“你这是引虎拒狼，后患无穷。以你和杨昭的私怨，他若寻不着事端，未必会把你怎么样，最多将你贬出京师。但你为安禄山做事，正好给了杨昭寻衅的事由，杨昭必然不会放过你。杨昭和安禄山势成水火，但他们一个在朝一个在野，正面碰上的机会不多。你留在京中为安禄山奔走，岂不是首当其冲，让杨昭全冲着你来了？”

吉温道：“素莲，我知道你担心我，但成大事者哪能不担风险？明哲保身只会故步自封、一事无成。”

菡玉知道吉温刚愎自用，决定了的事向来不受他人左右，只得道：“我曾屡次向陛下进言安禄山必反，与他势不两立，誓必除之。你如今帮他办事，岂不叫我为难？”

吉温瞅她片刻，不答反问：“素莲，东平郡王与你有何仇隙，你非除他不可？你离开我也就四五年的时间，他远在范阳，你们如何结的仇？”

“我与他并非私怨，而是……”她微微摇了摇头，“总之他非死不可。”

吉温握住她的双肩，轻声道：“素莲，你连我也不肯坦诚相告？你什么都不说，我如何帮你呢？告诉我，这几年到底发生了什么？”

菡玉见他目光盈盈、柔情无限地望着自己，忍不住又开始结巴了：“七、七、七郎，我……”

吉温轻轻笑了起来：“是因为分离太久生疏了吗？重逢至今还没听你把七郎两个字说利索过。以前最喜欢听你在枕边柔声细语地叫我……”双臂一收，就将她搂进怀中。

菡玉被他这么一抱，心思顿时转了过来，连忙一边推他一边去瞅两仪殿门，说：“别……光天化日皇宫禁城，会被人看见的……”

吉温朝两仪殿一瞥，立即撒了手，匆忙道：“素莲，你等着我，千万别……”他略一支吾，最终只说了一句“万事小心”，从她身边错身而过，急匆匆地走了。

菡玉背对着他，身后的脚步声越行越远，渐渐听不真切了。她听着那熟悉的脚步声，脑中忽又想起以前的事来。他很少来看她，难得过来一次，又立刻被叫走。她赌气故意不看他离去的背影，背过身去自己偷偷地哭，只听到他的脚步声沉重而又迟缓，一声一声、一点儿一点儿地远去。

如果她那时候明白他的心意……可是那时、那事、那人，都回不来了。

泪水倏然汹涌而至，盈满了她的眼眶。他薄情负心，投靠安禄山助纣为虐，但不管他做了什么，她都不会怪他，只是因为、因为……

突然间感觉到侧方有冷厉的视线落在她的脸上，仿佛要将她的脸灼出洞来，她转头就见两仪殿前的台阶上，杨昭满面沉郁地盯着她，不知站了多久。

菡玉急忙垂下眼睑将泪痕掩住，只是睫毛上还沾着些许水珠消弭不去。

片刻杨昭已到了面前，沉声问："你跟他说了些什么？"

菡玉连忙说："没说什么。"又想不出好的理由搪塞，就说了那么干巴巴的一句话，再说不出来其他。

"藕断丝连，妇人之仁！"他冷哼道，"他现在可是安禄山的鹰犬爪牙，怎么不见你大义灭亲、割袍断义？还是少跟他往来，避避嫌的好！"

菡玉不好反驳，恭顺地回答："相爷教训得是，下官记住了。"

杨昭抬脚欲走，不意被一块凸起的青砖绊了一下，一个趔趄往前冲去。菡玉急忙伸手拉住他："相爷小心！"

杨昭反手一把握住她的手腕，往前冲去的力道之大险些将她也带倒。菡玉扶他站直了身，他的手却还不放开，指节正扣住她腕间的细骨，竟像铁钳一般，似要把她的手骨捏碎。

菡玉忍痛让他握着，问道："相爷，你没事吧？"

他这才放了手，连句谢也不说，鼻子里哼了一声，甩手将她抛开，自顾自地走了。菡玉这些日子见多了他的乖戾，未加细想，连忙跟上了他。

杨昭不肯留安禄山在京，菡玉所言不能进，这些时日更被他疏远，每日只在吏部做些批审百官告身之类的琐碎杂事。眼看二月就过去了，安禄山不会一直留在京城，若让他回了范阳，天高皇帝远，就再难束得住他了。

现在已是天宝十四载三月了，离明年……时候不多了。

菡玉烦躁地放下笔，推开面前的簿册，走出门去透透气。她刚在院中踱了几步，就听旁边一人叫道："吉少卿！我正有事要去找你，不想在这里碰到了。"

她转头去看，叫她的是吏部侍郎韦见素。她停下来问："韦侍郎有何事吩咐下官？”

韦见素道：“少卿太客气了，吩咐可不敢当。我家二郎今日出城去了，不知要不要来少卿这里告个假。”

韦家二郎就是韦谔，京兆府的官员按理是不能私自离开京畿的。菡玉问：“出城是公干还是私事？公干则不必告假，只要所去不远，京兆府范围之内也不必上报。”

韦见素道：“是京兆少尹派他去的，也不远，就到东郊长乐坡，出城才几里地。”

菡玉略感奇怪，顺口问了一句：“二郎去长乐坡所为何事？”

韦见素道：“我刚刚在省院门口碰见他，他向我知会一声便走了，说是高大将军要去长乐坡，京兆尹命他带一小队人马跟随护卫。我怕他粗心不周全，就替他来问少卿一声，没事自然是最好。”

菡玉愈感疑惑。高力士是内侍，平时不离皇帝左右，怎会去城外的长乐坡？他本人也有骠骑大将军的封号，统领禁军，何必要京兆尹派人去保护？菡玉于是又问：“侍郎可知高将军为何出城？”

韦见素摇头道：“想来是陛下派他去的。”

菡玉觉得有些不对，别过韦见素走出省院大门，远远地正看到宫城前那条东西向的大街上，有一队人马浩浩荡荡地往东面延喜门的方向而去。

她连忙追上去看，赶到队尾时那队人马已快出延喜门了。队中有两人并辔而行，其一头戴圆纱帽手执拂尘，正是高力士；旁边那人体态痴肥，身披皇帝御衣，却是安禄山。随行的队伍小半是安禄山的随从，小半是高力士所带的禁军，另有韦谔领少数人马夹杂其中。

菡玉看这阵势已明白高力士是替皇帝出城去送别安禄山。她没想到安禄山这么出其不意悄无声息地就走了，连忙回头赶去省院告诉杨昭。

她一路跑得气喘吁吁，在尚书都堂门口还是生生地停住了脚步，想起了上回擅自闯进都堂内被杨昭训斥的事。她看到韦见素在都堂内忙着，招手请他过来：“劳烦侍郎代向内堂通传一声，下官有急事求见相爷。”

韦见素道：“你要见相爷只管进去，哪需要我通报？”

菡玉抿唇不言。韦见素觉察自己说漏了嘴，也是尴尬无比，说：“少卿请稍等。”转进内堂去，不一会儿出来回道，“相爷在里头候着呢，少卿请进。”

菡玉谢过，进到都堂里间，偌大的屋子只有杨昭一个人。他正坐在书案前提笔写字，听到脚步声抬头看了她一眼，又埋头写他的东西，问：“什么要事？”

菡玉敛袖上前一拜：“下官方才在宫城门前见高大将军正和安禄山同往宫外去，似乎是准备送安禄山离京，特来禀报相爷。”

杨昭头也不抬：“以陛下对安禄山的宠爱，亲自去送他也不为过，何况只是派高力士前去。”

菡玉不意杨昭竟是如此反应，上前一步道：“若非下官正好撞见，还不知道安禄山今日要离京呢。相爷之前可知道这件事？”

杨昭道：“我不知道。他要走便走，谁还会拦着他，却弄得这般偷偷摸摸。”

他这么说摆明就是不想阻拦安禄山离京了。菡玉急道：“相爷，任安禄山就此离去，与纵虎归山无异。他回了范阳老巢，我们以后再想让他出来可就难了！”

杨昭淡淡地道：“要他入京，再让陛下下一道圣旨就是了。”

“安禄山真要谋反，圣旨又能奈他何？”

“那不正好？”杨昭放下笔，回头查看自己有无写错，“他要真举兵谋反了，王师发兵平定就是，倒省得我绞尽脑汁在陛下面前与他周旋。”

菡玉忍住怒意劝道：“如今安禄山手下的精兵天下莫及，他一旦举兵，谁人能克？战事一起就是生灵涂炭，大唐百年盛世毁于一旦。相爷明明可以将此灾祸消弭于无形，为何拘泥于一己私利，白白错失良机？倘若当真酿成大祸，相爷就不会觉得愧对黎民、愧对陛下吗？”

“明明是安禄山要造反，却为何把账算在我的头上？我不阻止他造反，这造反的后果就要由我来承担了？”杨昭冷哼一声，抬起头来看她，“吉少卿，别忘了你的位分，小小的太常少卿、吏部郎中也敢用这种责难的语气跟宰相说话？”

菡玉道：“正因为你是宰相，位列三公，下官才敢斗胆进言，请相爷担起这辅弼天子、安邦定国、以天下为己任的分内之事。否则，在其位不谋其职，不是枉坐了这高位？”

杨昭啪的一声把笔拍在砚台上，墨汁溅上书案和他的衣袖：“你对我倒是要求严格得很！我不阻止安禄山就是枉为宰相三公，就是对不起陛下和黎民，那甘当安禄山的走狗、为虎作伥的人呢？怎不见你对那人有半句责难？要是我做出这等事来，恐怕你都把这墨砚砸到我的脸上了吧？”

菡玉争辩道：“吉……七、七郎他……”

“行了！”杨昭厌烦地一挥手，“七郎七郎，叫得真是亲热！你当然向着那人，在你眼里他什么都好，连他为安禄山做事也可以不计较，还有什么好说的？那些肉麻话你们夫妇两个私底下爱怎么说就怎么说去，别在我面前丢人现眼！”

菡玉脸涨得通红，辩解也不是，不辩解也不是，呆立在场，心中又是懊恼又是苦涩，有种辨不清说不出的滋味。

杨昭也不看她，自顾自地把方才写的信封好，叫人进来吩咐道：“这封信送去陇右节度使处，一定要交到哥舒将军的手中，事关重大不可大意。”

下属领命出去。杨昭拿过一卷公文来，见菡玉还木然地站着，不耐地问了一句：“吉少卿还有别的事吗？”

菡玉不忍再看他，低下头去退后一揖，道：“不打扰相爷了，下官告退。”说完转身走出都堂。韦见素还在都堂内忙碌，见菡玉出来唤了她一声，她也没有听见。

安禄山去京城走了一遭，不仅半根头发没少，还越发得到皇帝的宠爱，皇帝赐他高官厚禄，使得安禄山实力更增。这次回到范阳，天高皇帝远，他自在逍遥、为所欲为，叛唐的意图日益明显，地方的官员百姓都有所察觉，只有皇帝还被蒙在鼓里，对这禄儿信爱有加丝毫不疑。

安禄山扩充军备，屡破北方诸胡立下战功，杨昭哪里能坐视？杨昭一面厚结哥舒翰，一面培植自己的势力，授意剑南留后李宓率兵攻打南诏。

可惜李宓并无将才。南诏王诱敌深入，把剑南军引到云南腹地的大和城下，坚守城池闭门不战。剑南军粮草用尽，士兵不适应云南气候，多患瘴疠，不得不退兵。这时南诏军方出城追击，剑南军七万多人全军覆没，李宓也被俘。

军情急报送到长安已是四月。这日刚到申时，菡玉早早忙完了手头的事务，无所事事，想起明珠和小鹃说准备今天大扫除，心想不如回去帮忙，也免得被她们看到不该看的东西。

她经过尚书都堂门前，里头杨昭正在高声训斥韦见素等人。菡玉驻足听了两句，心思被他们讨论的事吸引住，回过神来不由得摇头苦笑，心想自己本是抱着为国为民之心入朝的，如今却每日守着闲职庸碌度日，无事可做，只能回家去帮婢女打扫，竟落到这般田地。

她转身把走廊地上的一颗石子踢下台阶，自嘲道："薛勤曾谓陈蕃'一屋不扫，何以扫天下'，我吉菡玉比之陈蕃百般不及，去打扫房屋也不冤枉！"

她如此无可奈何地想着，走下台阶，忽听嘚嘚的马蹄声响，一骑飞奔至省院门前。马上之人翻身下地，急匆匆地往吏部这边冲过来，迎面和菡玉撞了个满怀。

那人连忙退后道歉，抬头看到菡玉，立即喜上眉梢："吉少卿，原来是你。"

那人一身短衣打扮，看起来像是驿路信使，刚赶了远路，风尘仆仆。菡玉看他有些面熟，略一回想，认出他是专门往来长安和剑南给杨昭传递信件的，以前她在相府也见过几次。

菡玉急忙问："南诏那边战况如何？"

信使有些迟疑："这个……军报中写得详细，少卿请过目。"说着从袖中掏出一张纸来递给她。

菡玉接过来，只见那张纸破破烂烂，好似奏折撕去了封皮似的，纸页两侧还印着奇特的图案。纸上尽述李宓败状，七万大军全军覆没，连李宓本人也成了南诏王的阶下囚。行文语气十分卑微，想必是李宓在南诏王的威逼之下写的。

菡玉明白过来，这是南诏王命李宓写的降书，用的是南诏王给的纸本。信使怕朝廷震怒，将封皮和首尾撕去了，只留了中间叙事的词句。

信使离京已久，还不知道她被杨昭冷落，又道："李留后私下吩咐，一定要亲手交到相爷的手里，万不得被旁人看见。不过给少卿也是一样，不知少卿现在能不能立即呈与相爷？留后身陷贼手，还等着相爷救他呢！"

主帅被俘这样的大事，李宓却藏掖着不让别人知晓，只密报给杨昭，用意她当然明白。几年前鲜于仲通也曾率兵攻打过南诏，屡战屡败，都被杨昭压了下来，杨昭只报战功不报败绩，另外再发兵救援。

那次增兵救剑南，百姓听闻云南有瘴疠皆不肯应募，杨昭指使御史台强行征兵，行者仇怨、家属忧惧，出征者十之八九未能回还。杨昭为巩固他在剑南的势力，先后白白搭进去十余万人的性命。

菡玉心生愤慨，对信使道："边关发生此等变故，当然要立刻奏予陛下定夺，再由兵部发兵符征募士兵调动军队，相爷哪能擅作主张？"把降书往袖中一塞，举步便要往外走。

信使拦不住她。她走出去两步，身后突然传来一声低喝：“你要去哪？”

菡玉心头一跳，脚步便停住了。

身后的人没再说话，却隐约有呼吸声，她隔了五六尺远仍能听见，可想而知他此刻的怒气。

菡玉转过身去低头一拜，道：“禀相爷，下官刚接到剑南送来的战报，军情紧急，正要进宫去奏报陛下。”

杨昭伸出手道：“给我。”

菡玉无奈地掏出袖中的降书递呈过去，说：“这是李留后亲笔所书，请相爷过目。”

杨昭接过去看了两眼，满纸尽是剑南军的凄惨败状，勃然大怒，将那降书撕碎团作一团掷于地下，怒道：“对付一个南蛮小国居然也能惨败至此，没用的东西！还有脸来求救，自尽殉国算了！”

菡玉见他将降书毁去，低头不再言语。

杨昭愤然拂袖，转身往尚书都堂内走去，一脚跨进门槛，回头见菡玉还站在原处，喝道：“把东西捡着，跟我进来！”

菡玉后退一步揖道：“相爷，南疆军情事关紧急，应当奏告陛下知晓。”

杨昭冷冷地回答：“此事我自有定夺，这就要进去召集百官商议，不必惊扰陛下了。”

菡玉道：“既然相爷无暇分身，下官可代为进宫禀奏陛下。”说着往后退了一步，转身欲走。

身后有急促的脚步声追上来，菡玉的肩膀突然被人大力地扣住向后一扳，她一个趔趄撞到身后的人，又被他猛地推到走廊的围栏上。她一手搭住廊柱，才勉强站住没有翻倒到围栏外去。

“吉菡玉！这才几天啊，你就学会吃里爬外挖我的墙脚了？刚才你是不是还想私扣下我的书信去告密？我不想和你计较，只当不知道，息事宁人，你却得寸进尺不知好歹！”

那头庭中的信使和都堂门口的韦见素见突然生此变故都大吃一惊，又不敢上前劝阻，只好在原地看着。

帽子衣服都被他扯歪了，菡玉看上去狼狈不堪，连背后撞到的地方都感觉不到疼痛。她无法直视杨昭咄咄逼人的怒容，抱紧身边的廊柱勉强道：“军国大事奏报陛下，难道不该？”

杨昭怒而挥手，一指走廊的另一头，道：“好一个奏报陛下！陛下在哪，你又往哪走？”

菡玉往他所指之处一看，顿时白了脸色。方才她迎面碰到信使，因他阻拦，转身就往旁边的走廊上走。走廊那头通往兵部，而兵部侍郎正是吉温。

杨昭见她脸色突变却不辩驳，冷笑一声：“好啊，要去告密就去好了，进宫或是去那边，都随你。你踏出这一步，就别想再回来。”

菡玉的心口蓦然一痛，像被刀子割过一般，她脱口唤了一声：“相爷……”然后便哽住说不下去了，心口上如同压了一块千斤巨石，喘不过气来。

她低头沉默了许久，慢慢缓过来，才接着说：“下官自然不敢违背相爷的吩咐。”抬起头却发现他早已撇下她回尚书都堂去了。

你踏出这一步，就别想再回来。

听着这样冰冷的话语从他的口中说出来，她的心口似被冻住了。她想起以前，纵然是与他对立时，他也多次出手相助，护着她、引着她。他就像从前的卓兄，虽然与她不算亲昵，却让她觉得自己并非身处完全陌生的世界，并不是形单影只、孤立无援的一个人。

然而现在那些都没有了，被她自己亲手毁去了。

菡玉再不能倚仗杨昭了，她一切都要靠自己，就像刚来到这里时，孤身一人。她唯一能依靠信赖的卓兄也不在了，但该做的事情仍然要继续，总还是要靠自己的。

她仰起脸，将微薄的委屈咽回肚里。这是她自己选择的道路，虽然免不了会有所缺憾，但时至今日，她并不曾后悔过。

第十二章 玉霖

仿佛为了预示即将到来的天灾人祸，京畿不久前发生了一次天狗食日。白日几乎全被阴影盖住，只余一线不尽如钩，正午倏然变得如同昏夜一般晦暗。全长安的百姓都目睹了这一异象，一时众说纷纭、人心惶惶。

日食过后淫雨连绵，接连发生河堤决口倒灌的灾患，庄稼受损、陈粮霉烂，关中遭遇饥荒，饿殍遍野。

杨昭最近忙于户部赈灾事宜，很少在吏部出现。他亲自着手，户部不敢怠慢，赈灾物资很快分发下去送至关中各处，颇见成效。

但是杨昭也没放过这个做文章的机会。京兆尹李岘常违逆右相，杨昭趁机将灾沴归咎于李岘，说他怠乎职守，将他贬为长沙太守；杨昭还封锁消息闭塞上听，不让皇帝知道实际的灾情。扶风太守房琯违抗杨昭的命令，上奏说扶风遭遇水灾，杨昭便派御史前去调查搜罗房琯的罪名，从此再无人敢奏灾情。

菡玉深知杨昭的脾性，他为了排除异己，没事也能弄出事情来，何况是出了大事。从她认识他开始，哪次出了事他不会因利乘便暗度陈仓?

菡玉望着面前细密的雨帘和雨中朦胧不清的宫殿轮廓，暗暗叹了口气。

指望杨昭放下一己之私以国家社稷为重，这辈子是不可能了。好在他对赈灾还算上心，饥荒灾情总算有所缓解。只要这场雨不把新禾泡坏了，让地里的庄稼撑到下一熟，百姓今年的收成就还有希望。

她对着雨出神，听到身后忽然有人唤她：“吉少卿怎么站在这里？没有带伞吗？”

菡玉回头一看，左相陈希烈在宫城承天门前下了步辇，由家仆撑着伞向宫门这边走来。

菡玉来时雨还小，只骑马到皇城门口，沿着两旁房屋的廊檐走过来。谁知雨越下越大，她到承天门时天地间已全是密密实实的雨线，地面腾起一层云雾般的水汽。她只得等在承天门下，希望过会儿雨小一些，可以一气从宫门跑到太极殿去。

菡玉向陈希烈作了个揖，道：“参见相爷。”

陈希烈一边接过家仆手中的伞，一边笑道：“你可别叫我相爷，这两个字只有右相一个人担得。何况从今天起，我就不是宰相啦。”

菡玉只当没听见他前半句话里的刺，讶道：“陈相公何出此言？”

陈希烈摆摆手，指指前方的太极殿，道：“一会儿你就知道了。雨这么大，少卿不介意的话就和我共撑一把伞过去。”

菡玉道：“有劳陈相公了，还是下官来打伞吧。”

陈希烈握住伞柄不松手：“哎哟，这我可当不起。”

菡玉面露窘色，转头看到雨帘中一人撑着伞从太极殿那边急匆匆地跑过来，边跑还边向她挥着手中的另一把伞。

等他走近了，菡玉才认出那是吏部侍郎韦见素。韦见素跑得甚是匆忙，官袍下摆都叫泥水溅湿了。他急急忙忙地走进廊下，两只手里都拿着伞，弯腰向陈希烈致意，然后将手中带来的那把伞递给菡玉，说：“右相果然料事如神，知道少卿肯定是叫雨阻住了，特地命我给少卿送伞过来。”

菡玉接过来，拿在手里才意识到那是杨昭一直在用的伞。紫竹的伞骨，伞面是轻薄的油布，用得久了，已闻不到桐油气味。她握着光滑的伞柄，手指悄悄向里探去，只摸到一块深凹下去的粗糙磨痕，原来那里雕的花纹已经被刀刮去了。

陈希烈笑道：“右相对下属还真是体恤入微关怀备至啊。”

三人各自撑伞，越过宫门内的空阔的广场步入太极殿。百官已齐列在位，静候皇帝圣驾。

杨昭立于百官之首，听见他们进来，回头扫了一眼。菡玉触到他冷冷的目光，还来不及把视线别开，他已经先行转过身去了。

她盯着他的背影看了半晌，冷不防地视线一转，发现在杨昭后方的吉温一直在看她，不知遥望了多久都没有引起她的注意，眉头已微微蹙了起来。她心里一慌，默默低下头去隐入五品文吏的队伍中，那两人便都看不见了。

皇帝年迈久不视朝，今日朝上有桩大事。左相陈希烈屡次上表辞位，皇帝准奏，改任他为太子少师，就等于是罢相赋闲了。

去年陈希烈与张均、张垍兄弟串通，撺掇皇帝下诏征安禄山入朝为相，不想被杨昭撞破。安禄山一离京，杨昭立刻动手，借河东太守韦陟贪污一案把张氏兄弟贬出京城。陈希烈知道自己为杨昭所恶，索性主动上表请求辞位，明哲保身。

左相的位置一空，接下来谁来接替，就是件值得琢磨的事了。

退朝时雨稍微小了些，细蒙蒙的雨丝被风一吹，如雾气一般朝四下散去。菡玉把手伸到檐外，估摸着快步走到宫门也不会被淋得太厉害，手搭在头顶上正准备冲进雨里，忽然听到背后有人叫她："吉少卿。"

那声音如此熟悉，她不用回头也听得出是谁。她悄悄甩了甩手上的雨水，回身打躬道："相爷有何吩咐？"

"一会儿还有事。"杨昭淡淡地搁下一句，却不再继续，回头和旁边的人说话。

菡玉已有半年未听他和颜悦色地对自己说过一句话了，他要么冷漠如冰，要么疾言厉色，这般平平淡淡的语调已极为不易了。她站在廊下，等候他再下指示。

陈希烈最后才出殿，看见菡玉，谑道："一场雨竟让少卿反复受阻。方才没能做成人情，我这把伞就借给少卿用吧。"说着从一旁内侍的手中接过自己的伞，递给菡玉。

杨昭听见动静，转过头来看她。菡玉也去看他，两人的视线又撞到一处。

陈希烈立刻笑道："看来我又多事了，少卿哪里用得着我的伞？"

这时百官已走得差不多了，杨昭交代完下属，走出大殿对菡玉说了声："走吧，跟着来。"又对陈希烈欠了欠身，伸出一手，道："少师请。"

陈希烈看了一眼菡玉，话到嘴边忍住没说出来，堆起笑脸侧身相让："还是右相先。"

杨昭也不和这失势的手下败将多客套，举步沿着太极殿的廊檐向两仪殿走去，陈希烈和菡玉紧随其后。

皇帝正在两仪殿内休息，除杨昭、陈希烈，还有礼部尚书、太常卿、中书门下侍郎、谏议大夫等人在场。

菡玉看这阵势便知道要做什么了。宰相退位时举荐后继的新秀是不成文的规矩，陈希烈告老罢相，不管他的话有没有分量，还是要听一听他的意见。其他几人则是朝中有名望的老臣，一起商议决定新相的人选。

只有菡玉年纪最轻、官阶最低，出现在这里显得格外突兀。她能感觉到众人似是无意却又隐含探究的目光从自己的身上绕过，只顾低着头站在角落里。

皇帝先褒扬一番陈希烈在位时的功绩，赏赐了他些财帛珍宝，才说："如今正逢多事之秋，朕实在不能少了左相这条得力臂膀啊。卿为相八载阅人无数，可知哪有合适的人选，能来为朕分忧、为右相分劳呀？"

陈希烈拜道："臣老眼昏花，连家里的几个仆人都经常弄错，哪里还能为陛下引荐能人呢？这新相的人选，臣斗胆请陛下圣裁。"

皇帝道："朕倒是想到一个人，可接替卿之重任。"

陈希烈问："不知陛下属意何人？能得陛下青眼赏识，此人必有过人之处。"

皇帝道："是兵部侍郎、御史中丞吉温。"

陈希烈心里咯噔一下，不由得侧过脸瞥了一眼杨昭。杨昭与吉温不和是众所周知的事，两人还曾多次在朝堂上争得面红耳赤。他这次辞位就是不想再惹麻烦，这个烫手山芋他可不会接。

皇帝问："吉温年富力强、精明强干，在任政绩斐然，正是右相的得力助手，卿以为如何？"

陈希烈把这皮球踢了出去，说："既是要为右相分劳，不知右相对吉侍郎如何评价？"

杨昭半晌不答，引得众人都把目光投向他，方才转过身，对瑟缩在角落里的菡玉慢吞吞地问道："吉少卿，你觉得呢？"

此言一出，众人哗然。皇帝问陈希烈的意见，陈希烈踢给杨昭，杨昭竟然丢给一个手无实权的吏部郎中。左相人选难道要由这专管批假条的五品郎中来决定不成？

原来杨昭故意要她来就是为了这个。菡玉此时心里却是透亮的，略一思索，立刻回禀道："自古以来宰相皆以德处世，无德不足以立事，更不能服人。吉侍郎虽才干过人，先前却有苛酷之名。陛下初次召见他时就说过'此乃一不良人，不可用也'。是以微臣觉得，吉侍郎对朝廷之功可褒可奖，却不可使之为相。"

当初吉温在新丰县任县丞，因太子文学薛嶷的推荐而得以面圣，可惜皇帝对他印象不佳，对薛嶷说："此乃一不良人，不可用也。"当时杨昭还未入京，不知此事，如今听她说起这事，不由得想到那时她还是吉温的妾室，夫妇浓情蜜意，连皇帝的批评吉温都告诉她了，心中不快闭口不言。其他人见杨昭面色不豫，拿捏不准，也都不说话。

皇帝笑道："这是开元时的旧事，朕都不记得了，卿竟然知道。"

菡玉道："陛下金口玉言，既然说过吉侍郎不能用，断没有再加他为相之理。否则即使吉侍郎当上宰相也难以服众，又如何为陛下定国安邦呢？"

皇帝道："当年吉温只是一小吏，又年轻气盛急功近利，朕才下此断言。如今已过了十几年，时移世易，他也早不是当初那般疏率的性情了。"

菡玉听着这句感慨，心思一打岔，话头就被杨昭抢过去了："吉侍郎纵然表现不凡令陛下改观，但朝中众臣都还记得当初'罗钳吉网'的苛酷之状，人人闻之色变。吉少卿言之有理，无德者不可为相，臣附议。"

杨昭一表态，其他人也纷纷附议。皇帝未料到吉温如此不得人心，无奈之下只得转而问道："那以卿之见，还有谁比吉温更适合这左相之位呢？"

菡玉知道接下来就没她的事了，乖乖退回角落里。杨昭回道："说到德行，吏部侍郎韦见素为人和雅久负盛名，可当此任。"

韦见素为人谦和有礼，从不得罪人。在场的诸公都对他无甚恶辞，又因他是右相举荐的，全都附议。皇帝对韦见素也不反感，举不出驳斥的理由来，只好点头同意，决定加韦见素兵部尚书、同平章事，知门下省事，另命翰林待诏拟诏书，择日公之于众。

菡玉随杨昭走出两仪殿时，外头的雨又大了起来，地面积起了一层水。她望着雨帘，犹豫着要不要和他一起走。杨昭却先她一步道："我有伞，在太极殿门口的内侍那里存着，不用担心。"

菡玉不敢多语，跟着他沿廊檐返回太极殿前拿了伞，两人一同往宫门而去。

杨昭不紧不慢地踱着方步，走了一段，忽然问："你想不想做点儿实事？"

菡玉一愣，回答："下官自然希望能多为百姓出力，愿效犬马之劳。"

"京兆尹的位子由原右少尹补替，留出来一个空缺。如今关中灾情严重，正需要人来接过这赈灾的担子，你可愿意？"

菡玉明白这是他对她今日表现的奖赏，但能摆脱现在无所事事的闲职，赈灾又是对百姓有益的实事，还是令她满心欢喜。她立刻回答："下官当然愿意！下官定会全力以赴为关中百姓谋福，不负相爷的栽培提拔！"

杨昭浅浅一笑，问："你同时身兼三职，忙不忙得过来？要不要辞掉一个？"

菡玉确实没有他兼领四十余职的能耐，吏部郎中是他提拔的，她怕辞了惹他不高兴，便说："太常寺那边……"

"吉少卿……"这三个字从他的唇间缓缓地吐出来，便似带了某种难以名状的暧昧之意，"叫了这么多年，还是'少卿'两个字最顺口。太常寺的职务先留着，把吏部的辞了吧，看你干得也不顺心。"

菡玉低头道："是。"

"少卿、少尹，"他反复体味琢磨着那几个字，"都很称你。"

菡玉不敢回应。她有一种错觉，仿佛被他在唇齿间细细咀嚼品味的不是那几个单薄的字，而是那些字所指代的人，是她自己。她忽然就想起去年在吉府那个偏僻的小院子里，他唇舌之间那种噬人的气息、力道和热度，不禁心口一阵怦怦乱跳，头低得更深，唯恐被他看出端倪。

两人同撑一把伞，杨昭比她高出半个头，峨冠博带，菡玉须得把手举高了才能让伞不撞着他。风紧雨急，吹得薄纸伞左右摇晃，她花了好大力气才勉强稳住。

一把伞两个人撑本就勉强，她不想和他紧挨着，两人中间有一拳的距离，她整个人几乎都暴露在雨中，背上的衣裳全叫雨淋湿了。雨水顺着帽子流下来，从额头上蜿蜒而下眯住了双眼，她连忙举袖去擦。

视线被袖子挡住的片刻，她听见他说了一声："我来。"她举伞的手突然一空，伞被他拿过去了，紧接着她就觉得右胳膊撞到了他，连忙退开，左肩却被他揽住。

"伞小，挨紧一点儿才不会淋到雨。你是女子，不可淋冷雨，对身子不好。"

菡玉胡乱地擦去脸上的雨水，想往旁边退，却被他牢牢地圈住挣脱不开。心突突地跳着，她说起话来都结结巴巴：“相爷，我、我……下官知道了，绝不会再让相爷淋着雨。”急急忙忙地伸手去拿伞。

她刚抓住伞柄的尾端，杨昭突然收回另一只揽着她的肩的手也来握伞柄，连同她的两只手一起紧紧握住。

她的心头突突地狂跳着，背心里一阵发凉发紧，额上有水流下，顺着眼角滑落，分不清是雨水还是汗水。恍惚中，她听到一声梦呓似的低喃：“菡玉……”

菡玉，菡玉，她有多久没听过他这么叫自己了？他只会冷冷地说“吉少卿”，那样冷，一直渗到人心里头去，再从四肢百骸里透出来。半年了，她没想到还能听到他用如此柔软的语调轻唤她的名字。

他离得更近了，气息就在她的腮边唇畔，声音也更缱绻低沉：“玉儿……”

突如其来一阵狂风，扫乱了密集的雨线，卷着水花冲入伞下，淋了她一身。菡玉打了个寒噤，清醒过来，连忙抽回手退出两步。

“不是说了不能淋雨的吗？快回来！”杨昭伸手拉住她的衣袖，声音有些喑哑。

她倔强地坚持，双脚钉在地上一般动也不动。他往前走一步，她便往后退一步。他无奈，只得把伞塞进她的手中。她的手掌虚拢着，他一松开，那伞便被风吹倒下去，翻了几滚，没入苍茫的雨帘中，不知被刮到哪里去了。

大雨倾盆，打在地上发出连绵的震响，二人相隔咫尺也听不见对方的话语，看不清对方的面容。

两人在雨中对峙着。她看到他愤然一挥手，咬牙切齿地冲她吼了一句，耳朵里却只有嗡嗡的轰鸣声，完全听不清他说了什么。她满脸都是雨水，头发、衣服湿漉漉地贴在身上，模糊了双眼，隔着雨帘看见那朦胧的身影转身融入灰蒙蒙的雨幕中，拂袖而去。

虢国夫人素来自负丽质天成，嫌香粉胭脂覆面反而遮盖了天生丽色，连朝见天子都是一张素颜。唯有一双眉毛生得不合她的心意，凌厉粗直，与其清丽冷艳之美十分不搭。她索性把眉毛都剃了，再以螺黛画出纤细婉转的却月眉来。后世流传的“淡扫蛾眉朝至尊”“素面朝天”等语，就是说的她的掌故。

这日阴雨天气，虢国夫人春睡迟起，慵懒无力，着侍女来为她梳妆。侍女捧来妆奁，其中只一盒螺子黛，别无他物。

虢国夫人正拈着一枚螺黛细细地描眉，忽然听门外的侍者道：“相爷来了。”

虢国夫人手一抖，眉就画歪了，回头正要嗔怪，却发现杨昭落汤鸡似的走进门来，一边走一边身上还滴滴答答地往下流水，地毯上落下大片水渍。

她急忙迎上去问：“这是怎么了？刚下朝回来？”

杨昭说：“风雨太大，伞给刮跑了。”

他不知在雨里淋了多久，浑身上下没一处干的地方，脸都冻青了。虢国夫人忙招呼下人备热汤给他沐浴，又煮了浓姜茶为他驱寒。杨昭泡过热汤发了汗，寒气算是散出来了，脸色却仍不太好看。

虢国夫人方才忙着没多想，这会儿转过弯来了。他身穿朝服，朝毕从宫里出来，就算风雨再大把伞吹跑了，谁能让堂堂宰相大人淋着雨一路走回来？

她把姜茶递到他的手里，似笑非笑地问：“淋了雨怎么不回自己家，跑到我这里来？我可没有像样的衣服给你换。”

她说是没有，崭新的便装还是给他准备好了。仲春时节，天气其实并不冷，他随意地把袍子披在身上，望着窗外毫无止息迹象的大雨，说：“不想回去，烦。”

虢国夫人道：“你心情好的时候我想见你都见不着，心情不好了才想到往我这里钻。”

杨昭叹了口气：“我不到你这儿来，还能去哪呢？”

虢国夫人看他落寞的样子便心软了，柔声问：“遇着什么事啦？”

杨昭又看了一会儿雨帘，喝完一盏姜茶，才缓缓地道：“没什么，最近事情太多，有点儿累了。”

虢国夫人还想再问，他转过头来把茶盏放在桌案上，看到她的脸，扑哧一笑，道：“你的眉毛怎么了？被蚯蚓拱啦？”

虢国夫人才想起来自己适才在梳妆画眉，对镜一看，那条画歪的眉毛可不就像蚯蚓似的，嗔道：“还不是因为你这宰相不懂礼数，落汤鸡似的就上门拜访，也不叫人通传一声，吓了人家一跳，把眉毛都画歪了！一堆人围着伺候你，末了你还要取笑人家，你脸大得很！真该把你乱棒赶出去！”说罢抓起那枚画了一半的螺子黛朝他的脸上扔去。

杨昭伸手接住，挑眉笑问：“真要赶我走？”

他那眼梢微抬的模样还是和以前一样风流多情，虢国夫人顿时俏脸飞红，说：“若你真心悔过甘愿受罚，这次就先容你留下。”

他缓步至她的身边坐下，觑着她含羞的丽颜，低声道：“那就看你怎么处罚了。”

虢国夫人拉住他的衣袖，粉面含春，竟似当年的娇俏少女般撒起娇来：“就罚你……像以前一样，为我画眉。”

侍女知趣地退出房外，闭上房门。

杨昭举起手中的螺子黛细瞧她的眉眼，说：“你肤色偏白气血不旺，怎么也不抹点儿胭脂水粉？偏还用这青色的眉黛，越发衬得面无血色苍白虚弱。”说罢把螺子黛放回匣内，取了画眉墨在手中。

虢国夫人恼了，生气地说：“你是嫌我年老色衰了？还不是你说喜欢我不施脂粉的素净容颜，能令你念起年少时光，我才不涂脂抹粉的。不然你以为我一个半老徐娘，喜欢蓬头垢面地出去见人？”

杨昭愕然道：“我说过这话？”

虢国夫人气得背过身去就要垂泪，委屈地道：“你自己说过的话，转个身就忘了，偏我自己还拿它比圣旨更当宝地时时放在心上，徒添笑柄！”

他隐约记起一点儿酒醉后的胡话，心下暗叹，搂住她哄道：“瞧你，果然还跟小姑娘似的。我诓你玩呢，你也当真？”

虢国夫人赌气不听，他连哄带劝才让她展开笑颜，重新转过身来。他替她擦了眼泪和先前画坏的眉，手持画眉墨，张了嘴放到口边。

虢国夫人抓住他的手：“这可是墨，不是胭脂，小心吃你一口乌黑。”

“我知道，就算是胭脂，要吃也只吃擦好了的。”他笑睨一眼她红润的樱唇，惹来她含羞带俏的嗔视。他把画眉墨凑到嘴边呵了两口气，扶起她的香腮：“把眼睛闭上。”

虢国夫人不依，故意凑上脸去：“为啥要闭眼？你可别使坏，又在我的脸上画花。”

他盯着她的美目道：“还不是怕了你这双勾魂摄魄的媚眼。你这么盯着我看，我哪有心思画眉？画坏了可别又怪我。”

虢国夫人道：“画坏了不怪你，还怪谁？”嘴上这么说，还是乖乖地闭上了眼。

半晌不见动静，她又睁开眼来，只见他出神地盯着自己，目光迷离，却似蕴藏着无限柔情。她心里一软，柔声唤道：“昭儿。”

杨昭回过神来，叹息一声：“你还是把眼闭上吧。”

画眉墨轻轻落在她的眉上。虢国夫人闭着眼看不见他的脸，心里却能感觉到，他此时必是极认真的模样。他那捧着她的面庞的手稳如磐石，却又仿佛带着细微的颤动，因为太过细密，让她辨别不清，她忽而觉得他坚定，忽而又觉得他动摇。唯有那笔端凝聚的深情掩藏不去，一点儿一点儿，一分一分，他细细地描出她的眉形，描得虽慢却是一气呵成，仿佛她的形貌早已刻在他的心中，便如眉毛这样的细处也随手都能画出来，一分不差。

她忽又想起许多年前相似的场景，他也是这般为她画眉，却是胡乱挥就三心二意，画着画着就成了亲昵地调笑。经过这么些年，他早已不是那轻狂的少年，当初简单轻浮的爱恋也随着岁月沉淀，深藏于心，难以察觉。

她心中情动，伸手想去抱他，却听他道：“画好了。”人也退开了。

虢国夫人无奈地缩回手，拿过铜镜来一照，立即皱起眉头。杨昭给她画的哪是她喜欢的却月眉？那眉形分明长而有峰，形状略似远山眉，又比远山眉多了一分凌厉的气势，竟似男子的眉形。

“我说怎么不对劲呢，给我画出这么长的眉来！”她心生不悦，伸手就要去擦过长的眉梢。

杨昭捉住她的手，说：“别动！”

虢国夫人恼道：“又长又硬，哪有女子画这样的眉！”

“你这样正好。”他握着她的手不放，“眉若远山，目如晨星，我最是喜欢。”

那目光中柔情万千，让她心中再多的不愿都烟消云散。她被他拉着，顺势就倒过去倚进他的怀里，娇声道：“昭儿，只要你喜欢，我什么都依你……”

等待许久不见他有动静，她抬起头来，见他双臂搂着自己，眼睛却看着窗外的雨丝，不知在想什么。她又唤了一声：“昭儿？”

他收回视线来，勉强一笑：“我都快四十岁的人了，你还这么叫，被别人听见还不笑话？”

“只咱们两个人的时候我才这么叫你，别人怎么会听见？”她勾着他的脖子，媚眼如丝，“那你要我叫你什么？跟别人一样，叫相爷？还是叫昭郎？”

杨昭心中一震。昭郎，这么亲密的称呼，曾经从另一个人的嘴里轻吐出来，然而并未含真情。他想再听一声，亦不可得。

虢国夫人感觉到他的身子一紧，更偎上去，仰面看他，道：“你怕别人笑话，我可不怕。我还是喜欢你像以前那么叫我，叫我瑗瑗。”

“玉……瑗……”他哑声低唤，头一低，覆上她柔软的樱唇。

虢国夫人嘤咛一声，不及后仰就被他压倒下去。他霸道而急切，她披在肩上的薄纱春衫被轻易地扯去，柔润的肌肤落入他厚实暖热的掌中。

她的心剧烈地跳动着，蛰伏的渴望被他撩起，手伸进他披着的外袍内，隔着一层单薄的中衣触到他发烫的结实肌理。他早已不是当年那身量不足的少年，从军习武练就的良好体魄也并未因年近不惑、养尊处优而走形。她心神激荡，不甘示弱，双手飞快地解开他的衣带。

满室春意。

虢国夫人上身只剩一件贴身抹胸，裹住丰润的胸部。他从上方伸手进去，意图将那抹胸撕破，倏然的紧窒让她呻吟出声。他立刻抽手，连声问：“玉儿，我弄痛你了吗？”转而探到她的腋下摸索。

虢国夫人迷迷糊糊地问：“昭儿，你在干什么？”

他一边摸索一边喃喃道：“带子呢？”

虢国夫人这才明白他是在找抹胸的绳结，把他的手放到背后，说道：“带子在这里……”

他突然停住动作，从她的颈间抬起头来。虢国夫人双眼迷蒙，尚未看清他的表情，他又坐起转过身去。

虢国夫人心中疑惑，更有不甘，跟上去抱住他，亲吻他光裸的后背，感觉到他的皮肤下紧绷的肌理。但他一直背对她坐着，再无动作。

她柔声问：“怎么了？”

许久，他低叹了一声，闷声道：“对不起，我实在是……力不从心。”

虢国夫人蹙起秀眉，只怪自己刚刚太忘乎所以，竟想不起来贴着他的身躯时有无感觉到异样，此刻又不能再试探了。

他又道：“你还是当年的你，我却老了。”

虢国夫人连忙安慰道：“你还不到四十岁，哪里老？还不是因为长年为国事操劳，不爱惜自己的身子，精力都被朝政琐事耗光了。”她想起一事来，披衣起身，“对了，你等一等，我这里有一样好东西。”

杨昭看她从妆奁的深处取出一个白瓷小方盒，小心翼翼地捧到自己的面前来，问：“什么好东西？”

虢国夫人媚眼一挑：“你打开看看就知道了。”

杨昭接过来一看，盒子里装着三颗如米粒般大小的花骨朵，颜色鲜红，一打开便立即有香气飘出。那香气若有若无、撩人心弦，他就这么闻到一点儿，心神便有些摇荡起来。

这东西他当然见过，是菡玉献给皇帝的，叫作助情花，一粒即可使六旬老翁如血气方刚的少年郎一般整夜精力不倦，皇帝因而盛赞它堪比汉成帝和赵飞燕姐妹所用的慎恤胶，有时还会体贴入微地赏赐一些给臣下。

这个香味……菡玉的身上也有，必须凑得极近才能闻到。他贴近她的机会并不多，只有那么几次……

他心思一动，再辅以这助情花的撩人香味，便再也无法止住心猿意马。

他立刻把盒子盖上，没有深究皇帝为何会把这东西赏给寡居的虢国夫人，沉下脸扔还给她，道：“我不用这种东西。”

虢国夫人看他面色不豫，心想男人对这种事在意得很，往往讳疾忌医，柔声劝道：“国事固然重要，自己的身子也马虎不得。平时注意休养，再辅以食疗药补，不是难事。我家有个姓邓的厨子，以前学过医，对食补最是在行，你带回家去，假以时日必有起色。”

杨昭勉强笑道：“你那厨子邓连盛名在外，连陛下都称赞有加，我哪里敢夺人所好？”

虢国夫人顾及他的颜面，便顺着他道：“那正好，你可以天天到我家里来，我让邓连给你做。”她娇嗔地捏了他的臂膀一下，只觉肌肤光滑而无半点儿褶皱，其下的肌肉纹理分明结实有力，怎么看也不像淘虚了身子的人。

她心中叹息，不无遗憾，拿起衣服来为他披上。杨昭举手一挡：“我累了，借你这儿小憩片刻。”说着往榻上一倒，扯过锦被来盖上。

虢国夫人坐在榻边看着他入睡，幽幽地问：“你刚刚叫我什么？”

杨昭闭着眼，不答反问：“我叫你什么？”

“我没听清，好像不是瑷瑷。”

“哦，”他心不在焉地应道，“那就是玉瑗。”

“你以前从来没这么叫过我。”

“以前是以前，现在年纪大了。”他语声渐低，似要睡着了，过了一会儿真的发出了轻微的鼾声。

虢国夫人凑上去细瞧他。那张脸是不年轻了，但是依然好看得夺人心魄。家里出了这么多美人儿，即使是名花倾国宠冠后宫的贵妃，她也暗暗地不服气。但是只有他，始终令她倾倒心折。

她看他睡得熟了，轻轻将手放上去，抚摸描画他的眉眼轮廓。这个人曾经是属于她的，他说过想娶她，为此甚至打算脱离杨氏族谱，认回他那个不光彩、破落贫困的宗族。

她是怎么回应他的？她哄他去习武从戎考武举，趁他离家在外时，悄悄嫁去了裴家。

当时她为何那么短视？以为这寄人篱下仰人鼻息的继子前途必定暗淡，哪比得裴氏儿郎功名在身，家境富贵？他是长得一副好相貌，让她贪恋沉迷，可是男人光长得好有什么用，能当饭吃吗？

谁想到会有今天呢？谁想到当初那沉默寡言的阴郁少年会变成权倾天下的宰相呢？

她有的时候是会后悔，如果当时嫁给了他，如今她就是名正言顺的宰相夫人，而不是一个早早就死了丈夫的寡妇。

有些东西一旦失去，就再也找不回来了。

十几年后二人在京城重逢，他讨好她、巴结她，倚仗她来铺垫他的仕途。他并不避忌当年的私情，这是他的筹码，否则他为何不去找两位堂兄、大姐或八妹？他们会理睬他这个跟他们没有亲缘、继室带来的拖油瓶、为宗亲所鄙夷的堂兄弟吗？

当然，现在他是全家族的主心骨了，没有谁敢再看不起他，甚至连贵妃也要依赖他的帮衬，对他言听计从。

他对她依然柔情款款，从来不曾提过他满怀期望地在军中谋得职位归来，发现她已远嫁他乡时是何感受，好似那些事情并不曾发生过、他并没有被她辜负过。

但一个人对你是不是真心，是很容易感觉出来的。他只是在客气地敷衍她，因为她是贵妃的姐姐，是陛下宠爱的虢国夫人，他们是一条绳上的蚂蚱，一荣俱荣，一损俱损。

他的妾室裴柔，她接触得不多，这个女人知道她曾是夫君的心头肉，也有着自己无法企及的高贵身份，所以在她的面前是卑微的，又隐隐带着一点儿自认为克制得很好的嫉妒和愤恨。

其实她们在他那里并无不同，都像菩萨一样被好好地供起来，只不过一个是他仍然有所求的，一个是他用来还愿的。

但他也并非冷心寡情。听说他把一个下属官员养在家里，那人容颜姣美胜过女子，府内外的人都说那人是右相的爱宠，相爷对那人偏爱到了任其予取予求的地步。她听闻之后觉得惊讶又可笑，便半真半假地问杨昭："难道你不喜欢女人，改对男人付出真心了？"

他的回答也是半真半假的："自从被你伤了心，我就不会再对任何人付出真心了。"

她便不敢再继续这个话题。

没过多久，她听说那位貌美郎君也失了他的欢心，被他鄙弃了。她终于松了一口气，觉得这就对了。十几岁的时候或许还会纠缠于男女之情，二十几岁在市井红尘中打滚，三十岁宦海沉浮，如今他快四十岁了，哪里还有什么真心？

他说的也许是实话，他再也不会对别人付出真心了。他那仅有的真心曾经属于过她，纵然现在没有了，她偶尔回忆品味一番，也是缠绵动人的。

菡玉在吏部忐忑地候了几日，京兆少尹的委任状便颁发下来，让菡玉即刻去上任。先前杨昭一直亲自着手赈灾，此时灾情已得到控制，水涝也渐露缓势，他便把这一块完全交给了京兆府。

菡玉本还担心以后要日日与他共处，甚是不自在，当下松了一口气，于是辞了吏部的职位，一心一意地赈灾。她日日忙得焦头烂额，又再未碰到过杨昭，渐渐把那日之事淡忘了。

淫雨不止，黍、麦等旱田庄稼都泡在水里，根茎开始腐烂，大片倒伏坏死。杨昭先前布置好了赈粮，菡玉委派下属照着他的安排继续开仓赈灾，自己则遍访工部精通水利的官员和民间的能工巧匠，构筑疏导水涝的水利工事。工匠人手不够，她便调动京兆府及县衙的衙役前去修筑工事，进度倒也颇快。

这日菡玉听说京师东郊一片良种地旁的疏洪工事即将完工，前往视察。这段时间她常在野外田地里跑，看完工事的修筑情况觉得放心了，回程时顺便去周围的田里四处看了看。

这片农田土壤肥沃水源充足，出产的谷物颗粒饱满，比其他地方质优，一直是当谷种培育的。因为地势较高，此地受水灾不如别处严重，地里的庄稼长势都还不错。

菡玉手执铁锹为杖，头戴箬笠身披蓑衣，脚踏一双草鞋，随意地在田野里转悠。她一路走来，所见都是麦苗青青长势喜人。久雨不停，田间更是泥泞，她一不小心将草鞋陷进泥里，脚提起却把鞋留在了泥坑中，抬起的脚也收不回来，一步踩上烂泥。她索性把另一只鞋也脱下来，和从泥坑中挖出来的那只一起提在手里，把裤管挽到膝盖处，赤足在泥地水塘中走，果然比穿鞋轻省便利得多。

时值中午，雨势也逐渐加大，田里原本还有个别冒雨劳作的农人，这时也纷纷收罗工具回家去了。菡玉继续走了一阵，田间已少见人影，只见池塘对岸的农田中还集聚了一群人，忙碌地来来去去，似乎是在挖取运输禾苗。

这片农田地势最高，旁边又有池塘，受涝灾影响较小，长势最佳。菡玉心生疑窦，急急地绕过去察看。

走到近前发现是一队京兆府下属的士兵，并不是盗取禾苗的盗贼，她走上前去询问。

田塍上站着一名军官指挥众人搬运，远远地就先认出她来，叫了一声：“菡……吉少卿！”

一听声音菡玉也认出他来了，可不就是韦谔？

韦谔向她走来，拍了一下自己的脑袋，道：“唉，瞧我这笨脑子，叫少卿叫习惯了，又忘了改过来。”说着掸了掸湿漉漉的衣袍，口称，“卑职参见少尹。”

菡玉道：“此处又不是公堂，二郎何必拘礼。”

韦谔站直身子道：“公事公办嘛，你现在是我的上司，应当的。”说着压低声音凑近她，“当着下面人的面，我如果对你不恭敬，他们就敢对我不恭敬了。”

菡玉忍住笑点了点头。

韦谔又一本正经地问：“这样的天气，少尹怎么还出来？”

菡玉道："我只是路过，顺道来看看。倒是你们，这时还要冒雨在田间辛劳，不知所为何事？"

韦谔还没来得及回答，旁边的田里突然冒出来一名黑脸大汉，声如洪钟，粗声粗气地问："韦二郎，什么时候开饭？快上饭桌了又被拉出来，干了这么久还不给饭吃，哥哥的肚子都叫得震天响，饿得前胸贴后背啦！"说着敞开上衣腆起肚子，一手在前一手放到背后，啪啪拍了两声，十分响亮。

菡玉忍俊不禁，扑哧一声笑了出来。大汉这才发现韦谔的身边还有一名穿斗笠蓑衣、农夫打扮的人。他还没见过新少尹的面，只当她是个陌生的农人，黑脸泛红，冲她咧嘴一笑。

韦谔正要向他说出菡玉的身份，被她制止，她转而问道："这是在忙什么，连饭也来不及吃，如此紧急？"按理说外派救灾的京兆府士兵都是听她号令的，她竟不知道有这回事，是什么人越俎代庖？

韦谔刚要回答，又被另一人打断。一名少年从池塘边的树丛中冒出头来，手里抓着一根白乎乎的东西，向这边挥手喊道："韦二哥，这塘里居然还有剩藕呢，你吃不吃？"

韦谔对菡玉讪讪一笑，挠了挠头回道："我还不饿，你自己吃吧。"

少年一听，立刻抓着那段白藕啃了起来。一旁的黑脸大汉急了，连声喊道："李小四，韦二郎不饿，哥哥我可饿坏了，我要我要，分我一点儿！"

少年一边啃一边含混地道："就挖到这一根，你那么大的嘴两口就啃没了，才不分给你呢！"

大汉瞪眼，挽起袖子便往少年那边跑去。韦谔喊了一声："张三哥！"也没喊住他。大汉追着少年，沿池塘跑了一圈，等终于把少年揪住，对方却狼吞虎咽地把最后一点儿藕吞下肚去，嬉笑着冲他摊摊手。

大汉累得气喘吁吁却什么也没捞着，气哼哼地放开少年转身往回走，一回头却突然愣住，吞了口口水。

韦谔见他突然两眼发直、直咽口水，那表情和开饭时看到满桌佳肴一般无二。韦谔顺着他的视线看去，发现原来他是盯着菡玉露在外面的小腿。

韦谔的心里咯噔一下。菡玉的腿真是好、好白啊，纤细匀称嫩白如雪，下半截沾了泥，看上去就像、就像刚从荷塘里挖出来的嫩藕一样！鼻间闻到她身上传来的淡淡荷香味，韦谔也忍不住吞了口口水。

“二郎？”

韦谔回过神来，见菡玉正疑惑地盯着自己，恍然忆起刚刚她好像问了自己话，不由得大窘：“少尹有何吩咐？”

菡玉把刚才的话重复了一遍：“你来此移取良禾，要运往何处？奉何人之命？”

韦谔这才想起自己是突然被调来的，并未得到少尹的批准，连忙解释：“并非我擅作主张，而是相爷的命令不敢不从。少尹和大尹都不在府衙内，事出紧急未及禀报……”

菡玉以为他说的是左相韦见素，问：“相爷？是你爹……”

韦谔道：“是右相的命令。我跟众位弟兄……众位同伍刚从外头回到府衙，碰见右相便被叫来这里，大家连饭都没吃呢。”

菡玉皱起眉，说：“他让你们到这里把长势良好的庄稼挖起来？做什么用处？”

韦谔道：“这个我也不清楚，右相只说要最好的，就是这田里的也只有少数他看得中。我们都挖了一垄田了，还没凑够这么大一屉呢。”他用手比了个三尺见方的尺寸。

菡玉双眉深蹙，若有所思。韦谔压低声音道：“我也知道这片田是良种地，难得今年还有长势这么好的庄稼，要留着做明年的种子，十分金贵，但是右相的命令谁敢不从？一会儿等他走了，我让兄弟们把挑剩的庄稼再种回去，希望还能活……”

菡玉道：“等他走了？难道右相他……”

韦谔点点头，指了指远处大路边的茅草棚子：“右相亲自来选的，他就在那边。”

菡玉昂首定睛一看，茅草棚子里果然有几个人，太远了只看到模糊的影子。士兵们用箩筐装了挖起的庄稼挑到那边去，往来不绝。她心里一慌，对韦谔道：“我还有事，先走一步。”说罢转头便走。

韦谔见她刚才面带不忿，还以为她要去和杨昭理论，不想她突然就说要走，那架势就像后头有人追她似的，仓皇落跑。

韦谔正想着，另一边传来喊声：“吉少卿，等一等！韦参军，留住少卿！”一人撑着伞深一脚浅一脚地向这边跑来。

韦谔一看，是右相身边的家仆，连忙大步一跨把菡玉拉住，说：“右相好像找你有事呢。”

菡玉无奈地回头，看着杨昌渐渐走近了。杨昌对她行了一礼：“吉少卿，相爷有请。”

她远眺草棚下模糊的人影，仍然看不出谁是谁。杨昭是什么眼神呀？隔了这么远，她又穿成这样，还能被认出来？

杨昌在前头带路，菡玉随口问道：“相爷今日为何亲自到田间来？有什么需要，吩咐下官来做就可以了。”

杨昌答道：“小人不清楚，相爷从宫里出来就很着急，临时抓了几个人手就直接往这边来了。要是有所准备，也不会只带小人来。”

菡玉停住脚步，问道：“相爷就带了你一个人？”

杨昌道：“还有杨九。”

他俩这时已经走出几步，菡玉突然回头对韦谔道：“韦参军，你随我一同来吧。”

韦谔指指自己的鼻子，讶道：“我？相爷也有事吩咐我吗？”

菡玉道：“刚才咱俩不是正在说吗？我想就此问一问相爷。我未亲见其中经过，也许需要你的协助。”

韦谔心中疑惑，但还是跟着她一同往大路而去。杨昌看了他一眼，没有多话。

不多时三人走到了路旁。杨昭本坐在棚中简易的木凳上，看见他们走近，站起身来来回回地踱步，显得有些焦躁。他一下便注意到菡玉的双腿双脚都露在外头，想必韦谔、杨昌和田里的其他人都看到了。他驻足于棚檐下，眯起眼来。

菡玉发现杨昭盯着自己的双腿，面露赧色，小声地对杨昌道：“下官未料到会在此处碰见相爷，满身泥水，实在是太失礼了。麻烦稍等片刻。”路旁有排水灌溉用的水沟，她停下来就着沟中积蓄的雨水把双脚上的泥土洗去。

韦谔突然惊叫了一声：“菡玉，你的腿！蚂蟥！好多蚂蟥！”

菡玉低头一看，只见自己两边的脚踝、小腿肚上各叮了数只蚂蟥，前端深深地钻进肉里，正在吸血，棕黄的皮纹下透出暗红色，十分可怖。她从来没见过这种软乎乎的吸血虫子，当即吓了一跳，连忙去拔。谁知蚂蟥吸得极紧，不但拔不下来，还越发往里钻。

“别拔！”菡玉只听到杨昭喊了一声，下一刻双手就被他拂开，小腿被他握在手中。

她不禁身子一晃，下意识地想要退却，腿却被他抓住，动弹不得。她居高临下，正看到他单膝跪在自己的脚下，簇新的绛紫官袍拖在泥水里，顷刻就湿透了。

杨昌连忙举过伞来给他遮雨。杨昭回头问杨昌：“你带没带火石？”

杨昌点点头，道：“今日正好带在身上。”

杨昭道：“先到棚子里去。”说着放开菡玉的腿站起身来，向她伸出手去。菡玉不知他又要做出什么惊人之举，连忙退后，主动往草棚子里走。

到了棚中的干燥之处，杨昭对菡玉一指木凳：“坐下。”随即解下腰间挂着金鱼袋的丝绦，用杨昌的火石点着了，重又跪到菡玉面前，抓起她的小腿，用丝绦上燃烧的火星去烫蚂蟥。

菡玉不知如何处置，只得任他摆布。

蚂蟥本钻得极深，身子又细又长，被火星一烫，立刻缩成一团从她的腿上掉了下来，原来吸附的地方留下一个小圆洞，冒出些微淡红的血水。他又用汗巾把血水一一拭干净了，仍不放开。

韦谔在旁边偷偷觑着他俩。右相看菡玉的小腿的目光，和刚刚张三哥的目光……真像啊！仿佛右相随时都会忍耐不住扑上去咬一口似的。只不过张三哥是因为饿，右相嘛……

韦谔的心里突然冒出一个诡异的念头：原来过了这么多年，菡玉都住到他家里去了，右相还是没能吃到嘴里呀！

韦谔自己也觉得这想法未免不经，想笑不敢笑，又觉得怎么能这么说菡玉，实在冒犯，只好绷着脸干咳了两声。

菡玉的双腿被杨昭抓住，蚂蟥都除去了他还不松手。菡玉满心尴尬，小声道：“多谢相爷，下官没事了，你、你放……”

杨昭这才放了手站起身来，看向她的目光恢复为平日的淡然，嘱咐道：“蚂蟥口有吸盘，拔是拔不下来的，只会让它更往里钻。以后别赤脚在水田里走。”

菡玉低头应了一声。杨昌提着她的那双草鞋在水沟里洗了洗，拿过来放到她面前，道：“少卿先将就着穿上吧，总比赤脚强一些。”

菡玉正要穿，杨昭忽然拦住她，拿起湿鞋来控了控水，见汗巾上已沾了血水，撩起未沾泥的袍角把鞋窝里擦了一遍，才让她套上。

当着杨昌和韦谔的面，菡玉只觉尴尬，阻止也不是道谢也不是，默默地把鞋穿好。

这时又有两名士兵挑了两担禾苗过来，杨昭扫了一眼说：“差不多了，装到屉里，不必再挖了。”

韦谔看向棚角的木屉，屉中盛土，挑选出来的良禾就种在里头，填满了半个木屉。这半屉庄稼是弟兄们不知挑了多少担才选出来的，剩下的半屉居然只要两担？菡玉一来，右相突然就变得好说话了。

杨昭命令韦谔：“把东西抬到车上去。”转向菡玉时，又换了另一种温和的语气：“你的腿叫蚂蟥叮成这样，你也没法再涉水走回去了。我坐了车来，你和我一起回城吧。”

菡玉的话头被他堵死，自己对腿上那些被蚂蟥叮出来的小洞也的确有点儿后怕，只得点了点头。

车上铺了崭新的西域长毛毡毯，舒适又华丽。菡玉犹豫片刻，见杨昭上去后，靴子和裤腿上的泥把地毯弄脏了，才敢踩上去。

杨昭脱下满是泥的靴子扔到车门处，又把沾了泥水的外袍脱了，翻过来团作一团。杨昭见菡玉瑟缩在角落里，脚上还穿着那双湿草鞋，说：“鞋子湿了，脱下来，免得着凉。”

菡玉先前赤脚走路还不觉得，这会儿双脚洗干净了，捂在潮湿的草鞋中，的确又凉又不舒服，便将草鞋脱了，扔在他的皂靴旁边。

她的双脚还没着地，他突然欺身过来抓住，用外袍的里子把她的双脚包住，道：“双脚受凉最容易被寒气侵体，擦干了才不冷。”

菡玉的双足被他抱在怀中，面颊忍不住发烧，一等他擦完她便立刻收回脚来盘在身下，说：“多谢相爷关心，我不怕冷，不碍事的……”

杨昭看她一眼，把绛紫官袍也与鞋子扔在一堆，在她的对面坐下。

两人相对坐着，许久都没再说话，只听到马车轱辘转动的声响。她能感觉到他的视线落在自己的脸上，炙热而放肆。

她心口发慌，喉咙里干干的，第一下没有发出声来，咳了一记才恢复常态，开口说：“相爷，下官斗胆问一句，后面车上的那个木屉里装的禾苗到底是何用处？是要移植到别处去吗？”

杨昭沉默片刻，缓缓地答道：“是陛下要看。”

难怪他这么着急上心。顶撞的话到嘴边又被她生生地咽了下去，他的所作所为从来都不受任何人左右，她唯有全盘接受，不得置喙。他听不进逆耳忠言，她若拂逆他的意愿，吃亏的只会是她自己，而不起任何别的作用。

菡玉靠着身后的软垫，无可奈何地别过脸去。

半晌，倒是杨昭先开口辩解：“菡玉，我隐瞒灾情并不是要欺君罔上，只是灾沴已经发生，陛下知道了又于事何补？他难道还能亲自来赈灾吗？陛下年事已高，若还为了这些事而担忧，这不是我们做臣子的不尽心吗？”

菡玉道：“相爷，宰相的职责是辅佐君王定国安邦，而不是取代君王。”

他哼了一声：“我可不是安禄山。”

但他们为己为私之心，是一样的。菡玉闭上眼贴着车壁，听外头的风雨交加之声，身心都疲惫而无奈。只要他还站在她这边，只要他能除去安禄山这个祸患，他做些什么谄上欺下的事，她既然管不了，那就当看不见吧。

玉昭词 典藏版

时久 著

下册

第十三章　玉陷

淫雨连绵数月，到盛夏方才止歇，接着又是大旱。好在救灾及时得当，今年的庄稼倒还不至于颗粒无收。菡玉这几个月几乎一直在京郊野外跑，连京兆府也很少去，有时甚至在外头停留过夜。

当然她也是怕遇到杨昭。

菡玉揉了揉酸涩的双眼，在岔路口犹豫着是去京兆府，还是回相府去睡个好觉。她又连着好几天没有回去了，这个时辰正值下班，若是回去碰见了他……

她想起那日与他同乘一车，一路被他盯着，如芒在背、坐立不安的情状，心里仍然觉得不安。她害怕他的目光，总觉得自己像俎上的鱼肉，像虎狼爪下的猎物，任人宰割，也许下一刻那刀子就要砍上来，利齿就会把她撕碎。

从那之后她一直避着杨昭，眼不见心不烦，躲得一时是一时。还有半年，就这最后的半年了。只要在这半年里办成了事，她就大功告成，可以了无牵挂地任意来去了。

菡玉揉着眉心，抬头看了看天。烈日当空，晒得地上都起了白烟，泥地被晒出一条条干裂的缝。蝉鸣聒噪，远处的东市还传来阵阵人声喧嚣，繁华人世独有的鼎沸嘈杂，无端地让人觉得心安。

这是最后一段平静的日子了……她得留住它，留住这太平盛世，留住千千万万黎民百姓的安居乐业、平安康泰。

眼睛又酸又痛，被天光一照，她几乎落泪。才过了几个月啊，这具身子已经开始疲软退化了，连平常人的体力也不如，她才几天没睡好觉便疲惫不堪。之前她常年在外漂泊，风餐露宿、担惊受怕，没一日睡得好觉，但从来没觉得疲倦。

她揉着眼，决定还是回去补眠。

她刚往回相府的路上走，突然从京兆府衙那边传来隆隆的擂鼓声，隔了两条街仍清清楚楚地传到了她的耳中。府衙只有门口一面大鼓，五尺见圆，用整张的熟牛皮制成，擂鼓声可传至皇城，鸣诉冤情，上达天听。

菡玉听到有人击鼓鸣冤也顾不得回去了，立刻掉头往府衙而去。菡玉赶到府衙门口，只见那面离地六尺的大鼓旁放了一张破板凳，鼓槌扔在一边，不远处两名衙役架着个十来岁的小女孩儿往旁边的街上拖去，小女孩儿在拼命挣扎。

“小玉！”菡玉急忙追上去：“住手！这是怎么回事？”

衙役看见她俱停住脚步。一人按住小玉，另一人回道：“禀少尹，这小丫头顽皮，来衙门捣乱，胡乱击鼓。”

小玉停止挣扎，站直身子气鼓鼓地说：“我有冤情！”

菡玉悄悄瞪了她一眼，对两名衙役道：“这事我来处理，你们回去吧。”

衙役道：“遵命。”又对小玉说：“这位是京兆少尹，你有什么冤情只管对他说，少尹会为你做主，可别再随便击鼓了！”

小玉眼睛一亮：“你升官了？京兆少尹是什么官，有宰相大吗？”

等两名衙役走远，菡玉才道：“你真胡来，这鼓是能随便敲的吗？要不是我从旁经过听见过来瞧了一瞧，你肯定要吃板子的！”

小玉噘起嘴，道：“我要见你，他们不让，说我捣乱，我只好敲鼓把你叫出来。”

菡玉嗔怪道：“说你捣乱哪里冤枉？你要见我，去我的住处找我便是，你不是认得的吗？怎么闹到这里来？”

“我去过了，两次都遇见那个臭宰相大伯。他说你一直不在家，就算你在他也不会让我见你，叫我别去烦你了。我能找到这里来，还是门房的小哥哥告诉我的呢。”小玉气哼哼的，“我就知道宰相大伯最坏了，挑拨离间，还故意不让我见你。”

菡玉问：“你急着找我有事吗？”

小玉嘴一瘪，眼里渗出泪光，哭着说："阿娘！你让我留在你身边吧，我做你的丫鬟好不好？我不想跟阿耶走，好不容易找到你，我要和你在一起！"

菡玉连忙问："出什么事了？"

小玉抹了抹眼泪，说："阿耶要到很远的地方去当官，不留在京城了。那地方离这里有两千里路，我不要跟他去，去了就见不着你了。"

不对啊，他怎么会这么快走？按理说不应该是这时候……

孩子的眼中忽然露出希冀的光："对了，你不是升官了吗？京、京兆少尹，对，京兆少尹！这个官大不大？比得过宰相吗？"

"不是很大的官，当然比不过宰相。"菡玉苦笑，笑容忽地一顿，"你说宰相？"

小玉愤愤地咬唇，道："我听阿耶对、对那个女人说的，就是臭宰相大伯搞的鬼，他故意要把阿耶赶出京城，赶得远远的不让阿耶回来。我就知道，他一心想当我的后阿耶，早就想把我的亲阿耶除掉。阿耶不在京城，我们不在你的身边，他就方便了。"

菡玉道："不要胡说！"心里却已明了。

原来是杨昭，她早该想到是他。他在她忙碌奔波无暇他顾的几个月里，又悄悄动了什么手脚？这与她预知的完全不一样……

小玉不服气地噘起嘴，忽听得远处传来妇人的喊声："可找到你了！我的小姐，你叫我找得好苦哇！"

菡玉和小玉一起回头望去，只见旁边的街道上一名高壮的妇人急匆匆地向她们跑来，正是吉府的仆妇吴妈妈。小玉一见她，嘴巴立刻噘得可以挂油瓶，拉住菡玉道："我们走，不要理她。"

吴妈妈一气奔到两人的面前，撑着墙壁气喘吁吁，还不忘向来路喊："阿郎，这边这边！找到小姐了，她在这里呢！"

菡玉的步子一停，吉温已经赶了上来，看见小玉和她在一起也是一愣，转头吩咐吴妈妈："我在这儿，你先回去吧。"

吴妈妈狐疑地瞄了菡玉一眼，转身离开。

吉温走近来，斥责小玉："跟你说过多少遍了，不要来找吉少卿，你怎么就是不听话？"

菡玉问："七、七郎，究竟是怎么回事？你犯了什么事，突然要贬官出京？

这两月我也在京中，怎么没有听到任何风声？”

吉温低下头牵起小玉：“这件事你就别过问了。反正事已至此，陛下下旨贬我为澧阳长史，不日朝廷便会发下委任状命我离京赴任，已成定局了。”

菡玉道：“既然委任状还未下达，兴许还有希望。你告诉我详情，看我能不能再想想办法……”

“素莲！”吉温忽地抬高声音，“我为什么瞒着你，不就是怕你‘想办法’吗？你不过是个太常少卿、京兆少尹，手里有多大点儿权，你能想什么办法？还不是要去求……”他猛地打住，不愿说出那人的名姓来。

菡玉讷讷地道：“那、那你让我知道由来始末，总可以吧？”

半晌，吉温叹口气道：“这里不方便，我们找个僻静的地方说话。”

三人拐到偏僻的坊角，吉温才一一道来：“说来也是我自己不小心，才被右相钻了空子抓到把柄。上月御史台受理了一桩地方官员贪污的案件，道是苦主进京告御状，被吏部知晓，查出其中牵连了众多朝中官员，连陛下也被惊动了，命右相彻查此事。”

菡玉插话问道：“莫非是河东太守韦陟？张均、张垍兄弟也是因为牵连在内而被贬的吧？”

吉温诧异地问：“你也知道？”

菡玉道：“偶然听右相提过，但那是三月里的事了。”

吉温摇头苦笑道：“原来他那时就开始布置了，我还道是最近他见你忙于赈灾、不顾朝中之事，才想出这条一石二鸟的毒计！”

菡玉的心中更乱了。三月，那会儿杨昭就谋划着要害七郎了？那时他对她不假辞色、冷若冰霜，原来只是面上而已，内里却另有打算？她好不容易让杨昭死了心，斩断这不该有的情丝，难道这样都还是不行？

她想起那次雨中两人共用一伞，他片刻的情急失状，和郊外田地里他为她驱虫拭足的情态，心头那股莫名的不安更甚。

吉温接着讲述，菡玉大致弄清楚了个中来去。河东太守韦陟文雅而富盛名，其弟韦斌在京中也多方为其周旋，指望韦陟有朝一日能升官入京。皇帝听闻韦陟之名，十分欣赏，曾对韦斌戏言说要征韦陟入朝为相。杨昭忌其盛名，恐韦陟当真入相，便先下杀手闹出这桩贪污的案件来。

韦陟得知自己为杨昭所忌，朝中唯有吉温敢与之抗衡，又有安禄山的势力在吉温的背后支撑，下御史台按问之后便贿赂吉温为自己讼冤，向安禄山求援。谁知这件事又被杨昭查知，捅到了陛下的面前去，吉温不但帮不了韦陟，连自己也赔了进去。

菡玉听完皱眉问道：“那你到底有没有收受韦陟的贿赂？”

吉温微露赧色：“他向我许以重酬，但我并未答应。”

菡玉立刻明白了。吉温虽然没有答应，但也没有拒绝，尚在考虑之中，便让杨昭揭发了。有道是苍蝇不叮无缝的蛋，杨昭要害人，从来不会凭空陷害，总是瞅准别人犯错的时候添油加醋、借题发挥，打在那人的软肋上，叫人吃了亏也只能打落牙齿和血吞。以前他陷害王鉷、杨慎矜等，不都是用的这等伎俩？

吉温又道：“只怪我太大意。韦太守是杨昭交到御史台来的，我早该想到杨昭会在其中动手脚……韦太守都跟我说了，他的确有不是之处，但绝不是告御状的苦主说的那般不堪，那人定是受了杨昭的指使栽赃诬陷。我也是看韦太守受了冤屈才欲替他讼冤，谁知……”

谁知螳螂捕蝉黄雀在后，这一出连环计，最后收起的那个圈，套住的竟是吉温自己。

菡玉问：“杨昭可有实证？”

“铁证倒没见右相拿出来，才只把我和韦太守贬官了事。只是陛下心中的那杆秤是翘是平，又哪需要铁板钉钉？几句话兴许就会让陛下改变喜恶。”

一直沉默不言的小玉突然插嘴道：“那我们也去说呀，让皇上变回来。”

吉温斥道：“你懂什么？大人说话，小孩子别乱插嘴。”

小玉撇嘴：“谁说我不懂？皇帝陛下的耳根子软，那个臭宰相大伯在他的面前说了几句鬼话，他就相信阿耶是坏人，要把阿耶赶到老远的地方去，不就是这回事吗？既然宰相大伯能在背后说阿耶的坏话害阿耶，那就再找一个人，比宰相大伯还厉害的，去说阿耶的好话，不就成了？”

吉温怒道：“小孩子家就会胡说，你当朝政和你玩过家家似的简单？”

菡玉拍拍小玉的肩膀，道：“小玉说得也不无道理。既然并未拿出有力的凭据，单凭右相的一面之词就令陛下生疑，那只要右相改口，还是有挽回的希望……”

“不许你去求他！”吉温面露厉色，“我知道他其实是有证据的，但没有拿出来，故意弄得模棱两可，就是等着你去求他！等着你送上门去，他好以此要挟你，让你任他予取予求！韦太守是个诱饵，他设了圈套引我入彀中，而我又何尝不是另一个饵？他从来不曾把我这个兵部侍郎放在眼里，这样费尽心思地害我，还不是为了……”吉温愤愤地别过脸去，咬牙切齿。

菡玉尴尬万分，嗫嚅道：“右相他……何至于此……”

吉温静默片刻，怒气稍平，反握住菡玉的双手，道：“素莲，你不能再待在他的身边了，你跟我走吧，你、我，还有小玉，咱们一家人，远离这是非之地，好不好？”

菡玉立刻摇头道：“不行，我还有事没有办成……”

“你是指安禄山吗？”吉温双眉微蹙，“素莲，你不过是个妇道人家，为何要掺和到这军国政事中来，还非要取安禄山的性命？你离开我的那段时间究竟碰到了什么奇人异事？以前你可不是这样的啊。”

菡玉含混地道：“这……实在是一言难尽。”

“说来说去，都怪我没用。既不能救你脱离杨昭，也不能助你除去安禄山。素莲——”吉温沉下声来凑近她，“安禄山已有异动，只怕安分不了多久了。陛下赐他的郡王府内，平时只有一些下人看管打扫。其实那些下人里头，好多是他的门客，与其子安庆宗一起留京做他的眼线。上月他刚刚授命安庆宗等人查探京城的地形和禁军守卫的分布，绘制成图，想趁着今秋献捷之际带兵袭京。你若能在安庆宗将图送出之时把这些地图缴获，那就有了安禄山意图谋反的明证。”

菡玉肃容道：“此事当真？”

“安庆宗身为质子，范阳有什么消息命令都是先送到我这里，再由我传给安庆宗，假不了。”

如果她能拿到安禄山谋反的实据，陛下就不会再说她信口雌黄，许能一举铲除这个祸根。今年秋天，她还来得及，还来得及……

“你知道确切的时间吗？”

吉温答道：“说是七月底之前送出，安禄山入京大约是八月末、九月初。”

菡玉点点头，手心里微微出了些汗。吉温又道：“安庆宗在京为质子，王府内几乎没有卫兵，你现在又是京兆少尹，可调动京兆府数百衙差，不必依靠杨昭也能办成这件事。这也是我能替你做的最后一件事了。”

菡玉回过心思：“还是不成，你不能去澧阳。”

吉温自嘲道：“陛下的旨意，还能挑三拣四不成？澧阳地处荆楚鱼米之乡，也是个不错的地方。”

菡玉问：“你可还记得赞善大夫杜有邻？”

吉温点头，面露愧色。杜有邻是太子的姬妾杜良娣之父，其婿柳勣与妻族不谐，散布岳父谋逆的谣言，翁婿两人一同下狱受审，结果都受刑不过，被吉温杖死狱中。这已是天宝五载的旧事了。

菡玉道：“澧阳上属澧州太守杜邕正是杜有邻之子。杀父之仇不共戴天，你到他的下属郡县任职，只怕……会有杀身之祸啊！”

吉温道：“这我也打听过了。杜邕为人尚称刚直，其父之死，罪魁当属柳勣，不能完全怪到我的头上。他对我固然有怨恨，但应不至于会故意害我，我小心行事便是了。”

菡玉急道：“我为你卜过一卦，此次南行会有血光之灾！你千万不可大意呀！”

吉温微微一笑，道：“素莲，这你可蒙不了我。你一直和我在一起，所谓衡山隐士、未卜先知不过借名罢了。你哪里会卜什么卦？”

“是真的，你且听我一言！”

吉温挑起眉，说：“那你倒说说看，究竟是什么血光之灾？我也好及早避开。”

菡玉努力思索，却想不出个所以然来，急得握拳敲自己的脑袋，道：“我、我不记得了！好像不是澧阳，要再往南，那里的气候比荆楚热很多，冬天也只穿单衣，农户都栽种荔枝……”

“那就是岭南了。”吉温拨开她的手，“你这卦象还真奇怪，算不出时间地点，却能算出农户栽种荔枝。”

菡玉见吉温不信，越发着急地道：“我说的都是真的，那个……卦很准的，你一定要相信我，千万不要再往南去！”

“好了素莲，我知道你关心我，我信你，我会安安分分地留在澧阳，不再往南去了。”吉温握住她的双手，包在自己的掌中，“我就在澧阳等你，哪也不去。等你办完了事，就来澧阳找我和小玉，咱们一家人团聚，再也不分开了，好不好？”

菡玉发觉吉温握着她的手往唇边送去似要亲吻，急忙抽回来，一时又不知往哪里摆才好，僵硬地作势拍了拍他的肩：“好，我办成了就去。你凡事小心为上，若真有什么为难之处就派人送信给我，我好歹能帮上点儿忙……”

吉温摇头道：“素莲，你也得答应我一件事。不管发生了什么，你都不要去求杨昭，别让他有任何机会要挟你，知不知道？不然他一定会……”吉温说不下去了，幽幽地叹了一声，“其实最让人放心不下的，还是你呀……”

菡玉低下头去看着身边的小玉。眼泪在眼眶里打转，小玉却倔强地不肯哭出来，实在忍不住了，一把抱住菡玉，脸埋进她的腰间，瘦小的身子微微抽搐着。

这父女二人……菡玉没有说出口，心里却早已下定决心，她愿意做任何事来保护他们，哪怕是与杨昭那样的虎狼谋皮。

京城这边的安庆宗暗度陈仓，范阳那头的安禄山也是蠢蠢欲动，渐露端倪。

天宝十四载夏，安禄山遣副将何千年入朝奏事，以胡人作战勇猛、以胡治胡为由，请求以蕃人将领三十二人取代汉人将领，叛唐之心，昭然若揭。

以胡治胡是皇帝自己提出的政策，因此他仍然不疑，命中书省立下敕书，并发给何千年委任状，让何千年带回范阳加以任命。

连韦见素都觉得陛下这是在玩火，请杨昭与自己一同劝说进谏，不能让安禄山如此一味坐大。杨昭没有立即答应，过了几日才连同韦见素上奏，请求召安禄山入京为相，将其所辖范阳、平卢、河东分别由节度副使贾循、吕知诲、杨光翙接管，则可分解其势化险为夷。

皇帝虽然当时同意了，但是这四道任命的制书却留而不发，先派内侍辅璆琳以赏赐珍果为名前往范阳，暗中查探。

辅璆琳回京后盛赞安禄山忠贞不贰，称安禄山感念陛下待他的圣恩，对现状非常满意，不可能有反心。皇帝便对左右相说安禄山并无异志，东北奚和契丹还需要他镇抚，征他入朝为相之事就先算了吧。

菡玉听说这主意是杨昭出的还觉得有些诧异。去岁皇帝有意加安禄山为相，如果不是杨昭为了自己的权势一力阻止，早些把安禄山征召入京，就没有后来这么多麻烦了。如今他居然主动献策征安禄山入朝，是终于感觉到安禄山无法掌控了吗？

如今，普天之下能镇住安禄山的，也唯有陛下一人了。

菡玉归剑入鞘，拿了夜间搜捕所需的令牌走出府衙的偏门。

门外已集结了百来名衙役，韦谔看菡玉佩了剑，迎上来问：“少尹也要亲自前往吗？捉贼这种事交给我们这些武人就好。”

菡玉正色道：“这是我上任以来第一次遇到这等大案，还是亲力亲为、小心谨慎为好。京城以往都是夜不闭户、路不拾遗，自关中大饥以来已出了好几起大案，轻则洗劫财物，重则伤人性命。这次的贼人武艺高强、来去无踪，闹得人心惶惶。今夜务必要抓住这伙飞贼，以安人心。”

韦谔应了一声，心里却道：这哪里是小心谨慎？根本就是小题大做。听报案的富户说，飞贼一向独来独往，或许就只有一个人，也就偷了几件首饰，不过是普通的梁上君子。菡玉竟带了百名衙役专去候着抓那小贼，也未免太把这案子当回事了吧？

京城夜里实行宵禁，街道上空无一人，一片漆黑。这一百多人走在静悄悄的大街上，脚步声格外响亮。一行人到了报案的亲仁坊的富户宅第，将豪门大院团团围住，等候飞贼落网。

韦谔抓了抓脑袋。一百名衙役这么围着，哪个贼还敢来光顾啊？菡玉果然是个只会纸上谈兵的文官，竟然用这种方法抓贼。韦谔一早就劝过她，无奈她态度坚决得很，非得这么办，做下属的也只能从命。

韦谔抬头望了望这家富户的宅院。亭台楼阁、绿树掩映，看得出是富裕的人家，只不过和旁边邻居家的一比，就显得有些寒酸了。

“我要是那飞贼，肯定偷旁边这家，多气派！一看就知道这两家根本天差地别呀。”等得太久，一旁的衙役闲着无趣，开始小声闲聊起来。

另一人道：“那家？那可是陛下赐给东平郡王的宅邸，谁敢去偷？当然是小门小户的容易得手。要说气派，长安城里就数大明宫最气派，你敢去偷不？”

先前的那人道：“原来是东平郡王府，怪不得如此富丽堂皇。照这么看来，这飞贼也不是什么了不得的人物，只敢小偷小摸而已。”

韦谔回过头去，斥道：“别作声，忘了我们是在抓飞贼吗？”

那两人马马虎虎地应了一声，不再说话。吉少尹不辞辛劳治灾有功，平日处事也公正无私，为人又和善，衙门里的兄弟们都十分敬爱她。但是少尹今日之举，大家都不得不承认，好像是有那么一点儿……蠢蠢的。

韦谔也觉得这么白等实在荒唐，悄悄往前走了几步到菡玉的身边，小声道：“菡玉，咱们这样兴师动众，飞贼还会来吗？”

菡玉抬头盯着围墙，忽然一指墙头露出的树梢，说：“来了！”

韦谔立即按住刀柄，往她指的方向看去，只见树冠黑黢黢的一片，什么也看不见。

“什么来了？是飞贼吗？”

菡玉手一挥，指向邻近的东平郡王府院的墙内：“跳到那边去了，快追！”

韦谔朝她所指之处看了半天，只看到树梢微动，哪里有人影。他还想仔细看，菡玉已经带着人往东平郡王府大门而去了，他只得也立刻跟上。

众人听她这么一喊，纷纷亮出兵器跟着她跑。不一会儿百来人都聚集到郡王府的门口。

菡玉指挥道：“飞贼躲入郡王府内了，把郡王府围住，各个出口严加把守，任何人不准出入，以免危及郡王家属！”

韦谔微感疑惑。飞贼都是飞檐走壁，光把守出口有什么用？他悄声问身边的大汉：“张三哥，你眼力好，刚才看到飞贼往哪里去了吗？”

张三支吾道：“哥哥刚才打了个盹，没注意看……少尹不是看见了吗？跟着他走，听候吩咐就是了。”

韦谔陪同菡玉上前叫门，过了许久才有人提着灯笼来应，是个文士打扮的青年，目光凛然、不卑不亢。那人扫视了一圈，才对菡玉缓缓道：“京兆少尹深夜大驾光临，不知有何指教？”

菡玉知道此人是安禄山的门客李超，平日里的身份是郡王府的管事。她行礼道：“隔壁的富户家中遭窃，下官奉命捉拿飞贼，追捕中飞贼翻墙遁入郡王府，因此冒昧打扰。还望先生配合下官将贼人捉拿归案，也保郡王府上下安全。”

李超道：“小人当然会全力支持少尹捉拿贼人，只是这大半夜的突然说要抓贼，把大家都惊动起来，实在有所不便。不知少尹可有搜查的许可？”

菡玉亮出令牌。李超看过确认，也未多说，便让她进去了。

菡玉本以为会遇上太仆卿安庆宗，还得费一番口舌，没想到如此顺利。她安排衙役们分头搜查，自己带了韦谔和少数几人直奔后院东厢。

李超一直跟在菡玉的身边，见她往东厢而去，阻拦道：“少尹，飞贼翻墙而入，定是藏匿在园中的昏暗隐秘之处。东厢是太仆卿的书房，彻夜灯烛通明，贼人不可能藏在此处。”

菡玉见李超阻拦，心中越发笃定，说：“飞贼从东墙进入，躲入厢房也不无可能。听闻这飞贼武艺高强，若潜入太仆卿的书房中，太仆卿岂不危险？还是小心为上，勿放漏网之鱼。”

李超微微一笑，道：“太仆卿应邀去荣义郡主府上拜访，留宿未归，少尹多虑了。”荣义郡主是皇帝亲自许婚给安庆宗的，二人尚未完婚。

安庆宗不在王府内？菡玉觉得不妙，回道：“下官也是奉命行事，若抓不着飞贼，难以向大尹交代。若是在别处寻着了飞贼，下官便不入屋舍打扰，否则还是要一一搜查，以防万一。”

李超道：“少尹如此尽心尽责，实是京城百姓之福。”

不一会儿，在园中各处搜查的衙役纷纷来禀报，都称找不见飞贼的踪影。菡玉对李超道：“如此下官不得不冒犯了，希望太仆卿不要怪罪呀。”

李超道：“厢房狭窄，容不下这么多人。太仆卿在书房内收藏了不少奇珍异宝，平时连我们这些下人都不让碰，还望少尹体谅。”

菡玉道：“无妨，下官定会当心，不损伤一桌一椅。”随即命衙役们三三一组，分别进厢房各间搜查，菡玉自己则带了韦谔和另一名武艺出众的衙役，随李超一起，四个人进入东厢房内。

韦谔进入书房，一一查看桌椅下、书柜后头和屋梁上有无藏身之处。他找过一遍，未发现可疑之处，回头却见菡玉翻箱倒柜，连架子上的古董都不放过，不由得惊讶道：“少尹，你在找什么？那里头还能藏得下人？”

菡玉把抽屉关上，讪笑道：“我真是急糊涂了。你们俩继续往东头搜查，我去西边看看。”心里却是焦急万分。

她推门步入里间。里间只有外间一半大，放了一张简易的睡榻，榻前仅三尺可转动的空间。菡玉明明好几次看到安庆宗和数名门客一同进来，这么小的地方，怎能容纳那么多人？难道书房里还有密室？

她蹲下身去检查睡榻上有无机关，忽听咔嗒一声轻响，通往外间的门被关上了。紧接着后颈一凉，一把短剑架到了她的脖子上。

“人说吉少尹容貌清秀有如女子，今日一见果然不假，扮起女飞贼来还真能以假乱真呢。我正担心被女飞贼听去了什么要紧的事，没想到你自己送上门来了。”

菡玉面不改色，瞥了一眼颈间的利刃，道：“先生这是何意？”

李超道：“那就要看少尹在找什么了。”

菡玉道：“自然是在找藏匿的飞贼。方才我已看过了，床底下也没有，想必不在书房内，还得去别处找。”

李超冷笑道：“少尹为了这个飞贼真是劳心劳力、鞠躬尽瘁，夜夜奔波辛劳，一面扮贼一面扮官，独角戏唱得好不热闹。”

菡玉道：“先生这么用刀指着下官，莫非是误会下官与那飞贼有所牵扯？”

李超道：“小人都跟少尹说得这么明白了，少尹还要装聋作哑。既然少尹不肯承认，也罢，小人错杀的好人不止一个两个了，再多一个也无妨。”

菡玉道：“我可是朝廷命官，外头那么多人在场，都是人证。我若是在郡王府出了事，太仆卿也难逃干系！”

李超笑道：“京兆少尹为民除害，不幸被飞贼所伤以身殉职，想必身后还能得到厚待，追谥加封为百姓称颂呢。”

菡玉道：“既然如此，能否索性让我死个明白？那些图，究竟藏到哪里去了？”

李超道：“少尹早些如此爽快不就好了？还省得绕来绕去多费唇舌。小人倒是不介意满足少尹这最后一个愿望，不过，那得等我确认你断气了之后才行。”说着将手中的短剑贴着她的喉咙一抹，血花飞溅。

李超猛然惊得瞪大了眼，眼看着面前那喉咙被他割破、本该立即倒地气绝的人连眼睛都没眨，一把抓住他的手腕扭到背后。他手中的短剑也被夺去，反过来架在他自己的颈中。

菡玉用膝盖顶住李超的后背，将他压得半跪在地上，低声喝问：“图在哪里？”声音中夹着粗重的呼吸声，如同风箱一般。她虽性命无碍，但喉管毕竟被割破，呼吸也有些困难。

李超立即平复心中的惊骇，沉声道：“只怕要让少尹白走一趟了。”

外头不知出了什么事，闹哄哄的人声鼎沸，不一会儿还有人高喊着“吉少尹”，四处寻她。声音渐渐地趋近过来。

菡玉厉声道：“先生可不见得有我这般神通和好运，脖子里挨一刀，恐怕想说也没机会了。”说着手下使力，利刃切进他颈后的皮肤，立时冒出鲜血来。

李超忍痛道：“素闻吉少尹刚直不阿公正无私，这回不但使诈凭空造出一伙飞贼来，还要假装飞贼行凶，趁机杀人吗？”

菡玉当然不会真的取他性命，手中的刀砍不下去了。这时已有人拥向书房，只听见韦谔道：“少尹方才就在这书房里，说是要往西边去寻，兴许就在附近——哎！相爷您不能进去啊，让卑职先进去探路，飞贼可能就藏在此处……相爷！”

菡玉略一走神，身后的房门砰的一声被人一脚踢开。

杨昭赤手空拳地闯了进来，一眼便看到菡玉的喉间拉开了一道三寸长的口子，血水还在汩汩地往外冒。他目眦欲裂，喊了一声：“菡玉！”一手将她揽到怀中护着，另一手拔出她腰间的佩剑便要往李超的身上砍去。

菡玉急忙拦住：“相爷，留活口！”说得太急，一口气接不上来，喘得厉害。

杨昭见她喉口受伤，气息断断续续，以为她重伤难治生命垂危，那一刀简直把他的心肺也一并割碎了。他也顾不得李超了，丢开手中的长剑捂住她喉间的伤口，道：“菡玉，你别说话了，你忍一忍，我马上找御医来救你……”

“我没事，我不怕刀伤的……”菡玉的眼睛不离李超，手中的短剑仍指着李超，“相爷，你能给我条帕子把伤口扎住吗？这里开个口子，说话好生费力，一会儿叫其他人看见要吓着他们了。”

杨昭刚刚一时情急乱了方寸，这才想起她身怀异能，刀伤剑伤都能立刻痊愈，又见她说了这么长的话伤势也无恶化的迹象，才放开她掏出自己的汗巾，草草地包扎了她脖子上的伤口。

门口有人挡着，里间的地方又小，韦谔等人进不来，只能看到杨昭的背影，焦急地问：“相爷、少尹，你们没事吧？”

杨昭道：“飞贼已经被抓住了。”用剑指着李超把他推出门外，“此人勾结飞贼里应外合，妄图夺取郡王府的资产，更胆大包天地刺杀朝廷命官，其心叵测！来人，将他押到御史台交由御史审问，务必查出同党一网打尽！”立刻有杨昭带的士兵过来将李超押走。

菡玉一直留意李超的目光有无瞥向藏秘之处，他却始终目不斜视。她跟在杨昭身侧，一边往外走一边查看四周。杨昭道：“别看了，你做飞贼的行踪败露被他们察觉，你要找的东西早不在王府里了。”

菡玉听杨昭如此说，明白了自己近来的所作所为他全都知道。今日她借捉贼搜查东平郡王府，只怕也在他的掌控之中，难怪他会突然闯进来。东平郡王府是安禄山在京城的据点，杨昭怎么可能不加监视？

她低下头，随他出了书房。

韦谔见菡玉的脖子上包了白色的汗巾，惊问：“菡玉，你受伤了？”

菡玉摇摇头道：“不碍事，一点儿皮肉小伤而已。”转头看别处，院内除她带来的百来名衙役之外，密密麻麻的全是铠装的士兵，手举火把，将郡王府的庭院照得亮如白昼。除李超外，郡王府内的其他几名门客也都被士兵绑住，押往御史台。

杨昭抓安禄山的门客，是为了护她周全吗？她隐约觉得，自己好像又傻乎乎地做了一次别人的垫脚石。

但那都不重要了，重要的是，最后一个能对付安禄山的机会她也错失了。

菡玉抬头看着黑暗的夜空。今夜本就不晴朗，地面火光一盛，更是显得夜空漆黑如墨。就像那些她独自在外漂泊的夜晚，所有的亮光都已泯灭，明朝的晨曦不知在何方，也不知还有无希望能看见。

李超等人被杨昭送至御史台狱中，再也没见出来。安庆宗不敢声张，暗地里给安禄山送信。安禄山早知杨昭在搜罗自己谋反的证据，欲除掉自己，至此越发惊惧谨慎，每次朝廷派使者前往都称疾不出迎，盛陈武备，然后才迎见使者。

六月，安庆宗与荣义郡主成婚，皇帝召安禄山来京城观礼，安禄山也称病不来，唯恐自己一离范阳老窝就被杨昭害死。

安禄山是头野心勃勃的饿狼，并不是老谋深算的狐狸。他对皇帝还有些知遇的感激，本来打算等今上寿终正寝后再举兵造反，但被杨昭这样步步紧逼，沉不住气了，于是有了带兵袭京的打算。

七月里安禄山准备妥当，上表请求入京献良马三千匹，每匹马夫三人，着蕃将二十人护送。这不是献马，而是二十名将领带着三千骑兵、六千步兵，突袭城门大开的长安。

菡玉因而上奏说，献马应由朝廷供给马夫，不必劳烦安禄山的军队护送，这么多精兵突然拥入京师，恐生变数。这几句话倒让皇帝有所触动，折子递上去不久，菡玉便得到了在兴庆宫觐见皇帝的机会。

兴庆宫地处长安城东北角，是皇帝即位前的藩邸，登基后改建为离宫，开元十四年又加以扩建，设置朝堂，号南内，与西内太极宫、东内大明宫并称。皇帝时常来此居住听政。

皇帝经常在园中的花萼相辉楼召见臣下。花萼楼位于兴庆宫西南角，面朝街道居高临下，近可观园林风景，远可见东市内人潮涌动。

虢国夫人与杨昭一同从贵妃的寝宫出来时，日头正好被一片云彩遮住，暑意消退。侍女上前来要为虢国夫人打伞，虢国夫人推拒，只与杨昭并肩而行。宫人也都识趣，落后他二人几十步，在后头不紧不慢地跟着。

“真是好天气。”二人走在碧波粼粼的龙池边，迎风送来清凉的水汽。虢国夫人回头见那些宫女内侍离得远了，一时兴起，执起杨昭的手来与他并行，说：“你还记得以前咱们家北面的那个湖吗？夏日里最是凉爽，我时常去那里避暑。”那里也是两人的幽会之所。

他的手很热，握在她清凉无汗的掌中更显炽热。杨昭讪讪一笑抽出手去：“这样热的天。”

虢国夫人道：“今日哪里算热。”尤其这兴庆宫中绿树成荫、凉风习习，舒爽得很。

“我素来怕热。”杨昭抹了一把额头，却并无汗水，只是脸热得发红，好像体内有炭在烤着。他烦躁地用袖子扇风，但收效甚微。

虢国夫人看着他泛红的面庞和脖颈，心下了然，掩口轻笑，道：“你最近好像火气很大啊……”

杨昭无奈地瞥她一眼，嗔道：“还不是你给我吃那些七补八补的东西，补成了这个样子！这个夏天有的好过了。”

虢国夫人凑到他面前低声笑问：“倒是有效没有？”

杨昭脸色一变，别过脸去不语。虢国夫人懊悔自己操之过急戳到他的痛处，扫一眼四周，见前方的花萼楼上有一人影，忙道：“你看，陛下在朝咱们挥手呢。”

杨昭抬头一看，果然遥见皇帝立于栏边向他二人招手。两人伏身一拜，加快步子往花萼楼赶去，略过刚才的话题。

花萼楼上摆了一圈盛满了冰的冰盘，四面通透，夏风吹进来全成了凉风。虢国夫人穿得单薄，进去时禁不住打了个哆嗦，道：“贵妃就因贪凉伤了肠胃，陛下可要保重龙体，切莫蹈她的覆辙。”

皇帝朗笑道：“男儿热血，不像你们女子体寒。”虽是如此说，见虢国夫人受不了这冷气直缩肩，还是命宫人撤去一半的冰盘。

二人入席，案上早摆了冰镇汤羹、瓜果等物。虢国夫人只爱西域贡来的蜜瓜，取了几片一边吃着，一边和皇帝闲话；杨昭怕热，也不客气，大快朵颐起来，鲜少插嘴。

皇帝问："三姨，玉环可有说何时过来？"他待杨家人如至亲，私下称呼与平民百姓无二，十分亲昵。

虢国夫人回道："贵妃要更衣梳妆才肯来见陛下，遣我二人先行，此刻应也好了。"

皇帝埋怨道："她上午那身衣裳够好看了，还换什么装扮！"皇帝语带顽意，惹得虢国夫人忍俊不禁，她笑道："女为悦己者容，这也是贵妃对陛下的一番心意。"

皇帝站起来踱了两圈，想见贵妃之心迫切，吩咐内侍前去一探。不久内侍回报，说贵妃身子不适，已经歇下，不过来了。皇帝这下急了，以为贵妃又在和他赌气。

这时楼下的小黄门来报，道是太常少卿吉菡玉奉召觐见。皇帝心念贵妃，随手一挥，道："宣他上楼。"接着又对虢国夫人道："玉环今日是怎么了，又闹起小脾气来？叫她吃饭也不吃，叫她来看街景也不看，我可想不起来哪里又惹她不高兴了。三姨，你帮我去问问她，就算皇帝犯了错，也该有改正的机会嘛！"

虢国夫人笑答："妾谨遵陛下旨，这就去劝劝妹妹。"退出门去时瞥了一眼杨昭，见他一改先前的慵懒之态，眼睛直盯着门口，手里拈一颗葡萄举在口边，也忘了送进去。

虢国夫人一愣。太常少卿……似乎就是那名被他养在家中的娈宠？

虢国夫人出门正碰见菡玉从楼梯上来，菡玉客气地退到一旁，让虢国夫人先行。虢国夫人乍一见菡玉的脸，觉得有什么地方似乎特别眼熟，忍不住盯住她细看。菡玉被虢国夫人看得不自如，弯腰行礼，借此低下头去。

虢国夫人站在楼梯口，回头看向座中的杨昭。他面朝这边，一手撑在桌案上，那颗葡萄终于被他送到嘴里去了。他心不在焉地慢慢嚼着，双眼半眯，却仍能看到目光明亮。

虢国夫人忍不住心头一跳，他的这个眼神……

许久以前那个夏日的午后，也是这样的天气，她只着一件轻薄纱衣，躺在窗前的床榻上假寐，蒙眬中觉得好像有人靠近，带着无法漠视的压迫感，逼得她睁开眼来。只见少年潮红的面容近在咫尺，他故作冷漠，眼神却暴露了他心底的热望。

他现在的眼神正如当年。他像锁住猎物的虎豹，目光随猎物而动，不离分毫，像是虎豹忍耐到了极限，猎物稍一动作，虎豹就会霍然跃起将其扑杀。

虢国夫人以为杨昭是在看自己，对他嫣然一笑。以前每当他露出这样的眼神，她只需一个娇媚的浅笑，少年冷峻的面具便会瞬间崩塌，被蓬勃的火焰代替。

然而这次他没有动，连表情都不曾有丝毫的变化，仍是那么眯着眼，盯住他相中的猎物。虢国夫人往楼梯下走了两步，他的视线便偏离开了，留在了原处——留在楼梯口，那个有着年轻的俊秀面容、瑟缩低首的青年身上。

她的心中仿佛有什么爆开，瞬间明亮，顷刻又破碎。

皇帝站了起来。青年听到动静抬起了头，正对上她的眼，一瞬间的清明灵动尽入她的眼底。

这一回，她看清了。

让她熟悉的是菡玉的那双眉，长而有峰，斜飞入鬓，三分清柔七分凌厉，混合而成一种刚中带柔的英气，是她曾在铜镜中细细端详的不舍，是他用心描绘的痴迷，是他一刹那的失神，是她自以为是的错觉——

“眉若远山，目如晨星，我最是喜欢。”

虢国夫人转身就走，步子又快又急。他不会再对任何人付出真心了，这是他自己说的。他一个快四十岁的人了，真可笑。

她一边走一边想。他真可笑。那人还是个男的，他当真是放浪不羁、惊世骇俗，十五岁时想娶自己的堂姐，三十几岁了反而不肯娶妻、不近女色，对男子情真意切起来。

等等……娶妻，男子？

虢国夫人在走进贵妃院中时突然站住了。她忽地想起那一年，他还是兵部侍郎，正当官场得意、青云直上，又长得一张招人的脸，在宫里走动得勤了，便不经意地打动了新平公主的芳心。

公主热情而大胆，直接去找皇帝诉说衷情，要皇帝赐婚。皇帝哈哈一笑，便开了这个金口做媒。

起先她并不知道这事，贵妃派人来请时，她也以为只是寻常的召见。那天也是在兴庆宫，大姐和八妹先到了，她独自赶到贵妃院前时，正厅附近守了不少金吾卫。贵妃身旁的女官引她从侧面绕行时道："陛下和侍郎在厅里呢。"

虢国夫人经过厅旁时故意放慢了脚步，侧耳细听，大厅里静悄悄的，什么声响也听不见。她凑近了想听听他们是不是在商谈政事，忽然听到砰的一声，像是什么硬物敲在了桌子上，接着是皇帝低沉的怒喝："大胆！"

她吓了一跳，头一次见皇帝对他们杨家人这样发火，急忙跟那女官一起赶去见贵妃。

三姐妹正在后堂闲话，她问起陛下既在后宫召见，为何又单独和杨昭闭门议事。三个人互相神色微妙地看了几眼，大姐才告诉她陛下有意让杨昭尚主之事。

其实虢国夫人猜她们几个早就知道了，只瞒着她一个人。当年她和杨昭的私情并不是秘密，只是没有人故意说破而已。

她们以为她会反对吗？她当然不会，尚主这样增光添彩、深得圣宠的好事，为什么要反对？他们是众所周知的同宗堂姐弟，一个是朝廷重臣，一个是诰命国夫人，反正杨昭的妻子不可能是她了，倒不如让他娶个金枝玉叶，还能光耀门楣。

贵妃看她表了态，放心地笑了起来，亲手剥了一颗荔枝给她，说："今年新上的荔枝，刚从岭南快马加急送过来的，晨露犹在，三姐尝一尝。"

荔枝还没吃到她的嘴里，前厅的内侍小黄门急匆匆地跑来报信："贵妃、娘子，不好了！侍郎当面违抗陛下的旨意，触怒龙颜，陛下命金吾卫拿下他治罪！"

韩国夫人恼道："六弟到底在想什么呢？三十好几不娶妻也就算了，陛下金口将金枝玉叶下嫁，他还有什么不满意的？居然抗旨拒婚！"

秦国夫人瞄着虢国夫人，道："我早说六哥迟迟不娶亲是别有隐情，还是应该先问一问他的意思，探探口风。这下好了，直接捅到陛下的面前去了，想转圜也没了余地。"

贵妃还算沉着，问内侍："侍郎他是怎么说的？"

内侍道："我也没听清楚，好像是说：今生拘于世俗，无法和心爱之人长相厮守，宁可终身不娶，大概是这样的意思……陛下本只是不太高兴，侍郎又说、又说……"那内侍支支吾吾地看着贵妃，不敢说下去。

"又说什么？"

“又说陛下将心比心，定能体谅他的苦处……陛下这才大发雷霆。”

贵妃蹙着眉思量，不说话，韩国夫人、秦国夫人也不敢开口拿主意。虢国夫人却坐不住了，霍地站起来就要往前厅去。

贵妃叫住她：“三姐，你去做什么？”

她气急败坏地回道：“去求情！难道眼睁睁地看着他被陛下责罚？”

那句“今生拘于世俗，无法和心爱之人长相厮守，宁可终身不娶”一出来，她就坐不住了。杨昭说过要娶她，但她欺骗辜负了他，他却依然谨记当年的承诺，二十年未曾变过，为她终身不娶，这样的情意叫她如何不动容？

那一刻她觉得自己可以为他赴汤蹈火，粉身碎骨。世人爱怎么说就让他们说去好了，她是嚣张跋扈仗势欺人的虢国夫人，一个寡妇，早就没什么名声可言了。只要杨昭不怕，她就也不怕。

最后她还是被贵妃拦了下来，贵妃命大姐、八妹看着她，自己去安抚恳求陛下。皇帝看在贵妃的面上饶恕了杨昭，没有贬他的官，只是让他在青砖地上跪了一夜，第二天摆驾回太极宫后，宫人才忙把杨侍郎搀扶起来。

大概是夜里凉气侵体，回去后他病了半个多月才好。

虢国夫人去探望了杨昭几次，可惜每次裴柔都形影不离地在病榻旁伺候，以致虢国夫人没有机会同他独处。

她在他的家里听到婢女们偷偷议论这事，却是另外一个版本：侍郎与裴娘子在患难中结下真情，来京之前承诺娶裴娘子为妻，但因为身份悬殊而无法践行；如今陛下欲将新平公主下嫁，侍郎严词拒绝，自陈“今生拘于世俗，无法与心爱之人结为秦晋之好，宁可虚悬正室终身不娶，以全信誓”。

裴柔原本还战战兢兢的，怕公主来了之后就没有自己这个出身低贱的妾室的容身之处了，这下吃了一颗定心丸，俨然以一家主母的身份自居，见了虢国夫人竟也敢跟她说话了。

虢国夫人当然不会理裴柔。裴柔是什么东西，一个娼妓，杨昭不过是念在旧日恩情给她片瓦容身，她还真把自己当棵葱了。心爱之人？她哪来那么大的脸觉得杨昭说的是她？

裴柔还真是无知，愚蠢，可笑。

此刻虢国夫人站在贵妃院子的中央，站在杨昭曾经跪了一夜的地方，忽然不可自抑地笑了起来。

如果杨昭想娶裴柔，以他的脾性绝对做得出让一个娼妓做宰相夫人的事来；甚至如果他想娶与自己没有血缘关系的堂姐，肯定也有的是办法，更不会在乎世人怎么看。

他不能娶……原来是因为，那人是个男人啊。

当时她那样鄙夷嘲笑裴柔的不自知，其实自己和裴柔不过是半斤八两。

菡玉当然不会留意到虢国夫人与自己照个面就转过了这么多心思，侧身让开对她行了礼便转头进楼。

皇帝手握冰盏，扶栏而立，望着远处人头攒动的东市。杨昭坐在一旁，面前的桌案上摆了几样消暑的冰品和瓜果，模样十分闲适，想是刚才和虢国夫人两人一起陪着皇帝闲话家常。

杨昭侧身坐着，一手撑着桌面，手里拈一颗西域贡来的葡萄，刚到嘴边，菡玉正好进来。他将那葡萄噙入口中，缓缓地嚼着，在唇齿间细细地品味，半眯双眼斜睨着菡玉。

菡玉被他这样看着，心里不由自主地发慌，低头走上前去拜见皇帝。

皇帝回身看了她一眼，赐她在杨昭的下首坐下，自己仍站在围栏边，眺望许久，叹道："如此太平盛世，国泰民安，怎么会有人想要破坏呢？"似疑问，也似反问。

菡玉道："陛下，正是因为盛世昌隆国家富足，才令虎狼垂涎，起了取而代之的贪念。"安禄山是胡人出身，受到皇帝礼遇，进京之后眼见长安之繁盛、宫廷之奢靡，眼馋心动遂起反念，这倒是不假。

皇帝又站了一会儿，回到座上，问道："吉卿，你身为京兆少尹，东平郡王欲献马进京，少不了要京兆府出力协助。这事你如何安排？"

菡玉想了一想，回答："这三千军马九千护卫一下子都进长安来，就凭臣和京兆府的千余衙役，只怕应付不来。"

皇帝问："那从城外调六千军士给你指挥调度，如何？"

菡玉道："城内一下多出这么多武备士兵，只怕百姓要猜疑，弄得人心惶惶。若是其中出了什么差池，闹出事情来，臣就万死难辞其咎了。"

皇帝沉默片刻，问："那依你之见，该如何是好？"

菡玉道："只要不在长安城内，就不会有以上诸多不便。不如直接在长安城外交接，即可省去忧患。”

皇帝道：“不过几千人马而已，只要京师多加防备安排得当，想来也出不了什么乱子。倒是这盛夏时节献马，不太便利。”

菡玉听皇帝这么说，也不知他是允了自己的建议还是不允，静候下文。皇帝却不说了，命内侍再上冰品瓜果，赐予菡玉，开始问起杨昭其他事宜，两人有一搭没一搭地说着。

菡玉坐在一旁插不上嘴，默默地喝冰镇的梅子水。汤水里还加了冰块，冰凉透心，她不畏寒暑，这样冰冻似的汤水喝下去反觉得有些凉，便放下冰盏，静静地听他俩说话。

杨昭说了一阵，回过头来对菡玉道：“吉少卿不爱吃瓜果吗？这些水果都是从西域快马加急送来的，入冰窖镇透，是消暑的佳品。”

皇帝也道：“天气这样炎热，是该消消暑，吃些冰镇的瓜果正好。卿可随意取用，不必拘束。”

菡玉谢过，吃了一颗葡萄。

杨昭又道：“都怪我贪嘴，将蜜瓜吃得只剩这半盘了。这瓜甘甜爽脆，最是可口，少卿也尝尝。”端起面前盛着蜜瓜的盘子转向菡玉。

蜜瓜切成长条船形，盘中只剩一块了。菡玉称谢，伸手去接。

杨昭背对着皇帝，突然冲她古怪地一笑，低头在蜜瓜上咬了一口，才递到她的手上。

菡玉瞪大了眼，盯着蜜瓜上一排浅浅的牙印，不知所措。他这样的行为，若是对女子，分明就是调戏了。冰镇梅子水的凉气似从她的胃里翻了上来，丝丝缕缕透入心肺。

她缩回手，低头道：“下官近日肠胃不适，怕贪凉伤胃。相爷既然喜欢蜜瓜，就请自用吧。”

皇帝笑道：“贵妃平日最爱吃这些冰凉的东西，把肚子给吃坏了。吉卿既然肠胃不适，就别勉强。”命宫女给她换上温茶。

杨昭收回果盘，拿着那片蜜瓜，如同啃肉骨头般，一点儿一点儿仔细品尝。

皇帝笑道：“蜜瓜冰窖里还有，杨卿喜欢，朕赏你十个八个便是，何必如此吝惜？”

杨昭道：“陛下有所不知，臣肖想这片蜜瓜许久，因虢国夫人也喜爱，一直不敢动它。好不容易虢国夫人走了，臣才敢据为己有。心心念念盼着的东西到了手，自然格外珍惜，非尝个彻底不能慰相思之痛啊！”

皇帝被他惹得哈哈大笑：“卿这番话叫不知前情的人听了，还以为你说的是哪个倾国倾城的美人哩，谁知竟只是一片蜜瓜！”

菡玉却是一点儿也笑不出来，只觉得胃里的那股凉气越发重了，整个人都想瑟缩起来，缩成一团、一点儿，好躲过杨昭放肆的目光。

皇帝突然道：“哎呀，你别细尝了，快点儿吞下吧，三姨又回来了。”

楼梯上咚咚两声，虢国夫人去而复返。她只是飞快地瞥了菡玉一眼，旋即走到御座前拜道：“陛下恕罪！”

皇帝忙问：“三姨，玉环她还生我的气吗？她还是不肯见我？究竟是何原因，三姨可问她了？”

虢国夫人道：“贵妃怎敢如此冒犯陛下。贵妃今日三番两次推诿不来见陛下，是因为……陛下先饶恕贵妃的罪责，妾才敢说。”

皇帝连道：“无罪、无罪，三姨快说。”

虢国夫人这才说出来：“是因为贵妃不慎将陛下赏赐的黑珍珠链弄丢了，怕陛下责怪，才不敢来见驾。”

这黑珍珠链由二十四颗南海黑珍珠串成，颗颗浑圆饱满，最大的那颗有如鸽蛋，十分稀有，本身已是价值连城，其中还有一番掌故。

当初贵妃因妒触怒皇帝，被送归堂兄杨锜宅，贵妃剪下一缕青丝，道是：“妾所有金玉珍玩都是陛下所赐，只有头发是受之父母，可以将它献给陛下，以作纪念。”皇帝见青丝大恸，立即将贵妃接回宫中，恩宠愈隆。

皇帝当日赏赐贵妃的宝物中就有这串黑珍珠项链。贵妃言其色类乌发，格外珍爱，相当于是两人的定情信物。

皇帝一听也皱起眉头，道：“何时弄丢的？只要是在兴庆宫内，总能找回来的。”

虢国夫人道：“就是今日上午，妾与右相拜见贵妃，贵妃将珠链放在梳妆台上，与我二人在厅中闲话，再回去就不见了。”

杨昭也道：“臣也确有看见贵妃手持珠链把玩，后置于桌案，引臣等到厅中。我们前后说话也不过半个时辰，只怕是被哪个贪财的宫人顺手牵羊了。”

皇帝怒道：“兴庆宫内居然出了窃贼，连朕与妃子的信物也敢偷！”立即摆驾去贵妃宫院，要亲手揪出这个大胆的窃贼来。

贵妃身边的几个宫女内侍自然嫌疑最大，但皇帝盘问他们许久也没有结果。贵妃暗暗垂泪，说：“这么重要的信物丢了，岂不是预示着我俩的情意缘分不得久长？”

皇帝这下发大火了，铁了心地要查出盗贼追回珠链，令高力士封锁四门，带领禁军护卫一一搜查兴庆宫各处和宫人住所，掘地三尺也要把这条珠链找回来。

珠链没找到，此举却捅出另一件大事。

侍卫搜至内侍辅璆琳处，竟从他的箱柜中搜出大量奇珍异宝，价值千金。辅璆琳一个小小的内侍，并不得宠，怎会有如此多的财宝？皇帝震怒非常，当场审问盘查，辅璆琳受刑不过，承认这是安禄山所赠。

原来辅璆琳奉旨至范阳探查安禄山时，安禄山贿以重金，回来后他大赞安禄山一片赤心，皇帝才撤销了征安禄山入朝为相、贾循等三人分领东北三镇的制书。今日之事揭露出辅璆琳受贿一案，安禄山用心堪疑，再加上这回献马之事，皇帝终于对安禄山起了疑心。

于是皇帝采纳菡玉之策，命中使冯神威带手诏前去范阳告谕安禄山，夏季不宜献马，延后至十月天凉之时，由朝廷派出马夫迎接，不劳范阳镇边军士出动。

皇帝怕安禄山因而生疑，又在诏书中说在骊山为他新建了一座温泉浴池，十月大约能完工，届时正好赏赐于他，君臣同乐。

菡玉随杨昭一同离开兴庆宫时已是落日时分。两人从兴庆门出，行经小桥流水，杨昭突然停住脚步，从袖中掏出一件东西要往河里扔去。

“相爷！”菡玉止住他，“这毕竟是贵妃的爱物，有非凡的意义，相爷日后寻个机会悄悄放回去就是了，何必要扔掉呢？徒惹贵妃伤心。”

杨昭攥着珠链道：“原来你也知道这东西对贵妃有非凡的意义，丢了会惹贵妃伤心。当初你把我送你的玉佩扔进水里时，怎么没见你有半点儿犹豫？”

菡玉道：“这怎可相提并论？这串珠链是陛下和贵妃的定情信物……”话一出口才觉得不对，急忙住口。

“定情信物？”杨昭冷哼一声，收紧五指，那串珠链被他扭曲地捏在掌中，丝线受不住力道，啪的一声绷断了。他伸出手臂探到桥外，手一松，断了线的珠子便扑通扑通地掉入水中，消失无踪。

菡玉阻止不及，也不知该如何阻止，眼睁睁地看着那些珠子一颗颗地从他的手里滑下去。她愣愣地看着水面上的涟漪一圈一圈扩大开去，越来越浅，终成平滑的镜面，了无痕迹。

杨昭拂袖转身，走了两步，见她还直直地看着河面，沉声道："还站着干什么？你再怎么盯着看，它也不会回来了。"

他说得没错，不会回来了。她犹记得当初那块玉雕的莲花挂在脖颈中时，温润的玉石贴着她的心口，隐隐似有所期盼。然而那期盼是如此短暂而虚妄，犹如日光下的水泡，刹那绚丽，她还来不及将其捧在掌中，倏忽便碎了。

菡玉躬身一揖，道："下官想起还有些事要去府衙办理，从南门走更近些，就此拜别相爷。"

他语声放软："都这么晚了，明日再去办不迟。此处回家也就三四里路程，还是回去吧。来回府衙一趟，天就该黑了。"

菡玉回道："夏季日长，离天黑还早。要是来不及赶回去，府衙内也有地方歇息，不劳相爷挂怀。"

杨昭不悦地道："你都多久没回去住了？"

她却故意曲解了他的意思，避重就轻地道："多谢相爷关怀，下官虽时常夜宿府衙，但从不超过戌时就寝，并非为公废寝忘食，相爷无须挂怀。"

杨昭沉默片刻，从袖中掏出一封信来，说："有一封你的信，在门房存了许久也不见你去取。"

菡玉不料他突然说起这事，倒显得她方才有些欲盖弥彰。她接过信来，一眼便认出信封上那稚嫩的字体是出自小玉之手。她稳住神色，翻过信封看了一眼背面。

杨昭哼了一声："我没拆开看过，不必检查了。"

菡玉略感尴尬，将信收起谢过。

走出老远，转过弯看不见他的身影了，她才迫不及待地拆信来看。信上只有寥寥数语，孩子的字写得歪斜潦草，但薄薄一张纸，却如同千斤巨石，压得她喘不过气来。

"阿娘！阿耶真的像你说的那样，到南边一个离李（澧）阳很远、天气很热、有力（荔）枝的地方来做官了，是很小的官，总有人来欺负我们！阿耶不许我告诉你，我是偷偷给你写信的。他会不会有事啊？你快想办法救救我们吧！"

七月的天里，暑气蒸腾燠热难当，她却只觉得周身寒凉，如身处冰天雪地。夕阳西沉，最后一线红光也没入天边，仿佛地下有一只巨大的手在拽着它、拖着它，不可抗拒。

她以为自己可以力挽狂澜，可以改写命运，可是无论是社稷的前途还是个人的命数，从大到小，一切都像这按照轨迹运行的太阳一般，东升西落，不因人力而改变。

第十四章　玉缱

夜里突然起了风，凉意乍起。婢女梅馨被裴柔从榻上揪起来，裴柔让她给相爷送被子去。相爷最近贪凉快，夜间连个毯子也不盖，冷风一吹肯定得着凉。

梅馨抱了一床薄丝被，一边打哈欠一边借着月光穿过花园，靠近相爷的书斋，看到不远处有人打着灯笼也往那边走。她以为是杨昌，连忙小跑几步追上去，想着把被子扔给他带过去，能省不少事。

梅馨走近一看却是两个人，提灯笼的是明珠，明珠身边的白衣青年是吉少卿。梅馨和明珠生疏得很，当下有些失望，转身绕过她们。

倒是明珠先叫她："原来是梅姑娘，这么晚了还到这边来。"

梅馨便随口应了一句："还不是裴娘子的吩咐，让我给相爷送被子来。"一个哈欠没忍住，当着明珠和菡玉的面便打了出来，她也不以为意。

明珠笑道："夜里凉，也难为梅姑娘了。我家郎君正要去找相爷，梅姑娘若是不嫌弃，明珠可为梅姑娘顺道携去，姑娘也好早些回去歇息。"

若是明珠单独一人，梅馨决计不会答应，但看明珠是陪着吉少卿，便没有起戒心，口中还道："这怎么好意思麻烦少卿呢……"

"顺道而已，有什么麻烦的。"明珠伸手就去抓丝被，梅馨半推半就，也就让明珠拿了过去。

等梅馨走远了，菡玉才问：“明珠，你今日可真热心，为何非要揽这差事？”

明珠吐吐舌头，道：“郎君，既然你有求于相爷，这时候给他送床被子去，相爷高兴了，不是更好说话吗？”眼看已走到书房的院门前，明珠嘻嘻一笑，把被子塞到菡玉的手中。

书斋前只有杨九守着，怀中抱一把长剑，远远地站在院中，像一棵立在风中的树。杨九看见菡玉颔首为礼，身形动也不动。

菡玉站在门前犹豫再三，仍下不了决心敲门。如果不是明珠还在一旁看着，她只怕真会突然掉转头跑回去。杨九看菡玉一眼，仍是冷冰冰地不说话。

菡玉忽听身后有人问道：“吉少卿，你是来找相爷吗？怎么站着不进去？”却是杨昌，手里捧着个朱漆托盘。

明珠道：“郎君确实有事要求见相爷，时候已晚，怕相爷怪罪。杨大哥，你给通融通融呀！”

杨昌心道：吉少卿要见相爷，哪需要我通融呀？他扬了扬手中的漆盘：“相爷还没睡呢，我正要进去送这莲子羹，少卿随我一同进去好了。”

菡玉点点头，捧着被子跟上。

杨昌有些惊讶，笑道：“少卿真是有心，我都没想到。相爷知道了少卿的这份心意，什么事都会答应的。”

菡玉连忙解释：“是刚才路上碰到……”说了一半，杨昌已推开了门，菡玉只得住口，跟着杨昌一起走入房内。

杨昭坐在最里头的坐榻上，百无聊赖地玩着案上的棋盘。听见有人进来，他也没转头，只说：“怎么这么慢？”

杨昌道：“小人斗胆，路上遇见吉少卿，她正有要事想求见相爷，小的便带她一同过来了。”

杨昭一回头，看到菡玉的手里捧着薄被，心头一喜，展颜而笑。菡玉只觉得满屋似乎一下亮堂起来。

在杨昭热切的目光下，她无所遁形。

从门口到榻前，不过短短两三丈的距离，她却觉得好像千里万里那样难挨。杨昌把莲子羹放在书案上，悄悄退出去了，带上了房门。屋里静得只听到她走路时衣物摩擦的窸窣声。

还好杨昭先开口打破沉默："你什么时候这么关心起我来了？竟然想到给我送被子。"

菡玉终于走到他面前，低头道："是裴娘子派人送过来的，下官从花园里绕行时正好遇见裴娘子的侍女，便帮她带过来。"

"说句好听的你会少块肉吗？"他不悦，"放下吧。"

菡玉把丝被放在坐榻里头，垂手立在他的面前，思量着怎么开口好。杨昭指了指自己对面道："坐。我一个人下棋无聊，正好你来陪我下。"

菡玉在他面前本手足无措，听他说下棋，倒松了一口气。

"下官棋力不济，只能陪相爷解解闷，下得不好，相爷勿怪。"她一边说一边在他对面坐下，见他手执黑子，便拿了面前的白子。

待看清棋势，她才暗暗叫苦。场中已是残局之势，菡玉勉强下了几手便显露败势，无力回天，片刻后即投子认输。

杨昭拈着一枚黑子在手指间拨弄，催促道："接着下呀。"

菡玉道："相爷，下官认输，相爷已赢了这局棋，还要怎么下？"

他伸过手来，盖住她面前的一枚白子："最后的这点儿还没吃到，哪能算赢了呢？"手指探出棋盘外，直伸到她的身前。

菡玉吓得往后一退，道："相、相爷若是有兴致，下官再和相爷下两盘便是。这局的确是下官必输，再下也不过是苟延残喘。"

"明白就好。"他啧声道，收回那只手，分拣盘上的棋子。

不一会儿重新开局，他下得平平稳稳的，不似刚才那般凶猛逼人，菡玉才稍稍放松。

下了一盏茶的工夫，两人都不说话。菡玉有些心焦，找着话题先开口道："听说相爷要出使江淮？"

"嗯。"杨昭看着棋盘，吃掉她的一小枚白子，"明天出发。"

她一愣："这么快？"

"不快，半月前就定了，你不关注而已。"他慢慢地一枚一枚捡起那些已经被围死的白子，"这一去得一个多月，有什么话就赶紧说，明日一早我就走了。"

菡玉有些尴尬，手指拈着棋子不作声。

杨昭把白子扔进棋盒里，终于抬眼看她，道："不是说找我有事吗？"

菡玉收拳把棋子捏在手心里，过了片刻才道：“是地方官员调度的小事，想麻烦相爷……”

“岭南那地方好山好水、四季如春，有什么不好？他在那里待得不习惯吗，还想回长安来？”

菡玉抬头，见杨昭神色泰然自若，略微定心，道：“七、七郎并不是想回长安，只是不服岭南的水土，还是觉得在澧阳更适宜，因此想调回澧阳任职……”

“朝廷任命官员是去为地方百姓谋福的，又不是去游山玩水。水土不服，过一段时间就适应了，拿这个理由要求换地方，我都不好意思批啊。”杨昭倾身向前，手肘撑住棋盘，“菡玉，你为官不是向来一丝不苟清廉得很，这回居然也会走后门求人情，但总得给个像样点儿的理由吧？”

菡玉咬住唇，犹豫着到底该向他透露多少。如果让他知道吉温有性命之忧，非他不能救，自己岂不只有跪地求饶的份？她的脑中来来回回地闪着吉温临走前的警示，若真到了那种地步，杨昭……会提出什么样的要求来？

“其实……不瞒相爷，始安太守罗希奭，在京时与七郎并称‘罗钳吉网’，其实二人有隙，七郎升迁御史后更为罗希奭所忌。罗希奭此人苛酷武断，捧高踩低，在外常擅自殛罚遭贬的罪人，李适之、王琚等人都是因被他用私刑而死。七郎此次贬为端溪尉，临近始安，罗希奭多次侵扰。七郎怕被罗希奭所害，因此请求调回澧阳。”

杨昭单手支颐，盯着她的面容细瞧，道：“菡玉，既然有求于人，就该拿出点儿求人的诚意来，说谎可不是什么好习惯哦。”

菡玉垂目道：“下官所言句句都是实话，怎敢欺瞒相爷？”

“是实话，只是有所保留，没全告诉我罢了。你怕什么？怕自己姿态放得太低，没有和我讲价的资本吗？”

菡玉低头不语，蹙眉思量。

杨昭又道：“菡玉，我又不是不知道你的性子。你要不是走投无路了，怎会低声下气地来求我？”

她的确是走投无路了。小玉给她写信，只道父亲被贬岭南。她也曾暗中多方求助，但是人人都知道吉温是得罪了右相被贬，无人敢擅自越权调动。没过多久，连吉夫人都放下身段向她求助，来信说吉温被陷入狱，生命堪虞。信件快马送到长安也要十余日，多拖一日吉温就多一分危险……

菡玉只得以实相告："罗希奭已起杀心，将七郎囚禁狱中，七郎恐有性命之忧。相爷若能出手相救，下官定当感铭在心，结草衔环以报。"

他伸伸懒腰，慢慢地说道："结草衔环可不是说说就行的。菡玉，我还是那句话，既然有求于人，就该拿出点儿求人的诚意来。"

菡玉不假思索，站起身对他撩袍跪下："求相爷救七郎一命！下官身无长物，一文不名，唯有此身一命，愿都付与相爷，效犬马……"

"效犬马之劳，赴汤蹈火在所不辞，是不是？"他打了个哈欠，"上次你求我放过李林甫的家人时也是这么几句话，过去这么久了，也没点儿新花样吗？"

菡玉跪在地上，眼前只能看到坐榻的一角，雕着阴刻的云纹图案。他盘膝坐在榻上，紫色的袍角拖在榻边，衬着棕黄的木质，映在她的眼里一片暗淡。

菡玉的心里有两种念头来回拉锯。如果她假意逢迎，他一定会答应，但是未免有失信义；若她拒绝了他，吉温命在旦夕，还有谁能相救?

菡玉正犹豫不决时，杨昭忽然道："下了半天棋，肚子都饿得直叫了。"转身欲穿鞋下榻。

菡玉想起杨昌送进来的莲子羹还摆在书桌上，连忙站起来道："相爷请宽坐，让下官来就好。"

杨昭便又缩腿坐回榻上。菡玉去取了莲子羹来，摸着还有些温，把棋盘推到一边，放在他的面前道："还好没有凉透，相爷请用。"

他却只从眼角觑着她，并不伸手来接汤勺。

菡玉被他看得忐忑，问："相爷是嫌太凉吗？要不要拿去让厨子再热一热？"

杨昭缓缓道："不用，夏日里半温半凉的吃着正好。"顿了一顿，见她还未领悟，又说，"一晚上都在批公文，双手都累得抬不起来了。还是不吃了，饿就饿着吧。"

菡玉暗暗咬牙，道："相爷如此辛劳，怎好再饿肚子呢？下官愿为相爷效劳。"打开盅盖小心地舀了一勺羹汤，送到他的嘴边。

他含住汤勺将莲子羹吃下，却不松口，叼着那汤勺，半低着头抬眸看她。

菡玉隐忍怒气，面色不变，任他玩耍戏弄。

杨昭悻悻地松了口，拿起瓷盅的盖子把玩，问："你平时都吃些什么消夜？”

菡玉舀了另一勺送上：“下官从来不消夜。”

“亥时都快过了，难道你不饿？”他吞了半勺汤羹便放开，“这一盅我也吃不完，要不你也吃点儿？”

菡玉盯着那半勺他吃过的莲子羹，手不受控制地抖了起来。她想起上次在兴庆宫的花萼楼，他也是这么恶意地咬去半块瓜，以此轻薄调戏她。她不敢抬头去看他的眼，只觉得周身都被他炽热的目光炙烤着，冒出的汗水却是冰凉的。

“你抖什么？我让你吃莲子羹，又不是吃人。”

他的目光，就好像要把她生吞活剥，连皮带骨地吃下肚去。她握住勺柄，将那勺子扔进瓷盅内，放回桌上。

“相爷，下官不喜甜食，尤其夜里从不吃甜品。相爷请自便吧。”

杨昭直起身来：“你再说一遍？”

菡玉平静地重复了一遍，道：“下官不喜甜食，相爷请自便。”

他眯起眼说：“吉菡玉，你好像又忘了是谁在求谁了。”

“自然是下官有求于相爷。但既然相爷不肯帮忙，下官也不好强人所难，再想其他办法便是。”

杨昭哼道：“我不点头，谁能救他？”

她咬了咬牙，把心一横，决心做一回小人，说道：“尽人事听天命，实在救不了，那也是七郎命该如此难逃一劫。我夫妇二人一命，七郎若有差池，未亡人绝不苟活于世。届时相伴地下，未尝比不得如今同心却阴阳相隔，忧伤终老……”

啪，一声脆响。

菡玉一句话噎在喉咙里，瞠目结舌，眼看着瓷盅盖子的碎片被他捏进手心里，滴出来几滴鲜血。

“三年了，”他的声音轻缓而低沉，“吉菡玉，我忍你三年了。我受够了！”

菡玉尚未反应过来三年前出过什么事，他霍然起身，大掌一挥，把那摆着棋盘、棋盒、汤盅的炕几打飞出去。

白瓷汤盅咣当一声摔成粉碎，黏稠的汤水流了出来。玉石棋子满地乱蹦，黑黑白白撒得到处都是。

几枚飞起的棋子砸中菡玉的脸，她往后一退，双手撑在身后，眼见杨昭如饿极的虎豹一般扑上来，将她压在爪下。他扣紧她纤细的双腕，半身的重量都压在她的双手上，她向来迟钝的手腕也感觉到了疼痛，身子更是丝毫不能动弹。

他的脸悬在她的上方尺余处，他半散的长发垂下来，神情都看不真切，只有眼里升腾的怒气，足以将她焚烧殆尽。压迫感扑面而来，她吞了口口水，忘记了呼吸。

"从三年前那夜在东平郡王府，知道你是女儿身时起，我就下了决心，这辈子无论如何，也不会放过你了！我管你身负什么重任，我管你有没有嫁过人、生过几个孩子，反正我要你，谁也阻止不了！"

菡玉吓得一动不敢动，牙关打架："相、相爷，有话可以好、好好说，何、何必这样……"

"好好说？你给过我机会好好说吗？你只会一副半死不活的样子，我的话你何曾听进去过？我对你好，你无动于衷；我对你坏，你也无动于衷。我差点儿都要以为你的心是铁石做的，以为你根本没有感情，可是你却独独对吉温……"

杨昭恨得咬紧牙关道："你还要我救他？我不亲手弄死他就已经是看你的面子了！等他死了，你就是我的！"

她努力镇定，拼出连贯的话语："相爷，我、我当时就对你说过，如果你因此害了七郎，我、我是决计不会原谅杀夫仇人的……"

"害死他的是罗希奭，与我何干？"

"你、你见死不救，害得我的夫婿丧命……"

"他又不是死于我手，我问心无愧，管你怎么想！吉菡玉，你仗着我对你的情意要挟勒索我多久了？我依着你顺着你，有用吗？我早就可以这样对你，真要强来的话，你能反抗得了？但是我没有那么做，我还指望着能细水长流打动你，让你心甘情愿地跟我好，但是你呢？你是怎么回应我的？早知如此，我何必浪费这么多年、这么多心血？"

菡玉被他盯着，心里既恐慌又愧疚，竟不知如何回答。

杨昭看着她欲言又止的模样，怒意稍平："本来我还可以考虑放他一条生路，你再逼我，就是亲手送他上死路。"

菡玉忙道："相爷，凡事都、都好商量。"

"好，那我再给你最后一次机会。只要你现在点头应了我，我立刻就去救吉温的性命。以后你要我做什么，我都依你。你要安禄山的命，我必取他的项上人头；你要这世间无灾百姓安乐，我也会尽力为你创一个太平盛世，只要你点一下头。你应是不应？”

这样的情形，她若是点头应了他，接下来岂不是……

她立刻摇头道：“相爷，你听我……”

“你没的选！”刚刚平息的怒气瞬间爆发，他俯下身，咬住了她的唇瓣。

菡玉从未见杨昭如此失控过。他存心要让菡玉记住他，即使她的心里不能，他也要在她的身上留下印记。他所能触及的每一寸肌肤都被他狠狠地咬噬，从嘴唇到下巴、到颈、到肩、到胸前，他就像要把她的皮肉一块一块地撕扯下来，吞吃下腹。

杨昭每触到一处新的地方，对他来说那是他从未涉足的领地，神圣的荒原，但是却曾经被别人抚触过无数遍。她挣扎着拒绝他的探访，却曾在别人的身下婉转承欢，把这具美丽绝伦的身子毫无保留地献上。思及此，杨昭便觉得心痛难当，嫉妒蒙蔽了他的理智，他只想用更激烈的手段，叫她忘记那个人触碰她时的感觉，让她只记得他，即使是疼痛，她也只能记得他。

菡玉初时还奋力反抗，渐渐地就没了力气。她从不知道被人压在身下竟是如此难以逆转的劣势。以前大哥教过她，如果女孩儿遇到登徒子的非礼该如何反抗自救，然而那对杨昭却毫无作用。杨昭那么重，力气又那么大，她的身子好像被钉在床板上一样分寸难移。

无谓的挣扎使她气喘吁吁，与他凌乱的呼吸交缠，便生就了某种暧昧的气息，于空气中隐隐浮动。

仿佛沉睡一冬的冰壳乍然破裂，其下的山泉汩汩地流淌起来，所经之处，万物复苏，遍野新绿。她的体内似有什么蛰伏的东西被唤醒了，凶猛地蹿至四肢百骸，要控制她的全身，吞噬她的理智。

这种从未经历过的陌生感觉让菡玉害怕，她想要推拒，却丝毫抵挡不住它的攻势；想要退缩，只让它更快地将她攻陷。

倏地，枝头的第一朵花绽开了，鲜红欲滴的颜色，浓郁的香气蒸腾开来。

那是助情花，让她的这具非人的身子有了感觉却也催生情欲的助情花。

杨昭也闻到了那香气，呼吸愈深，吐出来都是滚烫灼人的气息。他惩罚似的咬噬变成了辗转吸吮，她的痛感减轻，肌肤却更加敏感难耐。他每经一处，便在那里埋下火种，离去之后仍燃烧不止。

她四肢绵软没有气力，只能扭动身子去抗拒，却更像迎合，让他完全失了最后一点儿理智。她只隐约觉得他探入了衣内，肌肤在他的掌下战栗，然后在裂帛声中触到微凉的空气，又被他滚烫的肌肤熨帖覆盖。

菡玉身子一震，倏然睁开眼，从迷乱中清醒过来。

杨昭也突然停住，抬起头来，眼中夹杂着不可置信，颤声道："玉儿，你……怎么还……"

菡玉别开眼。她的秘密，总是在最不堪的情形下，被她最想隐瞒的人揭穿。

杨昭只片刻便想通了，她为什么欺骗、有什么隐情、如何做到，现下那些都不重要；他只知道菡玉说了谎，那些阻碍他的，全都是假的。

"玉儿，"他绽开笑容，声音带着沙哑和急切，"我真高兴你给我送来这么一份丰厚的大礼。"

她觉出了他的意图，连忙阻止："别……"

下一刻她就痛得叫了出来。那样痛，那样痛，是谎言被戳穿，是面具被撕裂，是长久以来精心构筑、全力固守的防线，在他的面前土崩瓦解。

她是他的了，可他却不是她的，不是她的。

她的痛呼被他吞进唇间，只逸出模糊的尾音，恰似缱绻情浓的呻吟。泪水盈满了眼眶，她转过头去，一侧的泪水从眼角滑落，渗入纠缠的发中；另一侧蓄在眼窝里，盈盈的一泓。

"我……会恨你……"

"宁要你恨。"

杨昭低下头，拭去她脸颊上的泪水，暗自懊悔刚才那般粗鲁地对待她。他极尽轻柔，唯恐她青涩的身子承受不住。

菡玉闭上眼，完全放弃了挣扎，只希望自己能突然晕厥过去，好不必面对他，不必记住他在她的身上留下的每一分记忆。她咬紧牙关，试图忽略那种锥心蚀骨的感觉，然而越是紧张，越是想忽视，那种感觉就越明显、越激烈。

又是那片山，漫山遍野开得如火如荼的助情花，一簇簇一团团，连成一片艳红的海洋。花海被他牵引着，蠕动仿若柔滑的蛇，扭曲了她的视野。海上起了狂风巨浪，她的身子犹如一叶孤舟，由不得她自己，时而被推上浪尖，时而又被抛入谷底。她伸出手去，抓住头顶上方的围栏，像溺水的人抓到救命稻草，拼命向上探去，只希望能露出水面重获呼吸，摆脱这灭顶之灾。然而那潮水汹涌，一浪高过一浪，终将她完全吞没，让她随波逐流，任由他人来去。

夜已深。

灯油燃尽，无人添换，灯芯的最后一点儿亮光退去，化为灯台上一条焦黑的痕迹。一树星星点点的灯盏，此时也灭了大半，只余零星的几点，未剪断的灯芯垂到灯台之外，顶着一粒豆大的火苗，苟延残喘。

菡玉面朝里侧卧，身子蜷成一团一动不动，连呼吸声也轻不可闻。一枚墨玉棋子黏在她的肩后，衬着她那雪肤，黑白分明。

杨昭轻笑一声，指尖去碰那枚棋子。他轻轻一触，棋子便掉落下来，留下一点红痕，如一片绯色的花瓣。

他心生怜爱，在那花瓣上印下一吻，明显觉出菡玉的身子一颤，缩得更紧，她又向内侧挪了挪。

他却不让，伸手环住她的腰身纳入怀中，颈项交缠。她明明是纤弱堪怜的窄肩细腰，偏要装成男儿的身形，三伏天都垫着一寸多厚的垫肩和腰衬，也不嫌热得慌。此刻他将她搂在怀里，她背后的肩胛骨如振翅欲飞的蝴蝶，他忍不住收紧双臂，将那蝴蝶牢牢圈住，宁可禁锢它的翅膀，也要留它在自己的怀中。

“玉儿，玉儿……”他喃喃地唤着，软玉温香在怀，肌肤相亲，如此亲密地贴合，他犹觉身处梦境中一般，不敢相信这竟是真的，“你骗得我好苦……”

他怀中的身子有些僵硬，他的抚触只让她如临大敌。

杨昭停了手，气息吐在菡玉的耳边，声音低得似是自言自语：“我早该想到的，你要真是小玉的娘，怎会化名吉菡玉，跟自己的女儿同名？你身带异香，体质异于常人，不畏冷热，刀兵不伤、割喉不死，显然是有非凡来历的，又怎会是吉温的妾室、一名寻常的妇人？”

菡玉一言不发，双眼直愣愣地盯着面前坐榻靠背上的雕纹。

杨昭又道：“你不是韩素莲，你根本就没有嫁过人……那你是谁呢？菡玉，菡玉……我不禁又要怀疑，当初你甫入宫时，人说你是莲花精气所化，许是真的呢？”他埋首到她的颈中，吸取她身上的香气，心神有些摇荡。

菡玉仍是不语。

良久，他叹了口气，道：“给我一个理由，我便去救他。”

她这才有了一点儿动静，偏过头来看了他一眼。杨昭把她转过来，二人面对面相拥。她垂下眼睑，握紧双手，轻声道：“他是我……父亲。”

环在她腰际的双手一紧。但是他并未多问，立即放开她，起身穿衣。

往外走了两步，他又折回来，扳过她的身子重重地吻她，只一下便又放开。他抚过她的面颊，将一缕盖住眼角的发丝理到耳后，轻声道：“等我回来，很快。”

菡玉重又翻过身，蜷缩起身子面朝墙壁，身后急促的脚步声远去，房门吱嘎一声关上了。

杨昭的话就像那次他赴蜀离开时一样：“等我回来，很快。”而她的心情竟也是一样的，排斥着、犹疑着，又牵挂着。

他雕了一朵玉莲，随身携带，在掌心摩挲过无数遍，花纹里都嵌满了他的印记，人不在也要让她时时记着他；他蛮横地将她据为己有，强行介入她的生命中，占了她的身，更要占据她的心思，不容她抵触抗拒。

她缩回手，不想接那玉佩，他却掰开她的手指，将玉佩硬塞进她的手心里；她蜷起身子退却逃避，不想被他左右，脑子里却满满的全是他的影子、他的气息、他的记忆。

她逃不开杨昭了，这辈子都逃不开了。

心中曾经盘旋的那个身影，她年少时曾恋慕过的人，卓月，卓兄，一想起他来，她的脑中就只能浮现出杨昭的脸，那身披斗篷的暗色身形成了一道模糊的旧影，被杨昭完全挡住。

杨昭走出书斋，看到杨九还在外头守着，坐在门前石阶上，上身挺得笔直。一旁的杨昌耐不住了，靠在她的肩头打着盹。

听见开门声，杨昌惊醒过来，揉了揉眼睛，一边心里暗暗埋怨杨九，一边问道：“相爷，你怎么出来了？”这会儿就算是剑南被南诏攻陷、占领了，相爷也不会愿意起来吧？

杨昭想叫杨昌去准备行李车马，转念一想，还是吩咐道：“你在这里守着，等里面的人走了才准离开。”

杨昌道：“小人明白。时辰还早，相爷现在就要出发吗？”

杨昭道：“你就别跟去了，留在家里照顾好这边的事，两个月内我都回不来。”他又叫起杨九：“你跟我走。”

杨昌道：“相爷只管放心。”顿了一顿，见杨昭脚步匆忙，想起他原定出使江淮的行程只有一月出头，这是临时有变？

杨昌忍不住又问道：“相爷还有额外的安排吗？”

杨昌远远地听他抛来一句：“还得去趟岭南救我的岳丈大人。”

因为隔得远，杨昌没有听清。过了许久，直到天边泛起鱼肚白，杨昌才猛然琢磨出那句模糊的话是何含义。

岭南与江淮天候水土相差甚远，相爷事先可一点儿都没准备。相爷的生活起居都是他一手打理的，相爷原本也打算让他随行，所以并没有交代其他人。杨昌心想，现在天色尚早，相爷肯定还得走一阵仪礼过场才能出城，自己现在赶去准备兴许还来得及。

杨昌着急离开，但相爷吩咐他在门口看守，吉少卿还在房里，他又不能擅自走开，万一被别人撞见就不好办了。

这时花园里走来一名绿衣女子，是吉少卿的婢女明珠。杨昌知道明珠和少卿是旧识，两人关系十分密切，足以信任，又以为她必然知道少卿是女子，不必隐瞒，连忙招呼明珠过来。

明珠倒先发问：“杨大哥，今儿一早就不见我家郎君，你知道他昨晚何时跟相爷商议妥了回去的吗？有没有去别的地方？”

杨昌指了指书房，道：“少卿在里面睡着呢。我去追相爷，你先帮我在这里守一会儿，少卿起身之前任何人都不准进去，知道吗？要是不怕吵了少卿，你进去把她叫起来早些离开，以免夜长梦多。”

明珠讶道：“我家郎君在这里过夜了？相爷怎么了，你要去追他？”话还没问完，杨昌已一阵风似的跑出去了。

她心生疑惑，心想郎君和相爷秉烛夜谈、不回去过夜也就罢了，怎么相爷走了，郎君还留在这里睡觉？又想郎君昨夜必然睡得很晚，书房里哪能睡得舒服，不如进去叫他起来，让他回屋再好好睡一觉。

如此想着，明珠便推门进去。

一进门，明珠就感觉到有些不对劲。

屋里弥漫着一种奇异的气息，让人觉得不像进了书房，反倒像紧闭门窗闷了一夜的卧室。明珠认得这种暧昧暖热的气息，以前她伺候与小妾同宿的杨慎矜起身，屋里就是这种感觉。她吸了吸鼻子，却又没有什么特殊的气味，只闻到那股熟悉的荷花香气。

屋里光线昏暗，乍从外头进来什么也看不见。明珠踩到一颗石子，脚下一滑差点儿摔倒。

她把房门大开着，才看清自己踩到的是一枚棋子。满地都是散落的棋子，棋盘也被扔在地下，一张榻上用的矮几四脚朝天地躺在书案旁。再往里去是一摊黏稠的汤水，旁边两只布鞋一只朝上一只朝下，伴着撕碎的白色布片。

那是郎君的鞋和衣服，是她一针一线缝出来的，她都认得。

明珠的心突突地跳起来。这屋里的气息、郎君身上的香味，还有这零乱破落的衣物……

然后明珠看到了一个女人。

那女子侧卧在最里头的榻上，背对着明珠，薄丝被盖到胸前，露出纤瘦的玉臂和香肩。女子头上的发髻已看不出形状，松松垮垮地垂在脑后，几缕发丝从发髻中漏出，贴着肩颈，平添了几分娇媚慵懒之态，衬得肌肤如玉如瓷。

单从这背影来看，也能想到这女子必是个美人。

明珠握紧双拳，不敢再往前去，只怕走近了会看到里面那女子的身边睡着的是菡玉。

榻上的女子听见动静转过身来，一时不适应门口照进来的光线，抬手遮住眼，过了一会儿才看见明珠站在房中，轻唤了一声："明珠。"声音沙哑中透着无力。

明珠认出了这个声音，吃了一惊，连忙跑过去，惊讶地问："郎君，怎么是你？"

菡玉想坐起身，肩背一阵酸痛，又让她倒了下去。明珠坐在榻边，倒抽了一口凉气："郎君，你、你……"

菡玉尴尬地别开眼，想把丝被拉高遮住身上的青紫痕迹，却叫明珠拉住。明珠双手紧紧地扯着被面，指甲几乎将绸缎抠出洞来，美目中含着怒火，道："是相爷干的？他竟然、竟然……"

菡玉拢起丝被裹住身子意欲下榻，发现自己的衣服已经被撕得粉碎扔在地下，便对明珠说："明珠，你能回去给我拿件衣服来吗？"

明珠义愤填膺，根本不顾菡玉说了什么："相爷他……太过分了！你是男人哪，他怎么能这样？以后、以后……"

自己心仪的对象竟被一个男人染指，明珠又怒又恨，更兼心疼。

菡玉一怔，道：“明珠，其实我……”她双脚刚踏及地面，两腿酸软，身子更是隐隐作痛，一下没站稳，虚软地往旁边倒去。

明珠连忙扶着她，菡玉裹着身子的丝被却滑至腰际。

明珠惊得跳开！明珠不可置信地瞪大双眼，手指着菡玉，双手抖得如风中枯叶，却一句话也说不出来。

菡玉失了倚靠，又跌回榻上，身子酸痛得直不起腰来。这具身子向来迟钝，菡玉已经许久不曾体验过如此厉害的痛楚，对疼痛的忍耐力也退化，当即脸色煞白，额上沁出冷汗，忍痛道：“明珠，我并非有意欺瞒……”

明珠呆若木鸡，神色恍惚仿若未闻。

菡玉又道：“此事说来话长，以后我慢慢向你解释。你先帮我取来衣服，让我离开这里好吗？”

屋后的花园里突然传来人声，是女子的声音，语气不豫，像是在训斥婢女。

明珠猛地回过神，奔向门口，眼见书房与小院之间的院门上了锁，裴柔又带着人从另一边过来，连忙把门关上闩住。

明珠回身扫了一眼全屋，跑回榻边，拾起丝被将菡玉的身子裹紧，沉声道：“郎……少卿，你先到里间的书柜后头躲一躲，裴娘子要来了。不管外面发生什么，你都不要出来，千万不能被她看到你这个样子。”

明珠面色凝重、语气冷淡，连称呼也换了。菡玉心中有愧，低声唤道：“明珠……”却被明珠推了一把，踉踉跄跄地进了里间。

明珠手忙脚乱地收拾满地的破碎衣物，藏入榻下暗处。

门口已传来脚步声，裴柔敲了敲门，唤了一声：“相爷？”

噔噔的脚步声由远及近，一名婢女气喘吁吁地说：“娘子，我问了门房，说相爷三更时分就出去了，不在这里。”

明珠急着藏衣物，蹲下去时探得太深，一起身撞到了头，发出咚的一声闷响。

裴柔道：“里头怎么还有人？”又试着推了推，发现门是闩着的，厉声喝问：“谁藏在相爷的书房里？来人，把门撞开！”

明珠左顾右盼，检查还有没有遗漏的布片，却发现榻上铺的箬竹席上落了一摊暗红的血迹。她大惊失色，连忙用袖子去擦，无奈那血迹已经干了，嵌在竹席缝里，一时半会儿实在难以擦干净。

哐当一声，房门被裴柔撞开，她带着几名婢女气势汹汹地闯了进来。

明珠眼看那血迹擦不掉，便转身往榻上一坐，用身子挡住。

裴柔扫了一眼地上散乱的棋子和打破的瓷盅，眯起眼问道："你在相爷的书房里偷偷摸摸地干什么？还把门闩着？"

明珠镇定心神，回道："我一早碰见杨昌大哥，他说有要事出去，命我端早膳来与相爷。都怪我笨手笨脚，不小心把盘子打翻了，怕相爷知道了怪罪，所以、所以……"

裴柔斥道："那还不赶快打扫干净，坐在那里干啥子？"

明珠脑子急转，想着什么样的理由可以搪塞过去。裴柔却莲步轻移，向明珠走来，转而问："昨晚是你把被子送进来给相爷的吗？"

明珠瞥一眼梅馨，后者正用不善的眼光盯着她。明珠低头道："是。昨晚少卿有事求见相爷，我为少卿掌灯，陪同前来，路上遇见梅姑娘，便顺手帮梅姑娘把被子捎给了相爷。"

"那你什么时候走的？"

明珠道："少卿和相爷有政事商议，我便在门外等着，大约过了……半个时辰，等少卿出来了，和他一同回去的。杨昌和杨九可以做证，昨晚他们也在门口守着听候相爷吩咐。"

裴柔走到明珠的面前，看了看落在旁边地上的坐榻矮几，斥道："不懂规矩的丫头，这是相爷坐的地方，你也敢随便乱坐，还赖着不下来？"

明珠心急如焚，又不能走开。裴柔知道必有蹊跷，一把将明珠拉了起来，只见她所坐的地方，坐榻的中段，凝着一抹暗红的血渍。

那个位置，明珠慌乱的神色，还有这屋里不寻常的气息，让裴柔立刻明白了那摊血从何而来。

"不要脸的贱婢！"裴柔大怒，反手一掌将明珠掴下地去。

自芸香之事后，裴柔格外厌恶家中的婢女做这种飞上枝头的美梦。这才过了多久就又来一个，而且眼看明珠比芸香更美貌更有心计，似乎还得逞了，真是防不胜防，裴柔想起来就觉得恶心厌烦。

明珠见裴柔误会自己，急中生智，回身一把抱住裴柔的腿，大喊一声："娘子救我！"

裴柔听明珠不求自己饶命反叫救命，举到半空的手停住。

明珠跪着泣道："娘子见怜，明珠也是身不由己……相爷他、他如此威势，明珠焉敢不从？”

裴柔没说话。明珠紧紧抱着她的腿哭诉道：“娘子，明珠一片心意，娘子最是清楚。当初多亏娘子成全，才让我得以陪伴郎君，虽只是小小婢女，无名无分，我也心满意足了。娘子的再造之恩，明珠感怀在心，没齿难忘。如今、如今我已是残花败柳，更无法匹配郎君，但要我做别人的妾侍却是万万不能！此生只愿长伴郎君左右，端茶倒水伺候起居，吾愿足矣！”

裴柔道：“算你识相。把眼泪擦擦，别弄脏我的裙子。”她的怒气倒是消减了几分。

明珠跪在裴柔的面前举袖拭泪，一边抽泣一边恳求道：“求娘子可怜可怜明珠，放我一条生路。”

裴柔道：“谁要你的命了？”

明珠垂泪道：“若不能陪伴郎君左右，反倒要去服侍别的男子，明珠宁可一死。”

裴柔道：“你要死要活，我可管不了。”

明珠扑上去揪住裴柔的裙角，呜咽泣诉：“明珠的命全在娘子的手上，趁相爷不在，求娘子让我赎身离开这里……我发誓立刻和郎君搬出相府，再不见相爷一面。求娘子成全！”明珠磕头哀求不止。

裴柔听明珠说要和菡玉一起搬走，心下一动，但面上仍是冷漠的神情，伸手撩起裙子，从明珠的手里扯开，道：“那就快回去收拾东西，滚出相府，越远越好。以后要是再让我看见你，别怪我不客气。”走出两步，又回头道，“把东西收拾停当了，到我院里来拿身契。动作快点儿，知道吗？”

明珠连连磕头拜谢。等裴柔一行人走远了，她忙转入里间，见菡玉坐在书柜后头的地上，蜷成一团瑟瑟发抖。明珠搀着菡玉的胳膊，费了好大劲才帮菡玉站起来，菡玉的两条腿还是不听话地轻颤。

明珠轻声问：“少卿，我擅作主张说要搬出去，你不怪我吧？”

菡玉道：“明珠，你最是体贴入微善解人意。事情闹到这步田地，我当然没法在这里住下去了。”

若是以前被菡玉称赞体贴，明珠定然心花怒放。明珠苦笑一下，扶菡玉在椅子上坐下，说：“我去拿衣服来，少卿在此稍候片刻。”

裴柔回到住处，虽说一举把明珠和吉菡玉都弄出相府去了，心中却并不觉得畅快。公主、芸香、明珠，还有更棘手的虢国夫人和吉少卿，什么时候是个头呢？杨昭的心不在她的身上，她当然知道，但是为了保住这得来不易的富贵体面日子，她不得不和别人争夺杨昭。

裴柔从压箱匣子里找出明珠的身契扔在桌上，轻摇手中的团扇，对梅馨吩咐道："去大夫那里抓服药，一会儿等明珠过来，给她灌下去，免得留下什么不干不净的东西。"

梅馨不敢多嘴，只道："婢子遵命。"垂首下拜，发现裴柔的鞋子底下粘了一片破布，上前去为裴柔取下，"娘子的鞋底粘了块布。"

裴柔看出那块布有异样，阻住梅馨，道："拿过来我看看。"

那是一片月白色的绸缎，绲边和绣纹十分精致，像是被人撕碎的，边缘拖出长长的线头。布片半段沾了汤，还附着一颗踩扁的莲子，因此才能粘在裴柔的鞋子下。

梅馨道："这些下人真是越来越懒了，园子里也不打扫干净，破布烂纸乱飞，弄脏娘子的鞋。"

"这个是从相爷的书房里带过来的。"裴柔皱起秀眉，"昨晚你碰见明珠和吉少卿，明珠穿的是什么颜色的衣服？"

梅馨道："就是刚刚她穿的那件，绿的。"

"那吉少卿呢？"

梅馨想了一想，说："吉少卿喜穿白衣……"梅馨反应过来，大惊失色，"娘子，难、难道是吉少卿……和相爷……"

裴柔脸色青白，瞪着梅馨道："胡说什么？明珠外头穿的是绿衣，但里头也可能是白衣。内里贴身的衣服，不经常是素的吗？"

梅馨心想这么好的料子绣工，明珠一个婢女怎么会有？但是娘子这么说，她也不敢唱反调。

裴柔又叮嘱她："不许出去乱说，败坏相爷的名声，知道吗？"

梅馨唯唯应是。

裴柔坐了好一会儿，还是觉得心气难平，扔了扇子吩咐梅馨："给我换衣服，我要出去转转。"

梅馨问："娘子是又要去西市……"她被裴柔瞪了一眼，没敢再多话。

第十五章　玉　缘

菡玉半扶着廊柱在院中走了两圈便觉得累了，就着围栏坐下来，双手按住膝盖，犹能感觉到两股不听话地微微打战。

自从相府搬出，菡玉便落下了这双腿酸软发颤的毛病，起初只是体虚乏力不能久站，最近越发严重起来，连行走都需扶墙栏、拄拐杖借力。

她从没想过这身子竟还会生病呢。

菡玉揉着酸麻的关节，心中也有疑惑。自有肉身以来，十余个年头了，她从未生过一次病，三九不冷三伏不热，刀兵加身也不伤性命。

眼下这纰漏，是因为……非人的身躯，却和人有了纠葛？

她不由得回想起那夜的情形来，心慌地垂下眼，加快了手上揉捏的动作。

她不是人，更不属于这个世界，终有一日要回她原属的地方去，却和杨昭有了那样的纠缠……

小院的门吱呀一声被推开，明珠挽着竹篮走进来，看到菡玉坐在门口连忙跑过来扶住她道：“少卿，你怎么不在屋里好生躺着，跑出来作甚？快回去、快回去！”

菡玉道：“老躺在榻上，没病也要闷出病来。我这腿脚不利落，出来走走练练才有力气。”

明珠挽着菡玉的胳膊，感觉撑起她比前几日花的力气更大了，不由得皱起秀眉，道：“少卿，你这病不能再拖下去了，一定得就医。”

菡玉道：“医者一切脉必然能诊出我不是男子，到时候捅出去，少不得要被治一个欺君之罪。”其实她最怕的是被诊出不是人身，那麻烦就大了。

明珠脸色微微一变，随即恢复常态，说：“这有何难？你就换上女装，以女子的身份前去就医，戴上帷帽遮面，谁又知道你的身份？”

菡玉道：“此事……我自有考量，你不必担忧。”

明珠看菡玉欲言又止，似有难言之隐，不肯对自己明说，又想起她隐瞒自己女儿身之事，不由得赌气道：“好，不管就不管，反正腿又不长在我的身上。”

菡玉看明珠生气了，明白她是真心在意自己，温言安抚道：“明珠，这病我自己心里有数，是天生的软骨之症，每隔一段时间便要发作，治不好的。一般的医生看了都没用，唯有我衡山的师兄擅治此症，如果下个月还不好，我便回衡山一趟请他诊疗。我用的那些药方，也都是他一早开给我的。”

明珠半信半疑地问：“真的？”

菡玉看向明珠的手臂上挎的竹篮，篮中空空如也，菡玉问：“明珠，你抓的药呢？”

明珠看了一眼篮子才想起来，说：“我着急赶回来就给忘了，马上再出去抓，反正过条街就是西市了。少卿稍等片刻，我去去就回。”

菡玉叫住明珠道：“我跟你一起去可好？正想出去透透气。你不在家，我一个人都不敢出门，只能在院子里转转。”随后又冲她腼腆自嘲地一笑。

明珠想了想，回屋去取来帷帽给菡玉戴上。

菡玉觉得好笑，但还是都依了明珠。菡玉今日穿的是男女皆宜的小翻领胡服，戴上帷帽遮面也并不显突兀，明珠在旁扶着她，倒像是哪家的娘子携婢女出门。

两人从相府搬出来后，便在西市南角的崇化坊租赁了一座小院住下来，这里离宣阳坊的相府便远了。从崇化坊东北门出去，直入西市，十分便宜。

明珠带着菡玉缓步走到西市西南角最近的一家医馆，取出药方正要入内，菡玉突然止住明珠，道：“等等。”

明珠停下脚步，不由得向医馆门口望去，见一名布衣荆钗的妇人刚好入内求诊。明珠只看得一个背影，觉得十分眼熟，犹豫着问菡玉：“少卿，那是……”

菡玉问："你也觉得像裴娘子？"

明珠道："我没有看清，看衣着不太像。"

菡玉道："大概只是面容相似罢了。裴娘子若是抱恙，自可召名医上门就诊，何必亲自到这西市的小医馆来？"

明珠的心里咯噔一下，菡玉没有来过不知道，她却是清楚的，这家医馆的坐堂医专长妇人胎产，保胎术尤其远近闻名，前来就诊的大多是有孕的妇人。她看了菡玉一眼："那我们进去看看？"

菡玉戴着帷帽看不清神色，只听出语气有些涩："等她出来再过去吧。"显然菡玉也不想和裴柔碰面。

两人远远地站在医馆对面等着。明珠的语气似闲聊，她道："说起面容相似，我确实在西市见过相貌酷似裴娘子的妇人，是一家酿醋作坊的当家娘子，店名叫作'何记制醯'，还是从剑南过来的呢，说不定是裴娘子的亲戚。"

菡玉只说："陌生人相貌相似并不稀奇，不要瞎猜。"

二人只等了须臾，那名妇人就从医馆内出来了，隔着门与坐堂医客气地道别，手里提了一摞药包。那名妇人一转身，明珠和菡玉都看清了她的面容。

若一定要找出这名妇人和裴柔的不同之处，那就是裴柔素日都以浓妆艳抹衣着锦服之姿示人，而这名妇人荆钗布裙，脸上只薄施脂粉，容颜虽染岁月风霜，但依然明丽动人。

明珠不由得上前两步细看。妇人发现了她，脸色突变，急忙撑开手中的纸伞遮面，转身匆匆走入小曲巷中。

明珠想追上去，被菡玉拉住。明珠回身道："少卿也看见了？那人认得我，定是裴娘子无疑，何记制醯就在那条小曲巷的尽头。"

菡玉握住明珠的手臂不放："是又如何？"

明珠道："裴娘子为何成了酿醋作坊的老板娘，还独自来这擅长妇人胎产的医馆开保胎药，少卿不想知道个中究竟吗？"

扣在明珠的手臂上的那只手紧了紧，但是菡玉仍然说："我不想知道。明珠，抓了药我们就回去吧。"

明珠继续说："相爷离开长安有三个月了，倘若裴娘子当真有孕……刚才你也看到了，她依然身姿窈窕，根本不像身怀六甲，又这么偷偷摸摸的，很可能不是……"

菡玉道："明珠，无凭无据的事不要瞎猜。也许恰好是三个月前有的，现在还不显呢？也许是她格外小心谨慎所以乔装来就医呢？也许她跟我们一样只是来抓药呢？退一万步讲，就算你猜对了，那跟我们又有什么关系？"

明珠急道："怎么会没有关系！你跟相爷……"

隔着帷帽下的白纱，明珠似乎看到了菡玉的眼神，尴尬的、悲凉的、无奈的。明珠索性豁出去，直言道："少卿，相爷回来了。"

菡玉不由得愣住。

明珠又道："上午你让我去找吏部张员外续假，我在皇城门口正好撞见相爷从马上下来。幸好我闪得快，才没有被相爷看见。我就是因为这个着急赶回来，忘了抓药。"

菡玉愣愣地看着明珠，脑子刹那间停摆，她只见明珠红唇翕动，却不知说了些什么。

杨昭回来了，自己是该见他，还是不见？父亲的性命还在他的手上，他是救下了，还是没救成？菡玉知道总是要见他的，心里却还是忍不住畏缩逃避。

明珠似乎看透了菡玉的想法，说："躲得了一时，躲不了一世。相爷若是想找什么人，不出一天，就能把整个长安城翻过来。"

相爷回到家发现少卿趁他不在悄悄搬走了，决不会善罢甘休。他能对少卿做出那种事来，岂会就此罢手？明珠想起当日的情形，仍觉得心里堵得慌，闷声道："少卿稍等片刻，我进去抓药，马上出来。"

明珠所料不差，二人刚去西市走了一遭，回到崇化坊的住处，就见门前停着杨昭的车马随从，风尘仆仆，出使的旌节还未全收起来，显然是家门未归就先找到这里来了。

明珠挡在菡玉的身前，说："少卿，要不要回避一下？我就对相爷说你出门了不在家，他也拿我没有办法。"

菡玉道："不必了。明珠，你言之有理，躲不是办法。况且我还有要紧的事要问他。"

小院门口也有随从守着，院门洞开，门上还印着一枚脚印。杨昌候在门内，看到她俩后松了一口气，向菡玉行礼，示意相爷就在厅内。

菡玉脱下帷帽递给明珠，明珠想跟她进去，被她制止了。

菡玉走到门前刚伸出手，门却从里面打开了。她一抬头，正对上杨昭的眼，他炯炯的目光中藏着怒意，却在见着她之后被重逢的喜悦覆盖。

他张了张嘴，第一下没有发出声来，第二下才低低地唤出：“玉儿！”伸出手来一把将她拖进去，扣入怀中，毫不顾忌院子里的人都能看见。

“你上哪里去了？省院里不见你，家里不见你，找到这里来还是不见你，我差点儿以为你真的化作莲花仙子飞走了……”

菡玉一怔，伸出去推他的手僵在半空，道：“我有耶有娘，不是仙人，不会飞走的。对了相爷，我父亲他……”

杨昭放开她，神色一黯，说：“对不起，我终究还是晚了一步。”

菡玉听到这个消息并不惊讶，只是眉宇间悲哀的神色更深了。

“罗希奭将他投入狱中，不久便暗下杀手，只是一直封锁消息，连家属都不知晓。你收到求救信时，其实他已遇害近月了……”

她又没有赶得及，先是阿娘，再是阿耶，她明明可以救下他们，却总是阴错阳差地失了时机。从亲人的生死，到这王朝的命数，看起来都是一念之差就可以改变的事，却仿佛冥冥中有一只手在操控，不让她有扭转的机会。她负着逆转天机的重任，然而不管她如何努力，一切都仍然依照着她所知的事实发展着，不可抗拒。

杨昭看着她哀戚的神色渐渐转为呆滞，心中疼惜，愧疚地道：“玉儿，都是我不好，我不该猜疑排挤他，如果你早告诉我……”

菡玉木然地盯着地面，恍若未闻。杨昭又道：“我将他的灵柩停放在了东郊别第，你要不要去瞧瞧？”见她仍无反应，杨昭急了，“还有小玉，我把小玉也带回来了。”

菡玉沉默不语，歪过头去轻轻地靠在杨昭的肩上。换作以往，杨昭定要觉得受宠若惊，但是他此刻只担心她不寻常的平静：“你不问问小玉怎么样了？”

菡玉闭着眼低声道：“我知道，她不会有事的。”

杨昭一手揽着菡玉的肩膀，另一边握住她的手：“你的嫡母被逼自尽，幼弟下落不明，只有小玉一个人活了下来，在外头吃了些苦。现下也在别苑里住着，为亡父守灵，她一直哭闹着要见你。你要不要去看看她？”

菡玉没有回答，更往杨昭的怀里缩去。杨昭收紧双臂抱住她，才发现她在哭，没有发出声音，他抱紧了才能感觉到她浑身都在微微发抖。

“小玉……从此以后就是孤零零的一个人了……我再也没有亲人了……”菡玉埋首在他的肩窝里，像个孩子似的哭泣，细微隐忍的抽噎声却似利刃，一刀一刀剜着他的心口。泪水沾湿了他的衣领颈项，如剧毒一般腐蚀肌肤。

杨昭拍着她的背，柔声道：“玉儿不怕，你还有个妹妹，还有小玉呢。”

菡玉哭着摇头道：“她不是我的妹妹……”

“那你们是……”他想细问原委，又觉得那些都不重要了，只是更加抱紧菡玉那虚弱颤抖的身躯，声音沙哑发颤，却坚定如石，“玉儿不哭，不哭。就算你什么都没有了，你还有我。”

杨昭在东郊的宅子是他人馈赠的，地处偏僻，闲置已久，平日只有三两个仆役看管打扫。青砖灰瓦掩在绿树丛中，并不惹眼。

大门一开，菡玉就看到正中的大厅被布置成了灵堂，惨白的布幔衬着中间一个漆黑的“奠”字，触目惊心。小玉一身缟素，跪在灵前默默地烧纸，过大的斩衰麻衣裹着她瘦小的身子，空落落地长出好多，脸面都被遮过。

“原来恩人是你啊……”菡玉喃喃地道，失神地望着那个瘦小的身影，抬脚跨过门槛，两腿却像注了铅似的，在门槛上绊了一跤。

“小心！”杨昭急忙拉住菡玉，环住她的肩膀就要抱她起来，“玉儿，你刚刚说什么？”

菡玉摇摇头，推开他的另一只手，道：“相爷，你让我走着过去给我阿耶磕头，行吗？”

杨昭默然点头，搀着菡玉走进院中。

小玉听到响动，抬头见是菡玉，把手里的纸钱一扔，大叫一声：“阿娘！”一边哭一边奔出来，扑进她的怀里，哭得肩膀直颤，抽噎着断断续续地道，“阿娘……阿耶、阿耶死了，我只有你了……你可不能……再离开我……”

菡玉抱着小玉小小的身子，眼泪也止不住扑簌簌地滚下，道：“小玉不哭……我会在你身边陪着你、护着你，不会再有人欺负你了，你不要怕……”

小玉泪眼婆娑，哭喊道：“阿娘，你知不知道，阿耶死得好惨……他们把阿耶关在地牢里，那里又潮又闷，雨天进了一屋子的水，他就泡在水里。我去的时候，他已经泡得不成人形了，就像那年我从河里……”她突然脸色煞白嘴唇发抖，说不下去了。

菡玉抚着小玉的头发，连声道："小玉不怕，有我陪着你呢，不要想了。"

小玉渐渐止住哭泣，抹了抹脸上的泪痕，搀着菡玉的手道："阿娘，我们进去，去见见阿耶。"

菡玉步子一动，杨昭立刻跟上。小玉回头冲杨昭一瞪眼，道："不许你进来！你还嫌害我阿耶害得不够是不是？他死了你也不让他安生，还要去气他？"小玉跑到灵堂门前，双手一张，不让杨昭靠近。

菡玉无奈，小声地对杨昭道："相爷，小玉她不懂事，我会慢慢劝她的。守灵是我和小玉的事，你……"

杨昭不悦地道："你还当我是外人？"

菡玉别开眼，说："丧事一切从简，顾不得那么多规矩了。我现在腿脚不便利，小玉又是个孩子，外头的事还要多倚仗相爷呢。"

杨昭看一眼门口气鼓鼓的小玉，冷哼一声，送菡玉到门前让她扶着门框，拂袖而去。

小玉搀着菡玉走到灵前，不一会儿有奴仆送来准备好的斩衰麻衣，小玉替她换上，两人相对跪坐着，默默地将冥纸丢入火盆中烧化。

菡玉有些心不在焉，一下子放多了，火焰腾起来燎着她的手指，她也未察觉。

小玉沉着脸把火盆一拉，菡玉刚脱手的一沓冥纸便掉在了地上。菡玉回过神，问："怎么了？"

小玉闷声道："火都烧到你的手了！"

菡玉翻过手背看了看，说："没有啊，我都没觉得疼。"

小玉愈气，把手里的冥纸往身边一摔："阿娘！阿耶就在里头躺着呢，你能不能不要想别人？"

菡玉一窘，回道："我没有……我是在想阿耶的坟地选在哪里好……"

"还说没想！你一说谎就会说错话。阿耶是我的阿耶，你是我的阿娘，怎么也叫他阿耶？"

菡玉语塞，小玉又道："你是怨阿耶以前那么无情，所以人在他的灵堂里，心里还想着别人——而且那人还是害死阿耶的仇人。你是故意来气阿耶的吗？"

菡玉辩解道："小玉，我不是……你误会了。相爷救了你的命，是他把你和阿耶的灵柩从岭南带回来的，他不是咱们的仇人。"

小玉睁大双眼，不敢相信杨昭竟就是解救自己于危难之中的恩人，半晌才从牙缝里挤出一句：“猫哭耗子，假慈悲！”

“小玉！”

小玉低下头道：“如果不是为了讨好你，宰相大伯才不会管我的死活。要不是他出坏主意，阿耶怎么会被派到那么远的地方去，又怎么会被坏人害死？他也是我们的半个仇人。”

菡玉道：“小玉，这应该怪我，是我的错，相爷他其实……”

小玉忽然抬起头来说：“娘，我知道你变了心，喜欢宰相大伯，不喜欢阿耶了。夫妻不和好可以换人，但是我只有一个阿耶，永远也不会变，不会生出第二个来。我不要他做我的后阿耶，就是不要，你再怎么帮他说话也没有用。”

菡玉道：“小玉，你不会有后阿耶的，我只是……不希望你误解他、对他心怀怨恨，因为……”

因为你现在还无法预料到，以后他对你，将会是多么重要的一个人。

菡玉最终还是把这句话吞回了肚里，没有说出来。

世事难料，小玉根本不知道自己以后会遇到什么。就像菡玉当初遇见杨昭时，也没有料到后来会发生这许多事，没有料到这个在她的印象中只等同于祸国佞臣的男人，竟会在她的生命中变得如此举足轻重。

也许除了卓月，杨昭就是菡玉最重要的人了；或许，杨昭比卓月更重要。但是她先遇到了卓月，先亏欠了他，负着他的情意，负着他的责任，还负着他的性命，只能一再亏欠眼前人了。

原本她和杨昭就该是毫无交集的陌路人，纵使相识也是像小玉对他这般针对敌视。他们如今能这样已是额外的缘分，她不该再强求更多了。

一滴泪珠从菡玉的颊边滑下，滴在手中的黄纸上，迅速渗入粗糙的纸面。她把那沾了泪的冥纸扔进火盆，火焰立刻围拢过来，将那薄薄的纸片吞没，升起一缕细微的青烟，很快便消失不见了。

小玉到底是孩子，守到亥时便撑不住了，昏昏睡去。

菡玉帮她把棉被掖紧，小玉动了一下，眉头皱起，身子蜷成一团，迷迷糊糊地呓语：“阿娘，别丢下我……”

菡玉心头一软，握住她微凉的小手：“小玉不怕，阿娘在这里呢，在你身边，不走。”

小玉在梦中似也感受到了菡玉的安抚，眉头渐渐舒展开来，陷入酣睡。

菡玉轻轻地把小玉的手塞回被中，忽听身后传来不悦的低语：“你又不是她母亲，为什么不告诉她？”

菡玉回头，见杨昭臂上挂着一件黑貂大氅自门外进来。

“相爷，你怎么来了？”

杨昭径自走到菡玉的身边坐下，把大氅披到她的肩上，说：“我就知道你肯定睡不着，过来陪你。夜里寒冷，你现在身子不好，还不当心。”

貂皮的大氅极为暖和，是杨昭冬日外出时常穿的，扑面而来尽是他的气息，层层将她包围。菡玉推辞道：“相爷穿得也单薄，这大氅下官不敢领受。”

“相爷、下官，叫得这样生分，你得改改口了。”杨昭将大氅收回，披到自己的肩上。

菡玉刚松了一口气，他却突然伸手把她揽入怀中，掀开衣摆将两人都裹在其中，面不改色地说：“这样两个人都暖和了。”

菡玉欲挣脱，窘道：“这里可是我父亲的灵堂……”

“我心疼你长夜寂寞，所以过来送衣陪伴，堂堂正正的心思，岳父大人在天有灵，见自己的女儿有人疼爱照顾，应该觉得欣慰才是，怎会怪罪？何况没有儿子送终总是凄凉的，女婿也算半子，本就该为岳父守灵才合情理。”

菡玉嗫嚅道：“咱们又不是……”

“不是什么？”杨昭不悦地收紧双臂，似乎抱紧了就能束住她的心意，“咱们不已经是夫妻了？就差仪式而已。等丧期过去，你把官职辞了，咱们就成婚……”

“相爷，”她出口打断，“你、你忘了那件事吧。”

“不成，你已经是我的人，怎么能无名无分？”

菡玉的眉间无奈中略带愁苦，她说：“那明珠呢？裴娘子呢？甚至还有虢国夫人，相爷怎不给她们名分？”

杨昭脸色一黑，道：“我没碰过明珠。”

菡玉一愣：“当初你把她从我的身边夺走强纳为妾……”

他坚持澄清：“我没碰过她。”

“好吧，就算没有，那虢国夫人和裴娘子呢？”

杨昭气短地别开视线，道：“那都是以前的事了……而且，玉儿，你不一样。”

“都是一样的，喜新厌旧、始乱终弃，自古以来就都是一样的。相爷，当年你的心还在她们的身上时，你一定也对她们说过同样的话。”

“我没说过！”杨昭的语气中带了恼怒，“你不必说得好像都是我的不对，就算如此，那又怎样？我既然能迫你一次，就能迫你第二次、第三次。你当我蛮不讲理也罢，强取豪夺也罢，我好不容易得到了你，要我这时候放手，绝不可能！”

“可是……”菡玉咬住下唇，泪水在眼眶中打转，“相爷，我、我的心里已经有人了。”

“我不信。玉儿，你冒充自己娘亲的身份，把父亲说成夫君，骗得我团团转。我这一年日日夜夜都在煎熬中度过，却原来只是个骗局。这回你又想拉个什么叔叔伯伯来蒙我？说什么我也不会信了。”

菡玉忍住眼泪，道：“我没有骗你。”

“好，那你说，他姓甚名谁、年方几何、哪里人氏，家中有些什么人，和你是什么关系，你们如何相识、如何生情？让我见得实实在在的人，我才会考虑你的说辞。”

“他、他叫卓月。”

说出这两个字，菡玉终于隐忍不住，潸然泪下。卓月，这个名字就是她对他的全部了解。隔了这许多年，她依然能忆起当初自己是怎样努力地藏下心中的思慕之情，只用平淡的语气叫他卓兄。

“还有呢？”

她哽咽道：“我不知道。”

“玉儿，别告诉我你对你所谓的心上人一无所知。”

“他叫卓月。”菡玉固执地重复。

这简简单单的一个名字，就是他们之间全部的维系。菡玉不知道他的长相，不知道他的身份，不知道他的来历，所知只有这一个名字，便已足够。

杨昭想装作满不在乎的样子，只当她在说笑，然而自己心底却也觉得，她说的是真的。那个只有一个名字的男人，已经根植在菡玉的心中很久，深入骨血，难以抹除。

杨昭收紧了双臂，将她牢牢地抱在怀中，仿佛希望借此更靠近她，多占据她的一分心意：“玉儿，仅仅知道他姓名，你为何还要对他念念不忘？难道他对你特别好？他能给你的，我也能给，甚至更多。”

菡玉摇头，泪水滴在漆黑的毛皮上，如草尖的露珠，她轻声说道：“我欠他一条命。”

“你也欠我一条命！”杨昭急切而又有些气虚，不惜拿出任何一点儿能加重自己分量的筹码，环紧了她纤细的腰身，手掌贴到她的腹间，“玉儿，你有没有想过，也许……你已经有孩子了。”

他怀中的身躯猛地一颤，菡玉脱口而出：“不可能！”

“你还年轻，我也不算老，怎么没有可能？”杨昭将下巴搁在她的肩上，亲昵地磨蹭她的面颊，语气便带了三分暧昧缱绻，“而且那天晚上……”

“相爷，”菡玉打断他，“我的确欠你，我欠你一个解释。”还有这许许多多的情意。

如果她注定要亏欠一个人，那她宁愿……欠着杨昭的。

杨昭抬起头来，看着她失落的侧脸。他确实有很多疑问，为什么她和她父亲只差几岁？为什么十年了，她的样貌一点儿都没变？为什么她能割喉不死、刀兵不伤，伤口一夜痊愈？

他隐约猜到这其中或许有一些非同寻常的地方，但是菡玉不说，他就不会追问。他只怕自己一追根究底，真的发现她是莲花化成的仙子精灵，是天外来客，而她被识穿了真身就要飞回来处去了。

她却低下头去，说：“等爹的丧事办完了，我就一一说与你听。”

吉温的亲属只有菡玉和小玉二人，丧事也办得简单，过了头七之后便下葬了，只请了附近村庄的八仙出殡。墓地选在不远处的山坡上，背山面阳，离杨昭的别第不过四五里，清晨出殡，中午已尽落定。

“阿娘，我们走吧。”小玉看墓前的纸钱都烧尽了，菡玉仍呆呆地看着父亲的墓碑，搀起菡玉的胳膊提醒道。

菡玉看了一眼远处山坡上的身影，说：“小玉，我腿上没力气站不起来，你扶不动的。还是叫人过来……”

小玉攥住菡玉的手不放，大声道：“我力气够大，才不要别人来帮忙呢！”

杨昭在远处见她俩起身，急忙迎过去，老远就被小玉喝住：“你别过来！”

小玉一手往前指，这么一动，菡玉支撑不住踉跄了一步。这下杨昭也不管小玉乐意不乐意了，大步跑过来欲搀扶菡玉。

小玉气鼓鼓地拦住他：“不是叫你别过来了吗？不许碰我阿娘，走开！”

杨昭冷冷地瞥了一眼小玉，道：“我再说一遍，她不是你阿娘。”

小玉冲他喊道：“你当然巴不得她不是我阿娘。”

杨昭不想跟这小丫头斗气，转向菡玉道：“也该告诉她了，还是你亲口来说比较好，省得她一直不信。”

菡玉蹙眉不语，颇是为难。

小玉觉出不对，问：“告诉我什么？你们有什么事瞒着我？”

菡玉思忖着怎样措辞才能让小玉接受如此匪夷所思之事，只得先说：“我们先回去，回去了我慢慢告诉你。”

小玉心事重重，低着头不说话，杨昭过来扶菡玉她也没有反对。两人把父亲生前之物在离去路上的第一个路口点火烧化了，才上车离开。

杨昭今日穿了一袭宽大黑袍，离开时脱去，里头才是平常的衣冠。菡玉和小玉都穿着斩衰麻衣，杨昭要菡玉脱下，菡玉不肯。

小玉道：“阿娘，我知道你现在不方便服丧，我代你多穿三年就是，阿耶不会介意的。”

菡玉摇头道：“你不必代我多服三年，咱们俩是一样的。”

小玉脸色微变，抿着嘴不说话。听到刚刚那几句话，她隐约觉出些什么了，怕自己这么一问真问出不想知道的事来，竟就此沉默。

马车行上一处高坡，秋风扬起帘布，菡玉正好望见外头山坡那边远远的好像有一条晶亮玉带，玉带在日照下反射出明灿灿的光，映着一旁的枫叶红似火。

菡玉脸色剧变，正要看个仔细，车帘却垂下来挡住了她的视线。她一时情急，扑过去掀那帘子，忘了自己腿脚无力，扑通一声摔倒在地，险些栽下车去。

“玉儿！”杨昭不意她突然有此动作，只来得及拉住她，“你做什么？”

倒是小玉明白菡玉的心思，对前头的车夫喊道：“停车！快停车！”

马车停下，菡玉掀开帘子看向远处那条晶亮的玉带，情绪稍稍平复后，问道：“相爷，那是条河吗？”

杨昭答道：“那是渭水的支流灞水，从东郊往东南方向流去的。怎么了？”

“灞水……”菡玉喃喃念着，神色有些迷离，“我想到山那边去看看河边的枫树，好不好？”

杨昭看菡玉神情怪异，虽然疑惑但也未多问，只叫车夫掉转车头，越过山坡往河边而去。倒是小玉，听到“河边的枫树”脸色突变，皱着眉头愣愣地出神。

不多时，几人翻到坡顶，东面山脚下蜿蜒而过的灞水便一览无余了。河边是大片的枫树林，正是枫叶如火的季节，一直烧到山上来。灞水枫林，与吉温的墓地只隔了一个山坡，背面而居。

“原来离得这样近……”菡玉低叹道，语中无限凄楚。

马车一直行到河边停下，菡玉下了车，杨昭扶着她，小玉却还坐在车上发呆。菡玉回头唤道：“小玉，你也下来吧。”

小玉一反常态，任他俩亲密依偎，摇头往后缩，说：“我、我不喜欢枫树，我不想看。”

菡玉像是下了决心一般，语气坚定：“你下来，我带你去看样东西。”

小玉磨蹭了半晌，还是抵不过菡玉，下了车，低头跟在他俩的身后，眼光有些慌乱地四下打量。

野生的枫树有一人来高，好在长得疏落，人在林中行走无碍。这些低矮的枫树丛中却突兀地插了一棵松树，仿如鹤立鸡群，巨大的伞盖状枝叶铺陈开来，遮住阳光雨露。树下松针如毯，像是个天然的凉亭。

菡玉走到树下，对身后落下他们一大截的小玉道：“小玉，你可认得这棵树？”

小玉愣住，呆呆地望着那棵树，似是忆起了什么，目露惊惧。

“这里就是阿耶和阿娘初次见面的地方，阿娘以前带你来过的。”菡玉缓缓地道，“你还记不记得阿娘在这里对你说了什么？”

小玉猛然瞪大了眼，阿娘对她说了什么？

“我第一次遇见你阿耶，就是在这里……”

然后呢？然后阿娘又说了什么？脑海中的答案仿佛呼之欲出，却是她最不想听到的。

菡玉却不再追问她，又往前走了几步，望着不远处的灞水，道：“就是这条河，沿河往上游去十几里地，就到咱们家当初住的地方了。小玉，那天下着雨，你一个人沿河岸走了半天才走到这里，你还记得吗？”

小玉捧住脑袋，幼小的五官全挤在一处。

“还没有想起来吗？你那时候还那么小，才四岁，记不清是正常的。”菡玉指着树林尽头的河岸，“那边有块大石头，你找到她的时候，她就躺在上面……”

“不要说了！不要说了！”小玉捂住耳朵大叫。

她想起来了，想起一些来了。阿娘带她到这片树林里，指着那棵大松树对她说：“我第一次遇见你阿耶，就是在这里。”又说，“要是时光能停留在那时候就好了……小玉，将来我死了，你就把我葬在这棵树下。”

然后第二天，第二天……

她的头好痛……眼睛痛，眼里全是水，分不清是眼泪还是雨水；嗓子痛，一直不停地喊，好像塞了一团沙子般说不出话来；脚痛，走了那么远的路，又拖着四岁的孩子根本负荷不了的重量；手也痛，没有铁锹，就用树枝挖土，到后来就靠双手，挖到十个指甲全部翘起，指缝里塞满了泥土……

她挖了好大一个坑，做什么用的？眼睛被水糊住，看不清，她努力地睁大眼，只见一个模糊的人影……

小玉抱住头大声尖叫！

不要想起来，她不要想起来！阿娘没有死，没有死！

菡玉和杨昭只听到小玉撕心裂肺的叫声，嗓子都喊破了，急忙赶到她跟前，她两眼一翻就往地上倒去。

菡玉急得连声唤她：“小玉！小玉！”

杨昭道：“别急，只是晕过去了。”

菡玉悔得直摇头，说：“都怪我，她还这么小，好不容易忘掉的事我却硬要她想起来，我不该这么心急的。”

“十四岁，不小了，该知道的事总是要知道的。”杨昭叫车夫过来抱了小玉，自己搀扶着菡玉回车上。

小玉许是受了太大的打击，加之身子虚弱，晕厥之后一直昏睡，回到别第仍未醒来。

杨昭派人去请了附近的坐堂医，医生看过后只说是小玉体虚所致，休养两日便无碍了，给小玉开了一些安神补气的药。菡玉哪里放得下心，守着病榻寸步不离。杨昭劝她去歇息，她也不肯。

“玉儿，若不是确信你云英未嫁，我真要怀疑你是不是她的亲阿娘了。小玉又不是什么大病，有下人守着就行了，你自己的身体也不好，还不回房去睡？”

菡玉道：“我像她这么大的时候也是独自一人，流浪漂泊孤苦无依。那时候我最想要的便是一点儿关爱、一点儿温暖，旁人的小小恩惠也是雪中送炭。以己度人，小玉现在有我在她的身边，我自然能对她好一些就尽量好一些。”

杨昭却听出菡玉话中的不对之处，问：“岳父大人一直健在，为何你会流落在外？”

菡玉正要回答，小玉突然发起噩梦来，手足乱舞，口中糊里糊涂地说着梦话，甚是惊惧。菡玉再三安慰，抱着她拍了好一阵，她才渐渐安静，却还是睡得不安生，菡玉一放开她，她又不时被噩梦所扰。

菡玉索性和衣睡在小玉的旁边，像哄小孩儿似的抱着小玉安抚。

屋里寂静无声，隐约有一点儿蚊吟似的低微声响，断断续续。杨昭仔细去听，才听出那是菡玉在哼着小曲。她不善歌咏，调子哼得歪七扭八，声音又小，他费了好大的劲，才听出她哼的是那首《镇魂调》。

这首曲子的确有安神定心的作用，不一会儿小玉便安静了不少，沉沉睡去。菡玉偶一回头，发现杨昭不知什么时候已经出去了，屋内只剩她和小玉二人。

菡玉忙了一天也有些累了，便抱着小玉闭眼假寐。刚眯了一会儿，她忽听屋外传来一阵迂回婉转的笛声，奏的正是她刚才哼的《镇魂调》。

菡玉心中一动，睡意顷刻便没了，听那悠扬的小调一遍一遍地重复着，仿佛又回到当年。当年，卓兄……也是这样在月下吹笛，她静静地在墙内听着，虽不见人，却也满足无比。

她正听得入神，笛声却忽然停了，接着门吱呀一声被推开，杨昭轻手轻脚地走进来，手中还拿着那管碧玉短笛。

他走到床榻前，看了看里边的小玉，对菡玉低声道：“睡熟了，走吧。”把笛子往怀里一揣，伸手便将菡玉抱起来。

小玉已然熟睡，发出轻微的鼾声，很是香甜。菡玉还想多陪小玉一会儿，他却不让，硬抱着菡玉出了门。

两人走在廊上，杨昭突然问：“你的那管笛子呢？”

菡玉正在想别的事，抬头问：“什么？”

“你不是也有一管跟我的一模一样的玉笛？拿出来，我们换。”

菡玉脑袋一蒙，问：“换？”

“我送你的玉佩被你扔了。”杨昭低头扫她一眼，“正好咱俩都有一管玉笛，模样又相同，这也是一种缘分，不如就以此为信物互赠？”

菡玉这才明白他是在向她索要定情信物，不由得一阵尴尬，讷讷地道：“我的笛子……是他人所赠，不便转送。而且……”

“谁送你的？”

“是……”她犹豫了一下，“是卓兄。”

杨昭突然脚步一停，脸没在阴影中看不清楚，声音十分不悦：“拿来！”

菡玉靠在他的胸前，已能感觉到他的胸腔里起伏的怒意，忙温言安抚：“相爷若想要信物为凭，改日我再寻一个更合适的相赠……”

“我就要这个！”

菡玉见他闹起脾气，只得以实相告：“其实我的笛子……已经没了。”

杨昭低头看着她。

菡玉解释道：“相爷可还记得那次在相府的花园中，你手执此笛，突见白光耀目，笛身发烫，将咱俩的手都烫伤了。就是那次没了。”

这件怪事他当然记得，一直不解，又问：“什么叫没了？那道白光又是怎么回事？”

“没了就是……”她嗫嚅着，“消失了。”

“什么意思？”杨昭越发疑惑，抬高了声音。

“因为……”菡玉揣度着措辞，“因为我的笛子，就是你的笛子……”

杨昭的眉毛打成两个结，这个答案只让人更加摸不着头脑。

菡玉正想如何解释更好，身后忽然传来噔噔的脚步声。小玉披了一条薄毯追过来，嘴里喊着：“阿娘！阿娘！”

菡玉的心思立刻都转了过去，她挣开杨昭的怀抱下地，接住小玉，忧心道：“小玉，怎么了？又做噩梦了吗？”但看见小玉醒来，她还是松了口气。

小玉低着头，沉默片刻，才小声问：“阿娘……你到底是不是我阿娘？”

菡玉柔声问：“你都想起来了？”

小玉点点头，又连忙摇头，伸手抱住菡玉不放：“阿娘，你别再离开我，我会听话的。”声音里带了哭腔。

菡玉也不想小玉伤心，但她既然自己想起来了，想必承受得住，不如此时一并跟她说了。还有刚才杨昭的疑问，菡玉觉得是时候向他坦白了。

“小玉，我跟你第一次见面时就说了，我不是你阿娘。你也知道阿娘早就死了，只是不肯相信，故意要忘记。阿娘投的灞水，就是白日里咱们看到的那条河。你沿着河找她，走了十几里地，在那片枫树林边发现她的尸身，也是你自己一个人掘土把她埋了。为此你的十个指甲掉了八个，过了半年才长回来。这些你都想起来了是不是？”

小玉的眼里噙了泪水，她问：“你是阿娘还魂过来的吗？”

菡玉笑得凄楚，几乎落泪，道：“傻小玉，人死不能复生。”

“那你为什么都知道？我是一个人去的，这些只有阿娘才会知道！还有你、你为什么和阿娘长得这么像？”

“谁说只有阿娘才知道？”菡玉忍住泪，笑道，“小玉不也知道吗？不也和阿娘长得很像？”

杨昭在一旁听得双眉愈蹙愈深，终于忍不住问了一句：“你不是她的姐姐？”

菡玉未答，小玉抬头看了他一眼，说：“我是耶娘的第一个孩子，哪来的姐姐？”她盯着菡玉的脸，声音有些发抖：“你、你究竟是谁？”

我究竟是谁？

菡玉依然在笑，泪水却从眼角滑了下来。

“我不是你阿娘，也不是你姐姐，我不是你的任何亲人……”菡玉哽咽道，“我就是你，小玉，我就是你。”

小玉瞪大了眼睛，茫然失措，竟忍不住去看杨昭。

杨昭也和小玉一般震惊，双眼却是眯起来，目光牢牢地锁住面前背对着他的人。

吉菡玉，她说这不是她的本名。原来她早就坦白了自己的身份，只是他未曾察觉。

吉菡玉，吉、韩、玉——吉温和韩素莲的女儿，小玉。

第十六章　玉蕴

菡玉腿脚不好，病情加重，上半身也日渐虚弱，便是坐着也觉得费力了。杨昭便命人将马车上的坐凳撤去，铺上软褥，如床铺一般，让她得以躺靠歇息。马车晃得人昏昏欲睡，菡玉闭目养神，却总觉得有什么东西在追着她、盯着她、笼着她，让她心绪不宁。

她睁开眼，果然看见杨昭屈腿坐在她的侧前方，一脸阴郁，目光沉沉地盯着她。菡玉叹了口气，道："相爷，你有什么想问的，就直说吧。"

杨昭挪到她的身边来，伸手揽她入怀，只是紧紧地抱着，半晌也不说话。菡玉的身子有些僵硬，她不适地动了动："相爷……"

"玉儿，"他开口道，声音有些低哑，"你真的是……二十岁的小玉，六年之后的人吗？"

"嗯。"菡玉轻轻应了一声，身子软了下来，任他抱着。

"六年后，不知我是何模样……"

菡玉没有说话。

杨昭自嘲地一笑，说："我怎么忘了，第一次遇见时你就说了，我活不过四十岁，将毙命于乱刀之下，死无全尸。六年之后我当然是一堆白骨了。"

她心中一痛，连忙说："相爷，那是我随口胡说的，你别放在心上。"

“是明年，还是后年？”

明年，明年的这个时候，他就不在了……思及此，菡玉的心顿时如被利刃绞了似的，她安慰道：“你不会有事的，既已预知，便可防患于未然。”

“生死于我，本是无所谓的。玉儿，早先我就对你说过，我出身贫寒，因椒房之亲而至此高位，全凭运气使然，谁知道哪日老天便将我的运气收回去了。人生在世但求及时行乐，今朝有酒今朝醉，哪管明朝如何。但是——”他无奈地一笑，“现在不一样了，我有了在乎的事，有了在乎的人，我舍不得了。”

菡玉不知如何作答。杨昭拥着她，下巴轻搁在她的头顶上，道：“玉儿，以前你总是什么都瞒着我，不肯对我坦诚以待。现在你都告诉我了，也和我亲密如夫妻，但我从未觉得你离我这么远。”

是啊，这么远，他们之间隔着十六载的岁月。

“这几年我特别怕老，因为你一直是当初的模样，好似青春常驻，我却一天一天衰老下去，我真怕别人说我都可以做你爹了。原来……我真的比你爹还老。”他的语气故作玩笑，却带着苦涩，“小玉那丫头，我真不敢想象，我居然会为她神魂颠倒。如果你不曾回来，我和她就算面对面，也不见得会说上几句话吧。”

如果她不曾回来……原本她也没有想过，居然可以回到过去，改变已经发生的事，救回已经死去的人，都是因为……菡玉的脑海中浮出卓月不见面容的漆黑身影，心中柔软的角落被刺痛，她说道：“本是不会有的缘分。”

杨昭低下头来看她。

“倘若不是有人送我回来，我和你根本不会有今日的缘分。相爷，”菡玉抬头迎视他，“你知道是谁送我回来的吗？”

脑中瞬间闪过一个名字，杨昭皱起眉。

菡玉转过头去看向窗外，说：“要逆转时间因果，哪是那么容易的事？他牺牲自己的性命，才将我的魂魄送回十六年前，自己却……魂飞魄散，不得超生。从此以后天上地下，再没有这个人了。”

她问过卓兄，为什么要送她回天宝四载呢？晚一点儿不行吗？只要在安禄山起兵之前，不都来得及阻止吗？那样，他是不是就可以少耗费修为，就可以保住性命了？

卓月摇摇头，不肯解释：“因为天宝四载的时候……你到了那边，自然就会知道了。”

现在她大约明白了。要扳倒一个手握重兵的封疆大吏、改变历史的进程，岂是二十岁身在江湖的少女想的那么容易的？天宝三载，安禄山升任范阳节度使，他的掌权强兵之路就从那时开始。

想到这里，菡玉微微一愣。天宝四载对安禄山而言并无特别，倒是贵妃在那一年获得册封，杨昭也因此步入朝堂。

杨昭的双眉越发紧蹙。他知道菡玉的性子，有人如此对她，就算是萍水相逢她也会惦念一辈子，何况那人还是她的……心上人。

“相爷，我欠他的何止是一条命？如果只是性命，来世尚可报答，但是……”她的泪水还是忍不住滑落下来，“没有来世，没有以后了。我只有这一生，可以相报。”

“用这一生报答他？”杨昭倾身向前，手指着自己的胸膛，“那我呢？一辈子都给了他，你拿什么给我？”

“相爷的情分，菡玉无以为报，但愿来生为……”

“少来什么为奴为婢做牛做马！来生什么样，谁知道，谁见过？说不定根本没有轮回转世，都是那些神棍巫婆瞎编出来唬人的！世人动辄拿下辈子来承诺别人，若来世真像明天、后天似的，哪能这么轻易地拿来许人？我才不要什么虚妄的来世，我就要这辈子！”

菡玉被杨昭逼得向后仰去，道：“相爷，反正你已经得到你想要的……”

“我想要的？”他明白过来她指的是什么，“你以为我想要的就是你的身子，就是一夜风流而已吗？你把我当什么人了？”

菡玉知道自己说错了话，但又不能改口许诺杨昭什么，咬住下唇别开脸。

沉默片刻，杨昭懊恼地放缓语气：“玉儿，我真的是……怕失去你，才会如此患得患失。你知道我有多妒忌那个姓卓的吗？他只不过比我早遇见你，就占了你的全副心思，你连一点儿都不肯分给我了。我到底哪点不如他？”

菡玉轻声道：“相爷，你哪里都好，哪里都比他强，是菡玉无福。”

“你还说这种话，是故意讥讽我吗？”杨昭凄然地笑道，“活人总比不过死人，他死了，你便只记得他的好处，他成了完人；而活在你面前的人，却处处是缺点。玉儿，我忍不住想，如果我这时死了，你是不是也会记我一辈子。”

菡玉急忙摇头道：“不会的！”又觉得这话不对，可也不能点头说会，只好悲伤地望着杨昭。

他无奈地苦笑，说："别怕，我说说而已。就算死了能让你怀念一生又如何？对我来说还不是什么都没了。好死不如赖活着，活着就还有机会，或许还能叫你回心转意，将一门心思全放到我的身上来。"

菡玉道："承蒙相爷错爱，其实以相爷的……"

"以我的条件，要什么样的女人没有，是不是？"杨昭接过她的话，"我也经常想，吉菡玉，你有什么好，论长相、论性情，世上比你强的女人多了去了。尤其以前，你还骗我说你嫁过人，有个十四岁的女儿。一个被夫家厌弃的下堂妇，你凭什么让我吊死在这一棵树上？"

他的声音低下去："可我就是着了魔了，像个不经人事的少年郎……上一次这样全心全意地待一个人，还是十五岁时，可是她辜负了我，嫁给了别人……从那时起我就告诫自己，再也不要对不值得的人掏心挖肺。吉菡玉，你值得吗？你哪里值得我这样对你？"

菡玉无言以对，只觉得心头微痛。十五岁，是虢国夫人吗？杨昭竟然是被辜负的那个……他只对虢国夫人有过真心，那么裴柔呢？

"我知道，我心里清楚得很，你不值得，你比她更无情，我捧到你面前来的一腔情意，你从来都是践踏而过……"他自顾自地答道，"可是有什么办法，我就是愿意……一而再再而三地重蹈覆辙，像着了魔……"

窗外徐徐的风吹进来，拂动菡玉鬓边的发丝。他举手将那几缕青丝掠到菡玉的耳后，手掌顺势覆上她的面颊。

"刚开始的那几年，你或许很少注意到我，但是只要你一出现，即使在我背后，我什么都没听见没看见，也能立刻觉察出来；不管你藏到哪里，隔了多远，我都能立刻找到你。一定是你用妖法在我的身上下了蛊，从我第一眼看到你，就着了你的道儿。"他的手顺着菡玉的面庞轮廓游移，食指点在她的额上，"也许就是在这里……"

他倾身过来，双唇落在她的额心。微凉的触感，不同于以往热烈的缠绵，只那么轻轻一触，像清露滑入花蕊，即刻渗进去，融为一体。

菡玉的记忆中似乎有什么被唤起，像黑暗中远远的一点火星一闪，来不及抓住便又熄灭。她想起那时意识彻底模糊的前一刻，比这更冰凉的触觉，一点，落在她的额心。那个世界、那个人留给她的最后印记，她却以为那只是夏日里最寻常的一滴雨露。

原来她曾那么近地接触过他，虽然只是最后一瞬，却也曾触到过他。

“玉儿，我能苟活到现在，也许就是为了遇见你。我为你而生，如今为你而死，也是死得其所。”

那是卓兄最后留给她的话语。她等到魂魄离体的那一刻才陡然明白他的心意，但即使重来一遍，他一定还会做同样的选择。

菡玉哽咽着别开脸，说：“我不会妖法。”

杨昭默默地看着她，思量再三，虽十分不情愿，还是决定一试：“玉儿，你想过没有，你从六年之后来，那他现在……还没有死。”

菡玉苦笑一声：“我何尝没有想过？我回来就是为了消弭灾祸于未生之时，也想过救我耶娘，救所有能救之人。但是，卓兄却是挽救不得的。如果阻止了他，小玉怎么回去？哪里又会有吉菡玉这个人？”

“照你说来，凡事皆有因有果，颠倒不得。你因乱世逆时而回，若因果不可改变，你焉有成功之望？若你成功，便无乱世，那不也没有吉菡玉这个人？”

菡玉的脑子里有些混乱：“我、我已将一切缘由告知小玉，纵无乱世，届时她也可续我当日所行之事。”

“你瞧，原本你是出于救人的目的而回，如今小玉却变成应你的嘱托而回，原因不就变了？还有，你当初可没遇到一个叫吉菡玉的人，托人把你从罗希奭的手里救出来吧？同样，你原本受助于那姓……那位卓姓兄台，如今小玉也可不假他之手，另想办法。他不必因此丧命，难道你不乐见？”

她不欠姓卓的情，不再牵挂他，杨昭也乐见。

“可是……卓兄并未告知我返古之法，我也不知道他如今身在何方，究竟是何身份。”

“我自然会派人去寻访奇人异士。那位……卓兄，你述其样貌，我也好使人寻找。”其实按杨昭的心思，姓卓的永远不出现最好，只要菡玉不知道，管他在哪个角落生灭。

菡玉回忆道：“我也不知他长得是何模样，不过装束异于常人，倒很好认。他身长与你相仿，但要清减许多；因身染恶疾，喜独来独往，不与人亲近；又因双眼肌肤见不得日光，所以昼伏夜出，常年穿一件玄色的斗篷遮住全身上下；武艺高强，但无兵器，偶执一管碧玉短笛，以音韵……”

她突然一顿，转向杨昭道：“相爷，你或许认得他。”

杨昭道：“我并无卓姓亲朋。”

“你一定认得的，他送我的那管笛子，和你的是同一支，所以当初两笛相遇才会合二为一。那笛子是你的珍藏之物，你们若非亲密友人，那笛子怎会到他的手上？”

说不定是宵小盗贼，偷了我的笛子，杨昭心中鄙夷地想道，没敢说出来，只道：“我真不认识姓卓的人。”

菡玉仍不甘心地道：“许是以后才认识的。”

“我先派人按你所说的去查探。”杨昭岔开话头，“原来那两支笛子是这么回事，怪不得出现那等怪事，我的笛子还摔出一道和你的一模一样的裂纹来。你从前不肯见小玉是不是就因为这个？你担心你也像那笛子一样被小玉吸了过去，就此烟消云散了？”

那时她不肯见小玉，还是杨昭硬拽她去的，若真的……思及此，杨昭捏了一把冷汗。

菡玉点头道：“还好我只是魂魄回还，这身子并非真人，物质不同，才和小玉相安无事。”

杨昭正想索性问个清楚，她的身子究竟怎么回事，马车这时忽然停了下来。原来走了这一路，已到东城春明门了。

春明门正有一队士兵经过，稍嫌拥挤，他们得等一会儿才能进城。春明门往东直通皇城朱雀门，杨昭府邸在宣阳坊，毗邻皇城东南角，从这条街上走较为便利。现下被这队士兵一堵，马车越不过去，只得跟在士兵的后面慢行。

菡玉身子不适，这样起起停停、摇摇晃晃，心口有些不舒服起来，竟似晕车。杨昭心疼恼怒，下车去查看。

这队士兵护送的是个宦官，那宦官骑在马上哀哀戚戚的，磨磨蹭蹭，一边走一边唉声叹气。

杨昌坐在车夫旁边，正准备去向杨昭请示，见他下了车，便问道：“相爷，前头一时半会儿疏散不开，要不从东市绕道走吧？那边路虽狭窄，却近一些。”

杨昭想了想，点头转身回车上。前边那骑马的宦官却看见他了，老远就大喊：“右相！”语带哭腔。

杨昭回头，那宦官已下了马来，直奔到他的面前，揪住他的衣袖就开始抹泪。杨昭认出这是数月前皇帝派去范阳宣旨的内侍，名叫冯神威。

六月安禄山上表献马，欲袭京师，皇帝有所怀疑，依从菡玉之策拒绝献马，并令冯神威带了手诏前去告谕，冯神威至此时方回。

杨昭扶起他来，说："大官一路辛苦，陛下一直盼着你回来呢。"

冯神威泣道："咱家差点儿就见不着陛下了！"

杨昭问："此话怎讲？"

冯神威愤然道："安禄山，安禄山要反矣！我奉陛下的手诏前去告谕，安禄山竟踞床不起不拜，口气傲慢无礼，后一直将我置于馆舍，既不接见也不放行。我生生被他软禁了这些时日！他回京时也不上奏表，根本就不把陛下放在眼里！"

安禄山要反，这是司马昭之心，路人皆知，差的只是什么时候反而已。如今他连表面功夫也懒得做了，只怕是近在眼前。

杨昭安慰了冯神威几句，告知他皇帝月初已驾幸华清宫。冯神威自回宫中居处扫除风尘，再往华清宫见驾。

冯神威所带卫兵给杨昭的车马让开路，杨昌就准备从朱雀大街走。杨昭上车时却低声吩咐杨昌："从东市里头走。"

杨昌讶道："东市里头？这会儿只怕正挤着呢……"还没问完，杨昭却摆摆手，自行上车去了。杨昌心中虽疑惑，还是照行。

菡玉见杨昭逗留许久才回来，问道："相爷，外面何事？"

杨昭不想让她多担忧，只说："是宫里的禁卫，人数众多，一时也让不开。多一事不如少一事，咱们就从东市绕一绕，兴许还能早到。"

菡玉本就不喜与人争抢，听他这么说当然点头答应。她迟疑片刻，又道："相爷，我的寓所在崇化坊……"

他竟未生气，说："我知道，从东市南面走也不绕远。"

菡玉松了口气。不多时车驶入东市，此刻将近中午，东市内人仍不少，熙熙攘攘的，十分热闹，车马不由得慢下来。

菡玉正想询问为何要从人多拥挤的东市里面走，杨昭掀开车帘道："玉儿，这里人这样多，要走好些时候。你要是觉得无趣，看看外头的各色玩意儿解解闷也好。"

杨昭一手撑着帘子不放，菡玉也不忍拂逆他的好意，便凑到窗口看向外头，果然看见路边摊贩杂货琳琅满目，十分新奇。

“现在随便开家医馆都敢自称华佗再世了吗？”

菡玉顺着他的视线望去，只见斜前方一家医馆，三间店面，十分堂皇，朝向他们的一面墙上挂满了匾额，俱是致谢赞美之词。菡玉看向店门上挂的牌匾，隐约想起曾听明珠说过此间的坐堂医医术十分高明，西市遇到裴柔的那家都是师从此处。

杨昭嗤笑道：“呵，口气倒是不小。真有这般厉害，天子脚下，怎么不进宫去当御医？”

菡玉忍不住出口辩解：“相爷，江湖亦历历有人，未必能人都集于庙堂之上，何况悬壶济世之医者？我曾听明珠说过这家医馆的老丈医术精深，救人无数。”见杨昭仍有讥诮之色，又道，“听说他还有一门绝技，可以悬丝诊脉，清楚明断，与把脉的效果无异。”

“哦，有这么神乎其技？”杨昭似来了兴致，“我不信，单凭一根丝线能诊出什么来？玉儿，不如我们去试他一试，若是真的，我也送一块匾额来与他锦上添花；如若不然，好好取笑他一番，叫他莫再欺世盗名。”

菡玉不答。

杨昭又道：“玉儿，你不是连月来身子不爽利，自己也不知是何原因，不如趁此机会让这名神医诊一诊。我知道你是怕被诊出体质有异，因此一直不肯就医。我们就叫他用丝线隔帘切脉，诊出病因自然最好，若他觉出不对，就说并未把线系在手腕上，是故意试探他的。”

杨昭说得兴起，拊掌道：“就这么办！”便叫杨昌停车。

菡玉阻止不及，杨昭已下车将杨昌叫过来，暗暗叮嘱吩咐。杨昌领命而去，不多时引了医馆老翁到门口，小童摆下桌椅让老翁坐了，又取了一团丝线来。

近旁的路人见一辆垂帘马车停在医馆门前，听说这医馆的坐堂医要当众悬丝诊脉，纷纷凑过来看热闹。

菡玉坐在车里，但闻四周人声鼎沸，出也出不去，暗暗叫苦。

杨昭与老翁说明来意，手执丝线上得车来，冲她一笑，把丝线缠上她的手腕。

菡玉只担心这医者会不会发现她并非人身，哪还有心思去管杨昭的反常举动？

老翁捻须蹙眉，手捏丝线，细细诊了片刻，缓缓地道："怕是喜脉。"

菡玉大吃一惊，伸手就要去扯腕上的丝线，却被杨昭死死地按住，抬头只见他双目炯然喜不自禁，才恍然明白自己又被他摆了一道。她一时心乱如麻，面色如纸，双手被他握在掌中，也忍不住簌簌发抖。

杨昭隔着车帘问："敢问老先生，为何说'怕是'？"

老翁叹了口气，站起身来，说道："二位请里边说话。"

菡玉心思纷乱，沉默不言。杨昭取了兜帽遮住她的面容，抱她进医馆内堂去。围观众人听大夫说是娘子有喜，从车上出来的却是两名男子，还搂搂抱抱不以真面目示人，都好奇地往内窥视。

几人到了内堂无人处，老翁方道："不是老朽故意要触郎君娘子的霉头，只是以实相告。娘子脉息微弱气血两虚，几至人之极致。恕老朽直言，若不是亲眼见到娘子气色尚好，真要以为娘子病入膏肓、命不久长了。这是天生的不足之症，无法根除，好生歇息调养许能有几分起色，只是、只是命中注定无儿孙满堂之福了。娘子这月余来是否常觉四肢乏力、腰腿酸软、气短心慌？"

菡玉轻轻点了点头。

"这正是因为胎儿日渐成长，母体虚弱无法负荷之故。方才看娘子行走亦不自如，如今胎儿方三月，就有如此症状，再过一两个月……"老翁摇头长叹。

杨昭急道："难道这孩子就与我俩无缘了？"

老翁只道："刚有身孕的前几月最是危险，若能安然度过，则把握要大上许多。我且开两剂补身安胎的药与娘子吃着，以后每旬来复诊一次，如有异常请及时告知老朽。奉劝二位当断则断，切不可因小失大啊！"

杨昭皱眉道："一切以大人为重。"

老翁便开了几剂药，又细细嘱咐平日须注意的事项，说了小半个时辰两人方离开。

门口看热闹的人早散了，杨昭抱菡玉回车上，她却一直呆呆的，默不作声。

杨昭心中既喜且忧，揽着她道："玉儿，你现在有了身子，我可不放心你在外头了。我平素也是自住一个院子，地方宽敞，你就搬来和我一起住，也好照应周全。"

菡玉满面愁容，却未反对。杨昭见她默许与自己同住，大喜过望，想与她说婚事，又觉得眼下实在不合适，忍住没有开口。

菡玉轻声道：“相爷，我的身份……可否先不要声张？”

他连声答应：“好好，等养好了身子，我再去向陛下……再作打算不迟。你放心，我就说你身染重疾，在我的府里养病。家里的人我自会管束安排。”

菡玉道：“越少人知道越好。”

“都依你的意思。你总要个贴身的人照顾，隐瞒不住，不如把小玉接过来？”

“小玉自有机缘巧遇，还是留在东郊吧。”菡玉摇头，觉得有些乏了，闭眼枕着他的肩头，“叫明珠来就好。”

明珠提着自己从药店抓回的补药，绕道从侧门回相府。她为避人耳目而选的偏僻小巷，居然有人也看中了，那人守在小门外焦急地搓着手走来走去。

明珠认得那人是西市何记制醯的掌柜何四，她去他的店里打过几回醋，因此撞见裴柔在店里筹拨记账。

明珠往墙后退开两步，不一会儿小门内出来一个人，是裴柔的丫鬟梅馨，何四急忙迎上去。离得远，明珠只断断续续地听到梅馨说：“别再来找娘子了，她不会见你的……最近流言传得那么厉害，你没听到吗？还找上门来，你想害她……相爷如此情深义重，全都揽了下来，你还想娘子怎么样？当真为她好就别再来了！”

梅馨缩回门内，何四又在门口站了一会儿，垂头丧气地踉跄而去。

明珠等何四走了才出来，进门远远看到梅馨的背影，发现梅馨并未往裴柔住的后院而去，而是去往庖厨的方向。明珠正好也要把药送过去，便跟了上去。

厨房旁专门置了一个小棚子煎药，摆了好几个药罐在火上煨着。梅馨鬼鬼祟祟地挨个检查那些药罐，还扒拉出一点儿药渣来用纸包了藏在衣兜里。

明珠躲在墙后，等梅馨都摆弄完了准备离去时才现身出来，迎面过去笑道：“梅姑娘，你是来拿裴娘子的冰糖燕窝的吗？在蒸笼上温着呢，拿过去保准还是热乎乎的。”

梅馨见明珠突然出现，吓了一大跳，唯恐自己刚才的行径被她发现，慌慌张张地道：“明珠啊，你、你也过来拿给、给少卿炖的补品吗？”

明珠道：“我是来取药的。对不住了梅姑娘，我着急把药端去，不能给姑娘帮忙了，裴娘子的燕窝在最里头的那个蒸锅的第二层，姑娘请自取吧。”说着急急忙忙地越过梅馨，把新药包放到架子上，倒出药罐里煎得浓稠的药汁用药盅盛了，又急急忙忙地端走。

梅馨舒了口气，恢复坦然的模样，取了燕窝盅而去。

明珠将药端进菡玉的房中，果然见榻前案几上的药碗还像她出门之前一样一动未动，低声叹气道："少卿，该吃药了。"把手中的托盘放在桌上，过去摸了一摸，碗还温着，便端起来要喂菡玉。

菡玉拥被倚在床头，面色苍白得几乎透明，浅浅一笑，道："明珠，我这碗还没喝呢，你又端一碗过来，真当我是药罐子了？"

明珠道："那碗不必管它，一会儿倒在窗子外头的树丛里就是。"

菡玉诧异道："为何？"

明珠道："那碗是在厨房那边托人煎的，不过是个幌子，只是些普通的补药。真要给少卿喝的，我都在屋里偷偷煎好了。"

菡玉点头道："明珠，也亏得你想得这么周全。"大夫给她开的安胎药，要是被别人认出来，她的身份不就暴露了？

明珠舀起一勺药送到她的嘴边，说："少卿，药快凉了，趁热喝吧。"

菡玉摇摇头："我不喝，你一起倒了吧。"

"少卿，你总是背着相爷不肯喝药，如此下去，身体怎会康复？"明珠劝道，见菡玉坚持不喝，放柔声音，"就算不为自己想，也该为腹中的孩子想想。天下父母，哪有不心疼自己孩子的？"

菡玉低下头没有说话。明珠瞅着她，小声问："少卿，你知不知道裴娘子也……"

菡玉转头看向窗外，模糊地应了一声："嗯。"

明珠看她并不想说下去，也就止住话头。此事传得满城皆知，少卿想必也全都知道了，不知她有什么感想。

杨昭出使江淮，裴柔在家有了身孕，因为有滑胎小产的迹象，杨昭请了不少名医回来看，这事也就瞒不住了。孩子才两个月，而两个月前，杨昭还远在千里之外。宰相的头上扣了这么大一顶绿帽子，一时流言蜚语四起，人人津津乐道。

连明珠也不得不承认，杨昭确实不是一般人。他既没有对裴柔大发雷霆绝情休弃，也没有恼羞成怒，去报复或迁怒那些笑话他的人。他给出的理由十分奇葩，道是自己外出不归累月，爱妾思念至深荏苒成疾，白昼梦见二人相会，交而有孕，此乃夫妇之间互相思念的情感所致也。

这么荒诞的理由，从宰相的嘴里亲口说出来，爱妾肚子里的孩子，自然就是他的孩子了。背地里别人怎么猜度都没关系，至少裴柔在相府依然有立足之地。

这事传来传去，最后就变了样。在女子的眼里，宰相大人年轻有为、相貌堂堂，身居高位、富贵逼人，家中却只有一个贫贱时相伴至今的妾侍，已经够得上“糟糠之妻不下堂”的美誉了，这是何等的深情忠贞！如今宰相日理万机冷落了爱妾，妾与他人有染，宰相非但不追究，还硬是把丑事全兜揽了下来，这又是何等的宽容大度！那女子真是让人羡慕到忍不住要嫉妒气愤了！

而在男子的口中，又是另外一番说法。男人哪个不爱美女，不想左拥右抱？除非他不能，或者没有这个条件。右相有这样的权势地位还不贪女色，肯定不是因为没有条件，而是另外一种“不能”了，没看连家中仅有的一名小妾都出去偷人了吗？正好右相没有子嗣，以后想必也生不出来，趁机捡个便宜孩子，好歹香火有继。加上以前有过传闻，说这右相有龙阳之好，这事就更有鼻子有眼令人信服了。

明珠当然知道那些都是道听途说，然而杨昭容忍裴柔与卖醋郎有染、认下不属于自己的孩子，却是毋庸置疑的事实。明珠和府中其他人一样，原以为裴柔并不得相爷的心意，现在看来，裴柔在相爷心目中的地位还真是不一般。不知少卿对此事做何感想？相爷对她们两人又到底是何态度？

明珠低声劝道：“那少卿更应该保重身子，毕竟这才是相爷嫡亲的……”

菡玉叹了口气：“明珠，实不相瞒，我这破败身子，本是不能有孩子的，只是因为舍不得才留他至今。”

明珠吃了一惊，道：“少卿，你要做什么？”

“你别紧张，我没打算做什么，听天由命、顺其自然罢了。反正，”菡玉无奈地一笑，“这孩子迟早也是留不住的。”

“谁说留不住？”不悦的声音从门口传来，杨昭大步迈入，直至床榻前，拉住菡玉的双手，“以后不许再说这种丧气话。”

明珠把手里的药碗放回案上，起身对他行礼。

杨昭道：“她又不肯乖乖吃药了？你出去吧，这里有我在。”明珠便依言退出门外。

菡玉仍不肯喝药。杨昭端起碗谑道：“你是非要我喂你才肯喝吗？我可没明珠那么有耐心，一勺一勺地劝你。”

菡玉道：“喝了也无济于事……”话没说完，就见他端起药碗自饮了一口。

菡玉目瞪口呆，刚想说那是妇人的安胎药，男子不宜饮用，他已放下碗俯身下来，一手撑着床栏，一手圈住她的脑后，唇齿相接，把那口药送进她的口中。

她措手不及，险些呛到，药汁糊里糊涂地就吞下去了。他却还不放开，唇舌交缠，和着汤药的苦味，渐渐地就有了些缠绵之意。他的呼吸变得粗重，吹在她的鼻间，连她的气息也被扰动。

半晌，杨昭方依依不舍地放开她，哑声道：“至少还要下个月啊……”

菡玉的脑子里晕乎乎的，她没有听清他的话，问道：“什么下个月？”

“没什么。”他矢口否认，眼神里的含义却露骨得很。他把药碗端到她面前，问：“还要我喂你吗？”

“不、不用了。”菡玉红了脸，连忙抢过药碗来，眼角不经意地瞄到明珠放在桌上的另一碗药，“相爷，这碗药放凉了，明珠刚给我端了热的来，就在桌上呢。你帮我拿过来好吗？”

杨昭不知有异，把桌上的那碗补药拿过来。菡玉把药凑到嘴边，微不可见地皱了一下眉，继而不动声色地全部喝下。

“觉得好些没？”

菡玉放下空碗，见杨昭面有忧色，微笑道：“这几日确实觉得比上月活泛了许多，神医果然了得。”

“那就好。”他坐在榻沿，握住她的双手，眉宇间已带了倦色，却舍不得离开。

菡玉心生怜意，柔声道：“相爷忙了一天，早些回房休息吧。”

“我不累，你要是觉得乏了就躺下睡，我在旁边陪着你就好。”

菡玉想起前两日每次他守在榻边，最后的结果都是她第二日醒来发现枕边有他睡过的痕迹。虽然如此，见他强忍疲倦的模样，她还是觉得不忍，便道：“我也不累。天天躺着，都快睡成一把懒骨头了。”

两人对坐了一会儿，菡玉问道：“相爷这些日子早出晚归，是朝中事务繁忙吗？”

杨昭别开脸去，道：“这些你就不用烦心了，只管好好养着就是。”

菡玉道：“我也是看相爷最近总是形容憔悴，想必是有烦心之事。菡玉如今虽然卧病在床，不能与相爷分劳，但陪你说说话，听听你的……”她本想说至少可以倾听闲谈解闷，但看杨昭的目光越来越不对劲，自觉这话说得太亲密，怕他又要误解，连忙住口。

杨昭满心欢喜，觉得这些日子以来的辛苦确实值得了，道：“也没有什么大事，只是我擅自去了岭南，在陛下面前少不得要列些名目，又积了许多事务等着处理，所以多花了些时间在外头。以后我一定早些回来陪你。”

这几个月朝内风平浪静，韦见素全权代理，处置得也算平顺，不至于弄出个烂摊子等杨昭回来收拾，他疲于奔命必另有原因。菡玉也明白杨昭是不想她忧心挂怀，想让她好生休养，但这等大事她怎么可能完全放下、不闻不问？

“相爷，安禄山那边，有什么动静吗？”

杨昭执起她的手握在掌心里，说：“玉儿，你的身子要紧，朝堂之事交给我就好。”

菡玉道：“相爷，但请以实相告，否则菡玉实难安寝。”

杨昭轻蔑地扬眉，道：“安禄山之辈，我还不放在眼里。只是他蓄谋已久，势力盘根错节，一时之间难以拔除。你放心，再给我些时日，定能……”

菡玉道：“冰冻三尺，非一日之寒，安禄山如今已成一方霸主，远在范阳鞭长莫及，哪是说拔就能拔得起的。相爷切莫大意轻敌……”

他哼道：“再大能大得过当日的李林甫吗？”

“故相与安禄山一是在朝文臣，一是在野番将，不可同日而语。前者如古树，巨根盘踞成网，但附土而生，有其死穴所在，根断则死；后者却是实打实的一块巨石，真的硬碰硬，一点儿巧都讨不到……”

胸口有些发闷，菡玉一句话没说完，连喘了几口气。

杨昭轻拍她的背，软语道：“好好，这些我都明白，你不必多操心了，只管交给我来处置。”

“相爷，若你也经历过兵败如山倒、无力回天的局面，便不会如此自信满满了……”菡玉按住心口，眉头深锁，“说来也是因缘弄人，若我能早些对你冰释前嫌坦诚相对，何至于如此境地？我早知道这一切，明明回来是要扭转时局的，却还想尽量少影响他人，真是自相矛盾……”

“离魂逆时非常人所能想，你就算说出来，也只会被当作不经之谈。换作十年前咱俩初遇之时，你若这样对我说，我必然只当你妖言惑众，你不必因此自责。”杨昭发觉她神情有异，脸色发白，身子摇摇晃晃的，连忙扶住她的肩膀，“玉儿，你怎么了？哪里不舒服？”

“没什么，只是觉得有些胸闷气滞。”眼前昏花模糊，菡玉猛摇一摇头，想将那眩晕感摇去，腹中却突然一阵绞痛，让她措手不及，痛得弯下腰去，头抵住了他的胸膛。

杨昭心生惊疑，想扶她起来查看，她却突然伸手抱住了他的腰，低声道：“相爷，我觉得有些冷，你抱着我好吗？”

他连声道：“好，好！”伸手拥住她的身子。菡玉就这样埋首在他的怀中，微微颤抖。两人都歪着身子，姿势十分古怪。

“玉儿，你……”他刚想询问，却被她打断，听她在胸口用闲谈的语气说：“相爷，你还记不记得有一年京畿突发伤寒疫病，好像是天宝六载，朝中不少人也感染了，公厨煎了防治的汤药给大家服用？”

杨昭不知她为何突然说起旧事来，只得回答：“当然记得，用的紫苏胡麻汤，我去领汤药时还刚好遇见了你。”

菡玉道：“是吗？紫苏汤还有印象，其余的倒是不记得了。”

他的语调中便带了一点儿嗔怪之意：“你当然不会记得我了，只有我一直留意你。那么大的人居然还跟小孩子似的不肯喝药，想趁人不注意偷偷把药泼到花圃里，被我盯着才勉强喝下去。”

菡玉笑道：“这么一说我倒想起来了。原来你是为我好才逼我喝药的，我还以为被你瞧出了破绽，硬着头皮喝下去的。”

杨昭不禁问：“什么破绽？”

菡玉道：“就因为你逼我喝了那一碗药，我回去后上吐下泻高烧不止，卧床不起歇了十多天才好，险些以为要回衡山求师兄救命了。”

杨昭疑惑地道：“原来你之后告假不朝是因为这个。紫苏汤治伤寒再寻常不过，无病吃了也不要紧，为何会如此严重？”

菡玉答得有些费力：“因为……我这身子与常人不同，常人有的病痛我没有，但是常人喝来寻常的药，对我说不定就是……夺命剧毒……”

她的声音渐低，身子也坐不住从他的胸口滑下去。杨昭觉出不对，连唤几声都不见她回应，伸手到两人之间，滑腻的液体濡湿满手——

他猛地推她起来，只见她双目微合面如金纸，唇角犹在滴下血水，染污了两人胸前的衣襟。那血紫中带黑，却不像寻常的血渍那般浓稠，仿佛被清水稀释过似的，只有浅淡稀薄的颜色。

“玉儿！”

“我没事……”菡玉气若游丝，说话都得用尽全力，却死死抱着他的腰不松手，“就是难受一会儿……只要小玉活着，我就死不了……就算自己想寻死都不行呢……”

“都这样了你还有心思说笑！”杨昭去拭她唇边的污血，却有更多的血水流下，染满她的下颌，一片狼藉，“玉儿，你先躺着别动，我马、马上去叫医生！”

“你别走，我不能看医……真的不会有事，挨过这阵就好了……”她痛得泪眼迷蒙，揪住他衣袖的五指泛出青白，“相爷，你陪着我好吗？别走，别留我一个人……”

“好，我不走，就在这儿陪你。我叫明珠进来……”

她胡乱摇着头说：“也不要明珠，不要让别人看到……我只要你，只要你在这儿……”

倘若片刻之前听到她这样说，他定会欣喜若狂，但是眼下却只有满怀的心痛。如果不是她体质异常，此刻只怕已命丧黄泉了。

杨昭抱住菡玉因疼痛而蜷缩战栗的身子，心头涌上怒意，语气冰冷地道：“玉儿，都是我太大意，才让你受这样的苦。她竟敢下毒害你，我绝不会姑息！”

菡玉挣扎着抬起头说：“没有人下毒害我，都是因为我身体异常，喝了普通的补药也会……”

“胡说！前几日你不也喝了，为何没事？体不胜药，发热呕吐我信，何至于口吐鲜血？”杨昭想到菡玉突然提起紫苏汤的旧事，恐怕早已察觉药中有异，故意引为铺垫。杨昭继续道：“别人害你成这样，你还帮她开脱！”

菡玉仍坚持道：“真的是我自己……”

“你不必说了，否则我立刻去取她性命！”

“相爷不可！”菡玉急道，又是一股甜腥涌上喉口，“她曾救你于危难困境之中，没有她哪有今天的相爷？你千万不能做出忘恩负义的事来……”

“你也知道是她做的。”杨昭冷笑一声，“玉儿，我真不知是该敬你还是该笑你。别人都下毒要你的命了，你非但不怨恨，还帮着隐瞒，把责任揽到自己的身上。”

“毕竟是你我负她在先……我也是女子，能理解她的心情。人被嫉妒蒙蔽了心眼，什么都做得出来……”

杨昭道：“玉儿，你对他人如此宽容和善，怎么不想想人家是怎么对你的？就算是我有负于她，她尽可以冲着我来，对我做什么我都认了。但是这就能作为杀人行凶的理由吗？这样她就可以随意取别人的性命吗？”

“我不是以德报怨，我只是……同病相怜。”菡玉忆起往事，凄然道，“相爷，当初我阿耶另娶新妇，把我们母女俩弃之不顾时，我动过的念头不知比裴娘子恶毒多少倍。每次看见嫡母，我都恨不得自己的手里能变出两把刀子来，把她剁成十块八块。我捉了院子里能捉到的所有毒虫扔在她的榻上，期望她被那些虫子蜇噬；阿娘刚死的时候，我还偷了厨房的油，企图放火把全家都烧死，给阿娘陪葬……”

他想起小玉那偏执倔强的模样，想到菡玉幼时就怀着这样阴暗的心思长大，越发心疼菡玉，抱紧了菡玉的身子柔声道：“那些都是小孩子的恶作剧而已，不是你的错。”

“若非我那时还是小孩子，也许全家都已经被我害死了。我哪里和善？我一点儿都不善良，从小就心肠恶毒。相爷，将心比心，若换作是我将满腔柔情、十余年的青春都付与了你，到头来却只换得一个始乱终弃的下场，我不但要杀那个横刀夺爱的女子，连负心汉也会一并杀了……”

菡玉故作凶狠地说道，眼泪却不听话地流了下来，和嘴角的血污混在一处。

“你不会的，我也不会。玉儿，我知道你的心意，我都依你就是，这回不追究了。你别说话，别动气。”杨昭用袖子擦拭菡玉唇边的血迹，冷不防她突然一大口乌黑的血水喷出，溅了他一身。

杨昭惊慌失措，连忙向外头大喊：“来人！快来人！”

“别让其他人进来，我不想别人看到我这副样子……”菡玉极力忍痛，五官都扭在一处，伸手攀住他的肩头。

他只觉肩膀上受力，突然间那力道没有了，她的身子直直地跌落下去。杨昭伸手一抄，拉住菡玉的手臂，碰到的地方坚硬冰凉。那手感诡异，他低头一看，只见她的袖口处露出一点儿白色，却是光秃秃的没有五指。他尚未看清，那手臂就立刻缩进了袖中。

杨昭想抓住细瞧，菡玉将手臂藏进被中，恳求道："别看……"

门外有杨昌、杨九和明珠守着，听见杨昭的呼唤，三人都冲了进来。

杨昭拉过被子盖住菡玉，背朝门口挡住她，喝道："都出去！谁也不许进来！"

三人齐齐迟疑了一下，面面相觑。

杨昭又厉声道："还不快出去！"三人才疑惑地退出门外。

菡玉颤声道："相爷，你、你也出去吧，这药性太厉害，我克制不住了……免得你看到我非人的模样，吓到你……"

一阵剧痛袭来，菡玉浑身一震，面目霎时模糊扭曲，现出一抹绿色。

"你非人身又如何？"杨昭强忍住心头的震惊，轻抚她变形发绿的面庞，"莫说莲蓬藕荷，就算你是猛兽厉鬼，我也要你。"

她落下泪来，手臂微微一动，他连忙握住——如木棍般硬实滚圆的一段，带着些潮湿之气，原来是一段藕。

"我只有魂魄回到了十六年前，飘荡无依，幸而遇见师父，他效仿太乙真人用莲藕做了这具身子，我才重得形体……"菡玉勉力说道，身子一寸一寸现出原形，"这非人身躯本是不能孕育的，却不知为何……相爷，我也舍不得这个孩子，但是终究还是留不住……"

淡红的血水从她的四肢百骸流出，染了满床，而她已没有知觉了。她的脑子像要炸开一般，魂魄硬生生地从身体里分裂出去，却好像被什么牵扯着似的，只剩最后一点儿相连不断。

这种魂魄与肉体分离的痛楚，许久之前她也经历过。那时有一个人在她的身边，握住她手里的笛子，没有触碰半点儿她的肌肤，却牵绊住她所有的眷恋。她触不到那人，只能用全部的力气攥着那支笛子，只怕一松懈就是阴阳永隔。

如今亦有一个人在她的身边，他的怀抱坚实而热切，紧紧地圈住她，没有半点儿法力却依然将她锁住不放，像磁石吸住铁器，隐含无形的力量。她张口唤他的名字，破碎喑哑的音节，分不清是"卓"还是"昭"。

"玉儿，我在这里，一直在这里。"

她的耳畔传来一高一低两个声音，一字不差，混合在一起，竟像是一个人，远在记忆之中，又近在身侧。

“等我回来……很快……”说出这句杨昭曾对她说的话，她心中顿时安定了，任自己沉入黑暗，就像上一次那般。

长夜渐去，东方露白，远处传来清晨第一声鸡鸣，初冬的寒意随薄雾自窗外泻入室内，沁浸重衣。杨昭动一动僵硬的身躯，收拢双臂试图抱紧菡玉，怀中却只剩一堆藕荷，四下散落。

杨昌推门进来，就看到床被凌乱隐有水迹，杨昭斜倚在床栏上，手里抱着一支干枯的莲蓬，双目无光、神情恍惚，吉少卿则不知所终。

开门照进的亮光让杨昭抬起袖子遮挡，他斥道：“谁让你们进来的？出去！”

杨昌按下疑惑，俯首道：“太原连夜送来的八百里加急奏报，事出紧急，小人不敢滞留，还望相爷恕罪。”说罢将手中的公文呈上。

杨昭接过看了一眼，随手往旁边的桌上一扔，摇摇晃晃地站起来，挥手道：“备马。”

杨昌连忙扶他站稳，见他并未饮酒，却足下虚浮头重脚轻，问道：“相爷，你是一夜没睡吗？这么早又要去哪里？”

杨昭不加理会，只道：“备马，我要去骊山见驾。”

杨昌应道：“是，小人这就命人去准备。相爷请先回房梳洗更衣。”

杨昭出门往近旁的卧房走去，正瞧见裴柔的婢女梅馨躲在屋后探头探脑地往菡玉的房中窥伺。杨昭怒由心起，喝问：“你在那里干什么？”

梅馨吓得扑通一声跪倒：“娘子担、担心相爷，命我来探望……”

“探我？”他冷声道，“是来探你们昨天干的好事起效了没有吧？”

梅馨脸色煞白，跪在地上一句话也说不出来。杨昭拂袖转身，向裴柔居住的院子大步而去。

梅馨怕相爷要去责罚裴柔，膝行两步追赶，又不敢伸手阻拦他，只好哆嗦着看向杨昌。杨昌虽不知发生了什么事，还是立即跟了上去。

裴柔正在房中等梅馨的消息，心急如焚。裴柔因为胎气不稳一直不能下地，已经卧床半月了，加上害喜严重，整个人都瘦脱了形。她昨天至今更是眼睛片刻未合，稍有一点儿风吹草动都能把她吓得心头狂跳从榻上坐起来，天一亮便立即把梅馨打发出去探听消息。

没等到梅馨，她却等来了一脸阴郁的杨昭。

裴柔一看杨昭的脸色心就凉了。他看上去也是整夜未睡，面色灰败颓丧，明明眼神中收敛了怒气，却让她觉得害怕。杨昭对她一直很客气，从不发火，便是被他得知她怀了别人的孩子时，她也没有这么害怕过。

他像上次一样，也没有发怒，跟在身后的杨昌也被他屏退。他无声地走到裴柔面前，在床榻边沿坐下。

天色尚早，屋里没有掌灯，只看得到他模糊的轮廓。

“阿柔，”他低声说，声音和上次一样的平静低沉，“那个何四，其实我早在剑南时就知道他了。”

裴柔没料到杨昭开口说的居然是何四，不敢应声。

“一个贫寒的挑担卖醋郎，一年辛苦到头，攒下的全部家当只为在年底见你一面。这事附近几家的人全都知道，拿他当笑话，我当然也听说过。”

裴柔低下头。杨昭继续说：“易求无价宝，难得有情郎，风尘中更是难能可贵。阿柔，你肯定也被他的情意感动过，是吗？那年八月我就给你写信让你上京，你回信说入冬天冷，拖到过了年才动身，是为了年底再见他一面，对不对？”

杨昭坐在榻边，静静地看着她，道：“所以我又给你回了一封信，问你愿不愿意来长安。如果你想来，以后我的荣华富贵都会有你一半；如果你不愿意背井离乡，那我也可以托情剑南的官吏帮你脱籍赎身，再给你一笔钱，你想去哪里就去哪里，后半辈子至少衣食不愁。其实我知道你是被人牙子拐卖到剑南的，离开那里算什么背井离乡呢？我的意思是你也可以选择留在剑南嫁给何四，和这个真心待你的人过一辈子。”

裴柔突然就哭了，用帕子捂住嘴，呜咽声掩在掌中。

“可是阿柔，这是你自己选的。你知道何四待你好，我待你不好，是你自己选择来长安和我过富贵日子的。我懂你的心思，我和你一样微贱落魄过，再也不想过那种低人一等的生活了。

“前几天也是一样，你有了他的孩子，我问你想让他姓何还是姓杨。你若想与何四再续前缘终成眷属，我随时可以放你出府，家里的金银财帛都是你在管，你想拿走多少就拿走多少，你可以光明正大地嫁他为妻。这次也是你自己选的，你选择留下来，那你的孩子就是我的，他就姓杨，别人说什么我根本不在乎。

“阿柔，我说过，我杨昭能有今日全都是拜你所赐，所以我的也就是你的。我哪里做得还不够让你满意，你尽可以提要求。你既不想嫁作商人妇，又舍不下何四的深情厚谊是吗？没问题，把他请到府里来当厨子！阿柔，我没有孩子，以后可能也不会再有，将来我的家业都会留给你和孩子，你想要我的什么都可以！但是……”

他说到激动处，长长地吸了一口气，举头望着屋顶，半晌方平息下去，低声道：“但是只有她，你不能动，谁也不能动。”

裴柔哭得涕泪横流，抬起头来问：“吉少卿……他怎么样了？”

“她怎么样了？”杨昭疲惫地揉着眉心，“我也不知道她究竟怎么样了，是死是活，人在何处……”

裴柔一边哭一边说：“我没想要害他，我就是听说、听说一些传言，就把原本打算自己吃的堕胎药放在他的药罐里了……我不知道这种药也会吃出人命的……”

杨昭突然转过头来，冷冷地盯着裴柔，问：“什么传言？哪里听来的？”

裴柔被杨昭吓得一哆嗦，抽噎着回道：“就是吉少卿他、他其实……”她最近六神无主乱了方寸，这时才意识到这比给宰相戴绿帽、投个毒更严重，说不定还会牵连到杨昭。她止住抽泣，说：“是我自己揣摩的，并无实据。相爷放心，我不会说出去，也不会让别人乱说……”

杨昭站起身淡然道：“算了，传出去也不要紧，我兜得住。”

门外的杨昌敲了敲门，小声回禀：“相爷，车马备好了，现在就出发去骊山吗？”

杨昭打开门，天光刺得他抬手遮住眼睛。杨昌见他精神很不好，劝道：“相爷，骊山路远，若非十万火急，请稍事休息再走吧，身体要紧。”

“哦，其实也没什么大不了。”杨昭懒懒地一笑，抬头望一眼天空，轻描淡写地道，“安禄山终于按捺不住，起兵谋反了而已。”

第十七章　玉　乱

天宝十四载十一月初九，甲子日，安禄山率所辖范阳、平卢、河东三镇军队，会同降服的同罗、奚、契丹、室韦等部共十五万人，号称二十万，以奉密旨讨伐奸相杨昭为名，反于范阳。

李唐开国百余年，经贞观、开元盛世，海内承平已久，百姓累世不识兵革战乱，乍闻渔阳鼙鼓，远近惊骇莫知所从。河北属安禄山辖境，诸郡县望风披靡，郡守县令或开门迎敌，或弃城逃匿，或被叛军俘获屠戮，无敢抵抗者。

太原首先向长安发出急报，道安禄山反叛，其部下何千年等人劫持了太原尹杨光翙。此时皇帝犹深信禄山不疑，斥上奏者忌恨安禄山而谎报捏造。

又过五日，诸方战报送到长安，皇帝方知安禄山造反已成事实，召宰相至华清宫商议。

韦见素本准备和杨昭一同前去，临行却寻不着杨昭，杨昭只使人告诉他先行前往，右相稍后即至。韦见素向来没有主见，这下心里越发没底，忐忑不安地前去华清宫见驾。

华清宫内歌舞消歇，比几日前冷清了许多，但依旧是井然有序，不见丝毫战乱带来的惊慌。千里之外的战火对远在京师的人来说，不过是几纸文书而已。

韦见素正在华清宫前犹豫着是等杨昭来了一同入见，还是自己一个人硬着头皮先顶一会儿，忽听宫使高唱“宣安西节度使封常清觐见”。韦见素顿时捞着了救命稻草，连忙求见圣上，紧随封常清之后入内见驾。

兵乱突起，眼下最急需的便是强兵良将。封常清出身贫寒，自荐于右金吾大将军高仙芝而入军中，累迁至安西节度使，虽不及高仙芝名震西陲，但也累积了不少军功。他此番入朝正是及时，应了这燃眉之急。

封常清先一步入殿，韦见素入内时，正听到皇帝在问封常清平叛方略。封常清扬扬大言道：“如今天下太平已久，故而人人畏惧叛军。逆贼初出所向披靡，往后必衰。臣请即刻前往东京，开府库、募勇士，挥师跃马渡河，不出几日，必取安禄山首级献与陛下！”

皇帝龙颜大悦，见韦见素也到了，转而问道：“左相以为如何？”

韦见素听封常清如此大言不惭，一人把担子都挑了，自是心下甚喜，附言道：“封将军言之有理，逆贼只是一时气盛而已。百姓受陛下恩泽，四海升平安居乐业，人心所向尽属陛下。朝廷既得人心，又有封将军如此良将，平叛指日可待。”

皇帝大喜，当即任命封常清为范阳、平卢节度使，去把安禄山手中的范阳、平卢等地夺回来，命韦见素当场修制书以告天下。

韦见素想起杨昭尚未到场，犹豫道：“陛下，新改两镇节度，如此大事是否该知会吏部……”

皇帝道：“眼下封卿正是领军出师的最佳人选，想来右相也不会有异议。朕已派人去催右相两次了，到现在也不见他的人影，他不知道在忙什么分了心思。”

韦见素自己也不知道杨昭的行踪，只好沉默不语。待他和翰林待诏一同草拟好制书，才听内侍通传右相抵达华清宫外。

杨昭行色匆匆，一进殿看见封常清，脸色就沉了下来。

皇帝告诉杨昭将派封常清挂帅出征，没说已草拟好制书，问他的意见。杨昭回道：“臣见以往高将军出征，封将军常留守后方以为协助，使高将军顺利拿下达奚、小勃律等部，二人扬长避短协作无间。此番若能得封将军坐镇后方，必可一展将军长才，事半功倍。”

皇帝道：“让封卿留后，谁去前线击贼呢？”

杨昭立即道：“哥舒将军可往。”

韦见素这时明白了，杨昭迟迟不来，定是去会哥舒翰了。

高仙芝、封常清这些在安西起家的将领一直与杨昭关系疏远，说好听点儿是井水不犯河水，说难听点儿就是不屑与杨昭这外戚权臣为伍。而哥舒翰却是一早就与杨昭交结，这挂帅平定叛乱的大功，杨昭当然不希望被封常清抢去。只可惜哥舒翰年事已高，年初不幸在回京的路上中风，一直留在府中养病，闭门不出。

皇帝道："哥舒宝刀未老威震四方，若不是罹患风疾行动不便，的确是出征首选之将。"

杨昭道："哥舒将军休养半年有余，已近康复。他向来不齿安禄山的行径，不与其同列，由他挂帅讨伐安禄山最合适不过。"

皇帝道："区区胡贼何足挂齿，不必劳动哥舒带病行军。朕已加封卿为范阳平卢节度，收复失地不过顷刻旬日，卿但在长安等着捷报佳音吧。"

杨昭回首看一眼封常清，冷冷地道："若封将军真能旬日之内击退逆军，则万事安矣。"

封常清意气正昂，方才又对皇帝夸下海口，哪能对杨昭示弱？加上他不知安禄山的底细，轻敌自负，立即道："若不是范阳路途遥远、朝廷兵力不足需募新兵，旬日克敌平叛又有何难？"

杨昭道："那依将军之见，多少时日才够？"

封常清被杨昭噎得一愣。杨昭咄咄逼人，定要封常清说个实数，封常清说多了怕皇帝不高兴，说少了万一达不成，可是不小的罪名。他转向皇帝道："陛下请予臣十日前往东都募兵，届时挥师北上，平河东、收范阳，取逆胡之首献阙下！"

皇帝给了封常清个台阶下："新募兵丁哪能即刻上场杀敌？封卿不可操之过急。洛阳四战之地，难以出战，唯北黄河、东武牢可守。封卿但据守东都操练新兵，待朔方援兵抵达再反攻退敌。"

杨昭道："黄河严冬冰合如平地，洛阳无险可依，只怕守也不易。"

封常清道："东西两京乃天子行辕，宫阙寝陵所在，常清纵粉身碎骨，也绝不让东都寸土为贼所染！"

杨昭道："将军一心为国死而后已，令人钦佩。不像下官羸弱文臣，有心为陛下平乱安邦却无砥柱中流之力，至多空发一通豪言壮语，口说无凭而已。"

封常清见杨昭讽刺自己夸口空言，气得脸色发青，甩袖道："军国大事岂作妄言？陛下，臣愿立下军令状，若是让逆胡过了黄河、武牢，侵染东都，不必胡贼动手，臣也不会回来见陛下了！”向韦见素求得笔墨，就要写军令状。

皇帝见他俩闹上了意气，正要劝阻，杨昭先道：“将军有此背水一战的决心，三军必士气大振！”

皇帝转念一想，封常清有此意气，现在自己退缩令他颜面气势受损，并无益处。他不过是守个东都而已，还不是十拿九稳？要是他连这个都做不到，即使不立军令状，封常清也是活罪难饶。皇帝于是未加阻拦，看着封常清下笔成书。

第二日颁下制书，封常清立刻前往洛阳，开府库招募士兵，十天即募得六万人，令朝野上下信心倍增。封常清更是志得意满，屯居洛阳，断洛阳东北黄河上的河阳桥，做守御之准备。

皇帝从华清宫返回长安，第一件事便是将在京为质子的太仆卿安庆宗斩首示众。安庆宗死得倒不冤枉，可怜嫁给他的荣义郡主，她本是金枝玉叶，无端叫安氏父子连累，被赐自尽。

次日，以荣王李琬挂名为元帅，右金吾大将军高仙芝为副元帅，统率诸军东征。高仙芝部下加上京畿新招募的天武军合计五万人，于腊月初一从长安出发，屯于洛阳西面二百里处的陕郡，背靠潼关，作为封常清的后盾。

腊月刚至，黄河上结起薄冰，不能渡人，因此封常清斩断河阳桥以拒叛军。但道高一尺魔高一丈，叛军入夜前将破船枯草树木等成捆投入河中，一夜冰结有如浮桥，十余万大军从灵昌悉数过河，横扫灵昌郡。

陈留太守开城投降，安禄山入城后听闻儿子安庆宗已死，大怒，将陈留近万降兵尽数屠戮泄愤，斩节度使于军门。如此暴虐行径，百姓闻之色变。

叛军既过黄河，一路西进所向披靡，官军无一胜绩，恶报频传。

腊月初七，安禄山至荥阳，离武牢关仅五十里，距洛阳则不足二百里。翌日叛军即攻陷荥阳，安禄山命部下田承嗣、安忠志、张孝忠为先锋，率精锐骑兵进攻东都洛阳，与封常清会于武牢关。

不幸被杨昭言中，封常清长于后勤，冲锋陷阵正是他的短处。封常清以仓促间招募来的六万东都子弟对抗安禄山的铁骑精锐，一触即溃损兵过半，武牢关失守。

封常清收拾残兵且退且战，兵败如山倒。武牢失守，官军退往洛阳，中途被叛军追及，战于葵园，又败；退至洛阳上东门，又战败，叛军攻陷洛阳烧杀抢掠，官军无力阻挡。封常清被逼至都亭驿，又败，退守宫城宣仁门，最后几被赶尽杀绝，推倒禁苑西墙才得以逃走。

封常清率残部至陕郡，告知高仙芝叛军锐不可当，陕郡也无险可守，不如退守潼关。高仙芝听从他的建议，但撤退时又被叛军追击，仓皇而逃不成队伍，士兵战马互相践踏，不战而死伤甚众，可说是狼狈至极。

官军退入潼关内，凭借潼关的铜墙铁壁，总算将追兵阻挡在外。幸好安禄山攻下洛阳后志骄意满，谋划称帝而未乘胜追击，官军才得以喘息休整。

官军惨败、洛阳失守的消息传到长安，皇帝龙颜大怒。安禄山原本是最得皇帝宠爱信任的将领，谁知他竟举兵造反，令皇帝颜面扫地；此番皇帝重用封常清，以东都洛阳托付，不料封常清只坚持了四天，就将整个东都输给了安禄山；连名将高仙芝也不战而退，雪上加霜，偌大的朝廷竟无一员猛将力挽狂澜。

皇帝震怒之下，不顾自己古稀高龄，执意要御驾亲征。

“陛下亲征，令太子监国，这对我们杨家意味着什么，想必二位姐姐比小弟更为清楚。”

韩国夫人惴惴地看了虢国夫人一眼，道：“太子只是监国，陛下仍是一国之君，内廷有贵妃，朝堂有六弟，太子也不能对我们怎样吧？”

杨昭道：“陛下春秋已高，太子监国掌握朝政大权，待陛下凯旋时太子羽翼已丰，岂会甘心拱手还政？太子素来不满外戚隆宠得势，一旦他得了天下，我等命不久矣。”

韩国夫人有些慌张地说：“六弟，真有那么严重？这、这朝政大事我们妇道人家也插不了手，你可是咱们家的顶梁柱，我们姐妹几个都要倚仗你的。”

杨昭道：“大姐此言差矣。贵妃才是咱们杨家的顶梁柱、大伙儿的倚仗，小弟不过是受陛下、贵妃的恩惠罢了。”

韩国夫人问：“那六弟的意思是……”

杨昭直言道：“此事还要劳烦贵妃出马，劝说陛下打消亲征的念头。小弟来见二位姐姐，就是期望姐姐入宫说服贵妃。”

韩国夫人道：“贵妃向来谨守后宫不干朝政，阻挠陛下亲征……恐怕她不会答应。”

杨昭道：“丈夫要上战场，女眷担忧不舍，有何不对？何况陛下春秋已高，实不该再受行军之苦。贵妃爱护陛下之意，陛下也必感怀在心。”

一旁一直冷然不语的虢国夫人忽然道：“六弟，我们妇人不懂朝政，全听你的，你有什么话直说就是。陛下到底想不想亲征？”

杨昭笑道：“三姐平素冷冰冰的不爱理人，却总是能一针见血。前方连连失利，士气低迷，陛下放出亲征的话来，只不过是为了鼓舞士气而已。逆胡锐不可当，连高、封这样的名将都节节败退，何况是养尊处优、多年未识兵戈的陛下？”

韩国夫人道：“既然如此，不必贵妃劝说，陛下也不会亲征，何必去蹚这浑水……”

杨昭道：“朝上小弟自会力争。只是朝中拥护太子、想借机上位者不在少数，后果还未可知。有贵妃先行劝阻，陛下点了头，就好办多了。”

韩国夫人还想推辞，被虢国夫人冷声打断：“贵妃认了个三镇节度使做干儿子，如今还造反了；哥哥是当朝宰相，这朝中有多少咱们杨家的人，咱们还真能择得一干二净？陛下心里有数的。”

韩国夫人被她说得脸色一阵青白，只得道：“我、我老了，只想过些稳妥日子。你们说什么就是什么吧。”

韩国夫人先上了车，虢国夫人慢了两步，低声对杨昭道：“你可掂量准了，贵妃素与太子井水不犯河水，也有不预政的美誉，这回为了你两样都丢了。”

杨昭笑道：“是小弟的不是，牵连众多姐妹。只是牵连也牵连了，还得靠姐妹们提携帮衬小弟。三姐要怪罪，等过了这个难关，任三姐处置就是。”

虢国夫人微微一笑，偎近他道：“此话当真？任我处置？”

杨昭退开一步，顾左右而言他：“小弟若有十分把握，也不需劳烦姐姐和贵妃了。陛下如今是六分求安、四分意气，孰长孰消很难说。有贵妃动之以情，这六分筹码就可加到十分了。”

虢国夫人睨他一眼，未再多说，随韩国夫人上车。

三人一同进宫，韩国夫人、虢国夫人先入后宫劝说贵妃，杨昭则托他事前往皇帝处。

杨昭带着潼关奏求朝廷增发粮草的表疏，想就此事扯到亲征上，入见时正碰到太子请求皇帝收回成命，自请领军出征。父子俩为这亲征的事相持不下，倒省了他的麻烦。

太子正说得慷慨激昂、面红耳赤，见杨昭进来，立即收敛噤声。

李林甫当权时数次寻找事端欲谋害太子，杨昭也是李林甫的帮凶，太子对他自然忌惮。待杨昭登上右相之位，外戚权重，更为太子所不容。陛下亲征太子得权，对杨昭不利，让太子出征建立军功，也不是杨昭乐见的。

皇帝连声道："右相来得正好，快来帮朕劝劝太子，叫他打消上战场的念头。战场岂同儿戏，太子自幼长于禁中不识兵戈，怎能赴沙场涉险？"

太子道："陛下爱护儿臣，不忍儿臣赴险，儿臣又怎忍陛下受此劳瘁？儿子正当盛年，苟安于内廷，却叫父亲去战场杀敌，是大不孝也！"

皇帝道："朕明白你的一片孝心，正因你年富力强，朕才让你担监国大任，趁此机会历练一番。待朕凯旋，天下大定，便将帝位禅让于你，安享天伦。"

太子大惊失色："这如何使得？陛下在位近五十载，政绩斐然世代昌盛，如今天命人心皆归陛下，陛下竟要弃臣等而去吗？"

杨昭垂首站在一边默然不语，看着这父子俩你来我往地打太极。

皇帝叹道："朕廿八岁初登大宝，历经四十余载，而今已是古稀残年，精力不济，倦于忧勤。去年秋天朕便有意传位于你，又逢水旱相继，朕不欲将灾祸遗留给子孙，想等丰年再行内禅。不料逆胡横发，山河蒙难，朕种下的因，自当由朕去平这恶果。将一个太平天下传到子孙的手里，朕方可高枕无忧。"

太子泫然欲泣："陛下拳拳之枕，儿臣受之有愧。儿臣生于皇家，虚长这些年岁仍碌碌无为，还不如寻常百姓，至少可以日日侍奉父母近侧。"说着说着，两行眼泪当真流了下来。

皇帝连连叹气，无奈地瞥了杨昭一眼。

杨昭便上前来，踱至太子身旁，长声道："陛下舐犊情深，太子孝心可鉴，让微臣又是感怀又是汗颜。平乱安邦本是我们武将文臣的分内之事，做臣子的未尽其责，却让天子和储君忧心伤神。微臣只恨自己当日从了文职，若一直在军中效力，此刻必能解陛下、太子之忧了。"

皇帝道："右相若屈居行伍之中，哪能像现今这般一展长才？行军打仗自有武人担当，我大唐十道节度，拥兵数十万，还怕没有将帅良才？"

杨昭接道："陛下所言极是，军中人才辈出，臣若投身行伍，怕也只能当一名小小兵卒。如此陛下与太子都无须忧虑了，更不必以万乘之尊、千金之体涉足险境。"

皇帝听到杨昭这话并未立即反对，而是蹙眉思量。这时就听殿外传来喧哗之声，间杂女子泣诉。杨昭心下明白是贵妃到了，加之看到皇帝的反应，让他心头的一块大石也八分着了地。

皇帝听闻贵妃突然离开后宫来到前殿，连忙迎出去。贵妃不仅一身缟素，簪饰全无妆面尽毁，泣涕伏于阶下，还捧了一抔黄土撒在面前，额抵黄土，芙蓉玉面泪痕斑斑，煞是可怜。

皇帝大惊失色，蹲下扶着贵妃的双手连问："妃子快快起来！这是何故？"

贵妃不肯起来，泣道："妾听闻陛下将御驾亲征，以万乘之尊临凶危之地。妾受陛下恩情隆重，岂忍远离左右，让陛下独往凶境？只恨妾身为女子，不能随行军中，宁可碎首阶前没入黄土，魂魄时刻伴随陛下，好过日日倚门望盼担惊受怕！"说到伤心动情处，珠泪涟涟，宛若梨花带雨，看得皇帝心疼不已。

皇帝当即道："妃子爱朕护朕之心、众卿的心意，朕都明白。罢了罢了，朕已是行将就木的老朽了，老骥伏枥，也不过空有千里之志，哪能像年轻后辈一样建功立业、沙场扬威呢？"

贵妃这才止住哭泣。太子、宰相等人都道："陛下保重圣躬方为社稷之福，幸甚！"

皇帝道："可是东都失利士气低迷，朕若不亲征，谁可担此重任反败为胜呢？"

杨昭道："封将军虽失利，尚有高副元帅在后，退据潼关之险，暂时无忧。"

他不提倒好，一提高、封二人皇帝便一肚子气，怒道："封常清大言不惭失落东都，高仙芝更是不战而败，将大好江山拱手让人！此二人徒具盛名，不提也罢！若不是临阵换将有损士气，又念在高、封是我社稷功臣，这失地之责岂能不究？！这回先记着，容他二人立功补过。"

杨昭道："高、封二位将军存着将功补过之心，必能振奋意气，力挫强敌重树军威。臣昨日去拜访西平郡王，见他仍抱病在床，还担心高、封之后难寻与安禄山匹敌之大将呢。"

皇帝听杨昭提起，便问："哥舒近况如何，仍为风疾所扰吗？"

杨昭回道："郡王风疾已近痊愈，只是他心忧国事，听闻洛阳败绩，气急攻心险些复发。如今只有些气瘀之症，休养几日便无大碍。"

皇帝点点头道：“希望他早些痊愈才好，唉。”回头挽起贵妃，同回内苑。

所谓亲征之事，刚开个头便就此作罢了。皇帝又命宫人重新为贵妃整装，并于当晚设宴，令韩国夫人、虢国夫人都来相陪，安慰贵妃。

至此自然没杨昭的事了，他寻了个借口退下，独自出宫回省院去。

腊月的天气已极是寒冷，兴庆宫的花园里处处可见前日的残雪痕迹。河里早结了冰，一直冻到河底，桥上的白玉栏杆也像冰柱一般，靠近了只觉丝丝的凉气。

河里有贵妃的黑珍珠，陛下与贵妃的定情信物，扯断了丝线，一颗一颗地落进河底深处。那时杨昭就是站在这里，那时也并不只有他一个人站在这里。

俯身于栏杆之上，他双肘撑着石栏，手笼进袖筒中，触到那份没有用上的潼关求粮草的表疏。他的指尖划过缎面封皮，柔滑而冰凉，就像那些硕大的珍珠。丝缎渐渐被他的指腹所温暖，又像她颊侧的肌肤，让他流连不去。

他深深呼吸，吐出的气在寒风中化作袅袅的白雾，一瞬间模糊了眼前，转瞬又消散不见，踪影全无。

她去了哪里？何时回来？

他不知道，也尽量避免去想，只想相信她说的，等她回来，很快。也许就在下一个呼吸间，她便会像那无形的白雾，幻化而现。

“相爷。”

杨昭以为是幻觉，紧接着那不辨雌雄的声音又喊了一声。

他惊喜地转过身去，白雾缭绕中隐约只见一抹细长的人影，暗色便服衬着白皙的肤色。他心中一荡，向前一步颤声唤道：“你回来了？”

那人往后一退，讪讪地道：“相爷安好。”那人是一个白面宦官，手握拂尘半低着头，又微微抬头偷偷打量杨昭。

杨昭认出那是潼关高仙芝驻军的监军边令诚，心情霎时坏透了，脸上却挂起笑容来，问道：“原来是边监军。逆胡陈兵关外，潼关危急，监军此时不在军中监守，怎么回长安来了？”

边令诚刚见到杨昭失态的模样，这会儿又被他皮笑肉不笑地一问，心里不由得一突，赔笑道：“咱家岂不知潼关紧要，只是我一个没有实权的小小黄门，能顶什么用呢？那边上场打仗的心不齐，咱家在后头急白了头发也无济于事啊！”

皇帝派宦官为监军，本就是为防着将帅而安插眼线，监军与领军将帅素来是不睦的多，相安无事已属不易。杨昭瞧边令诚这不忿的模样，自是与高、封二人闹得不快，回来向皇帝打小报告来了。

杨昭笑道："监军所言极是。要是前方的将帅领兵有方上下一心，王师雄兵何至于溃败若此。陛下刚刚还在为此事大发雷霆，要严办败军之将呢。"

边令诚小心地接道："做将军的吃一次败仗也就罢了，却不该夸大其词，长敌志气灭己威风。军心动摇未战先惧，如何不屡战屡败？"

杨昭讶道："竟有此事？何人胆敢如此？朝廷重兵岂可交于此等鼠辈之手，非要参他一本不可。"

边令诚这才下定了决心，愤愤地道："还会有谁？大言不惭、遗失东都，王师数万大军就毁在他一人的手上！"

杨昭却不接话了，转而问道："监军此番回朝入奏，之后将往何处？"

边令诚一怔，回道："咱家职责所在，自当即刻返回潼关大营。"

杨昭道："监军虽有皇命在身，但所谓将在外，君命有所不受，到了军营还是要居人之下。这回监军就算办了祸首，回去后只怕还要受点儿委屈啊。"

边令诚与高、封二人不和，一怒之下入京来向皇帝告状，想办封常清一个兵败失地、动摇军心的罪名。但封常清与高仙芝交情颇深，边令诚就算扳倒了封常清，与副元帅高仙芝越发交恶，届时边令诚的日子自然不好过。

边令诚立刻换了一副苦脸，道："相爷明鉴！咱家眼见数万子弟枉死，一时脑热气愤不过，竟忘了自己的后路，多亏相爷提醒！咱家空有监军虚衔却无实权，只能任人宰割！还望相爷指点迷津，救咱家一命！"

杨昭道："监军何须惊恐，只要不再居那人之下，便可安枕无忧。"

边令诚道："咱家身在军中，亲眼见兵败惨状，不战而失地百里，深感将帅之无能失职，不胜愤愤！但陛下深居禁内，又宅心仁厚，没有追究元帅的罪责。咱家无凭无据，单凭一张嘴皮子，陛下岂会信我？可怜那些战死的士卒，白白被无能之辈断送了性命！"他明明是不满高、封对自己的压制，想与之争权，还不忘往自己的脸上贴金。

杨昭道："监军若真为士卒着想，就该当机立断，以免更多将士折于庸将之手。"

边令诚抬头看着杨昭，小声道："咱家愚钝，还请相爷明示。"

杨昭掏出袖中那份求增粮草的表疏，说："天武军出发之际，兵部先出一月粮草运往陕郡。如今不过才半月，怎就粮仓见空？上万石的粮草可是一笔不小的数目，怎么能说没就没了？”他瞄了一眼边令诚，一手敲着那缎面表疏，叹道，“左右藏库虽满，但都是轻货钱帛，叫我一时之间上哪去弄这么多粮草？我都不敢告诉陛下，真是愁人啊！”

这半月的粮草去了哪里，边令诚当然清楚。官军自陕郡退往潼关，一路仓皇而逃，兵马自相践踏，死伤甚众，哪还管得了那么多粮草？不少粮草被叛军缴获了。官军退到潼关后，这败逃的狼狈之状自然含糊略去不表，否则又当天威震怒。

边令诚心下了然，低下头从杨昭的手中接过奏疏，收入自己的袖中。

边令诚也是个狠角色，被杨昭这么一提，索性一不做二不休，狠狠地捅了高、封二人一刀，不仅在皇帝面前极言二人惨败之状，更捕风捉影，说封常清以贼摇众居心叵测，高仙芝盗减军粮中饱私囊。

封常清吃了败仗后，多次陈说叛军厉害以警示轻敌者，未免会挫伤己方士气。边令诚说封常清“以贼摇众”还勉强过得去，高仙芝盗减军粮则完全是欲加之罪，就瞅着高仙芝未如实上报的空子阴他一招。

这显然是杨昭的惯用伎俩，边令诚倒是一点拨就学会了。

皇帝听到战败实情已是气得不轻，又闻高、封这两项罪名，不由得大发雷霆，加上边令诚巧言令色存心挑拨，一怒之下，命边令诚执敕书至潼关军中，斩高仙芝与封常清。

杨昭得知皇帝欲斩高、封时，边令诚已快马加鞭匆匆离京，唯恐再生变数。杨昭的本意只是想撤下高、封换上于他有利的将领，谁知边令诚狠下杀手斩草除根。高、封二人也算一代名将，就这样不明不白地死了，委实有些冤枉。

杨昭不过叹息一声，随即着手准备取代他们的人选。

安禄山起兵月余以来，官军连续败绩，一片低迷，此时终于来了一点儿振奋人心的消息。就在边令诚奉旨前往潼关的第二日，皇帝余怒未消，朝上却收到来自朔方的捷报。

安禄山麾下大同军使率兵入寇振武军，被朔方节度使郭子仪击退，并乘胜攻克静边军，接着进军包围云中郡，仅以二千骑兵便攻克了马邑，开东陉关。东陉关往东南几十里便可直达太原、河北诸郡，深入叛军腹地，解救河北、河东郡县，令洛阳的安禄山腹背受敌。

皇帝及满朝文武初时都未将安禄山放在眼里，谁知连月来屡战屡败，未免脸上无光。这回终于来了捷报，挽救了即将扫地的颜面，百官莫不称颂，皇帝也龙颜大悦，当即加郭子仪为御史大夫，官正三品。

朝上正自欢庆，宫使报潼关军使回奏。百官中有知情者，知道是边令诚斩了高仙芝、封常清回来复命了；多数人还不知内里，以为是潼关有军情来报，翘首观望。

边令诚跨上太极殿前的台阶，在门槛前顿了一顿，往后看了一眼，颇为无奈。

众人才注意到边令诚的身后还跟了一人，那人一身素衣，双手捧一份薄薄的书册，似是奏折，高举至额前，垂首肃然。

在朝堂上不着朝服而穿便装，本就是失仪不敬，何况那人还全身缟素。有靠近门口的官员已认出那人是因病告假数月的太常少卿吉菡玉，不知吉菡玉这回又要搞什么名堂，不由得窃窃议论起来。

杨昭刚见那从阶下缓缓现出的素手白袖、木簪乌发便认出她来了。他料想过无数种再见到她的场面，却从未想过会是这样的情形，一时失了神，盯着她忘了转身。

她与月余前全无二致，仿佛只是出了一趟远门回来，带了些许路途风霜。一次离别，仿若只是昨日，又好像已是岁岁年年。

她始终低着头缓步而行，二人的距离每近一分，杨昭的目光便冷厉一分。

菡玉在他面前站定，表情严肃，垂目观鼻，嘴唇紧抿。在他锐利的目光的注视下，有那么一瞬，她的眼睫微微一颤。然而她还是没有抬起眼来看一看他，只是更深地垂下眼去，屈膝跪下。

边令诚回奏已斩高、封二人，将军李承光暂领潼关大军，闻者莫不惊骇。

边令诚禀奏完，看了看身边的菡玉，有些为难，不知如何开口好。皇帝倒先发话问道：“吉卿不是抱恙在家，怎么突然上朝来？”

菡玉回道：“臣旧疾复发返乡求医，回京时路经潼关。封将军临终书遗表一道，托付臣交予陛下。臣不敢有负将军所托，连夜赶回长安，无暇顾及仪容，还望陛下恕罪。”

皇帝道：“表疏既已带到，卿可回居舍安心养病了。”命内侍先行收起封常清的遗表。

内侍从旁过去，向菡玉伸出手，她却只是低头跪着，双手高举那份遗表，并不递上。内侍等了片刻，只得自己伸手去拿，菡玉突然往前膝行了一步，朗声对皇帝道："封将军临终遗表，心血所致，还请陛下过目！"

皇帝眉头微皱，道："朕会看的，朝上还有他事须议，暂且按下。"

菡玉坚持道："封将军于表中自述经验得失以诫陛下、诸军，群臣得闻亦可受益。"

皇帝道："其中有助退敌之论，朕自当采纳，不急于此一时。吉卿，你可退下了，早日养好病，再为社稷效力。"

杨昭见菡玉的倔脾气又上来了，上前圆场道："陛下哪能每封奏表都一一过目？都是由臣先行筛读，择要向陛下禀奏。吉少卿，你先将这份表疏给我，我定会仔细研读，将其精要之处分与群臣诸军传阅为鉴。"

菡玉飞快地瞥了他一眼，又立刻垂下眼去，默默地跪着。

杨昭走得近了，只见她侧面坚毅的轮廓，白得透明的皮肤仿若冰雕，将他眉梢眼角的微笑悉数冻结。

她那一瞬间的眼神，或许是愤怒，或许是失望，或许是无奈，太多情绪浮于表面。而他想要看到的，经月的想念、重逢的喜悦，一丝一毫都不可见。

杨昭伸出去的手悬在半途，缓缓地握成拳。腊月的天气，数九严冬，寒风从敞开的殿门灌入，四周暖炉的温热便被冲散，冷风热气混在一处，纠缠难解。

菡玉又往前膝行一步，奏道："陛下，封将军自洛阳陷落以来曾三度遣使奉表，欲向陛下面陈逆胡实势、论讨贼方略，陛下都不肯接见。如今将军慷慨赴死，以身家性命成此一表，是为尸谏，陛下还是连看都不愿看一眼吗？陛下可知高元帅就戮时三军皆呼枉，声撼天地。如此二位将军仍对陛下忠贞不贰，无半句怨言，反而担心自己于阵前丧命会长敌之士气。其赤胆忠心可昭日月，竟不得圣心半分眷顾吗？"

菡玉想起目睹高、封二人被斩的惨烈之状，不由得眼眶一红，语带哽咽。

群臣中有与高、封交厚者，听她说高仙芝死时将士呼枉，出列问道："陛下，高元帅虽有失地之责，但罪不至死，究竟为何遽斩之，使三军皆以为枉？"

皇帝本要发怒，被这么一问，想自己未加详查便下令斩杀两名大将，不禁有些懊悔，一时默然不语。

杨昭道："陛下，朝中诸将唯有封将军一人与安禄山直面对阵过，逆胡情势也只有封将军最清楚，覆辙亦是后事之师。封将军虽有过失，但对朝廷、对陛下始终是忠心耿耿，其情可怜，其心可嘉。正当今日大朝，文臣武将皆聚一堂，不如趁此机会将封将军遗表宣示于众，以作鉴戒。"

皇帝心烦地挥挥手，说："就照右相的意思办吧。"

杨昭拜道："是，容臣宣读。"便来取菡玉手中的表疏。

菡玉稍稍一退，沉声道："封将军获罪就刑，怎敢劳动宰相亲自宣读遗表，封将军在地下亦不安心。"竟是把封常清之死算到了杨昭的头上。

杨昭眼中含怒，嘴角却扯出一抹笑意来："我钦佩封将军赤胆忠心，愿显其志与众共勉，封将军遗表尸谏不正是这目的？他地下有知，当觉无憾矣。"

这样的事也只有杨昭做得出来，不知他在暗地里动了多少手脚，面上还能一副理直气壮的模样。菡玉心中说不出是愤是哀，生生压下，对他躬身递上遗表："有劳相爷。"

杨昭接过，向皇帝一拜，展开朗声念诵——

"中使骆奉仙至，奉宣口敕，恕臣万死之罪……臣自城陷已来，前后三度遣使奉表，具述赤心，竟不蒙引对。臣之此来，非求苟活，实欲陈社稷之计，破虎狼之谋……臣欲挺身刃下，死节军前，恐长逆胡之威，以挫王师之势。是以驰御就日，将命归天……臣死之后，望陛下不轻此贼，无忘臣言……若使殁而有知，必结草军前，回风阵上，引王师之旗鼓，平寇贼之戈鋋。生死酬恩，不任感激。臣常清无任永辞圣代悲恋之至。"

封常清的这道临终遗表不可不谓肺腑之言，满纸赤诚，言哀而志坚，听得群臣莫不唏嘘感慨，与他有故交者已忍不住落下泪来。

皇帝也不好再作无情，好言抚慰一番，含糊退朝作罢。

菡玉身着便服，未及朝散便先退下。她心中抑郁，故意避开人群拣僻路行走，回到崇化坊的寓所，就见小院门前已停了一辆熟悉的四马油壁车，先她而至。

她此时怒火已熄，不由得生出畏缩退避之意，不知该如何面对杨昭，站在巷口迟迟不前。

明珠站在院门口，一边盯着院里的人，一边向外翘首盼望，远远看见菡玉回来，喜不自禁地跑出来迎接。真走到菡玉的面前，明珠又不自在起来，千言万语竟不知如何开口。

菡玉先道："明珠，这一个多月来苦了你了。我说走就走，也没给你安排……"

明珠连声道："没事没事，我一切安好，只是担心少卿……你的病，都好了吗？"

菡玉道："我此月离京就是回乡去求医，如今已痊愈了。"

明珠长久以来的担心终于放下，不断点头道："那就好，你没事就好了，我就怕……"眼中不由得起了泪光，明珠自觉有些失态，回过头悄悄拭去，指着门前的马车道，"少卿离京，相爷知道吗？刚刚他急匆匆地寻上门来……"

菡玉道："方才朝上已见过面了，你莫担心。走，我们回去吧。"她长呼一口气，越过明珠往院门而去。

明珠连忙跟上。

杨昭四处寻菡玉不见，正自烦躁，但一看到她便什么火气都没了，只记得这一个多月里夜夜想念度日如年，责问的话出口也成了关切："你上哪里去了？也不等我一起回来。"

菡玉低下头，问道："相爷政事缠身，菡玉不敢打扰。"

她又是这样，又像以前一样，总是低着头，仿佛卑躬屈膝，骨子里却倔强地不肯圆融。他进，她退；他让，她也退，让他什么招数都落在了虚处，始终拿她没有办法。

杨昭叹了口气："这里面有许多因由。"

她应道："我明白，相爷行事必有道理。"

"你随我进屋，我细细说给你听。"他指了指房门，转身向屋内走。

菡玉随他走入屋内，回身去关门。她刚合上门扇，就被杨昭从后搂住，让她立时慌了手脚，无措地想去掰开他环在腰间的手。身子略得自由，她又叫他扳过肩膀来迎面抱住，脸便覆了上来。

她慌乱地躲避，站立不住，被他推向背后的房门，咣的一声。她再无退路，到底是让他得逞了，辗转缠绵，一偿这月余来的相思，方才罢手。

"相爷……"她微微喘着气，鼻尖被他抵着，近在咫尺，唇齿鼻间尽是他的气息。她不敢用力呼吸，小心翼翼地说："你不是说要细细说给我听……"

他轻啄她的唇瓣，密如雨丝，道：“还不够细吗？”

菡玉双颊泛红，又有几分尴尬，别过脸推他，说：“我和你说正经的……你别这样……”

杨昭稍微将她放开一些，浅浅地搂着，道：“玉儿，你离开一个多月，一回来就跟我怄气，我连单独跟你说话的机会都没有。我不这样，你能好好听我说？”

她嗫嚅道：“还有什么可说的？”

杨昭无奈地叹气：“我就知道，你还没见我的面，心里就先认定我有罪了，连个解释的机会都不给我。”

菡玉抬起眼来看他，问：“难道这件事和你无关，你是清白的？”

杨昭想了一想，坦然一笑，道：“你想得也没错，确实跟我有关。‘清白’两个字怎么写，我早就不知道了。”

这样的话他居然也能理直气壮地说出来，丝毫不觉得亏心。菡玉目中微含恼怒，此情此景下又说不出斥责他的话来。

“所以呢？”他盯着她的双眼，“又要和以前一样跟我划清界限了吗？你也和别人一样看我，一点儿特殊都没有？”

菡玉被他灼灼的目光盯着，无所遁形，气馁地转开脸，小声说：“管不起，我还避不起吗？”

这个答案终于让他满意，他的唇角扬起。

“原来我在你的眼里终于有那么一点儿特殊了。”杨昭掐着小指尖比了一下，“少是少了点儿，不过来日方长，不急于这一时。”

菡玉却没有心思和他玩笑，眉头轻蹙：“相爷，就算我对你有些私心又怎样呢？凡事就能迎刃而解吗？”

“对我来说这就足够了。好了玉儿，都是我的不对，你别生这冤枉气了。你要什么我都依你，我行事哪里不合你的意，下次我都改，好不好？”

“改不了了。相爷又不是年少懵懂的孩童，是非曲直早在心中定了型，哪是一朝一夕就能改变的？就像这次，因你暗中授受让高、封二位将军丧了命，你却丝毫不觉得心虚亏欠。就算你勉强自己顺着我的心意，一件两件事能勉强，十件、百件，你都能勉强得来吗？”菡玉望着他，语气无奈，“相爷，你我政见不一、观念有差，实在难以相合。有道是道不同不相为谋，相爷何必强求？”

“道不同不相为谋，菡玉，你开口闭口都是国事，那我们的家事呢？”杨昭握住她的肩膀，“你换了一具身子，就完全变回了以前的样子，就把那些全忘了吗？”

菡玉心神纷乱，侧目看向别处。

“你明明也忘不了。”他轻拥她入怀，“玉儿，你的心思我都懂。要你撇开你那榆木脑袋里的是非对错，只和我风花雪月，你定然做不来。我知道你为难，你一根筋直到底不肯转弯，我能怎么办呢？只有我去顺应你了。”

他收紧了双臂：“但是要我放开你，那是万万不能的。”

第十八章　玉隙

天宝十五载的新年，在一片风雨飘摇中到来。战乱延续，人心惶惶，京师长安也失了往年的欢庆气象。大年初一安禄山在洛阳登基，自封大燕皇帝，正式与李唐皇室对立，争夺天下。

皇帝因命郭子仪罢围云中郡，回军朔方，准备助朝廷对抗安禄山主力，收复洛阳。皇帝另外派一名将领东出井陉平定河北，郭子仪荐举部将李光弼。

安禄山派次子安庆绪率兵入寇潼关。潼关守将李承光资历浅、无威信，难以服众。杨昭提议请哥舒翰出山，借其威名对抗安禄山。

论当世武功堪比安禄山的名将，也唯有哥舒翰一人而已，于后世留下盛名的郭子仪、李光弼等人此时还未能大放异彩。哥舒翰骤然上任，潼关守军内部散乱无序，若是安禄山亲自率军前来，哥舒翰未必能抵挡。但安禄山登基后以皇帝自居，不肯再离开洛阳宫室，安庆绪鲁莽无谋，被哥舒翰击退。

安庆绪败退的消息传到长安，人心稍振，新年终于有了一点儿欢喜之气。恰逢上元佳节，朝廷为安抚民心，兴灯市、撤宵禁，使百姓出游行乐。正月十五这日，难得地与往年一般热闹喜庆。

菡玉一早就答应了明珠陪她一同去逛灯会，十五这日天一黑，两人便张罗着准备出门。

她们刚走出小院，就见巷口停了一辆油壁车，富丽堂皇。杨昭坐在车辕上，一身鲜亮的雪青色圆领袍，玉带折腰倚着车厢，两腿凌空垂在车辕下，百无聊赖地玩腰间的丝绦，满身的风流劲儿。

菡玉收回脚就要退回，明珠却愣了一愣，迟了一步。

那边杨昭已看见她们，快步走过来，手里还挥着那丝绦。见菡玉脸色冷淡，他收起脸上的喜气，正色道：“菡玉，你们也是要去看元宵灯会吗？”

菡玉不答，明珠却不卑不亢地回道：“是的相爷，少卿正准备和我一同前去。”

杨昭斜睨明珠，冷笑道：“明珠，我记得你只是个服侍人的小小婢女，我问她话，要你来拿主意？看来在相府待这几年，还没教会你什么叫尊卑。”

菡玉往前一步挡住明珠，道：“相爷，你莫怪明珠。”

他将视线从明珠的身上收回，转而看着菡玉：“那你是要跟她同去，还是跟我同去？”

菡玉默默回头，对明珠道：“明珠，要不你自己……”

明珠低下头，说：“灯市人多，少卿路上小心，早些回来。”

菡玉欲言又止，轻叹一声，转身离去。

杨昭终于露了笑容，走在菡玉的身侧，指着巷口的马车道：“玉儿，许久不曾与你同乘一车了，上次似乎还是……”

菡玉道：“此处临近西市，走过去便可。”

他顿了一顿，柔声道：“好，你喜欢怎样便怎样，我陪你走就是。”随后他命家奴原地等候，独与她二人缓步往西市去。

崇化坊紧邻西市西南，二人不多时便到了。朝廷斥以巨资大张旗鼓，今年的灯会格外隆重绚丽，在西市门外便可看见数丈高的灯楼、灯树、灯轮，一幢接一幢，火树银花，满目灯火辉煌，密如繁星。西市内人潮汹涌熙来攘往，热闹不输往年。

“以前都是骑马坐车过市，从不曾这样在人群里走，倒也别有一番趣味。”杨昭趁机握住菡玉的手，“玉儿，这里人多拥挤，你抓紧了我，千万别走散了。”

菡玉被他握紧了手，抽不出来，只得随他去。

走进西市大街，满街花灯琳琅满目，人声鼎沸一片欢腾。菡玉却毫无游乐之意，任杨昭牵着行走，闷声不响。

“玉儿，我看街上女子人手提一盏花灯，你要不要也买一盏来？”杨昭在一家卖花灯的店铺前站住，“这琉璃莲花灯做得倒算精致，你可喜欢？”

那盏莲花灯通体华光璀璨，晶莹剔透，花形栩栩如生，的确十分精美。他见菡玉喜爱莲花，故意选了莲花灯。菡玉却只是扫了一眼那盏灯，淡淡地道：“琉璃价值不菲又易碎，街上如此拥挤，碎了岂不可惜。况且我扮作男子，若也学女儿提一盏花灯在手，可要叫人笑话了。”

杨昭想了一想，又问：“玉儿，今日你吃过面蚕没有？我特地问过杨昌，他说西市南街有一家‘锦贤记’，做的面蚕、油䭔十分有名。你要是不喜欢人群拥挤，我们去那里坐一坐，吃一点儿面蚕、油䭔，好不好？”

菡玉道：“锦贤记只是一家小铺子，市井粗陋饭食，相爷定然吃不惯。”

杨昭道：“上元节都要吃面蚕的，我家里的厨子还不见得有这小铺子里的做得好。”

菡玉道：“明珠都做好了，等着我晚上回去吃呢。”

他不悦地道：“原来你心不在焉，还是在惦念明珠。”

菡玉立即改口：“没有，我只是……相爷想吃面蚕，这就去吧。锦贤记我认得，可以为相爷带路。”

杨昭捏紧了她的手心，无奈地叹道：“玉儿，非得我逼你，你才肯顺着我？咱们就不能好声好气的吗？”

他指下的手掌微微一颤，但菡玉没有说话，只是低头走路。

锦贤记在一条小巷中，一拐弯就闻到炸油䭔的香气飘了满街，熙熙攘攘的人群都是奔着这香味而去的。街道两侧摆满了各式小摊，摊贩们高声叫卖，嘈杂中是掩不住的欢喜热闹。

杨昭跟着菡玉在人群中穿行，不经意间瞥见路边一个卖画的小摊，掩在各式花哨的新奇玩意儿中。小摊上卖的是灶君、钟馗、太上老君等神像，其间夹杂一些山水花鸟。其中却有一幅水墨莲花，清荷晨雾，淡雅清新。

杨昭想方才那盏莲花灯，菡玉怕是不喜它奢华，这幅莲花她定然会喜欢了。他想上前去询问，画摊前却没有人，摊主不知去向。

菡玉被他停步拉住，回头问：“相爷，怎么了？”

杨昭跟上来，说：“没事。”随她进铺子里，拣了靠外窗边的位置坐下，点了两碗面蚕、一碟什锦油饁。

菡玉从筷筒中抽出一双竹筷，见那筷子上下一般粗细，叫来小二问："请问有尖头的筷子吗？"

小二道："对不起客官，小店只有这一种筷子。"

杨昭问："这筷子不是好好的，为何非要用尖头的？"

菡玉赧然道："这种我不太会用……"

待她费力地和圆滚滚、滑溜溜的油饁作战，急得头上冒汗也夹不起来一个时，杨昭才明白她为何要尖头的筷子，忍不住笑她道："玉儿，你这双手握笔握剑都得心应手，居然被两根小小的筷子难倒。别人使筷子都是大拇指朝上，你怎么是手背朝上？"

菡玉好不容易用两支筷子托起一枚油饁，被他一笑分了心，那油饁又滑回碟子里，她不由得懊恼地鼓起腮帮子。

杨昭伸手绕过她的肩膀，握住她的手，说："我来教你。喏，你看，下面这根架在虎口上，另一头用无名指和小指撑住，这根是基本不动的；上面那根被拇指按住的地方做支点，用食指和中指拨动。夹的时候中指在两根筷子之间……"

他的手掌几乎把她的手完全包住，手指被他控制着，还真的夹起一枚油饁来，颤巍巍地送到她的嘴边。菡玉正要张嘴接，他突然飞快地探过身，一口将油饁咬走，险些蹭过她的脸，三下五除二地将油饁吞下，眼角挑弄地看着她。

她的脸腾地红了，这才意识到自己几乎是被杨昭拥在怀中，当众做这么亲密暧昧的动作。菡玉心虚地低下头不敢张望，觉得大家好像都在看着他们。

"看清楚了吗？要不要再来……"

菡玉连忙抓紧筷子说："看清楚了，看清楚了，我自己练习一下……"闷头捧着那碟油饁开始奋战。

杨昭还记挂着刚刚那幅画，思忖着摊主何时回来，忍不住地翘首探望。从窗户里正能看到画摊，远远望去，那幅莲花图比近处更模糊，仿佛画上的雾变浓了，莲花都看不真切，只见氤氲的雾气。

他忽然放下筷子站起身来，说："玉儿，你在这里等我一会儿，我去去就来。"

菡玉未及询问，杨昭便匆匆步出店外，混入人群中。她心生疑惑，连忙付了账追过去。

杨昭在画摊前站定。这么近地看去，那些轻微的笔触只是晨雾；但退后到三丈以外，那些缥缈的丝缕聚成了隐约的人形，自莲花中逸出，仿若花中仙灵。

杨昭眯起眼，画上似有还无的面容在他的眼中越来越清楚，终成一张明晰的容颜。

“客官，要买画吗？”邻近的小贩热心地问道，见杨昭点头，转身向画摊的背后喊道：“先生，有人要买画！”

一人分开垂挂的画幅走出来。

那是一名白衣青年，眉目清朗，看来似乎未及而立，但那神态气韵隐有仙风，又不像三十岁的人能有的气宇，让杨昭一时竟分辨不出年岁。杨昭眼光一扫，看出那青年身上的白衣样式十分眼熟。

那名青年一手提了一盏未完成的莲花灯，另一手执画笔，正往莲花灯的花瓣上染色，看了杨昭一眼，笑容轻浅，问道：“您要哪一幅？”

“这一幅。”杨昭指向高处那幅水墨清荷。

青年回头一看，摇头道：“这幅不卖。”

“我可以出高价。”

青年掉过头来，盯着杨昭看了许久，展颜笑道：“此画只赠有缘人。”

杨昭正要上前道谢，忽听背后传来菡玉惊喜的呼声：“大哥！你怎么会在这里？”菡玉从身后越过他，奔向那白衣青年。

大哥？

杨昭盯着青年那身眼熟的素布白衣，眉头微微蹙起。

菡玉早忘了先前的不快，喜不自禁，跑过去握住青年的手，连声道：“大哥，真没想到会在这里遇见你！怪不得我回衡山时没看到你，原来你是到长安来了！”

“京兆本是故土，在山中多年，也该回来探一探父母大人了。”青年轻抚她的肩膀，“我知道你爱吃豆沙馅的油鎚，定然不会放过锦贤记，一早就在此候着，果然等到了你。”

菡玉略觉羞赧，转而道：“大哥，长安既是你的故乡，父母在堂，就别再回去了。如今正值多事之秋，社稷垂危，大哥胸有经天纬地之韬略，正是国家所需……”

青年笑道：“我不过是个修道的方士，看相算命、画符驱邪还差不多，哪来什么经纬韬略。回家这些日子游手好闲、不事生产，都被宗亲嫌弃了。这不，只能寄住在道友观中，元夜出来摆个小摊，卖些神物画像，聊以供给衣食。”

菡玉急得一跺脚，道：“大哥！怎把自己说得如此不堪！”

青年忍俊不禁，惹得她也扑哧一声笑了出来。

“我是记着你的嘱咐，来接小玉回衡山的。”青年止住笑，摸了摸菡玉的手臂，“玉儿，你这次回去，师父已经修书告诉我了。你现在觉得如何？有没有不适应这新的……”

“原先的用太久，还不如新的活络呢！”她张开双臂转了一个圈，颇有几分小女儿的娇态，“你看我这不是好好的吗？”

“没事就好。玉儿，你究竟出了什么状况，竟至于要回衡山去更换？”

菡玉笑容一顿，不由得转头看了一眼杨昭。

杨昭一脸皮笑肉不笑的神情，走近后扬声道：“玉儿，这位是你的故交？怎不引见一下呢？只顾着叙旧，就把我抛到一边了。”他刻意将“玉儿”二字拔高，叫得亲昵，存心要那青年听见。

菡玉略有些不自在，介绍道：“这是我的大师兄，也是我的结义兄长，我在山中学艺时多得大哥指点。大哥不仅道术谋略远胜于我，更有定国安邦平天下之智……”

青年冲他微一点头，神色淡定，仿佛只是行遇路人，道：“在下李泌。”

“李长源？”

李泌不意杨昭竟知道自己：“正是。”

原来杨昭第一次遇见菡玉时，那封给太子的引荐信上的“长源”，就是这个人。他还叫她“玉儿”，除了自己，竟然还有别人也这么叫她。

杨昭扬手道：“京兆李泌，幼以才敏著闻，陛下使与太子游，太子亦谓为先生，我也早有耳闻。原以为山人必是年长前辈，谁知竟如此年少，你们兄妹二人倒是相像。幸会幸会！”说罢客套话，两眼瞬也不瞬地盯着菡玉。

菡玉硬起头皮，指着杨昭对李泌道：“此乃当朝右相。”

“就这样？”杨昭挑高眉毛，“玉儿，你介绍你兄长予我认识，说得滔滔不绝，怎么说起我就只‘当朝右相’这四个字？你不觉得不够详尽吗？”

菡玉脱口喊道：“相爷！”心中略感忐忑，不由得抬头望了一眼李泌，见他神色无异浅笑悠然，才略微放心。

李泌道："玉儿她脾性直率，若有不周之处，还请相爷海涵。"

杨昭道："她是什么脾性，我再清楚不过。"

李泌道："这些年玉儿独自在京师，幸得相爷照拂，我这做大哥的反倒不能陪伴左右照顾。李泌在此谢过相爷了。"

杨昭道："哪里，我照顾她本就应当，是我该谢大哥才是。要不是早年得大哥收容抚育、悉心教诲，玉儿幼失怙恃，身世飘零，也不会跻身庙堂。"转头又对菡玉道："玉儿，看来你我能相遇相识，还多亏了大哥成全。"一口一个"大哥"，叫得十分热络。

菡玉觉得气氛有些诡异，讪讪一笑，道："可惜我连大哥的一点儿皮毛都没学到，否则何至于碌碌如此。若我有大哥一半的才学，也不会入朝十年一事无成、令社稷蒙难了。"

杨昭只是一副似笑非笑的表情，不接她的话。

菡玉只得明说："朝中多是我这等庸碌之辈，贤才良士如大哥却埋没山林。酒香也怕巷深，良驹亦须伯乐慧眼识之。相爷……"

杨昭这才接道："朝廷求贤若渴，像大哥这般人才正是急需。大哥幼时便闻名京师，陛下赏识欲授官爵，大哥辞而不受，仍与太子为布衣之交，情谊匪浅。上有陛下、前有太子，我若强行充当这个伯乐，还怕大哥看不上呢。"

菡玉被杨昭气得够呛，回头对李泌道："大哥，我们到后面去。分别这么久，我有许多事要跟你说呢。"

杨昭道："玉儿，这会儿灯市正当热闹，你不去看吗？错过了这时候，后面可就没什么意思了。"

菡玉恼道："相爷有兴致，自己去……"

她话说了一半，被李泌按住："玉儿，你是与相爷同来夜游的？佳节良宵怎可错过。此处人来人往喧嚣嘈杂，不便交谈。改日我再去找你，好好叙一叙旧。"

菡玉握住李泌的手，道："好呀，我现在住崇化坊南里，大哥你呢？方才你说并未住在家中，而是在道观会友，是哪家道观？是不是景……"

李泌眉梢一动，她便止住了，想起杨昭还在身后，没有再问。

李泌道："玉儿，这是我照着以前你说的样子做的莲花灯，不知合不合你的意。"他举起画笔，将未完成的最后一片花瓣染上颜色。

菡玉伸手去接花灯，刚抓住提手，杨昭便伸手过来，合上她的手背，说：“玉儿，我来替你拿。”

她不由得一缩手，那花灯就落入杨昭的手中。

“不敢劳烦相爷，我自己拿就好。”她恼怒道，又不敢从他的手里将花灯抢过来。

杨昭微笑道：“你不是说身着男装还学女子提花灯在手会叫人笑话吗？我不怕人笑话，我来帮你拿。”

菡玉被杨昭反将一军，吃了个哑巴亏，只得任他拿了花灯。

二人辞别李泌，转回西市大街上。转弯处人多拥挤，杨昭缓步慢行，后面有人性急，从他身侧越过时撞了他一下，把花灯撞飞了出去。灯中的蜡烛歪斜倾倒，顿时引燃了糊灯的薄纱。

菡玉连忙冲过去捡花灯，被杨昭拉住晚了一步，火苗已经燎了上来。

“可惜了。”杨昭摇头啧啧叹道，“这么精巧的花灯，还是你大哥亲手所制。”

火烧得并不快，菡玉想上去救火，胳膊却叫他紧紧地攥着挣脱不开。她急得回头去掰他的手，喊道：“你放开！”

她的指甲掐痛了他，他隐忍怒气，道：“不就是一盏灯吗，你这么紧张做什么？”

“那是大哥送我的！”

“他送你的就这么在乎，我送你的却不屑一顾。你到底是在乎灯，还是在乎人？”

菡玉被杨昭眼中的怒意镇住，忽然间明白了他处处与李泌为难的原因，既讶异又有几分尴尬，急忙说：“相爷，他是我大哥呀！你莫要……再像对我阿耶那样……”

“你爹是你亲爹，这个大哥算什么？他姓李，你姓吉，这是哪门子的大哥？”

菡玉无奈地道：“我与大哥同门拜师学道，情同手足结为金兰，我们俩确确实实是兄妹之谊。”

杨昭嗤笑道：“兄妹之谊，哼！男女之间哪来什么兄妹之谊！”

“相爷非要这么想，我也无可奈何。”菡玉垂下头，“至少我对大哥从来只有敬慕，不曾有过半点儿非分之想。”

那是因为你……心里已经有别人了！

这句话噎在杨昭的喉口，像一根扎进肉中的鱼刺，他吐不出也咽不下。初听李泌自报姓名，他心中确实有过松了一口气的感觉——幸好，不是姓卓。

杨昭艰难地开口道：“是我不好，我太多心了。我只是看不过你对他那么亲近，在他面前那么随意率性，与我所见判若两人。那时候你才像一个女儿家，会撒娇，会害羞，喜怒形之于色，而我从来没见过你此种模样。”

杨昭盯着她的眼，眉间有淡淡的愁绪：“我是嫉妒他呢。”

菡玉捡起那盏烧得只剩焦黑骨架的莲花灯，勉力笑道：“相爷，灯市正喧闹，再不走可就要辜负这良辰美景了。”不等杨昭答话，自顾低头往前走去。

杨昭无奈地轻叹：“你为何总走得这样快？我一直在后头追着，却总也追不上。何时你才肯停下来，回一回头？”

她一定听见了，步子略一停顿，但立即又装作没听到的样子，更加快了步伐，唯恐真被他追上似的，急急忙忙地混入人潮中去了。

上元佳节，宵禁连停三天，十六夜里依然如正日一般热闹。杨昭奉旨入宫陪贵妃等人宴饮去了，管不着菡玉，她终于得空出来去寻李泌。

她猜度大哥所寄居的道观，十有八九是景龙观，观主是他们同一祖师爷的师兄，慷慨好客，以前史敬忠也曾长期借住此处。

刚出崇化坊，菡玉便觉察到身后有尾巴，策马快走了两条街也没甩掉。她不由得心生腻烦，打马走上宽阔无人的大路，驻足回头道：“杨九，你出来吧。”

杨九也不避讳，从墙头暗处现身，向菡玉行礼。

“你回去告诉相爷，我外出走访亲友，堂堂正正，他想知道什么尽可以来问我，不必派人鬼鬼祟祟地跟踪窥伺。”

杨九一向是个木头脸，面无表情地回道：“相爷说如今兵荒马乱不安全，派小人跟随保护少卿，并非窥伺。”

菡玉道：“长安城里哪有兵荒马乱？我自己也会些武功，不用你保护，你回去吧。”

杨九道：“小人只懂奉命行事。”

杨九武艺高超轻功了得，她要跟着，菡玉就算骑马也甩不掉她。菡玉拿她没有办法，只好说："那你好好地在地上走，别飞檐走壁吓到旁人。"

杨九一言不发，抱着剑从坊墙上跳下来，跟在菡玉的身后。

菡玉赶到景龙观，这不起眼的道观竟被禁军卫兵团团围住，不知是哪位达官贵人大驾光临。菡玉找到守门的小道童一问，李泌果然住在此处，通报后引菡玉入内。

观内路上都有禁卫把守。菡玉越走越觉得不对劲了，他们竟是在沿着禁卫辟出的道路行进。菡玉不由得低声问引路的道童："小道长，不知这是哪位贵客莅临，如此严正肃穆？"

道童回道："是太子殿下与妃子夜游疲倦，经过我们观就进来休息游玩，好多人呢！"

菡玉脚步一顿，小声道："太子？"

太子李亨与李泌是故交，难怪这一路走来全是卫兵，显然他们去往之处也是太子下榻休憩之地。菡玉想了一想，回头对杨九道："既然太子銮驾在，我不好带你进去，你在外头等我吧。"

杨九点点头，退到台阶下到门外等候。

菡玉跟随道童一路走到内院，果然在院门口被太子卫率拦了下来。菡玉正想解释，听到里头有人道："这是我师弟，让他进来。"

卫兵见开门说话的人身穿布衣，只是观里的道士，没有理睬他。

李泌叹了口气，回头往屋内去，那厢太子已经发话了："先生的师弟？还不快快请进来！"

太子的命令卫兵不敢怠慢，躬身让菡玉进去。屋门敞开，她和里面的人一照面，双方都是一愣。

屋内除了太子，还有良娣张氏、东宫宦官李辅国、太子之子建宁王李倓等人，都是东宫之属。除此之外还有一名陌生的少年，约莫只有十六七岁，看衣着像是奴婢下人，却和建宁王并坐。

菡玉看了那名少年一眼，觉得有些面熟。少年发觉她注意到了自己，立刻低下头去。

太子显然没有料到李泌说的师弟就是菡玉，众人一见她齐齐噤声，面色微妙。没有人开口，但是他们的神色表情不约而同地告诉她同一句话：怎么来了个杨昭的心腹党羽？

菡玉便站在门外没有进去。

建宁王的反应最快，他转头对身边的少年低声道："十郎，你先退下吧。"

被唤作十郎的少年叩首拜伏于地，跪着退了下去。

太子打破沉寂道："原来先生的师弟就是吉少卿。孤想起来了，天宝四载先生给我写过信美誉这位师弟，吾引荐他去了集贤院，少卿还记得否？"

菡玉拜道："殿下伯乐之恩，臣铭记五内，不敢稍忘。"

李泌一手放在菡玉的肩上，道："臣这个师弟性情耿介，我劝他和我归隐山林潜心向道，不要过问红尘之事，他一心报国偏要下山，在朝这些年只怕也吃了不少苦头，幸得殿下容纳照拂。"

有了李泌的担保，太子便放心了，道："先生过誉了，吾只有引荐之功而已。既然先生有访客，吾来这景龙观叨扰已久，也该告辞了。"又转身问张良娣："良娣玉体安好？可以出行否？"

张良娣道："妾身无恙了，这便出发吧，殿下莫为妾而辜负了这良辰美景。"

太子挽着良娣，起驾离开景龙观，同李泌和菡玉拜别。

等东宫军士全都撤走了，菡玉才问："太子为何会来景龙观？"

李泌道："太子携良娣夜游，良娣吹风不适，适逢经过景龙观，太子知道我在此处，驾临观中休整，顺带召见叙旧而已。"

"是吗？"菡玉低着头，"那个十郎是谁？"

李泌道："是建宁王带来的，似乎是他器重的下人。"

菡玉蹙眉不语。

李泌叹了口气："玉儿，你不信我？十几年前陛下就欲授我东宫官职辅佐太子，我若有心参与朝政，还用等到现在？"

菡玉沉默片刻，低声道："我当然信你。如果连大哥都不信，那我在这世上也没有人可以信任了。"

李泌拍拍她的肩，展开笑颜，道："玉儿，我也信你。对了，你的小师弟新加河东节度，东出井陉救助河北，这事你也知道了吧？我刚刚才听太子殿下提起。"

菡玉不由得忸怩起来，说："既然他已经是方镇节度使，就别再提什么师兄师弟了。"

李泌大笑。

这“小师弟”就是郭子仪荐举的新任河东节度使李光弼，此时他还未创下赫赫战绩，籍籍无名，后世却是与郭子仪齐名的名将，此为后话。

其实李光弼年长李泌和菡玉十多岁，也并非修道之人，只不过师父在外云游时曾指点过他武艺兵法，李光弼执意要拜师，就成了两人的师弟。

兄妹二人在观内叙旧言欢，饮茶论道，都心照不宣地不提朝堂之事。一直说到亥初时刻，菡玉才告辞离去。

菡玉来时骑的马还在景龙观门口，杨九却不见了。菡玉差点儿忘了这茬，此时方后悔自己失策。如果自己索性带杨九入内，她当着太子禁卫的面未必能做什么；但是把她留在外头，谁还能管得住她去哪？

菡玉牵起缰绳的手忽然顿住。

她想起为什么会觉得那个十郎面熟了。他长得有点儿像杨九。

杨昭从兴庆宫回到相府，正好杨九回来复命。他白天忙得跟陀螺似的脚不沾地，夜里还要硬着头皮陪陛下贵妃宴饮游乐，喝多了酒，此时头昏脑涨，但还是打起精神问：“她去见李泌了？”

杨九回道：“少卿去了景龙观，与李泌会面。”

杨昭一手撑着脑袋，问：“就他们两个？”

杨九道：“太子与良娣恰好也在观中。”

“太子？”杨昭眼神一动直起身来，细思片刻，“除了太子和良娣，还有什么人在场？”

“还有太子的府卫、建宁王、东宫宦官。”

杨昭追问道：“还有没有其他可疑的人？”

杨九低下头顿了一顿，道：“没有了。”

傍晚菡玉从兴庆宫出来，又迎面撞见杨昭。

最近她似乎只要一出京兆府衙，总会不期然地和他“偶遇”。今日她特意打听了，得知杨昭有事在身才偷偷来兴庆宫请旨，没想到还是被他逮着，心里暗叫不好。

杨昭笑吟吟地走过来，问：“刚见完陛下出来？你一直大门不出二门不迈窝在府衙里，是什么大事把你请出来了？”

菡玉心虚，听着杨昭的话便觉得句句有刺，犹豫着是该主动托出还是等着他兴师问罪，一时没有言语。

杨昭见她不理睬，又道：“我倒有一件事要告诉你。河东节度使李光弼，加封河北道采访使、魏郡太守，制书已下，大约明日朝上便会通告百官了。”

菡玉更加笃定杨昭是问罪来的，看他笑容满面，一点儿都瞧不出要发怒的样子，吃不透他到底要怎生耍弄她，不如自己认了干脆。

她摸了摸袖中的那纸任命制书，刚要取出，杨昭突然问：“李光弼是你的另一个师兄，对不对？”

菡玉问：“你怎么知道？”手一停，制书也没有拿出来。

“你自己提过的。”杨昭见她疑惑，又补充道，“那年杨慎矜案，你在大理寺牢中，河东节度使王忠嗣也正获罪下狱，你向他提起的，说你的同门师兄弟李光弼在他麾下。”

菡玉这才忆起确实在牢中遇到王忠嗣，偶尔攀谈提起过，没想到这么点儿小事也会传到杨昭的耳朵里，杨昭还一直记着。

那么早……

不过杨昭不知道李光弼是师弟而非师兄，看来确实是当时留心，并没有特意去调查过她的师门。

杨昭凑近她，放低了声音，道：“玉儿，我欠你大师兄的那份，在你二师兄的身上补回来了，你可以不再生我的气了吧？”

原来李光弼加官晋爵是杨昭出的主意。菡玉讪讪地道：“我哪有生气。”心里却松了一口气，看来他还以为自己尚不知道此事。

“听你的语气就知道你还在赌气。这次就当我将功折罪，你要是还不满意，回头我立刻给你大哥安排一个职务，你说哪个……”

“不必了。”菡玉打断他，“大哥已经回衡山去了。”

“玉儿，”杨昭盯着她，“你到底在气我什么？自打你回来之后，好像换了个人似的，就没给过我一个好脸色看，以前你对我可没这么挑剔。”

菡玉怕再与他纠缠下去又要横生枝节、夜长梦多，低头思忖着如何应付，回道：“你说呢？”

“要我说？”他笑了出来，“大概是爱之深而责之切吧。”

菡玉的脸忍不住红了，更兼心虚歉疚，脑袋几乎垂到胸前，说：“相爷，你是不是还要进宫去见陛下？时候不早了……一会儿回去再说……”心下又羞又愧，恨不得夺路而逃。

杨昭依依不舍地放开她：“那我回头再去找你。”

菡玉轻轻点一点头，他的手一挪走，她便立刻转身逃也似的飞快跑开，那模样只能用“落荒而逃”四字形容。

杨昭以为菡玉是脸皮薄害羞，只顾着欢喜，不疑有他。

菡玉满心惴惴，不敢想象杨昭听到她自请前往河北宣旨时会是什么反应。一直到第二日黄昏到达长安以北四五百里开外的延州，仍无追兵赶及，她才确认自己不会被杨昭半途截回去了。

潼关外就是叛军阵营，去河北须先往北取道太原，再往东经井陉而至河北。一路兜兜转转，菡玉用了半个多月方出井陉，追及李光弼大军。

万余人的大军尚未扎营完毕，就见旌旗林立、兵马肃然，远看只见灰茫茫的一片，绵延数里不见首尾。触目所及是玄铁战甲连成的浩瀚黑海，仿佛日光也被吸入，只余肃杀的黑沉。

李光弼见朝廷派来宣旨的竟是菡玉，大吃一惊，匆匆接下委任状，便急忙遣退左右，问道：“师姐，你怎么不在京师好好待着，跑来这兵荒马乱的地方？”

菡玉面有赧色，道：“大夫别叫我师姐了，真是折杀下官……”以前有个爷爷辈的七旬老翁史敬忠叫她师叔，现在又来个河东节度使叫她师姐，她真有些承受不住。

李光弼道：“你比我先入门，当然是师姐，长幼有序不可乱。”

菡玉道：“大夫如今不比往日了。要不我们私底下以师兄弟相称，但在人前还是互称官职，免得他人好奇还要一一解释。‘师姐’二字更不要提了。”

李光弼想了想答应了，又问她：“朝廷没人了吗，为何派你这太常少卿出来送信？”

菡玉笑道：“我是听说师弟自己带兵打仗了，立刻马不停蹄地赶来投奔，死乞白赖才从陛下那里求到了这份送信的差使呢。”

李光弼了然道：“是不是不想在朝堂上蹚浑水了？”

菡玉赧笑道：“师弟心如明镜，什么都瞒不过你。现在外头乱得很，史思明一听你出了井陉关，定会立刻来袭，我可不敢这时候出去送死，没法儿回去向朝廷复命了。先在师弟这里避一阵子，师弟可要多多担待啊。”

李光弼道：“在京城当过官就是不一样，都学会油嘴滑舌了。师兄文武双全样样精通，军中正缺这样的人才，我自然是求之不得。”

“什么样样精通，样样稀松还差不多！”

他们师兄妹三人，李泌尚文，李光弼崇武，菡玉两样都学了点儿，哪一样也不拿手，都是半吊子。

菡玉止住笑，道：“我虽然文才武功都不如人，但有一点长处却是放眼三军无人能比的。”

“哦？什么长处？”

“我不怕死！”她豪迈地拍拍胸口，“师弟，以后要是有什么危险的任务只管派我去！”

“好、好兄弟！”李光弼轻捶她一拳，“你有这等异能，又有无畏之心，将来定能在沙场上建功立业！”

菡玉心中也生出几分豪情来，在朝中积压的闷气一扫而空。

二人携手坐下，忆起当初同门学艺的日子，谈到分别之后的种种际遇，都是感慨万千。菡玉叹道：“师弟，如今你可是得偿所愿了。”

李光弼大笑，道：“区区几个官职，不过是虚名而已！等拿下范阳、取得安禄山项上人头时，才算得偿所愿！”

菡玉也颇为激动，说：“等师弟拿下范阳，我帮你扛旗插上城楼！”

“好，一言为定！”李光弼拊掌笑道，“要把官军大旗插上范阳城楼，不是一日两日可以办到的，还须从长计议。眼下我倒想问问你，有没有办法把我军的旗帜，插上饶阳城楼？”

菡玉道：“师弟这题出得太难了，饶阳我没有把握，不如先攻常山？”

李光弼来了兴致，问：“常山？这题也不算容易啊。常山经前太守颜杲卿多次修葺加固，城坚池固；被叛军攻克后，安思义率胡军驻守其间，另有团练兵三千余人，合起来有五千之众。我军要攻常山，一时半刻难以攻克，而史思明离此地不过二百里，援军一日可达，届时岂不是要腹背受敌？”

菡玉反问道：“史思明若来救常山，不正好解了饶阳之围？”

李光弼挑眉问道：“听你的语气，似乎笃定能拿下常山。我倒想听听，你有什么妙计能速速攻下常山？”

菡玉笑道：“说不上妙计，借花献佛而已……”

她话未说完，帐外报说有常山来使求见。

李光弼略感诧异，看了一眼菡玉，她向外挥手一指，说：“这不，办法就来了。”

来使被侍卫引入帐中，竟是一名身着唐军战袍的武将，武将进帐后便对李光弼下拜，全是下属礼节。

原来常山的五千驻军中，三千多团练兵都是太守颜杲卿的旧部，此次听说官军东出井陉，不等李光弼率军前去攻打，便自发起义杀死胡兵，将叛军将领安思义绑缚，开城出降。

官军不费吹灰之力便得常山，李光弼自然喜出望外，连忙扶起常山来使，抚慰一番，问道：“安思义现在何处？”

来使道：“末将已将他绑至行营外，等候大夫发落！”

李光弼命来使将安思义带进营来，一面密令下属前往常山打探究竟，回头对菡玉道：“你真是神通，怎会料到常山必会出降？”

菡玉道：“颜太守忠节不屈，其部下都是忠勇之辈，因城破不得不投降叛军，但都心向朝廷。颜太守被缚东京，死于安禄山之手，常山将士更是恨叛军入骨，若非孤立无援、力量悬殊，早为颜太守报仇了。这次见朝廷大军抵达，自然更无归顺叛军之心。”

菡玉嘴上说得头头是道，心中却暗想：我第一次见你就是在这里，当然料得准。

当初她刚被师父收容时，从长安前往衡山，经过河北，师父顺道带她见了一见这位同门，因此她清楚地记得常山不战而克之事。当然那时候的李光弼是她正儿八经的师兄，没被她横插一脚占辈分长幼的便宜。

常山既克，叛将安思义也向李光弼投诚，表示愿意为他献策献力对抗史思明。李光弼以礼相待，移军入城。

史思明闻说常山失守，果然立解饶阳之围来救常山。次日天还未亮，先锋已至。

菡玉一路奔波疲惫不堪，睡得迷迷糊糊时被李光弼从被窝里揪出来，只听他说道："史思明来了，快起来，把这个穿上。"李光弼将手里的东西扔到她的身上。

菡玉坐起一看，是一套精细致密的精钢盔甲，说："我不需要这个，还是给其他将士用吧，给我刀枪弓箭即可。"

"你是想被刺成马蜂窝还生龙活虎地站在城头上，把史思明吓跑吗？"李光弼揶揄道，将手中的长剑扔给她，"刀剑无眼，一会儿我不能时时顾着你，自己小心。"

菡玉叫住他："你也多加小心。"

"放心，我决不会倒在史思明的前头！"李光弼朗声应道，阔步走出门外。

菡玉匆忙起身，持剑而出，一边跑一边穿上盔甲。

街上都是赴战的士兵，弓弩手去城楼，步骑往城门，步声隆隆疾而不乱。不到一刻钟，一万多人便尽数各就各位，准备迎战。

菡玉赶往城头，正碰上士兵带着安思义也向城楼去。安思义仍穿着昨日的胡服，无甲遮身，脚步止住不肯上城楼。

菡玉喊道："安将军留步！"追上安思义，把自己穿了一半的盔甲脱下来递给他，"城头暴露于敌人弓箭之下，将军这身胡服太过惹眼，还请穿上盔甲，以策安全。"

安思义熟知史思明的底细，明白自己一上城楼，要是被史思明看见，他定会首先想办法将自己射死，因此逡巡犹豫不前。安思义接过菡玉脱下的盔甲，也看出这件盔甲的质地非同一般，一时神色交杂，道："那吉少卿你……"

菡玉道："我再去领一件便可。"又对士兵道："保护好将军。"

安思义低头道："多谢少卿。"迅速穿好盔甲，和士兵一同爬上城楼。

两军交战，安思义果然诚意归降，对李光弼倾囊相助。

李光弼所率朔方兵长途跋涉而来，难敌史思明的精锐部队，准备避其锋芒守城不出。安思义却建议说，史思明善用骑兵当先冲锋，大军继之，胡人锋芒虽劲却不能持久，若不能速克获胜，很快就会士气沮丧人心离散，官军应当趁大军未至时全力击退其骑兵前锋。

第二日天未亮，史思明的骑兵已至常山城下。李光弼先命裨将张奉璋带步兵五千出城迎敌，双方在城下胶着鏖战，叛军围堵城门不退。

安思义再献策，出五百弓箭手于城墙上一齐放箭，矢落如雨，叛军不得不离开城门后退。

见叛军退远，李光弼立即撤下弓箭手，换上射程较远的弩机手，一千人分为四队轮流发射，箭矢不停，令叛军无法接近城下。叛军多次以骑兵来袭，都被弩机手击退。

史思明来势汹汹，首攻受挫，果然如安思义所说气焰大跌，之后的进攻便有疲软之势。两军从寅时一直打到辰时，常山城墙岿然不动，叛军却死伤惨重，只得收军退于道北，等候步兵支援。

此时有乡野村民赶入城中来报，说叛军的五千步兵从饶阳出发，昼夜兼程疾行，在九门南面的逢壁停留不前，估计是要在那里休息。

李光弼拊掌大笑，道："真乃天助我也！"再命张奉璋领步骑各两千，偃旗息鼓，沿滹沱水悄悄行进，前去歼灭这股叛军。

张奉璋抵达逢壁时叛军正在吃饭，打了他们一个措手不及，将五千人全数歼灭，而官军仅伤亡七百余人。

史思明见形势不妙，率兵退入九门等待后援，伺机而动。常山郡下辖九县，原先都迫于叛军的淫威而不得不降，此时纷纷弃暗投明，仅有九门、藁城仍为叛军占领。

不久饶阳剩余的步兵和蔡希德的援军至九门，史思明故技重施，将常山围住，断绝粮道，妄图将李光弼困死在城中。史思明与蔡希德共有三万步骑，双倍于常山守军不止，双方相持四十余日，陷入胶着。李光弼估计以一己之力难克史思明，致书郭子仪请求支援。

郭子仪的援兵未到，李光弼倒先迎来了长安的中使宦官，中使宦官带来皇帝恩命，加封李光弼为范阳长史、河北节度使，不过都是些空衔。

除此之外，中使还透露了一桩朝中变数：哥舒翰在潼关截获了户部尚书安思顺送给安禄山的书信，上书告发安思顺通敌，历数七条罪责，安思顺与其弟皆被处以极刑，阖家流放。

安思顺原为朔方、河西节度使，李光弼、郭子仪都曾是他的下属部将。安思顺曾与安禄山约为兄弟，安禄山造反后安思顺就被皇帝解除兵权，征入朝中当了个挂名的户部尚书。

李光弼对安思顺还有些旧日恩义，不由得道："安尚书虽曾与逆胡有过兄弟之约，但对陛下并无二心，否则以朔方、河西二镇兵力投了安禄山，大唐江山早已危急！况且哥舒将军早与安尚书不和，单凭他截获的一封书信怎能轻易就将股肱之臣定罪处死？朝中竟无人相护？"

中使叹气道："西平郡王如今位高权重，手握我大唐江山命脉。说句不敬的，有安禄山逆反在前，陛下如今都得礼让他三分哪！朝中无人敢言，唯有右相出手救安尚书，但心有余而力不足，陛下的旨意又下得仓促，眼睁睁地看着安尚书殒命。"

李光弼沉默片刻，心中已经明白过来，淡淡地道："右相有心。中使一路辛苦，请往驿馆暂歇。常山久战空虚，地方简陋，还望中使不要嫌弃。"命菡玉带中使去驿馆落脚歇息。

菡玉领中使到常山馆驿落脚，离去时中使突然道："少卿，右相有一封信命咱家转交。"中使从袖中掏出一封书信来递给她。

菡玉接过，极薄的信封，打开里面只有薄薄一张笺纸，无头无尾地题了一句诗：柳条折尽花飞尽。

杨柳青青着地垂，杨花漫漫搅天飞。柳条折尽花飞尽，借问行人归不归？

归不归？然而如今，在野，山河破碎，因安禄山；在朝，满目疮痍，因他杨昭。这叫她如何归？往哪里归？

菡玉慢慢地将那笺纸折起，塞回信封中，对中使道："有劳大官，请好生歇息吧，下官告辞。"

中使问："少卿不回信给右相吗？咱家可以代为转交。"

菡玉道："不了，多谢大官。"将信收起，告辞回太守府衙。

李光弼神色郁郁，见菡玉回来，忍不住向她抱怨道："我素来敬重哥舒翰，敬他战功彪炳、威名赫赫，谁知为人竟是如此！武人讲的是忠、勇、义、气，他如此心胸狭窄，这个'气'字，首先当不得；为着一己之私拿别人垫脚，草菅人命，也当不得这个'义'字；居功自傲以权慑主，更当不得这个'忠'字！无怪乎一入朝掌权便和杨昭反目斗起来，真是物以类聚！安禄山都打到潼关脚下了，这些人还只顾着自己的权势利益窝里斗得欢，难道非要把大唐江山葬送了才心甘？莫怪你不愿待在长安，换了我也看不下去！"

李光弼一口气讲了好半晌，出了心中郁气，也不见菡玉应声，只是愣愣地出神，疑惑道："你怎么了？"

菡玉回过神来，扯出一抹浅笑，回道："师弟是三军主帅，如此愤世嫉俗、气急败坏的言辞在同门面前说说也就罢了，可别流传出去，损坏大将威仪。"

李光弼也笑了："你少给我顾左右而言他，皱着个眉头忧心忡忡的，还来说笑话。"

菡玉微窘，低了头不语，手触到衣袖的一处尖角突起，正是袖中的那封信。

"柳条折尽花飞尽"，微带凄凉的词句，仿佛承载的并不只是离愁别绪，堵得她心头发慌。

李光弼走近菡玉，一手扶着她的肩，轻声问："朝中有你忧心挂怀的人？"

菡玉退开两步转过身去，说："在朝这些年也有一些交游的友人，一别之后杳无音信。安禄山虎狼在侧，单凭一道潼关未必能一直挡住胡虏铁骑，潼关不守，长安岌岌可危，届时这些故友都将陷于危难……"

李光弼笑道："你担心得也太远了，不如先担心担心咱们自己。潼关好好地在那儿，安禄山在洛阳做他的皇帝梦，咱们可已经被困四十多天了。"

菡玉也笑，摊摊手道："人无远虑必有近忧，看来这句话只能正着说，反过来就作不得准了。"

李光弼看她满腹心事，偏还强作欢颜，不愿说与他听，想她在京多年必有许多际遇，一时之间难以言尽，也不勉强，一笑置之。

常山与敌军相持五十余日，终于迎来援军。四月初九，郭子仪自代州率朔方大军东出井陉，抵达常山与李光弼会师，共计有藩汉步骑十万。

史思明听说郭子仪大军东来，立即解除常山之围退回九门，转攻为守。

郭子仪年已花甲，半生戎马老当益壮。大军稍做休整，第二天便向史思明递书约战。

四月十一日，郭子仪、李光弼与史思明战于九门县城南，官军出兵八万，留二万驻守常山，叛军则倾巢出动。郭子仪用李光弼故策，避敌精锐骑兵，以弓弩手和步兵为主。

此战殊无悬念，叛军被打得大败。史思明仓皇地往南逃至赵郡。蔡希德更是魂飞魄散，一直逃到九门南六百里外的钜鹿，听说官军只追史思明，并未分兵顾他，才敢停下来。

河北、朔方之民饱受叛军蹂躏，苦不堪言，此时听说官军大败史思明，纷纷起兵反抗，响应官军，少者几千人，最多有两万人。

安禄山自起兵以来所向披靡，志得意满，听说自己手下最得力的大将史思明在河北被打得如同丧家之犬，大怒之下，派给蔡希德步骑两万，又令留守范阳的牛廷玠发兵增援，三方合兵共五万余人，其中两成是安禄山最精锐的部队，反击郭、李。

郭子仪归兵恒阳，加固城防，深沟高垒严阵以待。叛军来攻则固守，撤退则追击；白日陈兵耀威，入夜派小队人马偷袭扰乱敌营，使叛军不得安宁。

叛军杯弓蛇影，时时严阵以待，官军却又偃旗息鼓；稍有懈怠，官军便又出兵侵扰，弄得叛军无所适从、疲惫不堪，自乱了阵脚。

数日之后，郭子仪觉得时机成熟，与李光弼商议出战，军中将领都被召至中军帐听命。

菡玉不在编制之内，不放心城门没个将领坐镇，自请留在城门看守。

李光弼只觉好笑，说："你可真是杞人忧天，我们只是一起去商量个事，史思明就算突然来袭，这几步路难道还来不及跑过来？"

菡玉最近有些心绪不宁患得患失，每每做出些莫名其妙的事来，李光弼问她，她却又说不上原因。李光弼嘲笑她一番，也不勉强，留她在城门守着。

菡玉登上角楼，望着脚下一马平川的广袤土地，未及延伸到天边，便被崇山峻岭阻挡。五月里山上已是树木葱茏，那山远远地看去便是深浓的黛色，轮廓并不清晰，灰蒙蒙的分不清哪个是山头，哪个是云峰，仿佛天与地连在了一起，到那里便到了尽头，山那边已是另一个世界。

角楼上的哨兵看她望着远山呆立半天，小声问："少卿，那边也会有敌军来吗？"

菡玉回过神，才发现自己看的是西面的太行山，而史思明在东南。她摇一摇头，道："没事。你们小心看守，切莫懈怠。"

她转身下楼，刚走到楼梯口，哨兵忽然喊道："少卿，那边真的有人来了！"

菡玉立即回角楼上，顺着那哨兵所指之处看去，果然有数骑从西南面向恒阳而来，远远看去只是一队移动的小黑点。

哨兵问："少卿，要不要禀报郭、李二位大夫？"

菡玉举手制止：“先不用，不到十个人，不足为惧。且看是什么来历。”

不一会儿那几骑到了城下，领头的是名武将，带几名士兵和禁卫，中间拥着一名宦官，竟是皇帝又遣中使来宣旨。

菡玉忙命开城门，亲自将这一行人迎进城来。

武将先自报来历：“末将乃西平郡王麾下属将，王思礼将军之副。陛下遣使经潼关，事关重大，王将军担心有失，特命末将护送。”

菡玉略感疑惑。中使有禁卫保护周全，王思礼还另派副将跟随，难道是机密军情？但若真像这副将所说事关重大，为何只派这几个人？要说是怕暴露行踪被叛军截获，这些人却又都是官军装束，毫不掩饰。

她看一眼那名宦官，觉得有些面熟，应该是以前在宫里打过照面，但又想不起来究竟是哪处。

“是何要事，如此大费周章？”

副将摇了摇头，似乎很是无奈，道：“陛下有新的部署。”

菡玉追问：“新的部署？难道是要调兵遣将吗？”

副将重重地叹了口气，面带忿郁：“将军有所不知，都是朝中奸……”想细说与她听，旁边的那名宦官却朝他使了个眼色。副将便改了口，正色道：“敢问大夫何在？待中使宣了旨，将军便知道了。”

菡玉按下狐疑，引副将入城：“二位大夫正在商讨军情，请随我来。”中使就在她近旁，因顺口对他道：“大官请。”

中使回了一礼：“有劳少卿。”

原来这宦官认识她，副将却只当她是郭、李麾下的将领，那句未说出口的话不知是否就是这原因。

菡玉只当不觉，领着两人到中军帐。郭子仪等刚商议完毕，将领们三三两两地走出帐来。

李光弼走在最后，只注意到菡玉，笑着向她招手道：“吉少卿，史思明没趁我们不在城门上时偷偷来袭吧？”

菡玉正要向他引见中使二人，他又接着说：“史思明今日不来，以后可就不一定有机会了。我们准备明日一早出战。”

一旁的副将突然插话道：“大夫要出战史思明，恐怕是不行了。”

李光弼这才注意到菡玉身后的两个人，一人面生，一人是宦官。

菡玉解释道：“下官刚刚在城上巡视，正见到中使从西面来。这位是王思礼将军副将，奉王将军之命护送中使。”

副将向李光弼行礼，李光弼问：“将军方才为何说我不能与史思明一战？”

副将道：“这……大夫先听过陛下的旨意再定夺吧。”

中使这才取出一只锦袋来，里头装的便是皇帝的亲笔手谕，却不是正式的制书。

李光弼连忙将中使引入中军帐，与郭子仪一同跪接了手谕，拆开查看。

皇帝的旨意大大出乎二人意料，竟要他们放弃如今形势大好的河北诸县，回军援助哥舒翰攻取陕郡，进而拿下洛阳。

安禄山在洛阳称帝，洛阳周围集结了他十余万主力，气势汹汹，朝廷若不是有潼关天险屏障，西京早就被他踏平。潼关纵有哥舒翰坐镇，暂时也只能被动防守。

如今哥舒翰要放弃潼关守备主动出击，岂不是以己之短攻彼之长，以卵击石？而郭、李二人在河北还未打牢根基，此时挥师西去，叫史思明追在后头打，也会十分被动。

李光弼看着郭子仪，后者面色坚毅，食指往手谕上一敲，断然道：“陛下决不会如此糊涂，定是有小人唆使。”

副将叹道：“不瞒大夫，这的确不是陛下的主意，而是右相一力坚持，说陕郡只有崔乾祐四千羸兵，光复陕郡可使潼关不必直面敌军，京畿会更安妥。”

李光弼怒道：“一派胡言！陕郡无险可守，就算一时光复，安禄山再来袭，还不是即刻又能打到潼关脚下！为那崔乾祐的四千羸兵，不知要搭进去多少官军！咱们这边好不容易等到时机可重创史思明，就此放过，待他恢复过来，又是一支劲敌。”

郭子仪道：“史思明当然不能放过。好在陛下只给手谕，未立下旨意。你我当上表细数利害，希望陛下能改变主意。”

副将赞道：“大夫英明！只是陛下远在长安，二位大夫上表或许能让陛下改了这回的策略，但终比不过有人日日在陛下近侧。”

李光弼愤然道：“以前陛下隆宠安禄山，安禄山却举兵反叛，陛下犹不警醒，仍宠幸佞臣听信谗言！可恨将士们在外用鲜血打下的江山，都被那些奸佞小人断送了！”

副将上前一步道："末将有一策可保长久安宁，不知当讲不当讲？"

郭子仪道："请讲。"

副将却低着头不说话了。倒是那宦官，眼角瞄了菡玉一下。

李光弼道："这里并无外人，将军但说无妨。"

副将仍不言语。

菡玉心里已明白了几分，对郭子仪、李光弼拜道："下官先行告退。"自行退出帐外。

她到城门转了一圈，各将领都已归位，四处严防，也没有用得上她的地方。她自己也是心神恍惚，心思全不在此处了，便又缓缓地走回自己的住处。

郭、李二人与副将中使密议出什么结果不得而知。第二日，郭子仪仍按计划出战，与史思明战于嘉山。

官军在恒阳休整了十余日，精力充沛，而叛军近来不得安生，疲惫不堪，再度被打得大败。史思明麾下的五万军队，三万余被歼灭，五千投降被俘，最后只剩一万多人。

混战中史思明自己也被一箭射落头盔摔下马去，散发赤脚步行而逃，夜里等官军退后方逃回军营，缩在博陵不敢出来。

李光弼和菡玉处置完了俘虏，去中军帐回禀郭子仪。郭子仪正在写上报朝廷的奏表，看见李光弼进来，拿起来问他意见。

李光弼看完提议道："陛下听信谗言催促哥舒翰出关，便是有急于求胜之心，不甘被动。大夫表中只说咱们据守河北，断绝范阳与洛阳的信路，动摇敌方军心，恐怕陛下不为所动。不如请求引兵北取范阳，倾覆贼兵巢穴，以其妻子亲属为人质招降，使胡贼从内而溃。如此变守为攻，陛下或许愿意采纳。"

郭子仪道："此计甚好。"回座上将李光弼所说加入奏表中。

不一会儿郭子仪写好了奏表，再与李光弼阅览，二人商量确定，各自署名盖印，封入招文袋中。

郭子仪道："明日一早我便派人送往长安。"

菡玉上前请命："大夫，下官愿担此任。"

此言一出，郭、李二人对视一眼，神色都有些异样。

李光弼转身问："吉少卿，你想回京师了吗？"

菡玉道："我本是京官，奉命前来宣旨，逗留三月本已不该。如今官军大胜、河北稳定，下官愿为大夫回朝奏捷，顺道请解旧职，名正言顺地来大夫的麾下效力，都正便宜。"

李光弼看向郭子仪，郭子仪微微一笑，坐下不语。

李光弼快走两步，拉了菡玉到门边，低声问："师兄，我只问你，你回朝是为公还是为私？"

菡玉心中立时明了，转开眼去，说："原来师弟是担心我去告密。"

李光弼道："那我问你，你和杨昭，是否确无别情？"

菡玉不料他会如此直截了当地问出来，一时不知如何作答，下意识地别开眼。

李光弼看她神情便知中使所言不假，苦笑道："原来你这几个月来一直挂念的朝中故友就是他。"

菡玉小声道："我只是……不想他死。"

"他死有余辜！"

菡玉惊抬起头，问："师弟，难道你、你答应了？"

"我当然没有答应。哥舒翰都不肯，我怎么会答应？"李光弼语气稍缓，"但是谁知道除了哥舒翰、大夫和我，他们还去游说过谁？安禄山以讨杨昭为名举兵，天底下有几个人不恨他、不想他死？"

菡玉讷讷地道："那只不过是个幌子。"

"我也知道那只是个幌子，但别人不一定知道，远离朝堂的百姓不一定知道。他们只知道杨昭骄纵召乱逼反了安禄山，让他们饱受战乱之苦。汉景帝时七国之乱，晁错难道不比他杨昭无辜？还不是被腰斩于市。"

"我正是不想他步晁错的后尘。"菡玉眼里浮起泪光，强自忍住，"师弟，他曾数次救我性命，就当是报这救命之恩，我也不能眼睁睁地看着他死。西平郡王既然不愿做汉之陶青，二位大夫也不想效仿那陈嘉、张欧，还担心我回去了走漏消息吗？"

李光弼叹了口气："师兄，我不是担心自己，我是担心你。"

菡玉道："我保证绝不提起那日副将中使与二位大夫密议之事。师弟如果信得过师兄的为人，就让我回京去。"

李光弼道："我当然信得过你，你要回京，我也不拦你。只是……"他摇摇头，转身往郭子仪的座前走去。

郭子仪看他俩谈完回来，笑着问道："吉少卿决意要回长安了吗？那这份奏疏就有劳少卿代为传递了。少卿屡献良策，今日能大破史思明，少卿功不可没。子仪当虚席以待，敬候少卿归来。"

菡玉抱拳道："承蒙大夫厚爱，下官定不负所托，在朝亦会尽力谏议，使河北局势闻达上听，以免陛下再定误策。"

郭子仪道："好极，子仪先代全军将士、河北诸郡父老谢过少卿了。"将案上的招文袋递给她，"少卿一路小心。"

菡玉道："大夫放心，下官就算粉身碎骨，也一定会将此表交到陛下的手上。"接过招文袋辞别而去。

郭子仪见菡玉已出去了，李光弼还盯着她离开的方向愁眉不展，遂笑道："你这师兄真有意思，说话也与别人不同，都粉身碎骨了，还怎么把奏表交到陛下的手上？"

李光弼仍不展眉，郭子仪站起身，拍了拍他的肩膀："放心吧，吉少卿虽然仁厚重情，但为人处世还是是非分明，不会以私废公的。"

李光弼这才叹道："我就是担心她太过重情，心存妇人之仁，最后苦的还是她自己。"

第十九章　玉　还

菡玉从来没有连续赶过这么多路。从井陉东口回京师，近两千里的路程，她来时花了半个月，回去竟只用了四天。

她反复在心里对自己说：镇静，不要着急。但她手中的马鞭却停不下来。若不是随行的其他人熬不住，或许她真会马不停蹄地一口气奔回长安去。

六月初三中午行经潼关。潼关依山而建，两侧是高峻山壁，城墙与山石连为一体，远看如一道大坝截断山隘，拔地而起数十丈，无从攀缘，当真是一道雄关。

菡玉亮出关牒，潼关守将便放她过去了，畅行无阻。

潼关内驻有朝廷派给哥舒翰的八万将士，并有高仙芝、封常清旧部共十四万余，号称二十万。入关后只见山坳腹地密密麻麻的营帐，近处还一座座看得分明，到远处就连成一片，遥不见尾。

哥舒翰治军严厉，十几万人驻扎的营地竟是悄寂无声，只听到山风从顶上刮过，吹得旌旗猎猎作响。

忽一声呜咽，由低而高，如劲风掠过空穴，声音不大却尖厉非常。紧接着号啕声起，竟是妇人孩童的哭喊声，在这肃穆沉寂的营地里显得格外刺耳鲜明。

菡玉问那引路的守将：“军营中怎会有妇孺喧哗恸哭？”

守将道：“这是罪人的家眷，来领尸首的。”

菡玉问：“罪人？是谁触犯了军规？”

守将答道：“是杜乾运将军，前日刚被斩首。”

“杜乾运？”她皱起眉，“可是左骁卫大将军？”

守将道：“正是。不过他统领的一万军队前几日已经划归潼关管辖了，他应算是哥舒将军的副将。”

菡玉又问：“杜将军为何获罪斩首？”

守将也觉得难以启齿，支吾道：“是因为……杜将军贪图享乐，从长安私运酒馔……哥舒将军向来严以治军，如今又是危急存亡之刻……”

因为贪口腹之欲便将一员大将斩首，哥舒翰治军再严，这理由也难以服人。

何况这杜乾运……还是杨昭的亲信党羽。

菡玉不再多问，匆匆告辞。

潼关到长安还有两百多里路程，又走了半日，菡玉总算赶在城门关闭前进了城，天色也擦黑了。

她看天还未黑透，先去了省院。三省六部灯火通明，尤其是兵部，战时数他们最忙碌。菡玉报上来历，立刻得到召见。

兵部竟是左相韦见素在主持全局。他兼任兵部尚书，大约是最近操劳过度，形容憔悴不堪，看到菡玉还是打起了精神招呼：“吉少卿，你可算回来了。你一走三个月也没个音信，右相……”

菡玉打断他道：“下官也是为战事所阻。如今郭、李二位大夫在河北打了胜仗，大破史思明五万大军，河北稍定，我才得以回京，并献捷报。”说着取出战报递上，“此战斩首三万级，捕虏五千人，获军马数千匹，捷报上都有细数，请左相过目。”

“好，太好了！”韦见素喜上眉梢，接过军报大致浏览一遍，又问，“少卿是今日刚抵达长安？”

菡玉道：“大夫所托，下官不敢延误，一回京立刻就来兵部了。”

“少卿辛苦。”韦见素合上军报，“那少卿还没见过右相？”

菡玉道：“本准备将捷报交付左相后便去吏部拜见。”

韦见素道：“右相现在不在吏部。”

菡玉一怔，说：“那明日朝上再见不迟。”

韦见素微微摇头，道："少卿今日要是不忙，就去右相府上探一探右相吧。"他略一停顿，叹了口气，"右相前日路遇刺客受了重伤，这两天都告假在家休养。"

菡玉心头一紧，追问："严不严重？"

韦见素道："右相闭门谢客，我也未及上门探访。但以右相行事，若是不严重，也不会丢下朝政大事不管。少卿就代六部同僚前去一探，也好让大家定一定心。"

菡玉心乱如麻，摇了摇头，见韦见素诧异地看着自己，又忙点了点头。

辞别韦见素出了省院，她也无心回自己的寓所了，策马直奔宣阳坊的杨昭府邸。

门房全都认得她，告知相爷人在书斋。

书斋外照例是杨九在守着，她还是那副冷冰冰的模样。杨昌正端着一盆水从屋里出来，三个月没见，看到菡玉忽然回来一点儿也不惊讶，微笑道："少卿，您回来了。相爷就在屋里，少卿请进。"仿佛菡玉只是如平常一般从府衙回来。

菡玉有些紧张，脑子里胡乱地闪过各种各样可怕的画面，进门就见杨昭坐在书案旁，一颗悬着的心猛然落了地。她却又不知所措起来，停步站在门口，出神地望着他。

天色已黑透了，书房四角都昏黑幽暗，只有杨昭身侧的一丛烛台火光熊熊，照见那张她三月未见的面容，霎时与脑中多日来萦绕的容颜重合。他粲然一笑，便叫那灯火都失了颜色。

"怎么，没看到我奄奄一息地躺在卧榻上动弹不得，很失望吗？"

杨昭左边的袖子被卷起，半条胳膊上打满了绷带。一旁医生正打开药箱帮他换药，他摆一摆手，医生放下药盒退出门外。

身后的房门轻轻关上，菡玉依旧站在门边，忘了走近。

"玉儿，你再这样目不转睛地盯着我看，我真要以为你是数月不见思之如狂，见了我惊喜到连话都不会说了。"

菡玉回过神来，脸上一红，走到杨昭近旁，说："听说相爷前日遇刺，两日不理朝事，要不要紧？"

杨昭笑问："你是问我要不要紧，还是朝事要不要紧？"

菡玉红着脸不答，蹲下身去，低声问："我能看一看吗？"

他心中一动，点头道："正准备换药呢，拆吧。"

菡玉仔细检查了一周，看清楚纱布是怎么缠的，才动手去解。她第一下碰到了他的手臂，他微微一颤，她连忙缩了手，问："疼吗？"

他深吸一口气，缓缓道："不疼。"

菡玉更加小心翼翼，慢慢将纱布揭起，一层一层绕出解开。

杨昭从未见她对自己如此尽心，便是那次为救她出狱而自灼手臂，她也是感激有余关怀不足，匆匆包扎了事。

他有些受宠若惊，心中甘苦交杂，又舍不得这片刻的温存，心想就算她又像临走前那样假意逢迎，能让她如此对待，被骗也是甘愿，遂柔声道："玉儿，这里只有你我二人，你若有什么要我帮忙只管直说，我一定都依你。"

菡玉的手一顿，她闷声道："我没有什么要相爷帮忙。"

杨昭轻叹道："我不会介意的。你有求于我，说明我对你有用处，我高兴还来不及。"

"原来在相爷的眼中菡玉这般功利，只有要相爷帮忙的时候才会来假意讨好。"菡玉放开他站起身，"我还是去叫医生进来吧。"

"玉儿……"杨昭抬手拉住她，大约是牵到了伤口，痛呼一声。

"你、你别动！"菡玉以为自己伤到他，顿时慌了，回身又蹲下，捧着他的胳膊的双手却不敢立即放下来，"你别动，慢慢来。这样疼不疼？"

杨昭摇头，脸上却在笑着，说："不疼，一点儿都不疼。"

他越是这样说，菡玉越以为他是在强忍，心中又悔又怜，动作更轻。菡玉拆开纱布，只见一道三四寸长、半寸宽的伤口斜贯小臂，已经结了痂，看起来并不深，只是那血痂上泛着微微的青绿色，在烛光下有几分瘆人。

菡玉的声音微颤："刀上有毒？"

杨昭本以为她看到自己伤得这么轻会恼怒，责怪他小题大做，谁知她如此紧张，竟是关心则乱，不由得心下大动，生生忍住，软语道："已经内服过解毒药了，刀口上沾的一点儿余毒不妨事的。"

"血痂里有毒，万一再渗到血脉中去怎么办？医生确认没事吗？"

杨昭盯着她忧心的面容，心中顿时溢满柔情，轻声问："玉儿，你不恼我？"

菡玉抬起头，不解地问："我恼你什么？"

“恼我……骗你。”

菡玉疑惑道：“骗我？相爷瞒了我什么？”突然脸色大变，“难道这毒……”

他连忙撇清：“不是不是，你别乱猜。”

“那是何事？”

杨昭不知该如何说起，想想自己都忍不住笑了出来：“人人都说我骄横跋扈，却不知其实我骨子里这般不自信。”

菡玉蹙眉，不知所以。

杨昭许久才止住笑，指了指药箱，说：“没事没事，换药吧。”

菡玉无奈地瞪他一眼，拿起医生刚刚放在一边的药膏，又拎过药箱来翻找，问：“只敷这一种药？有没有其他外用的解毒药？”

“这盒药膏是用多种药材调配好的，只用它便可。箱子里有一个白瓷罐子，每次都是用里头的药水洗了伤口再敷药。这药不能直接涂在伤口上，需先敷一层纱布。”

“我知道，这些事我以前常做。”菡玉先盥了手，取过白瓷罐子，用净布蘸了药水为杨昭清洗伤口。她一下一下地轻轻点拭，若即若离的清凉触觉，让他竟毫无不适之感。

“以前常做？你以前行过医？”

菡玉笑道：“也不能算行医，只是经常帮人处理外伤，治病我可不会。我没学过岐黄之术，久病成医无师自通而已。”

杨昭挑起眉，问：“久病成医？”

菡玉洗完了伤口，放下瓷罐去拿纱布，说：“以前在外行走，受伤是家常便饭，医馆可不是随处都有，只能买些药带在身上，自己胡乱摆弄多了也就熟悉了。尤其到后来城池镇甸都被毁了，往往几十里也看不到一个人，什么都要自己来。那时我经常闯入店铺和人家，随意地拿别人的财物，就像山贼匪徒一般如入无人之境。”

她玩笑似的说着从前的经历，笑容里却有掩不住的苦涩。

杨昭这才明白她说的以前其实是以后，是她还是小玉的那段时间。他轻声问：“是因为战乱？”

菡玉摇摇头，又点点头：“归根究底是因为战乱。”

杨昭看她愁眉不展，有些后悔自己说这个话题让她想起了从前的遭遇，便岔开道：“玉儿，别发呆了，再不给我包上，药膏都该结成块了。”

菡玉回过神，把药膏在纱布上涂匀了，再覆上一层，就着他臂上的伤口裹住，照原来的样子用绷带一圈圈缠紧，缓缓地道：“相爷，我今日从潼关经过，看到左骁卫大将军杜乾运……”

“被哥舒翰借故斩首，前日我就知道了。”杨昭皱起眉，“是我一时大意，杜乾运手下的一万兵力被哥舒翰吞了，现在索性连杜乾运自己也送了命。”

菡玉沉默片刻，才迟疑道：“相爷，那刺客……”

杨昭知道她要问什么：“我仔细盘查过了，没有人指使，完全是私怨。玉儿，你可还记得吴四娘？”

菡玉点了点头。吴四娘是她第一次刺杀安禄山失败后，被杨昭栽赃顶罪的侍女。

“这回的刺客就是吴四娘以前的未婚夫婿。他俩虽然因为吴四娘被安禄山霸占而退了亲，但这刺客对吴四娘还是念念不忘。前日我从他家附近经过，身边的扈从不多，被他撞见，他便趁机持刀刺了我。”

菡玉心下愧疚，又不知是该道谢还是该致歉，片刻之后方道：“这刺客也是个痴人，退了婚的女子，都故去这么多年了，他还这般执着。”

杨昭笑道：“他好歹还定过亲，我可是什么都没有，还不是一样执着了这么多年，怎没见你夸过我？”

菡玉正难过，这个时候被杨昭调笑，颇为不自在，默默地替他放下袖子来。

杨昭又道：“我的这条胳膊也算多灾多难，又是刀砍又是火烧，能留到现在还真是福大命大。”

他每次受伤还都是因为她。菡玉低声道：“是菡玉对不住相爷。”

“那你打算怎么弥补？”

菡玉一窘。

杨昭继续谑道：“你当了这么多年官还是一穷二白、两袖清风，也没什么财物可以送我，又不像杨九有一身本事，看来除了以身相许还真没有别的法子了。”

菡玉双颊飞红，腾地站了起来，道：“相、相爷有伤在身，该好好休息保重，下官不打扰了……”转身欲走。

杨昭追上一步拉住她，说：“玉儿，时候不早了。”

菡玉回过头，他的脸背着光，没在阴影中看不清楚神情，只听到他喑哑低沉的语声：“留下来过夜吧。”

菡玉一怔，杨昭的双臂便立刻环了过来，将她严严实实地圈住。她张口欲言，他俯下身来，她话未出口就叫他全封在了唇齿间。

他的气息热烈而熟悉，顷刻将她缠住，让她无处可退。菡玉只觉兵败如山倒，毫无抵抗之力，完全落入他的掌控之中。杨昭伸手一抄，将她抱了起来，转身大步向内里的床榻走去。

菡玉费尽全力将他推开寸许，呼吸都已不顺：“相爷，你的手……”

“无妨。”杨昭将她放到榻上，立即又缠上来。

她只隐约想起，去年……也是在这张榻上，就再无空暇去想其他事。

门外突然传来咚咚的叩门声，菡玉一惊，手忙脚乱地推他，说：“有人敲门。”

杨昭哪里肯停，只道：“不管他。”

菡玉好不容易避开他的围追堵截，连连喘气，道：“也许是有要紧的事……”

“怕什么，天塌下来也有我在上头。”杨昭顺势向下转移，轻咬她的脖子，手溜进她的袖子里，顺着胳膊一路向里探去。

菡玉满面通红，又挣不开他。

门外的人也着急了，朗声道：“相爷，中书舍人宋昱有要事求见。”正是杨昌。

杨昭仿若未闻，仍是不停。菡玉却明白杨昌明知他俩在屋里还来通报，定是事出紧急拖延不得，挣扎道：“你先见过宋舍人……”

这时杨昌又喊了一声：“相爷，宋舍人有要事相告，望相爷赐见！”

杨昭这才停住，怒道：“叫他明天再来！”

杨昌还未回答，宋昱已经等不及了，抢道：“相爷，潼关有变！”

杨昭黑着脸坐起身，见菡玉大松一口气的模样，更加恼怒，欺身上来狠狠地咬住她的唇瓣。

她痛得龇牙咧嘴，又不敢叫出声，只能睁大眼瞪着他。

杨昭这才满意，放开她低声道：“你别得意得太早，我一会儿就回来，到时候叫你尝尝什么叫变本加厉。”

菡玉脸上滚烫，垂下眼不敢看他。

杨昭转身出门，将房门虚掩上。门外，宋昱急急忙忙地说了一通，杨昭冷笑道：“好个哥舒翰，我一再忍让，他真当我是怕了他。把陛下今天下午的那道圣旨连夜给他送过去，看他还敢不敢搞这些名堂！”

宋昱应下，又问：“那长安这边……”

杨昭道：“既然他们捺不住性子了，那我也只好奉陪。”低声对宋昱嘱咐了几句，宋昱领命而去。

杨昭回到屋里，见菡玉正坐在榻边整理衣衫，笑道：“别穿了，反正也阻不了我片刻。”

菡玉忍着脸红，问：“相爷，潼关出什么事了？”

“没什么，一点儿小事。安禄山还在洛阳做他的春秋大梦，用不着你担心。”

杨昭走过来坐到菡玉的身边，欲揽她的肩膀，被她躲开，她又追问：“那陛下的圣旨又是怎么回事？”

杨昭懒懒地道：“哦，陛下让哥舒翰出关收复陕洛，他一直不听，陛下只好下道圣旨催催他了。”杨昭伸手去搂她，却被她一掌打开，啪的一声分外响亮。

菡玉的脸色都变了，她问：“你让哥舒将军领兵出潼关？”

杨昭纠正道：“不是我，是陛下。”

“陛下难道不是听了你的唆使？”

杨昭有些不悦地说：“什么叫唆使？说得这么难听。”

菡玉深吸一口气：“相爷，你和哥舒将军的私怨能否先放到一边？眼下最要紧的是安禄山。哥舒将军没有潼关险地的优势，难敌安禄山的精兵，潼关不保则长安危矣。相爷一定也不希望长安落入安禄山之手吧？”

“我当然不希望，不过，前提是我得活得好好的。”杨昭微挑眉梢，“要是我自己的命都没了，别人是死是活跟我还有何关系？”

她忍着怒意道：“哥舒将军并不想要相爷的命。”

“他不是不想要，他是不敢。”杨昭的眼角露出鄙薄的冷意，“有人劝他上表请诛我这个奸相，他不肯；人家又劝他派兵把我劫到潼关杀了，他说那样就不是安禄山造反，而是他哥舒翰造反了。他当然想要我的命，就像这满朝文武百官，想要我死的多了去了，只是没人敢出这个头。所以哥舒翰只敢帮着扯扯我的后腿，夺我的兵力、杀我的心腹，至于我的这颗项上人头，还要等着别人来取。”

菡玉疑惑地道：“别人？朝中除了哥舒将军，还有谁能和相爷一争高下？”

“那人正是因为争不过我，所以才要我死啊。”杨昭笑着睨她，“玉儿，敢情你到现在还不知道究竟是谁在谋划着要我的命呢。”

菡玉蹙起眉，犹豫半晌，缓缓地说出一个名字：“龙武大将军陈玄礼。”

他的笑容愈深，道：“看来你知道得比我想象的多。说说看，你还知道些什么？”

她抬起头看着他，面容悲戚，道：“我还知道，潼关被叛军攻陷，长安危急，相爷建议陛下幸蜀，西行至金城县马嵬驿，将士饥疲愤怨，兵变暴乱，将相爷乱刀分尸，贵妃被赐自尽，杨氏一门尽死于乱兵刀下。”

“原来你初见我时说的‘毙于乱刀之下，死无全尸’是这么回事。”杨昭抬起头想了想，“但是时间不太对啊，你说我活不过四十岁，我现在都四十一岁了。”

“相爷！”

“不过论起周岁，我确实还没满四十。”他的笑容中透出些顽劣，“玉儿，再过十日就是我四十周岁的生辰，不如我们来打个赌，看看我究竟能不能活过这个坎儿。”

菡玉气结，嗔道：“我不是和你开玩笑！”

他摊摊手，道：“我也没和你开玩笑啊。”一手支起下巴，似是自言自语：“幸蜀……倒是跟我的后备计划差不多。”

“相爷，逼哥舒将军出潼关，将京畿拱手送给安禄山，让陛下弃宫阙寝陵西幸蜀地，这难道都是你一早就计划好的？”

杨昭懒洋洋地觑着她，回道：“也不算一早计划好，我这个人没远见卓识，都是走一步看一步，见招拆招。而且，哥舒翰的十几万大军还没跟安禄山一决高下，输赢还不好说呢，这可不是我能计划的。如果哥舒翰争气打赢了，不就没我的事了？”

菡玉道：“你明知哥舒将军的手下都是两京临时招募的新兵，根本无法和安禄山的精锐之师匹敌，所仗不过是潼关天险，还硬要逼他出关送死？”

“那只能怪哥舒翰自己没本事。”

她反诘道：“难道今日换了相爷守潼关，就有本事打败安禄山了吗？”

杨昭笑道：“我当然也没这个本事，所以才落荒而逃，奔回自己的老巢去窝着呀。”

菡玉不知该说杨昭什么好，压住怒气劝道：“相爷，你明知前路凶险，自己将会身首异处，还非要一意孤行？”

“玉儿，我被乱兵所杀，那是你所知的，现在还没有发生。你逆时而回，不就是为了让时势扭转吗？不妨就从我这里开始。”

她蹙起眉：“但是我回来十几年了，什么都没有变。我就怕……冥冥之中真有定数，是变不了的……”

“凡事事在人为，我可不信什么命数之说。而且，”杨昭敛起笑容，“你以为大势走向，单凭你改变几件小事就会因此扭转过来吗？安禄山会造反，是因为世风淫靡，胡人轻唐，滋生贪念野心；是因为朝廷为缩减开支，下放兵权财权予地方，令藩镇坐大，外重内轻、下可犯上；是因为自开元以来盛世承平已久，世态总维持在一种形态之下，积弊渐深。可不是因为你少上了几道奏疏、少劝诫了陛下几句安禄山会造反。就算陛下杀了安禄山，也会有别的人野心勃勃不安于现状，或许是阿布思，或许是高仙芝，或许是你的师兄李光弼，甚至是其他现在还不知名姓的人。”

菡玉被他说得哑口无言。

杨昭顿了一顿，又道：“就像我，你以为我不让哥舒翰出关、不离开京师、不到那个马嵬驿，就能安然无恙了？只不过换一种死法而已，说不定还要早些。”

她急忙道：“但至少可避开那一劫，不必被乱兵分尸而死。”

“乱兵？”他嘲讽道，“玉儿，你就像这天底下大多数的善民一般，实在太好糊弄蒙骗了。安禄山这么明目张胆地造反，打着讨伐我的旗号，他们居然也信。暴乱？你也不看看暴乱的是什么人。他们是禁军，是离陛下最近、陛下最信任的亲卫，是从世家子弟中层层筛选、全天下最训练有素的将士，又不是不服驯化的江湖之众。如果他们都会自发暴乱，那天底下还有谁是全心效忠陛下的？禁军犯上，那叫兵变，不叫暴乱。”

菡玉皱着眉头不语。他又冷笑一声：“而兵变，向来都只是夺权的手段而已。”

菡玉闷闷地低着头，半晌方道：“相爷不是都计划好了吗？早有准备，何必还要把整个长安城都搭进去。”

“这你不能怪我，得怪哥舒翰。本来我有杜乾运麾下的一万军力，现在都被哥舒翰抽走了。就凭金吾卫和左右骁卫剩下的那几千人，京畿这么大，我可应付不来，只好换到小一点儿的地方去。”

菡玉听杨昭把京畿的存亡说得如此轻巧，仿佛那只是他的游戏一般，不由得心生恼怒：“相爷，长安可不是一座寻常的城池，它是大唐的都城，根基命脉所在。长安不保则大唐江山倾覆，社稷不存！”

他仍是懒洋洋的不为所动，说：“玉儿，我说过了，若我自己性命不保，这天下叫唐还是叫燕、姓李还是姓安，都与我无关。江山倾覆……”他举起手，缓缓垂下，仿佛想见那山河崩塌沦陷的景象，“我和你本无缘分，全靠这江山倾覆成全，却只给开端不给结局。那就索性让它再倾覆一次，再成全我一次。”

菡玉咬着牙，心里既感他情深，又恨他不恤苍生。

杨昭坐直了身子，转过脸来看着她，说：“以前你曾问过我，在我眼中是荣华富贵重要，还是黎民苍生重要。我还没有回答你。”

菡玉闷声道：“难道这世上还有比相爷自己的身家利益更重要的吗？”

“你。”他缓缓道出，语声坚定，“玉儿，你最重要。”

菡玉转过脸去，只见杨昭面色肃然，全没有了刚刚的不羁之态，目光如水，沉沉地落在她的脸上。

她竟然不敢正视，立刻又转回来，极力用平稳的语调说：“相爷会这么觉得，是因为菡玉还未与相爷的身家利益有过冲突，不需要相爷取舍轻重而已。”

“好吧，就当我现在还分不清孰轻孰重，你可以不信。不过我倒是可以肯定，在你的心里，”他自嘲道，“我定是那垫底的。如果让你在长安百万人中选一个送到安禄山的刀下去，你定然选我——全长安的百姓也定然选我。”

菡玉心中一痛，道：“相爷不是垫底的。”

他沉默地看着她。

“在菡玉的心里，相爷比天底下任何一个人都重要。但是，”她用力地睁大眼，“这天底下千千万万的人合在一起，就是最重要的，没有什么可以重要过他们。”

菡玉用力地深吸一口气，抬起头看着屋顶，说："送到安禄山刀下的那个人，我宁可选自己。我没有那么大公无私。"再怎样隐忍，终究还是忍不住，硕大的泪珠扑簌簌地自眼中落下，止也止不住，"我不要你死。"

杨昭一见她落泪，心立刻软了，搂过她来连声道："你别哭，我会活得好好的，我们两个在一起，一辈子都在一起。"他抱着她，下巴抵着她的额发，声音微痛，"所以我一定不能死。"

"如果为了我们的私利而让千千万万的人送了命，我们怎还能心安理得地在一起？相爷有那么多手段，一定有其他办法的，能不能不要现在逼哥舒将军出关？"菡玉抬起头来，泪光盈盈，"当我求你。"

杨昭触到她期盼的目光，明知不该答应，还是忍不住脱口道："好。"

菡玉破涕为笑，想起自己还满脸是泪，连忙举袖去擦。

他的手指轻拂过她面上的泪痕，他叹道："西行本来也只是后备计划，如果我先前的布置成功了，就不必走到那一步。玉儿，倘若我失败了，你还会不会再阻我？"

菡玉道："相爷有几分把握？"

"把握……五成对五成吧。"他举起受伤的左臂看了看，"早知道这剂药应该下得更猛一些。"

菡玉忍不住问："什么药？"话一出口便醒悟过来。

难怪杨昭会在这种紧要时候夸大伤势闭门不理朝事，难怪杜乾运刚被斩他就又遇刺。还有那刺客，既然是临时起意，刀上又怎么会有剧毒？他是脑子灵活，一转一个主意，根本不需要精心预谋，突发事件也能巧加利用。以前的杨慎矜、王鉷、李林甫，不都是如此被他扳倒的？

菡玉皱紧双眉，心中摇摆不定。

杨昭道："玉儿，这世上有十足把握的事不多，总要冒一冒险。你只要我顺着你的意，却把风险都扔给我承担，这对我不公平。"

菡玉咬一咬牙，点头道："相爷愿意为我退一步，我已经很感激了。如果相爷的前策失败了，我便不再置喙相爷下一步如何做。但相爷也需保证尽力而为。"

"后备都是不得已的下策，我当然也不希望事情坏到那种境地。"杨昭转身朝门外喊了一声："来人！"呼入杨九，吩咐道："去追上宋昱，让他先别急着发出。”

杨九应声而去。

杨昭又回头对菡玉道：“玉儿，你还得依我一件事。这几日你就待在相府里，哪也别去，直到我那边有了结果。我不想你有危险。”

菡玉想了想，道：“可是郭、李二位大夫托付我代递奏表，明日朝上还需呈给陛下。”

“你给我，我帮你呈上去。”

她迟疑道：“大夫嘱咐，一定要亲手交给陛下……”

杨昭皱起眉，反问道：“我难道还会私扣他们的表疏不成？”

菡玉犹豫片刻，还是把郭、李二人的奏表给了他：“那就有劳相爷了。”

他接过去放到书案上，说：“很晚了，你刚赶了好几天路，一定累了，早点儿休息吧。隔壁那个小院我一直给你留着，你今晚就可以住。”

菡玉松了一口气，告辞出去。

那间院子还是小鹃在收拾，小鹃好久没见她，十分热情。菡玉风尘仆仆，花了好一阵工夫梳洗，到子时一刻方睡下。

大约是连日赶路实在疲累，菡玉一觉睡到日上三竿才醒。她出门时已近中午，刚出来就看到杨九在院门口守着。杨九一见她便迎过来问：“少卿要出门吗？”

菡玉摇头，问：“相爷去上朝了？”

杨九道：“是。”

“可知他什么时候回来？”

杨九回道：“相爷说了，今日一定会像往常一样按时回来，少卿无须担心，在家里等着他便可。”

菡玉点点头，转身往花园里去，杨九立即跟上。菡玉回头道：“我去花园里走走，这里我熟得很，你去忙你的吧。”

杨九道：“相爷嘱咐小人保护少卿安全，小人不敢懈怠。”

菡玉问：“外头发生了什么大事吗？”

杨九道：“外头一切安稳。”

菡玉道：“既然外头都安安稳稳的，我在相府里还会有什么事，需要相爷把贴身护卫留下来寸步不离地保护？”

杨九一顿，只说：“相爷如此安排必有道理，小人只是奉命行事，内里原因少卿等相爷回来了问他便是。”

菡玉这时已明白了，说：“那我现在就去找相爷问个明白。”转身欲往门口走。

杨九伸臂一拦，道：“少卿，请不要让小人为难。”

菡玉怒目而视，斥道：“杨九，现在这天还没有变，我仍是陛下任命的太常少卿、京兆少尹，就算是相爷本人也不能限制我行动，何况你一个小小的家奴！”

杨九眼角一动，垂下眼道：“少卿说得是，杨九只是一个落了贱籍的小小家奴，只知遵从主人的命令。”

菡玉叹了口气：“杨九，你也是前朝遗脉、名门之后……”

杨九打断她，重复道：“杨九只是个卑贱家奴，唯主人之命是从，请少卿不要让做奴婢的为难。”

菡玉道：“好，你是非要阻我了是不是？拔出你的剑来！”

杨九低头道：“小人不想跟少卿动手。”

菡玉朗声喝道：“少废话，拔剑！”见杨九不动，她跨上前一步。

杨九被菡玉逼得不由得往后一退，菡玉又往前一步，伸手就去抽杨九腰间的长剑。杨九只犹豫了一瞬，剑已被她夺去。菡玉手起剑落，在自己的手腕上割出一道血口来。

杨九惊道：“少卿！”

菡玉道：“这样你就不必为难了。”将那剑当啷一声掷在地下，越过杨九大步向门口而去。

杨九呆立在原地，望着地上锋刃染血的长剑。那血色并不浓，只是浅浅的一抹绯红。

一只手从旁捡起剑来，递还给杨九，那人说：“你这模样是觉得内疚吗？是吉少卿自己执意要走，难道你还敢对他动真格的伤了他？”

杨九看向来人，蹙眉道：“十弟，你怎么又出来了？相爷看到会不高兴的。”

杨十郎冷冷一笑，说：“相爷相爷，叫得真顺溜，你是当家奴当成习惯了？

真是天生的奴才命。”

杨九低下头。十郎是嫡母所出，她的母亲只是家中的婢女，到死也没落着个名分，临终前含泪叮嘱她要以性命护住十郎这根独苗。在十郎的眼中，她大概也只是个奴婢罢了。

杨十郎停顿片刻，放缓语气：“我有点儿急事要出府，你能不能想办法把我弄出去？”

杨九问：“你在外面交了什么朋友，为何最近老要出府？万一被相爷知道……”她及时止住了没有说下去。

杨十郎果然不耐烦地道：“我自然有我的道理，你别多问，照我的吩咐做就行了。”

杨九想了想，说：“上元节那晚我在景龙观看到你了。”

杨十郎脸色一变：“你告诉杨昭了？”

杨九道：“我当然不会告诉他。十郎，你怎么会和东宫有来往？你是不是想、想替爹爹平反？”

杨十郎松了口气，露出轻蔑的神色，缓缓道：“当然，爹爹和叔父兄长们不能枉死。”

杨九急切地道：“那你别自己一个人闷声不响地涉险，你跟我说啊！我也是爹爹的女儿，我也想……”

杨十郎的轻蔑之色更深，他道：“你不过是个女人，跟你说有什么用？你空有一身蛮力武功，还当了仇人的走狗家奴！”

杨九脸色涨红，嘴唇动了几下，终究没有说话。

杨昌进来就看到这姐弟俩面色古怪地立在吉少卿的院中，房门洞开，里面的人不知去向。他大惊失色：“相爷不是让你看好吉少卿吗，以你的武功怎么还能让她跑了？”

杨十郎看到杨昌，变了一副面孔，说：“吉少卿跟我姐姐动手，要强闯出去。姐姐一出手就伤了他，哪里还敢使出真本事啊！”说着指了指杨九手中剑刃上的血迹。

杨昌想想也对，放走了吉少卿，相爷会生气，但如果弄伤了吉少卿，相爷可就要杀人了。杨昌忙问：“伤得严不严重？”

杨十郎答道：“当然不严重，手上划了一道小口子，姐姐就不敢动手了。”

杨昌道：“算了，我追上去看看吧。”

杨昌快步走出小院，发现杨十郎也跟了上来，问：“你跟着我干什么？相爷不是不许你离开马厩吗？”

杨十郎一副十几岁少年的顽皮模样，说：“我知道，不过我姐姐的生辰快到了，我攒了半年的钱，想买个镯子送给她……杨昌大哥，你能不能带我出去一趟？我就出去半天，到东市买了镯子就回来。”

杨昌果然脚步一顿，问他：“给你姐姐买镯子？她怎么会喜欢这种东西。你乖乖地待着别让她操心就是最好的贺礼了。”

杨十郎道：“这就是你不懂我姐姐了。别看她武功高，成天像个男人似的打打杀杀，其实她心里可喜欢这些女儿家的小物件了。她还想要个走路会叮叮当当的步摇，不过我没那么多钱，明年再说吧……”

“是吗？”杨昌若有所思。

说话间两人已走出相府大门，门房见是杨昌带的人，就没有盘查阻拦。

杨十郎觑着杨昌的脸色，嘿嘿一笑，说：“杨昌大哥，你要不要跟我一起去首饰铺子，我送个镯子，你送个步摇，给我姐姐一个惊喜呀？”

杨昌脸皮一红，道：“我送这个干什么！我还有事，你自己快去快回！”甩袖而去。

菡玉没有骑马，急匆匆地赶到省院，正碰到京兆尹魏方进从兵部出来。魏方进隔着一条走廊就招呼她道：“吉少卿，可找着你了。我听左相说你昨天就回来了，今日一早却没见你来府衙，还以为太常寺那边有要务，少卿分身无暇。”

菡玉兼任京兆少尹，魏方进是她的上司。她耐住焦急，问：“大尹找下官何事？是否有任务分派？”

魏方进道：“今晨哥舒将军领兵东出潼关迎战，兵部命京兆府及下辖诸县协同华阴郡转运被服粮草，事出紧急，人手有些紧张。少卿那头的事务若不繁忙，就也来帮一把吧。”

菡玉本来堵着一口气要去质问杨昭，此时气愤稍平，心想这个时候再跟他争吵也没有意义了，还不如着手做实事，便应道：“太常寺无事，但凭大尹差遣。”

魏方进扬起手中的牒文，说：“左相已经给了我开府库和沿路通行许可，这就去调集人手吧。”

菡玉转身跟魏方进回京兆府衙，刚走了两步，身后突然有人唤道：“吉少卿！”那是她再熟悉不过的声音。

菡玉没停，魏方进却止住脚步小声道：“少卿，右相叫你有事，我先走一步，咱们在左藏库门口碰头。”回身向杨昭拜了一拜，匆匆而去。

不一会儿杨昭便到了她的身旁，问：“你怎么会在这儿？”

菡玉沉着脸道：“相爷以为我该在哪？被软禁在相府里等你所谓的结果吗？”

杨昭叹了一口气：“我也是不想节外生枝。”

菡玉道：“相爷太抬举下官了，就凭下官的能耐，也只够被相爷蒙在鼓里耍得团团转而已，哪能生什么枝节？”

他低声道：“我不是故意要骗你。昨夜宋昱来报，就是我先前的计划失败了，我也没有其他选择。”

菡玉想起杨昭昨夜说的话，若是前策失败便启用西行之计，还诱她允诺不再插手。她仔细推敲，他所说的竟没有一处假话。只不过她以为他的前策尚在进行中，还有一半成功的希望，但其实已经结束了。她错在太信任他，连他的计划是什么都没问就将自己送进了圈套里。

“相爷没有骗我，是我疏率不察，被人钻了空子。”

“玉儿……”

菡玉不客气地打断他：“事已至此，多说无益。相爷若没有其他吩咐，下官就先告退了。”低头一拜转身欲走。

杨昭拉住她：“你要去哪里？”

菡玉轻轻挣开，道：“相爷放心，下官既然承诺不再置喙相爷的所作所为，就一定不会再管——我也管不了。下官现在能做的只有尽力协助哥舒将军，若能不败，则万事皆安。这样相爷总不会觉得下官是在阻挠相爷的大计了吧？”

杨昭凝视着她，幽幽地道：“这个时候你还要走，你知不知道这一走，可能就再也见不着我了？你不顾我的死活了？”

“相爷只顾着自己的身家，前方潼关十余万将士的死活、长安百万民众的命运，相爷顾过吗？相爷行事决绝果断，设计又步步是局，如此手段谁人能敌？”

她抬起头，倔强地看着前方，眼里隐有泪光闪动。

“我知道的都告诉相爷了，该说的也都说了，如果这样还不能再见相爷，那也是命该如此，缘分已尽，强求不得。”

菡玉协助魏方进转运被服粮草、车马辎重，途中又经过华阴郡中转，初六方抵达潼关。

这时哥舒翰已领兵出潼关两日，正缓慢地向东接近陕郡。大军全数出动，潼关只留了几千人驻守。魏方进将粮草被服交到潼关，潼关守军分不出人来运送，只得仍由京兆府发往前线。

菡玉自告奋勇，先领一批物资向前追赶大军。

初七下午，粮草送至灵宝西原官军驻地，此时崔乾祐的先锋也到了灵宝，两军相距不过十里，大战在即。

菡玉求见哥舒翰，无奈哥舒翰因她是杨昭的亲信，拒不接见，菡玉只得又返回潼关。

初八，官军与崔乾祐军会战。

崔乾祐南靠大山北据黄河，占据狭道险地七十里，精兵埋伏其中，出散兵一万于外，稀稀拉拉不成阵势，交战片刻便败逃，将官军引入险隘狭道。既而伏兵起，叛军居高临下以滚木石块击杀，王思礼所率前锋死伤惨重。哥舒翰改以马拉毡车为前队冲击叛军，为后面的士卒开道。叛军抵挡不住冲势，向后败退。

午后东风骤起，崔乾祐用数十辆盛满干草的车挡住毡车，纵火焚烧。风助火势，大火熊熊烟雾蔽日，尽被东风吹到官军这边。哥舒翰急令官军退后，命弓弩手自远处射击。天黑时箭矢射尽烟雾散去，才发现根本没有射到叛军。

崔乾祐麾下的同罗精骑却趁着烟火弥漫时绕过南山到了官军背后，官军被堵在狭道中前后受敌，左是黄河，右是险山，于是被打得大败。

后军多是临时征募的新兵，见精锐前锋大败，不战自溃，纷纷败逃。黄河北岸的军队见南岸惨状，也跟着逃跑了。哥舒翰仅与麾下数百骑逃脱，绕道回到潼关。

潼关门外挖了三条防御的深沟，官军黑夜中溃逃，人马堕入沟中，须臾就将三道深沟填满，后面的人践踏而过。此战出兵十四万，最后逃回潼关的只有八千人。

崔乾祐一鼓作气乘胜追击，清晨天刚亮便来侵寇潼关。潼关内此时只剩一万多人，毫无斗志，只坚持了半日，潼关便被攻陷。

官军与叛军遭遇交战到潼关沦陷，前后不过一天的时间。开战的消息刚传到皇帝的耳朵里，那边潼关已经失守，而京师犹不知晓。

菡玉一直在转运途中，也不知晓潼关的战况。初十这日早上，她仍像前几天一样转运粮草，下午抵达关西驿停车休息，发现驿站里全是哥舒翰的部下，才知道潼关已经失陷。

菡玉前去求见，想起之前哥舒翰把自己拒之门外，便掏出一块腰牌来递给守卫，道："请将此物呈给元帅，就说京兆少尹吉菡玉转运粮草至此，请元帅赐见。"

守卫看了一眼，那腰牌中间印着一个"郭"字，便进去通报哥舒翰。守卫片刻之后即来回复，命她入见。

菡玉步入驿馆中。哥舒翰正在中庭急躁地来回踱步，看到菡玉便立即迎上来急问："吉少卿，你怎会有这面腰牌？"他连吃败仗，仓皇地逃离潼关，头盔都已丢落，露出满头华发，全没了往日的威风。

菡玉回道："下官前几月一直在河北，日前刚回京师奏捷。这面腰牌是郭大夫所赠的信物。"

哥舒翰道："不知少卿能否借我这腰牌一用，并修书一封，请郭、李二位大夫回军救京畿？"

菡玉道："下官正有此意。"

哥舒翰战败溃逃，身边哪有笔墨，还是借了菡玉记录转运物资的纸笔给郭、李二人写了一封信，与郭子仪的腰牌一起即刻快马送往河北。

菡玉又问："不知元帅接下来如何打算？"

哥舒翰叹道："我以二十万众应战，却使潼关陷落，辜负朝廷的重托，只待回去向陛下请罪，一死以谢天下矣。"

菡玉道："元帅既有死志，不如背水一战。若能夺回潼关，保住京师、陛下安全，不是好过引颈一死？"

哥舒翰道："如今我只剩千余兵力，崔乾祐却有数万精兵驻守关隘，怎能夺回潼关？"

菡玉道："潼关为长安屏障，东面坚固难攻，西面却疏于防范。叛军新入关，还不熟悉潼关守备，元帅却是了如指掌。至于兵马，两军交战不过一日，死伤有限，官军多是失散各处。元帅不如张榜召集散兵，集结成众，或可与崔乾祐一战。”

哥舒翰想了想，拊掌道：“也罢！就算再败，也不会比现今更差。”口述一道榜文，让菡玉与几名录事抄了多份，张贴到驿外各处去。

菡玉张贴完毕回到驿站内，蕃将火拔归仁忽然闯进来对哥舒翰道：“贼兵来了，元帅请快上马！”

哥舒翰不疑有他，立即上马出驿。到了驿站外，只见火拔归仁手下的百余名骑兵将驿站团团围住，四周沉寂，根本没有叛军的影子。

哥舒翰皱起眉问：“这是怎么回事？”

火拔归仁在他的马前跪下，叩首道：“元帅，潼关一战，二十万大军全军覆没，眼看长安就要不保，比当日封常清失落东都更严重。陛下是如何对待败军之将的，高、封二人的下场，元帅也都看到了。往西必死，不如东去。”

哥舒翰斥道：“你竟要我向东去投降安禄山？”不肯答应，想要下马。

火拔归仁霍然而起，一把揪住哥舒翰的马辔头，旁边的人一拥而上，用麻绳将哥舒翰捆在了马背上。

哥舒翰大怒道：“火拔归仁，你想造反吗？快放我下来！”

火拔归仁向他抱拳：“元帅，末将也是不想您丧命，得罪了。”

其余将领有不愿意归降的，都被火拔归仁的手下绑缚。

菡玉和京兆府众衙役也被火拔归仁擒住，火拔归仁想把他们一同送至敌军处。哥舒翰在马上制止道：“京兆府吏与此何干？执之降贼也无益处，不要为难！”

火拔归仁犹豫了一下，吩咐下属将京兆府众人捆绑于驿站内各屋的梁柱上，把布条塞入口中令他们不得叫喊，又把哥舒翰张贴的招兵榜文全撕了。一行人押着哥舒翰及众将领往东投叛军而去。

捆绑的军士下手极重，菡玉被反绑在柱子上，挣得双手的手腕都磨破了一层皮，那麻绳绳结还是一动不动。到半夜时她终于把勒在口中的布条挣脱了，却是叫天天不应，叫地地不灵，只能等待明日其他京兆府吏经过关西驿。

菡玉还不知道其实魏方进已停止转运。

初九时崔乾祐率兵叩关，哥舒翰曾派部下入朝告急。入夜，平安火不至，皇帝方觉情势不妙。

初十，皇帝召宰相入宫商议，杨昭趁机献幸蜀之策。自安禄山反叛以来，杨昭一直命剑南节度副使崔圆暗中储资，以备危急时用之。

皇帝有意幸蜀，又舍不下长安基业，召集百官问应敌策略，群臣皆唯唯不对。

杨昭又使韩国夫人、虢国夫人入宫，与贵妃一起劝说皇帝入蜀。

此时大家都明白李唐皇室是大势已去，安禄山的铁骑即将踏破西京的大门。百姓奔走逃难，市井萧条。朝中官员也自顾不暇，许多人官职都不要了，悄悄亡匿。十二日，百官上朝的不足十之一二。

皇帝登上兴庆宫勤政务本楼，下制书说要御驾亲征讨伐安禄山，哪里还有人信？朝后，皇帝任命京兆尹魏方进为御史大夫兼置顿使，少尹崔光远递补京兆尹，又将宫门的钥匙交给宦官边令诚掌管。皇帝移仗大明宫内，外人不知其所为。

菡玉等人被绑在关西驿内，一整天也没人从驿站旁经过。一直到十二日下午，众人终于听到外头响起马蹄声，齐声呼喊，终于获救。

来人是哥舒翰副将王思礼。王思礼战败后奔入山谷脱险，和哥舒翰失散。不久崔乾祐攻克潼关，王思礼从潼关南面的山中绕行了一大圈方回到关内，身边仅有数百骑相随。

王思礼救下菡玉等人，才知道火拔归仁反叛，哥舒翰已被擒送至叛军手中，叹道："我本准备回来与元帅会合，收罗残部再图潼关，谁知元帅都已身陷敌手，叫我们这些部下可怎么办呢？"

菡玉道："崔乾祐入关已经三日，后面大军必已赴关，元帅又被擒，潼关不可图矣，不如回守京师。"

王思礼颓然道："我现在哪还有脸面去见陛下！"

菡玉劝道："将军如今还有百余骑，紧要时刻或可保护陛下。"

王思礼想了想，说："少卿言之有理。就算思礼只剩孑然一身，关键时也可以挡在陛下的前头，七八人总能挡得！就算是思礼为陛下尽的最后一点儿忠心了！"命部下收拾整顿，偕京兆府众人一同回京。

关西驿距京尚有二百余里，众人第二日早晨方得进城。

城门一开，城内逃难的民众携家带口争相拥出。进城之后，四处也是秩序混乱，一片萧条。大街上行人匆匆，遇见了王思礼的骑兵也不避让，只顾自己逃跑。

菡玉心中担忧，进城后和王思礼直奔皇城。二人到了宫城承天门口，四处悄寂犹闻漏声，门外三卫仪仗肃然而立，宫门外还稀稀拉拉地立着几名等候上朝的官员，菡玉这才稍稍放心。

两人下马并入百官列中，等候宫门开启。

过了时辰，宫门却还未开，门外等着上朝的也只有十几个人，左右相等朝中重臣皆不见踪影。王思礼等得焦急，上前去问门口的侍卫："时候都过了，为什么还不开门？百官都等着上朝呢。"

侍卫道："宫门的钥匙由边将军掌管，小人不知。"

菡玉凑上前去，隐约听到门里有细微的声响，但宫城大门厚有尺余，外包铜皮，根本听不清楚。

众人又等了一刻多钟，门内开锁起闩。大门一开，宫人乱奔而出，互相推搡，乱成一团。开门的边令诚也被挤得摔在门槛上，叫众人踩了好几脚。

王思礼和菡玉挤过去将他扶起。菡玉急问："这是怎么回事？陛下呢？"

边令诚狼狈地扶正头上的幞头，回道："咱家也不知道，或许是在大明宫。"

菡玉对王思礼道："王将军，你先去大明宫护驾，我去找左右相。"

王思礼点头，带侍卫赶往大明宫。菡玉自己骑马奔出皇城朱雀大门，往宣阳坊杨昭宅邸而去，途中经过台省院门，两院也都是大门紧闭，根本无人来理事。

杨昭府邸和虢国夫人宅相邻，两家大门洞开，各色人等进进出出，各自抢了金银财宝，口中还呼喝着："杨贼家里堆的金山银山，大家快来分啊！"显然两家主人都已不在。

菡玉忧心如焚，瞅见裴柔的丫鬟梅馨抱着一包东西混在人群中偷偷溜出来。菡玉上前一把抓住她问："相爷呢？他去哪里了？"

梅馨冷不防被人抓住，吓了一跳，怀里的包裹脱手掉在地上，散了一地的珠玉首饰，引得旁边的人都过来争抢。梅馨直掉眼泪，道："我、我不知道，昨天相爷进了宫就没再回来……"

菡玉的心里乱成一团，她推开梅馨上马再回皇城去。沿路崇仁、平康等坊的王公贵族家都如杨昭、虢国夫人宅一般，被山野细民闯入盗抢财物。有人甚至闯到了皇城内，四处乱窜。

菡玉在宫门前碰上王思礼，他一脸气急败坏。菡玉忙问："陛下怎么样了？在不在大明宫？"

"陛下走了！"王思礼愤愤地捶了一拳宫墙，"守门的禁卫说，陛下今早天未亮就从延秋门出去了，向西而行，这会儿只怕已经快到咸阳了。"

菡玉一怔，问："随行的都有哪些人？"

王思礼道："有贵妃及韩、虢二位国夫人，宫里的皇子皇孙妃嫔公主，左右相，置顿使，龙武大将军以及陛下近侧的内侍和宫人，并禁卫五千多人。"

菡玉点一点头，心下略略一松。

她终究还是撇不开私心，首先想到的竟只是杨昭还活着，那就好，那就好。继而菡玉的心中才泛起别样情绪，杨昭竟真的唆使陛下弃宫阙寝陵于不顾，逃往西蜀褊狭之地。

菡玉平静心绪，对王思礼道："陛下弃京西幸蜀地，长安必定大乱，王将军……"

她话未说完，就听旁边窜走的乡民呼喊："皇帝跑啦！皇帝和贵妃都跑啦！大唐要亡了——"

另有人喊道："皇帝只顾自己逃命，不管咱们的死活！皇宫里都是宝贝，能拿的多拿一点儿，也赶紧逃命去呀！"一呼百应，顿时叫嚣声震耳欲聋，宫外更多的乡民拥进皇城，乱哄哄地向宫城内拥去。

王思礼怒道："这些乱民煽动人心攻入宫城，难道是要跟着安禄山造反？"拔剑就要冲上去。

菡玉制止他道："将军少安毋躁，不如把皇城外的那几百骑兵调入，协同禁卫一起维持秩序。"

两人同去皇城门，边令诚忽然从后面追上来，大叫道："王将军，吉少卿，大事不好了！"

两人回头，只见边令诚满脸黑灰，跑得上气不接下气，他急道："乱民抢夺左藏、大盈库不成，居然放火焚库。崔大尹正在救火，人手不够，将军、少卿快帮帮忙吧！"

王思礼道："那宫城这边怎么办？难道眼看着乱民扰乱宫廷？"

边令诚道："将军还管什么宫城呀，里面都没人了！是一座空的皇宫重要，还是积满财帛的左藏和大盈库重要？”

王思礼气道：“烧了就烧了，烧得好！留下来还不是要进安禄山的口袋！”

菡玉道：“左藏库里都是绢帛轻货，好过满仓粮储落入敌手。叛军若得不到钱财，必掳掠百姓，还不如把这些财帛留给他们。”

王思礼不忿地道：“少卿倒是宅心仁厚！那少卿便去救火吧，思礼绝不能放任这些乡野之众玷污陛下的宫阙！”分一百军士与菡玉去救火，自己进宫去了。

边令诚道：“一百人也聊胜于无，少卿咱们快走吧。”

好在两库刚起火不久便被发觉，边令诚发动内侍宫人都去救火，加上王思礼这一百人，用了两个时辰总算把火扑灭了。

王思礼也已肃清宫廷，把一干闯进宫内的民众全都赶出朱雀门外，无人敢再来犯。

菡玉和边令诚回到太极宫，王思礼正命部下收拾残局。边令诚喜道：“王将军不愧是沙场宿将，牛刀小试，片刻就将乱局收拾得井井有条。”

王思礼道：“大官是太心软了，才会让这些乱民肆无忌惮。刚刚竟然有人胆大包天，骑着毛驴踏上太极殿来！我斩了几个领头闹事的，他们立刻都乖乖地退出皇城去了。”

边令诚附和道：“是该，是该！看谁还敢造次！”看了看天色，又道，“两位从早上到现在一直忙碌，先去公厨用些饭食吧。如今这形势，宫里也不比往常了，两位先将就一下。”

王思礼跟着边令诚去往公厨。菡玉却道：“下官还有些事要办，就此别过。”

边令诚问：“少卿，你要去哪里？”

菡玉道：“哥舒将军落入贼手，陛下尚不知晓，下官赶去禀报。”

王思礼也止住脚步说：“少卿，我随你一起去。”

边令诚变了脸色，无措地道：“将军和少卿都要弃咱家而去吗？皇宫里好不容易稍稍安稳下来，两位这么一走，要是再生变数，叫咱家可怎么办呀？”

菡玉道：“王将军此番杀一儆百，短时之内乡邻不会再生乱了。大官有崔大尹协助，应无大碍。”

边令诚苦着一张脸，又说：“报信派个驿兵去便可，少卿何必亲自劳动？”

菡玉低声道：“下官非亲自去一趟不能心安，请大官见谅。”

边令诚一跺足，发狠道：“好好好，你们都走吧，都跟着陛下去。等安禄山来了，大不了把城门一开，放他进来好了！”

菡玉道：“待见过陛下，我……自当回来，与长安共进退。”向边令诚一抱拳，饭也不吃，径自上马而去。

王思礼连叫她数声都叫不住，只得也策马率部下跟上。

菡玉从城北的芳林门出，一路策马疾驰，王思礼等人在后头连追带赶才勉强跟得上她。

她一直飞奔了五六十里，到咸阳西面的黄河岸边停下。河上西渭桥着了火，浓烟滚滚，河对岸有禁军正引水灭火。

王思礼喜道：“看来陛下还没有走远，总算追上了。”眺望对岸，认出领禁军灭火的是皇帝身边的高力士，连忙挥手大喊：“高将军！”

高力士人老眼花，看不清是何人，高声问：“对岸何人？”

王思礼道：“末将王思礼，与太常少卿吉菡玉从潼关来！”又问，“陛下圣躬安否？”

高力士道：“原来是王将军、吉少卿。陛下就在前方，距此不出五里，一切安好！”

王思礼大喜，拉着菡玉一起朝黄河北岸拜了三拜，又召来随行的军士就地取水，帮高力士把南岸的火也扑灭了，过桥去见高力士。

王思礼问：“高将军，陛下是刚过西渭桥吗？为何桥会起火？”

高力士叹道：“是右相放火焚桥以防追兵，陛下不忍绝百姓的求生之路，命咱家留下将火扑灭。不想火势甚大，幸好将军和少卿赶来，不然咱家还要有负陛下之托了。”

王思礼愤然道：“陛下仁厚恤民，右相却……”被高力士瞥了一眼，止住了没有说下去。

菡玉低头不语。

高力士道：“火已灭了，咱们也起程吧，晚了怕陛下乘舆已远。”

三人一同上马西行，走了四五里地，遇上禁军队伍之末，全军正停下休息。

殿后的将领对高力士道：“陛下久不见将军回还，怕将军走了岔路，命我等在原地等候。”

高力士动容道：“陛下何必因臣而废行？”下马向西而拜。

五千多人的队伍，并车马仪仗，蜿蜒迤逦三里之远。高力士远远看见前方的天子銮舆，翻身下马，疾步向皇帝奔去。王思礼等人也随他下马步行。

也许是因为连日疲累，乍一下地，菡玉竟觉得有些眩晕。远处赭黄的天子仪仗，日光下金灿灿的一片晃得她眼花，她连皇帝在哪里也看不清楚。但一片黄色的背景，衬着中间那人一袭深紫长袍，分外醒目。

隔得那么远，菡玉竟看得清他的面容，他微微笑着，那笑颜忽远忽近，忽明忽暗，像是幻觉。她伸出手去，好像要触到他了，指间却空无一物。

前面，高力士越走越快，她跟着小跑起来，再也控制不住自己的脚步。高力士在哪里，皇帝在哪里，她全看不见了，只看到那片深紫离自己越来越近。最终，那片深紫完全占据了她的视野。

菡玉终于触到了他，将他拥入怀中，扑面而来尽是熟悉的气息。他的心口紧贴着她的面颊，急促的心跳震着她的耳鼓，那样真实。

她一眨眼，眼泪便决堤般地涌了出去，又被他胸口的衣裳全数吸入，悄无声息。

“玉儿，你终究还是追来了。”杨昭的声音像是叹息，沉痛中又带喜悦，“看来咱们的缘分还没有尽。”

她张口却一句话也说不出，只是收紧了双臂，仿佛这样就可以将他留住，留他在她的臂弯里，让他再也不离开。

“相爷。”一旁的高力士轻轻喊了一声，见杨昭不为所动仿若未闻，只得提高声音：“喀喀！吉少卿，陛下正等着咱们呢。”

菡玉自杨昭的怀中抬起头来，才想起这是在大庭广众之下，周围有几千双眼睛在盯着他俩，不由得大窘，连忙推开杨昭，胡乱地把眼泪抹去。她向前一看，不远处皇帝的眼睛瞪得滚圆，贵妃的丽颜都变了颜色，太子等人则别开眼非礼勿视，更别说旁边的一干宫人禁卫，有些年幼的宫女索性伸手捂住双眼。

菡玉生平从来没有这样窘迫过，恨不得挖个地洞钻进去。

高力士引菡玉和王思礼到御前，将救火时隔岸遇见他俩、二人协助灭火救桥一事说了一遍。皇帝问：“二位卿家是从潼关来的？潼关现况如何，哥舒安在？”

王思礼顿首道：“初九潼关便陷入贼手，元帅撤至关西驿，重整武备欲克复潼关，不想部下火拔归仁反叛，将元帅绑缚敌营，至今也未闻消息。”

皇帝大惊：“什么？哥舒竟已落入贼手？”

王思礼道："是吉少卿亲眼所见。"

皇帝看一眼菡玉，还有些尴尬，咳了一声："吉卿，是何时的事？"

菡玉低头回道："初十下午臣转运粮草经过关西驿，遇哥舒副元帅整兵欲复潼关，但蕃将火拔归仁聚众反叛，将元帅绑缚马上押往潼关崔乾祐处，并将臣与京兆府众同僚捆绑于驿中，幸而王将军路过救了臣等性命。如今已过了三日，只怕元帅已至洛阳。"

皇帝怒道："军中竟有如此大逆不道之人，不能克敌制胜不说，竟还反戈相向卖主求荣！"

王思礼跪伏于地，道："都怪臣前期失利，才有后面这一连串的败绩，臣罪该万死，专程赶来向陛下请罪，请陛下责罚！"

皇帝叹了口气："数十万大军交战，胜败岂可归咎于一人，王卿不必过于自责。朝廷此番又痛失一员大将，只盼安禄山不要斤斤计较于往日的恩怨，饶过哥舒翰一命。"

王思礼泣道："陛下不计元帅失关之过，此时犹记挂他的安危，臣等却一再辜负陛下，令江山遭难社稷污损！臣实在无颜面对陛下！"说罢拔出佩刀就往自己的脸上割去。

皇帝连声制止，高力士等手忙脚乱地将王思礼拦下，他还是在脸颊上割了一刀，血流满面。王思礼伏地痛哭："臣非死难谢圣恩，求陛下赐臣一死！"

皇帝道："如今哥舒被擒，郭、李远在河北，朝中急缺将才。卿若有意为国效力，就不该自轻性命。"停下思量片刻，"王思礼，朕现命你为河西、陇右节度使，接哥舒旧任，即刻赴镇收合散卒以俟东讨。你可愿意？"

王思礼怔住，回过神来抹一把脸上的血迹，跪下叩首道："臣领旨！除非是诛灭逆胡光复中原，否则臣的这条命就系在沙场上！"

皇帝命随行的翰林学士拟制书，加王思礼为河西、陇右两镇节度使。翰林正在书写，忽闻旁边有轻微的啜泣之声，皇帝回头一看，是太子在拭泪，因而问："我儿为何伤心？"

太子泣道："逆胡初起之时，臣曾自请率兵出征，陛下垂爱，臣一时心软，留在父亲身侧尽孝。如今情势急下狂澜难挽，臣悔之晚矣。'忠孝'二字，忠在前孝在后，臣只顾了为人子之孝，却忘了为人臣之忠，轻重都颠倒了，如今羞愧无地自容。"

太子的话中之意就是想再提出征之事。

皇帝叹道："我儿一片孝心，朕都明白。朕春秋已高，人老重情，希望儿女都能常伴近侧。"

杨昭上前道："陛下富有海内，尽忠有天下人，尽孝却非太子不可。陛下此去路远险阻，太子岂忍朝夕离其左右？"

太子被杨昭一噎，只得附和道："右相说出了我的心声。"

皇帝道："我儿别伤心了，等到了蜀地安顿下来，再做打算。"

这时翰林也拟定了制书呈给皇帝。皇帝命高力士当众宣读一遍，交给王思礼。王思礼携圣旨、带旧部骑兵北去赴任，圣驾则继续往西。

杨昭拉菡玉一同上马，她低声道："相爷，我该回西京去了。"

杨昭疑道："这时候你还回去做什么？"

菡玉道："我答应了边令诚将军，将潼关事禀报陛下之后，就回去协助他守护西京。"

杨昭凑近来一笑："见了我，你还舍得走？"

菡玉的脸上一红。

他笑得开怀，执起她的手来牢牢地握在掌中："而且，就算你舍得，也得问问我同不同意。"

菡玉连忙抽手，心虚地看四周："相爷，这里这么多人……"

"怕什么。"杨昭毫不在意，握得更紧，"刚才那样都叫他们看过了。"

他不说还好，一说菡玉就想起自己刚刚竟然在众目睽睽下那般失态地冲上去和他搂在一起，还是以男子的面目示人，都不知旁人该怎么想。她越想越觉得脸上发烫，只觉得周围好像全是异样的眼光，偷偷觑着他俩握在一起的手。

她嗫嚅道："相爷，这样没法骑马……"

杨昭笑道："那我们去坐车。"

菡玉转头往女眷乘坐的马车看去，正看到其中一辆掀起了车帘。韩、虢二位夫人坐在其中，掀帘的是裴柔，手里抱着襁褓中的娃娃，与菡玉的视线一对上便立刻放下了车帘。

菡玉讷讷地道："女眷才坐车。"

杨昭顺着她的视线望去，叹了口气："都什么时候了，你还想那些细枝末节乱七八糟的事。"倒是放了她的手，二人上马并辔而行。

第二十章　玉　碎

皇帝一行中午从咸阳望贤宫出发，天黑后抵达金城县。金城县令、县丞和衙役都已逃走，无人接应，内侍监袁思艺也趁着天黑偷偷亡匿了，皇帝一直到戌时也没有用膳，还是禁军士兵自己生起火来，做了一顿晚饭献给皇帝。

皇帝先赏赐随从官吏，而后自己才吃。公主皇孙等中午在咸阳就没有吃饱，此时饿得前胸贴后背，哪还管饭食粗陋，争相以手掬饭食之，勉强果腹。

菡玉分发饭食，不一会儿便分光了。她中午粒米未进，到现在反而不觉得饿了，又见皇孙们争抢饭食之状，更是半点儿胃口也无。

菡玉捧着空瓦罐从馆舍中出来，正碰见杨昭在找她。他迎上来道：“玉儿，你去哪里了，叫我好找？”

菡玉问：“相爷找我何事？”

杨昭笑道：“我寻得一个好去处，想邀你同去。”夺过她手中的瓦罐随手往地上一放，拉起她便往驿站外走去。

菡玉被他拉着，边走边问：“相爷吃过饭了吗？”

他露出嫌恶的表情，道：“我可吃不下。”

菡玉闷声道：“如今可不比当初了，有锦衣玉食高楼华厦。”

杨昭回过头来，指了指自己的身上，说：“这不是锦衣？”菡玉不明所以，他突然凑过来，飞快地在她的脸上啄了一下，“还有‘玉’食。”

菡玉气不过，道：“相爷！你、你别闹！周围全是人……”

“哪里有人？就算有，天这么黑谁看得到？”他仍不罢手。

菡玉闪躲道：“今晚有月亮……”

杨昭抬头看天。十三的月亮已经接近满月，只边上缺了一小块，亮堂堂的似一块玉盘高悬天中。“好，那我们就到没人的地方去。”他道。

菡玉大窘，连忙推托：“我、我还有别的事，陛下刚刚好像说要召我过去问话……”

“好了，逗你两句就紧张成这样，真当我会把你吃了呀？”杨昭失笑道，“我只是想带你去个地方，你定然喜欢。”

菡玉含羞带怯地问：“那地方在哪里？离这儿远不远？”

“不算远，只有一里地。”见她明显一缩，他更觉好笑，“你别怕，那儿虽然没有旁人，我也不会趁机吃了你的。喏，咱们就约法三章，今晚我决不做任何你不愿的事，你也不许说我不爱听的话，行不行？”

菡玉犹豫片刻，伸出手去，道：“君子一言——”

“我可不是什么君子，不过答应了你的事，自然会做到。”杨昭朗声而笑，挥掌与她相拍，顺势将她的手握住，牵着她绕到驿站背后。

驿站后面杂草丛生，只留一条小径，白日大约也少有人走。月光下小径两侧都是漆黑的草丛，中间一条灰白通道，曲曲折折。菡玉紧随在他的身后，渐渐地离驿馆远了，杂草变成了蓊郁的灌木，人声小了下去，前方的蛙鸣却响亮起来，一阵一阵此起彼伏，十分热闹。她问：“前面有水塘吗？”

她这么一出声，到底还是惊了鸣蛙，声音忽地小了下去，近处的都停止了聒噪。菡玉屏息止步静候了片刻，那些青蛙才又亮开嗓子鸣唱起来，你追我赶，仿佛有意一争高下。

杨昭也随她止了步，低声笑道：“几只青蛙你也怕吓着它们？”

菡玉小声道：“以前一直栖在荷塘边，与芙蕖鱼蛙为伴，有如邻居。冬日里花枯蛙眠，只剩我一个人，最是寂寞。立夏之后听到第一声蛙鸣，就好像远游的故友归来一般。”

前方一棵倒垂杨柳，繁密枝叶垂于小径之上，如一道碧玉珠帘。他撩起柳枝，从中穿过，眼前豁然开朗。只见密密层层的荷叶一片叠一片、一枝挨一枝，波浪一般延展开去，竟是看不到尽头。月光下辨不清红粉碧绿，花和叶都是灰暗的剪影，亭亭地立于水面之上。

两人走近，塘边的青蛙受惊，扑通扑通跳下水去。他笑道：“不小心打扰了你的故友。”

菡玉怔怔地望着那片荷塘。

她许多年没有见过这样广阔的荷塘了。相府里也有荷塘，人工挖就，几丈方圆，直接就能望到对岸。去年冬月里她回衡山，荷叶都败了，荷塘冻成了一块冰，冰面上戳着几茎枯枝。

细数起来，她最后一次见到大片的荷叶还是下山之前的那个初夏。荷花还没有开，水面上一溜嫩绿荷钱随波荡漾，仿佛还未从沉睡中醒来。

过了这些年，那段尚无形体、依莲而居的混沌日子她几乎已忘却，现下面对似曾相识的满塘荷花，回忆起的也只是零碎的片段。

忽然间杨昭收紧了五指，她那些隐约的浮想便都悄然消散，只有身边这个人和他握着她的手，切实而清晰。

杨昭转过脸来，微微一笑，道：“如今就算到了冬天，荷花败了，鱼蛙潜了，你也不用怕一个人寂寞。”

她低下头，悄悄扣住他的掌心，说：“玉儿早就不寂寞了。”

“好，好……”他喜不自禁，捏一记她的手心，“你先在这里等着，我去准备一下。”转身往树下去。

菡玉回头去看，他弯腰在树底下不知摆弄什么。她走近去问：“相爷，你在做什么？”

杨昭往地上用力地拍了两掌，站起身来拍拍手上的灰，自言自语道：“这下应该都弄平了。”

菡玉只看到地上白乎乎的一块，弯腰下去才认出那是杨昭的披风。她正想站直身子转过来，冷不防被他一推，跌倒在那披风上，人就躺了下去。

杨昭在她身侧坐下，一手搭在她的肩上，问：“怎么样，有没有哪里不平，硌到你了？”

菡玉顿时满面飞红，结结巴巴地道：“相爷，这里野地荒僻，幕天席地，我、我不习惯……还是等到了城里……不，等到了成都……”

杨昭一怔，旋即明白过来，哑然失笑，道：“我是怕地上潮湿，才把披风铺了让你坐，你以为我要干什么？”

菡玉这才知道是自己想歪了，脸上更红。

他却侧身过来，故意逗她说：“难得你如此主动，我还没有想到，你倒先提出来了。我若不从善如流，岂不是辜负了你的心意？”

菡玉慌了手脚，忙说：“相爷刚刚不是和我约法三章……”

“我只说不做你不愿之事，”杨昭贴近她的耳边，气息吹得她耳朵微微发痒，“但如果我有办法让你愿意呢？”

她一边往后缩一边推他，道：“相爷再这样，我就也不守约定了。”

“好啊，那就大家都不守。要不这样，咱们一对一交换，你说一句我不爱听的话，我就做一件你不愿的事，怎样？”

她瞪大眼，道：“这、这……哪有这样交换的？”

杨昭皱起眉说：“这句话我就不爱听，好，换一件。”说着手就不规矩地来搂她。

菡玉瞠目结舌地说：“我哪里说错了？”

“这句话我也不爱听，再换一件。”

她气结，道：“你、你使诈！”

“这句话我又不爱听。玉儿，你已经欠我三件了，一二不过三，之前我一直隐忍不发，这回真是忍无可忍，你可不能怪我新账旧账一起算。”

她正要辩驳，杨昭突然往前一蹿，张口含住了她薄软的耳垂。

菡玉大震，立刻丢盔弃甲溃不成军。去年那夜的记忆尽数涌上脑海，她恍惚中只觉得他好像又像上次那样扣住了她的双腕，手腕处传来尖锐的刺痛感。

她稍稍清醒了些，挣扎道：“相爷，我的手……疼……”

杨昭听她喊疼，再不愿也只得先放一边。他掀起她的衣袖来，触手竟是一片软烂的皮肉，不由得大惊：“玉儿，你的手怎么了？”

菡玉想了想，说：“被绑在关西驿时叫麻绳给磨破了。这两天发生了这么多事，就把它忘了。”

他心中又疼又气，说：“伤成这样你也能忘！”

“就这样放着又不怎么疼……”这么一说她才觉得胳膊是有点儿不爽利，打算把袖子拉高一点儿看看其他地方，却见他瞪着自己，连忙将袖子放下来，“没事的，一点儿皮肉伤，一会儿把表层刮掉就行了……”

杨昭觉出有异，拉过她的手臂来撸起衣袖。纵然月光昏暗，他也看得出自手肘以上，肌肤下全是瘀血，整条胳膊都已泛黑。

菡玉连忙解释："这是被绑太久血流瘀滞所致，没关系的……"

他恼怒地道："这回你准备怎么办？把里头都刮掉？"

她讪讪一笑，眼角瞥见面前的荷塘，忙说："这里正有一塘莲藕，换两支便又能恢复如初了。我、我这就去挖。"

杨昭伸手拦住她，说："你好好坐着，我去。要什么样的？"

菡玉依言乖乖坐着不动，回道："和我的手臂差不多粗、差不多长。"

他折了一根树枝，脱下外衣和鞋袜，挽起裤腿涉入水中。塘中都是软泥，水也不深，倒不难挖。不多时他便挖了十来支藕，在清水里洗净了，捧到她面前来。

菡玉挑出六支长短粗细最合适的，照着胳膊比了比，把两头的藕节摘去，解了外衣准备换，见他坐在旁边眼睛眨也不眨地盯着自己，犹疑道："相爷，你转过身去好吗？"

"你还怕被我看？"

她嗫嚅道："我是怕吓着相爷……"

杨昭直直地盯着她，说："不会。"

"可是……"

"玉儿，"他放缓了语气，"我想知道得更多一些，关于你。"

菡玉咬一咬牙，把长袖衣衫都脱了，仅剩贴身的一件束胸，只见两条胳膊一直到肩膀都是乌黑的。她在左边肩下摸索了一阵，找到了线头，抽出一根细长的银丝来。那只左臂立刻从她的肩上落下，化成一段发黑的莲藕。

她这才想起弄错了步骤，低头去摆弄那截断藕，却限于单手使不上力，怎么也抽不出手肘关节里的银丝来。

"我来帮你。"杨昭捡起那段藕，抽出一段银丝，"是不是这个？"

菡玉点头："手腕那里还有一根。"却不敢抬头去看他。

他把两根银丝都抽出来，捡了地上她选出的新藕，准备照着原样将三段藕缝到一起。

菡玉制止道："等一等，还有一样东西要放进去。"她拿起废藕，小指伸进藕孔中掏出一点儿东西来。

他认出那熟悉的香味，问：“助情花？”

“对。有了它，这具草木拼成的身子才有知觉。”她把那一点儿助情花塞入新藕孔中，将藕凑到肩上，却腾不出手来缝。

“我来。”杨昭接过她手里的银丝，一手扶着藕，一手穿针引线，将它缝到她的肩上。接着，他按序依样画葫芦，把另外几段一一缝上。

一边缝，他一边随意地问道：“除了手臂上这处，你身上还有哪些地方用了助情花？”

菡玉答道：“凡需要五感之处都有，尤其是面上五官，全靠了它才能视听。身上的肌肤本都应有触觉，但面过广，只在手足这样比较紧要的地方多放了一些。”

“怪不得你有些地方十分敏锐，有些地方却迟钝得很。”

菡玉脸上微热，低头道：“助情花天生就有这样的缺陷。”

杨昭笑道：“这可不是缺陷。”

菡玉顾左右而言他：“倒是有不怕疼的好处。”

他笑了笑，不再逗她。

花了半个时辰的工夫，他才把两只胳膊都缝上。杨昭轻轻举起她的双臂，问：“你觉得如何？”

菡玉挥挥手臂，又握了握拳，说：“一时不太习惯，不如以前利落，不过行动应当无碍了。”

杨昭拾起她的衣衫替她披上，说：“快把衣服穿上，别着凉了。”手碰到她背后的肌肤，也只是一掠而过，仿若不觉。

菡玉心下微苦，始终不敢看他，只怕一抬头就看到他眼中有嫌恶恐惧之色。“相爷，你、你会不会觉得……”

“恶心？嫌弃？害怕？”杨昭蹲下身和她平视，“玉儿，我又不是没见过你现出原形。上一次我是怎么说的，你忘了吗？”

他轻叹一声：“你不是人又如何？莫说是莲蓬藕荷，就算你是猛兽厉鬼，我也要你。”

她的眼中蓄了泪，她问：“那你为什么……”

“刚刚我想亲近你，你百般不愿；现在我怕伤着你的新臂，忍着当一回君子，你却又当我是嫌弃。”他重重地叹一口气，“唉——难道非得我用实际行动来证明你才肯信？”

杨昭俯下身去，圈住她单薄的双肩，轻吻她的鼻尖。

菡玉落下泪来，哽咽道：“我信。”她举臂环住他的颈项，温柔地抬头吻他。

杨昭受宠若惊，随即当仁不让地迎上去。她披在肩上的外衣滑下去，露出光洁的后背，从他的掌下滑过，如柔滑的丝缎。

助情花的气味在鼻端萦绕，他的呼吸声渐重，心绪摇动，双手扣住她的肩，几次想将她压倒下去，都生生忍住了。

许是黑夜可以遮掩羞涩，又许是前路莫测已顾不得羞涩，菡玉勾住他的脖子，身子微微后仰，轻易将他拉倒下去。

这举动无疑招来他更热烈的回应，他吻得她透不过气来。他的手滑到她的腰侧去解束胸的绳结，明明都已经伸进去覆在她的胸口了，他却又忍住了，转而向上抚过她的肩肘关节。

杨昭离开她的唇寸许，哑声问：“要不要紧？”

他的手在她的臂上反复流连，明明手臂中段没有助情花，是她全身最迟钝的部位之一，她却因为他这个充满克制和爱怜的动作而微微战栗。

菡玉望着他小声道：“不要紧……这副身子别的优点没有，就是耐折腾……”

昏暗中她都能看到他的眼神因为这句话而越发深邃，他问：“你这是在邀请我一会儿可劲折腾吗？”

“我说的折腾不是那个意思……”菡玉脸色更红，贴近他的鼻尖，以为这样便不会被他看见，“不过……应该也不要紧……”

话虽那么说，杨昭的举止却还是轻缓温柔的，他又道：“回头你可不许后悔，又说我使诈，趁机占你便宜。”

她望着他近在咫尺的双眼，用许诺般的坚定的语气道：“我不后悔。”

他终于放任自己覆了下来，已经解开的衣袍被他轻易地扯去，姣美的身躯在月下洁如白玉。他不禁在心中叹息，这样美丽绝伦的身子，哪里像是草木。

上一次，还是去年，他也这样将她层层剥开，恣意地亲吻啃咬。

但那只是占有，并不是拥有。她的心不属于他，她的身体也排斥抗拒他。

而现在，她从身到心都在接纳欢迎他，甚至会娇羞而小心地迎合他，进而调皮地挑逗引诱他。这种灵肉相合的欢愉让人根本无法抗拒，他需用尽全力忍耐，才能克制住自己不放纵地折腾她。

她才第二次，他得忍一忍，慢一点儿，轻一点儿……

“啊……”菡玉突然惊呼了一声，弓起身体。

他立刻停下，柔声问：“疼吗？”

她慢慢放松下来，身体柔软得不可思议，像一团水被他掬在手中。她回道：“不疼……”

杨昭明白过来，笑问：“那你叫什么？”

菡玉双颊绯红，咬住唇，目光盈盈地望着他。他不怀好意地微微一动，立刻换来她的另一声叫喊。她有了准备，声音刻意压在喉咙里，便成了隐忍的呻吟，分外诱人。

然后有了第三声、第四声……一声又一声，旖旎不尽。

他的汗水落在她的腮边，沿着温润微湿的肌肤滑下去。他凑近她的耳边，咬着她的耳朵道：“玉儿，我知道你身上哪处的助情花最多了……”

菡玉面色如血，闭上眼不敢看他。

“如此灵敏，确实经不起折腾啊……”杨昭心中突然闪过一个不妙的念头，眉头皱起，“你的身子是谁给你做的？是不是那个李泌师兄？”

这李泌故意放这么多助情花，其心可诛啊！她刚做成的样子……是不是也被他看过？

她的回答破碎不成句：“不是……是师父……”

“还有个师父？！”

“师父……是、是坤道……”

这个回答终于让他满意，他低头将她吻住，开始大刀阔斧地一往直前。

师父的苦心美意，他们不应辜负。

菡玉累得昏昏欲睡，却又不舍得这样睡过去。她窝在杨昭的怀里动了动，觉得后背有些痒，转过去一看，身下是茂密的青草，草叶儿扎得肌肤微微发痒。

“方才垫着的东西呢？”

杨昭回过头，扑哧一笑。

菡玉朝旁边一看才发现那块披风还在原地，只不过……离着他们俩足有丈余远了。

她红着脸小声道："怎么跑到这里来了……"这下他们真成了幕天席地的野鸳鸯。

她想起身，却被他抱住不放，嗔道："放开我，草地上扎，这样怎么回去？"

杨昭笑道："怎么来就怎么回去。"双臂将她抱紧，猛地翻身，几下翻滚，一直滚回了树下原地。

菡玉猝不及防，只得也抱紧了他，停下来时心口还怦怦直跳，嗔怪道："胡闹！"

杨昭开玩笑道："我以为经过刚才，你对'胡闹'二字的认识应当提高了不少才是，这样也算？"

菡玉知道说不过他，把发烫的面颊埋在他的胸口。

她怎么来怎么回去，但是刚刚……好像不是这么滚过去的吧？

杨昭把一旁地上的外袍扯过来盖住两人，让她枕在自己的肩头，说："明日还要赶路，你先睡一会儿，嗯？"

"我睡不着。相爷，"菡玉犹豫片刻，还是说了出来，"有句话我知道你定然不爱听，但我还是要说。明天……"

他出言打断她道："我不会拿自己的性命开玩笑，尤其是现在。你别担心，明日我绕道不走那马嵬驿就是。"

菡玉皱眉摇头："原先我以为凡事只是巧合，避开一点就能避开全部。可是听了你那日的话，我就怕……是避不开的。就算避开了马嵬驿，这一路上还有多少驿站、多少变数……"

"等到了成都，就都好了。"他拍着她的手臂安抚她，"我自有安排，不会坐以待毙，你别替我担忧。或许过了明日……就尘埃落定了。"

"明日？"她抬起头来，"相爷有什么打算？"

杨昭笑了笑，说："明日是我四十周岁的生辰，我打算好好过一过。"

"相爷！"

"我说真的。玉儿，你准备怎么替我庆生？"他仰望天上的明月，"不知子时过了没有，若是已过，那现下就是六月十四了。你送我的这份生辰大礼，我十分满意。"

菡玉无奈地瞪着他。

他止住笑："玉儿，其实我本来不应该叫杨昭的。"

菡玉道："我知道，你并非贵妃亲兄，本不姓杨。"杨昭之母是改嫁到杨家的，他那时尚年幼，便改了杨姓。

"我是说，我本不应叫这日召昭的。"他慢慢回忆起来，"娘亲要生我的时候，正逢旭日东升，她说这孩子生在朝阳初升之时，就取名叫'朝'好了。谁知生了一半竟难产了，又折腾了娘亲半日，一直到正午才出生，日正当中一分不差。于是就将'朝'改成了如今这个'昭'。"

菡玉问："你的名字是母亲起的？父亲呢？"

他转过来看着她道："我是遗腹子，出生之前便没有父亲了。"

"啊……"她微微一惊，不知该如何应答。

杨昭无所谓地一笑，略过这个话题："玉儿，如果换作是你，你会替我起哪个名字？朝阳之朝，还是昭明之昭？"

菡玉倚着他的肩回道："叫什么都好，只要是你。"

他又问："那将来咱们的孩子，你想叫他什么名？"

菡玉有些黯然地道："我这身子不能孕育，至少还得再过五年……况且生男生女还不一定，现在哪里能定下叫什么名字。"

"生男生女倒是好办。"他转身从树下扯了一根草茎，"这个叫'女儿草'，可以测算将来生男还是生女。"

菡玉接过来一看，不过是最寻常的野草抽的茎，断面呈方形，随处可见，就说："这种草我见多了，却不知道它叫女儿草。它怎么能测算儿孙是男是女？"

"这样，"杨昭把顶上的花叶摘去，只留中间一段，"你我各执一端，将它撕开，如果撕到中间是连着的，将来就会生个男孩儿；如果中间断开了，那就是个女孩儿。"

菡玉失笑道："两个人随便一撕，要撕到正好一样才能不连着，要测出生女岂不是比生男难得多？这定是乡民都想生男孩儿，才故意弄出这不对等的卜算之法，讨个吉利。"

他那厢已经撕了一半，见她不动，催促道："就玩一下又何妨！"

菡玉便随手一撕，竟然正好与他相合，草茎分作两段。

她一手举一半，笑道："看来咱们会有一个女儿。"

杨昭也笑道："女儿好啊，像你。"

菡玉道："难道生个男孩儿像相爷不好吗？"

杨昭谑道："要真生个儿子性情像我，你肯定会一早就打断他的狗腿，省得他去为害世间。"

菡玉隐去笑容，垂下眼不说话。

杨昭便避开不谈，搂住她道："好了，不说了，早些睡吧。你要是睡不着，我吹支曲子给你听。"

菡玉问："相爷带着笛子？"

"一直带着。"他穿衣坐起来，从袖中掏出那管碧玉短笛来，轻轻摩挲背面那道裂纹，"这笛子也算咱俩缘分的见证，可惜另一管没了。"

菡玉道："本来就是一管，也算一段巧遇。"菡玉也有些惋惜。

"你喜欢就送给你好了。"杨昭将笛子递过来，"就当是信物。不过你看着它的时候，心里可不许想着别人。"

菡玉低声道："玉儿心里……早就容不下别人了。"

她伸手去接笛子，他却攥着不放手。她抬起头道："相爷不是说要给我？"

"好，给你。"他的笑容很浅，眼中分明有情意闪动，"一辈子，都给你。"

菡玉脸上微热，却不觉得害羞，好似那热是从心里泛出来的。她轻轻倚进他的怀中，柔声道："说好了，不许反悔。"

"好，绝不反悔。"他端起笛子到唇边，缓缓吹出那支小调。

耳熟能详的旋律，低沉的笛音，菡玉的心中却没有再想起别的人来，想的只有身边的这个人，只有他。

菡玉这几日连续奔波劳碌，身心俱疲，这一觉睡得极沉，全不知周遭何时何事。

半夜她刚醒来，觉得夜凉侵体浑身不适，忍不住动了动，想更往他的怀里靠去，寻个舒服的位置。双手摸索了半天未触到他温暖的身躯，菡玉心里突然一惊，霎时便醒了。心头犹存余悸，她才发现自己独自睡在树下，身上盖着杨昭的紫衣，身边的人却不见了踪影。

月亮已经下去了，四野黑漆漆的，荷塘中的蛙虫也停止了聒噪，隐约可闻淙淙的水声和荷叶相触的簌簌声响。

她披衣坐起，焦急地唤了一声："相爷！你在吗？"

簌簌的声源处传来他的回音："玉儿，我在这里呢，这就过来。"

菡玉这才放了心，不由得嘲笑自己太多心了，杯弓蛇影。就算有事发生，也不会在这万籁俱寂的大半夜里。

不一会儿杨昭回来了，手里拿着一束花草似的东西，暗中看不真切。他口中说道："我看你睡得熟，以为走开一会儿不打紧，没想到前脚刚走，后脚便听到你叫我，就只采了这几个。想来是你对我依赖极深，睡梦里没了我在身边也能觉察得出来。"

纵是看不清他的面容，她也能从语气中听出此刻他的脸上必是挂着调侃的笑意。

菡玉已经习惯被他嘴上讨便宜了，自己也觉得他说得有理，微微一笑，问道："相爷，你手里拿的是什么？"

"晚上没有吃饭，这会儿还真有些饿了，我才想起荷塘里还另有一样妙物呢。"杨昭在她身边坐下，将手中之物递给她。

原来是几只莲蓬，个个都还不及拳头大小。

菡玉失笑道："相爷，莲子八月方熟，如今才六月中旬，哪里能吃？"

他身居高位养尊处优，不辨菽麦也是寻常，莲子想必吃过不少，却未必知道果期几时。

杨昭哼了一声："你休要笑我，我在花园里种了这些年的莲花，还会不知道莲子几时熟吗？等到八九月熟透了，也就老了，需炖煮几个时辰才会软烂。这个时候的莲子才嫩，适宜生吃。"说着自行剥开一只莲蓬，取出其中的莲子便往口中送去。

"哎！"菡玉阻拦不及，眼看着他嚼了那带皮的生莲子，五官皱成一团，偏还不肯承认自己错了，硬是将那又苦又涩的莲子吞了下去。

她忍俊不禁，心下又是好气又是好笑。相府的花园里是有一片荷塘，不过那都是花匠种植料理的，他爱莲是借物寄怀，只爱那花开娇妍之态，哪里知道这些细事？

片刻之后，见他面色恢复，菡玉才问道："相爷，苦不苦？"

忽而一阵风来，惊了树上栖息的鸟儿，鸟儿扑棱四散惊飞而去，叽叽喳喳的一阵鸟鸣声。

杨昭不答，抬头看天上飞鸟，反问道："玉儿，你可听到有杜鹃啼鸣？"

飞鸟也正应景，他这么一说，立时有一只杜鹃叫了几声："布谷，布谷，布谷。"

菡玉道："这时节竟还能听到布谷鸟儿的叫声，我还以为只有春耕时才有。怎么？"

"你听，它在叫什么？"

她想了一想，道："农人叫这鸟儿布谷鸟，因它叫声仿佛'布谷'二字，说它曾是赐神农氏五谷之种的神鸟，催促今人勤劳耕种；文士谓之'杜鹃''子规'，传说是古蜀望帝的魂灵所化，声声啼血，'不如归去！不如归去！'其实禽鸟并不会说话，生来就只会那么叫而已。人们听它叫声的谐音，那都是后来想象的了。"

杨昭叹了一声："玉儿，你可真会煞风景。"

菡玉微赧，顺着他的意思问道："那相爷觉得它在叫什么？"

"我说呀，"他伸过手来揽住她，仰首望着天上盘旋来去的飞鸟，"这望帝生前必是个多情种，情深且笃，相思而死仍矢志不渝。那女子问他：相思苦不苦？他只回答：不苦，不苦，不苦。"

菡玉被他说得双颊泛起红晕，低下头去剥手中的莲蓬。

杨昭见她面露羞红，心中一动，低头便想去吻她。他刚俯下脸去，她却抬起头来，手中举着一颗莲子凑到他的唇边，说："莲子皮涩，莲心苦，莲子甜味本就不浓，须得将这两样都摘去才能尝到。你尝尝这个，还苦不苦？"

他无可奈何地张口囫囵吃下，全然不觉得有什么好滋味。

菡玉见他面色不豫，以为他是嫌莲子的味道不好，又追问了一句："还苦吗？"

杨昭心说早就不该对她这不解风情的榆木脑袋抱什么期望，转过身来和她并肩而坐，道："玉儿，你曾说过，莲花'唯心素淡，虽苦犹清'，我就最爱这莲心的苦味。"

菡玉想了一想，问："我说过？"

杨昭无奈地道："天宝五载，在华清宫，你我第二次碰面的时候。就是你顶撞李林甫那次，也是你发现野外温泉、弄脏靴子那次。"

菡玉的脸又红了。

杨昭叹了口气："明日一早还要赶路，你再睡一会儿吧。"

"嗯。"菡玉应了一声，躺下倚着他的肩窝睡去。

半晌，他以为她已经睡着了，却听她用极低的声音说道："苦尽，就是甘来了。"

等他们到了成都，一切就都好了，就是苦尽甘来了。

他心中欢喜，忍住了没有再多索求，在她的额头上轻轻吻了吻，拍拍她的肩膀柔声道："快睡吧。"

菡玉偎进他的胸怀，闭上双眼。

夜深露重凉意逼人，两人这样相偎相依，却是身暖心安。夜风微拂，送来荷叶和花的香气，清淡微苦的芬芳。头顶上方，杜鹃的啼鸣婉转迂回，在寂静的夜里分外清晰，声声都是他在诉说：玉儿，不苦，不苦，不苦。

早上醒来，菡玉发现自己已经在马车上了，脑子昏昏沉沉，浑身不适。

车上只有一个侍女，见她醒来，忙过来搀扶："少卿醒啦。"

菡玉捧着脑袋问："这是哪里？相爷呢？"

侍女道："相爷骑了马在前头领路。早上出发时少卿还没醒，相爷便吩咐让少卿在车上歇息。"

菡玉想问侍女自己是怎么到马车上来的，但想想也是多此一问，徒惹尴尬。她揉了揉胳膊，两只手臂都软绵绵的没有力气，腰腹腿股也酸软无力，和上回患病三个月的症状十分相似。

她暗自懊恼，看来这草木的身子就是不能与人纠葛，真不该贪图一时之欢。这下她行动不便，倒成了累赘。

菡玉掀开车帘往外看去。道路两侧都是葱茏树木，林间弥漫着白茫茫的雾气，两三丈之外就看不清了，实不像六月里该有的天气。

她又问："我们现在朝哪个方向走？"

侍女回道："朝南，听说就快过黄河了。"

菡玉心下略定。太阳穴上一根青筋突突地跳，像有一根针推进去又拔出来，连带整个脑袋都跟着隐隐作痛，她忍不住捶了额头两下。

侍女道："少卿要是觉得不舒服就再睡一会儿吧，反正也是赶路。"

菡玉想了想道："也好。过黄河时叫我一声。"

她迷迷糊糊不知睡了多久，侍女却始终没有叫她。直到颠簸摇晃的马车突然停下，菡玉的头顶撞到车厢壁，她这才醒了过来，向车外望去。附近的禁军都已停步，车上的人也纷纷下了车。

她问侍女："怎么回事？"

侍女道："是到驿站了，陛下命大家入驿休息，大概要吃了午饭再走。"

菡玉抬头一看，雾气已经散了一些，日头懒洋洋地透过薄雾斜照下来，倒像秋冬时节。看天光巳时将过，是吃饭的时辰了。

"这是什么地方？"

侍女摇头道："我也不知道。"

菡玉跳下马车，两腿似灌了铅一样沉重，但勉强还可以行走。

一众车上的女眷正往驿站中去。远处驿站门上的牌匾被树丛挡住，菡玉觉得这地方似曾相识，环顾四周，发现路边有一块石碑，便走过去查看。

她一转过去，那三个鲜红的大字，就那样突兀地闯进菡玉的视野里，避无可避。

马嵬驿。

难怪她会眼熟。十年过去了，驿站略微改了模样，但轮廓犹在。

她觉得太阳穴上的那根针突然变得又粗又利，狠狠地推进去，推到了极致，再狠狠地拔出来。她一阵眩晕，向前倾去，额头重重地磕在石碑上。

然而这并不是幻觉，她一睁眼，眼前还是那三个新漆的红字，像浸染了鲜血，毫不留情地刺进她的眼里，不留任何余地。

"玉儿，你在这里做什么？怎么不进驿站里去？"她的身后传来关切的声音，杨昭疾步走近，扶她起来。

菡玉手握成拳捶击石碑，怒道："为什么会到这里？不是向南去的吗？怎么还会到这里来？"

杨昭双眉微蹙，说："本来是往南走的，但是林子里起了雾，走错了方向，还是走到这儿来了。"

"那就快点儿离开啊！"

"陛下说要在这里歇脚，我也没有办法。"杨昭扶着她的双肩软语劝哄，"在这里停留一个时辰就走，不会有事的，我自有打算。你身子不舒服，到驿站里头去歇着吧。”

菡玉揪住他的衣襟，急不择言：“相爷，我们走吧。就我们两个，不要管别人了。”

他蹙眉道：“不行，现在一走，就什么都没了。”

“你不是还有我吗？”

杨昭紧锁眉头，看着她不说话。

菡玉看他半晌，失声笑了出来：“说来说去，到底还是自己的权势利益最重要。”

“玉儿，我……”他几乎就要说出来，终究还是忍住，“马嵬驿是我的葬身之地，我偏不信这个邪。你现在怎么想我都好，等过了这两天，我再解释给你听。”叫过侍女来，将菡玉扶到驿站中去休息。

菡玉落脚的是一个单独的房间，整洁干净，各种物品一应俱全，在旅途中算十分难得了。

侍女悄悄告诉菡玉：“这是相爷特地安排的，连公主们都没有这样好的地方呢！”伺候她躺下，不一会儿又拿了一包胡饼过来，说，“这是相爷刚弄来的。午饭还没有着落，少卿要是饿了，就先吃个饼垫一垫。”

菡玉哪里吃得下去，让侍女先放着。

菡玉刚想躺下休息，房门突然被人砰的一声撞开。杨九站在门口往屋里扫了一眼，满面焦急地问：“你们看到我弟弟没有？”

菡玉从来没见过她如此失态，冷静全无、不顾礼数，便问：“你弟弟是谁？”

“十郎！十六岁，这么高，穿青色短衣，眉毛右边有颗痣，看到他没有？”

菡玉忽然想起一个人来，皱起眉头说：“十郎是你弟弟？”

杨昌跟在杨九的身后赶来，对杨九道：“站内全是公主皇孙朝臣家眷，十郎怎么会在这里？你别急，刚才我还看到他牵着马进驿后的马厩喂草，他肯定没有掉队，我陪你去找。”

杨九二话不说拔腿就走。杨昌对菡玉行了一礼，才追着杨九而去。

菡玉觉得不太对。初见她就觉得十郎与杨九面貌相似，原来他是杨九的弟弟，也就是杨慎矜幸免的幼子。杨慎矜的儿子……为什么会和建宁王有来往？

侍女服侍菡玉躺下，敛衽道：“少卿有事就叫一声，婢子在外头伺候。”说完带上门出去了。不一会儿有人到门前来支使那侍女，把她支走了，菡玉也没有在意。

侍女留下的胡饼还在床头，菡玉随手一推，布包缝隙里漏出许多饼屑来，撒了一片。她起身拍净床铺，拎起饼想扔到桌上去，忽然听到隔壁有人模模糊糊地喊了一句，好像是“杨昭这厮”。

菡玉不由得竖起耳朵贴到墙板上去听，那边的声音却低了下去，听不清楚了。

菡玉下地推开门看了看，驿站庭中空无一人，连守卫的禁军都不见踪影，全被支走了。她这下确定隔壁那些人是在密议。她猫着腰偷偷走到窗下，大气也不敢出一口，紧紧地攥住手里的布包。

屋内一人低声道：“机不可失时不再来，殿下犹豫不决，等到了剑南，可就虎落平阳、插翅难飞了。”听嗓音应是龙武大将军陈玄礼。

另一个尖细的嗓音说：“是啊殿下，剑南是杨昭的领地，全都安插了他的亲信。强龙难压地头蛇，到了他的地盘上，殿下更无出头之日，要任这小狗欺凌了。”

殿下不应，那尖细的嗓音又道：“幸蜀之计也是他提出的，我看他是早有预谋，把陛下骗到剑南去，想来个挟天子以令诸侯。昨天殿下也看到了，他竟然敢僭越到陛下的前头去，当着众人的面和那什么吉少卿搂搂抱抱，哪里还把陛下放在眼里？现在就如此放肆，到了剑南还得了？他和安禄山说不定也是早就串通好的，一个公然叛乱，一个在朝为内应，瓜分李氏江山！不然他怎么会诓骗陛下把哥舒将军的二十万大军推出潼关去送死，又唆使陛下弃西京百年基业于不顾，远去西蜀？准是想自己占地为王，和安禄山划地分疆！”

殿下犹豫道：“杨昭的确罪该万死，但是我们也不能轻举妄动……”听那声音，赫然是东宫太子。

陈玄礼道：“杜乾运一死，左右骁卫副将就都反正，杨昭还不知晓。现在杨昭手下只有金吾卫那两千人不到，不过是充门面的花架子，不足为惧。”

太子道：“咱们加上左右骁卫也只有两千人，其他都掌管在骠骑大将军手里。”

陈玄礼道：“高将军已经答应不会插手此事，但作壁上观。”

太子道：“就怕高力士不是真心。他跟随陛下几十年，对陛下忠心耿耿……”

陈玄礼道：“陛下春秋已高，早晚是要传位给殿下的。如今逆胡犯阙，以陛下古稀之龄，根本不可能再担起光复山河之重任，还是要靠殿下。这些高力士都明白。”

太子道：“安禄山起兵之始就把矛头指向杨昭，吾除去杨昭，就断了安禄山的口实。以我们现在的实力，对付杨昭或可，但与安禄山相比还不值一提。”

陈玄礼道：“安禄山以诛杨昭之名而反，天下人莫不对其切齿痛恨，咱们杀了杨昭正是顺应民心。至于兵力，杀了杨昭之后，殿下便可自行决定去向，届时往河西、朔方都有军队拥护。”

那尖细嗓音也道：“对对，王将军已去河西陇右招兵，日后都是殿下的助力。”

菡玉这回听出来了，这尖细嗓音是东宫的宦官李辅国。

她忽然想起了在恒阳见到的那个和王思礼的副将一起游说郭、李请诛杨昭的内侍。她当时就觉得那人面熟，好像以前在宫里见过，现在才回忆起，那人经常跟着李辅国，是李辅国的徒弟。

刹那间她全都明白了。

杨昭说，兵变从来都是夺权的手段；还说，对方正是因为争不过他，所以才要他死。

太子，原来是太子。他当了十八年的储君，从青年当到鬓生华发，一直深居禁中韬光养晦，终于还是忍不住了。

有那么多人帮太子，哥舒翰、王思礼、陈玄礼、李辅国、高力士、左右骁卫的副将，也许还有皇帝的默许，甚至师兄李泌也参与在内。

他们都要杨昭死。就像李光弼说的，这天底下有几个人不恨杨昭、不想杨昭死？

难怪杨昭要逼哥舒翰出关，难怪他要倡幸蜀之策。他已经觉察到了，皇帝开始猜疑他，未来的皇帝在暗中谋划除掉他，所以他把潼关、西京拱手让给安禄山，拖着整个李唐皇室给他垫背。

菡玉不赞同杨昭的做法，但是……事到如今，她不能眼睁睁地看着他死。

她手心里的饼屑都被汗水浸透，糊成一团。

屋内太子仍然犹豫不决，陈玄礼道：“殿下请尽早决断，不然就要让杨昭占了先机。他正是准备今日出发时，金吾卫在前，左右骁卫在后，来个前后夹击。”

太子问：“真的都计划好了？杨昭身边不是还有个绝顶高手，时刻不离贴身保护……”

李辅国道：“殿下放心，已经让十郎设法把人引开了，一时半刻回不来，现在正是动手的良机。杨昭的马也……”

他说了一半突然止住，紧接着菡玉听见身穿盔甲的陈玄礼转身向门口走来的脚步声。

菡玉一惊，明白陈玄礼已经察觉隔墙有耳。现在跑也来不及了，她连忙后退几步，装作刚从门口跑进来的样子，冲上去和陈玄礼撞了个满怀。手里的布包撞飞出去，她飞身接住。

陈玄礼怀疑地道：“吉少卿，你在这里做什么？”

菡玉打开布包，给他看里面的胡饼，说：“午膳未及准备，这是附近乡民进献的胡饼，陛下命我拿来给各位皇子公主。”见太子走出门来，上前去拜了一拜，献上胡饼。

太子问：“陛下吃过了吗？”

菡玉道：“陛下说先赏赐给皇子及臣下。”

太子道：“陛下还饿着肚子，吾怎么能吃得下？你拿回去献给陛下。”

菡玉恨不得拔腿就跑，但还是捺着性子道：“皇子臣僚们不吃，陛下必然也不肯吃。殿下不如先吃一块，这样臣回去也好劝说陛下。”

太子想了想，拿了一块饼。菡玉又劝陈玄礼也拿了一块，再重用布把饼包好，极力以平稳的步子慢慢走出院子。

走出驿门，她远远地看到杨昭骑着马立在围墙边。菡玉拔腿欲跑，发现身后陈玄礼也跟着出来了，正朝她这边观望，她只得放慢步子，一路向皇子公主皇孙们分发胡饼。

她好不容易挨到杨昭近旁。杨昭也看见了她，跳下马来笑问：“玉儿，你好些了？”又从怀中掏出那管玉笛来递给她，“对了，昨晚上你听着听着睡着了，我就替你把笛子收着，现在完璧归赵。”

菡玉哪还有心思管笛子，手捧胡饼举在他面前，一边瞥着远处的陈玄礼，一边低声道：“相爷，你快到前面金吾卫那里去。”

杨昭问："金吾卫怎么了？"

菡玉急道："不是金吾卫，是后面的……"

忽然一阵乱哄哄的声音将她打断，十来个吐蕃使者拦住了杨昭的马，操着怪腔怪调的语气说："宰相，我们都还没有吃饭，你们不能这样对待吐蕃的使者。"

皇帝一行仓皇之间离开长安，大臣们还不知晓，连皇子嫔妃都没带全，这些吐蕃使者又是从哪里冒出来的?

菡玉变了脸色，把手里的胡饼冲他们掷过去，颤声喝道："走开！快走开！"拉着杨昭向后躲避。

杨昭讶道："玉儿，怎么了？"

菡玉道："别靠近他们！一定是人假……"

她话未说完，再一次被嘈杂之声打断。远处陈玄礼所在之地，十几个士兵齐声大喊："杨昭谋反！杨昭与吐蕃细作谋反！"

菡玉大惊失色，连忙推杨昭上马："相爷快走！去金吾卫那里！"

杨昭翻身上马，伸手来拉她，被她推开，菡玉连忙说："你快走，我不要紧！"

他伸着手坚持道："要走一起走。"

那头已经有人张弓搭箭，羽箭嗖嗖地向他们飞来。菡玉无可奈何，只得抓住他的手飞身跃上马背，面对面地坐在他的身前。

骏马疾驰而出，她低下头，双手护在杨昭的背后，只希望或许能替他挡一些箭矢，尽量多挡一些。

奔出西门外，骏马突然哀鸣一声，前蹄直立而起，两人险些被掀下马背。杨昭急勒缰绳才勉强稳住，那马却又弯膝跪下来，哀哀叫唤着不肯再走，显然是也叫人动过手脚。

一线杀气凛然而至，菡玉回头去看，只见远处小丘上立着一名武将，箭在弦上，弓如满月，正对着她的背心。

武将轻轻一放，满月霎时委顿，劲力全聚到箭尖上，挟万钧之势，划破长空。

菡玉一时愣怔，直直地盯着那支向自己疾射而来的利箭。忽然间天旋地转，眼前尽被挡住，她看不到箭，也看不到挽弓射箭的人。

哧的一声轻响，是利刃刺穿皮肉的声音，近在耳畔，细微几不可闻。

一滴温热的液体溅到她的额头上。她抬起头，只看见眼前尖锐的箭尖，犹带着新鲜的热血，从杨昭的心口穿透出来。

“糟糕，”杨昭无奈地一笑，“我又忘了你是不怕刀兵的。”

他骄横跋扈目空一切，在他的眼里，世上的所有加在一起都不如他自己的身家利益重要。

但最后他还是用性命换了她。

杨昭慢慢地倒了下去，手里还握着那管碧玉短笛。菡玉开口却发不出任何声音，伸手去抓他，他的衣袖流水一般从她僵硬的五指间溜过，她只抓住那玉笛的尾梢，又冷又硬如冰一般。

她跟着他从马背上摔下去，扑面而来的尘土蒙住了她的口鼻。

她的脸埋在尘土中，她咬紧牙关屏住呼吸，只紧紧地攥住手中的那管玉笛。

有滚烫的血溅到她的手上，有利刃刺透了她的肩背，有无数的人从她的身上踩踏而过。

她只是紧紧地攥住那支笛子，紧紧地攥住，指节都已僵硬了，她只知道自己不能放，绝不能放。

日头偏离了天中，六月仲夏的日光驱散了林间最后一点儿薄雾，金光如同一道道利刃从天而降，照亮这血光遍地的屠戮之场。

正午时刻，他四十周岁的生辰，就这样来了，又这样去了。

喧嚣声渐渐远去，那些人带走了他们想要的战果，也带走了她今生全部的牵系眷恋。

菡玉从尘土中抬起头，十丈之外，岿然耸立的辕门上，他竟还在笑着，清晰如只在咫尺之远，仿佛这十丈的距离并不存在，生与死的界限并不存在，他依然在她触手可及的地方。他仿佛就像这手里的玉笛，真真切切地在她的掌中，再也不会离去了，再也不会了。

这情形就像昨天夜里，她也是这样握着他递过来的笛子，二人一人握住一头，谁也不放。

她一抬头，就看到他浅浅的笑容，眼波里分明有情意闪动。

他说：“好，给你。一辈子，都给你。”

可是一辈子却这样短，这样短。

左相韦见素在御医那里草草包扎了伤口，回到驿站庭中时，皇帝仍拄着拐杖面壁而立。

一旁的地上，贵妃已换上盛装，面上敷了厚厚的粉，遮住青紫的脸色；颈间挂满珠翠，勒痕都被遮掩。

她依然是雍容华贵的贵妃，风华绝代，倾国倾城。

皇帝却好似一下老了十岁，虽然有拐杖拄着，但背仍急剧地佝偻了下去，仿佛不堪重荷。微风拂起他鬓边花白的发丝，此时他完全是一个年过古稀、老态龙钟的老人了。

他身旁的高力士奏道："陛下，贵妃已梳妆完毕。"

皇帝恍若未闻，只是面壁侧立，一言不发。

高力士又劝道："天气炎热，尸骸不能久存。陛下就再看贵妃一眼，记着她美丽的模样，让她入土为安吧。"

皇帝这才转过身来，盯着贵妃，昏花的眼中清泪盈眶，却始终没有落下泪来。

高力士命人用草席将贵妃的尸身裹起，抬到驿站后缢杀贵妃的梨树下掘土掩埋。

驿外的军士已经安定，悄静无声，全然不见方才的混乱。

韦见素伸手摸了摸帽下的纱布，若不是头上的伤口还在隐隐作痛，真要以为那只是自己恍惚间的一场噩梦。

夏日的热风从驿外吹进来，带进阵阵血腥气味，夹着腐坏的气息。

一场暴乱，朝臣死的死、逃的逃，皇帝身边居然就只剩下左相韦见素一个人。若不是韦谔及时拦住鞭打韦见素的士兵，只怕此刻他也和其他同僚一样命丧黄泉了。

御史大夫魏方进就因为说了一句："你们竟然敢杀害宰相！"被众人乱刀砍死。韦见素与魏方进还有些私交，却只能眼睁睁地看着魏方进毙命刀下，无力相助。

韦见素步出驿门，外头三三两两的士兵正在收拾残局，血污满地，腥气弥漫。他的儿子韦谔也在其中。

韦谔看见父亲，迎上来问："父亲，你的伤怎么样了？可要紧？"

韦见素道："已经叫御医看过了，不妨事。你这是……"

韦谔迟疑道："是陈大将军命我、命我清理场地。"

韦见素点了点头，看了一眼四周，道："魏方进……"

韦谔低声道："孩儿已经选了一处好认的地方将大夫安葬了，就在驿站后面的那块大石头边，虽然不能立碑，以后也好找到。"

韦见素道："也只能这样了。"

沉默片刻，韦谔靠近父亲，小声道："父亲，有件事我不知该如何是好，还请父亲指教。"

韦见素问："何事？只管说来。"

"就是那个……"韦谔指了指驿站辕门，"收还是不收？"

韦见素顺着儿子所指的方向看去。辕门上戳着一根长矛，长矛顶端，混沌模糊的一团，头发和血污尘土结在一起，面目都辨不清楚。

曾经那样张扬跋扈的面容，那样不可一世的人，最终，居然落得这样的下场。

"爹，众怒难犯，我要是擅作主张收了，引得众将士愤怒，后果我可承担不起；要是不收，就一直挂在那里，你看这……"

韦见素摆摆手道："事情都过去了，要办的都办了，不要紧。"

韦谔问："父亲的意思是可以收？"

韦见素想了一想，又改口道："这个，你还是向陈将军请示一下吧，以防万一。"

韦谔应了一声，正好看见陈玄礼带了几个士兵过来巡视，在驿庭门前碰到内侍高力士和李辅国，三个人在那边说话。韦谔连忙过去。

陈玄礼听完韦谔请示，犹豫未答。一旁的李辅国插嘴道："杨昭误国殃民恶贯满盈，罪有应得，就该将他暴尸三日，以平民愤众怒！"

高力士慢吞吞地说："现在事情已经止息了，陛下忍痛割恩诀别贵妃，正是伤心欲绝，若叫他出门再看见这情状，陛下情何以堪？杨昭已被正法，就当为陛下着想，就此了结了吧。"

高力士说话的分量自然比李辅国重得多，李辅国不敢拂逆他，闭口不言。

陈玄礼道："高将军言之有理，杨昭固然罪大恶极，但已被惩处正法，身后就别再为难了。就将他的尸身收齐葬了吧，以示陛下恩德。"

韦谔得了允许，这才放心地将辕门上杨昭的首级取下来，寻着他被众将士乱刀砍下的尸身，合到一块入葬。

众人愤怒，刀下无情，斩去首级不说，还将杨昭的尸身砍得七零八落，又与其他朝臣、韩国夫人等人的尸骸混在一处。韦谔翻寻了许久才将杨昭的尸身拼凑整齐，只缺了一条右臂，吩咐下属继续去找。

韦谔正在忙碌，手下的李小四忽然慌慌张张地跑过来说："韦二哥！不好了，我找着了……"

韦谔问："找到了？又怎么不好了？"

李小四神情慌张，看看四周，把韦谔拉过来小声耳语："韦二哥，不得了了，我刚刚在那一堆东西里发现……"他吞了口唾沫，终于还是没说出来，"你还是跟我过去看看吧……"

韦谔随李小四走到驿门外荷塘边堆放尸体的地方，迎面而来刺鼻的腥臭之气，让他不由得皱眉掩鼻。

尸体已经清理掩埋了大半，剩下的支离破碎堆作一堆，引来无数蚊蝇，恶臭难闻。

李小四拿起一根木棍，拨开纠结成一团的杂物，理出一条断臂来。

那断臂叫人从肩膀处一刀砍下，衣袖都还保留着。衣袖染满污秽，但仍看得出是紫色的袍服。

韦谔道："这正是右相的……"

李小四道："看起来应该是，我找了好久才找到，可是……"他再拨开一点儿，露出断臂袍袖下的手，和手中紧握的物件。

那是一管碧玉雕琢的笛子，拇指粗细，被死者的五指紧紧地扣在掌中。那手掌的指节处泛出青灰乌紫的颜色，显然是生前极其用力，死后仍不放松，瘀血积于关节才呈现如此色状。

韦谔道："右相如此珍爱这管玉笛，就让这玉笛陪他一起入葬吧。"

"可是这笛子……"李小四索性将笛子掩在尸堆下的那一端一齐拨了出来。

笛子的彼端，竟被握在另一只手中！

"菡玉！"韦谔大惊失色，双腿一软跪了下去，双手胡乱地拂开菡玉身上的尸堆杂物。

菡玉的背心里几支利箭透胸而过，身上也布满刀伤，她的双眼直愣愣地盯着面前那管玉笛。若不是她的眼睫正微微颤动着，真要让人以为她是死不瞑目。

韦谔手忙脚乱地把菡玉扶起来，李小四阻拦道：“韦二哥，吉少尹可是右相的亲信，若是让人发现他还未死……”

韦谔沉声道：“发现又怎样？吉少尹忠义信实众所周知，他为右相办事就该被株连吗？我爹还一直在右相的手底下做事呢！”不顾李小四劝阻，扶菡玉坐起身。

李小四只得帮韦谔把菡玉从尸堆中拖出来。

菡玉任他俩摆布，一动不动有如泥塑，只是手一直紧握着玉笛不肯松开。

韦谔把手伸到菡玉的鼻下探了探，的确还有气息，才放下心来，说：“少尹在山中修行多年，听说有刀兵不坏之身，没想到居然是真的，幸甚幸甚。”他看菡玉的心口插着的几支羽箭，不敢轻易动手去拔，用匕首将前后突出的箭杆削去。

菡玉被他俩扶起身，手却不肯松，一直拖着玉笛那端的断臂。

李小四想把她的手掰开，险些将她的手指折断，也未能成功。

韦谔脱下自己的外衣给菡玉披上，劝道：“菡玉，右相的尸身已经集全了，就差这一条胳膊。你就放了他，让他入土为安吧。”

菡玉恍若未闻，连眼睛都不眨一下，直如石像一般。

李小四道：“少尹怕是失了心魂，看不到你我，也听不见外面的声音了。”

韦谔想起昨日菡玉快马追来、与右相当众相拥的那一幕，又忆及他俩的种种前尘往事，唯有摇头叹息，转而对那条断臂道：“相爷，菡玉也舍不得这管笛子，你就留给他做个纪念，好不好？”

说来也奇怪，韦谔说完了这句话，再去掰那条断臂，轻易地便掰开了僵硬的手指。

李小四用草席裹了杨昭的尸身，和这条断臂一起草草拼凑成人形，放到菡玉的身边。

韦谔转了一圈，指着荷塘边的那棵大树道：“菡玉，这棵树长得枝繁叶茂，树下阴凉，又面朝荷塘，就将右相先葬在此处，日后回来也好寻找，你意下如何？”

菡玉本是呆若木鸡毫无动静，此时眼中有光亮闪动，双目隐隐有泪花溢出，但仍然不动不言。

韦谔见她如此模样，又看到杨昭破碎不堪的尸身，悲从中来，也忍不住哽咽道：“菡玉，你哭出来吧，哭出来就好了。”

菡玉却再无动静，双眼蒙着一层泪光，盈盈欲坠。韦谔再说什么，她都没有反应。

韦谔拭去眼泪，与李小四一同在大树下挖出八尺长的土穴，将杨昭的尸身用草席裹住放入墓穴中。

菡玉坐在墓前，盯着墓中人沾满血污的脸，眼看着他被黄土掩埋，自始至终都不曾动过一下。

空中远远传来杜鹃的叫声：“布谷，布谷，布谷。”

筑好坟茔，韦谔累得满头大汗，扔了铁锹，抓起袖子来擦汗。他刚擦了一把，就被李小四扯了一下，低声唤他：“韦二哥，你看！吉少尹……”

菡玉本是正对墓穴而坐，不知何时竟然挪到了坟旁，慢慢地侧过身向坟头上靠过去，倚着新筑的土堆，面庞紧紧地贴着泥土，仿佛那不是潮湿的泥堆，而是她可以倾心依靠的肩头。

韦谔喊了一声：“菡玉，那是……”没有再说下去。

她倚着杨昭的坟茔，抬头只见枝叶繁密的树冠，飞鸟在枝头跳跃，阳光从叶缝间洒下，点点映照着她的双眼。她眼前犹如蒙了一层水雾，粼粼的波光闪动。

昨夜他们也是这样，面对荷塘，背靠大树。她倚着他，风从树叶中刮过，惊起枝头的栖鸟，带来荷花微苦的芬芳。杜鹃扑棱扇动翅膀，冲上云霄，在菡玉的头顶盘桓旋舞，啼声婉转凄切，声声都是他在轻唤：玉儿，不哭，不哭，不哭。

尾声　梦回

菡玉做了一个很长很长的梦。

她梦见杨昭并没有死——其实这样说也不对，他确实死了，只是没有离开，一直跟在她的身边追随她、庇护她，她却毫不知情。

梦境开始之处是在成都。

陛下历时一个半月终于从长安长途跋涉抵达成都，随行只剩一千多人。太子与陛下出马嵬驿后即分道扬镳。太子北上灵武，追随他的人越来越多，他索性登基称帝，改元至德。陛下尚不知情，过了一个月灵武使者入蜀，陛下才明白自己已经不是天下之主，从皇帝变成了太上皇。

韦见素是唯一一路跟随太上皇的朝臣，韦谔也从参军直接擢升为御史大夫兼置顿使，顶替魏方进的位子。但此时的虚衔还有何用?

成都成了一个暮气沉沉的小朝廷，偏安西南一隅，不会再有大臣和兵马来投奔。

菡玉被韦谔带到成都，一直住在他的家中。那两个月菡玉一句话都不说，常常如泥塑一般整天都不动弹一下。韦谔以为她伤心过度失了神志，常常对着她笑语闲话，背过身去再暗暗垂泪。

其实菡玉都知道的，她只是开不了口。她觉得自己好像真的成了一尊泥塑，莲藕做的躯壳不死不伤，成了禁锢她的牢笼樊篱。她想追寻杨昭而去，却挣脱不得。

成都，他说的，他们到了成都就好了，就苦尽甘来了。可是等她真到了成都，身边却没有他了。他们的时间始终停驻在金城县荷塘边的那一晚，十三夜的亮月永远地缺了一小块，不会再圆。

太上皇命韦见素奉传国宝和玉册前往灵武，传位于新帝。韦见素听说菡玉的师兄李泌已经成了新帝的得力谋士，便带上她一同前往，期望熟悉亲近之人能治好她的失语之症。

菡玉在灵武见到了大哥。

大哥对她说："玉儿不怕，我是大哥呀，你还有大哥呢。"

从小到大，只有四个人叫她"玉儿"，阿耶、阿娘、大哥，还有杨昭。

其他三个人，她生命中最重要的三个人，全都不在了。

她一度以为，除了耶娘，大哥就是她在这世上最亲的人，却没想到会有那样一个人突然横行而入。

他曾这样对她说过："玉儿不怕，就算你什么都没有了，你还有我。"

而她什么都还没来得及失去，却先失去了他。

菡玉微微张了张嘴，久未发声的嗓子十分干涩，终于发出第一个喑哑破碎的音节："大……"

第二个字还没出口，泪已决堤。三个月来她不曾说过一句话，因为她知道只要一开口，就会再也屏息屏不住、泪水止不住。

她屏住一口气，也屏住了一个世界。

那个世界很小，里面只有一棵树；又很大，因为树下有他和她。

外面的世界虽然辽阔无边，还有无数棵那样的树，但是再也拼凑不出一个她想要的小小世界。

因为这世上已没有了他。

她留在李泌身边，终于有了一点儿人气。

李泌被新帝任命为待谋军国、元帅府行军长史，紫衣加身。他向新帝举荐菡玉做自己的副手，新帝对菡玉仍有芥蒂，不愿委以重任，想授她礼部侍郎，名头好听又没有实权。

菡玉辞谢不受，说自己鲁钝只能胜任熟练的事务，还请继续担任太常少卿。

太常少卿比礼部侍郎更不如，新帝爽快地答应了。

回去后李泌问她：“为何你非要求太常少卿一职？太常寺如今根本无人，还不如在我的元帅府下做个掌书记。”

她为何非要求太常少卿一职？

因为有个人曾说过：“叫了这么多年，还是‘少卿’两个字最顺口。”

新帝不信任她，她心中对新帝又何尝没有芥蒂。她不会忘记是谁策划全局、环环布置，最后杀了杨昭跻身上位；也不会忘了哪些人参与其中，砍向他的那些乱刀中都有谁一份。

她甚至很想问大哥，元夜景龙观的那次密会，你也是其中之一吗？新帝为太子时谨慎小心、优柔软弱，李林甫谋划动摇东宫那么多次他都没有反抗，现在却做出杀宰相夺权、逼父亲禅位之事，计划环环相连丝丝入扣，是你为他谋划的吗？

但是她没有问出口。

他们是正义的，是皇室正统、民心所向；杨昭是祸国殃民、以权谋私的奸臣贼子。

当日参与兵变的人，九五之尊，她不能恨；三军将士，她也不能恨；对她有过数次救命之恩、如师如父的大哥，她更不能恨。

她最爱的人被害横死，而她竟不知能恨谁。

难道她要去恨李辅国、杨十郎，这些为了权势见风使舵、蝇营狗苟的小人物？他们不过是仰人鼻息分得一杯羹的附庸罢了。

她心中有种无处宣泄的抑郁。

然后她在元帅府见到了建宁王李倓。

英姿勃发的年轻皇子，马嵬之后屡建战功，骁勇善战雄才伟略，锋芒已经完全盖过他的兄长广平王李俶。新帝仓促即位，尚未立太子，许多人猜测这储君之位，嫡长子广平王未必能稳坐。

而且建宁王正直敢言，屡次向新帝揭发张良娣与李辅国勾结表里干预朝政之恶，惹来二人憎恨；而广平王柔顺软弱，别人告诉他张良娣野心勃勃想扶持自己的幼子为太子，应早做打算对付，他却说：“良娣也是我的母亲，怎能对母亲不孝呢？”

菡玉向建宁王行礼。他的脸上有一种扬眉吐气的得意。

她忽然就想起在景龙观看见建宁王的那一幕，杨十郎坐在他的身侧，二人十分亲密。被她撞见，他立即不动声色地吩咐杨十郎退下，显然对全局了然于心。当日张良娣和李辅国也在场。他们本是一条绳上的蚂蚱，夺得权势之后，转眼就反目成仇互相攻讦，开始新的争夺。

她几乎瞬间就在心里武断地给建宁王定了罪。有野心的人才会执着于权力之争，广平王的退让恰恰也是他的宽仁。

何况建宁王这次来找李泌的目的也与此有关。

新帝对李泌信爱有加言听计从，张良娣和李辅国勾结谋取私利，数次都被李泌发现制止，张良娣因此憎恨李泌。建宁王便来向李泌建议，说他愿意为先生除此二害，以报其举荐指引之恩。

李泌立刻沉下脸，道："此非臣子所言，请大王暂且把此事放下，勿以此事为重。"

菡玉心想：大哥到底和那些宫廷中人不同。或许大哥确实参与了谋划，辅佐新帝上位重整山河，但是他的目的并不在权势。如果不是安禄山作乱，如果天下太平，他会乐于一直做个山林闲人，潜心修道。

倘若他流露出半点儿结党营私、为自己谋利的端倪，或许她就可以理直气壮地迁怒憎恨他。

建宁王见李泌反对，起身拜道："先生请勿动怒，就当从未听我说过。"匆匆告辞离去。

菡玉望着建宁王的背影，说："建宁王似乎并不甘心。"

李泌道："建宁王年轻气盛，有时候难免急功近利思虑不周。"

是吗？建宁王确实急功近利，却未必思虑不周。他说是为李泌除害报恩，但张良娣首要的眼中钉，恐怕是他建宁王自己吧？

菡玉又道："建宁王初掌兵权便动了杀机，对母亲刀兵相向，日后若大权在握，恐怕眼里也容不下别人。"

李泌当然明白她的意思。

早在新帝即位之初，因为建宁王军功卓著才略过人，新帝有意让他担任天下兵马元帅。李泌却说，广平王李俶才是嫡长子，战乱之时人心所向为元帅，建宁王诚有元帅之才，若领军立下功勋，即使陛下不打算立他为太子，那些追随他的人又岂会答应？届时广平王岂不要像周朝的吴太伯那样被迫让贤？本朝太宗、太上皇都是如此。

新帝觉得有理，改加广平王为天下兵马元帅。

论亲疏，李泌与建宁王私交更笃，但为大局设想，还是劝诫皇帝立长不立贤。

菡玉在朝这些年，看多了结党营私互相倾轧，见大哥如此公道论事反而有些不习惯，进而觉得有愧。

原本她以为自己是和大哥一样的人，但是近墨者黑，她与杨昭纠缠这么多年，或许真的被他同化了。

她甚至在某一瞬间有过这样阴暗的念头，希望建宁王和张良娣、李辅国相斗，两败俱伤。就算她不能亲自动手，也想看到那些害死杨昭的人不得善终。

但是菡玉没想到来得这么快。

新帝在灵武即位改元，广发制书昭告天下，很快各方租庸调就都向灵武送来，四散的兵马也归集朔方，人力物力皆备。新帝觉得是时候挥军反攻光复两京了，命广平王挂帅东征。

建宁王来访李泌后没过几日，广平王阅兵誓师。太上皇听说长孙任天下兵马元帅，特地从成都遣使赐他黄金甲一副。

广平王在誓师会上第一次穿上金甲，谁知盔甲内被人暗藏利刃。金甲沉重，那刀从上而下，在他的背上拉出一道两尺多长的血口，广平王当场失血昏厥，东征也暂停未能成行。

金甲一直存放在武库之中，看守武库的一干人等都被收押在监，由御史审问。

武库由建宁王管辖，守卫的供词都证实只有建宁王碰过黄金甲，誓师的前一天晚上建宁王还特意又去检查了一遍，并且嘱咐说这件金甲非同小可，不可擅动。

这证词无疑对建宁王极是不利。

战时戒备，武库守卫森严，可以说连只麻雀也飞不进去，他人根本无法潜入。卫兵也都是建宁王的下属，不可能集体串供陷害建宁王。

菡玉其实不信是建宁王做的。倘若建宁王手握兵权功勋卓著，会不会像太宗那样杀兄夺位未为可知；但眼下他羽翼未丰，李唐江山危如累卵，安禄山叛军如虎狼在侧，他不可能现在就加害元帅，令风雨飘摇的新朝再生动荡。

建宁王这点儿远见心胸还是有的。

但如果不是他，还能是谁呢？张良娣、李辅国这样的后廷妇人、宦官，也就是在皇帝面前进进谗言，奸险有余，但还不足以插手军中事务。

当时菡玉也觉得匪夷所思，完全找不到可能的疑凶。

然而当她在梦境中再次重复这段经历，当她知道杨昭一直在她的身边未曾离去时，她忽然觉得一切都解释得通了。

没有人能潜入武库在金甲上动手脚，但如果不是人呢？

这事多像他的手段啊。他睚眦必报，见缝插针，在别人已经犯错时再加上一笔，让人百口莫辩，假亦成真。

疑案悬而未决，张良娣和李辅国都向皇帝进谗，说建宁王不顾手足亲情，有忤逆杀母之心。这次广平王遇刺定然也是因为抢了他的元帅之位，断其争储之路，令此子心怀怨恨，欲杀广平而代之。

新帝在李林甫的威胁下战战兢兢地过了几十年，最恨有人谋害动摇储君，听信了张良娣李辅国之言，下旨将建宁王赐死。

讽刺的是，前往建宁王处宣旨赐鸩酒的正是李辅国。李辅国唯恐夜长梦多，动作麻利迅速，等朝臣得知消息赶去劝说皇帝，建宁王已经被迫饮下毒酒，一命呜呼。

菡玉随李泌从临时充作宫室的太守府出来，正碰见李辅国回来复命。

她以为自己会有复仇的快感，然而看到李辅国手中那盖着黑绸的漆盘，绸布下隐约可见酒壶、匕首、白绫的轮廓，却只觉得无奈和厌倦。

她厌倦了，太上皇、新帝、广平王、安禄山，谁当皇帝她都不在乎了；哥舒翰、郭子仪、李光弼、史思明，谁掌握重权她也不在乎了。

反正天下已经乱了，反正她最在乎的那个人已经不在了。

新年时圣驾移至凤翔郡，洛阳传来一个震惊所有人的消息。

安禄山死了。

这是安禄山起兵造反后的第二个新年，距离他在洛阳称帝不过一年。他的皇帝梦只做了一年，就终结在了自己儿子的手上。

安禄山称帝后深居洛阳禁中，将朝事托付给谋士严庄，不理朝政。他因为身患恶疾，脾气也日渐暴戾，动辄鞭笞左右侍从官员，连严庄都经常挨打，下属积怨颇深。

安禄山长子安庆宗已死，次子安庆绪不得宠爱，安禄山有意立宠妾段氏之子安庆恩为储。安庆绪怕失了储副之位便要遭杀身之祸，严庄便游说他杀安禄山以代之。

二人串通内侍李猪儿，趁安禄山熟睡时用刀斫其腹将他砍死，埋在床下。将领军政都向严庄报备，数月不见安禄山之面，以致安禄山死了也没人知道。

严庄对外宣称安禄山病重，立安庆绪为太子。安庆绪年初便登基为帝，尊安禄山为太上皇。安庆绪坐稳了宝座，才挖出安禄山的遗体发丧，尸体已腐化不成形，恶臭难掩，只停灵三日就下葬了。

对比两边的新皇和太上皇，不得不说李唐的皇帝实在太仁德恭孝了。

这与菡玉所知的历史不尽相同，她并不知道安禄山死得这么早。或者说从很早开始，因为她的加入参与，许多细节已经变了。

譬如她的父亲吉温，记忆中是安禄山起兵之后，父亲因为曾攀附安氏父子而牵连被贬，在岭南被罗希奭擅自罚罪所害。她一开始没有将此事放在心上，只以阻止安禄山为第一要务，让这件事提前了半年发生，救之不及。

也或许是因为她当时只是十几岁的女孩儿，居住在深山中，远离乱世不知时局。等她下山四处游荡时，安禄山、史思明都已死于非命，中原大地乱成一团，藩镇各自拥兵占地为治，朝降夕叛，百姓不知何人为主。

安庆绪鲁直无谋，又是靠不光彩的手段登上皇位，难以服众，安禄山原先麾下的那些战功彪炳的大将都不服他。唐室君臣都认为这是天赐良机，广平王养好伤后，再度整军挥师东进。

菡玉一直为李泌之副，协助他处理文书。行军没有绝对的文武之分，有时也需要持枪执剑。

其间发生了一个小插曲。

叛军将领安守忠率军攻打占领武功，距离凤翔仅五十里的大和关传烽火告急。李泌命菡玉持他的鱼符去斥候营点一支小队，轻骑前往大和关侦察，她索性亲自带队前往。

到了大和关，她发现叩关的只是一队游兵，总共两百多人，与安守忠大军走失，攻下大和关抢夺粮食补给休息，凤翔并无威胁。

菡玉带队撤退时却发生了一点儿意外，大和关外又有一队叛军的散兵来投奔，正好与这边的斥候相遇。大和关的叛军听到动静，也出关应战，两面夹击，十几人的斥候小队全军覆没，只有菡玉一人生还。

她能幸免并不是因为不畏刀伤，而是有人出手相救。

她被敌骑的长枪扫中后脑，从马上跌下，意识模糊的最后一刻，似乎看到天空中有一道黑影，大鹏展翅似的掠过。

醒来时并不是大哥为她重塑了一副身躯，而是第二天清晨，她被李泌派来救援的参将从尸堆中挖出来摇醒。

满地尸首，我方斥候的，敌方叛军的，混在一处。每个人都是因外伤而死，或枪或刀或箭，那些武器都还带着新凝的血迹。

据参将说，他们刚赶到时抓到了一个活口，是个胡人叛军将领，已经重伤濒死，还强撑着爬出去数丈远。他只来得及瞪大眼指着尸堆喊了声“鬼啊”，便咽气了。而后他们顺着他指的方向找到了她。

斥候只有十几个人，武艺不精，怎么可能杀掉两百多名叛军？士兵们翻遍了所有的尸体，找到那十几名斥候的尸骸，确认他们也都已殉难。

参将检查了大和关内的残迹，最后勉强得出结论，猜测是因为叛军采食了附近的毒蘑菇，产生幻觉，以为来投奔的另一支散兵是官军，双方在黑暗中不辨你我，内斗至两败俱伤。

这理由虽然牵强，但是一共就两百多叛军散兵，死都死了，大和关也已拿回，虚惊一场，这事就这样略过去了。

那天晚上到底发生了什么，无人知晓。

菡玉虽然疑惑，但元帅府事务繁忙，她也没有多想。

直到在梦中重新经历了一遍，她才懊恼自己为什么那么粗心，为什么就是想不到那个昏迷前所见的黑影是他呢？自身的经历已经如此玄妙，为什么不往鬼神之事上联想呢？明明那个叛军活口都提醒过她了。

梦境就是这么奇妙，不知那个观看感知的“我”，和其中正在经历的“我”，到底是不是同一个人。她时而觉得自己好像已经知道了杨昭就在身侧，但梦境中的那个菡玉，却还依照着原本的轨迹我行我素。

菡玉做了一个梦中之梦。

很寻常简短的场景，她已经梦过许多次。她梦见自己深夜醒转，窗外月色明亮，杨昭坐在榻边，温柔地抚她的发，他说："玉儿，你醒了。"

只是那么简单的场景，那么简单的动作，那么简单的一句话，却让她欣喜若狂。

她扑过去拥抱他，双手从他的身体里穿过。他的身影如水面倒影，泛起一圈涟漪。

他的笑容有些悲凉，他说："玉儿，我已经死了。"

他曾说过的，你不是人又如何？莫说是莲蓬藕荷，就算你是猛兽厉鬼，我也要你。

这也是她想说的，可是她梦见过他那么多次，从来没来得及对他说。

她只来得及在惊醒后对着空空的床沿、那块梦中他坐过的地方流泪。

他在地下，在十八层地狱的某一处，那是即使她轻生，也无法到达的地方。

这次她与往常梦醒后一样，睁大眼盯着帐顶，了无睡意。

又是一个月圆之夜，月色亮得不似夜晚，透过窗棂洒了一地细碎的月光，随着风动在青砖地上跳跃。窗前有一棵槐树，才一人来高，枝叶却长得很茂盛了。那槐树的影子在屋内拉得老长，末端投在她的脸上，像一只模糊的手，轻轻摩挲她的脸庞。

她心里忽地一跳，忍不住转过头去看那棵槐树。树影映在窗纸上，朦朦胧胧的，恍惚便像是一个细瘦的、被拉长的人形。

那道影子即使变了形，依然令她感到那么熟悉。

她的心突突直跳，但她不敢妄动，怕这又是一个梦，她一做剧烈的动作，梦就碎了。

她缓缓坐起身，轻手轻脚地走到窗边，手握住窗框却不敢打开。那只是一棵槐树，她知道的，但她还是忍不住低声问："是你吗？"

那影子突然一晃。

她想也没想，一把推开窗跳了出去。

窗前只有一棵一人来高的槐树，被风吹得枝条颤动，叶子沙沙作响。院子里空荡而安静。

她有过这样强烈的感觉，梦里他坐在榻边时，她还未醒就能觉察他就在附近。她的额头中央隐隐作痛，如火烧灼，眼前也好似能感受到火焰的热流，扭曲晃动。

她朝着影子晃动的方向追去，穿过一条又一条幽暗的走廊。月亮渐渐躲进云后，所有的暗影都慢慢连成一体，连同她要找的那道影子，她再也找不到那道影子了。

“你出来！我知道你在这儿，出来！”

她嘶声大喊，声音穿透一进进房屋，再从遥远的地方返回来，波浪似的荡开。

周围的人被惊醒了，各屋次第亮起了灯。廊檐下的灯笼也都点上了，灯火通明，那些暗的影子，便都看不到了。

李泌也被惊动赶了过来，发现她神志迷乱，额上滚烫。菡玉不敢告诉他自己的疑惑，只说窗外树影晃动，她以为有刺客。

李泌原本和广平王一起去了城外的石鼻驻地视察，原定明日下午才会返回凤翔，却不知发生了什么急事，让他半夜三更赶了回来。

现在她明白了，因为大哥道法高深，只有他不在的时候，杨昭才能悄悄接近她。而大哥即使在十几里之外也有所察觉，所以夤夜赶回。

一切都能解释通了。

梦里的她，终于开始察觉到杨昭的存在了。

新帝急于收复两京为自己正名，封郭子仪为天下兵马副元帅，命其领兵赴凤翔，作为广平王东征的副手。

经过数月准备，各方军队齐集凤翔，攻夺长安。

菡玉居然在众将中看到了杨九。

她现在已经不叫杨九，改名杨怀恩，也可能这就是她本来的名字。

杨怀恩以男子身份从军，跟随王思礼，因为武艺出众屡立战功，已经升到兵马使之位，被她割下的叛军将领的首级不计其数。胡人志短，一旦将领阵亡便士气大跌，兵卒作鸟兽散。

杨怀恩麾下还有一名副将，是她的弟弟杨怀谨，狡狯多谋。这兄弟俩一武一文相得益彰，初出茅庐便锋芒毕露。

杨怀谨自然就是杨十郎。

菡玉奉李泌之命前去各营传信，杨怀恩看到菡玉后面露愧色，低头接了军令匆匆离去。倒是杨怀谨，神色有些骄矜自傲。

那样的神情，菡玉在建宁王的脸上也看到过。

这也是一个野心勃勃的人物，从权贵子弟、隋朝宗室沦落为奴，又把握时机东山再起，他的目的是否仅止于此？

离开杨怀恩的营地时，她意外地遇到另一个熟人——杨昌。

杨昌就没有杨氏姐弟的雄心和官运了，还是个伺候人的仆役，一手拿刀追着一只活蹦乱跳的鸡满地乱跑。

菡玉跃过去把鸡赶回他的身边。杨昌捉住了鸡，喜滋滋地说："跑也没用，养了你这么久，就是为的今天！终于可以杀了给九儿好好补一补了。"

菡玉暗暗地皱了皱眉。

杨昌抬头看到她站在面前，手一松，那只鸡又扑棱地飞走跑了。

他的眼中先是抑制不住的惊喜，他喊了一声："吉少卿！你、你还……"想说"你还活着"，然后才想起当日自己跟随杨氏姐弟、弃主而逃的旧事，笑容里就有了一丝尴尬之色。

菡玉并不怪他。他只是一个奴仆，或许至今都不知道杨怀谨在马嵬驿的那场变故中扮演了什么角色。

菡玉冲杨昌笑了笑，语气坦然地问他别后的际遇。

杨昌一直跟在杨怀恩的身边，离开马嵬后向北而行，碰上了遭遇小股叛军的王思礼。杨怀恩出手相救，王思礼见她武艺不凡，破格将她收入麾下。现在杨昌是杨怀恩的仆人，随军照顾她的饮食起居。

菡玉问："那你知不知道杨将军她……"

杨昌领悟，点头道："当年就知道了，所以起居之事更不敢假他人之手。"

菡玉道："你办事细致，有你在身边照应必然无妨。你好好跟着她照顾她吧，乱世浮萍身不由己，前尘往事就莫再介怀了。"

杨昌对菡玉躬身致谢。

现在回忆起来，当初在相府的时候，杨昌似乎就对杨九姐弟俩格外关照。那时他们都是杨府家奴，他或许有过些什么心思。

他叫她九儿。

但是如今的朔方兵马使杨怀恩，他只能仰望。

九月，官军抵达长安城西，递书约战，列阵待敌。

安氏父子都以洛阳为根基，在长安陈兵不多。广平王将兵十五万，在沣水将叛军打得大败，叛军只剩不到一万人仓皇退回城中。

长安无险可守，叛军战败后也无心再守，趁夜从东门弃城逃窜。

广平王移军入城，百姓纷纷出家门夹道欢迎。历时一年又三个月，饱受叛军掳掠欺凌的长安民众终于盼回了王师，无不喜极而泣，欢声载道。

李泌随广平王入城不久，新帝便从凤翔遣使来召他回去。菡玉借口回崇化坊旧居收拾旧物，没有跟李泌同去。

李泌不在，这或许是个契机。长安故地，杨昭会不会再出现？

菡玉送李泌出城西去，回头策马往东行，先回崇化坊看了一眼她的旧居。

屋舍犹在，行李物什被人翻过，值钱的细软已失，起居日用之物倒还在，可以居住。屋里落了厚厚的灰尘，房主一家早就逃往乡下避难去了。

她把屋子里里外外地打扫了一遍，天擦黑时才出门。

如果世上当真有幽冥黄泉来客，他们应当会夜里才出现吧。

她先去西市买了一些香烛祭品，又沽了一壶水酒，然后策马往宣阳坊而去。

宣阳坊原先有许多达官贵人的宅邸，宅门都直接开在坊墙外，夜间丝竹之声不绝于耳。现在这一片已成为长安城最萧条的地方，坊内只见满目的断瓦残垣，雕梁画栋都坍塌成土，入夜后一片昏黑，不见灯火。

竟然只有在这个时候，她才敢来这里看一眼。

对面亲仁坊的里正远远地冲她喊道：“郎君要进去吗？”

菡玉问：“不知此处可许通行？”

里正道：“通行是可以通行的，只不过天快黑了，里头又不住人，听说夜里常常闹鬼，您还是明日再来吧。”

菡玉对他一笑谢过，下马搬开坊口的栅栏，把马系在坊门的柱子上，徒步入内。

虢国夫人府的铁门匾犹在，半边耷拉着挂在烧焦的门楣上，不知被人泼了什么深色的污物，匾上的金字都看不清了。隔壁相府的大门则完全被焚毁，只剩下一堆焦黑的瓦砾。

相府内已经没有一栋完整的屋舍了，墙缝泥堆上钻出一丛丛的野刺槐，杂草遍布。她只能凭着记忆中的方位在废墟草丛中穿行，往日走过无数遍的道路也被砖瓦泥土掩埋。

进门后左拐，穿过一条自南向西的九曲回廊，这是她走得最多的路线。后来书斋和她的院子之间加了门，她须从花园里绕过去了。现在那弯弯曲曲的回廊还能看得出大致的形状，书房屋舍却被草木掩盖，黑暗中只见微凸的轮廓，如同荒弃的坟冢，过往都在那里埋葬。花园里的荷塘早已干涸，池底的泥沙被晒出一道道错综的裂纹，像一张巨大的历经沧桑的脸。

人非，物亦不是。

时间过得真快，转眼就过去一年多了；时间又过得这样慢，竟然才过去一年。

菡玉茫然地穿过枯池，走到中央半没在泥里、碎成数段的石鹤石莲旁。池中淤积的泥沙很柔软，她似乎踩到了一块尖锐的石子，把脚挪开，却看到泥中有隐约的白光一闪。

她蹲下身去，把泥沙拨开。

那是一块破裂的玉佩，雕成莲花形状，边角磕碎了，裂缝里嵌满了污泥。它显然已埋在这里很久，上下缀着的丝线都已朽烂，只剩这一截光润的白玉，隔着三载光阴，从淤泥中重见天日，在她面前静静地绽放。

背后的草丛突然窸窣一动，她被吓了一跳，失声道："什么人？"

草里的声响又停歇了。心还在突突地跳着，她轻手轻脚地走近，伸手去拨那半人高的野草。草里似乎还埋了毁坏的家具，泥面上露出几截烧断的木柄。

她把手里提着的香烛酒壶放在空地上，扶着木柄跨过去。她一开始没察觉，待整个人都越过去了，才恍然醒悟过来。

她所站的地方，埋着一张榻。

她正握着的木柄，原本雕的是缠枝花纹，密匝繁复的花样，突起一朵花苞，硌得她的手心生疼。榻上铺的箬竹席，在肩背上压出一条一条细密的纹路。他的手掌被瓷盅盖子划出了血，从她的肌肤上抚过时，便如烙铁一般灼人。

那时她是那么不情愿，然而如今，那竟成了难得的旖旎回忆。她再求触碰一下他，哪怕只是指尖，亦不可得。

就像这荒寂无人的废墟，再也回复不到往日繁华富丽的模样。

她往前跨出一步，草丛里躲着的小东西受了惊，从她的脚背上嗖的一下蹿过去，钻进旁边的乱草堆里。

她顺着它逃跑的方向望去，远处隐隐约约透着一点火光。

火光尽处是庖厨，未被大肆劫掠，只塌了一面墙，还有人居住的痕迹，那人此时已灭了灯烛灶火悄悄躲起。

菡玉朗声道："胡虏已被广平王驱逐出长安，官军入驻，乡亲可放心地外出了。"

门前果然现出一道人影，是个衣衫褴褛乱发覆面的女子，难怪这里会有闹鬼的传言。

女子认出了菡玉，把覆在脸上的乱发拨开，冲到她面前来抓住她的双手，说："少卿！真的是你，你终于回来了……我是明珠啊！"

菡玉大惊，没想到会在这里与明珠重逢。临走时她没有安置明珠，这个弱女子居然独自在战乱中挣扎存活了下来。

明珠十分机智。叛军打进长安，相府首先被抢掠一空，一把火全烧了。她估计以后不会再有人来废墟中，就悄悄躲在这里。她又怕万一被胡贼发现要遭污辱，就用锅灰涂脸乱发覆面，让人以为废墟里闹鬼，不敢靠近。如此蛰伏了一年多，她居然未被发现，得以保全。否则以她的姿色，她无依无靠，在乱世中早已香消玉殒。

明珠从藏身之处捧出一个旧木头匣子给菡玉。菡玉接过来一看，里面摆着一黑一白两盒棋子、几支秃毛笔、笔洗、镇纸等物，都再眼熟不过。

菡玉的笑容一下子僵住了。

明珠道："这些是我从瓦堆里翻出来的，全是相爷以前用过的东西，好多找不着了，棋子也不全……我想少卿一定会回来，这些东西你应该会想要，好歹也算是个纪念。"

菡玉忍泪道："谢谢你，明珠……"手指抚过那一枚枚犹圆润晶亮的棋子，神思便飘得远去了。

明珠站在一旁陪着菡玉，默不作声。

菡玉放下棋子勉强一笑，准备把手中的玉佩也收入匣中。她提起玉佩来一看，手心里只剩一条断开的丝线，玉佩不知何时已经失落了。

她连忙回头去找，明珠提起风灯追上她。两人在池塘和厨房之间来来回回找了好多趟，就是不见玉佩的踪影。

明珠问："是很重要的东西吗？"

菡玉失魂落魄地点点头，又摇摇头。

他留给她的东西很少，每一样都是重要的；但她没了他，哪一样也都不重要了。

菡玉回到池边的空地，取回留在那里的香烛水酒。黄纸被风吹散了一地，她默默地一张一张捡起。

明珠问："少卿夜间来这里是为了祭拜吗？明珠可以为你引路，这里我很熟。"

菡玉默然点头。

明珠在前掌灯照路，道："少卿，这段回廊你一定还记得吧？尽头就是相爷的书斋，再过去是你以前住的院子。那边还有两段围墙，正好折角可以挡风，生了火也不容易被人看到，咱们去那里烧化好不好？"

菡玉跟在明珠的身后，廊下忽然有一线微光一闪。菡玉的视线被吸引住，她猛然间意识到了那是什么，一把推开明珠冲了过去。

弯月爬上了树梢，朦胧的月色照见廊下挂着的莲花玉佩，玉佩在微风下轻轻打着旋，时而反射出一线月华亮色，时而又转过去隐入昏暗。

明珠提灯追了上来，将风灯举起照亮。这下终于看得清了，玉上还残留着半截朽烂的线头，但穿孔里又穿了一根完好的黑线，末端胡乱地打了个结，靠它将那块玉挂在九曲回廊的檐下。

明珠并不知道那是菡玉的旧物，吓得退了一步，说："怎么会有块玉挂在这儿？少卿，方才你过来时注意到了吗？我好像没有看到……"

菡玉恍惚地摇了摇头。

明珠左右看了看："莫非这里还有别人藏身？不可能，我在这里住了一年……少卿，是不是有人尾随你？"

谁会尾随她到这里来？谁又认得这块玉佩，会悄悄在她的身后捡起，挂在她必经的路上？

菡玉举手把玉佩摘下，紧紧地攥在手心里。她不敢呼唤他现身，怕吓着明珠。

她的猜测是对的。他真的在，而且只要李泌一离开，他就有机会接近她。

菡玉将明珠带回崇化坊，依旧留在身边照顾自己，只是她们的关系比以前更加亲厚，有一种劫后余生、相依为命的感觉。

菡玉在世上的亲近之人，已经不剩几个了。

广平王克复西京后不久，新帝乘舆也回到长安，同时派韦见素前往成都迎接太上皇还京。

菡玉趁机上表请求随韦见素一同入蜀。

韦见素也因为曾依附杨昭而被新帝冷落，新帝罢免了他的宰相之位，改迁太子少师。一朝天子一朝臣，在新帝的眼里，菡玉和韦见素都是太上皇朝的旧人了，新帝因此同意了菡玉的请求。

李泌自然不可能和她同去。蜀地路遥难行，一来一去至少要两个月。这两个月里她离李泌足够远，如果当真如她所想，杨昭一定会再出现的。

她把明珠托付给李泌，让他暂时代为照应。

韦见素听说菡玉自请入蜀不免吃惊，但二人共事已久，彼此相熟，菡玉经历的种种韦见素都再清楚不过，他自己也是刚遭遇罢相，只是相对一叹，并未多问。

此次入蜀他们仍是沿太上皇西行的路线走，第一日傍晚抵达金城县，众人在县城馆驿留宿。

当初长安陷落、太上皇仓皇幸蜀，金城县官吏皆自顾逃命，馆舍无人接应，空旷凄凉；如今广平王收复西京，皇帝回宫，官军稳住了京畿以西地面，金城县也恢复如常。

驿馆经历战火而破败，后又加以修缮，已经面目全非，周围的道路也变了方位。

菡玉还记得下榻金城驿馆那日，太上皇及暮未食，她把将士们自取米粮所炊的豆饭献与太上皇，就是从西面那道门出去的。从旁边绕过去，有一条穿过树林的小路，可以一直通到驿馆背后的荷塘边……

只是当时二人成双，如今只剩她形影相吊。

她沿着那条路走去，踱到驿馆背面。原来野蔓丛生的树林经过战火显得越发芜杂凌乱，有的树被拦腰斩断，有的被连根刨起，翻出其下黄褐的沙土。

林中连路都改了样，原先那条石子小径不知埋没在了何处，倒叫人斜着踩出一条坑坑洼洼的土路来。

菡玉深一脚浅一脚地沿着土路往林中走去，远远瞧见银白的光亮，似是明月映在水上反的光。

满池荷花无人照看，已经败落了，被水草浮萍挤去了生存空间，半边荷塘还填入了挖壕沟的沙土。塘边那棵老树也被火烧去半边，然而生机未灭，树干上又冒出新生的枝条嫩芽。

她将一块旧布铺在树下，席地而卧。十月的夜里已经有冬天的寒意，露水深重，草尖结霜。

整整一夜，不曾有人寻来。但是清晨她醒来时，发现身上并无霜露。

菡玉夜不归宿，被韦见素知道了。他大约也猜得出她为何不在馆驿，第二日便故意绕开了马嵬驿，免得她再触景伤情。

但是他们去的时候避开了，回来却避不开。

当初贵妃仓促以草席裹身入土，太上皇欲移其冢带回长安厚葬，专程取道马嵬驿，仪礼法事隆重，停留了好几天。

另一个原因则是随行的大将军陈玄礼突染怪病，卧床不起。太上皇不忍丢下他，命太医将他诊治康复后再起行。

陈玄礼的病十分古怪，来势汹汹，太医令束手无策，完全诊不出病因。陈玄礼一向健朗矍铄，便有人猜测他是不是被什么不干净的东西缠上了。

一年半前的马嵬驿血流遍地，至今驿外河边仍埋着数百具无人认领、残缺不全的尸骨，可说是大凶之地。太上皇是真龙天子，魑魅魍魉不敢近身，当日参与兵变的陈玄礼就成为恶灵报复的对象，十分合理。

太上皇不信鬼神之说，叹道：“倘若枉屈横死之人就会滞留人间不去，为何不见玉环的芳魂来访？”

陈玄礼的家人偷偷请来道士作法，在房门挂上铁八卦，又画了符纸压在病榻下，陈玄礼果然略有好转，但是仍不见清醒病愈。

过了三更，众人都已熟睡，照看陈玄礼的家奴小僮突然大声呼救，高喊“大将军不好了”，把太上皇都惊动了。

菡玉和韦见素一同赶到陈玄礼处，太上皇已经召来了太医令。太医令在陈玄礼的舌下压了千年人参，又在其周身要穴连下数枚金针，总算帮陈玄礼吊住了一口气。

韦见素瞥见病榻上的陈玄礼，吃了一惊，道：“才几个时辰不见，陈大将军怎么就成了这副模样？”

菡玉朝病榻上看去，只见陈玄礼奄奄一息地歪在枕上，面如金纸，双目深陷，眼窝乌黑有如描墨，竟是三分像人七分像鬼。

她心里不由得打了个激灵。

只是，就像太上皇说的，倘若真有厉鬼恶灵，为何却去找陈玄礼，而不找牵挂惦记他的人？

陈玄礼的家人道："明明白天请山人驱邪已有起色，为何半夜又加重了？莫非是那些东西夜里又来……符纸呢？还在吗？"

小僮闻言，立即掀开被褥一角，看到褥下的符纸，失声惊呼。

那张符居然不是黄纸，而是如灰烬似的焦黑色，仿佛被火烧过一般。但要说是火烧，符纸明明是压在被褥下的，形状完好无缺，上面用朱砂画的符文也一笔不差。

众人议论纷纷。菡玉哪里还站得住，悄悄往后退出人群，转身欲走。

韦见素一直在菡玉近旁，见她从看到那张符纸起便面色不对，追出来叫住她："吉少卿，你要去哪里？"

菡玉道："我出去走走。"

韦见素道："这三更半夜的去哪里走？少卿还是回去休息吧，切莫多想。"

菡玉道："少师既答应让我跟来，就是知道我的心意。除了三更半夜，我还有什么时候可以去看他呢？"

韦见素听她把话说得这么直接，反倒不知如何劝她好了，只好眼看她往荷塘边走去。

月末的后半夜，那一弯如钩残月也不见影踪，只靠几点零落星子照亮。驿站周围树木茂密，这个时节只剩光秃秃的树干，暗夜里张牙舞爪地伸出枝丫。

菡玉走了许久，周围高大的乔木渐渐少了，只有一蓬蓬低矮的灌木藤萝，而脚下踩着的地面也比之前松软。菡玉这才恍然明白她想寻找的荷塘，也如相府中的一样，成了干涸的平地。

寒冬腊月的竟还有鸟栖在枝头上，她转身的刹那，那鸟受了惊吓，从树梢上振翅高飞，哑哑的叫声在夜空中回荡，凄恻绵长，也不是她熟悉的杜鹃，只是一只黑乌鸦罢了。

这么一回头，迎着微弱的星光，她倒认出了那棵树。虽然叶子落光了，树冠还是繁茂如伞，树身向塘中微微倾斜，如水边探身揽影的女子，凝固了姿态。

从菡玉第一眼见这棵树起，它就是这个模样，以后不管再过百年千年，也永远都是这样了。

树下的坟茔经风雨冲刷，比一年前矮了不少，周围尽是齐膝的枯草。再过几年，这座荒冢就会完全被夷为平地，谁也不会记得这里埋了一名曾经翻手为云覆手为雨的倾国权臣。

贵妃尚可移冢，他却连立一块墓碑、燃一炷香都不能。他留下的，只是史书上万世可见的骂名，和她心底不为人知的刻痕。

她在坟墓旁就地坐下，手抚着坟头上杂乱的枯草，用最平常的语气说："相爷，不管人间地下，你到的地方总是不得安生。"

就像她心底的最深处，永生永世都将不得安生。

"陈将军重病垂危，是不是你做的？他年纪那么大了，不剩几许春秋，你又何必再为难他呢？他也只是别人的马前卒，鸟尽弓藏，晚景凄楚，你就留他给太上皇做个伴吧。"

她伸手进怀中掏出那管碧玉笛子来，指腹抚过笛身的裂纹。尾端的流苏已经旧了，微微泛黄，末梢上一点儿灰褐的污迹，和她初次见到时一模一样。

原来，那是他的血。他身体中的一部分，在她遇到他之前，就已伴随了她许多年。

"我为你吹奏一曲'镇魂调'，可去人心中的怨尤，你以前也吹过给我听的。我吹得没你好，你且包涵些。"

双手有些抖，她试了好几下都对不准吹孔，笛子在她的下唇处一滑，她吹出一声低沉走调的音节。

嗒的一声，那样大一颗泪珠，落在冰凉的玉笛上，又顺着笛身滑下，渗进她僵硬的五指缝中。

紧接着第二颗、第三颗，如无根的雨、断线的珠，肆无忌惮地从她的眼眶中坠落。

她伏在荒草遍布的坟冢上，泪水顺着面颊浸入荒草下的黄土。她用双手抠着泥地，好像她倚着的还是他的胸膛，那个总是向她敞开、让她可以放心依靠、悲伤时尽情哭泣的怀抱。

四野一片空寂，只听到她自己隐忍的呜咽声。她哭得浑身颤抖，又不敢大声号啕，怕驿站里的人听到。

"你要索命……为什么不来索我的……不来找我……"

一只手忽然搭上她的肩头。

菡玉猛然回头，夜色中昏暗模糊的黑影，斗篷遮面盖住全身上下，五官面目都不可见。

"别哭了。"他的嗓音干涩喑哑，像生锈蒙尘的乐器变了音调，但还是再熟悉不过的语气，"哭得我在坟里都睡不安生了。"

她的泪水还挂在脸上，双眼一眨不眨地望着他，尽管那只是黑夜里一个轮廓不明的黑影。

"怎么？"他问，"吓呆了？我以为你早就知道我跟着你了，半夜来这里哭不就是想引我出来吗？"

"我知道，我就知道你一定不会丢下我……"她破涕为笑，张开双臂向他扑过去。

黑影一闪，她扑了一个空，回头他已在一丈之外。

她往前一步，他就后退一步。

"别过来，我不想害你变成陈玄礼那样。"

他的脚下有一团浓黑的阴影，他离开之后，阴影却并不消失。仔细去看才发现，那是他脚下的枯草都被灼成焦黑，如陈玄礼褥下的符纸一般。

"我不怕。"

"你是草木做的身躯，我也会伤害到你。"

"我不怕。"她又重复了一遍，"如果能伤到我那最好了，我正愁自尽都死不了呢。"

他只片刻愣怔，她就冲了过来，像在西渭桥边追上他那次一样冲进他的怀里，紧紧地抱住他。

这次他没能躲开。

他的皮肤冰凉，隔着一层布料，有滚烫的水珠渗进来。那样烫，灼得他里里外外、从形体到魂魄都要成灰了。

"我多想、多想变得和你一样……但是却不能，连求死都不能……"

他将手抬起来想搂住她，又将手悬于后背，最终慢慢放下。他说："你知道我现在是什么样子吗？"

她抱得更紧："我不管你什么样子，只要是你。"

“如果我……已经变成这样呢？”他将手掌覆上她的手背，十指嶙峋，分明就是一截枯骨。

她反手将那手骨握住，从他的怀里抬起头，伸手去揭他遮住面容的斗篷。

他抬起另一只手挡住，唤她：“玉儿……”

菡玉含泪笑着将他的手拂开，揭去覆面的黑布，露出其下的森森白骨。

额间高凸，是他飞扬的眉；黝黑深洞，是他斜挑的目；中央一道窄缝，是他俊挺的鼻；疏落枯齿之外，是他含笑的唇。

“你自己说过的，不是人又如何？”她踮起脚尖，泪水顺着面颊渗进纠缠的唇齿间，润泽了干枯的白骨，如春水漫过荒野，万物复苏。

她终于又触到了他，柔软温存的唇，宽阔温暖的胸怀，还有那张令她朝思暮想、魂牵梦萦的面庞。

“——就算你是猛兽厉鬼，我也要你。”

要怎样才能多留住这一刻，即便只是梦境？

要怎样才能相伴相随，即便已是荒冢孤魂？

她依附于小玉而生，只要小玉还活着，即使一遍又一遍利刃加身，血肉无存，依然无法追随他到地下。

就连神志飞离天外、意念昏沉间的美梦，她也无法久存。

就在他终于幻化出旧日之身，合拢双臂拥紧她的瞬间，她醒了过来。

菡玉醒来时，发现自己身处陌生的宫室中，轩榭华美。她身上只盖了薄薄一层锦被，被下的身子未着寸缕。

屋内有奇异淡雅的熏香，氤氲缭绕。她识得那香味，那是每次师父为她塑形时点的，有凝神固魄之效，为了让她与新身体融合得更好。

她慢慢地回忆起来。广平王挥军东进再取洛阳，在陕郡直面对阵安庆绪十万主力。她冲入敌军阵中，身陷重围，被乱刀砍中，而后便失去了知觉。

围攻她的人大约有三四十个，那么多刀落下来，她想必都被砍成肉泥了，难怪只能重塑形体。

她已经这样“死”过很多次，每次都是相似的死法。那些刀剑一齐向她袭来，有时肢体被切开时仍有意识，她忍不住会想，他临终前最后一刻的恐惧、痛苦、无奈、不甘，她是否也能感同身受。

然而她并不能。她知道自己死不了，短暂地昏迷一段时日，师父或师兄总会再把她救醒。

她躺在榻上没有动。梦里的情景犹自历历在目，那么真实，触手可及，仿佛那才是她亲身经历的，而两军对垒、战场阵亡只是南柯一梦。

菡玉仔细回忆着梦里的种种细节，那分明就是重复了她一年多来的行迹和所历所见。正是因为那都是她自己经历过的，她才觉得如此真实，只有少许的细节有所偏差。

大和关那次遇险，是他救了她吗？

并不是。她被利剑穿胸而过，叛军以为她死了，将她丢弃在野外，她被赶来收复大和关的将士所救。叛军也没有被妖异邪祟所惑自相残杀，而是被官军剿灭。

凤翔元帅府的树影憧憧，是他在窗外悄然接近吗？

也不是。窗外的真的是奸细刺客，被她察觉，然后落网了。

宣阳坊的废墟里，他当真为她捡起遗失的玉佩挂于廊下，暗示他的存在吗？

没有。她捡到了玉佩是真的，遇见明珠也是真的，玉佩丝线断裂遗落在地，是明珠心细发现的。

她入蜀迎接太上皇还京，途经马嵬驿，陈玄礼突发急病，是他作祟报复吗？

仍然不是。太医令诊断陈玄礼就是年老中风，后来陈玄礼几乎痊愈了，只落下腿脚不便的毛病。

而那些不一样的细节，恰恰是最重要的。

最后他当然也没有现身与她相见。梦有多美，她醒来后就有多痛。

幽冥鬼神，多么虚幻而又无望的希冀。

她的枕边依稀还有睡梦中留下的泪痕。悲伤就像旋涡，那样容易沉溺，她每每愈沉愈深无法自拔，醒来枕间都是旋涡里淋漓的水迹。

她回想起梦里所见他的模样，漆黑遮面的斗篷，沙哑干涩的嗓音，这分明是卓月的形貌，被她一厢情愿地胡乱嫁接到他的身上。

或许是因为他们都是她曾经爱恋过的人，因为一管玉笛的牵连，梦里她才会将他们合二为一。

然而他们那么不同。舍弃自己的性命倒转时间、挽救山河苍生这种事，杨昭绝对会嗤之以鼻。如果他做了，菡玉还会猜疑他另有私心。

可惜她还是辜负了卓月的期望，什么都没能改变。卓月牺牲唯一的作用，也就是成全了她和杨昭罢了。

有时她忍不住会想，她这样费尽力气回到十六年前，浮沉挣扎，到底有什么意义？

耶娘还是死了，小玉还是成孤儿了，安禄山还是造反了，大唐还是败落了。

就连杨昭，他也还是如她预知的那样死在了马嵬驿。

十六年已过大半，最后留给她的，竟只有满身落寞的情伤。

早知如此，她何必让卓兄牺牲性命？如果今后再遇到卓月，她一定不会让他这么做，她不要再欠他了。

门外传来脚步声，然后有女子轻轻唤道："先生。"

是明珠，她所称的先生则应是李泌。

李泌问："她醒了吗？"

明珠答道："方才过来还没醒，我就先去厨下熬了点儿粥。"

李泌应了一声。明珠又道："先生请留步，明珠有个不情之请。"

李泌道："但说无妨。"

明珠道："听说先生在长安时就对陛下许下高志，收复东都后即辞官归隐山林。如今东都已定，不知先生可有回山的打算？"

李泌似乎对明珠所提之事略感惊讶："为何问起这个？"

明珠道："我只是希望……少卿能早日离开这战乱是非之地。山林清净悠闲，远离红尘，或许她会慢慢好起来。"

李泌不语，明珠又道："先生数过没有？短短几个月，这已经是第五次了。"

明珠的语声更低下去："先生难道不明白？少卿这是在求死。"

菡玉在屋内静静地听着。

菡玉梦里的许多想法，都是她平时不敢想，或者刻意避免去想的。比如对陛下、建宁王、陈玄礼等人的恶意，比如幻想世间有鬼神，再比如——

她对杨昭说的，我多想和你一样。

我多想和你一样，多想随你而去，与你天上地下，再不分离。

也许她做不到自尽殉情，但是英勇无惧地战死沙场上，就没人能说什么了吧？

这点儿怯懦自私的小心思，居然连明珠都看透了。

许久，李泌回道："我知道了。"

李泌推门走了进来，菡玉立即闭目假寐，等他走近才假装刚刚醒转。身上未着衣衫，她只能盖被躺着不动。

"醒了？"李泌执起她的手，五指相扣试她的关节，"觉得如何？"

以往他做这样的举动再自然不过，如今却让她觉得过于亲密。菡玉等他试完立即把手抽回来："手指有些麻，其他都无妨。"

李泌道："你若是再这样在众目睽睽之下被大卸八块，回头又好好地站在大家面前，我都没法替你圆场了。这回你的首级都被敌将砍回去当战利品了，幸好没追得回来，否则拿到手是个莲蓬，该如何解释？"

被砍了首级，她还真是和杨昭一个死法呀……

菡玉未答，转而问道："大哥，这里是不是洛阳离宫？广平王攻下洛阳了？"

李泌道："安庆绪在陕郡战败后弃城逃往河北，洛阳与长安一样顺利收复。"

菡玉点头道："免去城内百姓受攻城巷战之灾。"

李泌顿了片刻，说："安庆绪逃走之前，将俘虏的哥舒翰、程千里等三十余人全都处死了。"

菡玉一愣，不意李泌突然说起这个消息，抬头望他。

李泌坐在榻边，俯身看着她，低声道："玉儿，哥舒翰死了，你心里好受些吗？"

菡玉吃惊道："大哥！我怎么……"

她想说：我怎么会这样想？但话到嘴边却说不出口。

她知道，哥舒翰、陈玄礼、建宁王，于公于理，他们是忠君为国，是捍卫皇室正统，他们没错。如果换作十年前，她也会毫不犹豫地站在他们那边。

然而于情于私，她又如何能不怨？

但是那都于事无补。即使他们都死了，她也不会有复仇的快感。他们的命，换不回她想要的人。

她转而道："安庆绪残暴不仁，又无威信，必不长久。"

李泌见菡玉不愿提杨昭旧事，也就不再多说。这时明珠敲门进来，手里端着食盒，说："少卿醒了，饿不饿？我煮了清粥，先生、少卿都请用一些吧。"

李泌先出去回避，等明珠为菡玉更衣梳洗完毕后再回来，二人一起落座用餐。

除了清粥小菜，明珠还额外准备了一碟小食，打开甜香扑鼻。菡玉凑上去一看，惊讶地道："油䭔？都到上元节了吗？我这次居然睡了这么久。"

李泌道："冬季难寻莲藕，特意派人从岭南送过来的，花了些时间。"

明珠道："听先生说少卿特别爱吃西市锦贤记的豆沙油䭔，今年恐怕来不及赶回长安了，我就自己琢磨做了一些，味道自然不敢跟名店相比，吃个节庆意思罢了。"

菡玉终于笑了一笑，说："明珠的手艺绝不比外头差，闻着就香，大哥你今天有口福了。"

李泌执起竹筷，转头对明珠道："明珠，你去厨下取一双尖头筷子来。"又看了一眼菡玉，笑着解释道，"她不太会用筷子，夹不起来圆溜溜的东西，只能用筷子尖儿戳。"

明珠应是，菡玉却制止道："不用了，我已经学会用筷子夹了。"

她将下面的筷子架在虎口上，另一头用无名指和小指撑住；上面的那根以拇指按住作支点，用食指和中指拨动，夹的时候中指在两根筷子之间……

杨昭手把手教她的，她学会了便再也没忘。

她照着记着的方法，果然稳稳当当地夹起一只油䭔来。她将油䭔举到半空中，突然手一抖，那油䭔掉到地下，骨碌碌地滚出去好远。

她再没有吃的心情，把筷子一放，说："早上还是不吃这么油腻的东西了。"

李泌刚吃了一只，也放下筷子，沉默片刻方说："这东西是有些油腻。"

明珠心细如发，自然也察觉到了不寻常，没有多话。

三个人就这样相顾无言。就在菡玉快要忍不住眼泪时，李泌开口道："玉儿，等我回长安见过陛下，我们就回衡山去吧。"

她未加思索便回了一个"好"，又抬头问明珠："明珠，你想留在长安，还是跟我们一起回山？山中清苦，如果你……"

明珠立刻回道："明珠不怕清苦。少卿去哪里，我就去哪里。"

广平王接连收复两京，迎回二圣，贤孝之名传遍天下，人心尽向之。回到长安后，皇帝向太上皇请命征得同意，册立广平王为太子，固立国本。

广平王此后地位稳固，顺利登基，成为李唐开国一百五十年来第一位以嫡长子身份继位的皇帝，此乃后话。

李泌向皇帝自陈志向仍在山林，危难之中前来襄助，如今两京已定，请求辞官归隐。皇帝挽留不得，敕令衡阳太守在山中为李泌建造屋舍，终身供给三品官的俸料，使李泌能一心向道，不必为衣食所累。

菡玉带着明珠随李泌回到衡山。

她上一次回得仓促，未及停留，算起来一别竟已十余年。即使是那次她身躯残败匆匆返回，也已是两年多前。

时间过得这样快，距离安禄山起兵作乱，已然二载春秋，冬去夏又来。

她已经习惯于战乱，从少年时起就经历的乱世，或许才是她此生的常态。

而天宝年间那十载太平盛世，庙堂高远，反而更像南柯一梦。

她也已经习惯没有杨昭在身边，习惯当人们愤愤然提起他时，像个路人一般沉默不言。

回到衡山之后，菡玉连这样的机会也渐渐没有了。李泌和明珠都是细心的人，他们会刻意不再提及任何让她忆起过往的事。

山野远离尘世，但是皇帝、广平王和李光弼都时常会有书信来，告知或者询问李泌天下之势。

安庆绪弃洛阳逃到河北，史思明兵重功高不服他，为安庆绪所忌。史思明投降朝廷，被封为归义王。李光弼不信史思明真心归降，暗中提防。

朝廷出九名节度使一齐讨伐安庆绪余党，安庆绪上下离心，向史思明求救，许诺禅让史思明帝位，史思明果然降而复叛。

九节度不置元帅，互相不和，虽有数十万大军却败于史思明之手。史思明再度攻陷洛阳，杀安庆绪而代之。

史思明的借口是安庆绪弑父篡位，他为替安禄山报仇而诛安庆绪。讽刺的是，史思明的帝位还没坐安稳，他就重蹈安禄山的覆辙，因为偏宠娇妾的幼子，被长子史朝义所杀；而史朝义和安庆绪一样难以服众，部下纷纷作乱。

一年又一年，即使史书上那些浓墨重彩的名字都一一作古，天下依旧不得太平。

李泌将这些事告诉菡玉，她只是默默地听着。这些都是她经历过的，原样再经历一遍，她已经没有了当初指点江山誓挽狂澜的豪迈意气。

哥舒翰、高仙芝、郭子仪、李光弼，这些赫赫有名的当世英雄，甚至李泌自己、金阙上的两代帝王，都未能挽救山河破碎、江海倾颓。

区区一个吉菡玉，又算得了什么？蚍蜉撼树，螳臂当车。

她连自己身边的人都救不了，何谈天下人。

有时菡玉甚至会暗暗埋怨卓兄，当年的她年少无知心比天高，他却是个冷眼看尽天下事的长者，不会看不出她空有意气难成大事，为何会错付信任，将这样重要的任务托付给她？

但是当她再次看到小玉，似乎又有些明白卓兄的用意。

小玉随师父四处云游，救死扶伤，其间音讯断绝，过了很久才回衡山与菡玉相见。小玉回来也只是匆匆一面，把李泌种了好几季的药材搜刮一空，又急着要下山。

踌躇满志的飒爽少女，小玉的心还那么大，装着全天下；不像菡玉的心，已经小得只能装下一个人。

明珠悄悄问小玉："你不留下来陪陪少卿？你跟她最亲，或许只有你能开解她了……"

小玉扭扭捏捏地去找菡玉，说了些悄悄话。菡玉一笑置之，说："时日不多，只管去做你想做的事。"

小玉莞尔："我在想什么，你果然全都知道；可惜你在想什么，我却始终难以领会。"

或许小玉终有一日会领会，也或许永远都领会不了。小玉只在十四岁时见过杨昭数面，他是与父亲年纪相近的长辈，仅此而已。

倘若那就是菡玉原本的生命轨迹，与杨昭不曾有过交集，她似乎又觉得那么遗憾可惜。

临走前小玉说："多保重。"

菡玉笑道："应该是你自己保重才对，反正只要你好好的，我也不会有事；万一你有个什么三长两短，我就不知道会怎么样了。"

小玉想了想，回道："也对，我会替你保重的。"

菡玉敛起笑意，叮嘱小玉："后年六月之前，记得回来一趟。"

小玉点头答应："嗯。"

这是她们第一次说起两人的未来，轻描淡写，一句带过。

那一天终会到来，谁也不知道结果会怎样。

目送小玉策马下了山，菡玉轻叹了一声："还有两年啊……"

明珠却耳尖地听见了，追问她："什么还有两年？"

菡玉看着明珠笑了一笑，没有回答。

明珠暗自心惊。那是一种释然的笑意，仿佛菡玉终于可以解脱。

明珠开始留意菡玉的行踪，与她同进同出，形影不离。

菡玉的行为举止却与往常并无不同。她日常读经参悟、吐纳修身，白日里会亲自下地栽种花草五谷，游荡山间采集药草金石，有时数日不归，但足迹不会踏出衡山山麓。

南山谷中有一片荷塘，离他们居住的道观较远，来回需一日脚程。每年深秋花草枯萎之时，菡玉会去清塘，铰去满池枯叶，只留下泥中藕节作为来年生发之根；到了春夏交界之际，再去把荷塘里的水草浮萍清理一遍，以免荷花被野草夺了生长空间。

第一年明珠并不知道，之后便每次都跟菡玉一起去。荷塘占地数顷，二人泛舟湖上，需连续劳作好几日才能做完。塘边有一棵老槐树，绿荫如盖，两人就在树下搭起帐篷过夜。

明珠提议从附近山村雇人来帮忙，菡玉不肯，坚持自己动手。

相府里也有一小块荷塘，是相爷特地让人挖凿修建的。他爱莲成癖，菡玉的名字里也有个"菡"字，想必荷塘对他们而言有着非凡的意义，所以菡玉不愿让不相干的外人染指吧。

然而等到盛夏花开繁茂之时，明珠问菡玉为何不去游赏，菡玉却又说："知道它们开得好便罢了，何必一定要亲眼所见呢？"

明珠道："等再过半月莲蓬子熟了，去采些回来可好？羹汤肴馔，莲子的用处可多着呢！"

菡玉道："那你就去吧，如果一人不力，可以请山中乡亲为助。对了，今年水涝收成不佳，眼下塘中莲藕正好，乡亲如有需要，只管让他们自取，留足明年之种便可。”

明珠猜不透她到底是怎么想的。菡玉小心翼翼地维护着这片荷塘的盛景，却从不去观赏；辛苦劳作时拒绝假他人之手，仿佛那是她私人的领地，外人不得涉足，花落子熟时却又让旁人随意取之。

山中岁月如水，悄然不知其流逝。

小玉再一次回到衡山，已是约定的两年之后。

二十岁的小玉，已经脱去了咋咋呼呼的少女稚气，多了几分沉静之态，乱世中的见闻也让她眉宇间有了愁色：“史朝义弑父杀弟，范阳内乱，如今他龟缩河北众叛亲离，想必残部用不了多久即能剿灭；但是南有江淮永王割据作乱，北有回纥轻唐虎视眈眈，吐蕃、南诏趁我大唐自顾不暇也屡次寇边；朔方节度使杨怀恩与回纥亲善，民间传言他是隋炀帝后裔，有拥兵复辟隋室之念……天下恐怕再难有太平之日了。”一边说一边摇头叹气。

菡玉扑哧一笑。小玉抬头看她：“你笑什么？”

菡玉道：“笑你小小年纪，就像个老头子似的唉声叹气。”

小玉瞪她：“我不小了，今年已经满二十岁了！你二十岁的时候都入朝为官了吧！”

菡玉笑道：“还没有，算起来应当是廿一岁才到的长安。”

廿一岁，菡玉带着师兄的举荐信下山入京谋职，途经马嵬驿。

原来初遇见杨昭的时候，她就是小玉这般年纪、这般模样、这般性情。

那时菡玉和他说了什么？菡玉记不清了，大致是对这未来的权臣奸相避之唯恐不及的鄙夷，说他会在马嵬驿死无全尸，还说这是天道轮回报应不爽。

如今想来半点儿没错，这真是轮回报应，造化弄人。

小玉感叹：“两年过得真快啊，好像自己也没去几个地方、没救多少人，倏忽一下就过去了。”

菡玉道：“是吗？我倒是每天都在盼着你早日回来，有点儿度日如年的意思。”

小玉略一细思就明白了菡玉的话中之意，有些置气地说：“你真不像我。虽然我知道你经历了很多不堪之事，但我无论如何也不会为了一个男人要死要活的。”

菡玉笑得不行："什么叫我不像你，本末倒置没大没小！你父亲还反过来长得像你了是吧？"

小玉气不过，说："就是不像嘛！人的性情除了天生的，还靠后天的际遇和阅历塑造。我是不会变成你这样的！"

菡玉止住笑想了一想，问："你下山这几年，都遇到些什么人？其中有没有一个姓卓的？"

小玉道："遇到的人太多啦，多数不知名姓。姓卓……对了，去年在润州，有位姓卓的老丈时常来帮我的忙。他有三个儿子都在战场上阵亡了，老无所依，十分可怜。姓卓怎么了？"

菡玉摇摇头，说："没什么。"

小玉没有遇见卓月，自然不可能回到十六年前，也不可能再遇到杨昭。小玉说得没错，她的人生际遇已然不同，她是小玉，不会成为吉菡玉。

即使是现在的小玉，与菡玉二十岁时也不尽相同。譬如菡玉并不认识姓卓的老丈，对他生出怜悯之心；而小玉也不认识卓月，无从产生恋慕之情。

她们已经是两个不同的灵魂。

当分岔的命运之流再度合拢，是菡玉的记忆湮灭在时间的洪流中，还是小玉短暂年轻的生命被取代，或是合二为一，你中有我？

菡玉希望是前者。各自求仁得仁，就是最好的结果。

小玉问她："你记不记得具体的日子？该不会哪天我晚上睡下去还是我，早上醒来就变成你了吧？"

菡玉想了想，说："具体是哪天记不清了，只记得前一天晚上月亮将圆未圆……"她忽然顿住。

小玉松了口气："那就是月半左右了，还有好些天呢……"

"六月十四。"菡玉突然说，语气坚定。

并不是因为想起了日期，而是她突然觉得，应该就是这一天。

六月十四，月亮将圆未圆，杨昭的诞辰，也是他的忌日，是卓月送她回去的日子。

她忽地又想起了那个梦，梦里的人身穿漆黑斗篷，形销骨立，语声沙哑干涩，暗夜里手持玉笛吹彻。她掀开那人遮面的头巾，露出的却是杨昭的脸。

六月十四很快就到了。

小玉初时还忐忑紧张，渐渐也释然了。若说生离死别似乎也不太恰当，她摆出一副诀别的模样只会令人觉得怪异。她攒了一肚子的话想对菡玉说，支吾了许久也吐不出来，最后只好摆摆手说：“算了，反正我想什么你全都知道。只有一件事，你必须答应我。”

菡玉问：“什么事？”

“润州的卓老丈还有个独苗孙女，自幼患心疾，需日日服药调理。我这次回来得匆忙，只给她留了一个月的药。倘若我回不去了，你能代我去润州照料他们祖孙俩吗？”

菡玉沉默片刻，才说：“小玉，不要强人所难。”

小玉苦笑道：“我以为你是最懂我的。我才二十岁，还有那么多事没有做，我不甘心……代我好好地活下去，这都做不到吗？那个人真的有那么重要？”

菡玉笑了，说：“所以如果苍天有眼，就该让你留下。”

苍天到底是有眼还是无眼？天道轮回，奸者恶报，算不算是有眼？造化作弄，错乱因缘，又算不算是无眼？

她们身在局中都已看开了，只有明珠心事重重。菡玉和小玉是同一个人对明珠来说已经匪夷所思，现今居然又要告诉她说，明朝一觉醒来，这两人或许就只剩一个，另一个凭空消失了，这叫她如何接受？

明珠知道，菡玉和小玉都希望留下的是小玉。

菡玉把观中人全都遣走，与小玉独自留在房中，门窗紧闭，叮嘱明珠不管发生什么都不可靠近。上回只是一支笛子就那么大动静，这回是两个大活人，菡玉担心把整座道观都炸了。

明珠哪能放得下心，只能去找李泌。

李泌在静室闭关修行。

明珠觉得十分可笑，这种时候他居然还有心情闭关。他以为他那点儿心思菡玉不知道，他就可以装作自己也不知道吗？

“先生博古通今神通广大，一定有办法留住菡玉的。”明珠跪在李泌的面前请求，“天底下若还有一个人比我更希望她留下，那一定就是先生您了。”

李泌不动不言。

明珠又道：“先生费尽心机除去相爷，将她带回衡山来，难道为的就是在五年后看着她殉情而去吗？”

明珠以为拿捏住了李泌的软肋。无论他在菡玉、在皇帝大臣们面前说得多么冠冕堂皇，都掩盖不了他设局诛杀杨昭的私心。五年了，菡玉的心意未曾动摇，也许他已经想要放弃，毕竟还有一个年少单纯、心无牵挂的小玉。

李泌微微睁开眼，道："明珠，这件事，于公我问心无愧，于私却是有一点儿后悔的。"

明珠正要开口，他又闭上眼，说："然而凡事皆有因果，你我或许都只是其中一环罢了。"

他已经参透了那因果，所以愿意放手任菡玉归去。

明珠一夜未能合眼。菡玉屋里的灯也灭了，一片静寂，仿佛菡玉和小玉只是同室而眠睡过去了。

天微微亮时明珠就起身了。她不敢去敲门，怕一打开门就会看到什么耸人听闻的景象，更害怕什么都没看到，什么都没有。

她去厨下准备早点，忙碌起来，似乎这样就没有工夫去胡思乱想了。

面点入屉上锅，热气腾开。有人闻香而来，咂嘴道："好香啊，早上吃什么？"

明珠正拾出一根燃着的木柴往另一眼灶里引火，抬头看到来人，手一松柴火便落在地上。

虽然是一模一样的容貌，但是任何人都能一眼看出她们的不同之处。

虽有倦色但依然双眼明亮的少女，那是小玉。

炭火落在干草木柴上，立即引起火苗。小玉冲上来把明珠拉开，连踩了好几脚把火扑灭，着急地说："小心啊！"

明珠望着小玉，两行珠泪就落了下来。

小玉恍然道："哎，你是看到我以为……没有没有，菡玉还在屋里呢，什么都没发生。"

明珠止住眼泪问："什么都没发生？"

小玉抓抓头发说："是啊，支着眼皮干坐了一夜，什么都没发生。我现在困过头反而睡不着了。明珠，你做了什么好吃的？"

明珠哪有小玉那么心大，还有心思惦记好吃的，抓着她的手追问："是不是日子记错了，还没到？"

小玉思忖道："也不是……我觉得什么都没发生，但是她说不一样了……"

明珠蹙眉思量。小玉耸耸肩道："本来就应该这样。她是她，我是我，分明就是两个人嘛，怎么会变成一个？现在好啦，皆大欢喜。"

明珠甩开小玉跑了出去。

皆大欢喜……各得所求，算不算皆大欢喜？

菡玉的房门敞开着，屋内空无一人。

小玉追着明珠出来，又被明珠揪住追问："人呢！你不是说她还在屋里吗，人呢？"

小玉连忙安抚："我没骗你，真的。她说累了想休息，我就先出来找东西吃了……"

"她怎么说的？原话！"

"她说……"

小玉愣了一下。

她说：小玉，我等了这么久，终于可以休息了。

休息……不是、不是睡觉的意思？

明珠恨铁不成钢地瞪小玉，说："果然不是同一个人了！连她这点儿想法都猜不透！"

小玉有点儿委屈："我以为终于没事了，还正高兴呢……"

说小玉不像菡玉吧，但这份迟钝迷糊的劲头，两人还真是一般无二。

两人分头去找。小玉手脚伶俐眼力好，爬到屋顶高处四下一看，就瞧见菡玉的身影了，忙说："找到了找到了，她在那儿呢！"

明珠站在地下看不见，焦急地追问："在哪？"

小玉的手抬在半空，她说："在……山崖边上……"

明珠拔腿就往山崖那边跑，跑出去两步发现小玉还站在屋顶上，跺足道："快去叫先生过来！"

小玉回过神，跳下屋檐去找李泌求助。

观舍离山崖还有一段路程，明珠跑得上气不接下气的，赶到崖边见菡玉正往空悬处踏去，惊叫道："少卿！"

菡玉及时止住脚步，回过头来，面色从容，仿佛她只是在山间漫步被明珠遇见，说："明珠，你怎么来了？"

明珠离菡玉尚有三四丈，而菡玉离崖边只有一步，明珠不敢再上前，颤抖着声音劝道："少卿，你别……你想想、想想……"

你想想什么？想想谁呢？

这些年菡玉是被迫活着的，在她心里，自己早在马嵬驿乱箭加身、战场上一次次浴血捐躯时就已经死了。她唯一牵挂的只有小玉，担心自己会给小玉的命运带来不测。现在小玉安然无事了，强迫她活着的那个理由，或许也不存在了。

"明珠，你还叫我少卿哪。"菡玉微微一笑，似乎想起了怅惘旧事，"听了这么多年，还是'少卿'两个字最顺耳。"

明珠道："你先过来，我们回去好好说好吗？"

菡玉叹道："明珠，你回去吧。我是怕吓着你才特意走得远一点儿，没想到你还是找来了。"

明珠泫然欲泣道："少卿，都已经过去五年了，你还不能放下吗？乱世中人命如草芥，少卿见得多了，有什么是过不去的呢？"

"都已经过去五年了……"菡玉喃喃道，"或许是因为，时间在我这里是不会动的。"

十六年来菡玉的样貌不曾改变，她自己都不知道如今该算二十岁，还是算三十六岁。

时间罅隙里偷来的时光，似乎也不会消逝遗忘。

明珠心急如焚，又不敢上前。她听见背后有脚步声渐近，回头见小玉带了李泌赶来，如蒙大赦，急忙喊道："先生！你快来！快来阻止少卿……"

菡玉看到李泌，神色并无变化，说："大哥、小玉，你们也来了。我只是想试一试，就算今日试不成，改日我也会再想试的。"

她只是想试一试，在与小玉脱离了牵绊之后，从这里跳下去，会不会还像以前一样，粉身碎骨之后，重新在另一具身躯里醒来。

或许她仍然会呢？

修道之人渴慕长生不死，然而当真不死，又是多么残酷而绝望的惩罚。

李泌在她丈余之外站定，不再往近前走，语气平淡地说："玉儿，你执意要做的事，旁人阻止不了。"

明珠简直要被他气疯了，他却又说："但在那之前，你可否先去见一个人？"

菡玉果然问："见谁？"

"南山荷塘边，有人在等你。"他停顿片刻，又补充道，"那地方你最熟了。"

南山山谷中有一片荷塘，离观舍较远，需一日脚程方达。

塘边有一棵老槐树，枝叶繁茂绿荫如盖，与金城县、马嵬驿一样。

谁会在那里等她？

菡玉几乎是一路飞奔去的南山，不知疲倦。

她到山谷中时天色已暗，一轮明月悄上东山。今日是十五，月盈如盘，那缺了的一小块，终于被填上了。

远远地她就听到幽咽如诉的笛声，镇魂之音，低回婉转。她伸手探向袖中，一直随身带的那管玉笛，不知何时已不在原处。

或许应该说，它终于回到了原处。

她来时忐忑急切的心情，在这笛声中渐渐宁静。

她放慢了脚步，缓缓向声音来处走去。

月色如水，一点儿一点儿滑开铺去，显露出老槐树枝干虬结的影子，和树下幽深晦暗的人影。

月下一道颀长的黑影，黑色斗篷围住全身上下，面目皆不可见，仿佛与夜色融为一体。只有他手中的那管碧玉短笛，映着朦胧的月色，散发出荧荧的光华。

这是菡玉意料之外的，又是她意料之中的。

他觉察到菡玉走近，停止吹奏，转过来面对她。

"玉儿，终于等到你来了。"

那干涩低哑的音色，是她最熟悉的语调。

她曾无数次问过自己，这一场时间倒转、因缘错乱的逆旅，最后什么都没能改变，到底有什么意义？

如今她终于明白了那意义。

覆面兜帽从指间滑下，杨昭瘦了一些，轮廓更显分明，眉眼五官，每一处生动的细节，都是她时刻铭记在心间的模样。

指尖实实在在的触感，仍让她觉得不真实，仿如梦境，她迟疑地说："你是怎么……"

"和你差不多。"他笑道，"区别大概是你是生魂，而我已经……"

菡玉点住他的唇，不让他继续说下去。她抚摸着他的面颊，破涕为笑："骗子，没有一句真话。"

指下的眉梢皱成她熟悉的弧度，他说："哪有？"

"明明自私到了骨子里，还骗我说是为了挽救天下苍生……连名字都是假的……"

"不这样说，你会答应？原以为你能救下我一命，我们两个一起好好地活着，谁知最后却成了两个都……唉！至于名字，"他的眉梢扬起，"母亲本欲为我起名朝阳之朝，误了时辰才改的日召昭，你忘了？"

她细一回想，金城县那夜，他确实提起过。

"卓月为朝，我早就告诉过你了。"

番外一　轮　回

如果没有遇见你，这一生又会怎样？

之一　虢国

虢国夫人万万没有料到，竟然会在京城再次遇见杨昭。

当然那时候她还没有受封国夫人，只是一个死了丈夫带着儿子投奔娘家兄妹的寡妇。

四妹册封贵妃，杨家顿时也跟着尊荣起来。她那时还寄居在堂兄杨锜家里，日日门庭若市，夜夜觥筹交错，各种馈馈目不暇接。杨锜忙着宴客顾不过来，便让她帮忙打理。

有一天她意外地发现宾客送来的礼物中居然有数十匹蜀锦，连珠、花禽、方胜、萱草各式花样尽有，与其他绢帛堆放在一处，光彩尤为夺目。

她抚着那些富丽的花纹，问正在记录的账房："这是谁送来的？"

账房翻了一下册子道："是剑南节度使章仇兼琼专程派人送来的，都是今年春天刚刚出产的新丝。"

章仇兼琼，名字听着陌生得很。她随口应了一声，转身欲走，账房又道："不过替章仇兼琼送东西来的人，自称是贵妃的从祖兄弟，单名一个'昭'字，娘子认得他否？”

她猛地回过头问：“你说什么？”

账房吓了一跳，回：“那、那个送东西来的人，自称是贵妃族兄，小人怕他是假冒的想来和贵妃攀亲戚，因此向娘子请示一下……”

“你说他叫什么？”

“杨、杨昭，可昭日月的昭。”

她闭了闭眼，深吸了一口气。

杨昭，昭。

她还记得有一回她躺在杨昭的怀里，问他：“你为什么还叫‘昭’？你看同辈的兄弟们，名字都是从金部，下一辈的才是从日部。你这名字也改一改吧，免得总有人以为你比我们低一辈。”

杨昭低头俯视她，眯起眼微微一笑，阳光从他头顶的树叶缝隙里漏进来，衬着他的容光，晃得人眼花缭乱。“叫‘昭’有什么不好？说明我对你的一片真心可昭日月。”

“娘子？娘子！”账房狐疑地唤她。

她平定心绪，问：“那个人现在在哪里？”

账房道：“他说暂住在长乐坊的剑南会馆。”

她几乎是立即就冲出门去，车都不坐了，骑着马心急火燎地赶去长乐坊。

但是到了剑南会馆门前，她又犹豫了，不知见了面会怎样。他是会像其他旧亲戚那样巴结她，还是恼她恨她？

算起来，自她出嫁之后两人就再也没见过，至今已有十四年了。其间她偶尔归宁，旁敲侧击，也零星听到一些他的消息。

听说他习了一阵子武，不知为何突然放弃了，之后一直不学无术，流连于赌坊酒肆烟花之地，宗亲们谈起他语气都十分鄙夷；后来又听说他从军，托了父亲的关系谋得一个县尉的职位；最后只知道他县尉考课满后，母亲已经去世，也没有归家，不知道又到哪里去鬼混了。他是母亲改嫁带过来的，高堂不在，与杨家的最后一点儿联系也就断了。

她听到这些消息，心里不免有些歉疚。当初他兴起学武的念头，只是因为有一次她看到书上说“百步穿杨”的典故，觉得不信，说：“百步之外的一片杨树叶子，我看都看不清，怎么能射中？”

他却不以为然："这有什么难的。小时候玩弹弓，天上飞的麻雀我一打一个准，从不失手。"

她故意抬杠："麻雀可比杨树叶子大多了。而且射箭怎么能和打弹弓比？你又不会射箭。"

杨昭被她一激，真的跑去学射箭。他学了三个月，美滋滋地跑过来说已经练成了百步穿杨的绝技，要表演给她看。

她还真的信了，站在树下远远地看他拿一把小木弓瞄准百步之外的杨树梢。突然他箭锋一转，朝着她射过来，木箭准确地打掉了她鬓边的花，穿进她的发髻。

他得意地笑道："这才是真正的百步穿'杨'。"

她吓得脸都白了，眼泪滚滚，冲过去追着他打。

他一边跑一边告饶，最后只好一把抱住她，任她捶打，有些委屈地说："我怎么会舍得伤到你嘛。我特地挑了最轻的弓，箭也是木头削的圆头，就算真的打到人身上也不疼。我还不是为了逗你开心？要不，换我给你当箭靶子，随便你射一百一千个窟窿？"

那天后来的情形便是她拿着那把小弓，二人逗趣了一下午，其中万般旖旎，自不必说。

往事历历在目，居然，居然都已经过去十四年了。

剑南会馆是在京的川蜀商贾自筹银钱修建的行馆，比一般的客栈还要简陋，外墙已有些破败，门上挂着一块斑驳的木匾。时值黄昏，院内隐隐传来阵阵欢笑玩闹声。

她走进门去，院子里树下的石桌旁围着一群人，有的穿交领丝衣，有的作短打扮，都是些三教九流的人物，正聚在一起玩樗蒲。

正中那人背对着她，穿一件天青色长袍，身形颀长，一只脚踩在石凳上。他比少年时长高了半头不止，肩背也宽阔了，但她还是一眼就认出他来。

有人注意到她，两眼放光地说："哟，哪里来的如此美貌的娘子？来找谁呀？"

牌桌周围一圈人都掉过头来看她，院中有片刻寂静。

杨昭也眯着眼打量她，他的眼神让她看不明白，他既不惊讶，也无喜悦。

她的心突然提了起来，手心里出了汗，她唯恐他认不出她了，或者认出了，却冷眼相向。

“瑗瑗，是你。”他走上前来，伸手拂过她的鬓边，“怎么走得这样急？头发都乱了。”

好像这十四年分离的光阴从来不曾存在过，他的手指依然温存，语气依然宠溺。

她的眼泪瞬间涌了出来，她扑进他的怀里号啕痛哭。

她忽然发觉自己竟如此思念他，如此后悔当初的决定。这么多年来她头一次有了这样的念头：如果那时她没有嫁到裴家，而是嫁给了他，如今他们一定不会是这样。

四周的人开始笑闹起哄，但是她都顾不得了。她是一个寡妇，已经年过三十，不会再像当初十几岁的少女那样了。

他一边搂着她，一边用袖子挡住她的脸，两人半扶半抱着上楼进了屋。

杨昭住的屋子很小，只有一张三四尺宽的窄榻，铺着陈旧单薄的棉褥子，硌得人后背生疼。但是这简陋的卧榻让她流连不已，因为有他。在他温柔而热情的怀抱里，她彻底忘记了这些年和丈夫一起生活的日子，恍惚觉得只是做了一个梦，梦醒来之后，他们俩还在一起。

也许他也是这么想的，最后他抱着她入睡，在她的耳边说：“瑗瑗，你还是和以前一样，一点儿都没变。”

她怎么可能没变？她年纪翻了倍，嫁了人，生了孩子，丈夫又死了，妹妹成了贵妃，家里天翻地覆，怎么可能没变？

而他经历的事更多更杂，他当然也变了。

过了几天，皇帝赏赐她们三姐妹每人一栋宅子，她便把杨昭接到了自己家里。

杨氏众人起初对这个多年不相往来又没有血缘的族亲并不待见，但是他带来的春彩蜀货着实丰厚，大家受了好处，他又主动亲近巴结，大家也就半推半就地接纳了。

皇帝经常召她们姐妹三人入宫陪伴贵妃、宴饮游乐，她时常不在家中，杨昭便缠着她说长这么大还没见过陛下天颜，也想进宫见识见识。

谁知他第一次面圣，就让陛下龙颜大悦。陛下闲暇时除了和贵妃习乐演舞，也好斗斗鸡、摸摸牌之类的消闲。这些都是杨昭的拿手好戏，他略施手段，就让养在深宫的陛下看得眼花缭乱，赞叹不已。

虢国夫人其实有点儿不太习惯如此八面玲珑的杨昭。在她的印象中，杨昭在人前一直是不太爱说话、有点儿内向的。家中族人聚会时，他总是远离人群，一个人缩在角落里，面无表情，默默地发呆。

几个人一起玩樗蒲，总是他一个人赢，其他人输得一塌糊涂。贵妃不乐意了，把牌一丢耍起赖来，故意嗔道："不玩了，有六哥在我就一直输一直输，没意思。"

八妹也跟着帮腔："就是就是，我的老本都输光了。"

虢国夫人打趣道："你这一身衣服价值不菲，输光了就脱衣服来抵好了。"说罢瞄了皇帝一眼，发现杨昭也正在瞄自己，似乎对这样的玩笑并不介意。

八妹道："你还好意思笑我，你也不比我好到哪里去！等下输个精光，看你光着身子怎么回家！"

几个人一顿起哄，杨昭站起来说："那你们玩，我在旁边看着，帮你们记分算账。"

贵妃立刻说："正好正好，我最怕记分了，一边想着怎么出牌一边还得算数，头都晕了。来来来，六哥站我旁边。"

皇帝说："你是想让你哥哥偷偷指点吧？"故意板起脸转向杨昭道："朕不许，不然算你欺君。"

杨昭屈膝半跪着笑道："臣不敢！陛下的圣谕，臣莫敢不从。"

皇帝笑眯眯地说："那好，朕便命你伴驾左右，站到我的身边来。"

贵妃气鼓鼓地笑闹了两句，几个人换了位置继续玩。

皇帝时常问杨昭如何出牌，他指过之后，皇帝还有不明白的，他便附耳详加解说，听得皇帝啧啧惊叹："想不到小小的樗蒲竟有这许多讲究门道，我看一点儿都不比治国简单，卿之智不输宰相啊。"

贵妃道："陛下莫小看了我哥哥，他也是从过军、当过官的。"

"哦？"皇帝合起手中的牌，"卿现居何职？"

杨昭回道："说来惭愧，臣曾任新都尉，考课满后便卸职了，如今只是一介布衣。"

虢国夫人便看出门道来了，与贵妃、杨昭分别悄悄对视了一眼。

贵妃如今虽然荣宠至极，但帝王的宠爱不过是叶上的朝露，难以久长。这一大家子的尊荣，仅仅靠一个女人支撑，总叫人难以心安。堂兄杨铦并无为官之才，只挂了个闲职；杨锜尚主封驸马都尉，在官场上也难有所作为。家里要是能出个在朝堂上说得上话的人物，杨家的地位自然会稳固许多。

但是虢国夫人私心里并不希望他当官。他和她一样，做事随心所欲、肆无忌惮，这样的人怎么会喜欢做官，就算做了也当不好。

虢国夫人犹豫了片刻，没有说话，八妹先开了口："是妾失察，竟没有想到这一层，只想着都是一家人，就把六哥带进宫来了。陛下恕罪！"起身盈盈下拜。

八妹睁着眼睛说瞎话，明明是虢国夫人带他进宫来的。

皇帝一团和气地说："本来就是一家人，八姨说的哪里话。朕的妻舅文武双全、机智过人，还愁没有官职？"

八妹喜笑颜开地说："君无戏言！六哥，快谢陛下恩典。"

贵妃阻拦道："陛下已经给两位堂兄加官晋爵，如果再授六哥官职，岂不是要被人说陛下任人唯亲？多不好。"

皇帝笑道："我知道你爱护我的名声，但这点儿权力我还是有的。你哥哥有这样的才智，朕不加任用才是有眼无珠呢。"

后来皇帝授杨昭为金吾兵曹参军，他自由出入禁中，一来可以时常和三姐妹一道陪伴贵妃，二来皇帝也有些舍不得他的牌技。

玩多了樗蒲之后，皇帝发现他不仅机智善谋，计数算账也比旁人高明。每次几个人一起玩，那些繁杂的记分规矩，有时自己都记不清，杨昭却把所有人的都算得清清楚楚，分毫不差。皇帝因而赞之曰"好度支郎"，不久又授予杨昭京畿判官之职。

此后他便一路官运亨通，直上青云。侍御史、监察御史、给事中、御史中丞、兵部侍郎、御史大夫、吏部尚书，她都不记得他究竟有过多少头衔了。最多的时候他身兼四十余使，直至最后拜相封侯位列三公，势倾朝野。

杨慎矜、王𫓹、李林甫，那些曾经压在他头上的人，一个个都为他让开了道。

有时她半夜醒来，看着身边熟睡的男人，朦胧的月光照见他不再年轻的面庞，她偶尔会有片刻的恍惚：这个权倾天下、无数人谈之色变的男人，真的是杨昭？是那个阴郁闭塞、沉默寡言、满心里只有她一个的少年？

现在他当然不只有她一个了。他家中婢妾如云，豢养了成群的家伎，个个年轻貌美。

唯一不变的是，他行事依旧放浪不羁。他居然娶了一个原来在蜀地颇具艳名的娼妓为正妻，不顾世人的眼光，请求皇帝诰封，堂而皇之地让这娼妓和那些名门贵妇一同入宫朝拜，同席而坐。

“裴柔是我的恩人嘛，受人点水，报以涌泉，是理所应当的。”杨昭对虢国夫人这样解释，“你堂堂的国夫人，还眼红她那点儿风光？”

虢国夫人板着脸：“我当然不是眼馋她的风光。”

“那就是吃醋了？”他笑着凑近来，声音渐低，“我的心意如何，你还不明白？你数数我是在自己家的时候多，还是在你这儿多？”

“时候多又怎样？还不是偷偷摸摸的。”

他为难起来，说：“这……谁叫咱俩都姓杨呢？我们都是靠着贵妃才有的今日，现在想不姓杨都难了。”

她心头突地一跳，撇撇嘴道：“算了，这些凡俗虚名，我才不在乎。”把这个话题转过去了。

不过，他能这么对裴柔，至少说明他很念旧。

虢国夫人觉得，杨昭对她应该也是这样的。

新的宰相府邸就在虢国夫人家隔壁，两家之间的围墙早就打通了。他在相邻之处建了一座小院，四面以花园隔开，十分僻静。

院子照着她原来的闺房建造，有些地方她都已经忘了当时是怎么布置的了，他却一样一样都记得，亲自叮嘱工匠，分毫不差地复原出来。

这个院子只有他们两人，他们就好像又回到了当初的日子，如梦般令人沉醉。

有他的宠溺纵容，虢国夫人变得越来越任性。她和他并骑出入，公然调笑，她让六部把待批的公文直接送到她家里来，他都浑不在意，任她妄为。

她还时常不施脂粉素着一张脸就进宫面圣，皇帝也从来不说什么，甚至或许是看腻了宫中的浓妆艳抹，停在她面上的目光尤为长些。

如果她能一辈子都被这样宠爱着，多好。

少女时她也曾这样幻想过。

然而世事总是难料。

曾经和她甚是亲密、认贵妃为干娘、笑称她为姨母的安禄山，居然举兵造反，妄想自个儿当皇帝，来势汹汹，一直打到潼关脚下。

安禄山和杨昭向来不和，这次索性打了讨伐杨昭的旗号。杨昭变得很忙，那些反对他的人借此机会对他发难，他腹背受敌，处境也日渐困窘。

但是杨昭仍然毫不在意。潼关失守的消息传来时，他正躺在院子里的藤椅上纳凉，把葡萄一粒一粒抛起，张嘴去接。

虢国夫人心中害怕，抢过他的葡萄篮子往地上一扔，道："你还有心思吃葡萄！安禄山快要打到长安来了，怎么办呀？哥舒翰据守潼关都打不过安禄山，长安还能守得住吗？"

"看把你急的。"他一脸不在意地坐起身，"打不过就打不过呗。"

"说得轻巧！"她的眼泪都快出来了，"难道要我们伸着脑袋让人砍？安禄山那么恨你，他要是真的打过来，咱们家的人岂不是都要死？"

他笑道："我本寒家，缘椒房而至高位，这些年富贵荣华尽享，就算现在死了，也不算吃亏。"

她不知道说他什么好，气得直流眼泪。

他过来搂她，哄道："好了好了，说笑而已。就算不为自己考虑，我也得考虑陛下、考虑贵妃、考虑你不是？我怎么舍得你落在安禄山那逆胡手里？"

她把眼泪拭干，问："那你说怎么办？"

"既然打不过，那就逃回老家去吧。"他仰头望着天上的圆月，"好多年没回剑南，有点儿想家了。瑗瑗，我们回家去好不好？"

她心中一动，抬起头来看他，他也正低头看着自己，目光明澈。

她莫名地心虚，竟不敢直视，垂下头来，微微点了点头。

初见他时，他说："寄人篱下，何以为家？"

后来，软玉温香缱绻情浓，他又说："瑗瑗，有你的地方，就是我的家。"

现在他说要回家，哪里才是他的家？

他们一起进宫劝皇帝西行。皇帝初时不肯，经不住她们姐妹几个再三劝解，又见入夜时平安火未至，大概也有些害怕了，便下制书说要御驾亲征，集合禁军准备入蜀避难。

前路难测，她心中一片迷茫，唯有紧紧地抓住杨昭这根救命稻草。

皇帝定好了出发的时辰，只有一天时间给他们准备。杨昭家中的妻儿还不知情，她却抱着他不让他走，口中直唤：“昭……我好害怕，不要离开我，不要丢下我一个人。”

他真的留了下来，指挥婢女们收拾细软，又安抚她入睡。

半梦半醒时她好像听见他说：“瑗瑗别怕，我不离开你……只要你不辜负我，我也一定不会辜负你。”

她大概是做梦了，又梦见年少时候，还在蜀地的家中，两人并排躺在凉榻上。他搂着她，一本正经地说：“瑗瑗，我想好了，我要认祖归宗，改回张姓。”

她快要睡着，迷迷糊糊地问：“为什么？”

“这样才能娶你。”

她顿时吓醒了，噌地坐了起来：“你、你说什么？娶、娶我？”

他的表情十分认真，他说：“是的，瑗瑗，我要娶你为妻。明天我就去向伯父提，改回张姓，这样咱们就不是同宗了。”

这怎么可能！他只是他母亲改嫁带过来的继子，家中贫穷，靠族人接济为生，毫无地位可言，她从来没动过要嫁给他的念头，也一直瞒着他自己早就和裴家定亲的事。裴家世袭爵位富甲一方，她未来的夫婿一表人才，年方二十余岁就已经有举人的功名在身，加上爹爹提携，将来一定前途大好。她怎么会不嫁裴郎而嫁给他？

但是这些话她不能直说。

她支吾道：“我阿耶的脾气你也知道，他那么迂腐，眼高于顶，就算你不姓杨了，没有功名，他也一定不会肯的……”

“这些我都想好了。我真后悔幼时没有好好读书，现在想考取功名也来不及了。好在我去学箭时认识了一个剑南军中的校尉，他说我很有学武的天分。如今天下太平，考科举的人多，应武举的人却很少，这未尝不是一条捷径。”

“那、那也要等你考取了武举再向阿耶提，不然空口无凭，我阿耶岂不是更要看轻你？”

最后他们商定，来年春天杨昭便去考武举，如果高中，就向她父亲请求认祖归宗，一并提亲。

来年春天……武举还未开时，裴家的花轿就会来把她抬走了。

没过几天杨昭来辞行，准备一心练武。

想到从此一别或许再不能相见，她也有些依依不舍，道：“你可要专心练武，千万别辜负我的期望呀。”

他握着她的手舍不得放开，说：“瑗瑗，你等着我，等我考中了，风风光光地来娶你。”

一转眼，他已变了模样，紫衣金鱼，一品大员的服制，万千权势都在他的脚下。

他面色冰冷，语调仿佛嘲弄：“只要你不辜负我，我也一定不会辜负你。”

她曾经欺骗过他、辜负过他，这些年她无时无刻不在后悔。

他呢？是忘记了，还是仍然记着？

她从梦中醒来，天色微明，是约定出发的时候了。

她穿过花园，来到两家相接处的小院。院子照着她当初的闺房所建，一花一树都分毫不差。

她站在院门口，心头咚咚地跳着，忽然想道，当年那个从行伍归来、满心期盼的少年，是不是也像她现在这样，心怀忐忑地依时来赴约？

虚掩的院门吱嘎一声被推开了，冷风里繁花簌簌而落，花架下的秋千被风吹得微微摇晃。四下寂静无声，秋千架上铺满了残花，已经许久没有人来过。

之二　裴柔

杨昭上京不到三个月，就有信寄回蜀中，说他已经在京城谋得官职，让裴柔择日起程入京团聚。

这下不仅自家，连相邻的数家狭斜女户都炸了锅。

三个月前裴柔把多年的积蓄给了杨昭，助他上京寻亲谋职，还有很多邻家说她被猪油蒙了心，等着看她的笑话。这会儿一个个都对她艳羡不已，直夸她有眼光、有福气。

裴柔收到信时刚过重阳，假母当即替她收拾了行装。谁知她一直没有动身的意思，还在家中住着，说快要入冬了，京畿寒冷，怕中途下了雪，路上不好走，要等开春再动身。

她在等一个人，说出来谁都不会相信，连她自己也觉得可笑。

腊月里，那个人终于来了。

每年都是这个时候，年底的最后一个月，因为与她待一夜要二十贯，他只有年底才能攒够这么多钱来见她一面。

那天她喝了点儿酒，屋子里燃着炭盆，暖热气闷，熏得人头昏脑涨。他进来时带入一股酸溜溜的气味，直冲鼻腔，她差点儿流下眼泪。

他姓何，排行第四，在西城开了一家酿醋的作坊，每天挑着醋担子满城叫卖，身上总是弥漫着散不去的醋味。裴柔听到假母和姐妹们说："那个何酸醋又来了，赶紧把香点上，别弄得满屋子尽是酸臭。"

一斤醋十文钱，二十贯得卖几千斤才能赚得回来。他每天担醋叫卖，一分一厘地攒，一整年的辛苦就为见她一面，到底图什么？

他一进门就吸了吸鼻子，说："娘子，你又喝酒了？"小心翼翼地把她手里的酒杯拿走。

她反手把酒杯抢了回来，道："郎君也算我的老主顾了，可我一杯酒都没和你喝过，实在不该。今日不饮，以后恐怕再也没有机会。来，妾敬郎君一杯。"玉葱似的十指，比指间的白瓷更白净，奉到他的唇边。

他皱着眉头，垂眼看着那杯酒不说话。

"怎么？郎君还不知道吗……"

"我、我听她们说了。"他仍是双目低垂着，"听说娘子已经脱了籍，要从良了。良人在京城做官，是贵妃的哥哥，陛下的小舅子……"

裴柔挑眉看着他。

他笑得很难看，说话都结巴了："娘子有这样的好、好归宿，我、我很为你高、高兴……"

"既然如此，那更应该喝一杯了不是？"她更往他跟前凑了一些，"我能有今天，全靠客人们的帮衬。往后咱们的买卖虽然不在了，恩义总是在的。郎君这些年对我的抬举，妾一直铭记在心，无以为报。水酒一杯，聊表寸心。"说罢将杯中酒一饮而尽，又倒了一杯给他。

"小可、小可不会饮酒。"他接过那杯酒，悄悄放回桌上。

她笑了笑，站起身来道："也罢，良宵苦短，还是早些安歇吧。"将自己的外衫披帛脱了，又过来帮他宽衣。

他惊得跳起来，推了她一把，往后退到墙角。

她胸中憋着一股气，强行按捺住，笑道："怎么了，郎君花大价钱点了我，难道又是来赏月看风景的？算算郎君光顾这么多次，花下的银钱也有上百贯了，却连我的一根手指头都没摸过，我都替你觉得亏得慌。往后郎君要是后悔了，可没地方讨去了呀。”

他涨红了脸，嗫嚅道：“我、我只想来看一看你，看看你就好，其他的不敢妄想……”

她冷笑道：“我乃娼女，你花了钱自然就可以和我睡觉，天经地义的事，怎么叫妄想？”

“你、你马上就要从良了，小可怎敢玷污……”

“那以前呢？以前我没从良，你为什么也不碰我？”她冲过去揪住他的衣领，一边流泪一边咆哮，“你是不是嫌弃我？嫌我千人骑万人踏，嫌我身子脏，所以连碰我一下都不愿意？”

“不是不是！”他慌了，手忙脚乱地安抚她，“我是敬你爱你，所以才……唉！我也不知该怎么说，总之，我要是有半点儿看轻你的念头，就天打雷劈不得好死！”

她不知道自己为什么这样伤心，哭得涕泗横流，停都停不下来。

她五岁被人牙子用一支糖人拐卖，十五岁梳拢，从此倚门卖笑迎来送往，十多年了，靠着一身皮肉吃饭，什么样的男人没有见过。就算有怜惜她、宠爱她的，哪个狎妓的男人来这儿不是为了找乐子，不是把狭斜女当作取乐玩弄的玩物？

娼门女子，连籍贯都低人一等，想入良家为妾也难如登天。哪个男人会说“我敬你、爱你，绝没有半点儿看轻你的念头”？

她记得五年前何四第一次来，那时她正当红，每日的邀约一个接一个排都排不过来。他等了一个多月，假母才插空给他安排了一夜。

那天她刚外出赴宴归来，被灌得酩酊大醉，根本不知道屋里还有客人。他照顾了她一夜，半夜她一直嚷着口渴，腊月里天气严寒，他为了她能喝着热水，把热茶壶一直揣在怀里暖着，一口一口喂她喝。

满院子的姐妹们都瞧不起他，只有伺候她的八姑偷偷对她说：易求无价宝，难得有情郎，对你这样好的人，去哪里找？

是啊，她去哪里找？

可惜他只是一个卖醋的商人。士农工商，他是最叫人瞧不起的商人。

她低贱得太久了，不想永远都这样被人瞧不起，走在街上不敢露脸，生怕旁边经过的哪个男人就是昨夜的恩客。杨昭当了京官，愿意娶她，这样好的机会，她又去哪里找？

世上没有那么多两全其美的好事，有舍有得，没有办法。

她哭了一晚上，最后酒气上涌，迷迷糊糊地睡着了。睡梦中好像有人拿热手巾替她擦脸，用温柔的声音低低地唤她：阿柔。

直到过了很多年，当她已经是皇帝诰封的宰相夫人，当她已经习惯于独拥被衾入睡，半梦半醒时，她仍记得这声温柔的呼唤，细细地萦绕在耳边。

杨昭对她并不是不好。他把她当菩萨一样供着，不顾她的出身娶她为正妻，给她名分、地位、尊荣，家里的一切都让她掌管，从来没有对她说过一句重话。他姬妾众多，每一个都比她年轻貌美，都比她更受他的宠爱。但是她有他的回护，她们谁也不敢对她有半分不敬。

杨昭时常说："阿柔，我能有今天的一切，全都是拜你所赐，所以我的也就是你的。"

他说得其实不完全对。有一样东西，他的心，不是她的。

他的心是虢国夫人的。

裴柔结识杨昭时，他才二十多岁，听说刚刚卸任，穷困潦倒放浪形骸，流落于勾栏瓦肆。他长得俊逸出众，对付女人很有一套，姑娘们无不被他搅得春心荡漾。裴柔也不例外，与他很是如胶似漆了一阵，留他住在家中，供他吃住。但杨昭实在太过风流，过了不久裴柔发现，其实他对其他小娘也是一样的，热情就渐渐淡了。

睡梦中他时常会叫一个名字："瑗瑗，瑗瑗。"

他醒来后，她嗔怪地问他瑗瑗是谁，他的脸色却变得冰冷，一句话也不说。她甚至以为那个瑗瑗是他的仇人。

一直到他们与虢国夫人成了邻居，他堂而皇之地住在这位寡居堂姐的家中，十天半月地不回来，她才知道，原来瑗瑗是虢国夫人的闺名。

他们有过什么样的过去，她不知晓。

每当想起虢国夫人，裴柔的鼻中会莫名地泛起一阵酸酸的滋味，那也许是嫉妒的醋意，也许是……那让她联想起了什么。

她也喜欢吃陈醋，每顿饭手边总要放一个醋碟子，吃什么都得蘸一点儿醋才觉得有味道。她每天的头等大事无非是发愁穿什么衣服好看、吃什么菜肴让她有胃口，所以对吃的就格外挑剔。

“现在的陈醋是酿得越来越差了，味道一点儿都不正。”

家里的厨子也算尽心，四处去找各种各样的醋，裴柔都说味道不正。

最后厨子终于找着一家让她满意的，她问：“这家的醋酿得好，哪里买的？”

厨子说：“是西市里新开的一家作坊，掌柜是从剑南过来的，也算娘子的老乡，难怪酿的醋合娘子的口味。”

她夹菜的手一顿，她又问：“店名叫什么？”

“叫‘何记制醯’，大概是掌柜姓何吧。”

她把牙箸一放，吃不下了。

第二天她去西市逛了三四个来回，终于在一条僻静的小巷尽头找到了这家何记制醯。她一看门脸就知道是他，门口旗帘上的那个“何”字，和当初他挂在挑子上的一模一样。

作坊里三两个伙计正在忙。她转身要走，里头的人却发现了她，惊喜地叫了一声：“阿……裴娘子！”

她只好又转回头来，看见何四喜滋滋地一边擦着手一边跑出来，带过来一阵浓浓的醋味。

“娘子，真没想到还能再看见你……”

过了这些年，他竟连相貌都没怎么变。

她沉着脸问：“你怎么跑到长安来了？”

他有些忐忑，答：“我、我来很久了。你一走，我凑够了路费，就也来了。只是一开始没有本钱，做了些杂活……现在攒够了才重操旧业。”

她恶狠狠地说：“你阴魂不散地跟着我干什么！”

“没有没有！”他连忙摆手，“我绝不是有意打扰娘子！我只是想，反正我一人吃饱全家不饿，在哪里都是一样，索性来长安，说不定、说不定还能再见到娘子……”

他身上的醋味熏得她鼻子直发酸。她吸了吸鼻子，问：“生意好做吗？”

他窘迫的面色舒展开来，道：“长安富庶，生意比原先强多了。这不，我开了个门店铺子，雇两个帮手，不必再挑担出去叫卖了。”

她仰头看着天，说：“就是这位置不太好。”

“本钱有限，只能暂时先这样凑合着。好在原先积累了不少老主顾，都很照顾我的生意。等过两年攒些钱，我再换到好地段去。我……会努力越来越好的……才能、才能……”

她的眼泪快要下来了，她连忙低头去翻荷包，翻了好一阵，掏出几片金叶子，说：“早先我家坑了你不少辛苦钱，这些金叶子也值得数百贯了，连本带息还你。”

“不不不，”他连连推辞，“那都是我自愿的，怎么算是坑我？再说我都见着娘子了，心满意足，是值得的……”

“我不想欠你的人情。”她板起脸，“难道你想要我补给你几夜来还？”

他的脸立刻红了，他结结巴巴地辩解：“我、我绝无此意……”

最后他拗不过裴柔，只好收下了那些金叶子，说是让她入东，赚了钱按各自出的本钱分红。

她百无聊赖的生活终于有了一点儿波澜。

有了她的资助，他很快换了一个西市大街上更好的店面。西市人来人往，他也动起脑筋，做些别的生意。他刚开始是卖些家乡的下酒小菜，因为长安没有，倒也颇受酒客青睐。小菜卖了一阵子，隔壁酒肆的掌柜来找他，想和他合伙，把小菜放在酒肆里和酒搭着一起卖，自然比他单着售卖得更好。

那酒肆掌柜也有野心，渐渐就把酒肆开成了酒楼，越做越大。如此下来，何记一个月就有十数贯的进项。

“这个月净利一万八千三百零四钱，换作以前，一整年也只能挣这么多。”他在柜台上拨着算筹，“四六分账，应该给你……一万零九百八十二钱，取整成十一贯好了。”

她随便一顿饭都不止这个数，但是她没拒绝，欣然收下了。

这样她才能继续当着何记的东家，名正言顺地日日来店里。

她每天往外跑，杨昭并不知道，也或许他知道，但不予理会。她做了什么，传出去是否有损他的脸面，他并不在乎。在他眼里，她和章仇兼琼、鲜于仲通那些对他施过恩惠的人并无不同，差别只在她是个女子，他没法用加官晋爵来报恩罢了。

杨昭心里只有一个虢国夫人，整天与她厮混在一起，连公文都直接送到她家，六部的官员都知道找右相要去虢国夫人宅，去宰相府是找不到他的。

有时候裴柔在柜台后面算账，看着伙计们忙碌来去，不禁会想，如果当初她真的嫁作商人妇，日子也就是这般光景。

那些微妙的思绪，说不清是遗憾，还是懊悔。

年末杨昭出使江淮，听说那里灾沴频发，他的下属办事不力，他去收拾烂摊子。

虢国夫人也去了，说是江南景物风貌从未亲见，想去见识见识。

其实他们大可不必费周折地找借口。杨昭天天宿在虢国夫人的家里，出门二人并骑调笑，裴柔不也从来没说过什么？

说来可笑，虢国夫人明明是寡妇，却夜夜有人替她暖被衾；自己明明有名正言顺的夫婿，却只能长年独守空闺。

裴柔曾经识尽风流，如今三十多岁了，这样的日子对她来说并不好过。

除夕夜她独自一人吃的年夜饭，喝了点儿酒，酒气上涌，她越发伤心自怜起来。

外头正在下雪，天色擦黑，她披上大氅罩上帷帽悄悄出了门，紧走慢赶，终于在里坊宵禁前赶到了西市。

应声打开门看到是她，何四有些吃惊，立刻把她迎进门去，替她掸去衣服上的雪，说：“你怎么现在过来了？外头多冷，快来炉子边上烤烤。”

伙计们都回家过年了，他就住在楼上，以店为家。炕上摆了一只小火炉，炉内温着酒，案上摆着酒盅和几样吃剩的小菜。

走近炉边，暖烘烘的气流扑面而来，她才意识到自己全身都冻僵了。

“阿柔，你吃过饭了吗？我不知道你会来……”他显得很惊喜，“你先喝两口酒暖暖身子，我再去做几个菜……”

裴柔接过他递来的酒盅，一饮而尽。热酒顺着喉咙滑入腹中，如一道暖流淌入心底，她觉得冰冷僵硬的身体终于又活了过来。

她把酒杯一掷，回身抱住了他。

“阿柔……”他唤了一声，并没有以前被她戏弄时的惊慌。

这一切早该发生，他和她都已心照不宣。

又或者，早在蜀中之时，他集一年之辛劳买下她的一夜时，便应该发生了。

那段时间她十分快活。那种快活，她说不清楚，只知道以前从来没有过。即便是当年的杨昭，年少英俊血气方刚，脂粉丛中打滚练就的手段，也不曾让她如此快活过。

可惜好景不长，三月里杨昭就回来了。

而她愕然发现自己已有身孕，大夫说刚刚足月。

她害喜害得非常严重，纸里包不住火，很快就有人把这事捅到了杨昭那里去。

她终于开始惊慌。虽然杨昭并不在乎她，可哪个男人能容忍这么大一顶绿帽盖在头上？

但杨昭不是一般人，他说："阿柔，只要你高兴，你想和谁在一起就和谁在一起，我绝不阻拦你。你若是想离开，我随时都可以写放妻书给你。"

她几乎是下意识地，慌乱地摇了摇头。

她忽然明白，十年前她所做的决定，今天依然没有改变。

那时她选择了嫁给杨昭做个有身份的贵妇，如今确实有遗憾，有怅然；但如果今天她选择嫁为商人妇，一年、两年，也许是快活的，十年之后，她一定会后悔。

她的遗憾，她的怅然，这三个月已经弥补了。

她想要的也只是这样的弥补而已。

从那之后她再也没有去过何记，也没有再见过何四。

她的肚子一天天大了起来。所有人都知道，在宰相离京的数月中，宰相夫人有了身孕。流言蜚语，多难听的都有。

杨昭对外宣称，他出使江淮累月，妻思念至深荏苒成疾，白昼梦见二人相会，交而有孕，此乃夫妻相念，情感所致。

这么荒诞的理由，人人都暗地里笑话杨昭。但当着面，再没有人对裴柔施以眼色。

十月怀胎之后，她生下一个男孩儿，因生于初三之夜，故起名杨朏。

杨昭就这样认下了这个不属于他的儿子。

生产后她身体虚弱，卧床三月，杨昭还经常来看她，有时甚至会抱着朏逗他玩。

每当此时，她倍感愧疚。

"阿柔，是我以前太冷落你。我以为让你衣食无忧，让你在人前扬眉吐气，你就会快活。"他叹了口气，低下头去，"但光有这些，不足以让一个人一直快活。”

裴柔看着杨昭若有所思的面容，不禁想：他可不光有这些，他还有虢国夫人，难道他还不快活？

他的确对她好了一些，虽然多数时候仍在虢国夫人家，但只要回来，就会来看一看她和朏，隔三岔五也会宿在她这里。

这样的生活，要富贵有富贵，要地位有地位，上有体贴夫婿，下有娇儿绕膝，她还有什么不满意？

那些在酿醋作坊里拨算筹的日子，她便渐渐淡忘了。

听说何四曾经拐弯抹角地托人来找她想见一面，她没有见他。

好日子总是难以久长。朏满周岁时，范阳传来噩耗，安禄山起兵造反了，打的是诛杀杨昭的旗号。官军节节败退，朝中反对右相的人也越来越多，情势十分不妙。

安禄山很快打下了洛阳，自称皇帝，不久又打到了潼关脚下，长安岌岌可危，整个京城都人心惶惶。

裴柔也很担忧，她明白，眼前让她满意的生活很快就要结束了，而她不知如何去应付那未知的将来。

潼关最终还是失守了。消息传来的那天是六月十二，一周岁半的杨朏正光着身子在木盆里玩水，看到杨昭回来，欢喜地又跳又叫：“阿耶！阿耶抱抱！”

杨昭一脸倦容，面色沉郁，无心搭理朏，只对裴柔说：“潼关失陷，陛下已决定西幸蜀地，明晨一早就走，快去收拾行李。”

她大惊失色，未及详问，他又匆忙离去。

家中绢帛何止百万，可是命都要没有了，要这些还有什么用？

她关起门偷偷收拾了一些贵重的细软和衣物，不敢让下人们知道，怕被他们拖累。第二天天还未亮，她抱着熟睡的朏和杨昭一起悄悄上了马车赶赴宫中，随行的只有一名车夫。

经过虢国夫人宅紧闭的大门时，她惴惴地问了一句：“怎么不叫上……三姐一起走？”

天色晦暗，他的唇边似带着冷笑，他说：“不用管她。”

裴柔心中惊诧，不敢再问下去。

虢国夫人，他那么珍爱的虢国夫人，难道她一直想错了吗？

后来虢国夫人跟着韩国夫人及时赶到了宫中，毕竟她们都是贵妃的亲姐姐。一行人偷偷摸摸从延秋门出发，一路西去，第二日中午，行至金城县马嵬驿。

裴柔从未想到，这么一个破落的小驿站，竟会是杨昭的葬身之地。

上一刻裴柔还在喂哭闹不休的朏吃胡饼，恼怒外头的人吵着了孩子，下一刻韩国夫人就呼号着扑进来大喊："不好了！他们把六弟杀了！快跑！"

朏一直在哭。她抱着孩子深一脚浅一脚地往树林里跑，身后似乎有人呼喝着追赶。韩国夫人年岁大了，腿脚不灵便，被树根绊了个跟头。她跑出去一段才发现韩国夫人不在身边，回头正看到身穿铁甲的禁军举起钢刀，一刀斩下了韩国夫人的头。

她吓得拔足狂奔，出了林子正巧碰见虢国夫人驾车经过。二人只对视了一眼，虢国夫人便拉她上了车。

如今，也只有她们俩能相依为命了。

马嵬之变的消息很快传遍附近郡县，杨家人成了人人喊打的过街老鼠。裴柔和虢国夫人仓皇躲避追兵，昼伏夜行，向西逃出去近两百里，无奈在陈仓县暴露了行迹，被县令捕获下狱。

"宰相死了，贵妃也死了，我们杨家是彻底完了。"虢国夫人蓬头垢面，倚在监牢的铁栅栏上，望着屋顶下面的一小方窗户，"这个县令不杀我们，铁定是要把咱们送给太子请功，到时候咱们只会死得比贵妃更难看。"

朏听不懂虢国夫人的话，只是饿得直哭。

虢国夫人又说："这孩子是六弟的儿子，他们更不会放过他。我听说……六弟被他们乱刀斩首，连个全尸都没落下……"

她说这些的时候，眼神空落落的，眼睛干枯得流不出眼泪。

"那娘子说，我们还能怎么办呢？"裴柔徒劳地安抚着朏，心里一片空茫。

"就算死，也要死得有尊严。"虢国夫人昂起她美丽高贵的头颅，慢慢展开袖子，露出一把雪亮的匕首。

怀里的朏哭得累了，声音渐渐小下去，似乎是要睡着了。就这么几天，他已经瘦了一圈，小脸颊都瘪下去了。

他本该是个卖醋郎的儿子，如今却要为不相干的人送了命。

"是阿娘连累了你……阿娘对不起你……"她的眼泪扑簌簌地掉在孩子的头发上："娘子，我实在下不了手，你帮我……等我不知道了，再帮他……"

虢国夫人的手也在发抖，她连刺三刀，才终于刺中裴柔的要害。

裴柔躺在监牢里发霉的草垫上，血从腹部汩汩地流淌出来，并不很疼。她觉得有些冷，她累了，于是合上了眼睛。

朏又醒了，抽抽噎噎细声细气地哭着。

监牢大门口有人走进来，叮当的碗碟之声，裴柔闻到了饭菜的香气，还有一股……熟悉的陈醋味儿。

一个牢头说："这个老醋肘子味道真地道，下酒最好了，又是那家伙送来的？"

另一个说："是啊，一个西京卖醋的，囤了不少酿醋的粮食，这一打仗，发财了。最近和明公走动得很勤，说是想要捐个浊官做做呢。"

先前那人说："卖醋的也想当官，痴心妄想！我还想睡陛下的小姨子、宰相的老婆呢，可惜明公不让啊！哈哈……"

声音渐渐地小了，后面说了什么，裴柔听不清了。

她这一生似乎都在后悔着、懊恼着，临死前最后一刻，竟还是这样。

之三　明珠

杨昭的众多姬妾里，要说谁最貌美，明珠未必是最出类拔萃的；但要说谁最得相爷的宠爱，明珠肯定是当仁不让的第一。

很多人觉得奇怪，明珠到底凭什么抓住了杨昭的心。论相貌，这一大院子的莺莺燕燕各有千秋，谁也不比她差；论出身，她原只是个婢女，卖断了终身，被相爷收为妾室都是抬举了她；论性情，从来只见她唯唯诺诺谨小慎微，一副上不得台面的样子。

众美人私底下嚼够了舌根，最后终于总结出来一点明珠与众不同的地方：她是相爷从别人的手里抢来的，大概是别人碗里的饭总是比较香的缘故。

明珠自己也很疑惑杨昭看上了她的哪点，但是不管他对她多么宠爱纵容，多么柔情款款，她从来不敢问出口。

她非常怕杨昭。

和其他人慑于他宰相威势的敬畏不同，明珠对他有一种莫名的恐惧，下意识地想要远离他。

某一个花好月圆之夜，相爷——那时还是御史——在秦国夫人家临街的楼阁内宴饮，偶然瞧见楼下有车马经过，车中坐着一名美人，惊鸿一瞥一见倾心，相爷便将车主人邀入秦国夫人的家中，强行留下了这名美人。

说到这里的时候，那些人都啧啧赞叹，露出艳羡的神情，道：“相爷真是个风流多情种，这事流传到后世，可不就是一段佳话？”

见明珠并不搭话，她们又故作好奇地问：“听说你原来的那位……是个六十多岁的道士？”

立刻有知情人反驳：“胡说，什么六十多岁的老道士，明珠妹子原先的家主是杨慎矜，人家可是户部侍郎、前朝炀帝的玄孙。”

“哦，我知道，就是那个在家供奉前朝皇帝、妄图复辟被抄了家的杨慎矜嘛。本来前朝遗脉也是尊贵的身份，你看贵妃，祖上是前朝的尚书、上柱国，才被贞顺皇后相中选为……哎呀！总之，好好的户部侍郎不当，前朝都灭了一百多年了，复什么辟呀！”

“要我说呀，这都是明珠妹子的机缘。要不是杨慎矜谋复祖业，也不会和术士往来，把妹子送给那个老道士；妹子要是还在杨慎矜的府中，就遇不着相爷，哪里来现今的荣宠呢？所以说啊，人的命都是一早注定好的。杨慎矜自己皇帝没做成，倒是成全了明珠妹子和相爷的一段良缘。”

另一个人幽幽地叹道：“也是，你看那台上戏文里唱的，有情人终成眷属，也都是历经波折的。戏里最爱演的才子佳人，有大家闺秀看中寒门书生，有世家子弟巧遇风尘女子，这才令人津津乐道。像咱们这种普普通通的出身，就没有那么多故事，有时候想想还真是羡慕呢，可惜没有那个命呀！”

几个人你一言我一语、夹枪带棒地议论着，叽叽喳喳讲了很久，见明珠只是默默地低头坐在一旁，脸上木木的也没有半分尴尬的神色，不由得觉得无趣，便将话题扯到其他上头去了。

这就是别人眼中明珠和相爷的故事，有眼红羡慕的，有冷嘲热讽的，左右不过男男女女的那点儿艳事。

说得多了，明珠自己也不禁怀疑，也许事情就是这么简单，就是相爷看见一个美女，把她抢回来做妾，如此而已。

至于那之后发生的事，或许也只是他顺便做的罢了。

明珠还记得起因是杨家的祖坟突生异象，草木流血。她没有亲眼见过，只是听人说得很是吓人。后来杨慎矜请来一个名叫史敬忠的道士，在墓园里做了一场法事，异象止住了。

杨慎矜很看重这个道士，把他请到家中来设宴款待，两个人小声耳语了许久。明珠在一旁侍宴，只听出他们是在说祖宗什么的。

那道士频频拿眼睛瞥她，让她不敢凑近。

终于杨慎矜也看出来了，笑着捋了捋胡须，道：“此婢天生丽质、蕙质兰心，愿赠予先生以表谢意，万勿弃之。”

简简单单的一句话，杨慎矜就把她送了出去。

以前杨慎矜也曾动过收了明珠的念头，碍于主母妒悍，一直未敢付诸行动。杨慎矜虽然年纪足够做明珠的父亲，但好歹是她从小侍奉的家主，说不上良配，倒也不至于让她难以接受。而这个史敬忠，与她素昧平生，年龄更是做她的爷爷都绰绰有余，明珠无法想象自己的终身就托付在这人的身上了。

所以，当秦国夫人把他们邀请上楼，向史敬忠索要明珠时，明珠心里甚至是有些雀跃的。

秦国夫人说，代她的兄长求车中美人。

明珠偷偷瞧了一眼秦国夫人所说的兄长。那人酒后微醺，姿态慵懒，酒杯噙在嘴边，眯着眼也正打量明珠。明珠只看了一眼，心头便突突直跳，双颊立刻红了。

人说贵妃的兄弟姐妹们个个美姿仪，相貌出众，果然半点儿不假。

他几乎满足私下里姐妹们对良人的一切幻想：年轻俊俏，家世显赫，前程似锦。虽然他身上欠缺了一点儿明珠喜欢的书卷气，但这已大大超出她的预期。

看着史敬忠颤巍巍地低下身，迫于秦国夫人的威势而不得不答应，明珠简直不敢相信这样峰回路转的运气。

那时候明珠的心中也是怀着少女美好的憧憬的。试问一个陷入困境绝望的女子，突然有一个英俊的男人对她倾心，拯救她于危难之中，她如何能够抗拒？

他的声音也很温柔：“你先在这里暂住几日，等过些天找个好日子，我再把你迎回去。”

明珠娇羞地点了点头，觉得他如此看重自己，欣喜无限。

秦国夫人笑道：“那倒让我得了便宜，这么美貌的婢女，带出去脸上都有光。六哥你晚几天再来，让我多带她出去给我长长脸，省得三姐老说我身边没人。”

她感激地说："娘子对明珠恩同再造，明珠愿终身侍奉娘子。"

秦国夫人说："你要是留下侍奉我，有人就要不乐意了，我可不夺人所爱。"

第二天秦国夫人将明珠打扮一新，说要入宫去见贵妃，她也丝毫没有起疑。

这是明珠头一次这么近地接触皇帝和贵妃，以前只在城楼上远远望见过模糊的人影，不由得心中惴惴，不敢抬头细看。

贵妃倒注意到明珠了，问："八姐，你从哪里得来这么个美人？以前似乎不曾见过。"

秦国夫人便将杨慎矜赠美人于史敬忠、后为她所得一事说了。

贵妃道："如此美人，想必杨侍郎承了那位先生极大的情才赠予他的，八姐你怎好向他索要过来？被人知道了，又要说咱们家的闲话了。"

皇帝忽然沉声问："杨慎矜和那个术士是什么关系？为何要赠他美人？"

明珠悚然一惊，抬头见皇帝正蹙眉盯着自己。她忐忑不知如何应对，慌乱地看向秦国夫人。

秦国夫人道："其中因由妾也不甚清楚。明珠，你且将前后因果对陛下道来，莫要隐瞒。"

突然间的沉默让明珠吓出了一身冷汗，她恍然惊觉这不再是一件说笑闲话的小事。

杨昭在一旁提醒她说："你莫要害怕，只需对陛下实话实说，陛下不会怪罪你的。切记不可有半句虚言，否则就是欺君之罪。"

他的语气依然温柔，但听在她的耳中却更像恐吓。

明珠战战兢兢地将杨慎矜祖墓草木流血、史敬忠施法止异象一事说了。皇帝听完眉头紧皱："杨慎矜竟私下与方士来往，弄些怪力乱神之事，其心可诛！"

秦国夫人和贵妃又火上浇油地佯劝了几句，皇帝愈怒，宴席不欢而散。

明珠回到秦国夫人家，心中一直忐忑难安。

果不其然，只过了五天，杨慎矜便出事了。

先前坊间有流言蜚语说杨慎矜是隋炀帝玄孙，这次被其表侄王鉷揭发，杨慎矜在家中供奉隋帝，与术士过从甚密，妄称图谶谋复祖业。杨氏兄弟三人皆被赐死，妻儿流放。

明珠去西市还曾经过杨慎矜的旧宅，此时已被查封抄家，大门上横七竖八贴满了封条，不见人影。她幼时被卖到杨家，在这里生活了整整九年，离开才几天，居然就变成了这个样子。

一切都只因为她在皇帝面前说了几句话。她觉得愧对杨慎矜一家，但是就算从头再来，她又能改变什么？她始终是被别人推着走，任人摆布，没有哪个环节能由得了她。

明珠伺候秦国夫人一直到第二年开春，杨昭才想起她来，要把她接回去。

她对秦国夫人说："明珠不舍娘子，愿留在娘子的身边伺候一生一世，求娘子成全。"

秦国夫人道："傻丫头，我兄长官运亨通，刚刚又升迁为御史中丞，将来前途不可限量，品貌出众仪表堂堂，这样的良人打着灯笼都难找，你有什么不乐意的？"

她呆呆地说："我害怕。"

她怕杨昭，不知道他在想什么，不知道他温柔的语声里包藏着怎样的祸心。这似乎是一个圈套，一早就策划好的阴谋，可是他怎么料到杨慎矜会把她送给史敬忠，又怎么料到史敬忠会经过秦国夫人楼下？

如果这些他都能料到，他未免太可怕；但如果他不曾料到，那他就……更可怕了。

秦国夫人只当明珠是害羞，最终明珠还是成了杨昭的众多姬妾之一。

也许他是个完美的情人，温柔、体贴、热情、老练。但是在他的怀里，明珠总是忍不住瑟瑟发抖。

她可怜的模样似乎让他很愉悦，她莫名其妙就成了他的爱宠。除了虢国夫人家，他最常留宿的就是她这里，经年未变。

杨昭的喜好就像他的心思一样难猜，离经叛道，常人难以理解。比如他最爱的女人是他的堂姐，和他同一个姓氏；他娶了一个娼门女子为妻，婚后妻子又与别的男人有染，珠胎暗结，他也容下了，善待他们母子；他宠爱的姬妾也总是出人意料，让人想不明白他为什么宠爱她们。

除了明珠，大概只有一名姬妾称得上受过专宠。那女子名叫芸香，原是厨下帮工的粗使婢女，姿色平平，不知为何突然被杨昭看中，很是得宠了一阵。

比起明珠，芸香的地位更低下，相貌更平庸，芸香也没有被相爷从别人的手里抢来这样的典故，更让人愤愤不平，于是原先针对明珠的各种明刀暗箭就全冲着芸香去了。别人对明珠讥讽羞辱，明珠装聋作哑只当不闻，一个巴掌拍不响，挑衅明珠的人也觉得无趣。芸香可不这么好欺负，她得宠的日子里，相府十分热闹。

明珠刚来时很受排挤，连下人也不听她的使唤，有时甚至故意克扣她的餐饭让她挨饿。芸香那时虽是粗使婢女，在仆役中却混得开，人缘极好。多亏了芸香的照顾，明珠才得以立足。后来芸香上位成为众矢之的，也只有明珠和芸香交好。

有一个能说说话的姐妹，她们那孤寂的日子才不那么难熬。

芸香是如何勾到的相爷，一直是相府里人人好奇的秘密。听说是有一天晚上相爷在书斋熬夜理事，平日伺候他的杨昌正好被他派出去办事未归，芸香偷偷端了一碗夜宵进了相爷的书房。第二天出来，相爷就给她单独安排了一处院子，跟裴柔打过招呼，算是收房了。

“其实相爷并没有那么难取悦。”芸香对明珠并不隐瞒，“只要你真心待他，他是那种你对他好三分，他就回你十分的人。”

明珠想想，觉得也不无道理。裴柔就是他受人滴水之恩涌泉相报的明证，而这满院子的莺莺燕燕，未必都有那份真心。

芸香对相爷的确是没的说，她又懂得察言观色，连杨昌也没她体贴入微，明珠自认不如。明珠以前也是婢女，伺候人的功夫不比芸香差，这就是有心和无心的差别。

人言贵妃一人得道，杨家鸡犬升天，芸香也是如此。她原籍河东太原，幼时家贫，被人牙子辗转卖到西京。家中的兄弟姐妹一直靠她接济。现在她飞上枝头，家里人也跟着沾光。

杨昭从不避忌任人唯亲，一封书信到太原，让芸香那不争气的大哥白得了一个功名，又在河东太守帐下混了一个七品司田参军事当当。这可是个肥差，逢年过节馈赠不断，得了好处的哥哥也没忘了芸香，时常派人专程给她送些好东西来。明珠也跟着蹭了不少太原的特产。

有一回芸香兴冲冲地对明珠说：“我哥哥也要调任来西京了！我从十岁离家起就再也没见过哥哥嫂嫂，不知他们还认不认得我……”

说是河东太守韦陟文雅盛名，连皇帝都听说了，想要召他入京拜相。芸香的哥哥深得太守器重，太守打算把他一并调来。

一家团圆总是好事，明珠也替芸香高兴，而自己无亲无故，父母早就不知流落何方，不禁有些羡慕。但明珠转念一想，问道："太守入京为相，那相爷怎么办？"

芸香道："许是拜为左相吧。相爷的地位谁能动得了呀！"

左相韦见素，来拜访杨昭时明珠偶然碰到过一次，年已六旬，为人十分和气。外界传说他性情和雅，是个烂好人，因此才被相爷荐为左相，在朝上也是唯右相之命是从。

明珠心想，相爷大概不会希望这样的左相被人替掉吧。

这件事她后来就没再听芸香提起，不了了之。

芸香得宠得突然，失宠得也突然。有一天芸香忽然来找明珠，脸色愁苦，道："明珠姐姐，你可不可以帮我在相爷面前美言几句？我、我实在是有着急的事，必须见他……"

明珠十分诧异，这才察觉最近相爷的确来她这里变多了。明珠小心翼翼地问："出了什么事？"

芸香苦着脸说："还不是我那多事的哥哥，相爷给了他这么好的日子，他还不知足，贪得无厌，居然还犯事贪污……"

明珠问："要不要紧？"

"听说出了人命……连太守都牵扯进去，御史正在查……要不是事情闹得太大，我也不会想去求相爷。可是我已经十多天没见着相爷了……"

芸香的哥哥是家中独子，明珠也为芸香着急。这天晚上相爷来了之后，明珠想方设法地想把话题往芸香的身上扯，刚刚提到她初入府中时受人照拂，他便看出来了，道："芸香来找过你了？是让你帮她说好话吗？"

明珠大窘。

他叹了口气："明珠，你也是挺玲珑剔透的人，怎么总被人当垫脚石呢？"

明珠并不是不明白，芸香那么有心计的人，当初难道真的是因为心善怜惜才对她好？但芸香对她好是事实，她从芸香那里只得到了好处，并未受任何损害，何必去深究芸香究竟出于什么目的对她好呢？

大义灭亲这样的字眼用在杨昭的身上似乎很不搭调，但这次杨昭表现得格外铁面无私。芸香的哥哥没有得到这位宰相妹夫的一丁点儿援助，被处以极刑，还连累他的上司河东太守也遭贬黜。

从那之后杨昭就再也没去过芸香的院子。芸香平日里得罪的人不少，失势之后自是墙倒众人推，最后被裴柔寻着一个由头，棍棒教训了一顿，赶出府去。

芸香走的那天只有明珠一个人去送她。她全部的家当仅一个瘪瘪的小包袱，荆钗布裙，连一辆牛车也租赁不起，她只能靠两条腿走回太原去，打算和哥哥留下的孤儿寡母相依为命。

明珠看她如此凄凉，不免愧疚，道："芸香，都怪我，没能帮你……"

"这怎么能怪你，要怪也只能怪我那不争气的哥哥……"芸香说着，忍不住又气又怒，眼泪直流，"他原不过是个穷酸书生，考了十几年未得半点儿功名，身无长物，生计都要靠嫂子维持……一切还不都是相爷给的？司田参军，多好的差事，多少人求都求不来……真是人心不足蛇吞象，得了这样的美差还要去贪……眼看着太守就要应诏入京拜相，到时候前途无可限量，为何偏偏这个时候……"

一切还不都是相爷给的……为何偏偏这个时候……

明珠的脑子里突然如闪电般划过一个念头，那念头让她不禁打了一个寒战。

不，不，定是她想多了。就像当年他把她从史敬忠的手里抢过来，他哪里能料到杨慎矜一定会送个美人给史敬忠，哪里能料到史敬忠一定会驱车从秦国夫人的楼下经过，哪里能料到他们经过的时间便在那儿等着；他又哪里能料到芸香的哥哥一定会受太守器重，哪里能料到芸香的哥哥一定会贪污，哪里能料到皇帝有意召太守入京拜相……

那些都是杨昭无法预料的，背后却像是有一双无形的手，推动它们一一变成了事实。哪些是巧合，哪些是有意为之，早已无法界定。

时至今日，明珠才恍然明白，自己一开始对杨昭的认知判断，竟如此精准无误。

相府里那么多美人娇娥，各种各样的出身来历，亦真亦假的传闻艳事，起起落落的荣宠兴衰，其中又有几个明珠、几个芸香？在她们自己看来，这些人可以分为两种，受宠的和不受宠的；但是在他的眼里，也许她们只分为有用的和没有用的。譬如芸香，曾经是有用的，如今已变作无用，于是芸香就从盛极一时变为过眼云烟。

那么明珠自己呢？这么多年，她为什么一直是有用的？

夜里她在他的身边睡下，忍不住偏过头去，就着烛光仔细地打量他的睡容。这个世上与她最亲密的枕边人，她从来不了解他，以后也不会了解。

他只会让她害怕。

他大概觉察到她的目光，微微睁开眼瞥了瞥她，又慢慢合上，缓缓道："怎么了？睡不着？"

"我……今日去送芸香了。"

他似乎回忆了片刻才想起芸香是谁，含混地嗯了一声。

那样的神情让明珠一瞬间感到莫名的悲愤，明珠忍耐再三还是没有忍住，翻身坐了起来，道："芸香曾对我说，相爷相中她，是因为她在寒夜里相爷最需要的时候递上了一盅暖茶，一片真心令相爷感动，是这样的吗？"

他终于睁开眼，脸上平和的表情退去，冷冷地看着明珠。

那目光让明珠从脚底一寸一寸地冷上来，心念却越发放开了，索性豁出去问道："相爷，你到底喜欢芸香什么？——你真的喜欢过她吗？"

杨昭也坐起身，一手拢住明珠的肩，轻抚她散在肩上的乌黑长发，说："今儿是怎么了？净问些稀奇古怪的问题。"

"你说呀！"她固执地坚持道，仿佛探究的是困惑多年的难题。

他勾起嘴角扯出一抹笑，道："你为什么不反过来问一问，芸香到底喜欢我什么？她真的喜欢过我吗？"

明珠一时无言以对。

"其实你想问的是我到底喜欢你什么，是不是？"他继续抚着她的长发，手指穿入发中，看着乌黑柔亮的发丝从指间流泉般滑过，"你看这满院子的人，包括芸香，包括阿柔，她们喜欢我什么、图我什么，你肯定也都明白的。我不说她们是虚情假意，但掺杂了太多计较得失的情意，有几分真几分假，恐怕连她们自己也分辨不清。但是你不一样。"他抬起眼来盯着她，目光深情似水，"只有你对我是真的。"

他的眼神让明珠无法负荷，她几乎是下意识地别开眼，心虚地低下头去遮掩。

而后，她的头顶上方瞬间爆发出朗声大笑——

"明珠，我知道，你是真的怕我。"

之四　小玉

杨昭初次遇见小玉的时候，严格来说，他已经四十四岁了。

距离长安陷落、马嵬之变已经过去四年，世人渐渐遗忘了他，他被其他更让他们切齿痛恨的人所取代。

掌生死轮回的判官，似乎也遗忘了他。他拖着这具残破非人的身躯在世间游荡，不能露脸，不能见光，也已经四年了。

孤魂野鬼，大概就是指的他这种情形。

他为什么不入轮回？命运如此安排是否有别样的蕴意？

也许没有，只是命运无意间和他开了个玩笑罢了。

杨昭死后初次睁开眼，是在马嵬驿背后的道观，满室烟雾缭绕，香气奇异而呛人。守在观外的道童听见响动，掀开帘幕进来，看到他吓得狂奔而去，叫嚷道："怎么是个男的？不是贵妃啊！"

后来杨昭从他们的典籍记录和口供中知晓，皇帝被迫赐死了贵妃，心有不甘，道士们暗中用秘法召请贵妃的芳魂，按太乙真人遗留之法以莲藕草木为形，试图让这位绝代佳人重返人间。但不知其中出了什么差错，道士们召来的不是在观里自缢的贵妃，而是她的堂兄。

马嵬兵变那天，六月十四，是他四十周岁的生辰。他生于正午日正当中之时，也在同一时刻历经穿心、斩首、兵解，不早不晚一分不差。马嵬驿是大凶的四阴之地，而悬挂他的首级的辕门就在正中央。

种种阴错阳差的巧合，总之他又醒了过来，而且格外凶戾。

观里的道士他一个都没放过，全部灭口。

他原以为此生就此终结，不料柳暗花明又生契机。他也曾深信过，命运如此安排一定别有用意，或许是不忍他就此湮灭于荒村野地孤坟，指点给他另一条通幽暗途。

道士们留下的古籍残卷里，记录着各种各样的奇门异术。除了借身草木起死回生，还有一项格外匪夷所思，居然可以令人灵识离体，穿越古往今来的时间之流，逆转因果先后。辅以借身之术，岂不是可以让人回到从前？回到马嵬兵变之前，甚至更早，除祸患于未然。

唯一的缺憾是，施法者不能施术于自身。这意味着他必须找一个人，代替他回到过去。

杨昭觉得自己又被愚弄了。

世上有没有这样能让他全心信任、托付身家性命的人？

没有。他从来没有信任过任何人，自然也不可能有人愿意对他交付忠诚。

信任，多么虚妄的纽带，怎么比得上把柄、软肋、休戚相关的利害这些实实在在的东西稳固？

他将古卷中的内容熟记在心，而后付之一炬，开始四处游历寻觅，一面寻找施法所需的器物，一面物色合适的人选。

死物易找，活人难寻。

他有过几个目标，然而想让一个陌生人在无法触及的地方完全按照自己的意愿行事，有太多不可控的因素。

他们都未能通过他的考验，当然也没有活下来。

四年过去了，万事俱备，只差那个人。

四年未能做成一件事，对他来说太久了。天宝四载他初次入京，一文不名，到天宝八载的时候，他已经官拜给事中、御史中丞。

他渐渐地觉得这或许不是什么柳暗花明的契机，而是命运对他的嘲讽捉弄罢了。他生前翻手为云覆手为雨，多少人追随巴结他，恨不能有一丁点儿长处为他所用。然而他大难临头时，众叛亲离自顾奔逃，连个不怕死护卫他的人都没有。

倘若别人遇到这样的事，会找谁？

父母？早已过世；兄弟姊妹？并非嫡亲，那场变故中也全军覆没；妻儿？妻不是他的妻，儿也不是他的儿。

瑗瑗、阿柔、明珠，还有那些他已经叫不上来名字的姬妾，即使她们还活着，也未必愿意舍身救他。

然后他遇到了小玉。

其实他并非有意，只是在野外游荡时招惹了一些妖异的东西，那些东西敌不过他，转而去纠缠路人。那姑娘年纪轻轻，肉体凡胎，只有一把长剑护身，哪里应付得来。他大概是不忍这如花妙龄的女子死得太难看，就顺手救了她。

小玉却以为他是见义勇为的侠士高人，一口一个“恩公”，非要跟着他报恩。

她远看是个冰雪似的美人，一开口却让他倒尽胃口。

她就是原先他最厌弃鄙夷的那种人，正气凛然，高风亮节，满嘴仁义道德，动辄家国天下。

她还是个女道士，想必术业稀松，道行含糊得很，否则怎会完全看不出来他的异常？他骗她说自己身患恶疾不能见光、不能近人群，她居然也信，当真不近他周身一丈之内，只远远地望着他。

她望着望着，那清澈的目光里便有了难以言喻的含意。

或许她自己都未曾察觉，然而杨昭是多么机敏通透见多识广的人，年轻姑娘的那点儿心思就差写在脸上了。

夜里露宿野地，她坐在火堆边，他隐在黑暗里。明明她在明他在暗，但是当他从兜帽的阴影中抬眼看向她时，她似乎立即感觉到了，目光闪烁地移向别处，不再看他。

火光映着她玉似的脸，颊边烧起一抹红霞。

过了一会儿她大概觉得安全了，又不自觉地将目光悄悄递过来。

有什么可看的？他穿着黑袍，四周晦暗一片漆黑，她根本什么都看不见。

她甚至没有见过他的脸，连名字也是他随口把“朝”字拆开敷衍她的。

然而就是这样若有若无的淡淡情愫，却让他心中一动。他见过处心积虑的勾引、大胆热烈的示爱、无微不至的体贴关怀，却不曾被哪个女子这样小心翼翼地凝望过。

仔细想来，他也不曾见过她这样的女子。以前若遇到，他也只会让她摧眉折腰、头破血流，将她的那些风骨气节踩在脚下践踏。

只是不知道对着她那张脸，他会不会有些下不了手。

他沉浸在自己的想象中，笑着摇了摇头。

也许就是从那时起，他开始有送她回去的念头。

所谓顺手救下她，他当真只是顺手？没有一点儿见色起意的私心念头？

换作旁人，死就死了，有什么可惜的。就算是他引来的祸患，他也不会有半分愧疚。说起来，乱世兵火血流漂杵伏尸百万，还不是他引来的祸患，何曾见他愧疚过？

那一年的阳春三月，他们经过洛阳北面一座山间的小镇。镇上有几十户人家，盛产牡丹，因为有山川阻隔，并未受太多战火波及，家家户户依然都有培植。

也有人说是因为附近山上有一座高僧坐镇的寺庙，佛陀庇佑了一方水土乡民的安宁。

这时节牡丹刚抽出花骨朵，再过不久就要盛放。小玉有意一睹盛景，在镇上逗留了几日，顺便补充些干粮药材。

他当然不会住到镇上去，二人留宿在镇外山坡上破旧的土地庙中。

外面官军和叛军仍在拉锯，洛阳再度失陷。不知哪个叛军将领起了风雅之心，听说这个小镇牡丹长得好，派了一队三百人的步骑前来劫掠。

乡野村民提前来报信，镇上的百姓慌了，纷纷逃往山上寺庙寻求庇护。也有少数老弱病残视死如归，不肯离去，闭门在家听天由命。

名贵的盆栽牡丹都被带走，小玉不放心，打算护送他们上山。她来问他："卓兄一起到山上避一避吧？"

"不去，我留在这里。"笑话，庙里有高僧，他送上门去等着被收吗?

她却又误会了，说："卓兄武艺再高，也难敌三百精兵。镇上所留牡丹和绢帛财物应当能让胡贼满意，他们不一定会为难父老。你为何要奋不顾身……"

初次被小玉这样误会时，他只觉得可笑。因为他救过她一次，她就认定他是个心地善良舍己为人的大好人，他到底该说她心思太耿直还是太愚蠢？哪天她被人卖了都不知道自己是怎么死的。

渐渐地骑虎难下，他难再纠正过来，自己似乎也接受了在她心目中是个大好人的身份，有时甚至会顺着小玉的意思假装一下。

于是他笑了笑，道："不用替我担心，我自有分寸，应付得来。倒是你那边要小心些，万一叛军得了消息追过去就不好了。"

三百普通士兵，没有道行，对他来说不成问题，应该比寺庙里不知深浅的僧侣好对付。

她似乎有所触动，目光盈盈而坚定地望着他，道："待我将乡亲们送上山去，就回来与卓兄共进退。"

他没想到她真的会回来，而且回得这么快。

说来也算此镇百姓的运气，领头的叛将居然信佛，听说乡民都逃去山上寺院，也没有前去骚扰，只把镇上剩余的牡丹挑了百来株挖起运走了。

但是他们不该从土地庙经过，还被杨昭认出那名叛将是哥舒翰的旧部，在潼关失陷后降了叛军，如今落魄潦倒到麾下只有三百人，做这等打家劫舍的勾当。

听说哥舒翰投降后被安禄山百般羞辱，一直被囚禁在狱中。安庆绪逃离洛阳时，怕这些名将再为唐室效力，将他们全部处死。哥舒翰晚节不保，最后也没落着好处。

听到自己的死对头没有好下场，他并不觉得解气，反而有种“我竟栽在这等鼠辈手里”的郁愤。他们确实落魄，然而比他们更落魄的却是现在不人不鬼的自己。

所以看到这个哥舒翰的旧时部将，杨昭心情很不好，动了杀机。

三百人他虽然应付得来，但全杀光还是有些费事的。

土地庙成了人间炼狱，血流成河，黄土尽染。

小玉就在这时赶了回来，看到他被剩余的几十人围攻，遍地尸首。她以为他是为了保护镇上的老弱，激动地加入战斗救他。

他只得收起周身气焰，以刀剑武力为战，不免战斗力大减。他并不防御，进攻就是最好的防守，何况他不惧刀兵，身子伤了再换一个便是。

但是她并不知道。混战中，她扑到他的身上，替他挡住了背后刺来的冷枪。

那杆枪直接将她刺了个对穿。他回过头去，只来得及捞住她滑下去的身子。她仰头望着他，似有千言万语未及诉说，张口却只有血水喷涌出来。

分神的当口，他的遮面斗篷被枪尖挑开。叛将认出了他，倒吸一口凉气道：“你是杨……你居然没死！”

判将说得其实不完全对，不过无所谓了，反正他们全都要死了。

他抱住奄奄一息的小玉，身侧刮起漆黑的旋风，风利如刃，将周围方圆十余丈内的活人死物尽数绞碎。

土地庙的神像在风中裂成了碎块，骨碌碌地滚到残缺的墙角，落下的血雨将它的断面染成鲜红。

遥远的山巅响起了梵钟，寺院里的高僧也被这血光戾气惊动。

他抱着小玉仓促逃亡。

她伤得很重，几度垂危。许多次他看到有隐约的白影接近她，欲将她的魂魄从身体里拽出来。他将它们全部打跑，一遍又一遍地在她的耳边吹奏古卷里的一支镇魂小调，看着她浑噩飘浮的神魂在悠扬的曲调中安定下来，沉沉睡去。

她不能死。他不会让她死。虽然他曾哀怨自怜过没有人愿意为他舍命，然而当那个人真的出现，他却不再希望她这么做了。

他甚至想过，万一她真的熬不过去，就用莲藕也为她塑一具身体，两人一起亡命天涯。

他暴露了行迹，不断有麻烦找上门来，他们不得不辗转各处，无法在同一个地方久留。

在这样的颠沛流离中，小玉却奇迹般地好了起来。她自嘲说自己的命就像野草一样坚韧，这已经不是她第一次死里逃生了。

他知道她幼失怙恃，以前一定有过许多艰险，却不曾细问过她。

如今他想知道，又不知从何问起。

某天夜里，与往常一样露宿野外，她睡在火堆边，他隐在暗影里。他并不需要睡觉，坐在树上默默地守着她。

半夜她忽然做起了噩梦，梦里不知遇到了什么伤心事，压抑地呜咽。

他过去想把她叫醒，却发现她已经醒了，睁着眼睛默默地流泪。

他从来没见过她哭，那两行泪水就像有腐蚀性的剧毒从他的心头漫过。

他只能站在离她丈余远的暗影里，低声问："怎么了？是伤口又疼了吗？"

她坐起来摇头，火光映着她脸上未干的泪痕，说："没有，就是忽然梦到小时候的事了。"

他没有说话，等着她继续说下去。

"我记性不好，以前的事记不太清了。刚刚做梦才想起来，其实我是见过安禄山的。"

"安禄山？"

她点点头："对，还有安庆绪。他们到长安朝见陛下，到我家里来过。那天我又捣乱，把鼠药掺在米缸里。临到上桌我又害怕了，故意把碗盏打翻，客人才没吃下去。大娘知道后把我狠狠地打了一顿。"

他没有问她为什么要在自家的米缸里掺鼠药。

她拭去脸上的泪水，苦笑道："现在想来，要是真让他们吃下去就好了。就算我因此被大娘打死偿命，就算全家因此获罪，也是值得的……就不会有后来的胡贼逆反、生灵涂炭了……"

他留意到她话里的其他信息，问："你阿耶是谁？竟得安禄山登门造访？"

她姓吉，难道是……

"家父讳温，官至御史中丞、兵部侍郎。说来惭愧，家父与安禄山交结，胡贼起兵后获罪流放，逝于狱中。"

原来她是吉温的女儿。

吉温是他提拔起来的，一度亲善，他也应邀去过府上拜访。印象中吉温似乎有一儿一女，长女是妾室庶出，儿子是夫人嫡出。吉温寿宴那次，女儿也出来捣乱，把他的酒觥打翻了，葡萄美酒污了他的衣袖。吉夫人搪塞说是不懂事的下人丫鬟，强行让人把她拖走。

原来那个倔强乖张的小丫头就是小玉呀……仔细看她的眉眼确实未变，难怪他初次见她就觉得熟悉，只是她的脾气和现在一点儿都不像。

杨昭生平头一次觉得，缘分竟是如此奇妙的玩意儿。

十年前一面之缘的小女孩儿，十年后长成妙龄女郎，再与他遇上，互相都已认不出对方。

其实你也见过我的，你知道吗？

她当然不知道。她曾慷慨议论过叛乱的因由，说罪魁虽是安禄山、史思明，祸根却是李林甫和杨昭一早就埋下了。

她把他和安禄山、李林甫并称，认为他们都是乱世之祸首，死有余辜。

而卓月在她的眼里是行侠仗义、舍己为人的大好人，是她少女情怀暗自仰慕的对象。

那并不是真正的他。他不喜欢一直这样假装，仿佛在冒充一个不认识的陌生人。他习惯了随心所欲率性而为，即使并不讨人喜欢。

如果她遇见的不是卓月，而是杨昭，又会怎样？

想着那可能的结果，他往阴影里又退了两步，把脸遮得更严。

她抱膝坐在火堆边，并未察觉，还说着她的梦："刚刚做梦就梦见自己得手了，毒死了安禄山父子。世道没有乱，太上皇寿终正寝，传位给了今上。大唐依然富足强盛，百姓依然安居乐业，四夷依然敬畏臣服大唐……"

明明是个美梦，她为什么要哭？

她伏在膝盖上，语声哽咽："可惜只是个梦……如果是真的就好了……如果我没有那一念之差……"

他无法理解她的悲痛懊悔。江山社稷、黎民苍生，关她一个小丫头什么事？

他差点儿忘了，她是他原先最讨厌的那种人，他们最喜欢以天下为己任。

然而这回他却没有心生鄙夷，而是问了一句："如果给你一个机会重来，你可愿意？"

他卜算出最合宜的日子在六月十四，正午时刻。

他的生辰，也是他的死忌。

这越发像一场冥冥中早就注定的因果循环。

“回去之后，你去找一个人。”

小玉躺在阵中央，脸上有一种视死如归的豁然，她的目光也不再躲闪掩饰，她问：“是找当年的卓兄吗？”

他想说的话便止住了：“不是，是……安禄山。”

“噢……这是当然。”她似乎有些失望，抿了抿嘴角。

“安禄山直到造反的前两年才开始推托抗旨，之前对太上皇十分恭敬，俯首帖耳。他去过长安很多次，那里比范阳好下手。”

一个离开藩地老巢的边将，要弄死不是很容易吗？

小玉凝望着他，问：“认识这么久，还不知卓兄贵庚。”

他多少岁？周岁四十、虚岁四十一、四十六，都说得过去。

他挑了最年轻的那个说：“四十。”

“果然是与我阿耶一般的年纪。”她转过头去望着屋顶，嘴边抿起一个隐约的甜蜜的弧度，“十六年前……卓兄岂不是只有二十四岁？倒与我相当了。”

这就是她最大胆的试探。她所寄望的，也只是十六年前的自己。

其实他所寄望的，也是如此。

十六年前，其实他已经三十岁了，比她稍大一些，不过还好，也还相配。那年他初到长安，跻身朝堂平步青云，有能力护得她周全，又不会太老。

“从前的我，你不必去找。”

她到了长安，要对付安禄山，一定会遇到他的，她绕不开。

“噢……”她却把这句话理解成了拒绝，默默地垂下眼，“此去凶险，不认识也好……”

日头渐渐移到了天中，午时就要到了。

阵势启动，她闭上眼昏睡过去，右手从袖中滑了出来，却是紧紧地攥着一管碧玉短笛。

那是他送她的，他见她喜爱那支镇魂小调，连笛子一同赠给了她。

他不禁莞尔。说起来，这管笛子跟着他有些年头了，若她真能带回去，倒是可以作为相认的信物。

从前的他，会喜欢这份他赠予自己的惊喜吗？

笑容倏地一顿，他忽然想起自己初见她时的论断：以前若遇到这样的女子，只会让她摧眉折腰、头破血流，将她的风骨气节踩在脚下践踏。

万一当年的自己也这样做，那就大大地不妙了，他可得给个提示才好。

他凑近她身侧，看着她沉静的睡容，揭开蒙面兜帽，俯下身去，在她的额上印下属于他的印记。

无论身在何时何地，彼处的我，都会第一时间感知到你，赶赴你的身旁。

三十岁，正是我一生中最好的年纪，我还有健全的身、未死的心。他会遇到你，不再错过。

为什么命运要如此安排，让他像个孤魂野鬼一样在世间游荡，不入轮回？

原来，这就是他的轮回。

番外二 忘 年

之一 银耳 蛋清

傍晚时芸香正在厨下给红颖帮忙洗菜，忽然有后院的人来催，让红颖赶紧打两盆深井凉水过去，说是大夫头上磕伤了。

红颖想了想，对芸香说："地窖里还有夏天剩的碎冰，化了也比井水凉，我去看看。你在这儿煮几个鸡蛋，煮熟后剥了壳送到后院去。"

芸香照红颖说的煮了三个鸡蛋，剥了壳放在小瓷碗里用温水养着，端到后院大夫的居处。

芸香从没来过后院，房门大开着也不敢贸然进去，只在门口好奇地张望。就见杨昭正坐榻上，红颖端了一盆半化的碎冰碴站在一旁，裴娘子拿一块小手巾浸透了冰水，拧干后敷在他的额上。

裴娘子急得跟天塌了似的，眼眶都红了，手哆哆嗦嗦地总拧不干水，冰水沿着他的眉梢滴滴答答往下流。

杨昭的脸色不太好看，他不耐烦地拨开裴柔道："让杨昌来吧。"

手巾一拿开，芸香倒看清了他额上的伤，也就铜钱大一块瘀青。看裴娘子那模样，不知道的还以为是他的脑壳叫人劈开了呢。

红颖瞧见芸香在门外探头探脑，正要招手让她进来，忽然眉头一皱，将手中的冰盆交给一旁的婢女，快步出门来把她拉到一旁，问：“你这额头上糊的什么东西？还亮闪闪的。”

芸香伸手一摸，道：“哎呀，我都忘了。刚刚煮鸡蛋不小心磕破了一个，就顺手捞了一点儿蛋清涂上。这是小时候我奶奶教的，每次打鸡蛋，只要蛋壳里剩的那一点儿就行。我奶奶四十多岁时，额头比那二十多的小媳妇儿还光洁呢……”

红颖打断她道：“行了行了，小声点儿。你这脸上油亮亮的可没法儿进去见大夫和娘子，把鸡蛋给我吧。”

红颖拿着熟鸡蛋进屋，裴柔早就准备好了银指环、银耳环，林林总总有十来件，一边递给红颖一边问：“就这鸡蛋加银器，不能涂不能抹，真能管用？还是去太医署请……”

杨昭的脸色比刚才好了些，不那么黑了，他说：“不就是脑门上撞青了一块，有什么了不得？真贴块膏药，明日我还怎么上朝！”

裴柔不再言语，把银首饰给了红颖。红颖挑了成色最好的一个指环塞进鸡蛋里，用薄丝帕裹紧鸡蛋了，又递给杨昌。

杨昌便拿那塞了银器的熟鸡蛋在杨昭额头的肿包上轻轻揉，揉了半刻钟，青肿真的消下去不少。再取出银指环一看，都成了黑红色。

裴柔喜道：“还真管用。”又柔声问杨昭：“好好地去上朝，怎么撞成这样？”

杨昭说：“今日陪陛下去看左藏库，陛下高兴赏了一千匹绢，没堆好，砸了一下。”

裴柔喜笑颜开，道：“陛下又有赏赐呀……国库充盈，大夫定是功不可没。”

杨昭含糊地应了一声，没再说话。

红颖接着给他冰敷，如此冷热交替，待三个鸡蛋用完，肿包也消了大半。

晚上杨昭洗漱时，额头上的包只余些微青紫，明日把冠戴低一点儿，不仔细看不出来。

他洗完脸对着镜子照了照，想起一事来，叫过杨昌：“去厨房给我拿个生鸡蛋过来。”

杨昌道：“大夫想吃夜宵吗？生鸡蛋吃了容易闹肚子的，厨房有现成的汤羹点心。”

杨昭想了想道：“那还是要银耳莲子羹——再捎个生鸡蛋。”

杨昌心里疑惑，也不好多问，依杨昭的吩咐取来莲子羹和生鸡蛋。

杨昭打开汤盅喝了两口，一手玩着汤匙，把汤汁滴成一条细线，似乎对那黏稠的汁液很有兴趣。他另一只手掂着那只生鸡蛋，见杨昌还侍立一旁，挥手道：“你下去吧，我吃完漱个口就睡了。”

杨昌问：“那这汤盅……”

杨昭道：“明早再收也是一样。”

之二　胡须　香脂

典客署的裴掌客陪同俱蜜国使者在东市逛了一上午，酒足饭饱后慢悠悠地走回鸿胪寺，已近申时。

往年七八月间，鸿胪寺清闲得众人只能靠打盹打发时间，这回哥舒将军一打吐蕃，西域各国纷纷遣使来朝，可叫人见识了一把西域三十六国的风貌，典客署的人手都快不够用了，连司仪署那些扛棺材的都被叫过来帮忙。

这不，裴掌客人还没到院门口，远远就见司仪丞在门口无头苍蝇似的团团乱转。裴掌客打个酒嗝，刚想上去玩笑司仪丞两句，司仪丞也看见了他，想张口大喊又不敢出声，只一个劲儿地朝他拼命招手。

裴掌客也不着急，照旧慢慢悠悠地走。司仪丞自己等不及了，冲过来拉他，道：“还踱呢，快点儿进去，大卿等你好久了！”

裴掌客吃了一惊：“大卿在等我？所为何事？”

鸿胪寺正卿，那可是上头的上头的上头，高他这个小掌客六个品级，平时想见一面都难，怎会突然等起他来？

司仪丞稍稍压低声音，道：“还不是因为你身后那位！明日大朝，安排俱蜜国使臣觐见，右相来视察，都准备妥当了没有？”

裴掌客话都说不利落了：“右、右相？亲、亲自来的？”

俱蜜国只是西域的一个弹丸小国，使团连马夫都算上也就八个人，他原以为他们至多跟在各国使者后头到太极殿见识一下天朝风范，这根本没啥可准备的嘛，竟然还要宰相亲自来视察审核？

司仪丞道：“可不，大卿正在里头陪着呢，都等你好半天了。”

裴掌客出了一头冷汗，酒全醒了。偏偏那俱蜜国的使者还凑上来用蹩脚的汉语问：“宰相要看我吗？大唐的宰相比一个人小、比一千个人大……”

裴掌客抹着额头上的汗说：“那叫一人之下，万人之上。”

“对对对，一人之下，万人之上！我把数都记错了，书还是读得不够熟啊！”俱蜜使臣乐呵呵地拍手，“宰相比我全国的人都要大，我，脚盆洗脸——好大的面子！”说完还搡了裴掌客一记，“这次没说错吧？”

裴掌客的汗越流越多：“没错。”

天朝威仪宣扬得太多也不好，像这俱蜜国的使臣，对大唐文化太过仰慕痴迷，逢人说话句句必带成语典故歇后语。这句“脚盆洗脸”是今日两人在酒楼吃饭刚听那酒楼掌柜说的，他还现学现卖了。

“那咱们赶紧脚底抹油——快走吧！”

一边被司仪丞拽着袖子，另一边叫俱蜜使臣挽着胳膊，裴掌客只能任由脑门上的汗一股一股沿着眉毛往下流。

作为一名外交使臣，学好外邦语言是多么重要啊！

进得正厅，就见右首边扶手椅上坐着一名紫衣大员，腰间金鱼闪亮，优哉游哉地喝着茶，有一搭没一搭地问话。鸿胪卿陪坐在下首，小心翼翼地回话，有些坐立不安。

裴掌客还是第一次离右相这么近，一时紧张得忘了该怎么赔罪。倒是身边的俱蜜使臣胆大豪迈，跨上一步对右相作了个揖：“俱蜜外臣参见宰相阁下，不知宰相大驾光临，没有到远处去迎接，希望阁下不怪罪。”

裴掌客偷偷看了一眼鸿胪卿，发现高自己六品的上司也正有些无奈地看向自己。

汉语博大精深，胡人能学个模样已经不容易了，重要的是互相能听懂，听懂就好，右相一定能谅解的。

右相笑容可掬，扶了使臣一把，携他在一旁坐下，先问了国王安好、旅途辛苦、对大唐长安的印象如何等等，都是些客套话，使臣答得中规中矩。

两人闲谈了一会儿，气氛还算融洽，裴掌客刚想擦一把汗，忽听使臣又冒出一句：“中原有句俗语叫‘宰相肚里能撑船’，我一直不明白，今天看见宰相阁下，才知道读万卷书不如行万里路，耳听为虚眼见为实，书上说得不对。宰相这样的花容月貌，楚腰纤细，不输给二八小伙，根本不是传说的大腹便便能撑船嘛！”

裴掌客眼前一黑，从来只知二八佳人，今天头一次听说二八小伙，还花容月貌、楚腰纤细……高帽人人都喜欢戴，但张冠李戴就不好了。你们胡人喜欢称赞别人的容貌，可我天朝的宰相以德处世，不靠脸蛋身材哇！

他清清嗓子，想向右相解释一下，右相却似浑不在意，摆摆手笑道：“年纪上身不由己，哪还能和年轻小伙子比。”

右相真是……宽容大度，平易近人。

使臣见右相高兴，越发来劲：“我在见宰相之前一直想，能做到一千……一人之下、万人之上的大唐宰相，不古稀耄耋，也半百花甲了。谁知宰相如此年轻，连胡子都没有，只有弱冠而立，又让我亲眼见识了‘嘴上没毛，半世不老（办事不牢）’……”

裴掌客一个踉跄，撞到司仪丞的身上，那边的鸿胪卿也摇摇晃晃，三个人互相扶持才站稳。

使臣不满被他们打断，等三人都站直了，意犹未尽地补上最后一句：“果然英雄出少年。”

右相哈哈大笑：“贵使说话真是风趣。”

鸿胪卿趁使臣停顿，连忙抢过话头：“相爷，明日朝上准备进献的贡品已挑选好了，都依次陈列在库房中。”

右相似乎这才想起自己此行的目的，收敛笑意站起身，道：“那就去看看吧，有劳大卿带路。”

裴掌客紧跟在鸿胪卿之后，想靠自己的身体把右相和使臣隔开。使臣却不懂他的苦心，抢先一步越过他，跟随在相爷的另一侧，与鸿胪卿堪堪并行。

库房里的贡品都已整理妥当贴上标签，明早直接便可搬往太极殿。西域的贡品多是金银宝石，光灿灿地排了满屋，按各国大小地位排列。

俱蜜国弹丸之地，一直排到最后一个架子，进贡的是该国特产金精石、雪莲干等药材和搜罗的珠玉珍宝，并无特别。

右相看了一周，夸赞几句，又调了几件东西的位置，方问：“听说俱蜜今年入贡了新鲜的雪莲，怎未得见？”

俱蜜使臣抢着回答：“雪莲长在严寒的雪山上，一路都用冰雪保护，在长安水土不服，没法儿放在这里。”

鸿胪卿咳了一声，接道："现养在阴面的窖里。"见右相似乎对这花颇感兴趣，便领他到北面密封的库房去查看。

雪莲喜寒，但又不能太冷，窖里还开了一扇天窗通风透光。四周墙根零散地堆了一些冰块，拥着中间十数盆雪莲花。

雪莲名虽为莲，形态却与莲花大不相同，高不过一尺，密集的一簇绿叶上托着碗大的花盘，洁白花瓣被细碎的绒毛笼得朦胧如雾，隐约透出一抹淡紫的艳色，让人觉得孤高只可远观，却又忍不住动起亲近芳泽的念头。

这倒是与莲花十分相似。

右相道："原来雪莲花长这副模样。以前见干货只觉异香沁心，今日再见其形，姿态也这般妍丽，果然非同凡品。"

裴掌客眼见俱蜜使臣露出得意的笑容，心中大叫不好，还没来得及阻止，俱蜜使臣便开口道："宰相这番话，让我想起贵国的一句俗语。"

右相很给他面子，问："哦？什么俗语？"

"芝兰玉树。"

这、这不是俗语好不好？

"雪莲的香气就像芝兰，美丽的外形就像玉树。不过这句俗语用在雪莲的身上，不如用在宰相阁下的身上准确。宰相才是香气赛过芝兰、玉树临风啊！"

"嗯哼！咯咯！"鸿胪卿一边大力咳嗽，一边狠狠地瞄裴掌客。

裴掌客背过脸专心擦汗。

右相的身上是有香气，还挺浓的——是女人的脂粉香。

裴掌客此时真希望自己嗅觉失灵。

右相果然有些不悦，转而问："这么多盆，明日都要呈给陛下吗？"

俱蜜使臣道："因为怕路上不顺利，带了好多，到长安只剩了一半。"他大概也觉出刚刚那声咳嗽是咳给他听的，看了一眼鸿胪卿，才说，"大卿阁下的意思是，明天挑最好的两盆献给皇帝陛下。"

右相点头道："如此甚好。剩下的那些怎么处理？这么难得一见的奇花，若就此丢弃，实在太可惜了。"

使臣道："宰相要是喜欢雪莲，不如……"

裴掌客从使臣一开口就瞄见鸿胪卿朝自己直使眼色，连忙偷偷拉了使臣的袖子一下。

使臣顿了一顿，改口道："只要大唐皇帝陛下高兴，永结友好，俱蜜国每年奉上新开的雪莲，在所不惜。"

裴掌客额上的汗总算擦干了。这俱蜜国的使臣还是挺机灵的，只是汉语学得不熟，偏还爱卖弄。

外语不好害死人哪！

一整日杨昭的心情都不错，傍晚他早早回了家，还难得地和裴柔一起同桌吃了晚饭，一顿饭下来夸了厨子不下十次。吃完饭他也不像往常似的急着去书斋，似乎有要留下的意思。

裴柔看他高兴，问："相爷是不是碰上什么喜事了？说来也让妾跟着欢喜欢喜。"

杨昭笑道："今天听着个有意思的，有人说我嘴上没毛，办事不牢。"

裴柔一怔，看他的样子又不像在说反话，一时没有言语。

杨昭又问："我以前的样子你还记得吗？你看我现在，和二十几岁那会儿比，差别大吗？"

裴柔心说：你二十几岁刚遇到我时，正是最穷困潦倒的时候，要不是我接济救助，早饿死穷死了，哪能有今天的富贵权势？

裴柔道："相爷如今圣眷正隆，平步青云大权在握，荣华富贵享之不尽，早就今非昔比了，难为你还老想着以前的事。"

杨昭接着追问："我看起来难道真像只有二十几、三十来岁的样子？"

裴柔以为他介意自己的相貌不够老成，说："像相爷这样不到四十的年纪便登上宰相高位的，不说后无来者，大概也前无古人了。相爷比起李林甫、陈希烈那些年纪一大把的，就是胜在年富力强，年轻是相爷的长处呀，何必这么在乎呢？依妾看来，相爷比他们有宰相风度多了，相爷要是……对，要是把这胡子蓄一蓄，威仪定不输那些四五十岁的……"

杨昭的笑容有些僵，他打断她道："比我年轻的宰相多了去了，还有稚子拜相的呢。"

他起身去盥洗，又慢吞吞地擦了半晌，方岔开话题道："上次你给我的刺玫花膏挺好用，还有吗？"

裴柔道："相爷这么快就用完了？我的那盒还剩一小半呢。"

杨昭说："快秋天了，每次剃须后脸上都干得很，就多用了点儿。"

裴柔问："相爷现在还是每天都剃须吗？"迟疑了片刻，又说，"身体发肤受之父母，相爷此举恐怕会遭人诟病……"

杨昭道："陛下也知道我半边下巴被火燎过长不出来，蓄须只会更加失仪，剃须是不得已而为之，早就默许了。那些御史爱弹劾就让他们弹劾去吧。"

裴柔见他似有不悦，未再接话，转头吩咐侍女去内寝取来妆奁，说："我手头也只剩这小半盒花膏了，相爷若着急用就先拿去，回头我再使人去买。"

杨昭点头道："问问有没有其他品种——香味淡点儿的。"

他伸手去接，却叫裴柔握住："相爷的手怎么粗成这样，都起皮了。"她顺手打开那盒花膏，挖了一点儿在他的手背上，细细地揉开抹匀。

裴柔还没抹完，杨昌突然进来，对他附耳说了句话。杨昭立时喜上眉梢，抽手起身便走。他走到门口才想起来，回头对她道："我还有事要办，你早点儿歇息吧。"

他步子跨得大，走得又急，杨昌小跑着才追上他，说："相爷，你悠着点儿，小心脚下。吉少卿还在大门口呢。"

杨昭吸了吸鼻子，说："什么还在大门口，就知道你们办事不牢靠。都按我说的安排好了？"

杨昌道："相爷只管放心。冰窖里比外头冷不少，相爷先把这两件衣服加上吧。"抖开手里的外衣给他披上。

杨昭边穿边说："加一件就够了，没那么冷。"

杨昌道："另外那件是给吉少卿准备的。小人觉得，拿在手里不如穿在相爷的身上好。"

杨昭笑道："你的心眼比我还多。"把另一件外衣也套上了。

手上还留着刺玫花膏的浓郁气味，他把手别到背后，深吸了一口气，迎面的微风携来熟悉的香气，清淡几不可闻。还是这个香味宜人，不知道那家香粉铺子做不做芙蓉花膏……

他绕过门洞，看到不远处熟悉的身影，笑着迎上去："菡玉，你可回来了。我有样新鲜物什给你看，你定然从没见过。"

之三　父女　夫妻

菡玉一早去河边洗衣，又遇见那名新来的邻居。她老远就看见他那身鲜艳的穿着，夹在灰白的芦苇丛中格外惹眼。

说是邻居，其实相隔有一座山头。几个月前隔壁山谷里忽然新添了一座大宅，住进来一户姬姓人家，个个鲜衣怒马容色过人，对外宣称是洛阳的富贵之家，外头世道乱，隐居深山避难的。

全家几十口人到深山隐居，雕梁画栋占地数十亩的大宅不声不响就造起来了，这家人究竟是何来路真不好说。

菡玉道行浅，看不出他们的身份，也没有追问。谁没有点儿不可告人的秘密呢？她自己的身份也不见得比人家亮堂。

上回她遇见这位邻居家的年轻郎君在河边玩耍，叫几只豺狗追得跳进水里差点儿淹死，幸亏她看见救了他上来，他居然一点儿都不长记性，这次又来了。

他捧着一蓬花草，自她出现就站直了面朝着她，直到她走近，方有些腼腆地打招呼："卓姐姐，早、早啊。"

菡玉端着木盆，对他屈了屈膝："姬公子早。"

姬公子有点儿手足无措，想伸手扶她，犹豫了一下，她已经站正了。他抓抓梳得油光水滑、一丝不苟的漂亮头发，说："姐姐别这么客气，叫我龙涛就、就可以了。"

菡玉只嗯了一声。

姬龙涛有些忸怩，低头小声道："姐姐对我有救命之恩，我却还不知道姐姐的芳名呢。"

当时菡玉救下他，他也问过她名姓，菡玉只说家里姓卓，谁知他就当这是她的姓了，一直卓姐姐、卓姐姐地叫，菡玉听着有些别扭。

菡玉也未多想，答道："我名菡玉，菡萏之菡，玉石之玉。以后你莫再叫我卓姐姐了。"

姬龙涛大喜过望，道："好！好的！菡玉……姐姐。"

菡玉道："这里常有豺狼出没，四野空旷无遮挡，你又不习水性，可要小心。"

姬龙涛连连点头说："我只是来采些芦苇，一直注意着四周。这不，姐姐一过来我就知道了。不过，姐姐说什么我都依你，我以后不来就是了。"

菡玉狐疑地看了看他手里那蓬只夹着零星几根芦苇的花草。

姬龙涛不好意思地又抓抓头发说："我见水边的野花开得鲜艳，忍不住摘了几枝。姐姐若不嫌弃，就送给姐姐玩。"说着将手中的花草一股脑儿地全塞给她。

菡玉两手端着木盆退让不及，那捧花正好塞在她的双臂之间，她也腾不出手来拿，只好接了。

她走出很远，回头见姬龙涛还傻笑着站在原处目送她，只得也对他挤出一丝笑意，连忙转头走了。

菡玉前脚刚走，后脚芦苇丛中便钻出来数个与姬龙涛年纪衣着都相仿的少年，嬉皮笑脸地凑近他逗笑道："哎哟哟，真舍不得，再回头抛个媚眼，明儿还在这里见哟——"

姬龙涛满脸通红，另一人拍着他的肩道："我说她一准也对你有意思吧，要不然会跑那么远天天来这遇见你的河边洗衣裳？人家连闺名都告诉你了，花儿也收了，这下你该吃下定心丸了吧？"

姬龙涛还有些犹豫："她也没明明白白地说喜欢我啊……"

"这你就不懂了，他们人都是这样，藏藏掖掖地兜着话不直说，可不像咱们这么直爽，喜欢谁当面去求偶。人间的姑娘家，闺名除了亲人只有丈夫才能知道，平时都闷在家里大门不出二门不迈，不能出去抛头露面的，在外见了陌生男子连头都不能抬。你看她整张脸都让你看遍了，她还把名字告诉你，不是摆明了想跟你共结连理吗？哥儿几个帮你把纳彩的礼都准备好了，走、走、走，赶紧去提亲！"

其中两个少年不知从哪里拿出一双大雁，翅膀上还结了红绳。几个人一拥而上，推着姬龙涛朝菡玉离开的路上追去。

菡玉脚程快，一行人赶至她家门口，也没看到她的影子。

姬龙涛寻思她应在院中晾衣，探头探脑地往屋后看，冷不防屋门砰的一声打开，屋内走出一人，站在门口冷冷地扫了他们一眼，说："一群扁毛畜牲，在这里鬼鬼祟祟地做什么？"

姬龙涛被他这一扫，只觉得脚底似蹿上来一股阴风，不禁打了个哆嗦。

菡玉姑娘那般温柔可亲，为何她父亲这、这么凶恶？阴森森的好瘆人……

姬龙涛身后的众人也都一愣，不约而同地抬头看了看天，确认现在是青天白日才定下心来，推着姬龙涛往门口去。

姬龙涛鼓起勇气，清清嗓子上前一揖："卓伯父……"

"卓伯父"两眼一瞪，问："伯父？我有那么老吗？"

姬龙涛被他一噎，改口道："卓大叔……"

"卓大叔"似乎对这个称呼仍不满意，哼了一声。

姬龙涛硬着头皮继续说："晚辈姬龙涛，今年、今年二十五岁，家住五里外桃花坳，家里有兄弟姐妹六人，晚辈排行第三。我虽然给不了她人间那种富贵的生活，但一定会待自己的妻子如珠如宝，不让她受半点儿委屈。晚辈一片真心实意，请求卓叔叔将女儿许配给我……"

"卓大叔"脸泛青光，语气凶狠："女儿？"

姬龙涛抬头看他一眼，被他狰狞的表情吓得后退一步，道："就、就是菡玉姑娘。"

平地忽起一阵阴风，天色好像突然暗了下来。"卓大叔"双眼眯起，脸上一阵青一阵黑。

姬龙涛大气不敢出，悄悄抓住身后的少年的胳膊，发现他们也在簌簌打战。

过了许久，"卓大叔"脸上的青光黑气终于退下去，他缓缓道："我不允。"

"为、为什么？"

"卓大叔"不答，转身进屋，不一会儿拉着菡玉出来。

菡玉正挽着袖子晾衣裳，双手滴着水，被他拉得踉踉跄跄，问："卓兄，什么事这么着急……"话未说完，他突然伸手一抄将她揽进怀中，不由分说地吻了下来。

四周一片寂静……

他心满意足地放开她，转头对门外那群已经石化的少年说："这就是我不允的原因。"

姬龙涛率先回过神来，伸出手哆哆嗦嗦地指向他："你、你、你、你、你们……"

他搂着也已石化的菡玉，挑衅地在她的面颊上亲了一口，问："我们怎样？"

"你们乱伦！"

狂风大作，乌云罩顶，天彻底黑了。

之四　二十　四十

“玉儿，你可以睁眼了。”

覆在她眼睑上的手拿开，菡玉缓缓张开眼，一下被眼前的人攫住了呼吸。

他一改往日灰黑的装扮，换了一身天青色的交领长衫，衬得面如皎月，数十年的风霜忽然消失了踪影，满眼只见炫目的容光，仿佛浓墨重彩画进这蓬门茅屋的背景中一般。

他抬手拈起鬓边的发丝，微笑时眼角眉梢尽是风流之态，说：“这是我二十岁时的模样，如何？比那些花里胡哨的毛头小子可是半点儿不差吧？”

菡玉却似有些黯然，道：“卓兄的相貌本就不差，何必要与别人相比呢？”

“四十岁终究没法和二十岁相提并论。现在这样不是更好，和你一般的年纪，这才般配。”他拿过镜子来，挨着她照见二人相近的面容，觉得十分满意。

菡玉却别开眼不看镜子，似乎有心事。

这一天她都故意躲着他，总是不看他的方向，偶尔照面也立刻低下头去。到了夜里睡下，他搂着她欲亲近，也被她挣开，她翻身背对着他，说：“我累了，早点儿睡吧。”

他不让，扳过她的身子来，她还像日间一样低垂双目看着自己的鼻尖。

他低声问：“你是不喜欢我这副模样吗？为何连看都不肯看我？”

她摇头道：“见惯了你原来的样子，一时不太习惯而已。”

他笑道：“我只是变回年轻时的模样，又不是换了一个人。你也不想再被人当成我的女儿吧？”轻轻刮了一下她的鼻头。

菡玉抬起头接道：“那我变老一点儿，也四十岁，这样行不行？”视线触到他的脸又转开。

他敛起笑意，捧起她的脸来，问：“到底为什么？”

菡玉终于肯直视他的脸，眼光有些迷蒙，回：“我一看到你这张脸，就忍不住想，你年轻时一定很讨姑娘家喜欢……”

他揶揄道：“原来是吃醋了。”

“不知你二十岁时，是和虢国夫人一起，还是和裴娘子一起？”

他的笑容僵住，过了许久他方道：“那时候我一个人，她们谁也没有和我一起。”

“不管你当时和谁一起，都是别人的。你二十岁时，我还没有出生呢。这副年轻俊秀的模样，是别人的。”她也捧着他的脸，手指抚过眼角光滑的皮肤，“那张长了皱纹、染了风霜的四十岁的面孔，从挂上镶门的那刻起，才是真正属于我的。”

“你要我天天那副满脸血污的模样？我可不答应。”他笑起来，眼角凝聚起细微的纹路，脸上的光彩隐去，变回她熟悉的模样，“至多只能这个样子了。不过你也得答应我一件事，以后得绾起头发来，不可再这么随便。再有人问起你的名姓，一定要说‘夫家姓卓’，知道吗？”

“是——”她难得主动地在他的唇上飞快地啄了一下，立即退开，脸有点儿红，“其实，原本你要比我大二十六岁的，现在只大我二十岁，已经少了六岁不是？”

他无奈地叹气：“聊胜于无。”收紧双臂，把刚刚那下蜻蜓点水补足。

过了很久，菡玉已有睡意，换了个舒服的姿势窝进他的怀里，隐约听到耳边似有极轻极低的声音说：“更早的时候，我就已经是你的了。”

番外三 青史

安史八年战乱，曾经盛极一时的李唐王朝从此一蹶不振，地方藩镇割据、各自为政，回纥、吐蕃轮番入侵，战乱不断，国无宁日。直至两百年后的赵宋之世，宋太祖赵匡胤陈桥兵变黄袍加身，南征北伐平定四方，天下才回复统一安定。

宋熙宁九年秋，衡州之南山中。

“卓兄，这里有个废弃的陷阱，有人掉进去了。”

跌入陷阱两天一夜、右腿被捕兽夹夹伤的书生已经奄奄一息，这声年轻女子的清越嗓音传入他的耳中便如天籁一般。他激动得热泪盈眶，想张嘴大声呼救，无奈喉咙干渴似火，发不出半点儿声响。

一个男人冷声应道：“陷阱？谁这么大胆在咱们家附近设陷阱？”

书生胸口一沉。这位姓卓的兄台，“这里有陷阱”不是重点，“有人掉进去了”才是重点好不好？

女子道：“先把人救上来再说。”便开始找工具。

男人却没动，似乎还带着点儿幸灾乐祸的口气说：“他胖得跟个石磙似的，你一个人拉不动。”

沉默了片刻，女子无可奈何地问：“要多少你才肯帮忙？”

男子笑道：“五钱。”

女子却犹豫道："太多了，三钱如何？"

三钱，他的命只值三文钱，还带砍价的！

书生摸着腰间的钱袋，欲哭无泪。

"你知道我向来说一不二的。五钱，一点也不能少，不然你就等着看他烂在坑底好了。"男人说罢转身欲走。

女子忙道："五钱就五钱。快过来帮忙。"

书生昏昏沉沉的，也不知他们用了什么方法，倏地就把他从坑底抬了上来，又毫不客气地把他扔在地上。

书生痛得差点儿晕厥过去，就听那女子道："哎！小心！你怎么就这样把他扔地上？"

男子哼道："你不是说把人救上来再说？现在已经救上来了。"

女子无奈地道："他伤得很重，家里还有一点儿伤药，得赶紧带他回去。"

"我只负责把他从坑底救上来，带回家那得另算——再加五钱。"

书生脑袋一歪，放任自己晕了过去。

书生再度醒来时，已躺在木屋的竹榻上，受伤的右腿也已上药包扎。屋内陈设简陋，与一般的山乡住户并无区别，只是窗户上都挂着厚实的帘子，白日里也遮得屋内昏暗不明。

他一瘸一拐地下了地，走出屋门一看，明明是开阔的山谷，屋主却把房子建在背阴面，不得不说有些奇怪。

日已黄昏，秋风舒爽，迎风送来清脆的金石相击声。屋旁一块丈余见圆的巨石，依着山势斜跃而上，一名黑衣男子正在上方陡峭处凿石。下方平坦处有一女子，也是灰黑服色，正背对着他往石头上晾晒书册，想必就是救他的那一男一女。

书生定睛一看，女子翻晒的可不就是他的书箱？他心中大叫不好，连忙跑过去拾起书箱一看，箱内书册已经全被她翻出来铺在地上了。风吹得书页哗哗作响，封皮上"唐书"两个斗大的字好不扎眼。

女子站起身，落落大方地微笑道："郎君醒啦，伤口可还疼痛？"

书生脸色微红，低头谢道："已无大碍了，承蒙二位……呃……"偷偷瞥了两眼面前的美貌小娘子和不远处专心致志凿石头对他不理不睬的中年男人，心下暗暗猜度这两人到底是何关系。

女子指了指正在凿石的男子道："外子姓卓。"

他们竟然是夫妻。书生有些失望，道："多谢卓大哥、卓……大嫂救命之恩。小生姓罗，祖籍常宁，现居湘潭。"

卓大嫂道："郎君此行是要去应试赶考吗？"

罗生道："正是要回衡州参加下月的解试，为节省时日就从山中抄近路，不想失足落入猎人的陷阱，幸得二位搭救。"

卓大嫂道："郎君的脚上只受了些皮外伤，三五天便可痊愈，当不妨碍行程。"

罗生见她举止礼让，不由得有些担心，眼光忍不住往石上的书册瞄去。

卓大嫂道："书箱翻进山涧里被水浸湿了，我怕洇了墨迹，自作主张拿出来晾一晾。"

罗生小心翼翼地试探道："娘子也是爱书之人？"

卓大嫂却转而问："不知郎君此去准备应试哪一科？"

罗生道："自然是进士科。"

卓大嫂道："应进士科，郎君带的有些书恐怕无所助益啊。"

罗生的额上冒出冷汗，他说："小生自小便爱读史书，以史为鉴嘛……只是闲暇时看看，兴趣使然而已，大经、中经也都随身携带的。"

卓大嫂低头看地上的书册，问："唐书……是前朝史官编纂的吧？"

罗生连忙点头："对对对，是前晋刘昫等人所撰，五代战乱频发，有一些流落民间。我这里也只搜集誊写得列传五十余卷。"

卓大嫂道："即使是前朝零落之卷，私藏也就罢了，带着去参加解试，被人看到毕竟不妥。"

罗生道："娘子教训得对。"

他抬头往上看去，见那位卓大哥还在石壁上凿字，竟是一个个正楷的"正"字，每列十个，已经凿了九列，新旧不一，前后像是间隔很久。前七列的字中填了墨，中间的未填墨已经陈旧，只有最末的两个是今日新凿上去的。

他不禁问道："卓大哥这是在刻什么？为何百来个字都是同一个？"

卓大嫂莞尔一笑，似有些无奈，说："山中与世隔绝，不知今夕何夕，只好自己刻度记日。"

书生心想：凿石记日，这办法也够奇特的，用纸笔记岂不更方便？他又问：“为何有的填墨，有的空白？”

卓大嫂道：“过一日便填一笔。”

那没填的难道是将来？

书生心中疑惑，但没有问出口，抬头数了数石壁上填了墨的“正”字：“三百一十四……小生斗胆猜一猜，这日期是从贤伉俪结缘之日开始记的吧？”

卓大嫂微赧，道：“确是如此。”她低着头，目光落在翻开的书页上，笑容慢慢隐去了。

罗生顺着她的视线看去，只看到第一行写着“安禄山，营州柳城胡也”，风便把书页吹乱了。

夜里菡玉等罗生睡熟了，才悄悄进他的房内把书箱搬到厅堂，就着油灯找出其中一册，连翻了三遍，也没找到她想看的内容。

她正疑惑，身后忽然有人道：“不在这里。”

菡玉吓了一跳，连忙把手里的书合上，不料这册的封皮掉了，第一页就是内里的正文，合上之后正看到抬头的大字：“列传第一百四十八，奸臣。”

她尴尬地一笑，把这一册塞进成堆的书卷里。

“你倒是看得起我，可惜我道行不如李林甫，进奸臣传不够格。”他翻出另外一册来，“只能沾贵妃妹子的光，算个外戚。”

菡玉低头把外戚传草草地翻了一遍，说：“比之刘昫、张昭远，言辞倒是更尖刻了。”

他挑了挑眉：“是吗？‘自任不疑，盛气骄愎’，我倒是觉得很贴切。”

“都很贴切？”

他用眼角的余光扫过书页，看她的手指正放在“自台禁还，趣虢国第……居同第，出骈骑，相调笑，施施若禽兽然”那几行上。

他看着她，目光便有了几分深意，道：“贴不贴切，你自己知道。”

她被他看得转开了眼，将书收进书箱里，道：“科举三年一试，是读书人的头等大事，可别因为一点儿意外小伤耽误了。今晚得上山采些草药去。”

他抬头看了看窗外，说：“今晚没月亮，你看不清的。”

“看不清打个灯笼就是了，再不济也可以采回来再辨识。不管你肯不肯帮忙，我都不会再加了。”

他从背后拥住她，恼怒地在她的颈中咬了一口，道：“你就这么不愿意跟我多厮守些时日？什么时候你才能主动往石壁上加个字？”

菡玉任他拥着，歪着头想了想：“卓兄，你说，都过去这么多年了，为什么没有冥使来索我们？”

“谁知道呢，也许是百年乱世死了太多人，他们忙中错漏了。”他埋首在她的颈间，心不在焉地回答。

三日之后，罗生的腿伤已经愈合，他行走无碍，便向卓月夫妇告别，继续赶往衡州参加解试。临行前，他把书箱里那五十多卷零散的唐书列传留下赠予菡玉。

“卓大嫂，实不相瞒，这些不是前晋刘昫编撰的唐书，而是当朝宋景文公、欧阳文忠公新修，问世仅十余年，国子监的学生看了之后偷偷誊抄下来，辗转流传，为小生所得。我留着也无用处，不如送给贤伉俪更有意义，也算我对二位的一点儿报答。”

菡玉微笑致谢。

罗生走到门口，回头望了一眼山壁上行列齐整的“正”字，问：“卓大哥，这些字是一笔代表一天吗？”

卓月冷冷地看罗生一眼，不予回答。

罗生凑近他小声道：“如果她不愿意，这石壁上就不会有近百个字。”

“还用你说？”他终于开了金口，语带鄙夷，“我早就知道。”

书生粲然一笑，道：“那就祝卓大哥和大嫂永结同心、百年……不，千年好合。”他又望了一眼刻满正字的石壁，大笑而去。

五钱？五天？

他终于明白了那天被救起时两人的讨价还价。

——五年，一刻也不能少。

一直等罗生走远看不见影了，菡玉才把那五十多卷史册搬回屋内，一一收进箱中。拿到那卷外戚传时，她还是忍不住打开，仔细看了一遍。

数百年过去了，许多往事都已遗忘，她甚至不太记得风华绝代的贵妃长得何种模样，但看到“马嵬”两个字，看到“或射中其颎，杀之，争啖其肉且尽，枭首以徇”时，心中依然翻腾有如昨日。

百年，或许还不够长。

她微微叹息，合上书册，正要放入箱中，忽然觉得有些不对，又打开一看。在那页末尾的间隙中，赫然有人用细狼毫写了一行小字：

青史不过数行字，是非易写情难描。江山从此不为重，问谁更娇？